Clô
Dias & Noites

Sérgio Jockymann nasceu em Palmeira das Missões (RS), em 1930. Aos 17 anos começou sua carreira no jornalismo trabalhou em vários órgãos da imprensa, como os jornais *Diário de Notícias*, *Última Hora*, *Zero Hora*, *Correio do Povo* e *Folha da Tarde*, as rádios Guaíba AM e Farroupilha, e também nas emissoras TV Piratini, TV Gaúcha e TV Guaíba. Nos anos 50 iniciou uma profícua carreira de dramaturgo e autor de telenovelas que o alçou à fama. São de sua autoria as peças *Caim* (1955), *Boa tarde, excelência* (1962), *Marido, matriz e filial* (1966), *Lá* (1968), *Malcriação do Mundo* (1972), *Se* (1978), *Treze* (1980) e *Spiros Stragos* (1982). Suas peças são marcadas pela linguagem coloquial e por situações que satirizam a ordem estabelecida e o *status quo*. Suas obras de teledramaturgia são: *Confissões de Penélope* (1969), *Nenhum homem é Deus* (1969), *A gordinha* (1970), *Na idade do lobo* (1972), *O conde zebra* (1973), *O machão* (1974-75), *O sheik de Ipanema* (1975), *Vila do Arco* (1975-76) e *Casal 80* (1984). Participou também da criação das novelas *Roda de Fogo* (1978) e *Dulcinéia vai à guerra* (1981). É autor do livro *Poemas em negro* (IEL, 1958) e do romance *Sortilégio* (L&PM, 2000), que recebeu o Prêmio Açorianos 2001, categoria novela.

Dias & Noites, o filme, baseado no livro *Clô Dias & Noites*

Ficha técnica:

Direção: Beto Souza
Roteiro: Lulu Silva Telles
Produção executiva: Naura Schneider, Beto Rodrigues e Aletéia Selonk
Elenco: Naura Schneider (Clô), Antonio Calloni (Pedro), Zé Victor Castiel (Motta), Dan Stulbach (Felipe) e José de Abreu (Aires)
Diretor de fotografia: Renato Falcão
Direção de arte: Voltaire Danckwart
Montagem: Fábio Lobanowski
Figurino: Adriana Borba
Maquiagem: Nancy Marignac
Som: André Sittoni
Direção de produção: Taissa Grisi
Produção de elenco: Nora Carús
Realização: Panda Filmes, Okna Produções, Voglia Produções e Film Factory do Brasil
Co-produção: Quanta

Lançamento do filme: março de 2008

Sérgio Jockymann

Clô
Dias & Noites

www.lpm.com.br

L&PM POCKET

Coleção **L&PM** Pocket, vol. 643

Este livro foi lançado em primeira edição pela L&PM Editores, em formato 14 x 21, em 1982
Segunda edição: Coleção **L&PM** Pocket em outubro de 2007

Capa: Marco Cena sobre foto de Giane Carvalho
Revisão: Renato Deitos e Larissa Roso

J63c Jockymann, Sérgio, 1930-
    Cló Dias & Noites/ Sérgio Jockymann. – 2. ed. – Porto Alegre: L&PM, 2007.
    536 p. ; 18 cm. – (Coleção L&PM Pocket)

    ISBN 978-85-254-1683-4

    1.Literatura brasileira-romances. I.Título.II.Série.

        CDU 821.134.3(81)-3

    Catalogação elaborada por Izabel A. Merlo, CRB 10/329.

© Sérgio Jockymann, 2007

Todos os direitos desta edição reservados a L&PM Editores
Rua Comendador Coruja, 314, loja 9 – Floresta – 90220-180
Porto Alegre – RS – Brasil / Fone: 51.3225.5777 – Fax: 51.3221-5380

PEDIDOS & DEPTO. COMERCIAL: vendas@lpm.com.br
FALE CONOSCO: info@lpm.com.br
www.lpm.com.br

Impresso no Brasil
Primavera de 2007

1. Clô nasceu numa noite quente de novembro, sem vento e sem estrelas, mas assombrada por uma imensa lua amarela. E tinha já dezenove anos.

– Por isso – ela se explicava sempre como se estivesse falando de outra pessoa – Clô pertence ao signo de Escorpião e não tem sorte no amor.

Mas Clotilde Dias Ramão, brasileira, rica, casada, mãe de uma filha de dois anos chamada Joana e grávida ou de um filho chamado Manoel ou de uma filha ainda sem nome, era de Gêmeos e também não tinha.

– Clotilde – justificava Clô – era do segundo decanato e já nasceu dividida.

Realmente Clotilde nunca chegou a ser apenas Clotilde, como sua avó, que atravessou os anos com todas as letras do seu nome, sem jamais ter tido um apelido. Clô ainda se debatia dentro do útero, quando sua mãe gemeu a sua primeira queixa:

– Meu Deus, como a minha Tildezinha está me machucando!

Assim, já antes de nascer ela foi a Tilde de mamãe, depois se tornou a Tilda das colegas do Colégio Sevigné e mais tarde a Tite, das amigas de verão em Torres. Clotilde só se tornou inteiramente Clotilde por um breve instante, quando seu marido, Pedro Ramão, anunciou para a criadagem da estância:

– Esta aqui é minha mulher, dona Clotilde Dias Ramão.

Clô tinha apenas dezesseis anos e naqueles minutos mágicos se sentiu não apenas a dona mas também a rainha de 62 quadras de sesmaria, sem querer pressentir quantas léguas de solidão havia a sua volta. Ela ergueu orgulhosa a cabeça e, enquanto encarava as criadas, foi pela primeira e última vez Clotilde, com a mesma convicção de sua avó. Mas foi Pedro virar as costas e a preta cozinheira tornou a lhe dar outro nome:

– Le desejo muitas felicidades, dona Titinha.

Nas semanas seguintes, Pedro Ramão resmungou contra o apelido, corrigiu várias vezes as criadas mas terminou aceitando a escolha da cozinheira, porque, sempre que ela se distraía, chamava Clô de Clotirde e sacudia de riso a cozinha inteira. No primeiro dia em que ele chamou Clô de Titinha, a preta Camila entrou com a sopeira fumegante e disse:

– Bueno, assim terminam as complicação.

Terminavam também as tentativas de conseguir um nome mais curto para Clotilde. Por isso, foi como Titinha que ela mesma, na noite do seu nascimento, começou a procurar um novo apelido. Havia ventado o dia inteiro, um vento morno e poeirento, que fazia bater todas as portas e janelas da casa.

– Vento de cachorro louco – dizia a preta Camila, deslizando pela casa com suas chinelas gastas.

Depois de limpar o céu e sujar a terra, o vento sumiu. Pedro estava na cidade, Joana dormia no quarto ao lado com a babá e a casa estalava as velhas juntas pelos quartos vazios. Insone e inquieta, Clô começou a brincar com o próprio nome. Primeiro apenas em pensamento, mas logo ela disse em voz alta:

– Clotilde.

Ouviu o som de seu próprio nome e após uma pequena pausa disparou todos os seus apelidos:

– Tilde, Tilda, Tite, Titinha, Clotirde.

No meio do Clotirde ela se pôs a rir, tentou repetir a palavra, mas tudo o que o seu riso permitiu foi um Clô.

– Clotirde – ela repetiu com rancor.

Mas logo em seguida e pela primeira vez com consciência, ela repetiu seu nome definitivo: "Clô". Ele era novo e redondo e ela o fez rolar dentro da boca, até que ele se transformou na imitação de um trote de cavalo:

– Clô, clô, clô, clô, clô.

Nem ela sabia que estava nascendo. Há dois meses que Clô não conseguia pôr em ordem seus pensamentos, desde que, sabendo de sua nova gravidez, Pedro Ramão mandou abrir uma garrafa de champanhe e brindou, duro e ameaçador:

– Ao meu filho, porque espero que desta vez a senhora crie vergonha.

Naquele dia mesmo Siá Firmina foi posta para dentro de casa para vigiar a gravidez de Clô, e Pedro Ramão apanhou majestosamente seu travesseiro e anunciou que estava mudando de quarto.

– Só vou te tocar – disse – depois da quarentena.

Pouco a pouco, o desamparo de sua gravidez se transformou num imenso nó na sua garganta. Clô se debateu sozinha com seu ventre inquieto, durante duas semanas, até que o nó se desfez e deslizou pelo seu corpo, como um cobertor em noite fria.

– Meu Deus – ela pensava –, vou me dar para o primeiro que me aparecer.

Clô se imaginava violada na estrada deserta, seduzida nos quartos vazios por visitantes inesperados e seqüestrada em plena madrugada por galantes cavaleiros. Sua voz enrouqueceu, seus lábios incharam e até a água morna do chuveiro punha suspiros na sua pele. Mas nem assim Clô se dava ou ousava ultrapassar os limites da sede da estância. Rolava na cama, tomava banhos repetidos, se enrolava em sedas e caminhava pelos quartos, acariciando os braços abandonados. Siá Firmina só queria saber de simpatias e receitas e desentendia tudo. Mas a preta Camila punha uns olhos cheios de pena em Clô e resmungava:

– Ah, esses home, esses home...

Até que na noite de lua cheia em que nasceu, depois de vagar pela casa, Clô saiu para a madrugada de pés nus e camisola. O luar resplandecia sobre o campo, apagava as estrelas e espichava as sombras ao redor da casa. Clô se sabia acordada porque sentia o frescor do orvalho debaixo de seus pés, mas se movia como se seu corpo fosse um manto que flutuasse ao seu redor. Ela ultrapassou o muro baixo que separava simbolicamente o pátio da casa do resto da estância e os dois ovelheiros trotaram obedientes e silenciosos ao seu lado. Assim, com um riso rouco pulsando dentro dela, Clô caminhou meia légua até chegar ao açude da estância, onde Pablito, o filho mais jovem do capataz castelhano, como fazia sempre nas noites de luar, espichava uma linha teimosa, para apanhar uma velha traíra, que há oito anos escapava de todos os anzóis.

Pablito enrolava a linha firmemente no pulso esquerdo, se aninhava na grama e ficava à espera de que um puxão da traíra o arrancasse do sono. Ele não viu Clô descer a coxilha e mergulhar na fosforescência das águas. Também não ouviu o latido seco dos cães, assustados pelo gesto de Clô. Ela não nadou, caminhou lentamente para dentro do açude e, quando perdeu o pé, se deitou sobre as águas e se deixou boiar. Clô flutuou por quase uma hora, enquanto os cães a vigiavam da margem com olhos curiosos, até que sentiu frio, deu duas braçadas vagarosas, recuperou o pé e regressou para a margem. Foi aí que os cães aliviados latiram e acordaram Pablito.

– Diabla – rosnou ele meio dormindo –, diabla.

Puxou rapidamente o braço esquerdo de encontro ao peito, enquanto tentava se pôr de joelhos. Só então ele viu Clô, escorrendo água pelos cabelos, com a camisola colada ao corpo e imóvel na sua frente.

– Deus me guarde – disse Pablito meio afogado.

Mas, como haviam lhe ensinado, não correu. Desenrolou lentamente a linha do pulso e fez o sinal-da-cruz por três vezes, certo de que Clô era um fantasma de alguma afogada, saído do fundo do açude para inquietar o seu sono.

– Vai-te, desgraciada – disse ele –, vai-te.

E traçou uma cruz no ar com a mão direita. Imóvel diante dele, Clô não falou. Nem mesmo o brusco despertar de Pablito a despertou daquele torpor, que agora se tornava morno. Era como se ele fizesse naturalmente parte daquela noite milagrosa. Por isso, sem pensar por um momento que fosse no seu ventre redondo, ela deixou que a camisola escorresse pelo seu corpo e caísse a seus pés, enquanto Pablito se persignava cada vez mais lentamente e ela, envolta em luar, se preparava para nascer.

2. Não foi Clô, mas Pablito, quem quebrou o encanto. Quando ele baixou a mão direita, para se apoiar no chão e se pôr de pé, reconheceu finalmente a mulher do patrão. Pablito tinha dezoito anos e a cabeça fervilhando de histórias de galpão. Algumas poucas eram sobre patroas sonâmbulas, que começavam sempre com risinhos sacudidos e terminavam, invariavelmente, com silêncios soturnos, porque a mão da honra era comprida e varava os campos em busca dos peões transgressores. Não era o medo de morrer que de repente enchia de geada o ventre de Pablito, mas ser levado até o moirão mais próximo, atado, emasculado e ficar ali sangrando até a última gota. Ele ainda teve um momento de indecisão, olhou para a casa adormecida ao longe, para os dois cães imóveis e então deu uma espécie de ganido, recuou e, sempre de joelhos, juntou as mãos e pediu com o resto de voz que lhe sobrava:

– Pelo amor de Deus, dona Titinha, tenha pena de mim.

Só então Clô despertou, pôs dois olhos inocentes e curiosos em Pablito e perguntou docemente, como se falasse para uma criança:

– O quê? O que foi?

De repente todas as histórias dispararam dentro do coração de Pablito. Ele recuou aos trambolhões, caiu duas vezes e por fim conseguiu se pôr de pé e fugir como um doido para a casa de seu pai, seguido alegremente pelos cães que corriam e saltavam a sua volta. Aí a casa adormecida acordou cheia de vozes desencontradas, enquanto Clô se deixava cair sobre a relva úmida, subitamente enregelada. A preta Camila foi a primeira a chegar até ela e, sem dizer uma palavra, a ergueu do chão e fez com que vestisse novamente a camisola. Estava conduzindo Clô pela mão, como uma menina, quando Siá Firmina apareceu ofegante com um lampião desnecessário.

– Teve um sonambulismo – disse Camila se antecipando a qualquer pergunta. – Ainda nem acordou direito, a pobrezinha.

Encarou a cara fininha de ratazana de Siá Firmina e mentiu convictamente:

– Se eu não chego, a coitadinha se afoga no açude.

Puxou decidida Clô para casa mas, cinco passos depois, parou e se voltou para Siá Firmina, que, de lampião erguido acima da cabeça, examinava o açude cheia de suspeitas.

– Deve ser essas malvadeza que tu anda fazendo com ela.

– Te mete com a tua vida – respondeu a outra de maus modos.

Siá Firmina foi chamada à Estância Santa Emiliana, dois anos atrás, quando Clô começou a sentir as dores de Joana. Veio com seu jeito despachado, mandou ferver panelões de água, pendurou amuletos na porta do quarto e, para espanto de Clô, repreendeu Pedro Ramão, como um menino, na frente dos criados.

– Devia ter-me chamado logo no primeiro aviso, agora não garanto nada.

– Garante o quê – quis saber Clô assustada –, garante o quê?

– Macho – guinchou a velha –, que mais haverá de ser?

Clô ainda pediu um médico, mas Pedro Ramão foi irredutível.

– Foi ela que me pôs no mundo. E de mais a mais, nunca perdeu uma criança.

Mesmo assim, Clô se deu por morta. Durante o parto, Siá Firmina falava com sua voz esganiçada, como se estivesse ajudando uma égua a parir um puro-sangue.

– Levanta os quarto, separa mais os garrão, arqueia esse lombo.

Mas tinha mãos milagrosas, pequenas, macias e fortes, que se moviam constantemente dentro de Clô, enquanto ela enumerava seus feitos de parteira. Pedro Ramão tinha nascido atravessado, o irmão dele tinha o umbigo enrolado no pescoço, a irmã era tão escura que parecia filha de preto. Em todo o parto só teve uma gentileza:

– Bueno – guinchou –, uma coisa eu tenho que reconhecer, menina. O Pedro Ramão conseguiu uma boa parideira.

Mas quando ergueu o bebê do meio das pernas de Clô, foi com puro nojo que disse:

– É fêmea!

Deitou o bebê numa toalha estendida nos pés da cama e sacudiu um dedo fininho para Clô:

– Menina marvada, desobedeceu às orde do patrão.

Foi a primeira vez que Clô chorou, um chorozinho quieto, meio engolido, que ela guardou para o meio da noite para não incomodar ninguém. Pedro Ramão se recusou a ver a filha e a mãe e passou um mês inteiro resmungando pelos corredores, que havia estragado a mulher com mimos. Quando tornou a entrar no quarto, foi para dizer cheio de rancor:

– Daqui por diante só toco na senhora duas vezes por semana.

Sungou as calças, como sempre fazia quando tomava uma decisão, e ajuntou:

– E olhe lá!

Clô, encolhidinha nos seus dezessete anos, não disse nada. As duas vezes foram rapidamente reduzidas para uma só, cuja única e rápida finalidade era a conquista de um filho macho. Clô realizou então, e pela primeira vez, o prodígio que espantaria os seus médicos, anos mais tarde. Sozinha, sem pílulas nem chás, sem fios nem geléias, secou o seu útero. Ficou um ano assim, enquanto Pedro Ramão trovejava pela casa:

– Vamos tomar juízo, vamos tomar juízo!

Foi Siá Firmina quem provocou a segunda floração. No primeiro aniversário de Joana, foi chamada por Pedro Ramão. Ela sentou Clô no meio do quarto e passou uma hora dando voltas em torno da cadeira, enquanto mastigava seus guinchinhos indecifráveis. Finalmente parou e anunciou:

– Volto em dois meses para cuidar dessa teimosa.

No mês seguinte, Clô engravidou. Mas nem assim se livrou da parteira, porque desta vez Siá Firmina foi chamada para garantir o sexo desejado pelo pai.

– Não pode comer nada partido, nada trincado e nada furado.

Clô também não podia sentar de pernas abertas, olhar fotografia de menina, usar calcinhas cor-de-rosa, montar em égua e pisar em mijo de vaca prenha. No dia em que Camila preparou uma galinha ao molho pardo, Siá Firmina arrancou o prato da frente de Clô, porque descobriu que a galinha era um galo capão.

– Deus nos livre – guinchou –, é desgraceira para o resto da vida do infeliz.

Na cabeceira da mesa, com o bigode lambuzado pela gordura das costelas, Pedro Ramão confirmava tudo e respondia com uma frase definitiva:

– Minha velha fez tudo isso e eu estou aqui.

Mas já nas primeiras semanas, Siá Firmina descobriu que não podia confiar em Clô. Chamou o marido e denunciou os passeios de égua, as visitas no refrigerador e conquistou a casa com um guincho dramático:

– Assim não garanto nada!

Pedro Ramão, obediente, baixou a cabeça, lhe entregou a direção da casa e sumiu. Siá Firmina, triunfante, passou um cadeado na despensa e no refrigerador e, não contente com isto, estendeu um colchão no lado da porta do quarto de Clô. Agüentou quatro semanas dessa vigília constante, até que desabou em repentinos sonos de chumbo, que duravam duas ou três horas e que ela, mal acordada, desmentia furiosamente. Na noite em que Clô nasceu, Siá Firmina foi apanhar poejo na despensa e desabou sobre dois sacos de arroz, de onde foi arrancada pelo sobressalto de Camila. Ainda meio dormindo e lutando com a mecha do lampeão, ela decidiu que finalmente havia descoberto a razão da resistência de Clô.

– Onde tem égua com cio, tem sempre um garanhão por perto.

Mas guardou suas suspeitas tanto na ida quanto na volta do açude e só quando Camila repôs Clô em sua cama foi que Siá Firmina espremeu ao máximo a sua vozinha de rata velha e disse:

– Pode ir abusando, menina, pode ir abusando. Se eu não te pegar agora, te pego na parição do meu jeito.

Mas Clô estava nascendo, lá longe, no turvo signo de Escorpião, e não ouvia mais nada.

3. No dia seguinte, Siá Firmina saiu a farejar o garanhão por toda a estância. Invadiu o mate do galpão com seus olhinhos luminosos de rata, examinando rosto por rosto, furiosa por não descobrir entre os peões um gesto que traísse o culpado. Levou tanto tempo nessa busca que, quando se lembrou do açude, Pablito já ia longe com a sua linha de pescar. O sol ainda não tinha nascido e ele já apalpava aflito a relva, em busca da prova que havia deixado para trás. Foi com o coração aos tombos que enrolou a linha, a enfiou no bolso e saiu a passos rápidos, disparando olhares enviesados para a casa da estância. Quando Siá Firmina chegou ao açude, não havia mais nada o que encontrar. Ela voltou azeda para a sua vigília e passou por Pablito sem dois olhares, porque, fiel ao modelo de Pedro Ramão, imaginava o seu rival pelo menos cinco anos mais velho. Apenas Camila, que de tempos em tempos se aproveitava das manias de pescador do filho do capataz, ligou Pablito a Clô. Mas o medo de provocar um pânico repentino no rapaz fez com que ela esperasse uma semana antes de perguntar suavemente:

– Como anda a traíra do açude?

Foi Pablito erguer os olhos e a verdade atingiu sua face, ele gaguejou e respondeu num castelhano infantil:

– Bien, bien, por supuesto.

Aí a preta Camila enfiou uma longa pausa entre os dois, esperou que Pablito tornasse a levantar a cabeça confusa e disse, cravando seus olhos nos olhos dele:

– Te alembra, menino, que não é só peixe que morre pela boca.

Pablito nem falou, bateu a cabeça três vezes, balbuciou um pedido de licença e saiu para o galpão. Assim só Camila e Pablito ficaram sabendo o que tinha acontecido naquela noite de lua cheia, porque a própria Clô estava confusa entre o sonho e a realidade. Ela se sabia saindo de casa, caminhando pelo campo e entrando no açude. Mas a partir daí, a noite se embaçava na sua memória e ela só recordava o deslizar da camisola molhada sobre a pele.

– Foi – pensou ela – como se eu estivesse nascendo.

Um ano depois e ela teria dito a frase em voz alta, jogando atrevidamente a cabeça para trás. Mas Clô era ainda muito frágil e Clotilde ainda não havia morrido. Nua, diante do espelho, Clô acariciava o ventre e pensava:

– Ela está grávida.

E foi a partir daí que passou a se referir a si mesma como se falasse de outra pessoa. Ninguém na casa percebeu claramente o que estava acontecendo. Siá Firmina imaginava que era o efeito de uma paixão impossível, Camila achava que era a falta de Pedro Ramão, e a pequena Joana espiava a mãe como se uma estranha tivesse subitamente se apossado do seu corpo. Enquanto isso, Clô se fabricava lentamente. Primeiro se localizou no tempo.

– Clô nasceu – dizia ela para uma espantada Joana – no dia 19 de novembro.

Mas só foi falar em astrologia quando descobriu no fundo de um armário um velho *Almanaque Capivarol*.

– Escorpião – dizia o almanaque – é o signo da metamorfose.

Foi de certa forma o que confirmou o nascimento de Clô. Ela se sentiu uma borboleta desabrochando de dentro da larva Clotilde. Durante uma semana esqueceu todos os negros presságios do *Almanaque* para os escorpianos e viveu, deslumbrada, a alegria de ser borboleta. Acordava ao alvorecer, caminhava pelos campos e punha Camila de sentinela, enquanto nadava no açude. Siá Firmina se confundiu com essa disposição, tentou por várias vezes provocar um choque, para entender melhor a mudança, mas Clô se mostrava inatingível. Finalmente a oportunidade surgiu quando Siá Firmina soube que Clô pretendia ir à cidade. A ratazana voou para o quarto de casal e guinchou com fúria, enquanto batia com seu pezinho miúdo no chão:

– Tu vai ficar aqui mesmo, menina, aqui mesmo.

Por um momento pareceu que Clotilde continuava viva e que baixaria obediente a cabeça para as ordens da parteira. Mas antes que ela fizesse um gesto de submissão, Clô explodiu e berrou:

– Ora, vá se enxergar, velha!

Siá Firmina cambaleou como se tivesse sido esmurrada, deu meia dúzia de guinchos desesperados e incompreensíveis e saiu aos gritos pela casa, pedindo que o capataz fosse chamar com urgência o patrão. Clô acompanhou divertida a explosão, viu o carro partir numa nuvem de poeira, entrou na cozinha e mandou Camila encomendar uma costela.

– Menina – só atinou dizer a cozinheira –, tome cuidado porque seu marido respeita muito Siá Firmina.

– Problema dele – respondeu rindo Clô.

E foi desafiadoramente para o alpendre cortar a entrada da parteira na casa. Siá Firmina, no entanto, nem tentou se aproximar. Viu Clô de pernas abertas e com as mãos nas cadeiras e foi sentar no murinho que guardava a casa, à espera do patrão. Clô deu uma risada e depois marchou alegremente para o galpão e mandou encilhar uma égua. O peão ainda quis ganhar tempo enumerando as éguas à disposição, mas ela cortou a lista pela metade:

– Qualquer uma serve, desde que seja égua.

Montou e saiu num trotezinho provocante para o campo. Siá Firmina cuspiu para o lado, mas não abriu a boca. Ficou torrando duas horas no sol, até que o carro de Pedro Ramão apontou no caminho. Só aí ela se levantou e caminhou para a frente da casa. Pedro Ramão desceu furioso do carro e perguntou onde estava Clô.

– Não sei – guinchou Siá Firmina –, e nem quero mais saber.

Deu as costas e foi para seu quarto, enquanto Pedro Ramão, desesperado, perguntava o que tinha havido.

– Pergunte a ela – dizia Siá Firmina –, pergunte a ela.

Pedro Ramão tinha tanta certeza da obediência de Clô, que correu para o quarto de casal berrando por ela. Só encontrou a pequena Joana, na frente do espelho, lambuzando a carinha de batom.

– Onde está sua mãe?

Joana encolheu os ombros. Pedro Ramão rosnou um palavrão e saiu a abrir e fechar portas pela casa, até chegar à cozinha, onde a preta Camila, tremendo, fazia de conta que nada tinha acontecido.

– Onde está Titinha?

– Saiu para o campo – respondeu Camila com a voz estrangulada.

– Como saiu para o campo? A pé, a cavalo?

Lá do seu quarto, Siá Firmina guinchou a resposta:

– De égua, saiu de égua.

Pedro Ramão não conseguia atinar com o que estava acontecendo. Deu vários passos desordenados pela casa e finalmente, mais calmo, foi até o quarto de Siá Firmina, puxou uma cadeira, sentou com o encosto invertido e perguntou afetando uma tranqüilidade que não tinha:

– Afinal, Siá Firmina, o que está acontecendo nesta casa?

A velha ratazana se eriçou, tomou uns ares misteriosos, levantou, fechou a porta e chiou:

– Muita coisa, Pedro Ramão, muita coisa. Passeios altas horas, banhos pelados no açude, risadas debochadas.

E começou a despejar o baldezinho sujo, enquanto Pedro Ramão ia ficando cada vez mais pálido, até que seus lábios também perderam a cor e uma voz, inesperadamente infantil, lhe escapou da garganta para perguntar:

– Quem é ele?

Siá Firmina aí se fez de protetora da família, pediu calma, disse que a raiva era má conselheira, que afinal suspeita não era certeza, mas Pedro Ramão, tentando fugir com pigarros daquela voz de adolescente, tornou a perguntar:

– Quem é ele, Siá Firmina?

Nesse momento Clô retornou. Ele ouviu os cascos da égua, se pôs de pé e disse com a voz recuperada:

– Pode deixar, porque ela mesma vai me dizer.

Desmontou da cadeira, abriu a porta num repelão e, pisando forte nas tábuas do assoalho, foi ao encontro de Clô, que tinha acabado de entrar.

4. Pedro Ramão não precisou mover um dedo para conseguir Clô. Ela se deixou conquistar. Ele tinha 32 anos e parecia todo falquejado numa seriedade de madeira de lei. Ria rara e comedidamente, com o lábio superior sempre escondido debaixo de um bigode basto e negro. Para Clô, habituada com seus jovens e maneirosos namoradinhos do Moinhos de Vento, Pedro Ramão foi uma rajada de ar fresco. Ela estava cansada de ser a Tilde da mamãe, das más notas em Física, Química e Matemática, do sobrecenho sempre carregado do pai engenheiro e de todas aquelas sensações confusas que corriam debaixo de sua pele. Na terceira visita de Pedro Ramão a seu pai, em vez de abrir a porta para que ele saísse, ela se pôs na frente dele e disse:

– Quero me casar com você.

Pedro Ramão se confundiu e quase desmoronou a sua imagem, com uma voz fininha e amedrontada, que só sabia dizer:

– Que é isso, menina? Que é isso?

Provavelmente tudo teria terminado aí, se Clô, subitamente, não tivesse ficado séria e tirado de dentro de si, pela primeira vez, uma nova e morna voz para dizer:

– Acho que você gosta de mim.

Com medo que aquela voz indiscreta de menino lhe escapasse novamente, Pedro Ramão ficou mudo, apertou os lábios e concordou gravemente com a cabeça. Aí, como sempre fazia para acalmar seu pai, Clô adoçou os olhos e o sorriso e lhe deu o tempo que ele necessitava para recompor o macho.

– Bueno – disse Pedro Ramão novamente com sua voz normal –, amanhã vou falar com seu pai.

E, em lugar do beijo que Clô esperava, lhe estendeu a mão para um aperto absurdamente viril. Anos mais tarde, recordando a cena, Clô explicaria:

– Se Tilde não fosse tão bobinha, teria visto logo quem ele era.

Mas Tilde, mais do que bobinha, era inexperiente. A partir daquele dia, deixou que Pedro Ramão se transformasse no ponto final de tudo que a aborrecia. Um mês depois, quando Pedro Ramão a beijou pela primeira vez, ela se considerou em férias. A mãe choramingou que era uma injustiça, que Tilde era uma criança e que não conhecia nada do campo. Mas o pai respondeu que Pedro Ramão era um homem maduro, que sua avó tinha casado com quinze anos e que ele não confiava no mundo de hoje. Do último andar do palacete, desceu finalmente a avó Clotilde, que deu o veredicto final:

– Conheço a raça, ou ela casa ou vira a cabeça.

Assim Clô casou e foi para o interior do município de Correnteza, ser rainha de 62 quadras de sesmaria. Depois de fechar a porta do quarto, com uma solenidade de pedra, Pedro Ramão limpou duas vezes a garganta, mas nem assim se livrou da voz infantil para dizer:

– Se tu tens alguma coisa para me dizer que eu ainda não sei, acho bom dizer agora.

Clô balançou sorridente a cabeça de um lado para outro, enquanto Pedro Ramão tossia, recuperava sua voz adulta e dizia:

– Bueno, então vamos, porque amanhã tenho que levantar cedo.

Curiosamente Clô levou muito tempo para falar de sua noite de núpcias. Da primeira vez que se analisou, ela deu de ombros, disse que todas eram iguais e evitou o problema. Somente na segunda análise, quinze anos depois, foi que ela resumiu sua noite de núpcias numa frase:

– Foi como ser atropelada – disse. – Clotilde sofreu um choque e depois não sentiu mais nada.

Dormiu quando o dia amanhecia, certa de que acordaria odiando seu marido. Inexplicavelmente para ela, acordou necessitando desesperadamente de sua atenção. Pedro Ramão só voltou para casa ao anoitecer, e cortou os carinhos da jovem esposa com quatro palavras secas:

– Tudo tem sua hora!

Clotilde se encolheu e nunca mais discutiu a hora nem os dias escolhidos. Terças, quintas e sábados amanhecia com os olhos pregados no forro, mas quartas, sextas e domingos sentia novamente falta do marido. Eram esses dois anos de passividade que tornavam a súbita rebelião de Clô incompreensível para Pedro Ramão. Enquanto caminhava ao encontro dela, ele repassava um a um os peões de sua estância e não encontrava ninguém para merecer a suspeita. Quando ele avistou Clô, ela tinha se voltado e seu perfil, recortado contra a porta, destacava exageradamente seu ventre. Ela ouviu os passos do marido e se voltou sorridente. Mas, em seguida, percebeu o olhar furioso de Pedro Ramão e não conseguiu mais bater suas asas de borboleta. A mulher amedrontada que Pedro Ramão conduziu para o quarto não era a nova Clô, mas a velha e submissa Clotilde.

— Bueno — disse ele jogado Clô sobre a cama — quem é ele?

Clô teria rido, jogando a cabeça para trás e encarado o marido com os olhos faiscantes. Mas Clotilde, repentinamente ressuscitada, se encolheu toda trêmula e choramingou:

— Meu Deus, Pedro, como você pode pensar isso de mim?

Naquele instante ela moveu o corpo e a sua gravidez se tornou tão evidente que o marido sentiu o absurdo de sua suspeita. Mas como já estava com o gesto dentro de si, apanhou Clô pelo braço direito, a ergueu da cama e a esbofeteou. Clotilde entrou em pânico, cobriu o rosto com a mão esquerda enquanto tentava soltar a direita e desandou em gritos absurdos e desesperados.

— Pai — ela gritava —, não me bata, não me bata!

Nem Pedro Ramão sabia ao certo o que estava acontecendo dentro de si. Ele a esbofeteou ainda duas vezes, depois se ajoelhou sobre ela, manteve seu corpo preso debaixo dele e continuou batendo, enquanto o sangue esguichava do nariz e dos lábios partidos de Clô e manchava seu vestido e os lençóis. Pedro Ramão só parou de bater quando do lado de fora da porta a preta Camila começou a pedir pelo amor de Deus que ele parasse. Aí então ele se ergueu da cama, sungou as calças, limpou a baba que tinha lhe escorrido da boca e avisou com uma voz surda:

— E se me desobedecer de novo, vai apanhar de cinta.

Abriu a porta, empurrou Camila para o lado e foi até o quarto de Siá Firmina. Antes que ele dissesse uma só palavra, ela lhe deu a absolvição:

— Bem que ela tava percisando — guinchou.

— É — concordou Pedro Ramão como um rapazinho aprovado por uma boa ação —, é, tava mesmo. Mas não tem ninguém na vida dela, Siá Firmina.

A velha examinou com seus olhinhos rápidos o rosto decomposto de Pedro Ramão e resolveu se dar por paga.

— Vai ver que me enganei.

— Ela só é aluada — reforçou ele —, como todas essas grã-fininhas da capital.

— É — concordou Siá Firmina de olhos baixos —, vai ver que é isso.

— Essa coça — insistiu ele — vai pôr ela na linha.

Tornou a sungar as calças, ajeitou a gravata e ordenou:
– Vá lá ver se tudo está em ordem com ela.
– O senhor bateu na barriga?
– Não, só dei na cara.
– Entonces não tem perjuízo – tranqüilizou ela.

Mas mesmo assim levantou obediente e foi cumprir as ordens. Quando entrou no quarto, Camila estava limpando o rosto de Clô com uma toalha molhada.

– Deixa que eu limpo – disse Siá Firmina.
– Não se preocupa – respondeu a preta Camila firmemente –, eu mesma cuido de dona Titinha.

Siá Firmina teve um risinho seco, examinou satisfeita os lençóis manchados, aproximou sua cara de ratazana de Clô e guinchou triunfalmente:

– Aprendeu o que era doce? Fica sabendo que já quebrei o queixo de muita potranca bem mais teimosa do que tu, tá me ouvindo?

Enroscada dentro de sua humilhação, Clô não respondeu. Mas, por um segundo, seus olhos faiscaram com um ódio tão grande que a preta Camila, involuntariamente, quase se benzeu.

5. Clô ficou três semanas isolada no quarto, com as venezianas fechadas e a luz apagada. Era Clotilde quem tinha os lábios partidos, o nariz e as faces inchadas, mas era Clô quem sofria as dores do espancamento. Como sempre faria dali por diante, ela se deixou ficar no escuro, como um animal ferido, sem chorar nem gemer, mastigando sua vida como se fosse um pedaço de carne dura. Para Joana, que Camila havia arrancado do quarto da mãe um minuto antes da agressão, mentiram que a mãe estava muito doente e que não podia ver ninguém. Siá Firmina rondava a porta do quarto, dia e noite, feliz e satisfeita, chegando até às vezes a assobiar velhas e desafinadas valsinhas. Camila entrava e saía com os pratos intocados e não atinava com o que dizer. Três semanas depois, Clô saiu e foi se sentar à beira do açude, onde ficou até a noite. No dia seguinte, sentou sozinha na mesa de jantar, apagou a luz elétrica, acendeu duas velas e disse, como se estivesse dando o anúncio para uma mesa cheia de convidados:

– Clotilde decidiu que vai ter uma filha.

Siá Firmina, que estava vigiando o jantar, veio furiosa do fundo das sombras e guinchou:

– Tu toma jeito, tá me ouvindo? Tu toma jeito. Se tu pare outra fêmea, o teu marido te larga.

Clô nem sequer olhou para ela, ergueu a cabeça e, com voz firme, pediu a Camila que servisse o jantar. Siá Firmina ainda ficou cinco minutos arengando ao seu lado, mas finalmente desistiu. Clô começou então a escrever nomes femininos nos espelhos da casa. Eles ficaram cobertos de Marias, Alices, Olívias, Paulas e Helenas, escritos com batom, lápis de sobrancelha e até mesmo sabonete. Siá Firmina, furiosa, apagava diariamente todos os nomes, mas no dia seguinte lá estavam eles de novo.

– Tá perdendo tempo – guinchava ela pelos corredores –, tá perdendo tempo.

Mas se preocupava visivelmente, e por isso Clô passou também a escrever nomes femininos em tudo que lhe vinha às mãos. Estelas, Madalenas, Felícias, Luísas e Teresas apareciam nos guardanapos, nas toalhas, no peitoril das janelas e até no tronco caiado dos eucaliptos que cercavam a casa. Siá Firmina sumiu com os lápis, esvaziou os tinteiros, jogou fora as canetas e apreendeu os batons e lápis de sobrancelhas. Os nomes passaram então a ser escritos com carvão, gordura e inseticida.

– Bueno – guinchou ela finalmente –, acho que a menina tá pedindo outra lição.

E mandou chamar Pedro Ramão. Mas há um mês que ele se remoía de remorsos, pedia a opinião de amigos sobre maridos que batiam na mulher e procurava se informar sobre acidentes na gravidez. Teve um pesadelo monstruoso, no dia em que um conhecido lhe disse que espancamentos poderiam provocar o nascimento de filhos deformados. Viu, em sonhos, Siá Firmina lhe entregando um bebê sem cabeça e acordou aos berros. Por isso o recado da parteira o apanhou de ânimo mais pacífico.

– Afinal – ele se repetia há uma semana –, ela é uma criança.

Resolveu protelar a visita, disse que tinha negócios urgentes e que somente poderia ir à estância dois dias depois. Siá Firmina cometeu a imprudência de contar o adiamento para Clô e repentinamente a mulherzinha submissa desapareceu.

– Acho – disse ela zombeteira – que o maridinho de Clotilde merece uma surpresa.

— Surpresa é o que tu vai ter — respondeu Siá Firmina com a voz espremida de raiva.

Mas na verdade quem teve a surpresa foi Pedro Ramão. Uma noite antes de sua vinda, Clô apanhou todas as latas de tinta que estavam no depósito e trabalhou das onze às cinco da manhã, pintando nomes femininos pela casa toda. Desta vez não eram apenas espelhos, vidraças e peitoris de janelas, mas também paredes, portas, assoalhos e móveis que estavam cheios de Marias, Amélias, Helenas e centenas de outros nomes femininos. Como Pedro Ramão queria que seu filho se chamasse Manoel, Clô concluiu o seu trabalho pintando uma Manoela que tomava metade do forro do quarto de casal. Pela primeira vez, Siá Firmina se assustou. Acordou às cinco e meia, seguiu as pinturas pela casa toda e depois, com guinchinhos tão finos que pareciam pipilos de pardal, saiu para fora da casa, fazendo o sinal-da-cruz. Quando Pedro Ramão chegou, ela estava transtornada, apontava para a porta de entrada e dizia:

— Ela ficou endemoniada, ela ficou endemoniada.

Pedro Ramão correu para casa esperando encontrar Clô aos berros e rolando pelo chão. Passou em largas passadas pela sala e só foi perceber as pinturas quando já estava no fim do corredor. Aí, completamente confuso, refez com vagar seu caminho e começou a ler nome por nome. Foi indo assim, balbuciando os nomes pintados, até o quarto de casal, quando leu o que estava escrito no forro e finalmente entendeu o que estava acontecendo. Ele ainda estava de cabeça erguida, quando Clô entrou com um vestido branco coberto de nomes femininos.

— Clotilde — disse ela — vai ter outra menina.

Clô tinha manchas de tinta nos braços, nas mãos, no rosto e nos cabelos. Trazia Joana pela mão, a menina também vestida como ela, com nomes femininos pintados na camisola. Explodiram tantos e tão desencontrados pensamentos na cabeça de Pedro Ramão, que ele não conseguiu falar. Contornou cuidadosamente Clô, saiu do quarto e correu para fora.

— Vou chamar um médico — berrou para Siá Firmina.

Então, pela primeira vez, desde que tinha nascido, Clô jogou a cabeça para trás e riu, um riso quente, desafiador e feroz. Siá Firmina ouviu, deu alguns guinchos furiosos e foi se abrigar no galpão. Enquanto isso, Clô passeava em triunfo pela casa, comentando em voz alta os nomes preferidos.

– Gosto de Helena – dizia –, gosto ainda mais de Maria.

Camila assombrada, a um passo dela, não sabia o que fazer, a não ser concordar com tudo o que Clô dizia, porque tinham lhe dito que com louco não se discute.

– Maria Dias Ramão – repetia Clô –, não é que fica bonito?

– Sim, senhora – dizia Camila –, sim, senhora.

Finalmente as duas voltaram para o quarto de casal, onde Joana brincava com um pincel. Clô se ajoelhou ao lado da filha, lhe deu um beijo rápido e disse:

– Meu amor, você vai ter uma irmãzinha.

Mas Joana, fascinada pelo pincel, não estava interessada na família. Clô então se ergueu, deu alguns passos pelo quarto, redescobriu o nome escrito no forro e deu uma risada:

– O filho dele – disse – ia se chamar Manoel, não ia?

– Ia, sim, senhora – respondeu Camila.

– Pois então a filha de Clotilde vai se chamar Manoela.

E desandou novamente num riso feroz. Depois, no entanto, se aquietou e pediu solvente para limpar as mãos. Camila saiu rápida e obediente e voltou com uma lata. Clô tinha se sentado na cama e olhava para além de Joana. Camila sentou a seu lado e começou a limpar delicadamente seu rosto e suas mãos. Quando terminou a tarefa, sugeriu que seria melhor limpar a casa toda.

– Já que a senhora escolheu o nome de Manoela – disse muito suavemente –, o resto poderia sair.

– Não – respondeu Clô decidida –, quero que fique tudo assim até o médico chegar.

Amenizou a voz, pôs a mão no ombro de Camila e explicou:

– Aí ele vê que fiquei louca, me leva daqui e Clotilde pode ter a filha no hospital.

Riu baixinho e segredou para a cozinheira:

– Vou me livrar daquela maldita velha, Camila.

Mas Clô estava enganada, porque, como lhe disse madame Kriska pouco depois, Clotilde era de Gêmeos e não podia fugir ao seu destino. Tinha um encontro marcado com Siá Firmina no parto.

6. Depois da segunda derrapagem, Pedro Ramão desacelerou o carro e os pensamentos. Essa era a vantagem das estradas de terra, dizia o prefeito, ninguém pode sair de cabeça quente e desabafar no acelerador sem dar com os cornos na primeira curva. Evitando os buracos e amaciando as costeletas, Pedro Ramão começou a perder os sustos. Vá lá que não era normal sair pintando nomes femininos pela casa toda, mas daí a ser doida ia uma distância enorme. Doida tinha sido a mulher do Inácio, que se deitava nos trilhos do trem, toda vestida de noiva, esperando o direto de Santa Maria. Mais doida ainda que ela era a prima Esmeralda, que de repente apareceu num arremate de Polled Angus, servindo mate gelado e nua em pêlo. Ninguém estava livre de uma desgraceira dessas. Mas havia muita diferença em só pintar nomes femininos pela casa. Especialmente levando em conta que Titinha era menina de cidade. Tivesse se criado no campo e no respeito aos mais velhos e nem ia sonhar em pegar um pincel, quanto mais um balde de tinta. Mas grã-fininha do Moinhos de Vento, mimada pela família inteira, era mesmo cheia de dengues. Ora, onde já se viu pensar em ter outra filha mulher? Isso era mesmo coisa de cabeça avoada. Soubesse ela a trabalheira que dava colocar uma fêmea num bom casamento e nem sonharia com rendinhas cor-de-rosa.

— Vai ser macho — berrou ele em voz alta e teve um riso grosso e sacudido.

Deixou o carro rodar macio pela areia da estrada, cancelou definitivamente a visita ao médico e se pôs a pensar numa saída para o assunto. Cinco minutos depois, parou o carro no Poço dos Saraiva, tomou vários goles de água fresca na fonte, limpou o suor da testa com a manga da camisa e ficou espiando o campo que amarelava debaixo do sol de novembro. Fosse o que fosse, decidiu, era mais manha do que doença. Chegou a pensar em voltar, pôr Clô sobre os joelhos e lhe dar meia dúzia de palmadas no traseiro. O problema era aquela barriga, pontuda e alta, que, segundo Siá Firmina, garantia seguramente um macho.

— Eta porcaria — resmungou.

Então, como sempre lhe acontecia nos momentos de indecisão, Pedro Ramão começou a ter um sono invencível que lhe chumbava os olhos e as pernas. Foi bocejando para o carro, abriu as portas de par em par e se espichou no banco traseiro.

— Eta porcaria — repetiu novamente, e um minuto depois já estava dormindo.

Na estância, acuada dentro do galpão, caminhando de um lado para outro e espreitando ora para a casa, ora para a estrada, Siá Firmina se impacientava.

– Já são horas – guinchava fininho –, já são horas.

Por toda a estância a peonada piava fino, falava pouco e aos cochichos, cheirando a pólvora que havia no ar. Quando o sol desceu e se avermelhou, Clô também se tornou inquieta. Foi até a cozinha, espiou as panelas, reexaminou as pinturas e, por fim, abriu a porta e olhou a estrada. Da casa até o horizonte não havia um só fio de poeira.

– Já devem estar por aí – acalmou a preta Camila.

– É, vai ver que estão.

Mas qualquer coisa dentro de Clô descompassava da concordância. Se Pedro Ramão tivesse lhe batido novamente, expulsado de casa ou regressado com policiais em vez de médicos, Clô teria sabido enfrentar a situação. Mas à medida que as horas passavam e nada acontecia, não era Clô mas Clotilde, com todos os seus medos, que se angustiava dentro de casa. Quando o motor que fornecia energia elétrica para a estância começou a funcionar, ela por duas vezes julgou estar ouvindo carros que se aproximavam.

– Quando eles chegam no Poço dos Saraiva – informou Camila –, o farol já aponta lá no fundo.

Clô sentou na sala e ficou esperando as luzes. Joana jantou e foi posta na cama, os peões desertaram do galpão e a noite continuou muda.

– Vai ver que ele furou um pneu na estrada e chegou tarde na cidade – sugeriu a preta Camila.

– Aí tem coisa – disse Clô –, aí tem coisa.

– Tem nada – desmentiu enérgica a cozinheira. – Se tivesse, a Siá Firmina não tava lá no galpão como um tigre enjaulado.

Isso aquietou Clô, que foi dar boa noite a Joana e voltou para seu quarto. Por duas vezes, antes da meia-noite, julgou ter ouvido o motor de um carro, levantou e foi até a sala espiar a noite. O campo todo parecia tranquilo. Da última vez que voltou para o quarto, levou uma lanterna e ficou à espera da parada do motor. Quanto ele silenciou, ela finalmente adormeceu. Cinco minutos antes, o carro de Pedro Ramão, resfolegando brandamente, havia encostado ao lado do galpão. Os cães se puseram de pé, mas, reconhecendo o dono, não latiram e se aproximaram do carro abanando alegremente as caudas. Pedro Ramão então desligou o carro e ficou esperando que o motor parasse. Quando a luz piscou e apagou, ele tirou um sanduíche do porta-luvas e começou a mastigar tranqüilamente. Quinze minutos depois, desceu do carro e foi para o galpão, onde Siá Firmina estava a sua espera.

— E o tal de médico?

Ele não lhe deu resposta, passou por ela, foi até a barrica d'água e bebeu duas conchas cheias.

— Calculei – disse em voz baixa – que, vindo em lenta, ninguém ia me ouvir por causa do motor.

— É – concordou Siá Firmina –, não se ouviu nada.

— Foi o que calculei – repetiu Pedro Ramão satisfeito.

— E o médico – insistiu ela –, vem ou não vem?

Mais uma vez Pedro Ramão não lhe deu resposta. Foi até a porta do galpão, olhou a casa e perguntou:

— Ela fez muita estripulia?

— Não – respondeu Siá Firmina.

— Não quis tocar fogo na casa, não quebrou a louçaria?

— Não, não – guinchou Siá Firmina impaciente.

— Galopou por aí, foi tomar banho no açude?

— Ficou quieta em casa o tempo todo.

— Ah – disse ele feliz –, isso é bom.

— E o tal de médico? – guinchou impaciente Siá Firmina.

— Fala baixo – advertiu ele rápido.

Depois, sempre olhando para casa, finalmente respondeu a pergunta dela:

— Não vai ter médico – disse.

Só aí olhou para ela. Os dois se encararam por um momento e logo arreganharam os dentes num sorriso silencioso.

— Foi muito bem pensado – disse ela –, ia ser mesmo um desperdício.

— Foi o que imaginei – concordou ele.

Tornou a voltar a sua atenção para a casa, espiou cuidadosamente o dormitório dos peões e depois disse:

— Me faça um favor, Siá Firmina.

— Desde logo – respondeu ela prontamente.

— Me chama o Juan e diga pra ele pra vir até aqui de pé no chão. Tu me ouviu bem? De pé no chão.

— Não sou surda – protestou a parteira.

E saiu para chamar o capataz. Mas antes que cruzasse a porta, Pedro Ramão a deteve.

— Olhe – disse –, todo mundo tem seu lado de montar.

Siá Firmina, que não estava entendendo o que ele queria, não concordou nem discordou, apenas ergueu seu olharzinho de rata.

– No caso dela – continuou Pedro Ramão –, rabo-de-tatu não resolve.

– Não garanto – discordou Siá Firmina.

– Não resolve – insistiu ele. – Tu me conhece, perco a cabeça e ainda termino lastimando o piá.

– Bueno – disse ela de maus modos –, o pobrema é seu.

– Te garanto – disse ele incisivo – que vou quebrar o queixo dela de outro jeito.

Deu uma palmadinha amistosa no ombro da velha e concluiu:

– Essa egüinha vai ficar de vir beber água na mão.

E empurrou Siá Firmina para fora sem dizer o que pretendia fazer com Clô.

7. Quando Juan chegou, Pedro Ramão também estava descalço e esperava por ele na porta do galpão. Agora havia uma luazinha pálida no céu, que recortava a casa contra o campo e as árvores. Juan se apresentou, silencioso como sempre, com uma leve inclinação de cabeça, que não teve resposta do patrão.

– Vamos entrar – disse Pedro Ramão, com um toque marcial na voz, como se estivesse falando da ocupação de uma fortaleza.

A única reação de Juan foi uma chispa de curiosidade que passou por seus olhos escuros.

– Tu vais ficar de guarda na porta do meu quarto – continuou Pedro Ramão. – Se a minha mulher acordar, tu não pode deixar que ela saia. Segura a porta, prende os braços dela, faz o que tu quiser. Só não me lastima a Titinha porque ela está esperando filho.

Esperou que Juan inclinasse duas vezes a cabeça e caminhou cuidadosamente para casa, seguido pelo capataz. Silenciosamente abriu a porta de entrada e entrou, rebocando Juan pelo braço. Na frente da porta de Clô, ele soltou o capataz e o deixou no posto. Em seguida continuou pelo corredor e entrou no quarto da pequena Joana, que dormia com a babá. Só aí ele acendeu a lanterna, virando o facho de luz para o chão. Examinou o sono tranqüilo da filha e fechou com vagar a porta do quarto. Ela rangeu e ele se imobilizou por um segundo, mas nem Joana nem Chica acordaram. Ele então sacudiu levemente a babá.

– Acorda – sussurrou –, acorda.

Chica abriu os olhos, avistou o patrão e não abriu a boca.

– Te levanta sem fazer barulho – ordenou Pedro Ramão em voz baixa.

Chica imediatamente deslizou para fora da cama e ficou à espera de novas ordens. Pedro Ramão então abriu a janela do quarto, cheio de cautelas, pôs a lanterna no peitoril e fez sinal para que ela se aproximasse.

– Pula – disse –, que vou te passar Joana.

Chica pulou a janela, enquanto ele enfiava as mãos por baixo do lençol e tirava Joana da cama, como se fosse um pequeno pacote, envolto em lençóis e cobertores. Durante toda a operação Joana apenas acomodou melhor a cabeça no travesseiro e continuou dormindo. Pedro Ramão então foi até a janela e depositou a pequena nos braços de Chica, com um sopro de advertência:

– Cuidado com ela!

Chica vergou mas manteve o equilíbrio. Pedro Ramão então apanhou a lanterna e, por sua vez, pulou a janela.

– Vá devagar – recomendou para a babá.

E pacientemente iluminou o caminho até o carro. Ali, mais seguro, retomou a filha, fez com que Chica entrasse primeiro para o banco de trás e novamente lhe passou a criança.

– Eta soninho de pedra – riu baixinho.

Em seguida se voltou para Siá Firmina, que ao lado do carro acompanhava o seqüestro em silêncio, e ordenou que entrasse na frente.

– Eu fico – respondeu ela.

– Quando ela descobrir – disse ele –, vai ser uma baderna.

– Não tenho medo – guinchou ela irritada.

– Entre do mesmo jeito – comandou ele.

Siá Firmina entrou e bateu a porta. Foi como um tiro dentro da noite. Joana teve um sobressalto no banco traseiro e, por um segundo, parecia que Pedro Ramão bateria na parteira.

– Tou nervosa – se desculpou ela.

– Tu tá é mal-intencionada – rosnou ele.

Tomou seu lugar e ligou o carro. O motor explodiu escandaloso como uma algazarra. Mesmo assim, ele aguardou um momento, de olhos fixos na casa, e só depois de meio minuto foi que partiu. Muitos anos depois, o primeiro analista de Clô lhe disse que ela não tinha acordado porque inconscientemente desejava se livrar da filha.

– Sabe – disse ele com seu petulante arzinho divino –, era uma forma de você se submeter ao machismo dele.

Clô riu e meses depois acertou as contas com ele. Mas na verdade ficou abalada pela explicação, porque jamais conseguiu descobrir por que não acordou na noite em que Pedro Ramão levou sua filha. Na porta do seu quarto, com o barulho do motor ecoando pela casa toda, Juan ficou tão tenso que teve câimbras nos braços e nas pernas. No entanto, nem mesmo quando ele, com os músculos torcidos, tropeçou numa cadeira da sala houve qualquer movimento no quarto. Clô dormia e continuou dormindo até que o sol se ergueu sobre a casa e a janela do quarto de Joana bateu. Como sempre fazia, ela se deixou modorrar por alguns momentos e foi aí, pouco a pouco, que se deu conta do inusitado silêncio que cercava a casa. Não se ouvia nem o bater dos cascos, nem o tinir dos arreios e tampouco as risadas dos peões. Ela sentou na cama, subitamente alerta.

– Deus me ajude – disse em voz alta.

Saltou rapidamente da cama e, ainda de camisola e pés nus, correu para a sala. Não encontrar nem Pedro Ramão nem o médico a desconcertou momentaneamente e ela chamou:

– Camila, venha cá.

Se voltou para a porta da cozinha, mas o umbral permaneceu vazio. Ela então abriu a porta e saiu para o alpendre. O pátio estava deserto. Quando a janela aberta tornou a bater foi que ela teve um pressentimento e se precipitou para o quarto de Joana, chamando pela babá. Quando abriu a porta e viu, no mesmo e fulminante olhar, as camas vazias e a janela aberta, Clô se deixou cair com um grito rascante de animal ferido. A um quilômetro de casa, conduzindo os últimos cavalos, Pablito foi alcançado pelo desespero de Clô e fez o sinal-da-cruz. Ainda voltou a cabeça para a casa, mas o olhar duro de seu pai o obrigou a prosseguir.

Clô gritou por mais de uma hora, jogada sobre a cama e abraçada ao colchão de sua filha. Depois se ergueu, arquejante, e foi bater os quartos da casa, numa busca que ela sabia sem esperança. Saiu depois desatinada para os fundos e vasculhou o galpão, as estrebarias e o alojamento dos peões. A sede da Estância Santa Emiliana dos Milagres estava deserta. Até os dois ovelheiros tinham acompanhado o êxodo geral ordenado por Pedro Ramão. Clô voltou cabisbaixa para casa e sentou na beirada do alpendre, onde por alguns momentos Clotilde renasceu e se lamuriou baixinho:

– O que foi que eu fiz, meu Deus, o que foi que eu fiz?

Mas foi Clô que, minutos depois, ergueu um punho furioso para o céu e gritou:

– Ele me paga! Juro que ele me paga!

Então seu ódio explodiu, ela entrou em casa amaldiçoando o marido e se pôs a quebrar tudo o que lhe passava pelas mãos. Quando não havia mais quadros, vidraças e vasos inteiros na sala, ela foi para a cozinha esvaziar armários e prateleiras. Finalmente, como uma tigresa acuada, ela foi para os quartos, até que não restou mais nada intacto na casa toda. Só então, sem fôlego e com o ventre escoiceando dentro dela, foi que Clô se sentou ofegante no chão da sala. Naquele exato momento, Pedro Ramão examinava a posição do sol e dizia em voz alta:

– Bueno, já são horas de visitar a minha mulherzinha.

Diante dele, como um exército desmoralizado de prisioneiros, estavam todos os criados da casa, inclusive Camila, arrancada pessoalmente da cama pelo capataz e impedida de avisar Clô. A peonada toda tinha sido enviada para o campo e apenas Juan e seu filho vigiavam, para que ninguém descumprisse as ordens do patrão, de não se aproximar da sede da estância. Pedro Ramão foi até o carro, abriu a porta e depois, como se tivesse tido uma súbita inspiração, se voltou e pediu:

– Juan, me dá o rabo-de-tatu.

Camila baixou os olhos e começou a pedir baixinho por Clô e seu pobre ventre para Nossa Senhora do Bom Parto.

8. Clotilde estava morrendo no meio dos cacos, quando ergueu os olhos e avistou uma fina serpente de poeira, que coleava sobre as coxilhas e se aproximava da estância. Tinha apenas dezenove anos e ser usada, desamada e espancada tirou dela qualquer possibilidade de sobrevivência. Ela choramingou por alguns instantes e morreu quietamente e sem estardalhaço, sentada num canto da sala e com um desespero no ventre. Em seu lugar, dos desencontros do amor e das impotências do ódio, nasceu definitivamente Clô. Ela viu a poeira que se enroscava atrás do carro e rosnou:

– Animal!

Apoiou o braço na parede e tentou se erguer. Uma dor aguda lhe mordeu as cadeiras, ela gemeu involuntariamente e se deixou cair. Depois, respirou fundo, pousou a mão esquerda no ventre e tentou aquietar seus movimentos.

– Pego uma faca – disse com a respiração entrecortada – e mato aquele animal.

Olhou para a porta aberta da cozinha, tornou a se apoiar na parede e ergueu o corpo do chão. Seu ventre então se contraiu violentamente. Clô arquejou e ele se expandiu, subiu pelo seu tórax, desceu pelos braços e pelas pernas e tomou conta do corpo todo.

– Meu Deus – soluçou ela, numa voz agoniada vinda das entranhas.

Olhou desatinada a sua volta e tentou dar um passo, mas foi jogada contra a parede pela dor. Aí, meio urrando, meio rindo, ela se pôs a falar com o seu ventre:

– Calma – dizia –, calma. Seremos só nós dois. Mas me deixa chegar no quarto, pestinha.

Como se entendesse, o ventre relaxou e ela se jogou para o quarto. No meio do corredor foi novamente apanhada pela dor e, pela primeira vez, gemeu alto e forte e isso a aliviou.

– Agora falta pouco – disse ela em voz alta.

Mais uma vez, na pausa da dor ela conseguiu caminhar e chegou à porta do quarto. Os lençóis estavam em tiras pelo assoalho e as molas pendiam molemente do colchão eventrado.

– Droga – disse ela meio rindo –, se eu soubesse teria poupado o quarto.

A dor voltou, agora mais urgente, e ela se apoiou na moldura da porta e se deixou escorregar pelo chão. Ali urrou selvagemente, até que não sentiu mais nada.

– Menina – disse –, você vai nascer no chão.

Ofegante, começou a reunir o que sobrava dos lençóis e dos vestidos, para formar uma espécie de leito, debaixo de suas pernas. Por duas vezes, foi obrigada a interromper a tarefa para assimilar a dor. Nas duas vezes, ela se curvou sobre si mesma e urrou até esvaziar os pulmões.

– Faz bem – explicou ao seu ventre –, é barulhento mas faz bem.

Então se lembrou do umbigo do bebê e por um segundo teve medo. Mas logo em seguida, se apoiando na cama, conseguiu ir até um dos criados-mudos, abrir a gaveta e apanhar uma tesoura. Quando girava o corpo para voltar, viu um vidro de óleo de amêndoas que usava para a pele e uma frase veio do fundo de suas aulas de religião.

– Untado com óleo – ela repetiu em voz alta.

Riu, apanhou o vidro e disse, alisando suavemente o seu ventre distendido:

– Menina, você vai nascer como os santos, untada em óleo.

Voltou para seu ninho de lençóis, pôs a tesoura e o vidro de óleo a seu lado e ficou, com os olhos brilhantes, à espera da dor.

– Ah – dizia –, nunca mais quero ninguém a meu lado quando eu tiver meus filhos.

E urrava numa mistura de dor e prazer. Lá fora, Pedro Ramão caminhava para a casa sem ouvir Clô. Vinha com o vento em suas costas e batia compassadamente, com o rabo-de-tatu, no cano de suas botas, certo de que não precisaria usá-lo para completar a lição dada a sua mulher. Para além do pátio da casa, Siá Firmina aguardava, enroscada dentro do carro, os acontecimentos. Estava pronta para intervir, caso fosse necessário. Mas, como suas contas não eram as contas de Clô, ela estava tranqüila. O sol estava a pino e a terra requentava num calor desusado. Pedro Ramão parou a cinco passos da casa e berrou, com uma pontinha de ironia na voz:

– Ó de casa!

Houve um sacudir de vento nos eucaliptos e nada mais. Ele então, sorridente, subiu para o alpendre, e estava abrindo a porta quando um urro de Clô veio enlouquecido pelo corredor e o apanhou:

– Titinha – ele berrou.

E se precipitou para dentro, esmagando os cacos, até chegar à porta do quarto, onde quase esbarrou em Clô, que, meio sentada e com o torso apoiado nos braços esticados atrás de si, se retesava num arranco animal.

– Titinha! – ganiu ele, mais uma vez apanhado na armadilha daquela ridícula voz infantil, que se espremia dentro dos seus momentos de pânico.

Mas, em vez de entrar no quarto e auxiliar Clô, Pedro Ramão recuou amedrontado, bateu com as costas na parede do corredor e então correu para fora de casa, se esganiçando como um menino.

– Siá Firmina, acuda! Siá Firmina, acuda!

O vento entrou pela sala, passou pelo corredor e trouxe para Clô apenas os sons dos is. Mas, mesmo ensopada de dor, ela reconheceu o nome de Siá Firmina e gritou ferozmente para seu ventre:

– Vamos, sua pestinha, depressa! Você tem que nascer antes que a velha chegue aqui.

Por um instante o ventre relaxou, os músculos repousaram e o corpo inteiro descansou. Clô respirou fundo, fechou os olhos e se preparou para a dor. Enquanto isso, aos tropeções, porque de repente até suas botas pareciam de chumbo, Pedro Ramão chegou ao carro, abriu a porta e, apontando para a casa, disse com sua voz fininha:

– Depressa, Siá Firmina, ele está nascendo.

Um relâmpago de triunfo cruzou os olhinhos de rata de Siá Firmina e, instantaneamente, ela se tornou senhora da situação.

– Manha – guinchou sem mover um dedo –, pura manha. A parição dela é para o mês que vem.

– Não, não – insistiu Pedro Ramão frenético com sua flautinha –, eu estive lá, eu vi.

– O senhor não entende de parto – guinchou Siá Firmina com um toquezinho de pouco caso.

Pedro Ramão resfolegou de fúria, pigarreou várias vezes até recuperar sua voz de patrão, apanhou Siá Firmina pelo braço e a suspendeu para fora do carro.

– Não discuta comigo – berrou.

Siá Firmina, apanhada de surpresa, tentou abrir a boca e protestar, mas a mão de Pedro Ramão a apanhou no meio das costas e a jogou para frente.

– Vá ajudar ela – ordenou com raiva.

Mas não deu mais um passo, enquanto Siá Firmina, a custo, recuperava o equilíbrio e trotava para a casa, com o máximo de rapidez que permitiam suas perninhas finas de ratazana. Pedro Ramão limpou o suor do rosto, andou desordenadamente ao redor do carro mas não se aproximou da casa. Para ele, o que estava acontecendo lá dentro era uma dessas coisas misteriosas que só mulher podia entender e participar. Siá Firmina entrou na casa, abriu caminho cuidadosamente entre os cacos da sala e do corredor e, sem pressa, chegou à porta do quarto. Foi dali, imóvel e sem a menor emoção, que ela assistiu ao ventre de Clô, num último arranco, expelir um serzinho coberto de sangue e palpitante de vida. Só então ela se moveu com a rapidez de costume, se ajoelhou por entre as pernas abertas de Clô e apanhou o bebê. Clô, exausta, não fez um gesto para impedir a sua intervenção. Jogou a cabeça para trás, aspirou um grande sorvo de ar e perguntou:

– O que é?

Siá Firmina atou e cortou o umbigo do bebê e só depois olhou para Clô e deu a resposta.

9. Abriu a boca com a cara contraída, como se fosse anunciar o contrário, e então sorriu e guinchou triunfalmente:

– É macho!

Clô não conseguiu responder. Por um instante enfrentou os olhos chispeantes de rata de Siá Firmina e, em seguida, com o resto das forças que lhe restavam, ergueu o torso e se debruçou sobre o bebê que esperneava entre os trapos.

– Que mais tu esperava? – riu Siá Firmina. – Quando eu garanto que não racha, não racha.

Clô não se moveu, olhando incrédula para o pequeno sexo do menino. Então um desespero enorme cresceu dentro de sua carne ferida e ela abriu escancaradamente a boca, como se fosse gritar. Mas nem um som saiu de sua garganta. Clô ficou assim de boca aberta, num terrível grito mudo, enquanto as lágrimas lavavam o seu rosto. Siá Firmina, assustada, puxou o bebê para fora do alcance da mãe e o apertou contra seu corpo magro, enquanto Clô rebentava em soluços que sacudiam todo o seu corpo.

– Filho é filho – guinchou Siá Firmina.

Mas Clô estava distante dali, toda voltada para dentro de si mesma, tentando compreender aquela traição do seu próprio útero. Ficou assim por longos minutos, até que os soluços foram diminuindo e ela se deixou cair, no ninho que tinha feito, e dormiu esmagada, no meio dos trapos ensangüentados.

– Quem faz paga – soprou a parteira convicta.

Saiu com o bebê e o depositou no que restava da cama de Joana. Depois foi até a cozinha, lavou as mãos e saiu para o pátio. Pedro Ramão estava a sua espera.

– Entonces – perguntou –, o que é?

– O que eu disse que ia ser – respondeu ela azeda.

– Tu quer dizer macho?

– E com toda a ferramenta em ordem.

Pedro Ramão teve primeiro uma espécie de soluço, depois um meio riso e finalmente se virou pelo avesso, numa gargalhada vitoriosa. Mas nem assim conseguiu amenizar a cara de rata zangada de Siá Firmina, que não lhe perdoava os maus modos de uma hora atrás.

– Desamarra essa cara, véia – animou ele. – Vou te encher a guaiaca de dinheiro.

Siá Firmina teve então mais um arreganho de boca do que um sorriso, mas logo tornou a endurecer a voz:

– Acho bom ir buscar alguém, porque ela tá dormindo no meio da porcaria. Eu cuido do menino, mas não limpo ela.

Deu meia-volta e foi decidida para casa. Ele hesitou um momento, perdeu um pouco do entusiasmo inicial, mas terminou seguindo a parteira, para conhecer seu filho. De início não entrou no quarto e ficou na porta espiando o bebê que dormia, enquanto Siá Firmina enumerava as roupas que ele precisava comprar. Na metade da lista, Pedro Ramão a interrompeu com um gesto, se aproximou da cama e ordenou:

– Abre as pernas dele.

– A criança está dormindo – protestou Siá Firmina.

– Sou o pai dele – insistiu Pedro Ramão. – Abre as pernas do menino.

Ela deixou escapar um suspiro contrafeito e obedeceu a ordem. Pedro Ramão riu feliz.

– Olha só – disse –, olha só.

E saiu rindo para o corredor. Quando passou pelo quarto de casal, parou um instante, levou a mão ao trinco para abrir a porta, mas aí mudou de idéia e saiu para fora da casa. Quando chegou ao Poço dos Saraiva, fechou a cara, como acreditava que convinha a um patrão, abriu a porta do carro e anunciou com voz forte:

– É um macho!

Mas os últimos dias haviam terminado com a alegria da criadagem. Ninguém riu ou deu vivas como era costume. Vieram todos, com Juan à frente, lhe estender a mão e lhe dar frios e solenes parabéns.

– Obrigado – respondeu ele, apertando as mãos com energia.

Quando os cumprimentos terminaram e a última mão foi recolhida, ele ordenou que as criadas entrassem no carro. Do Poço dos Saraiva até a sede da estância foi uma viagem silenciosa. Quando chegaram, ele chamou Camila e ordenou:

– Toma conta da Titinha.

E sem esperar pela concordância dela, tornou a entrar no carro e foi para Correnteza, dar a notícia para sua mãe. As criadas trabalharam até a noite, varrendo os cacos e limpando a casa. Camila lavou as pernas e o ventre de Clô com água morna, passou um pano úmido em seu rosto e enxugou suavemente seus cabelos molhados de suor. Em nem um momento Clô abriu os olhos ou se moveu. Ficou num sono pesado até a tarde do dia seguinte, quando acordou e disse que tinha sede. Bebeu três copos de água da moringa, encarou Camila com olhos baços e disse:

– Ele me ganhou.

Camila, em vez de responder, segurou sua mão. Clô então quis ver o filho, mas, adivinhando que ele estava com Siá Firmina, pediu:

– Tire a velha de lá.

Camila não precisou ir até o quarto de Joana. Tão logo apareceu na porta, a parteira cruzou no corredor com um aviso estridente:

– O menino precisa mamar.

Como Pedro Ramão, também Clô se deteve por um momento na porta do quarto antes de entrar. Depois se aproximou vagarosamente da cama onde o bebê dormia e ficou a olhar para ele, sem um gesto.

– Parece com a senhora – animou Camila.

Clô não respondeu, deu as costas e saiu sem tocar o bebê. A surpresa de Camila foi tanta, que ela ainda estava na mesma posição, ao lado da cama, quando Siá Firmina voltou.

– E a mamada? – perguntou a parteira.

– Ela não deu de mamar – respondeu Camila.

Siá Firmina também se confundiu, saiu pela casa mastigando guinchos indecisos, e só se acalmou quando chegaram os novos colchões e lençóis enviados por Pedro Ramão. Camila refez o quarto de Clô, elogiou os novos lençóis e as novas fronhas, mas não foi bem-sucedida. Clô deitou na cama e ficou olhando a nesga de céu que a janela recortava, com um olhar descolorido. Horas depois, quando Camila lhe trouxe um caldo, ela continuava na mesma posição, mas tinha voltado a dormir. Enquanto isso, Siá Firmina trotava impaciente pela casa e, a todo momento, reclamava de Camila, como se a preta fosse a mãe do menino.

– E a mamada? E a mamada?

Quando Pedro Ramão regressou da cidade, nem esperou que ele entrasse em casa para guinchar seu alarme.

– Ela ainda não deu de mamar, o menino está chorando, ela nem pegou na criança.

Mas Pedro Ramão estava inchado de segurança, recomendou calma, brincou com a preocupação de Siá Firmina, sugeriu que servissem uma costela ao bebê e, por fim, declarou:

– Deixa comigo, véia, deixa comigo.

Entrou no quarto de Clô, puxou uma cadeira e sentou ao lado da cama, de modo que ela o pudesse ver sem esforço. Depois de uns tapinhas carinhosos na mão de Clô que estava por cima do lençol, como quem ralha docemente com uma filha, disse:

– Menina, menina, menina.

Aí pigarreou várias vezes para impedir que aquela voz infantil reaparecesse e lhe pregasse uma peça, olhou virilmente para Clô e lhe disse com uma voz extremamente solene:

– Tu me deste a maior alegria de minha vida.

Ensaiou então um sorriso, mas o olhar de Clô continuou frio e impassível. Ele tornou a pigarrear, mas desta vez não conseguiu deter o falsete de menino agoniado.

– E a mamada do menino? – perguntou com sua voz infantil.

Clô olhou para o forro, onde o nome Manoela continuava pintado, desceu depois o olhar para ele e disse:

– Não tenho leite.

Pedro Ramão olhou incrédulo e assombrado para Clô, como se fosse a primeira vez que a visse.

10. Um minuto depois, Pedro Ramão levantou abruptamente da cadeira, cruzou o corredor e foi em busca de Siá Firmina.

– Ela disse que não tem leite.

Siá Firmina fez uma careta, sacudiu desolada a cabeça e deu uma resposta profética:

– O senhor ainda vai se incomodar muito com essa menina.

– Mas que droga – berrou Pedro Ramão, impaciente. – Eu não quero saber se vou me incomodar. Quero saber se isso pode!

Desta vez, no entanto, Siá Firmina não se encolheu com seus gritos. Ergueu seus olhinhos brilhantes e encarou firmemente Pedro Ramão:

– Olhe, seu Pedro, não adianta discutir. Se ela diz que não tem, é porque não tem. O causo é que o menino não comeu desde onte e que percisa de um peito.

Pedro Ramão saiu furioso pela casa mas, antes de sair, enfiou a cabeça no quarto de Clô e ameaçou:

– Semana que vem, vamos ao médico para esclarecer esse negócio.

Mas não foram a parte alguma. O pequeno Manoel não aceitou as duas primeiras amas-de-leite, teve vômitos, disenteria, chorou três dias seguidos e, finalmente, quando Pedro Ramão já estava desesperado, mamou numa colona forte que foram buscar em Montenegro. Nem uma só vez, nesses dias todos, Clô apanhou o filho nos braços. Entrava no quarto, encostava na parede e ficava silenciosamente chorando com ele. Mas não esboçou um gesto na sua direção. Quando, finalmente, o menino mamou tranqüilo e gulosamente, ela sorriu para a ama e disse:

– Que bom, agora ele tem uma mãe.

– Não – corrigiu a italiana inocentemente –, mãe é a senhora.

– É – respondeu Clô –, é claro.

Mas não havia a menor convicção na sua voz. Na semana seguinte, Joana foi trazida de volta e Clô retomou, com ela, os hábitos que tinha nos últimos meses de sua gravidez. Passava longas horas ao lado da filha, penteava várias vezes seu cabelo, punha e repunha vestidos e, de repente, se abraçava com ela e tinha dois ou três rápidos soluções. Logo em seguida, no entanto, se recompunha, sorria e inventava novas brincadeiras. No fim do dia, quando Siá Firmina abandonava o quarto do menino, Clô entrava, sentava ao lado da cama e ficava uma hora inteira olhando para ele, sem dizer palavra.

– Tá mal, tá mal, tá mal – guinchava Siá Firmina sempre que cruzava com Pedro Ramão.

Mas ele achava que era o resultado do parto solitário, respondia que tudo iria voltar ao normal e que nem era de duvidar que Clô voltasse a ter leite. Só quando se deu conta que dois meses já tinham passado que se assustou e tentou vencer os silêncios de Clô. Mas fossem quais fossem os assuntos, ela se limitava a responder sim ou não e voltava para ele seus olhos grandes e patéticos, onde o vazio ficava ainda maior. Finalmente, Pedro Ramão decidiu que Siá Firmina tinha razão e prometeu providências.

– Vou chamar alguém que entende – avisou.

A entendida foi dona Marinez, a mãe de Pedro Ramão, que escondia na sua casa na cidade os frangalhos de uma vida insignificante. Entrou miúda e encolhidinha no quarto de Clô e ficou ainda menor, sentada numa cadeira espanhola de espaldar alto. Olhou Clô longamente, depois alisou seus cabelos e começou a repetir, como se fosse uma ladainha:

– Pobrezinha, pobrezinha, pobrezinha.

Aí não disse mais nada, se derramou num choro miudinho como ela e foi a vez de Clô passar a mão em seus cabelos brancos e ralos e tentar lhe consolar. No entanto, quando Camila bateu na porta do quarto, trazendo o chá, dona Marinez subitamente se recompôs, pareceu crescer dois palmos na cadeira, sacudiu coquete os cabelos e, com uma voz de prata falsa, cacarejou:

– Não consigo passar sem meu chá!

No mesmo instante em que Camila saiu, ela voltou novamente ao que era, tornou a chorar, disse que só esperava morrer em paz e, por fim, baixando a voz, se aproximou de Clô e disse cheia de medo:

– O pai dele era ainda pior.

Apanhou a xícara de chá, tomou um gole, escorregou para uma faceirice imprevista e disse:

– Um dia me tirou a roupa e me deu de chicote.

Nem bem terminou de falar e Pedro Ramão entrou, apanhando as duas numa intimidade suspeita.

– Como é – perguntou, querendo ser brincalhão mas na verdade desconfiado –, posso saber quais são os segredinhos dessas senhoras?

Novamente dona Marinez teve uns risinhos sacudidos, deu tapinhas brincalhões nos joelhos de Clô e respondeu:

– Ah, esses homens, esses homens!

Mas Clô percebeu que ela espiava ansiosamente seu filho e que tinha medo de Pedro Ramão.

– E o leite – perguntou ele –, discutiram o leite?

– Ela precisa ir ao médico – respondeu dona Marinez rapidamente.

E aí, para não dar tempo ao filho de a interromper, se pôs a enumerar todos os casos semelhantes que conhecia. Clô ouvia todas as histórias de olhos baixos, mas Pedro Ramão se aborrecia, trocava de pé de apoio, limpava a garganta, até que não se conteve mais e atalhou a mãe.

– Resumindo – disse grosseiramente –, tu só me fez perder tempo.

Dona Marinez esvaziou, ficou murcha e amarfanhada no fundo da poltrona, com olhos de quem estava pronta para romper em lágrimas.

– Acho – disse Pedro Ramão irônico – que vocês duas se encontraram na vida.

Espetou o indicador na direção de Clô e completou:

– Agora tem uma coisa, eu não sou meu pai. Ninguém me faz de besta.

Clô baixou os olhos e não respondeu. Ele então se voltou para a mãe e ordenou.

– Vamos embora.

Dona Marinez se levantou apressadamente da cadeira, olhou Clô cheia de pena e soprou uma despedida afogada. Clô quis acompanhar a sogra até a porta, mas Pedro Ramão discordou:

– Não – disse ríspido –, não tenho tempo para beijinhos.

Apanhou a mãe pelo braço e saiu com ela pelo corredor, como se fosse uma menina desobediente a caminho do castigo. Mesmo assim, Clô foi até a porta da casa e acenou para a velha. Sentada ao lado de um Pedro Ramão carrancudo, dona Marinez mal teve coragem para esboçar um pequeno gesto de adeus. Clô então foi para o quarto de Manoel e ficou olhando o filho por longo tempo. Por mais que tentasse, não conseguia deixar de se perguntar se um dia ela também não diria para sua nora que o pai era pior do que o filho.

– Meu Deus – disse ela –, o que eu vou fazer com a minha vida?

Três horas depois, ela ainda não tinha conseguido uma boa resposta, quando Pedro Ramão regressou da cidade e anunciou para que a casa toda soubesse:

– Hoje eu quero que sirvam o jantar na sala. Vamos todos jantar juntos.

Clô ainda pensou em pretextar doença, mas Camila achou melhor nem pensar nisso.

– O homem tá uma fera – avisou.

Mas, no jantar, surpreendentemente, Pedro Ramão estava cheio de gentilezas. Brincou com Joana, ofereceu a cadeira a Clô e, quando Camila trouxe a carne assada e fumegante, ele mandou abrir um vinho.

– Hoje – disse ele esfregando as mãos – é um dia muito especial.

Abriu energicamente o vinho e, enchendo o cálice de Clô, disse:

– Esta noite eu vou retomar o que é meu.

E encheu sorridente o próprio cálice, sem ter ao menos um olhar para Clô, que, com os lábios trêmulos, descorava lentamente a seu lado.

11. A noite tinha sido planejada por Siá Firmina, que um dia antes contou uma história comprida a respeito de mães que não tinham leite para dar aos seus filhos.

– Todas elas – garantiu – tinham tomado nojo do marido.

Era um caso comum, dizia ela. Uma prima do próprio Pedro Ramão havia dado um escândalo terrível na maternidade, quando enxotou o marido do quarto, com os palavrões mais terríveis que uma mulher pode dizer.

– Acontece até com animal – aquietou Siá Firmina.

Felizmente, a maioria dos casos tinha cura. Uma noite, apesar de todas as desculpas da mulher, o marido tinha que exigir seus direitos. Era preciso agir com energia, porque no dia em que a mulher aceitasse o marido, aceitaria também o filho.

– Bueno – disse Pedro Ramão concordando –, mesmo porque não é sem tempo.

Mas a demora, na verdade, era culpa sua. Durante dois meses, bastava Pedro Ramão olhar para Clô para rever a cena do parto, com sua mulher gemendo no meio dos trapos ensangüentados. Nos últimos dias, no entanto, à medida que Clô recuperava suas formas, ele também retomava sua boa imagem. Durante o jantar, ele propositadamente tocou várias vezes no joelho de Clô, mas ela sempre se esquivou à pressão. Mas isso, ao contrário do que ela pretendia, reforçou ainda mais a disposição de Pedro Ramão. Quando o cafezinho foi servido, ele enviou Joana para o quarto e brincou:

– Enfim, sós.

Mas Clô não riu. Com um fio de voz ela murmurou:

– Não posso.

Pedro Ramão se certificou que a porta da cozinha continuava fechada, reduziu a voz a um sibilo furioso e disse:

– Mas que não posso, menina, que não posso? Isso não é caso de quero ou não quero. E a senhora aqui dentro não tem querer.

– Mas eu não posso – insistiu Clô, agora mais segura.

– Eu lhe ensino a poder – rosnou ele.

– Estou doente – mentiu ela com voz firme.

Instantaneamente Pedro Ramão reviu os trapos e o sangue. Sua cara se contorceu numa náusea incontrolável. Ele perguntou o que havia e Clô continuou a mentir, até que ele ergueu a mão.

– Já chega – disse –, já chega.

Levantou da mesa, como se pudesse ser contagiado, disfarçadamente foi para o outro lado da sala, disse que dormiria no quarto dos hóspedes, mas avisou que aquilo não podia ficar assim.

– Amanhã – decidiu –, Juan te leva para a cidade e tu vais ao médico.

Clô não só concordou, como de repente se ouviu, muito espantada, inventando cólicas e dores, com o mesmo entusiasmo com que mentia para seu pai, quando queria faltar às aulas. Pedro Ramão, marcado, não conseguia ouvir mais nada, se movia pela sala desconfortado, como se estivesse coberto de visgo. Finalmente explodiu:

– Pelo amor de Deus, Titinha, acabamos de jantar.

E saiu porta afora, enquanto Clô se assombrava consigo mesma. Naquela noite, pela primeira vez em muitos meses, ela riu e rolou na cama com alegria. Mas, no dia seguinte, ficou com medo de ser apanhada, correu para as baias, onde Pedro Ramão fiscalizava a limpeza dos cavalos, e sugeriu que a visita fosse adiada.

– Acho – disse – que com mais alguns dias posso ficar boa.

Mas Pedro Ramão sacudiu enérgico a cabeça e não concordou.

– Esse negócio – respondeu – já está se encompridando muito.

Assim, Clô não teve outra saída, a não ser embarcar no carro e ir para a cidade. Dona Marinez estava a sua espera no portão da casa, com sua versão alegre da vovozinha feliz. Mas foram as duas se verem a sós e ela murchou novamente.

– Ele tem te tratado bem? – perguntou.

– Tem, tem – aquietou Clô.

– O leite voltou?

– Não, senhora, não voltou.

– Oh, meu Deus – gemeu ela.

Mas se tornou mais animada, disse que tinha preparado para ela o antigo quarto de Pedro Ramão e foi de opinião que Clô devia encompridar a visita.

– Eu – confessou –, sempre que vinha à cidade, inventava uma desculpa para ficar uma semana.

Então começou a recordar seu casamento e novamente entristeceu. Clô aproveitou a ocasião para pedir licença para tomar um banho e ir para o quarto. Naquela mesma tarde foi ao médico. Ficou meia hora na sala de espera imaginando várias mentiras, mas quando se viu diante do dr. Marcondes, a verdade lhe escapou intacta:

– Vim fazer um exame para ver se estou bem.

– Fui muito amigo do pai do Pedro – informou o médico.

– Tive um parto sozinha – disse Clô.

– Era um homem da velha cepa – disse ele.

– E também não tive leite – disse Clô.

– Espero que o Pedro tenha puxado ao pai – disse o médico.

Então ela se calou e deixou que ele falasse. Pouco depois, uma enfermeira gorda trocou as roupas de Clô por uma bata branca e a deitou na mesa. Durante esse tempo todo, o dr. Marcondes falava sobre o pai de Pedro e da amizade que o ligava aos Ramão. Por fim, perguntou se Clô sentia alguma dor e, antes que ela respondesse, começou seu exame.

– Bom, bom – ele resmugava.

Mas, para Clô, era como se ele estivesse escolhendo um pedaço de carne no açougue. Cinco minutos depois encerrou os exames e retomou a história do pai de Pedro. Na saída, Clô lembrou que ele não havia examinado seus seios, mas o dr. Marcondes não parecia muito interessado em leite.

– Seja uma boa mulher, viu? Tenha bons filhos, viu? E cuide bem do seu marido. Ele é filho de um grande homem.

E voltou ao seu assunto preferido. Clô, de repente, foi sufocada por uma angústia pesada como um cobertor em dia de verão. Por um momento teve a impressão de que o consultório era uma peça de sua própria casa e que bastaria abrir a porta para se ver novamente na sua sala de jantar. Saiu no meio das recordações do dr. Marcondes, alegando compromissos com o dentista, e desceu rapidamente as escadas do consultório. Mas, quando se viu na rua, não se sentiu melhor. Não era sua casa, não era a casa de sua sogra e nem era o consultório. Era a cidade toda.

– Meu Deus – disse ela baixinho –, o que está acontecendo comigo?

Nada mais lhe parecia simpático, como da primeira vez que havia estado em Correnteza. As casas eram carrancudas, as árvores desgrenhadas e mesmo a matriz, que ela havia elogiado, lhe parecia, agora, ameaçadora e sinistra. Ela apressou o passo, caminhou meia quadra e chegou à praça principal, arrependida de ter dispensado o carro. Teve, por um instante, o impulso de mudar de direção, descer a rua, ir até a estação e apanhar o primeiro trem. Não pensava em Porto Alegre, na casa de seus pais ou em algum lugar específico. Tudo o que ela queria era partir, sair dali, da cidade, da estância e de sua vida. Nesse momento ela tropeçou numa falha do calçamento e foi então que ouviu a mulher chamar:

– Venha cá, vagabundinha.

Clô sabia, mas não acreditava que fosse com ela. Conteve o impulso de olhar para trás e acelerou o passo. Mas a voz, desta vez, berrou ainda mais próxima:

– Pare aí, vagabundinha.

Clô olhou, desesperada, a sua volta em busca de auxílio, mas a praça estava deserta. Então ela ouviu um bater de saltos atrás de si e instintivamente voltou a cabeça. Clô jamais teria olhado duas vezes para a mulher que vinha ao seu encontro. Era mais baixa que alta, tinha longos e escorridos cabelos negros e uma feroz cara de índia.

– Tu não vai tirar o meu homem de mim – gritava ela.

E, atônita e aturdida, Clô descobriu que ela estava falando de seu marido, Pedro Ramão.

12.
Até então a Outra não existia na vida de Clô. Existiam boatos na sua infância, senhoras discretamente apontadas na Rua da Praia e fotografias proibidas nas colunas sociais. Mas os nomes masculinos que acompanhavam esses cochichos eram sempre desconhecidos ou distantes. A solenidade do seu pai parecia estar não apenas acima da infidelidade, mas também do próprio sexo. Por isso, a Outra era sempre imaginada por Clô como uma senhora muito fina e misteriosa, sempre vestida de negro e capaz de grandes e inesquecíveis gestos de desprendimento. De repente, no entanto, ali estavam todos os seus sonhos transformados num ululante pesadelo, que enchia a praça com seus gritos horríveis e só tinha uma palavra para se dirigir a ela:

– Va-ga-bun-di-nha!

Clô começou a recuar, como se estivesse sendo esbofeteada, tropeçou nos próprios pés, se atarantou e, bombardeada por palavrões, só atinou pedir:

– Por favor, minha senhora, por favor!

A índia se enfureceu ainda mais e começou a dar tapas nos braços de Clô, enquanto continuava a berrar obscenidades. Em pânico e buscando desesperadamente uma saída, Clô percebeu que, repentinamente, as pessoas haviam sumido da praça e das ruas vizinhas e que todas as portas e janelas pareciam fechadas. Então, cega pela fúria, a outra tropeçou na proteção dos canteiros, tentou se apoiar numa das mudas raquíticas e foi ao chão.

Clô se lançou para fora da praça, ultrapassou a rua e começou a procurar, agoniada, uma porta aberta no casario. Os uivos da índia estavam novamente soando nas suas costas, quando uma mão ossuda se projetou para fora de uma das lojas e a puxou para dentro.

– Vá lá para os fundos – ordenou a mulher.

Clô contornou o balcão e chegou à sala dos fundos, onde se jogou ofegante sobre uma das poltronas. Lá fora a voz enérgica de sua salvadora se impunha sobre os gritos da índia, que aos poucos foram baixando de tom até se transformarem num resmungo. Um minuto depois, uma mulher de meia-idade, incrivelmente magra, entrava na sala e dizia:

– Não se preocupe com ela, querrida. Ela já se foi.

Falava com um acento estranho e cantado, que resvalava apenas nos erres dobrados de querida. Ela sorriu, sentou na outra poltrona e se apresentou com uma pequena curvatura de cabeça:

– Meu nome é Kriska.

Como se atendesse a um sinal, um homem careca, gorducho e de meia-idade entrou com uma bandeja, um bule e duas taças.

– Este é meu marido, querrida, Lajos Kossuth.

– Muito prazer, senhora – disse ele sorridente.

Clô apenas inclinou a cabeça, porque ainda não tinha conseguido recuperar o fôlego.

– Acho – disse Kriska – que um chá lhe faria muito bem, querrida.

Mas ela não chegou a servir, porque repentinamente Clô rompeu em soluços. Kriska imediatamente sentou no braço de sua poltrona e começou a passar suavemente as mãos nos cabelos de Clô, enquanto repetia:

– Isso, isso, querrida, chore, chore!

Clô então se deixou escorrer num choro triste de menina, que os dedos longos de Kriska pareciam retirar do seu interior. Lajos se retirou discretamente, e só quando os soluços de Clô se transformaram em suspiros entrecortados foi que voltou com o chá.

– Estou morta de vergonha – se desculpou Clô.

– Ora, imagine – protestou Kriska –, onde já se viu? A menina é uma dama, não é verdade, Lajos?

– Sim, sim, uma dama – repetiu ele como um eco.

– Não há por que ter vergonha, querrida – continuou a mulher. – Vergonha deve ter aquela vadia.

– Por favor, mamãe – pediu Lajos.

– Não, não – retrucou ela –, as coisas devem ter o nome que merecem. Ela é uma vadia e pronto.

E então, repentinamente, curvou a cabeça para olhar melhor os olhos de Clô e perguntou:

– De que signo você é, querrida?

Clô abriu a boca para responder que era de Gêmeos, mas se conteve, olhou para Lajos, depois para Kriska e finalmente respondeu:

– Sou de Escorpião.

Mas para sua surpresa, a outra não concordou. Levantou do braço da poltrona, sacudiu decidida a cabeça, deu meia dúzia de passos, encarou o marido e disse:

– Simplesmente não pode ser.

– Por favor, mamãe – pediu Lajos. – Se a menina diz que é de Escorpião, é porque é.

– Eu não me engano – disse Kriska taxativamente.

Recuou dramaticamente dois passos, encarou Clô e disse sem o menor traço de dúvida na voz:

– Você, querrida, é de Gêmeos.

O espanto de Clô foi tão grande que ela não conseguiu falar. Inclinou ligeiramente a cabeça e ficou olhando fascinada para a mulher.

– Muito bem, muito bem, muito bem – disse Kriska, evidentemente satisfeita consigo mesma. – Agora, querrida, me diga de que decanato você é?

– Decanato?

– Que dia você nasceu, querrida?

– Sete, disse Clô, 7 de junho.

– A que horas?

Clô não sabia. Kriska olhou um instante e fixamente para ela, logo em seguida pediu licença e desapareceu no interior da casa.

– Somos húngaros – disse Lajos, como fosse a sua vez de entrar no palco. – Mamãe e eu viemos de lá antes da guerra. Mamãe me salvou. Se eu não tivesse saído da Hungria, teria sido morto na guerra.

Baixou a voz e confidenciou com toda a seriedade para Clô:

– Sibéria. Mamãe me salvou. Ela me disse: Lajos, vamos para um lugarzinho quieto e esquecido. Viemos para Correnteza. Mas mamãe diz que nos próximos anos nossa sorte irá mudar.

Nem ele nem Kriska, no entanto, ajudavam Clô a voltar para a realidade. Desde o momento em que ela havia saído do consultório do dr. Marcondes, sua vida parecia ter sido partida, para que um sonho mau fosse posto dentro dela. De repente ela queria se ver de volta à estância, não naquele instante, mas horas antes de sua partida. Desejava que o tempo não tivesse andado, que a amante do seu marido não tivesse aparecido e que aquele estranho casal de húngaros não tivesse entrado em sua vida.

– Gêmeos – disse Kriska retornando à sala – jamais aceita a realidade.

Clô sorriu e se pôs de pé, mas a húngara não retribuiu o seu sorriso.

– Preciso lhe dizer uma coisa muito importante, querrida – disse ela.

Lajos percebeu o desconforto de Clô e tentou interromper a esposa.

– Talvez outro dia, ahn, mamãe?

– Não – insistiu ela –, deve ser hoje.

Tomou as mãos de Clô entre as suas e pediu muito docemente:

– Você pode me achar uma doida, querrida, mas precisa acreditar em mim.

Fez uma pequena pausa para que Clô assentisse e com a mesma doçura avisou:

– Irão lhe acontecer coisas terríveis, querrida, coisas terríveis.

De repente um medo irracional tomou conta de Clô, a sala e a pequena relojoaria se transformaram numa cova, Lajos e Kriska em dois bruxos e ela correu em pânico para fora.

13. No momento em que Clô saiu da Relojoaria Kossuth, novamente a tarde se imobilizou. As pessoas procuravam em grupos o disfarce das vitrines, fingiam um súbito interesse por tudo que estivesse exposto na porta das lojas e enviesavam o corpo, para poder acompanhar a sua caminhada, sem mover acintosamente a cabeça. O único temor de Clô, no entanto, era que a amante de Pedro Ramão irrompesse repentinamente aos gritos de uma esquina. Até o instante em que abriu o portão da casa de sua sogra, Clô se manteve hirta, na expectativa de um grito ou um golpe pelas costas. Quando tornou a fechar o portão, se encostou por um segundo na parede, para se livrar da tensão, e, só então, espiou a rua. Apenas um casal passava pela calçada oposta, torcido de curiosidade. Ela teve um impulso infantil de pôr a língua para os dois e berrar:

– Nunca me viu, cara de pavio?

Mas se conteve e foi para os fundos, a fim de entrar pela porta da cozinha. Só quando se viu no meio da casa e cercada pelos fúnebres retratos dos Ramão, foi que Clô se deu conta que não sabia o que dizer a dona Marinez. Para evitar um encontro, ela suavizou os seus passos e foi para o quarto. Quando fechava a porta foi que percebeu que a casa estava estranhamente silenciosa. Ela se deteve por um momento e ficou à escuta. Os quartos estavam mudos e não vinham da cozinha os ruídos habituais do fim da tarde. Os presságios de Kriska sussurraram em seus ouvidos e ela correu rápida para o quarto de sua sogra:

– Dona Marinez – chamou.

Mas não houve resposta. Clô então retornou à cozinha e, pela primeira vez, notou a ordem imaculada em que estavam os pratos, as xícaras e as panelas. Ela então saiu para fora, cruzou o pequeno pátio dos fundos e foi bater no quarto da empregada.

– Lídia – chamou –, você está aí?

Novamente não houve resposta. Clô esperou um segundo e então abriu a porta num repelão. A empregada estava sentada na cama e olhando fixamente para ela.

– Por que você não respondeu?
– Não ouvi – mentiu a outra.

Clô então se tornou patroa, ergueu a cabeça, endureceu a voz e perguntou:

– Onde está dona Marinez?

Lídia deu de ombros e não disse nada. Clô, furiosa, fechou a porta e voltou para casa. Realizou uma busca inútil pelos quartos para pôr em ordem seus pensamentos, mas, quando voltou para a cozinha, continuava confusa. Havia, no entanto, em toda aquela ordem silenciosa, uma premeditação de qualquer coisa que Clô não conseguia adivinhar.

– Aquela peste – pensou ela – deve saber de tudo.

Mas, antes que ela se decidisse a reinquirir a empregada, a porta se abriu e Lídia apareceu.

– Seu Juan – disse ela – levou dona Marinez para a estância. Eles já sabem do causo.

Balbuciou um pedido de licença e tornou a se refugiar no quarto dos fundos. Por um momento Clô não soube o que pensar. Logo um pensamento doido floriu dentro de sua mente, com tanta intensidade, que ela chegou a sorrir. Pedro Ramão ficaria com a índia e ela voltaria para a casa de seu pai, com sua filha.

– Olhe – ela diria –, está tudo bem e não se preocupe mais comigo.

Retornaria ao seu quarto no primeiro andar, poria Joana para dormir a seu lado e reiniciaria a sua vida em Porto Alegre. O pensamento desceu morno sobre ela e, de repente, aquele dia tão cheio de dolorosas surpresas pareceu se transformar num domingo ensolarado. Ela ainda estava sorrindo quando a porta da frente se abriu e os passos de Pedro Ramão retumbaram pela casa vazia. Clô teve um sobressalto, mas, ainda presa a sua doida esperança, se recompôs e foi ao encontro de seu marido. Pedro Ramão vinha saindo do seu quarto quando ela chegou à sala, e teve um impulso irresistível de ser teatral. Deu dois passos cadenciados, se apoiou com a ponta dos dedos na imensa mesa de jantar e sorriu para ele cheia de simpatia.

– Entonces – disse Pedro Ramão, parando na entrada da sala –, que papelão foi esse que a senhora me fez?

A frase era tão absurda que Clô não conseguiu ouvir o seu final. Teve uma súbita fraqueza nos joelhos, pensou que cairia ao lado da mesa, mas no último instante conseguiu se suster por dentro e perguntar:

– Que é isso, Pedro?

Pedro Ramão exalava segurança por todos os poros. Sua voz se mantinha firme e viril, seus gestos estavam pensados e contidos e ele se dirigiu a Clô com uma condescendência de adulto falando com criança mimada.

– Conheço a Jurema há anos – disse.

O nome era tão adequado, que contra a sua vontade Clô teve um riso breve e irônico.

— Não ria — ordenou Pedro Ramão enfurecido.

Clô ouviu a trovoada, pressentiu a tempestade e se apoiou mais fortemente na mesa, enquanto Pedro Ramão avançava na sua direção, de dedo em riste.

— Tá pensando o que, sua droguinha? Acha que sou homem de ficar esperando pelas suas vontades? Preciso de uma fêmea, está me ouvindo?

Clô tentou falar, mas a voz não lhe saía da garganta. Ela estava toda presa por dentro e até os seus pensamentos se retorciam como apanhados no meio por uma tenaz. Por três vezes, enquanto Pedro Ramão decantava as virtudes da índia, ela esteve para dizer:

— Bom proveito!

Mas os músculos se apertavam e a garganta se recusava. Assim, involuntariamente, ela começou a se contorcer como estivesse afogada num vestido muito apertado, enquanto ele descrevia o seu casamento com uma linguagem de bordel. Aí, então, Clô começou a gemer baixinho. Queria pedir que ele parasse mas não conseguia, até que Pedro Ramão explodiu finalmente:

— E não admito que nenhuma vagabunda ofenda a Jurema. Muito menos em praça pública.

Nas últimas palavras do marido, Clô conseguiu gritar um não rouco, de animal ferido. Pedro Ramão desentendeu a mulher, tomou a negativa por uma rendição, apanhou Clô pelo braço e berrou:

— Tu vais lá pedir desculpas pra ela!

Clô então desfez definitivamente o nó, arrancou seu braço da mão do marido e cuspiu na sua cara. Pedro Ramão, apanhado de surpresa, cambaleou como se tivesse levado um murro.

— Ora, sua...!

Puxou a mão para lhe dar uma bofetada, mas antes que chegasse à metade do gesto, o medo e a vergonha de Clô explodiram numa fúria cega e, em vez de recuar, ela avançou e empurrou violentamente o espaldar de uma cadeira contra o meio das pernas de Pedro Ramão. Ele deu uma espécie de ronco, se dobrou em dois, levou uma das mãos à parte ferida, tentou se apoiar com a outra e terminou caindo e arrastando a cadeira consigo. Clô teve um relâmpago de espanto, chegou a esboçar uma conciliação, mas logo em seguida foi assombrada pelo pânico e se jogou para os fundos da casa. Cruzou o pátio, cega e alucinada, arremeteu contra a cerca de tábuas largas do fundo, abriu uma brecha para seu corpo, se esgueirou por ela e continuou sua corrida desesperada por pátios e quintais, até chegar à rua do fundo.

Nos fundos do Cine Guarany, de onde se avistava toda a rua, o segundo homem da vida de Clô acompanhava curioso a sua fuga.

14. Por um momento, Clô parou desorientada no meio da rua. Sua única referência eram as torres da Matriz e ela girou sobre si mesma, até dar com elas por trás do bloco esverdeado do cinema. Do lado oposto, descendo a rua, ficava a estação ferroviária. Clô teve a tentação de correr até lá e tomar o primeiro trem que partisse, fosse para onde fosse. Mas as locomotivas estavam quietas e ela adivinhou que a estação seria uma armadilha. Por isso escolheu o caminho mais difícil, arrancou os dois sapatos e correu rua acima. Na metade do caminho, no entanto, mudou sua rota e se lançou por um atalho esburacado, que conduzia ao rio. Um segundo depois, Pedro Ramão chegava ao ponto onde ela tinha parado, mastigava um palavrão e seguia o caminho mais fácil. Clô chegou ao rio, correu aos saltos pela margem pedregosa, até que um espinheiro interrompeu sua fuga. Ela parou um segundo para recompor sua respiração e logo começou a marinhar pelo barranco que ficava nos fundos do cinema. Quando ela estava a um metro da borda, um braço desceu ao encontro dela.

– Pegue a minha mão – disse o homem.

Clô olhou ofegante para ele, sem atender seu pedido.

– Eu sou Alencar – se apresentou ele sorridente. – Sou o gerente do cinema.

Ela então aceitou a sua mão e foi içada para cima. Alencar deixou que ela se recompusesse e depois, apontando para a rua, que se alongava até a estação, explicou:

– Vi tudo daqui.

Sorriu amigavelmente, mas Clô se manteve séria e impenetrável.

– Eu também estava na praça – acrescentou.

Ela apertou os olhos e, sem dizer palavra, tentou descer o barranco, mas ele a impediu.

– Não faça isso, moça, a senhora vai se machucar.

Mas só venceu a resistência de Clô quando se desculpou pela intromissão e se ofereceu para lhe prestar ajuda.

– Posso telefonar para seus pais – lembrou. – Ou então chamar uma amiga. Enquanto isso, a senhora podia se lavar um pouco no meu escritório.

Clô concordou porque estava confusa e necessitava de uma pausa. Ele então a conduziu pelos bastidores até o seu pequeno escritório.

– Se a senhora quiser – disse ele –, pode até tomar banho quente.

Ficou um momento sem saber o que fazer, até que finalmente pediu que Clô ficasse à vontade e saiu. Só quando ela se viu suja e desgrenhada, na frente do espelho, foi que aquele medo irracional de ser batida e humilhada a abandonou. Ela tentou pôr seus pensamentos em ordem, mas eles iam e vinham tão fragmentados que Clô nem sequer conseguia pensar. Ela tentou chorar, se torceu e se apertou, mas o seu rosto continuava duro e acuado.

– Ele me paga – ela disse, entredentes, para a sua imagem no espelho.

Mas ela não atinava com a possibilidade. Havia um fundo ódio vermelho dentro dela, que borrava até as imagens de seus filhos.

– Vou ficar louca – ela disse em voz alta.

Conseguiu, então, organizar suas imagens. Se viu repetindo o desabafo da estância, arrancando as roupas no meio da praça, quebrando janelas e vitrinas. Mas no meio de seus pensamentos Pedro Ramão surgia sempre inabalável e vitorioso.

– Castro ele – disse Clô.

A visão de Pedro Ramão se esvaindo em sangue a aquietou. Ela sorriu selvagemente para o espelho, abriu a torneira, molhou as mãos e passou no rosto. Sem que Clô soubesse, qualquer coisa se decidia dentro dela. Os músculos se distenderam, uma lassidão desceu pelas suas pernas e ela começou a se despir. Quando a água morna do chuveiro escorregou pelo seu corpo, Clô retomou o seu nascimento. Deixou de ouvir as buzinas que se esganiçavam na rua, esqueceu os ladrilhos sujos, os pés feridos e começou a flutuar dentro de si mesma. Saiu do chuveiro como se estivesse saindo do açude. Mas, quando abriu a porta, quem estava diante dela não era Pablito, o filho do capataz, mas Alencar, o gerente do Cine Guarany. Uma boa alma havia dito para Alencar que ele se parecia com David Niven e, desde então, ele mantinha um bigodinho ralo e um sorriso britânico debaixo dele. Ele estava num de seus melhores momentos de David Niven, com uma garrafa de mineral numa das mãos, quando Clô saiu do banheiro com as gotas d'água faiscando no seu corpo nu.

– Meu Deus – soprou ele.

Alencar tinha sido operador de cinema em Rosário, bilheteiro em Dom Pedrito e gerente em Cacequi, São Gabriel e Correnteza, e tinha um extraordinário sucesso com as empregadinhas que freqüentavam as matinês de domingo. Ele ia para o saguão, se punha ao lado do cartaz principal e petrificava seu sorriso David Niven até que as moscas caíssem na sua teia. Ele sabia o que fazer com elas. Era gentil e maneiroso, afetava uma paciência imensa e se despedia de todas elas como se tivesse prestado um enorme favor. Mas Clô, mesmo coberta de suor e em desalinho, como ele a tinha visto da primeira vez, estava muito além de todos os seus sonhos. Foi na verdade David Niven quem estendeu a mão a Clô e a conduziu até seu escritório. O gerente do Cine Guarany secou por inteiro e, como ela continuasse imóvel na sua frente, só atinou dizer:

– Trouxe uma mineral para a senhora.

Estendeu a garrafa para Clô, como se ela estivesse completamente vestida, e aí se desfez em desculpas porque tinha esquecido o copo.

– Tenho um na gaveta – disse estupidamente.

Depositou a garrafa em cima da escrivaninha e começou a abrir e fechar gavetas. Clô, então, lhe deu as costas e voltou para o banheiro.

– Espere – ganiu ele.

Ela tornou a se voltar, enquanto Alencar alisava freneticamente os cabelos e procurava desesperadamente algo para dizer.

– Olhe – desabafou por fim –, eu não sou homem de me aproveitar.

Mas, pela primeira vez, teve a coragem de olhar o corpo de Clô, e seu heróico discurso moralista derreteu nas curvas dos seus quadris. Houve, por um momento, a visão de Pedro Ramão empunhando um revólver, mas foi logo desfeita pela imagem de David Niven, com o peito da camisa manchado de sangue e pagando com um sorriso pela conquista da mulher impossível. Com uma voz rouca e agoniada, ele disse:

– Daria a minha vida por um momento de loucura.

Clô riu. Não era, como Alencar pensava, um riso sensual. Mas uma espécie de grito partido com que ela saudava a própria estupidez da vida. No momento em que Alencar a empurrou desajeitadamente para o sofá, poderia ter mil nomes e mil caras porque, para Clô, o importante era a presença do marido. Pedro Ramão estava ali, mudo e impotente, obrigado a assistir ao seu ajuste de contas. Por isso, ela virou o rosto e cuspiu ferozmente para o canto da sala:

– Animal, animal!

A imaginação de Alencar disparou pelos nichos mais escuros de sua mente, ele chutou David Niven para fora, arrancou doidamente suas roupas e, empolgado pela maior façanha de sua vida, esqueceu de tirar os sapatos pontudos de verniz.

Naquele momento, Pedro Ramão voltou para o ponto de partida e começou a subir a rua, na direção do Cine Guarany.

15.

Pedro Ramão desentendia. Estava anoitecendo quando ele se pôs a subir a rua, convicto de que espancar sua mulher, mais do que um dever conjugal, era uma das exigências. Fêmeas eram vagabundas ou mães, e somente o casamento passava uma mulher de uma para outra categoria. Conseguindo o prêmio, ela passava a merecer toda a consideração dos estranhos e dos empregados, mas nada mais além disso, porque respeito era decididamente uma coisa reservada aos machos. Ele não contabilizava a surra que havia dado em Clô durante a gravidez, porque o castigo fazia parte dos deveres de um chefe de família. Quanto ao fato de ter uma amante, estava absolutamente acima de qualquer discussão, porque todo macho tem necessidades prementes, que só podem ser satisfeitas fora de casa. De mais a mais, era impossível manter o respeito tendo intimidades excessivas com a esposa. Ele subia a rua em busca de Clô, convencido de que havia uma lacuna imperdoável na educação de sua mulher. Mesmo nascendo em Porto Alegre, ela deveria saber dos direitos de um marido. Assim Pedro Ramão chegou à frente do Cine Guarany, fiel a sua missão de educador. Ele deu propositadamente as costas para os cartazes do cinema e ficou, na beira da calçada, examinando a rua com os olhos cheios de autoridade. Não fez nenhuma pergunta, porque considerava obrigação dos demais virem lhe fornecer as informações que necessitasse. Ninguém, no entanto, veio ao seu encontro, e as duas únicas pessoas que passaram pela calçada oposta apenas lhe dirigiram um breve cumprimento.

– Porcaria – mastigou ele –, onde será que a peste se meteu?

Clô acordava. Alencar havia retornado do banheiro com seus absurdos sapatos pontudos de verniz e lutava para fazê-los passar pela boca estreita de suas calças. Sem elas, ele tinha sido igualmente desajeitado, e Clô começava a se sentir uma desterrada na terra dos homens.

– Se quiser – disse ele –, pode dormir aqui.

Mas a magnanimidade que sempre havia arrancado uma torrente de agradecimentos das empregadinhas só recebeu um olhar gelado de Clô.

– Não falei por mal – ele se desculpou.

Ela não respondeu e se ergueu do sofá, felina e ausente, e foi, por sua vez, para o banheiro. Dentro do espelho, seu rosto continuava o mesmo.

– Não aconteceu nada – ela pensou.

Mas no banho, seus dois filhos se derramaram sobre ela. Clô sentiu uma ausência aguda não apenas de Joana mas, para sua própria surpresa, também do pequeno Manoel que ela havia rejeitado. Ela se sentia inteiramente desforrada e, enquanto se secava, pensou em pôr o seu vestido e voltar tranqüilamente para casa, onde se via não em companhia de Pedro Ramão, mas de seus dois filhos. Quando ela voltou para a sala, como se tivesse adivinhado seus pensamentos, Alencar lhe disse:

– Se quiser que eu esqueça...

E sorriu pateticamente para Clô, com seus sapatos pontudos de verniz, abertos em leque, esquecido de David Niven e todas as matinês de domingo.

– Preciso pensar – disse Clô.

Enquanto isso Pedro Ramão tentava pensar por ela. Um encontro com o dr. Marcondes lhe deu uma frase que, na sua opinião, definia toda a situação:

— Ela está desatinada.

Mandou chamar o capataz e anunciou, dramaticamente, que, se Clô não fosse encontrada até a manhã seguinte, seria necessário dragar o rio.

— Desatinada como está, é capaz de tudo.

Mas, na verdade, ele imaginava Clô vagando pelos campos, tremendo de frio no fundo de um valo e pedindo perdão a Deus por ter cuspido no marido. Clô, no entanto, não se sentia culpada de nada. Alencar galantemente lhe trouxe um sanduíche e um guaraná e ela lhe pediu para passar a noite sozinha. Reconfortado pela sessão de cinema, ele havia recuperado David Niven, planejava oferecer flores no dia seguinte e lhe trouxe um travesseiro e um cobertor. Depois foi para o seu quarto de pensão, onde não conseguiu dormir. Teve sonhos com olhos abertos, se imaginou partindo de Correnteza com Clô para assumir a gerência de um cinema em São Paulo.

— Classe pra isso eu tenho — repetia em voz alta.

E até o amanhecer do dia ele se amaldiçoou por ter deixado Clô sozinha em seu escritório. Dez minutos depois de Alencar ter saído, Clô adormeceu. Teve um de seus sonos de chumbo, que nem o desconforto do velho sofá conseguiu interromper. Pedro Ramão, no entanto, só deitou para se revirar na cama. Por fim levantou, vagou pela casa, soturno e fantasmagórico, até que os pardais anunciaram o nascer do dia. Aí acordou a empregada de sua mãe e exigiu quilos de bifes e ovos, para matar uma fome bestial que lhe havia surgido. Ele estava limpando o fundo do prato com um pedaço de pão quando o capataz se apresentou. Pedro Ramão, ainda mastigando, lhe deu um bom-dia seco e passou às instruções.

— Se ela não desceu a rua — disse —, só pode ter subido. Se não subiu, se afogou. Mas vamos deixar o afogamento para mais tarde.

Por ora, Juan devia ter a curiosidade que ele não teve. Subir a rua sem medo de perguntar, porque uma mulher bonita como ela não podia se esconder embaixo de uma pedra.

— Mas pergunte com jeito — instruiu —, pra que não me comprometa. Diga que a mulher do seu patrão estava dando um passeio, quando perdeu uma medalhinha de ouro de estimação.

Mas não foi Juan quem localizou a fugitiva. Foi o próprio Pedro Ramão. Enquanto Juan se extraviava pela margem do rio, procurando vencer sua timidez com crianças e lavadeiras, Pedro Ramão entrava no Café Ideal para matar a sede causada pelos bifes e apanhava um resto de conversa que vinha do outro extremo do balcão.

— O Alencar, na certa, tá com papa-fina no cinema.

Pedro Ramão teve um socalão por dentro, sentiu a garganta se apertar perigosamente e não perguntou mais nada, com receio de soltar aquela voz ridícula de menino, que renascia sempre nos momentos de crise. Saiu estonteado do Café, ainda quis duvidar na calçada, mas um pressentimento terrível lhe mordia as entranhas.

— Se for, que Deus me ajude — resmungou. — Se não for, me desculpo e salvo a vergonha.

Olhou a fachada do cinema cheio de rancor, chegou a atravessar a rua, pensando arrombar as portas de ferro da entrada, mas aí achou melhor ser manhoso e entrar pelos fundos. Sem saber, recompôs o caminho de Clô, encontrou Juan fazendo perguntas a dois meninos na beira do rio e, depois de muito arranhar a garganta, conseguiu uma voz razoável para dizer cheio de solenidade:

— Se quiser vir como amigo, eu agradeço.

E começou a subir o barranco, enquanto, no escritório, Clô desistia do café, importunada por um Alencar subitamente atrevido e cheio de mãos.

— Por favor — pediu irritada —, pare com isso.

Mas David Niven, que certamente teria atendido o pedido, havia partido e, açulado por uma noite de insônias delirantes, Alencar babava uma proposta atrás da outra, certo de que tinha direitos adquiridos. Finalmente Clô se zangou, berrou um "idiota" e tentou se levantar do sofá. Mas não chegou a completar o movimento, porque Alencar, desvairado, se jogou sobre ela, rosnando o que achava ser a preferência secreta de Clô.

— Tu vais ver quem é o teu animalão.

Clô estava debaixo dele, lutando desesperadamente para conter suas mãos febris que tentavam lhe erguer o vestido, quando a porta se abriu de um repelão e Pedro Ramão entrou.

16. Pedro Ramão abriu a porta para se enganar. Queria ver Alencar abraçado com uma empregadinha, resmungar uma desculpa e ir embora. Talvez até, tinha decidido, se a papa-fina fosse realmente fina, ele tomasse as dores do pai ou do marido e desse uma lição no atrevido. Nada de muito violento, como murros e bofetadas, mas apenas uma boa carraspana, para pôr um gerentezinho de cinema no seu lugar. Mas ter visto Clô misturada com Alencar foi uma constatação jamais imaginada. Ele deu um passo para dentro da sala, pensou em rugir, mas a garganta se espremeu e foi uma ridícula voz infantil quem tropeçou no insulto:

– Cadelo – ele esganiçou.

Mas Alencar nem chegou a ouvir. Passada a primeira chispa de surpresa, o medo o arrancou de cima de Clô e o projetou para um canto do escritório, onde ele caiu de joelhos e apontou para ela, berrando:

– Foi ela, foi ela, não me mate!

Para Clô o tempo perdeu o impulso e começou a escorrer como uma massa pegajosa. Ela viu a mão de Pedro Ramão avançar lentamente, apanhar Alencar pelos cabelos e jogá-lo flutuando porta afora, onde Juan o recebeu para completar o serviço. Ela sentiu se erguer com um vagar de pesadelo, levantar orgulhosa a cabeça e enfrentar os olhos desvairados do marido. Assistiu, como se estivesse dentro de uma gelatina, a Pedro Ramão desafivelar o cinto de cartucheira, dobrá-lo em dois, para que as balas ficassem para o lado de fora, avançar para ela, com gritos espasmódicos que pareciam ecoar pelo cinema inteiro. Mais não viu, porque os cartuchos lhe abriram um talho na cabeça e o sangue lhe cobria os olhos. A dor cravou impiedosamente os dentes pelo seu corpo, até se tornar um único aguilhão dentro de sua nuca, enquanto ela gritava:

– Bate, animal, bate!

Em momento algum Juan tentou interferir ou entrar na sala. Bateu diligentemente em Alencar, com a coronha do seu revólver, mas se deteve sem exageros, quando o outro começou a se arrastar pelo chão, cuspindo os dentes. Depois se postou de sentinela ao lado da porta, velando pelos direitos do patrão ultrajado. Quando o cansaço parou o braço de Pedro Ramão, Juan estranhou o silêncio e espiou para dentro. Clô era uma carne ferida e sangrenta no meio da sala e Juan pensou:

– *Don Pedro la mató!*

Pedro Ramão ainda resfolegou por cinco minutos, depois foi ao banheiro e lavou as mãos e a cara. Em seguida, começou a limpar o cinto e os cartuchos com uma meticulosidade de serviçal dedicado. Quando não havia mais uma só mancha de sangue, ele o colocou novamente na cintura e voltou à sala. Desta vez Juan se tornou visível e ficou no meio da porta, esperando novas instruções.

– Bueno – disse Pedro Ramão, sungando as calças –, acho que matei a cadela.

Juan examinou Clô de longe, como se fosse uma rês ferida, e balançou a cabeça.

– Ainda respira – disse.

– Coisa ruim não morre – rosnou o patrão.

E tocou com a ponta da bota nas costas de Clô, para verificar como ela estava.

– Tá nas últimas – informou.

Aí tornou a sungar as calças e, confiante na voz que se mantinha firme, ordenou para o capataz:

– Me tire aquele cafajeste da frente, porque ele não merece uma bala e eu não me garanto.

– *Lo pegué* – disse secamente Juan, dando o problema por resolvido. Pedro Ramão ainda deu uns passos nervosos pela sala e logo se encostou na porta, subitamente íntimo do seu capataz.

– Tu tá vendo como é a vida, índio véio? Tu é testemunha de tudo o que eu fiz pra essa vaca.

E se pôs a recontar o seu casamento para Juan, que, coerente com a gravidade da situação, aproveitava as pausas para concordar solenemente com o patrão.

– *Seguro que si, Don Pedro, seguro que si.*

Mas na medida em que recordava o passado, Pedro Ramão também se dava conta do presente. As suas frases começaram a ficar soltas, as palavras desconjuntadas e, meia hora depois, ele teve um falsete perigoso.

– Veja – choramingou –, que situação!

– *Un hombre* – animou Juan – *tiene sus deberes.*

– Só tou pensando nas crianças – se desculpou aflautado Pedro Ramão.

Olhou para Clô, que continuava imóvel, limpou várias vezes a garganta, sungou outras tantas as calças e, depois de experimentar a voz, disse heroicamente:

– Tenho que me entregar.

Juan, no entanto, argumentou que um homem da sua posição não devia se apresentar numa delegacia.

– *Usted no es un peón* – disse incisivamente.

Pedro Ramão ainda argumentou fracamente que a lei era para todos, mas se deixou convencer prontamente.

– Não por mim – disse –, mas pelas crianças.

Todo o problema era sair com a dignidade de macho intocada. O que mais preocupava Pedro Ramão era a possibilidade de Alencar ter espalhado a notícia e que um desafeto lhe berrasse pelas costas um "guampudo" vingativo.

– Juan – disse ele, pondo a mão no ombro do capataz –, acho que era melhor ter acabado com os dois.

Mas Juan insitiu que matar o gerente do cinema era sujar irremediavelmente as mãos com um sanguezinho insignificante.

– *Se usted lo quiere, lo mato yo.*

– Bueno – disse Pedro Ramão –, se for necessário vou me lembrar do oferecimento.

Decidiu então que o mais conveniente para sua honra seria voltar de carro para casa. Juan estacionaria o Aero Willys ao lado do cinema, ele sairia pelos fundos para não dar na vista e, mais tarde, já em casa, chamariam o delegado.

– Mas se já tiver um ajuntamento aí na frente – acrescentou –, me avise, porque aí saio já de peito aberto.

Mas Juan não encontrou ninguém na frente do cinema, porque apesar de todos os dentes quebrados Alencar se considerava um homem de sorte por ter escapado com vida da aventura. Enquanto Pedro Ramão batia em Clô, ele se arrastava pelo corredor até chegar aos bastidores, onde se enfiou embaixo de um alçapão que havia no palco. Quando o cinema silenciou, ele deu Clô por morta e ficou com o coração aos tombos, porque achava que o marido, agora, viria a sua procura. Realmente, naquele momento Pedro Ramão passeava cautelosamente pela platéia. Ele foi até o palco pelo corredor lateral e voltou pelo central, contagiado pela dramaticidade do cinema vazio. Parou imponente na última fila, olhou a tela e não conseguiu conter um desabafo:

– Que filmaço a minha vida não daria!

Com a sensação de astro de tragédia, caminhou solene e compassadamente para cima e para baixo da platéia, sem conseguir atinar como sua mulher havia conhecido o gerente do cinema. Repentinamente, ele achou que seria mais decente cobrir o cadáver de Clô e voltou ao escritório. Estava debruçado sobre ela, quando Clô moveu uma das mãos. O ódio lhe voltou numa golfada e ele bateu nela com o cobertor.

– Tu tá viva, cadela.

Nesse momento Juan regressou e Pedro Ramão forçou uma risada.

– Acho que não completei o serviço – disse.

Juan se aproximou, examinou mais detidamente os ferimentos de Clô e disse que ela estava muito mal.

– Pois vai ficar pior – rugiu Pedro Ramão.

E deu uma curta e selvagem gargalhada, animado pela nova idéia que tinha lhe ocorrido.

17.

Clô não teve conhecimento do pequeno gesto que fez denunciando a sua sobrevivência. Desde o momento em que o sangue cegou seus olhos, ela começou a perder a consciência da realidade. Erguia os braços e jogava as mãos e o corpo para a frente, numa tentativa inútil de atingir o marido, por puro instinto. Aos poucos, aquela dor dilacerante, que rasgava sua nuca e que era a união de todas as dores, se transformou num latejar distante, até que ela não sentiu mais nada. Os sons que ela ouvia, como se Pedro Ramão estivesse golpeando um fardo de lã, vinham de sua própria carne, mas chegavam a ela sem dor. Muito antes de ter realmente caído, Clô já havia se deixado cair e foram seus músculos que fizeram com que ela permanecesse de pé mais tempo do que pretendia. Ela não viu nem sentiu nada, enquanto Pedro Ramão a tomava nos braços e pedia ao capataz:

– Joga o cobertor em cima dela.

Juan tentou por duas vezes cobrir o corpo de Clô mas não conseguiu. Pedro Ramão então se impacientou, ordenou que o capataz estendesse o cobertor no chão, depositou Clô em cima dele e a enrolou como um bebê. Então, com a ajuda de Juan, tornou a erguê-la do chão e caminhou com ela nos braços, para a saída lateral do cinema.

– Vá na frente – ordenou ao capataz.

Enquanto isso, encolhido no fundo do alçapão, Alencar ouvia os passos pesados de Pedro Ramão e achava que ele e o capataz estavam saindo para enterrar o corpo de Clô. Passava do meio-dia e Correnteza espichava sua preguiça nas ruas desertas. Pedro Ramão parou um segundo na porta lateral do cinema, depois cruzou a calçada sem pressa e jogou Clô no banco traseiro do carro. Em seguida fechou a porta com um gesto brusco, olhou desafiadoramente para as janelas fechadas e foi se sentar ao lado de Juan.

– Bueno – disse –, vamos ajudar a Dinda Cavalão.

Juan teve uma ruga de surpresa mas não discutiu as ordens do patrão. Pedro Ramão fez questão que o carro contornasse vagarosamente a praça, para que o pequeno grupo que aproveitava a sombra da marquise do Café Central visse que ele não tinha pressa nem vergonha. Somente quando ultrapassaram a estação de estrada de ferro e chegaram aos bairros pobres foi que Juan teve permissão para acelerar o carro. Tivesse sido Jurema a traidora e Pedro Ramão a teria levado para uma das casas da Faixa da Motte, uma ruazinha íngreme que subia uma das barrancas do rio e onde se encarapitavam os bordeizinhos populares. Mas esposa era esposa, e merecia, até na desgraça, uma certa consideração social. Dinda Cavalão tinha uma casa de luxo que, nas grandes safras, chegava a importar mercadoria até de Buenos Aires. Jogando Clô no bordel, Pedro Ramão dava uma demonstração pública de seu desinteresse pela infiel, ao mesmo tempo que lhe oferecia uma oportunidade de iniciar uma nova profissão. Porque, a respeito disso, Pedro Ramão não tinha a menor dúvida:

– Provou dois – dizia, repetindo seu pai –, nunca mais se contenta com um só.

Portanto, a coisa toda tinha que ser feita com uma certa esportividade. Pedro Ramão desceu do carro, sungou as calças e berrou:

– Ô de casa!

Houve um bater de chinelas no corredor, alguém falou que era Pedro Ramão, e Melanito veio ondulando acintosamente lá de dentro e avisou que a patroa estava almoçando.

– Diga a Dinda que não se incomode – brincou Pedro Ramão –, porque eu só vim lhe trazer uma encomenda.

Melanito sumiu para dar o recado e, com ajuda de Juan, Pedro Ramão tirou Clô do carro, ajeitou melhor o cobertor que a envolvia e entrou com ela na casa. Cruzou o salão e chegou à sala de jantar, onde Dinda Cavalão e suas pensionistas almoçavam. Houve um murmúrio de curiosidade, duas ou três riram, mas, nesse momento, a ponta do cobertor caiu e deixou ver o rosto ensangüentado de Clô. Dinda cuspiu o que tinha na boca no prato, ergueu num arranco o seu corpanzil da cadeira e berrou:

– Tira ela daqui!

Pedro Ramão riu e pediu calma, mas Dinda Cavalão estava furiosa, deu vários murros na mesa e apontou a porta da rua.

– Tu quer matar, mata – gritou –, mas não me mete nos teus embrulhos.

– Não tá morta – disse Pedro Ramão.

– Nesse estado – insistiu ela –, se não morreu, tá a caminho.

Aí conseguiu se acalmar, mandou que as outras saíssem, correu com Melanito para a cozinha e mudou de tática.

– Tu é louco, Pedro Ramão – choramingou. – Se tu deixa ela aqui, fecham a minha casa.

– Mas ela não tá morta – repetiu ele.

Dinda Cavalão olhou desconfiada para ele, abriu um pouco mais o cobertor e examinou Clô.

– Tá viva – disse Pedro Ramão –, tá respirando.

Dinda Cavalão soletrou um palavrão, sacudiu a cabeça e perguntou:

– O que foi que ela te fez, desgraçado?

Pedro Ramão ensaiou um riso, mas repentinamente sua garganta se estreitou e aquela ridícula voz de menino surgiu novamente de suas entranhas e, antes que ele conseguisse fechar a boca, disse:

– É minha mulher.

Tossiu, pigarreou, torceu a cabeça, mas a vozinha infantil não se despegava de sua garganta.

– Ela me... ela me...

Tentou, por duas vezes, iniciar a frase, mas as palavras saíam tão esganiçadas que ele desistiu furioso e fechou a boca. Nesse tempo todo, Dinda Cavalão olhava impassível para ele, sem precisar de quaisquer outras informações.

– Tira ela daqui – disse mais uma vez, e voltou para sua cadeira.

Com o medo de sua voz, Pedro Ramão apertou fortemente os lábios, ficou vermelho e sacudiu raivoso a cabeça. Dinda Cavalão, então, deu de ombros.

– Faz o que tu quiser, a mulher é tua e eu não tenho nada com isso.

Pedro Ramão então deu um pontapé numa cadeira que estava no seu caminho e caminhou para os quartos, enfileirados ao longo do corredor. As meninas de Dinda Cavalão estavam todas juntas e apertadas, como um bando de galinhas assustadas. Ele passou por elas, machão e decidido, sem vergar um instante com o peso de Clô. Escolheu um dos quartos e meteu o pé na porta. Não chegou a entrar porque uma voz assustada berrou lá da frente:

– Esse é o meu, seu Pedro.

Sempre temendo falar para não deixar escapar aquela voz de criança, ele foi para o quarto oposto e repetiu a manobra.

– Tá ocupado – berrou outra das pensionistas.

Assim ele foi de porta em porta, até finalmente chegar às duas últimas, onde ninguém reclamou da porta aberta. A cama tinha sido desmontada e as peças estavam empilhadas contra a parede do fundo. Havia uma pequena mesa embaixo da janela, com uma bacia de louça em cima e um criado-mudo, num canto, com a pequena porta pendendo de uma única dobradiça. Pedro Ramão entrou e jogou o corpo de Clô no chão, como se fosse um fardo de lã. Depois ainda lhe deu um último pontapé nas cadeiras e saiu sem fechar a porta. As mulheres, que continuavam espremidas e curiosas no corredor, baixaram humildemente os olhos quando ele passou, pisando propositadamente forte. Quando ele chegou à sala de jantar recuperou sua voz adulta e disse:

– Se aquela vagabunda morrer, enterre e me mande a conta.

Depois saiu orgulhoso do silêncio amedrontado que havia imposto ao bordel, exatamente no momento em que o terceiro homem da vida de Clô chegava à cidade.

18. Pedro Ramão chegou em casa e cumpriu religiosamente com o ritual do marido justiceiro. Telefonou para o seu advogado com uma voz grave, solene e cheia de pausas e pediu que viesse a sua casa. Teve até o cuidado de acrescentar:

– Kalif, eu preciso do advogado mas preciso ainda mais do amigo.

Quinze minutos depois, o advogado ouvia uma versão terrível da traição de Clô, que iniciava um ano antes de sua segunda gravidez, com prováveis encontros nos campos da estância, e concluía com o flagrante inesperado no cinema. O dr. Kalif escutava tudo sem dizer palavra mas com concordâncias simpáticas de cabeça, que encorajavam as confissões do seu cliente. Mas, quando Pedro Ramão passou do marido ultrajado para o fanfarrão, e contou que tinha jogado a esposa infiel num quarto vazio do bordel de Dinda Cavalão, a cabeça do dr. Kalif balançou com uma energia legalista.

– Era o que ela merecia – se justificou Pedro Ramão.

– Nem sempre o que é merecido é permitido – sentenciou o advogado.

Passou então a fazer pequenas mas indispensáveis alterações na versão de Pedro Ramão. Podou os encontros no campo, os meses de suspeita e os palpites do marido. Pedro Ramão, marido fiel, pai dedicado e chefe de família exemplar, viu sua esposa entrar no cinema em hora imprópria e teve a curiosidade natural de verificar o que estava havendo. Abriu inocentemente a porta do escritório e não só surpreendeu os dois adúlteros como foi inesperadamente atacado pelo gerente do cinema. Nesse ponto, Pedro Ramão deu um murro na mesa e discordou do advogado:

– Mas nunca, Kalif, mas nunca! Então vou me desmoralizar dizendo que um tampinha se pôs em mim? Mas nunca!!

O dr. Kalif ainda tentou provar que a sua adaptação facilitava extraordinariamente a defesa, mas Pedro Ramão se recusou a ouvir seus conselhos.

– Peguei os dois na tampa e rebentei a pau – insistiu. – Fiz, tá feito e não nego.

Concordou, no entanto, em encerrar por aí a legítima defesa de sua honra, sem incluir o episódio do bordel.

– E agora – disse Kalif com a satisfação de quem gosta de dirigir a vida alheia –, deixe tudo por minha conta.

Ordenou que Pedro Ramão fizesse a barba, tomasse um banho, vestisse uma roupa escura e permanecesse recatadamente em casa, à disposição da solidariedade dos amigos. Em seguida fez várias ligações e, com a voz profissionalmente dramatizada, informou aos interessados sobre a imensa tragédia que havia se abatido sobre o lar de Pedro Ramão. Só depois de encerradas as comunicações foi que o advogado se dirigiu pessoalmente ao dr. Loddi, médico de todos os segredos de Correnteza, pedindo que fosse atender Clô.

– Se estiver morta – disse –, que Deus a perdoe. Mas se por acaso estiver viva, meu cliente gostaria que ela não pudesse causar outros males.

O médico encontrou Clô como Pedro Ramão a havia deixado. Dinda Cavalão havia esvaziado o salão e os corredores com um toque de recolher, e apenas Melanito era visível, montando guarda ao lado da porta do quarto. Loddi entrou silenciosamente com dois maqueiros, tomou o pulso de Clô, fez um breve exame de seus ferimentos e ordenou que ela fosse removida. Tão sigilosamente como havia saído do bordel, Clô entrou no hospital, onde o médico resolveu todos os problemas de identificação com uma frase mágica.

– É uma das mulheres da Dinda.

Enquanto Clô era radiografada, tinha início a romaria de solidariedade a Pedro Ramão. Um por um, os seus amigos entravam na sala, metidos nos seus trajes escuros, e estendiam a mão compungidos para um aperto brusco e viril mas sem palavras. Pedro Ramão então erguia os olhos por um momento, abraçava o outro comovido e dizia com uma voz de viúvo inconsolável:

– Obrigado.

Depois disso os amigos se espalhavam em grupos silenciosos pelos cantos, onde os mais eloqüentes balançavam a cabeça para cima e para baixo e diziam com retumbância sepulcral:

– Ninguém está livre!

E o grupo inteiro respondia em uníssono e com todas as sílabas bem destacadas:

– É verdade!

A desgraça de Pedro Ramão havia, inclusive, realizado um milagre de confraternização política. Não apenas os líderes do PSD, da UDN e do PL estavam presentes, mas também o próprio presidente do Diretório Municipal do PTB, que se apresentou com um traje eloqüentemente preto, para juntar ao seu aperto de mão uma declaração comovida:

– Nesta hora, até o adversário é um amigo!

Ninguém evidentemente falava no Outro. Alencar continuava embaixo do palco, cuidando das próprias feridas, e Kalif havia deixado a entender que se tratava de alguém de quinta categoria, mastigando nos momentos estratégicos uma exclamação de protesto:

– Aquele vagabundo!

Clô evidentemente era dada por morta e o delegado chegou a mandar varrer a sua sala, para receber condignamente o marido ultrajado. Anoitecia quando as lideranças políticas concordaram que convinha assegurar um depoimento discretíssimo para Pedro Ramão. Kalif então ligou para o hospital e pediu para falar com o dr. Loddi, enquanto os presentes se aproximavam mais de Pedro Ramão, que, sentindo a garganta se apertar, começava a pigarrear incessantemente para se livrar da voz infantil. Loddi finalmente atendeu e desmanchou a seriedade do advogado com uma frase terrível:

– Não é fácil matar essas pestes!

Kalif nem conseguiu ouvir mais nada, o sangue fugiu de sua pele morena, ele ficou roxo e trêmulo, gaguejou um agradecimento e desligou o telefone. Ainda tentou recuperar a calma, mas eram tantos os olhos que caíam sobre ele, que Kalif confessou a verdade:

– Ela está viva!

Repentinamente todos se sentiram ridículos. Os grupos se confundiram, pessoas sentavam e se punham de pé no mesmo movimento e, além de Pedro Ramão, pelo menos metade dos presentes também raspava ruidosamente a garganta. Ninguém se atreveu a dizer que era melhor assim, que antes viva do que morta ou que Pedro Ramão finalmente poderia ficar descansado. Clô estava viva e de repente a tragédia conjugal se transformava numa farsa grotesca, um casinho vulgar de distrito policial. Pedro Ramão subitamente teve uma tontura e cambaleou. Foi o sinal para a debandada. Desta vez não houve apertos de mão nem despedidas. Cada um se espremeu como podia pela porta, até que inevitavelmente uma voz irritada comentou já fora do portão:

– Guampudo e palhaço!

Dentro de casa, os amigos mais íntimos ainda tentaram salvar a reputação de Pedro Ramão. Uns diziam que era necessário completar o serviço, outros achavam que bastava se livrar daquela vergonha. Pedro Ramão, puxado e repuxado de um lado para outro, invadido por uma náusea terrível que ensopava seu corpo com um suor frio e pegajoso, subitamente tentou alcançar uma espingarda dependurada na parede, enquanto gania com uma vozinha de criança:

– Eu quero me matar! Eu quero me matar!

Era o início da lenda de Clô, a destruidora de homens. Lenda que o terceiro homem de sua vida ouvia incrédulo, naquele momento, do lado de fora do portão da casa.

19. Desde o momento em que entrou no hospital, nas primeiras horas da tarde, até o cair da noite, quando Loddi encerrou o seu trabalho, Clô teve apenas breves instantes de consciência. Em nenhum deles ela sentiu dor, mas apenas o toque de mãos estranhas, numa pele rígida e distante que não parecia ser a sua. Por várias vezes ela tentou falar, mas uma nuvem morna cobria seus pensamentos e ela se sentia afundar antes de proferir uma só palavra. Da última vez que despertou, antes de voltar a dormir mais profundamente do que das outras vezes, o rosto frio e impassível do médico se debruçava sobre ela.

– Agora está tudo bem – disse ele.

Um não enorme e redondo chegou a crescer dentro dela, mas, antes que chegasse aos seus lábios, Clô adormeceu. Quando acordou novamente, um dia pálido e sombrio amanhecia por entre as persianas da janela. Ela se manteve imóvel na cama, mas as dores eram vagas e distantes. Ela então, cautelosamente, moveu os braços e as pernas, tentando localizar as fisgadas de dor pelo seu corpo. Em seguida ergueu os braços e viu que as bandagens cobriam suas mãos e chegavam até seus ombros. Clô começou, por fim, a tatear o rosto e a cabeça.

– Meu Deus – pensou –, eu estou toda costurada.

Foi a imagem do sangue que, bruscamente, a jogou de volta ao seu parto solitário. O retorno foi tão repentino e inesperado que ela não teve tempo de atender a própria recordação, engolfada por uma avassaladora consciência de que havia abandonado seu filho. Ela ainda tentou se impedir de chorar, mas os soluços explodiam dentro dela, e Clô se ouviu gritar pelo filho. Num instante, o quarto ficou cheio de aventais brancos e agulhas. Ela ainda tentou se explicar, mas foi alcançada antes por uma agulha e só teve tempo de ouvir uma das enfermeiras dizer:

– Depois é essa fiasqueira, ficam gritando de remorso.

Pedro Ramão, na noite anterior, havia tido mais sorte. Quando percebeu que os braços dos amigos já não o impediam com tanto vigor de cometer suicídio, ele levou as duas mãos ao peito e se jogou ao chão, gemendo. Foi levado imediatamente para o quarto, onde o dr. Marcondes prontamente diagnosticou ameaça de enfarte e encheu o paciente de pílulas para dormir.

– Pelo menos assim – se desculpou – ganhamos tempo.

O prioritário era despachar Clô para bem longe de Correnteza, antes que o problema particular de Pedro Ramão se transformasse num escândalo público. Houve quem sugerisse um telefonema franco para a família de Clô, em Porto Alegre, mas Kalif rejeitou a possibilidade.

– Nunca se sabe – disse – como um pai vai reagir num caso desses.

Cinco anos antes, o pai de Lucinha Matos havia deixado a filha batendo em sua porta, até que o marido a alcançou e lhe deu três tiros.

– O mais seguro – disse o advogado – é conseguir um homem de confiança que leve essa moça daqui.

O terceiro homem da vida de Clô não foi, portanto, escolhido por ela, mas pelos próprios amigos de seu marido, embora, naquela madrugada, nenhum deles sequer sonhasse com essa possibilidade. Rafael não era ainda o "Gente fina" dos anos posteriores, mas apenas Freitas de Sá, e, viessem de onde viessem, os dois nomes soavam com muita respeitabilidade. Rafael era alto e elegantemente magro. Possuía dentes espantosamente brancos, que se abriam em sorrisos por baixo de seus olhos e cabelos negros e lhe davam um ar de recém-chegado de lugares distantes e misteriosos. Estava sempre impecavelmente trajado e tinha um toque de displicência no vestir que irradiava uma contagiante sinceridade que positivamente ele não possuía. Rafael estava coordenando os Clubes JJ, aquela mistura impossível e safada de janistas e janguistas que era condenada em público pelos dois candidatos, mas consentida e animada em particular.

– Faço isso pelo dr. Jânio – dizia Rafael aos janistas.

Dobrava a esquina e, com o mesmo sorriso de dentes sem malícia, repetia a versão janguista de sua dedicação. Ele tinha um jeito especial de dizer dr. Jânio, dr. Jango e dr. Brizola, como se tivesse acabado de almoçar com todos eles. Quando Kalif sugeriu o seu nome, Marcondes definiu os sentimentos gerais:

– E nem poderia ser outro!

Rafael foi acordado no seu quarto de hotel, fingiu que não sabia absolutamente de nada. Lamentou a desonra de Pedro Ramão, pediu notícias do estado de saúde de Clô e, finalmente, após uma relutância compreensível, concordou em transportá-la para Porto Alegre.

– Desde que – ressalvou – o médico me garanta que ela está em condições.

Marcondes protestou, lembrou que como médico seria incapaz de uma irresponsabilidade dessas, mesmo se tratando de uma adúltera. Mas, para maior tranqüilidade de Rafael, Clô seria transportada num utilitário, com todo o conforto de uma ambulância. Em menos de uma hora, a pressa dos amigos de Pedro Ramão resolveu todos os problemas, menos o principal. Ninguém conseguia localizar o dr. Loddi. A súbita pressa de Kalif encheu de suspeitas o médico de plantão, que se aferrou aos regulamentos.

– Só ele internou e só ele pode dar alta.

Correnteza foi virada pelo avesso, os bordéis adormecidos deselegantemente acordados, mas o médico não aparecia. Para maior aflição dos interessados, no momento em que Clô estava sendo preparada para a viagem, despertou e teve que ser novamente sedada, o que renovou a autoridade do médico de plantão.

– Não sei como ela está por dentro – avisou. – Perfura o pulmão, rebenta uma artéria e aí, de quem é a responsabilidade?

Marcondes pediu então para ver as radiografias, mas Loddi havia seguido as recomendações muito bem, as chapas tinham sumido. O dia estava amanhecendo sem sol e com ameaçadoras nuvens negras atrás das torres da matriz e o impasse continuava. Enquanto isso, Pedro Ramão sentava na cama, ainda zonzo, se punha de pé num arranco e se jogava embaixo do chuveiro frio. Ficou ali por dez minutos, bufando e resfolegando, até que boa parte do efeito dos soníferos se foi e ele se dirigiu à cozinha para acabar com o resto. Já havia tomado um bule de café forte quando a consciência de sua desmoralização o atingiu.

– Sou um homem morto – ele gemeu.

Pedro Ramão se sentiu tão asfixiado pela situação que abriu a porta dos fundos e saiu para o pátio em busca de ar. Estava enchendo os pulmões quando Jurema saiu do quarto da empregada, enrolada num longo xale, e se postou imóvel diante dele. Com ela, a sua voz jamais havia tido uma só falha.

– O que tu quer? – perguntou rudemente.

Ela não falou. Por um momento, seu rosto de índia parecia feito de pedra, mas logo os lábios começaram a rachar e se abriram num sorriso de desdém. Pedro Ramão deu um passo em sua direção, chegou a fechar o punho para esmagar o atrevimento, mas o desprezo era tão grande que o empurrou irremediavelmente para a solução desesperada.

– Tá bem – rugiu ele –, eu vou lá terminar o serviço.

Entrou em casa e voltou um minuto depois com uma espingarda, calibre doze, de dois canos, dramaticamente desnucada. Diante dos olhos de cobra faminta de Jurema, ele enfiou os dois cartuchos nos canos e engatilhou a arma.

– Tu também vai ver – rosnou – com quem tu tá lidando.

E saiu com passo firme, a espingarda balançando na mão direita. Contornou a casa, abriu o portão, saiu para a rua e caminhou decidido para o hospital, com a índia seguindo silenciosamente seus passos, como se necessitasse ver com os próprios olhos o extermínio da rival.

20. Pedro Ramão ainda resfolegava embaixo do chuveiro quando Rafael fechou a porta do utilitário e olhou, apreensivo, para as gordas nuvens de chuva que cobriam quase todo o céu.

– Mais uma hora – disse – e não consigo chegar ao asfalto.

Kalif, que caminhava aflito de um lado para outro, ergueu os olhos para cima e concordou:

– E não chega mesmo.

Repetiu seu vaivém, parou e espiou o horizonte.

– Vem chuva grossa – disse. – E duvido que encontrem o Loddi antes do primeiro pingo.

Rafael ficou, por um momento, olhando para o chão, logo em seguida fechou a gravata aberta, abotoou o casaco, abriu um sorriso resplandecente e subiu as escadas do hospital de dois em dois degraus.

– Ei – reclamou o advogado –, aonde o senhor vai?

Mas Rafael já passava pela portaria, onde Marcondes continuava tentando localizar Loddi por telefone, enquanto dois outros amigos de Pedro Ramão apascentavam a mulatinha recepcionista. Rafael passou por eles com um passo elástico, deixou um confiante bom-dia no ar e seguiu pelo corredor. A sua entrada foi tão natural, que até Marcondes respondeu automaticamente o seu bom-dia, sem interromper a sua discussão com a telefonista. Três portas adiante, o sorriso de Rafael deixou de ser amigável. Ele entrou na sala de enfermagem, apontou para dois auxiliares sonolentos que tomavam um cafezinho e ordenou:

– Me tragam uma maca.

Não esperou pelo sim-senhor, saiu e caminhou decidido para o quarto de Clô, seguido obedientemente pela dupla que conduzia a maca. Na porta do quarto, Rafael diminuiu o passo, estendeu a mão para o trinco e perguntou para a enfermeira com o tom secamente profissional de um médico experiente:

– Como está ela?

– Dormindo, doutor.

Ele recebeu o título que não havia pedido com naturalidade, abriu a porta e comentou de passagem:

– Melhor assim.

Com a mesma desenvoltura que havia se movido pelo hospital, Rafael entrou no quarto de Clô e tomou seu pulso. Ficou dois segundos atento às pulsações e, logo em seguida, com um gesto rápido, afastou as cobertas. Suas mãos correram rápidas pelo corpo de Clô e ele sorriu satisfeito por não descobrir nem gessos nem talas.

– Bom – disse em voz alta –, muito bom.

Se voltou então para os dois auxiliares, que aguardavam suas ordens ao lado da cama, e ordenou:

– Transfiram a paciente para a maca.

Fiscalizou a operação com ar extremamente sério e por duas vezes recomendou cuidado aos dois. Quando a enfermeira, gentilmente, abriu a porta para que a maca passasse, Rafael apanhou a papeleta, dependurada nos pés da cama, retirou a caneta do bolso, enquanto corria uns olhos severos por ela, rabiscou uma assinatura e a entregou sorridente para a enfermeira:

– Ela está ótima – disse.

Mas não se deteve para ouvir a resposta. Como um médico extremamente ocupado, apressou o passo, tomou a frente dos maqueiros e passou com eles e Clô pela portaria com um rápido e formal "até logo", que não teve a resposta de ninguém. Do lado de fora, diante dos olhos espantados de Kalif, Rafael transferiu Clô para o utilitário e despediu os maqueiros com uma nota dobrada em cada mão e um gracejo:

– Para uma cervejinha, depois do plantão.

Os dois responderam com um obrigado-doutor e Rafael fechou, sem pressa, a porta traseira, acendeu um cigarro, foi para seu lugar e arrancou vagarosamente, enquanto Kalif só atinava dizer:

– Nossa! Nossa! Nossa!

Mas só conseguiu rir quando, antes de dobrar a esquina, a mão alegre de Rafael acenou para ele. Aí Kalif deu uns pulinhos de alegria e logo correu para dentro do hospital. Puxou os amigos para um canto e soprou a novidade.

– Ela se foi.

Houve um segundo de estupefação e logo uma saraivada de perguntas caiu sobre ele. Como? Quem? Onde? Sempre aos cochichos, Kalif teve que contar e recontar a retirada espantosa de Clô, aparteado constantemente pelo dr. Marcondes, que não se convencia.

– É impossível, Kalif.

– Eu vi, eu vi.

– Tu viste mal, Kalif.

Até que, finalmente, Kalif se irritou.

– Mas que viste mal, doutor? Eu estava lá, eu vi, ela saiu.

– Olha – disse Marcondes com uma paciente superioridade –, hospital é uma coisa séria.

– Bobagem – soprou Kalif –, bobagem.

– Nem mesmo eu – insistiu Marcondes –, nem mesmo eu, que sou médico, consigo retirar um paciente sem permissão.

– Muito bem – quase gritou Kalif –, então vá lá ver.

Marcondes suspirou e saiu balançando a cabeça e o corpanzil pelo corredor até o quarto de Clô. Abriu a porta, olhou espantado para dentro, entrou e saiu cinco segundos depois, cheio de suores e tremeliques.

– Depressa – ciciou –, vamos sair daqui.

Kalif ainda pediu calma, mas a dez metros da porta lateral a retirada se transformou em correria. Num segundo o bater de pés acordou todo o hospital. Todas as portas se abriram, os plantões despertaram e as cabeças curiosas surgiram, sem que ninguém soubesse ao certo o que estava acontecendo. Foi o médico de plantão o único a se lembrar de Clô.

– Foi ela – berrou –, foi ela.

E correu para o quarto, enquanto Pedro Ramão abria caminho na confusão. O médico de plantão ainda estava atônito, abrindo e fechando portas, quando Pedro Ramão entrou no quarto, sombrio como um fantasma, e apontou a espingarda para a cama vazia.

– Levaram a moça – avisou o médico.

Pedro Ramão deu um ronco terrível e disparou os dois canos da calibre doze sobre o colchão. O estrondo achatou o médico contra a parede e esvaziou os corredores. Pedro Ramão ainda tentou atirar várias vezes até que percebeu que não tinha mais munição. Então empunhou a espingarda como se fosse uma clava e despedaçou o que restava da cama. Só aí os guardas e enfermeiros caíram sobre ele e o arrastaram para fora do quarto, onde Pedro Ramão estrebuchou furioso, até que uma das enfermeiras o identificou com um gritinho espantado:

– É o marido dela!

Aí, finalmente, Pedro Ramão se conteve, tossiu, limpou a garganta várias vezes mas, mesmo assim, foi com aquela ridícula vozinha infantil que ele pediu que o soltassem.

– Muito bem – disse o médico de plantão –, soltem o homem.

Pedro Ramão mirou uma desculpa e saiu atarantado do hospital, enquanto os cochichos maliciosos chiavam pelos corredores e ecoavam pelos quartos. Desta vez, no entanto, Jurema não o seguiu. Permaneceu imóvel e encostada na parede do hospital, como se fosse parte da arquitetura do edifício, até que Pedro Ramão dobrou a última esquina, sem olhar uma vez sequer para trás. Então ela, caminhando com pequenos e rápidos passinhos de índia, tomou o rumo oposto e desceu a rua.

Enquanto isso, Rafael rodava tranqüilo pela estrada de terra batida que ligava Correnteza à rodovia federal que conduzia a Porto Alegre. Clô ainda não sabia, mas estava voltando para casa.

21. A viagem de Correnteza a Porto Alegre foi tranqüila e silenciosa. Quando atingiram o asfalto, como Rafael havia previsto, começou a chover. Ele diminuiu prudentemente a marcha e rodou sem pressa dois terços do caminho, até parar ao lado de um pequeno restaurante para tomar café. A manhã estava no meio, a chuva tinha passado e os grandes caminhões tinham voltado à rodovia. Quando ele regressou ao utilitário, Clô tinha acordado.

– Bom dia – disse ele, com o mais simpático dos sorrisos.
– Meu nome é Rafael Freitas de Sá.

Os olhos feridos de Clô piscaram, mas ela não disse nada.

– Tirei você daquele hospital – disse Rafael.

Clô se manteve silenciosa. Seus olhos se moveram imperceptivelmente por trás das pálpebras inchadas e examinaram o interior do utilitário, até voltarem para Rafael, que continuava sorridente.

– Olhe – disse ele –, eu só quero ajudar.
– Não quero viajar deitada – disse ela.
– Você pode se mover?
– Acho que sim – respondeu ela.

Rafael então a retirou da maca, a ajudou a vestir um robe e a sentar a seu lado, no banco da frente. Clô não teve uma queixa, mas ele percebeu que até os pequenos movimentos lhe causavam dor.

– Você não tem nada quebrado – consolou ele.

Mas, por mais que insistisse, não conseguia estabelecer um diálogo com ela. Clô respondia as suas frases com monossílabos e deixava evidente que não confiava nele. Depois de muita insistência de Rafael, concordou em tomar um café, mas recusou o copo de leite que ele lhe ofereceu.

– Bem – disse ele –, temos um pequeno probleminha. Não me deram o endereço de sua casa.

Clô ainda não tinha se reconstruído. Ela se sentia dividida em mil pedaços e cada um deles parecia reclamar toda a sua atenção. No momento em que Rafael, gentilmente, desviou os olhos dela, Clô procurou seu rosto no espelho do carro. Um terço de seus cabelos tinha sido raspado, seu rosto estava disforme e mal era possível discernir seus olhos por entre as pequenas frestas que separavam as pálpebras inchadas. Ela tentou se dizer que pelo menos estava viva, mas a sensação, que a abafava fisicamente, era de destruição completa. Em vez de responder a pergunta de Rafael, ela disse:

– Não sobrou muito, não é?

– Ora – disse ele sem convicção –, dentro de uma semana você deve estar boa.

Então ela se ajeitou melhor no banco, ergueu a cabeça ferida, como se quisesse jogar para trás os cabelos que tinham lhe raspado, e disse:

– Bem, vamos para casa.

E lhe deu o endereço da casa de seus pais. Dali até o momento em que o utilitário parou, ela não disse nem mais uma palavra, e Rafael respeitou o seu silêncio. Quando chegaram, ele a ajudou a descer, mas ela recusou seu braço para andar até a porta.

– Daqui por diante – disse mais para si do que para ele – eu tenho que aprender a andar sozinha.

Disse adeus sem intimidade para Rafael e caminhou coxeando para a porta do casarão. Mas só tocou a campainha depois que o utilitário se afastou. Quem veio abrir a porta não foi a empregada, como Clô esperava, mas sua própria mãe, ainda resmungando contra a surdez da copeira. Ela passou, sem pausas, para um pânico fulminante, que a empurrou, aos trancos, de volta para o corredor, enquanto berrava o nome do filho, como um pedido de socorro:

– Afonsinho! Afonsinho! Afonsinho!

Clô, também apanhada de surpresa, não soube o que dizer, estendeu as mãos num apelo mudo e avançou soluçando pelo corredor, em busca da mãe. Antes que chegasse à sala, seu irmão mais velho desceu as escadas e Donata, apontando cheia de horror a filha, gritou:

– Olha o que fizeram à Tildezinha!

Afonsinho deu um passo na direção de Clô, depois se voltou irritado para a mãe.

– Mas que droga – berrou –, ela é sua filha.

Donata então pareceu acordar, correu para Clô e se abraçou nela, enquanto choramingava:

– O que foi que te fizeram, minha filhinha? O que foi que te fizeram?

Enquanto que Afonsinho, andando em volta das duas, repetia:

– Só pode ter sido um acidente, só pode ter sido um acidente.

Mas não interferiu enquanto mãe e filha soluçavam e se acarinhavam, buscando se encontrar dentro da dor. Mas foi ele, antes de Donata, quem primeiro se deu conta do desamparo de Clô.

– Ei, ei – interrompeu, meio dançando em volta delas, enquanto formava um tê com os indicadores –, tempo, tempo!

Não conseguiu ser ouvido pela irmã, mas chamou suficientemente a atenção de sua mãe para perguntar:

– Cadê o Pedro?

Donata imediatamente se recuperou, afastou ligeiramente a filha de si e perguntou alegre, como se Pedro Ramão estivesse se preparando para entrar em casa:

– É, minha filha, cadê o Pedro?

Clô tentou responder, mas a sua voz se quebrou em soluços, e tudo o que ela conseguiu foi balançar a cabeça desconsolada, enquanto Donata ainda tentava repelir furiosamente a verdade, sacudindo também a cabeça:

– Não, filha, que é isso? Onde já se viu? Logo o Pedro? Não pode ser.

Mais uma vez Afonsinho foi o primeiro a aceitar os fatos. Ele explodiu um palavrão, passou nervoso a mão pela cabeça e disse:

– O desgraçado deve ter ficado doido pra fazer uma coisa dessas, pô!

Gesticulou furioso na frente da mãe, que tinha emudecido, depois cerrou os punhos e se voltou para Clô, que continuava soluçando:

– Rebento a cara dele, tá bom? Rebento a cara dele. Ninguém vai fazer isso com a minha irmã, tá me entendendo? Desmonto aquele grosso.

Nesse momento o pai de Clô chegou. Ele passou levemente surpreso pela porta aberta e caminhou para a sala, recebendo aos poucos os soluços, os espantos e as ameaças. Quando Afonsinho viu o pai, estancou sua indignação e mastigou um olá. Alberto não respondeu, olhou a face amedrontada de Donata e depois começou a contornar Clô.

– O que houve? – perguntou sem se dirigir a nenhum dos três em particular.

Donata, desesperada, olhou para Clô, mas a filha não conseguiu conter os soluços.

– O que houve? – tornou a perguntar Alberto.

– Foi o marido dela – respondeu Afonsinho, apontando para a irmã.

– Vá fechar a porta – ordenou Alberto sem tirar os olhos de Clô.

Olhou longamente para Donata, que baixou os olhos obediente, e, com uma calma afetada, tirou o lenço do bolso superior do casaco e o estendeu para a filha.

– Tome – disse.

Clô conseguiu balbuciar um "obrigada", apanhou o lenço, enxugou as lágrimas, assoou várias vezes o nariz e manteve a cabeça baixa. De repente ela se sentia novamente menina, tremendo diante daquele gigante que era seu pai e, com mãozinhas muito frágeis, tentando proteger suas nádegas das chineladas inevitáveis que viriam.

– Muito bem – disse seu pai com uma voz sem piedade –, o que foi que tu fizeste ao teu marido?

E ficou diante dela imponente, como se estivesse usando uma toga.

22. Não foi Clô quem respondeu a seu pai. Ferida e amedrontada, ela não teve forças para impedir que Clotilde subitamente renascesse e choramingasse, dentro de sua carne humilhada:

– Nós brigamos.

O pai então se tornou irônico. Deu alguns passos divertidos em torno de Clô, forçou uma risada de lata e começou a exagerar propositadamente nas entonações.

– Ora, ora, então brigaram? Vejam só, os dois pombinhos brigaram. Não tinham o que fazer e se deram na cara. Coisa à toa, só para passar o tempo.

Donata ainda tentou rir, mas, imediatamente, a voz de Alberto se encheu de autoridade e ele se pôs aos berros com a filha:

– Está pensando o quê? Que sou um imbecil? Que nunca estive casado? Que não sei o que é uma briga?

Aí, sem o menor cuidado, começou a tocar nos curativos, enquanto perguntava:

— O que é isso? E isso? E isso? Tu estás cortada, lanhada. Tu levaste uma surra, mentirosa.

Até que, finalmente, repetiu a pergunta, como se fosse um estertor:

— O que foi que tu fizeste ao teu marido?

Dentro de si, Clô se empurrava desesperadamente para fora. Mas Clotilde barrava seu caminho, apertava sua garganta e fazia tremer os seus joelhos. Clô desejou desesperadamente um desmaio, mas o corpo se negava a fugir, enquanto as imagens cresciam dentro dela. O terror da mãe, a desconfiança do irmão, a ferocidade do pai. Ela se retorceu, teve um soluço fundo, mas nem assim teria se livrado de uma nova mentira, se não fosse a entrada salvadora de sua avó, que do meio da escada apontou a bengala para Alberto e disse:

— Deixe essa menina em paz!

Pela primeira vez Clô descobriu que também seu pai tinha fantasmas de infância. Ele se curvou e perdeu a autoridade diante da mãe.

— Ela apanhou do marido – disse ele, como quem se desculpa de uma má ação.

— Eu também já apanhei do marido – respondeu a avó descendo a escada.

— Só Deus sabe o que ela fez – insistiu Alberto.

A avó não lhe deu resposta. Examinou friamente a neta e, sem se voltar, ordenou para a nora.

— Donata, chama o Massari.

Logo em seguida voltou para a escada e disse para Clô:

— Venha para o meu quarto.

Afonsinho correu para ajudar a irmã, mas a avó o deteve com uma batida impaciente da bengala.

— Ela pode subir sozinha – disse.

E começou a subir, enquanto Clô a seguia coxeando, como se fosse a reprodução mais jovem de sua avó. Alberto ficou embaixo, assistindo imponente à escalada das duas, até que desabafou para Donata.

— Ela traiu ele.

A avó, no entanto, não parecia interessada no que Clô tinha feito ou deixado de fazer. Entrou no quarto, empurrou delicadamente a neta para a sua própria cama e ordenou:

— Fique aí até o Massari chegar.

Saiu e só voltou uma hora depois em companhia do médico. Massari tinha sempre um ar distante e desinteressado, e havia herdado a família inteira da clínica de seu pai. Sentou ao lado da cama, correu os olhos pelos curativos e só fez uma pergunta:

– Com que foi que ele bateu em você?

– Com um cinto de cartucheira – respondeu Clô envergonhada.

A bengala da velha bateu nervosamente no assoalho mas ela não falou. Massari examinou cuidadosamente um por um dos ferimentos, ergueu os curativos mais importantes, apalpou os braços e as pernas de Clô, depois se voltou para a velha e disse:

– Ela é como a senhora, um animal.

– É – concordou a avó como quem constata um fato –, desde criança.

Depois disso os dois saíram e Clô ficou novamente sozinha. Aquele quarto tinha sido a sua primeira aventura. Com perninhas trêmulas, ela, com um ano e meio, havia subido pela primeira vez as escadas e entrado no quarto da avó, que ergueu os olhos do romance que lia e disse:

– Entre, minha animalzinha, entre.

A partir daquele dia se estabeleceu entre as duas uma intimidade de carne para carne, que raramente necessitava de palavras. Nos maus momentos, Clô deslizava para dentro do quarto e se aninhava aos pés de sua avó. Donata ainda resistiu alguns anos àquela identidade que, mais do que o afeto, lhe roubava a confiança da filha, mas, por fim, se deu por vencida.

– Não foi por nada – dizia – que o pai lhe deu o nome da avó.

Quando era a avó quem necessitava da neta, o pretexto era sempre a leitura.

– Cansei os olhos – mentia.

Clô então se punha a ler em voz alta, mas jamais conseguia passar da primeira página, porque logo a avó inventava uma desculpa para tocar na neta.

– Você está mal penteada – dizia.

Ou então era a blusa que estava malposta ou a barra do vestido que tinha sido malfeita. Tudo para finalmente ter um pedaço de Clô em suas mãos, por algum tempo. As duas não apenas se sentiam, mas também se adivinhavam. Quando Clô quis casar, foi a avó quem desceu do quarto com o argumento definitivo. Agora, mais uma vez, tinha sido ela quem havia acudido a neta, antes que fosse humilhada pelo pai.

– Bem, bem – disse a avó voltando acompanhada de uma empregada –, vamos lhe dar um banho de caneca e tirar essas coisas hediondas que você está usando.

Mandou buscar uma bacia de água quente e com uma esponja lavou pacientemente a neta. Depois fez Clô vestir uma camisola de seda e lhe deu um cálice de conhaque.

– Beba – pediu – e me conte tudo.

Sentou na sua cadeira, ao lado da cama, e ficou ouvindo a neta. Clô se deixou correr como um rio. Não escondeu o desapontamento da lua-de-mel, nem a solidão das noites de gravidez. Não se poupou nem se adulou, embora por várias vezes tivesse que parar, porque os soluços não a deixavam prosseguir.

– Chore – animava a velha –, chore.

Mas não tinha um gesto na direção da neta, como se entendesse que Clô, como uma chama, precisava se consumir sozinha. Sua bengala, no entanto, repetidas vezes bateu impaciente no assoalho, quando Clô se contava batida ou humilhada. Só quando Clô começou a falar no cinto de cartucheira foi que sua avó teve uma espécie de gemido, mas, logo em seguida, retornou à sua imobilidade. Finalmente Clô terminou a sua história e as duas ficaram longo tempo em silêncio. O pôr-do-sol estava tingindo vagarosamente as janelas, quando a avó ergueu sua bengala, apontou para ela e disse:

– Você podia ter escolhido ser apenas mulher. Dói, humilha, mas é o caminho mais fácil. Mas você, minha animalzinha, escolheu ser gente. E isso nenhum deles vai entender, nenhum deles.

E pela primeira vez Clô viu sua avó inclinar a cabeça e chorar, um choro fino e comprido, que parecia vir de todas as tristezas antigas. E também pela primeira vez Clô saiu da cama, se abraçou com sua avó e chorou com ela.

23. Tinha se feito noite e avó e neta continuavam juntas e em silêncio. Finalmente, quando a copeira veio avisar que iam servir a janta, a velha ergueu a cabeça.

– Bem, bem – ela disse –, eu creio que merecemos coisa melhor.

Deu dois tapinhas carinhosos no rosto de Clô e disse que voltaria em seguida.

– Não se preocupe – disse adivinhando a ansiedade da neta –, porque nós duas não terminamos ainda.

Clô se recostou nos travesseiros e ficou ouvindo a bengala da avó seguir pelo corredor e descer as escadas. Pouco a pouco, ela começa a juntar as peças essenciais do seu quebra-cabeça particular. Havia uma tentação muito forte dentro dela para considerar Pedro Ramão e Correnteza como um sonho mau, um parêntese longo e delirante na sua vida de todos os dias. Mas Joana e Manoel impediam que houvesse um retorno ao passado. A filha ardia dentro dela como um corte recente, e o filho era uma culpa amarga que se enrolava em suas entranhas. Ela já estava pensando em descer as escadas e sentar à mesa com seus pais e seu irmão, quando a avó voltou seguida por uma copeira, que trazia uma imensa bandeja.

– Um minuto antes de o mundo acabar – disse a avó –, vou pedir caviar, torradas e champanhe.

Deu uma risada alegre e inesperadamente jovem e completou:

– Se me atenderem, vou festejar, porque será a prova provada de que o mundo não irá acabar.

Mas quando a rolha do champanhe saltou, Clô percebeu que sua alegria havia se desvanecido por um instante.

– Meu pai – disse a velha – jamais teria bebido esse champanhe. Eu já acho um milagre que ele seja francês. Seu filho vai beber champanhe nacional. E seu neto...

Riscou o ar com a bengala, como se estivesse apagando um mau desenho, e disse:

– Bobagem minha. Ninguém sabe de nada. Talvez, distribuam champanhe nas ruas no ano 2000.

Mas a serpente já tinha entrado no paraíso e Clô, mesmo contra a sua vontade, já tinha se posto a adivinhar o futuro.

– Vou contar tudo a eles – disse.

– Não – retrucou a velha com energia –, não vai, não. Você sabe muito bem que não vai ser entendida por nenhum deles.

Encheu um copo de champanhe e estendeu a Clô.

– Primeiro – disse – você vai ficar boa. Depois...

– Vou lutar por meus filhos – quis completar Clô.

— Não — corrigiu a avó —, depois você vai aprender a ser sozinha.

Olhou Clô cheia de piedade. Seus olhos se anuviaram mas, no último instante antes do pranto, ela se recompôs, riu e ergueu a taça:

— A Clô — disse. — Gosto dele. Fica muito melhor do que Tildezinha. Eu tenho jeito de Clotilde, velha e manca. Você é realmente Clô.

E Clô curvou a cabeça como se estivesse sendo batizada. Depois do brinde, no entanto, sua avó pareceu se desligar dela. Se pôs a contar todas as trivialidades familiares, como se fossem grandes acontecimentos, até que Clô se sentiu flutuar. A taça escapou de sua mão e rolou pela cama, enquanto ela pensava:

— Meu Deus, eu hoje não comi nada.

Se voltou para sua avó e sorriu. Um minuto depois, quando Donata entrou no quarto da sogra, a velha levou silenciosamente o dedo aos lábios.

— O que houve? — quis saber a mãe.

— Ela dormiu — respondeu a avó fugindo da pergunta.

Donata se aproximou da cama, olhou longamente a filha e ajeitou impaciente os cabelos.

— Eu nunca entendi essa menina — disse.

Mas a avó já havia fechado os olhos e fingia que estava dormindo. No dia seguinte, ela foi a primeira acordar. Desceu as escadas e se pôs ostensivamente na sala, até que Alberto veio ao seu encontro.

— Eu acho — disse ele — que sua neta fez uma besteira.

A velha bateu irritada com a bengala no chão e encarou o filho duramente.

— Ela está ferida — disse — e não deve ser incomodada até que fique completamente boa.

Depois voltou para seu quarto. Durante duas semanas ela velou diligentemente por Clô. Mandou armar uma segunda cama em seu quarto e montou uma guarda feroz à neta. Na medida em que Clô juntava seus pedaços e tinha crises de choro, a velha enxotava as empregadas e trancava as portas, até que a neta se recuperasse. Todas as manhãs, no entanto, descia as escadas para perguntar:

— O miserável telefonou?

Recebia a negativa e voltava para junto de Clô. Uma semana depois, quando a neta se sentiu suficientemente forte para sair para a rua, a avó vetou a idéia.

– Se você sair de manhã, vai ser vista pelas desocupadas. Se sair à tarde, vai ser vista pelas empregadas.

Massari quis retirar os pontos na clínica, mas ela, com duas irritadas bengaladas no assoalho, o convenceu de que o problema poderia ser resolvido em casa.

– Já chega – disse – o que vão falar dela sem saber de nada.

Diariamente examinava as cicatrizes de Clô com uma lente e aprovava a recuperação com pequenos grunhidos satisfeitos. Quando as equimoses desapareceram definitivamente, ela trouxe para o quarto um pequeno batalhão de manicures, cabeleireiros, massagistas e costureiros. Pela primeira vez Clô discordou dela, se recusou a ser tocada e se refugiou no sótão. A velha subiu penosamente até lá e disse:

– Não se esqueça que esta droga de mundo é deles. Se eles descobrirem que você está mal, vão querer que fique ainda pior.

Bateu energicamente com a bengala no assoalho.

– Portanto, minha animalzinha, quanto pior você estiver por dentro, tanto melhor deve estar por fora.

Finalmente, quando vieram as encomendas, ela fez Clô desfilar na sua frente, rodou criticamente a sua volta e, depois de pensar um momento, disse:

– Agora você está pronta.

Aí pareceu subitamente se encolher, caminhou com dificuldade até a sua cadeira e se jogou exausta sobre ela.

– Vai ser uma longa guerra – disse.

Agitou a mão magra e enrugada no ar, como se estivesse oferecendo os pratos de uma mesa.

– Pode começar com quem quiser.

Clô se pôs na frente do espelho e ficou examinando longamente a sua imagem. Depois se voltou para a avó.

– Vou falar com papai – disse.

A avó teve uma risada curta e cruel.

– É – respondeu –, eu sabia que você começaria por ele. Quer se queira quer não, bom ou mau, é sempre o primeiro homem de nossas vidas.

Fechou os olhos e ergueu a mão num esboço de gesto.
– Vai – disse –, vai.

Clô abriu a porta, ficou um momento olhando a avó que parecia dormir e logo foi para a escada. Desceu os degraus com um passo elegante mas firme, como jamais Clotilde havia tido dentro daquela casa. Ela entrou no gabinete de seu pai, jogou a cabeça para trás e disse duramente:

– O que você prefere que eu diga? Que briguei com ele, que traí o Pedro ou que corneei meu marido?

O pai dela se ergueu lívido da cadeira e, antes que abrisse a boca, Clô já adivinhava uma por uma de suas palavras. Mas não baixou os olhos e enfrentou sem medo a sua primeira batalha.

24.

O pai de Clô gostava de se pensar liberal. Nos seus grandes momentos, ele se deixava trair por um sorriso triste e dizia:

– Afinal, somos todos pobres seres de carne e osso.

Por isso, Alberto compreendia a infidelidade. Não era, evidentemente, uma coisa para ser apregoada, exigia uma atitude realista de um pai. Mas entre quatro paredes e longe de estranhos, ela poderia até terminar com uma cumplicidadezinha protetora. Qualquer coisa do tipo "tu saíste a mim" ou então "sexo sempre foi o nosso ponto fraco". O que o pai de Clô não compreendia eram os olhos sem culpa e a cabeça sem remorsos.

– Tu me traíste – gritou ele –, tu me traíste!

Esqueceu Pedro Ramão, esqueceu os pequenos netos e se pôs a reclamar da injustiça que Clô havia lhe feito.

– Eu não merecia – repetia incessantemente –, eu não merecia.

Até que tornou a se enfurecer, porque Clô nem chorava, nem se arrependia, e lhe apontou a porta.

– Saia daqui, sua vagabunda.
– A casa é sua – disse Clô sem raiva.

Mas não chegou a dar três passos em direção à porta, porque a voz do pai, subitamente dolorida, a deteve.

– Volte aqui – pediu ele –, afinal, tu és minha filha.
– Pensei – disse Clô irônica – que você ia dizer infelizmente.
– Não me chama de você – desconversou ele.

Passou a mão pelo rosto várias vezes, caminhou até a janela, olhou para a rua por um momento e se voltou para ela.

– Quem é o ...?

Agitou a mão no ar, esperando que ela lhe poupasse a palavra, mas Clô não abriu a boca.

– Bem – ele conseguiu dizer afinal –, quem é o outro?

– Uma droga – respondeu Clô.

Ele gemeu um meu-Deus, tornou a ir para a janela e, por um momento, Clô pensou que ele fosse se jogar para a rua.

– O que ele faz?

– Gerente de cinema – disse ela.

Ele repentinamente se tornou estóico. Se voltou lentamente para Clô, como se tivesse uma imensa cruz sobre os ombros, e a encarou certo de que ela estava doente.

– Está bem – disse –, não quero ouvir mais nada. Tu és minha filha.

Ele não falou, mas a pausa que acrescentou no final da frase disse por ele um apesar-de-tudo.

– E os filhos? – perguntou depois de um momento.

– Quero ficar com eles – respondeu Clô.

– Amanhã – disse ele – vamos falar com Silva Souto.

A audiência tinha sido encerrada. Clô recordou os dias em que ele examinava seus boletins. Ele sempre fazia uma arenga sobre as virtudes do bom comportamento e depois concluía:

– Amanhã, vamos falar com a madre diretora.

Depois disso voltava ao seu trabalho. Das poucas vezes em que permaneceu no gabinete, Clô não conseguiu nenhuma resposta para suas perguntas. O final da audiência não encerrava apenas seu tempo, mas também sua atenção. Ela ficou um instante olhando para o pai e logo sorriu e saiu do gabinete. Na sala, como sempre acontecia nos momentos de crise, sua mãe tomava misteriosos chás calmantes.

– Será – perguntou ela tentando afetar calma, mas com a taça tremendo perigosamente na mão – que agora tu podes contar o que aconteceu a tua mãe?

– Se você quiser – respondeu Clô, sentando na sua frente.

– Tu mudaste – disse a mãe com uma ponta de satisfação por ter percebido a mudança. – Não és mais a minha Tildezinha, não é mesmo?

– Não – disse Clô duramente –, não sou.

E começou a recontar seu casamento, evitando sempre e impiedosamente as palavras bonitas e os termos bem-educados. Quando chegou ao seu parto solitário, a mãe oscilou na cadeira, teve que se apoiar na mesa para não cair e pediu, com um fio amedrontado de voz:

– Já chega, por piedade.

Tomou um gole trêmulo de chá e se pôs a reclamar da filha.

– Somos diferentes – dizia –, di-fe-ren-tes. Essas coisas chulas que tu falas, eu nunca as tive. Nunca, estás me entendendo? Nós usávamos nomes gentis. Florzinha, botãozinho, pombinha. Vocês, todas vocês que... que falam deste modo, me parecem...

As quatro letras chegaram a se formar em sua cabeça, mas ela as afastou elegantemente.

– ... prostitutas – disse finalmente.

Então se levantou afogueada, como se tivesse acabado de contar as suas mais íntimas particularidades, e disse:

– Não te entendo, nunca te entendi. Te aceito como tu és e pronto. Sou tua mãe.

E fugiu aflita da presença da filha. A avó não recriminou nem seu filho nem sua nora. Ouviu Clô em silêncio e só riu, quando ouviu falar nas palavras gentis de Donata.

– O imbecil do seu pai – disse – achava que tudo isso era poesia. Quando teve a primeira amante, e seu avô perguntou o que estava havendo, o idiota respondeu que cada vez que sua mãe se punha a falar em florzinha, ele se sentia como se fosse uma abelha.

E ria batendo com a bengala no chão. Mas quando Clô falou em Silva Souto, a velha parou de rir.

– Não gosto dele – disse incisiva. – Foi sempre o primeiro em tudo. Tantos primeiros lugares não são uma prova de competência, mas de safadeza.

Silva Souto realmente parecia ter acabado de receber seu boletim. Os casacos de 60 eram curtos e justos e, dentro de um deles, seus ombros pareciam ainda mais estreitos e sua barriguinha ainda mais ridícula. Ele não era gordo, mas um magro corrompido pela gula, com ossos que não conseguiam sustentar os excessos. O nariz afilado, o lábio inferior pendente e os cabelos ondulados, que terminavam em crista no topo da cabeça, davam a Silva Souto uma irremediável aparência de passarinho. Ele transformou a consulta num pomposo espetáculo teatral. Exagerou na espera, saiu cinco vezes do gabinete com ar preocupado e, finalmente, quando recebeu Clô e seu pai, parecia a um minuto de um colapso.

– Eles não se convencem – disse com um toque feminil na voz – que eu sou um ser humano.

Trocou algumas recordações com Alberto e, em seguida, pediu que o pai o deixasse sozinho com a filha.

– Um advogado – disse – é como um confessor. Ouve mais coisas que um pai pode suportar.

Mas suportou sem pestanejar toda a história de Clô, sempre brincando com um abridor de cartas em forma de punhal. Quando ela terminou, ele recostou-se na cadeira e passou a fazer uma série de perguntas cruas sobre sua vida conjugal. Clô protestou, mas ele justificou sua curiosidade:

– O juiz, minha querida, será dez vezes pior do que eu.

Com isso teve liberdade para continuar, até que Clô percebeu que ele gostaria que ela se sentisse suja e culpada e começou a responder por monossílabos. Meia hora depois, ele se ergueu da cadeira, olhou teatralmente a estante de livros e disse:

– Não costumo atender casos como o seu, mas em consideração a seu pai abrirei uma exceção.

Então se voltou para ela e ordenou:

– Daqui por diante, seja uma freira. Nada de festas, nada de passeios, nada de amantes, nada de decotes, nada de maiôs, nada de nada. A senhora vai ser um modelo de virtudes, está me entendendo?

Clô concordou, mas pressentiu que Silva Souto não seria um aliado, mas um novo e perigoso inimigo.

25. Nos meses seguintes, Clô cumpriu as ordens do advogado com um rigor obstinado. Passava os dias dentro de casa, queimando sua impaciência animal em limpezas desnecessárias, que exasperavam sua avó.

– Saia dessa droga de casa – dizia ela –, vá viver lá fora.

– Quero meus filhos – respondia Clô com feroz determinação.

E lavava assoalhos, repintava paredes e redecorava quartos. A mãe assistia a esse esbanjamento de energia com muito espanto, mas o pai aparecia sempre no meio da poeira com evidente satisfação.

— Não há coisa melhor – dizia –, não há coisa melhor.

Um mês depois, empurrada pela avó, Clô consentiu em ir ao cinema em companhia do irmão. Afonsinho voltou irritado da experiência:

— Ela não pára um minuto, droga!

Na semana seguinte, a avó desceu com ela do quarto, convocou Afonsinho com duas bengaladas irritadas no assoalho e foram os três para a Hípica. Enquanto Clô afundava intimidada no banco traseiro, a avó caminhou decidida para as baias, distribuindo cumprimentos para um lado e para outro, como se tivesse acabado de montar. Voltou meia hora depois e apontou a bengala para um alazão que trotava na *carrière*.

— É do general – disse –, mas a partir de amanhã é seu.

E venceu a resistência da neta com um comentário mordaz:

— Se é que montar não ofende os padrões morais do seu ilustre advogado

Dois dias depois Clô recomeçava a montar. Chegava com o sol, os alemães e os coronéis reformados, e consumia a sua espera em horas de galope silencioso. Com o passar do tempo, os velhos oficiais batiam uma continência respeitosa para ela e os alemães erguiam a tala numa saudação mais amistosa. Mas nem assim Clô conseguia participar da vida que girava em torno dela. Uma vez por semana telefonava para Silva Souto, fazia a mesma pergunta e recebia a mesma resposta.

— Alguma novidade, doutor?

— Ainda não, minha senhora.

Nas noites de angústia, rondava pela casa como um fantasma e só se aquietava quando ouvia a bengala de sua avó vir ao seu encontro, pelos corredores vazios. Jânio foi eleito presidente, houve uma alegria sem foguetes pela cidade, e seu pai, no dia seguinte, comentou compenetrado:

— Agora vamos entrar numa era de decência.

— Pô, velho – riu Afonsinho no outro extremo da mesa –, isto é Brasil!

— Isso é o que vocês pensam – respondeu o pai indignado.

E embora no dia seguinte os oficiais reformados e os velhos alemães cavalgassem com maior disposição, Clô continuou considerando Jânio como um simples incidente familiar, no café-da-manhã. Ela só foi perceber que estava participando de um acontecimento nacional quando Silva Souto a convocou para uma reunião e, depois de um longo e complicado discurso sobre a realidade nacional, lhe disse:

– Infelizmente a eleição do dr. Jânio Quadros não a favorece, minha senhora.

Contra a sua vontade, Clô começou a chorar, mas nem por isso ele se tornou menos impiedoso.

– A sua posição – disse – é francamente desfavorável. De certa forma, a senhora representa tudo o que o povo brasileiro repudiou.

O pai achou que Silva Souto tinha sido realista, mas a avó bateu furiosa com a bengala no assoalho e disse que eles não estavam pagando por lições de moral.

– Eu, por mim – disse –, mudava de advogado.

Mas o pai e a mãe se puseram a cantar as virtudes de Silva Souto e, no fim de uma hora, a velha teve que confessar que não conhecia outro.

– Desde que o Neves morreu – disse – que não confio em mais ninguém.

Clô, nas semanas seguintes, foi chamada repetidas vezes ao escritório do advogado. A rotina era sempre a mesma. Ele se punha a citar termos legais, até que subitamente sorria, pedia desculpas e, com a amabilidade com que os adultos negam informações às crianças, dizia:

– Me perdoe, mas existem certas coisas que não podem ser simplificadas.

Depois da quinta visita, Clô entrou em pânico e pediu auxílio ao pai.

– Não entendo nada do que ele diz – explicou desesperada.

Alberto foi falar com Silva Souto e voltou cheio de vincos na testa. Subiu para o quarto da avó e Clô ouviu os dois discutirem por longo tempo. Ela sempre áspera e irônica, ele sempre macio e paciente. Por fim, quando ele saiu, Clô entrou e encontrou a avó caminhando irritada de um lado para outro.

– Aquele corno – disse – não tem honra. Tem ações, tem casas, tem carros, tem quadras e quadras de campo, mas não tem honra.

– Não quero nada – disse Clô.

— Ouça – disse a avô detendo a sua caminhada –, nunca comece pelo fim.

— Mas eu só quero meus filhos – insistiu Clô.

— Então – teimou a velha –, comece exigindo o campo todo. Tome primeiro e devolva depois.

— Não é o que Silva Souto diz – avisou Clô.

— Não conheço Direito, mas cheiro um patife a quilômetros de distância – respondeu a avó. – E esse Silva Souto é um patife.

Mas ninguém mais pensava como ela. Seu pai dizia que não existia outro tão hábil em todo o estado, sua mãe recitava de memória todas as suas vitórias e o próprio Afonsinho descia do planeta particular onde vivia – para reafirmar que Silva Souto seria ministro de Jânio.

— Sua avó – concluiu o pai com paciência – nunca gostou de advogados.

No dia seguinte, Silva Souto tornou a chamar Clô para uma reunião. Enquanto ela se vestia a avó girava a sua volta, batendo impaciente com a bengala no chão.

— Não assine nada – dizia –, não concorde com nada, não decida nada.

Repetiu tantas vezes os mesmos conselhos que Clô começou a dar razão a seu pai, fingiu concordar e, antes de sair, prometeu que não moveria um dedo sem consultar a avó. Mas, no topo da escada, a velha provou que não havia se deixado enganar.

— Você ainda confia mais neles – se queixou – do que em mim.

Clô jogou um beijo para a velha e não respondeu. Pouco depois, os avisos dela pareciam realmente sem razão. Silva Souto estava satisfeito, se desdobrava em sorrisos e gentilezas e se dizia extremamente satisfeito por ver as coisas se encaminharem para um final feliz.

— Está tudo praticamente acertado – disse. – A senhora pode receber seus filhos, uma boa pensão e até parte das propriedades.

Dizia tudo com uma alegria tão genuína, que Clô se apanhou sorrindo e concordando com tudo o que ele dizia.

— Só há – continuou ele sem mudar de tom – um pequeno detalhe.

Sorriu confiante e sedutor e desmanchou a ruga que começava a se formar na testa de Clô.

– Mas é uma coisa tão pequena, tão insignificante, que acredito sinceramente que a senhora não vá se opor.

– Não, claro que não – respondeu ela sem pensar.

– Pedro Ramão quer ter um encontro com a senhora – disse.

E embora lá no fundo a voz de sua avó soasse aguda e alarmada, Clô, apanhada de surpresa, concordou apressadamente como uma menina bem-comportada.

26. A proposta de Silva Souto varreu as nuvens e pôs sobre o jantar um céu azul e sereno. A mãe juntou as mãos num graças-a-deus, o pai disse que os tempos tinham mudado e até Afonsinho, sempre tão reticente com Pedro Ramão, disse que o cunhado poderia ter-se arrependido. Então o perfume de flor de laranjeira que incomodava Clô se desfez e uma trovoada ribombou no meio da escada.

– Idiotas, ingênuos, calhordas!

Não houve quem enfrentasse a avó, que desceu as escadas esgrimindo sua bengala como se fosse um sabre.

– Que você quer – ela perguntava a Clô –, que ele lhe quebre a cara de novo?

Donata correu para seu quarto, Alberto se pôs a gaguejar pedidos de calma e Afonsinho só sabia dizer debaixo dos raios e trovões:

– Essa velha é fogo, essa velha é fogo.

Mas Silva Souto tinha sido hábil. Não havia mais desconfiança que fizesse Clô recusar qualquer remota possibilidade de rever os filhos. Foi ela, e não a família, quem argumentou contra a fúria da avó.

– Não custa tentar – dizia.

– Mas ele não merece confiança – respondia a avó.

– Mas não custa tentar – repetia Clô.

Até que finalmente a avó perdeu o fôlego, se jogou derrotada sobre uma cadeira e começou a negociar os termos de sua rendição.

– Não vá a Correnteza – pediu. – Você não pode travar uma batalha no terreno escolhido por ele.

– Mas não vai haver batalha – dizia Clô.

– Silva Souto é um patife – teimava ela. – Pedro Ramão é outro patife. Você tem patifes demais a sua volta.

Aos poucos conseguiu convencer Clô a se encontrar com Pedro Ramão não em Correnteza, mas em Porto Alegre.

– E não vá sozinha – exigiu.

Alberto, que ouvia tudo calado, despertou. Disse que aquilo tudo era um absurdo, que Silva Souto era um homem responsável, que Pedro Ramão não ousaria tocar num fio de cabelo de sua filha e que, afinal, os dois tinham vivido quatro anos juntos. Mas a velha pôs um ponto final na sua defesa, batendo furiosa com a bengala no assoalho.

– Sozinha, não!

Afonsinho então concordou com ela e se ofereceu para acompanhar a irmã.

– Bom – disse a velha –, muito bom. Um irmão sempre impõe respeito.

Silva Souto pressentiu que estava havendo interferência nos seus domínios, se fez de agastado, murmurou que estava cansado de ser mal interpretado, mas Clô resistiu aos seus apelos e fez questão que o encontro fosse na capital. Para sua surpresa, Pedro Ramão aceitou prontamente a mudança.

– A senhora – disse o advogado – pode escolher o local que quiser.

Por um momento Clô se sentiu mesquinha, mas a lembrança dos espancamentos que havia sofrido ainda estava muito recente e ela sugeriu o apartamento de uma prima. Uma noite antes do encontro, Clô não conseguiu dormir, saiu de pés descalços pelo corredor e encontrou sua avó também insone e de pé, diante da janela que dava para a rua.

– Vai tudo terminar bem – disse.

Mas a avó não respondeu. Suspirou, saiu da janela e caminhou com dificuldade até a sua cadeira. Sentou, por um momento tirou fiapos imaginários do seu vestido, depois encarou Clô com o olhar cheio de cansaço.

– Não é a morte que nos torna todos iguais – disse –, é a estupidez.

Fechou os olhos e não falou mais até que o dia amanheceu por trás das vidraças. Clô, que havia se enrodilhado a seus pés, se ergueu para voltar a seu quarto.

– Não se renda – disse a avó.

Clô só conseguiu manter essa disposição até o momento em que se viu no apartamento de sua prima. Ali, sentada no sofá, com os joelhos muito juntos e apertados, ela não podia se livrar da sensação que Joana e Manoel entrariam pela porta, trazidos pelo pai. Foi seu irmão que a sacudiu um pouco daquela passividade, brincando com seus modos comportados.

– Tu deverias ter vindo com o uniforme do Sevigné – disse.

Ela riu sem alegria e tentou se pôr à vontade, mas seus músculos tinham perdido a flexibilidade. Depois de uma hora de espera, Silva Souto entrou acompanhado de Kalif. Houve uma troca formal de cumprimentos e Kalif correu os olhos inquietos pelo apartamento, como se houvesse uma bomba escondida em algum lugar.

– Muito bem – disse –, creio que meu cliente pode subir.

Pedro Ramão entrou dez minutos depois. A separação não havia feito bem para ele. Pedro Ramão tinha emagrecido e o terno parecia se descosturar em torno dele. Tinha olheiras fundas e o bigode mal aparado. Caminhou pesadamente para o meio da sala, com a cabeça baixa, como um touro antes da arremetida. Tossiu e limpou várias vezes a garganta, mas mesmo assim o cumprimento que dirigiu a Afonsinho tinha um timbre de adolescente. Depois, sentou numa poltrona, ao lado de Clô, e olhou desesperadamente para o cunhado, que se ergueu desconfortado da poltrona e avisou:

– Vou até a sacada.

Afonsinho saiu, mas nem assim Pedro Ramão conseguiu falar. Ele movia a cabeça de um lado para outro, como se o colarinho folgado o estrangulasse, e pigarreava continuamente. Foi Clô a primeira a romper o silêncio.

– Como está Joana? – perguntou.
– Bem – respondeu ele com voz insegura –, bem.
– E Manoel?

Desta vez ele não respondeu imediatamente. Olhou curioso para ela, tossiu e fez um aceno afirmativo com a cabeça, dando a entender que estava tudo bem com o pequeno.

– Sinto muita falta deles – disse ela.

Ele fez um gesto vago com a mão, que Clô não entendeu. Depois disso, ficaram novamente em silêncio por alguns minutos, até que ela se impacientou.

– Foste tu – começou, mas logo se corrigiu –, foi você quem pediu esta reunião.

– É – disse ele –, é.

Mas não conseguia ir adiante nem olhar para ela. Se inquietava na poltrona, abria e fechava o casaco, alargava o colarinho e ajeitava constantemente a gravata.

– Não quero nada – disse Clô.

Ele novamente concordou sem falar, como se achasse perfeitamente natural que ela renunciasse a tudo. Clô desentendeu seu silêncio, raspou qualquer hostilidade de sua voz e, procurando manter a naturalidade, disse muito suavemente:

– Pedro, eu só quero meus filhos.

Finalmente ele ergueu a cabeça e encarou Clô. Por um rápido segundo, Clotilde se agitou dentro dela, mas Clô a recusou firmemente e enfrentou o olhar do marido sem inimizade, mas com decisão. Por um instante os olhos de Pedro Ramão pareceram duros e implacáveis, mas logo em seguida seu olhar se liquefez e ela percebeu, apavorada, que o marido iria se emocionar.

– Temos – disse ela com uma ponta de pânico na voz – que pensar em nossos filhos.

Tomou mais ar para mostrar todos os seus argumentos, mas não conseguiu continuar, porque os olhos de Pedro Ramão se umedeceram. Ele estremeceu, segurou convulsivamente os braços da poltrona e logo, numa desamparada voz de menino, sussurrou baixinho:

– Eu te perdôo.

Então uma náusea imensa invadiu Clô. Ela ainda tentou resistir, voltou o rosto, mas seu corpo foi mais forte e a obrigou a encará-lo de frente.

27. Pedro Ramão estava trêmulo e ansioso. Pequenas gotas de suor porejavam em sua testa e ele raspava continuamente a garganta, procurando se livrar daquela incômoda voz infantil. Clô ainda tentou falar, chegou a esboçar um movimento em sua direção, mas uma nova onda de náuseas a engolfou e ela gemeu e procurou apoio no braço do sofá, para se levantar. Pedro Ramão desentendeu o gesto, pensou que estivesse recebendo a rendição comovida de sua esposa, foi tomado por um desejo agudo e violento por ela, se ajoelhou no tapete, abraçou as pernas de Clô e disse, com uma voz repentinamente máscula:

— Tu me deixas louco.

Clô recuou em pânico.

— Não – gritou –, não!

Arrancou com nojo as mãos do marido de suas coxas, saiu do seu alcance aos tropeções e correu para fora do apartamento, enquanto Pedro Ramão, sem apoio, caía sobre o tapete. Foi o início de um balê desengonçado. Afonsinho irrompeu aos berros da sacada, pensando que a irmã tinha sido agredida. Pedro Ramão se ergueu murmurando palavras ininteligíveis, enquanto Kalif girava a sua volta perguntando o que tinha havido, e Silva Souto só atinava dizer:

— Que loucura é essa? Que loucura é essa?

Por um segundo todos se moveram desordenadamente pela sala, até que Afonsinho saiu para fora em busca da irmã, e Pedro Ramão, afastando Kalif do seu caminho, se trancou no banheiro.

— Que loucura é essa? – perguntou pela última vez Silva Souto.

— Ora – respondeu Kalif com uma convicção profissional –, é evidente que ela provocou o meu cliente.

Dois andares abaixo Afonsinho encontrou Clô, a sua espera, sentada nos degraus da escada.

— O que houve? – perguntou ele.

— Aquele nojento...

E não concluiu a frase. Os dois voltaram em silêncio para casa e, quando os pais vieram ao seu encontro, Clô disse, com uma voz opaca e sem expressão:

— Estraguei tudo.

Deu as costas para os pais e subiu as escadas, enquanto Afonsinho ultrajado informava:

— O biruta do Pedro Ramão quis violar a Tilde.

O pai mastigou um palavrão de surpresa e a mãe fugiu desorientada para seu quarto, murmurando "meu Deus, meu Deus". Clô permaneceu trancada no seu quarto até a noite. Não desceu nem mesmo duas horas depois, quando Silva Souto chegou extremamente irritado, falando em oportunidades perdidas, falta de tato e obrigações matrimoniais. Seu pai ainda estava se desculpando por ela, quando a bengala da avó bateu impaciente no assoalho e todas as vozes sumiram. Quando a casa toda dormiu, Clô deslizou descalça para o quarto de sua avó.

– Bem – disse a velha que estava a sua espera –, ninguém pode estragar o que já estava estragado.

Ergueu sua bengala, apontou uma cadeira e pediu que Clô contasse o que tinha acontecido.

– Segundo o imbecil do Silva Souto – comentou –, você humilhou cruelmente o seu marido.

Clô teve um riso seco e cruel e começou a contar o que tinha acontecido no apartamento, até o momento em que Pedro Ramão havia lhe perdoado.

– Então – disse –, não sei o que houve comigo. Senti tanta coisa ao mesmo tempo, que não sei o que foi que me enojou mais.

Ficou olhando um momento para o tapete, recordando a cena, e continuou.

– Era como se Pedro Ramão fosse uma fantasia de carnaval e houvesse alguém dentro dele mexendo os braços e as pernas.

A avó rosnou aprovando a definição.

– De repente, ele parecia uma gelatina mole e sem forma que estava escorrendo de dentro da roupa.

Teve um estremecimento involuntário de náusea.

– Pensei que ia vomitar – disse.

E então contou o que restava do seu encontro. A avó se manteve em silêncio até o final. Depois se ergueu da cadeira, caminhou até a janela, ficou olhando o pedaço de cidade que brilhava além dela e disse:

– Desta vez, minha animalzinha, você conseguiu fazer algo realmente imperdoável.

Foi até Clô, acariciou tristemente seus cabelos e lhe deu um beijo rápido na testa.

– Mas em seu lugar – disse –, eu teria feito a mesma coisa.

E com isso, Clô soube que a avó estava a seu lado.

Mas, no dia seguinte, ficou bem claro que ela era a única. Até Afonsinho, tão moderno e liberal, desceu para o café bem diferente do valente defensor da véspera.

– Mas que droga – disse –, uma vez mais não iria matar você.

O pai não foi tão direto, fez um longo sermão sobre a vida e terminou repetindo um velho ditado, como se ele fosse de sua autoria e tivesse acabado de lhe ocorrer:

– Não se apanha moscas com vinagre.

A mãe, para surpresa de Clô, se tornou cínica. Disse que ser desejada tão loucamente era uma experiência inesquecível.

– E tu há de concordar, minha querida – acrescentou –, que ser abraçada pelas coxas é positivamente excitante.

Mas quando a avó entrou na sala, batendo energicamente sua bengala, ninguém mais defendeu Pedro Ramão ou as obrigações matrimoniais. A velha caminhou para o seu lugar na cabeceira da mesa, e como se não se dirigisse a ninguém em particular, disse:

– Hoje acordei com saudades do pobre do Fernando.

Então se voltou sorridente para Clô, que tomava silenciosamente o seu café, e explicou:

– Aquele meu filho tinha caráter.

E com isso encerrou o assunto por uma semana. Mas a família não havia lhe perdoado a atitude. O irmão ainda lhe dava um sonoro beijo na face todas as manhãs, o pai ainda perguntava como estava sua linda menina, a mãe ainda lhe oferecia maquinalmente a face, mas nenhum dos três ia além da formalidade.

– É o modo gentil que eles têm – disse a avó – de mostrar que você estava errada.

Clô aceitou com um encolher de ombros a condenação familiar. A saudade de seus filhos havia chegado a um ponto tão crítico que tornava todos os demais problemas sem importância. Ela acordava no meio da noite com a voz da pequena Joana nos ouvidos, imaginava súbitas e inesperadas doenças que punham a vida de Manoel em perigo e escrevia e rasgava dezenas de cartas patéticas para a preta Camila, Pablito e Marinez. A avó montava uma guarda feroz a essa agonia. Acompanhava as noites de insônia, assistia pacientemente às cavalgadas exaustivas na Hípica e juntava, sem queixa, os pedaços das cartas não enviadas. Finalmente, depois de duas semanas, Silva Souto voltou. Trancou-se com Alberto no gabinete e uma hora depois mandou chamar Clô. A avó desceu com ela, enquanto a família se postava ao lado da mesa do pai, como se estivesse de sentinela. Silva Souto deu um boa-tarde seco para Clô e tentou beijar a mão da velha, mas ela negou a gentileza.

– Não estamos aqui para salamaleques – disse duramente.

Silva Souto se desconcertou por um momento, mas logo recuperou o domínio da situação, tossiu anunciando a importância da sua notícia e disse:

– Não houve acordo.

Clô tremeu, pensou que fosse gritar, mas logo tomou um longo sorvo de ar, se conteve, ergueu desafiadoramente a cabeça e respondeu:

– Vou lutar pelos meus filhos.

Mas sentiu que, além da avó, ninguém mais na sala acreditava na possibilidade de sua vitória.

28.
Foi um longo e decepcionante verão. No Natal, o irmão de Clô foi enviado a Correnteza, com o banco traseiro cheio de presentes, mas nenhum deles conseguiu chegar ao seu destino.

– Nem me deixaram entrar na estância – disse Afonsinho.

No fim do ano, Clô tomou coragem e escreveu uma pungente e dolorida carta para dona Marinez, pedindo que ao menos lhe fosse permitido ver os filhos à distância. A carta foi devolvida intacta. Donata, então, fez uso de suas amizades religiosas, mas o monsenhor da Matriz de Correnteza se recusou friamente a interceder por Clô.

Entrementes, ela visitava, sem resultado, o escritório do seu advogado. Silva Souto voava semanalmente para o centro do país e confirmava discretamente os boatos de que seria ministro de Jânio.

– Talvez assim – comentou a avó – nós nos livremos desse incompetente.

Mas quando Jânio tomou posse ninguém mais falava em Silva Souto. Ele anunciou uma repentina viagem à Europa e deixou Clô entregue a um bando de jovens auxiliares, que só sabiam repetir a mesma recomendação:

– Tenha paciência, minha senhora, tenha paciência.

Ninguém, no entanto, parecia muito paciente naquele verão de 61. O entusiasmo com que seu pai havia recebido a vitória de Jânio pouco a pouco tinha se transformado em resmungos diários e irritados.

– O que ele está esperando – perguntava –, o que ele está esperando?

Ninguém sabia ao certo. Uns poucos diziam que era muito cedo, que o novo presidente precisava de tempo e que, dentro em breve, as transformações prometidas seriam feitas. Mas a maioria estava começando a perceber que o Brasil não estava mudando, que os bilhetinhos eram pitorescos mas não faziam milagres, e que os corruptos decididamente não estavam fugindo do país. Quando os biquínis foram proibidos, a avó impaciente bateu com a bengala no chão.

– Os incompetentes – disse – sempre se sentem nus, quando as mulheres estão peladas.

Mas Clô andava distante de Brasília. Para evitar o desespero, ela se apegava fanaticamente a todos os ritos. Tomar banho, lavar os dentes e escovar os cabelos faziam parte de um longo cerimonial diário. Todas as madrugadas ela consumia uma hora inteira vestindo seu traje de montaria com um cuidado que exasperava sua avó.

– Não há cavalo no mundo – dizia ela – que mereça tudo isso.

Mas sorria orgulhosa quando Clô, com sua pele queimada, seu traje branco e seus cabelos cor de mel, descia do carro e caminhava para as baias. Era um momento mágico, os cavalariços escondiam os olhos gulosos por baixo da pala dos bonés, os tratadores ajustavam os óculos escuros e os velhos militares se tornavam subitamente jovens e elegantes em cima das selas.

– Não vai ficar muito tempo sozinha – profetizava a avó.

Clô, no entanto, sentia-se seca e vazia. Seu corpo parecia se mover sem a sua vontade, distante e separado dela. Sua avó tentava forçar interesses, elogiava conhecidos, apontava descompromissados, mas Clô não tinha dois olhares para ninguém.

– Só quero meus filhos – dizia.

Por trás dela, no entanto, as lendas nasciam. Na preguiça do meio-dia, a Hípica falava de grandes nomes da política. Os vizinhos preferiam os grandes mitos da pecuária. Uns e outros não aceitavam uma adúltera sozinha e muito menos virtuosa. Vez que outra um desses boatos subia as escadas e enervava a bengala de sua avô.

– Se você entrar para um convento – dizia –, eles vão falar mal do padre capelão.

Em março, Silva Souto voltou de suas longas férias. Clô foi chamada e encontrou o advogado cheio de sorrisos e mesuras.

– Fui chamado a Correnteza – disse. – Há bons prenúncios no ar.

Depois se pôs a interrogar sua cliente, até que se convenceu que não existia realmente ninguém em sua vida.

– Um erro – disse com um ar extremamente sábio – é perdoável. Dois são absolutamente fatais.

Não fez a menor referência ao encontro de Clô e Pedro Ramão e se despediu distribuindo punhados de esperança. Clô voltou feliz para casa, forçou a solidariedade familiar contando e recontando sua entrevista com o advogado, mas não conseguiu comover a avó.

– Quanto mais ele disser que as coisas estão bem – insistiu ela –, mais eu vou achar que estão mal.

Mas a velha parecia definitivamente enganada, porque na semana seguinte choveram boas notícias. Pedro Ramão, afirmava o advogado, estava disposto a transigir, os filhos sentiam falta dela e apenas um detalhe impedia que o caso já tivesse sido resolvido. Na última semana de março, Clô foi repentinamente chamada a Correnteza. A avó achou que sua ida estava fora de questão, mas Silva Souto perdeu horas inteiras convencendo os demais membros da família. Finalmente o pai decidiu:

– Tu vais com Afonsinho.

A avó se irritou e subiu as escadas batendo ruidosamente com a bengala em cada degrau.

– Ela faz isso – desculpou o pai – porque nunca teve que lutar pelos filhos.

Clô, já convencida, fingiu que se deixava convencer. Mas, no dia seguinte, quando as torres da Matriz de Correnteza espiaram acima da linha do horizonte, ela teve medo.

– Eu não devia ter vindo – disse para o irmão.

Mas Afonsinho riu e disse que tudo terminaria bem. Quando chegaram à praça, a cidade inteira estava à espera de Clô. Até colegiais caminhavam entre os canteiros, sorrindo maliciosamente para o carro.

– Não ligue para eles – recomendou o irmão. – Dentro de uma hora, você vai estar livre de toda essa cidade.

Clô, no entanto, se sentia como se tivesse sido novamente apanhada. Quando desceu do carro, na frente do Tribunal, ela ainda tentou erguer a cabeça, mas os músculos acuados se recusaram a obedecer. Ela atravessou a calçada e entrou no edifício exatamente como havia jurado jamais entrar, de cabeça baixa e passo rápido e culpado. Os corredores estavam apinhados e, atrás dela, seguia um rastro de risinhos e murmúrios. Quando o braço de Silva Souto finalmente a retirou do corredor, ela só atinou pedir:

– Vamos acabar com isso depressa.

Depois nem viu nem ouviu mais nada claramente. Pedro Ramão não estava presente, mas Kalif parecia extremamente gentil e sorria o tempo todo para ela. Silva Souto a chamava de filha e apontava as linhas, onde ela assinava seu nome obedientemente. Enquanto isso, seu nome e o nome de seu marido soavam continuamente lá fora e cabeças curiosas espiavam pela porta mal fechada. Diante dela havia um homem com cara de seminarista, que falava em voz baixa, ora com um, ora com outro advogado, e que em nenhum momento a encarou frontalmente. Clô começava já a se sentir fisicamente mal, quando Silva Souto a ergueu da cadeira e a levou até a porta.

– Vou em seguida – disse.

Clô hesitou um momento, pensou em voltar, mas uma mão forte segurou o seu braço e a conduziu, pelo corredor repleto, até a saída. Só aí, protegida pelo irmão, foi que Clô se voltou para agradecer e viu que o seu guia era um homem grisalho e amável.

– Olhe – disse ele –, você acaba de ser enganada por aqueles três.

Mas, ainda aturdida e confusa, Clô só foi entender o que ele dizia horas depois, quando descobriu o que tinha assinado.

29. Clô ainda estava perdida e acuada quando se despediu do homem grisalho que a havia conduzido para fora do Tribunal. Ele lhe deu um cálido aperto de mão, mas ela mal ouviu o seu nome:

– Rubens Motta – ele disse, e completou irônico –, infelizmente advogado.

Clô balbuciou um "muito prazer", encarou apavorada as caras maliciosas que espiavam pela janela e pediu:

– Pelo amor de Deus, vamos sair daqui.

Mas o irmão teimava em esperar por Silva Souto, até que Motta lhe ordenou que partisse.

– Espere na praça – disse –, eu levo o Silva Souto até lá.

Afonsinho então arrancou e tomou a avenida principal, como se fosse sair da cidade. Clô ainda pensou ver entre as caras ávidas que estavam na calçada o rosto muito pálido de Pablito, mas não se sentia com coragem de reconhecer ninguém.

– Ele me deixou sozinha – ela repetia –, me deixou sozinha.

Afonsinho, no entanto, estava ainda mais tenso do que ela, porque fervia de vontade de esmurrar meia dúzia daquelas caras risonhas que tinham cercado o automóvel. Ele dirigiu atabalhoadamente até a igreja, fez mal uma curva e se dirigiu para a praça, resmungando um palavrão atrás do outro.

– Droga – disse por fim. – Se você perder essa, eu bato nele.

Como o Tribunal havia sugado seu público, a praça agora estava deserta. Afonsinho estacionou na parte mais tranqüila e desceu do carro.

– Não consigo ficar parado – se desculpou.

Se afastou do carro e começou a caminhar por entre os canteiros. Clô teve um segundo de pânico, pensou em pedir ao irmão que não se afastasse tanto, mas a praça vazia parecia tão distante do burburinho do Tribunal que pouco a pouco ela se acalmou. Seu olhar então correu vagarosamente pelas lojas reconhecendo uma por uma, até se deter na Relojoaria Kossuth. O toldo estava recolhido e esfarrapado, a cortina que fechava a vitrina tinha uma barra de ferrugem e do letreiro só haviam sobrado as letras iniciais. Ela teve um súbito arrepio e, por um momento, teve a impressão que a porta se abriria e Kriska viria ao seu encontro dizendo:

– Irão lhe acontecer coisas terríveis, querida, coisas terríveis.

Nesse momento ela viu o grande Impala importado de Silva Souto fazer a curva na praça e se aproximar. Afonsinho cortou caminho através dos canteiros e deteve o carro antes que encostasse no meio-fio. Clô viu o irmão sacudir a cabeça energicamente, até que se voltou para ela e lhe fez um gesto para que se aproximasse. Clô desceu aflita do carro e foi ao encontro de Silva Souto, que descia do Impala sobraçando uma pasta imensa.

— Muito bem – disse Afonsinho com a voz cheia de raiva –, explique isso a ela.

— Explicar o quê? – perguntou Clô.

Silva Souto ergueu a mão livre teatralmente para cima.

— A justiça – disse – não funciona assim.

E estalou os dedos no ar.

— Eu não entendo – disse Clô, enquanto Afonsinho se movia inquieto como um boxeador.

— As coisas levam tempo – disse Silva Souto untuoso –, precisam ser registradas, aprovadas, publicadas.

— Olhe – disse Afonsinho ameaçador –, eu não estou gostando disso, está me ouvindo?

— Nem eu gosto – disse o advogado –, mas são assim que as coisas funcionam.

— E meus filhos? – quis saber Clô.

— Ora – disse ele –, tudo a seu tempo. Hoje acertamos tudo, não foi? Pois muito bem, agora vamos aguardar que o nosso acerto seja referendado.

— Mas e meus filhos? – insistiu Clô.

Ela estava ainda no meio da pergunta quando Silva Souto se tornou subitamente apressado, olhou impaciente o relógio por duas vezes e começou a recuar para o carro.

— Está tudo bem – disse –, não se preocupe.

— Mas e meus filhos – gritou Clô –, e meus filhos?

A porta do Impala se abriu. Silva Souto entrou e, antes que Clô conseguisse se aproximar, o carro partiu.

— Mas e meus filhos? – perguntou Clô desta vez para seu irmão.

— Sei lá – rosnou ele –, esse droga não me disse nada. Ficou me enrolando o tempo todo.

De repente Clô sentiu uma imensa fraqueza, deu dois passos e sentou desamparada no meio-fio. Havia dentro dela um turbilhão de idéias desesperadas. Bater na casa da mãe de Pedro Ramão, invadir a estância, matar o marido e arrebatar seus filhos. Mas ela se sentiu tão pouca para tantas exigências que se deixou ficar exausta e derrotada no meio-fio. Não viu o carro de Motta se aproximar, e só percebeu que ele falava com ela quando sentiu o toque de sua mão no seu ombro.

— Levante, por favor — ele pedia.

Ela balançou a cabeça sem saber o que mais poderia responder.

— Eles vêm vindo — disse ele.

Clô então se voltou e ergueu a cabeça. Tinha sido localizada. Disfarçadamente os grupos entravam pela praça e, fingindo um inesperado interesse pelos canteiros, se aproximavam dela.

— É melhor sair — disse Afonsinho.

Motta tomou delicadamente suas mãos e a ergueu com suavidade.

— Você não tem mais nada o que fazer aqui — disse. — Volte para casa.

Ela concordou com um aceno de cabeça e se deixou conduzir por Afonsinho até o carro. Mas no momento em que ele abriu a porta, ela girou e correu para o advogado.

— Pelo amor de Deus — pediu —, o que foi que eu fiz?

— Silva Souto não lhe disse?

— Não — respondeu ela —, não me disse.

Ele a encarou cheio de curiosidade e, em seguida, com uma voz muito calma, lhe perguntou:

— Não seria melhor você saber de tudo em casa? Junto com a sua família?

Clô se sentiu subitamente pequena e indefesa. Sacudiu tristemente a cabeça e pediu:

— Tenha pena de mim.

Ele então olhou para os grupos que se aproximavam, disse que estava bem, tomou Clô pela mão e a levou até o carro.

— Por favor, entre — ordenou.

Clô obedeceu, ele olhou por um momento para o bico dos sapatos, teve um sorriso quieto e irônico e disse:

— O Silva Souto é realmente muito bom. Fazer você passar pelo corredor, reunir aquela gente toda. Muito bom realmente.

— O que foi que eu fiz? — perguntou novamente Clô.

Ele suspirou e fechou a porta.

— Você abriu mão de tudo — disse. — Pensão, direitos, propriedades.

— E meus filhos? — quis saber ela.

— E também de seus filhos — disse ele.

Afonsinho disse um palavrão e esmurrou o banco. Clô ficou olhando incrédula para Motta, enquanto seus olhos se enchiam de lágrimas.

– Coragem – disse ele.

E mandou que Afonsinho partisse. Quando o carro se afastou, ele estava certo que veria Clô novamente.

30. Clô chorou a viagem inteira e quando chegou em casa estava muda e vazia. Mas Afonsinho nem esperou que a porta fechasse atrás de si para despejar uma torrente de palavrões e ameaças. Durante meia hora ele passeou furioso pela sala de jantar, falando em humilhação, trapaça e patifaria, até que sua avó bateu irritada com a bengala no assoalho e berrou:

– Vamos pôr um pouco de ordem nessa droga!

Aí Afonsinho, mais calmo, conseguiu resumir o que tinha acontecido em Correnteza, enquanto Clô, derrotada, confirmava debilmente suas palavras. Quando ele terminou, a avó espetou a bengala na direção de Alberto e lembrou:

– Eu sempre disse que o Silva Souto era um canalha.

Mas para surpresa de Clô, o pai nem reagiu nem concordou. Ficou muito pálido, balbuciou um pedido de desculpas e foi para o gabinete.

– Bem – perguntou a avó desconfiada –, o que está havendo nesta casa que eu não sei?

Olhou diretamente para Donata, que teve um meio soluço e respondeu:

– É ele quem cuida dos negócios de Alberto.

A avó não disse nada, pareceu repentinamente bem menor do que era, enquanto Afonsinho trovejava uma nova série de palavrões e dizia:

– Tomara que ele só tenha sacaneado a Clô.

A sala de jantar ficou subitamente enorme e silenciosa. Um pressentimento turvo havia imobilizado a todos. Um minuto depois, Alberto saiu de seu gabinete e murmurou:

– Ele viajou.

Bebeu um pouco de água e olhou para a avó, que não despregava os olhos dele.

– Preciso falar com a senhora – disse.

Clotilde se ergueu sem dizer palavra e subiu para o seu quarto. Alberto olhou a mulher, depois os filhos, sacudiu a cabeça e saiu arrastando os pés, atrás de sua mãe.

– Não pode ser – disse Donata –, o dr. Silva Souto não faria isso conosco.

Então rompeu num choro fininho e saiu apressadamente para seu quarto, como se tivesse sido acusada de cumplicidade pelos filhos.

– Bem – disse Afonsinho –, hoje não é o nosso dia.

Saiu também e deixou Clô sozinha na mesa. Como sempre acontecia nos maus momentos, ela tinha a sensação de que estava num pesadelo. Teve até o impulso de sacudir a cabeça para acordar e encontrar sua vida, pelo menos como estava no dia anterior. Mas por uma estranha adaptação à vida, que ela havia herdado de sua avó, a perda dos filhos não lhe causava sofrimento. Estava escondida no meio dos infortúnios do dia. Uma hora depois, seu pai, triste e amarfanhado, entrou na sala e lhe disse que a avó estava chamando por ela.

– Sinto muito – disse após uma pausa.

– Você não teve culpa – respondeu Clô.

Mas a frase soou insincera, porque ela achava que o pai a havia desprotegido. Ele deu um passo em sua direção, ergueu para ela uns olhos baços e desesperados e depois repetiu:

– Sinto muito.

Então Clô teve pena dele, lhe deu um beijo rápido na face e subiu para o quarto de sua avó. Havia uma tensão pesada sobre a casa. As empregadas caminhavam apressadas e cabisbaixas, os passos pareciam multiplicados pelos corredores e as buzinas na rua soavam como se viessem do vestíbulo. A avó estava diante da janela que dava para a rua, mais apoiada na bengala do que habitualmente.

– Estamos pobres – disse sem se voltar.

Teve uma das suas risadas secas e sem alegria e se voltou para Clô.

– Se Silva Souto vendeu você – disse –, é porque já tinha vendido seu pai.

Clô não sabia nada dos negócios da família. O mundo para ela estava dividido entre os que têm e os que não têm, e como sua mãe dizia:

– Graças a Deus, nós temos.

Ter era um verbo com longa tradição familiar, tanto nos Dias quanto nos Fernandes, de sua avó. Por isso, todos estavam habituados com ele. Os negócios eram necessários, mas não deviam ser discutidos na mesa ou nos quartos de dormir. Clô sabia que seu pai era engenheiro, mas não sabia como nem onde ele exercia sua profissão.

– O que houve? – perguntou.

Sua avó caminhou para sua cadeira predileta, olhou por um momento cheia de curiosidade para a neta, mas logo em seguida abanou a mão.

– Droga – disse –, quanto menos você souber, melhor.

Sua face endureceu e cada ruga parecia ter sido entalhada em madeira.

– Seu pai – disse sem rancor – é um incompetente. Ele se diz um sonhador, mas na verdade é um incompetente. Fez negócios que não devia, tomou empréstimos que não podia.

Bateu irritada com a bengala no assoalho.

– Meu Deus, todas essas histórias são iguais. São como acidentes, só ficam importantes quando acontecem conosco.

Fez uma pequena pausa, suspirou e aí recomeçou a falar.

– O que eu podia fazer? Seu tio, o Fernando, esse sim, era competente. Morreu cedo. Alberto não foi uma escolha, foi a sobra.

Nesse momento se deu conta de que estava falando com Clô e tossiu embaraçada.

– Desculpe – disse –, você não tem culpa.

Então pareceu mais animada, correu os olhos pelo teto e pelas paredes e forçou um sorriso.

– Talvez salvemos a casa.

Mas a esperança durou pouco, porque logo em seguida ela tornou a afundar na cadeira e deu boa-noite para Clô.

– Não é uma noite para os jovens ouvirem os velhos – se desculpou.

Durante três dias, cada membro da família parecia estar trancado dentro de si mesmo, cozendo suas dores no seu inferno particular. O pai vinha da rua e ia para o telefone, saía do telefone e subia para o quarto de sua avó, cada vez mais curvado e silencioso. Afonsinho deitava nas poltronas e passava horas inteiras arrepiando e alisando os cabelos. A avó parecia forrar sua cadeira, tão sumida e apagada que estava. Só Donata deu para sair de casa sem explicações, com uma nova e funda ruga em sua testa. Finalmente, uma semana depois, a empregada interrompeu o almoço para anunciar:

– Telefonema do escritório do dr. Silva Souto.

O pai correu para atender, voltou afogueado e nervoso, trocou um olhar cheio de subentendidos com a avó e saiu em companhia de Afonsinho. A casa ficou imediatamente eletrificada. A avó fez sua bengala soar em todos os corredores, sua mãe ajustou cem vezes a posição dos quadros, até que, no fim da tarde, a porta de entrada se abriu e os passos arrastados do pai vieram pelo corredor e ecoaram pela casa toda. Clô estava descendo as escadas, quando ele chegou à sala. Sua mãe se voltou do quadro que estava ajustando e sua avó, que parecia estar cochilando, ergueu a cabeça, subitamente alerta. Ele não ultrapassou o umbral, moveu as mãos desordenadamente, pareceu que ia cair, mas logo se recompôs e disse:

– Perdemos tudo.

Clô então viu sua avó se erguer com uma energia milagrosa, avançar para ele e perguntar enquanto brandia a bengala:

– E a casa? E a casa?

E o pai, pequeno e frágil como nunca tinha sido, se jogou nos braços da velha soluçando.

31. A falência de Alberto Dias foi uma lenta e cruel agonia. Ele tentou resistir em cada um de seus negócios, mas foi desalojado de todos eles pela implacabilidade de seus credores. Por uma estranha ironia, era o homem que ele queria tanto ver na presidência quem lhe cortou o crédito vital para a sua construtora.

– Não votei – dizia amargo –, me suicidei.

Por fim se apegou desesperadamente ao último bastião que lhe restava.

– Vou salvar a casa – repetia todas as manhãs como se ele próprio precisasse se convencer disso.

Os carros da família foram partindo um por um até que só restou um DKW teimoso, com o seu pipocar de motocicleta. No fim de abril, quando nem mais a bengala da avó se ouvia nos corredores nus, Rubens Motta reapareceu. Veio como sempre, amável e solícito, com seus cabelos grisalhos e sua gordura bem-comportada. Evitou delicadamente tocar nos negócios da família e perguntou como ia a questão do desquite. Clô estava num mau dia. Tinha se afastado voluntariamente da Hípica e agora, que não precisava mais viver confinada dentro de casa, não sabia o que fazer com a liberdade.

— Estamos quebrados — disse rudemente.

— Seu pai está — corrigiu suavemente Motta.

— Eu estou pior do que ele — riu Clô sem alegria.

Motta fez uma longa pausa, olhou curioso para Clô e depois a convidou para jantar. Ela foi apanhada de surpresa, olhou assustada para ele, mas Motta tinha uma inocência fofa que não oferecia resistência.

— Talvez lhe fizesse bem — insistiu ele.

Desde sua volta de Correnteza que o infortúnio havia emudecido sua avó. Clô ainda se aninhava a seus pés, mas sentia que a velha estava fechada dentro de seus próprios problemas e não tinha forças para socorrer mais ninguém. Desligada dos negócios e desconhecendo o funcionamento da máquina que destruía os sonhos de seu pai, Clô vagava como um náufrago entre os destroços familiares. Os claros olhos de Motta lhe deram uma cálida confiança e ela aceitou o convite.

— Mas, por favor — pediu —, em algum lugarzinho quieto.

Não houve ninguém que se interessasse pela sua saída. Nem mesmo a avó teve olhos para notar que ela estava vestida para jantar. Clô saiu de casa ainda mais desamparada, seguida até a porta apenas por uma copeira desconhecida. Mas Motta parecia sempre à vontade, navegando tranquilamente no seu sorriso compreensivo, que parecia perdoar todas as faltas do mundo. Ele a levou a um pequeno restaurante no bairro São João, onde serviam comida alemã em pequenas mesas, protegidas por biombos de madeira. Foi sempre um perfeito cavalheiro, não a forçou a falar mais do que devia e se manteve amistosamente silencioso sempre que Clô tratou das desventuras familiares. Só quando regressaram à casa foi que ele, tão naturalmente como sempre, lhe disse que gostaria de tratar do seu desquite.

— Mas não tenho um centavo — protestou Clô.

— Bem — respondeu ele sorrindo —, eu tenho alguns cruzeiros sobrando.

Clô entrou em casa pronta para dar a boa notícia, mas todas as portas permaneciam fechadas. Ela então foi bater no quarto da avó. Há semanas que a velha não lia mais os seus romances e passava horas seguidas sentada diante da janela olhando a cidade.

— Consegui um advogado — anunciou Clô alegremente.

— Quem é ele? — perguntou a avó sem se voltar.

– Rubens Motta – respondeu Clô, pensando que poderia iniciar um diálogo com ela.

– Não conheço – comentou secamente a avó.

– Foi ele quem me ajudou em Correnteza – lembrou Clô, mas bateu em retirada intimidada pelo desinteresse da velha.

No dia seguinte, pelo contrário, o pai se mostrou agressivamente interessado em Motta. Aceitou friamente as apresentações e cortou as amabilidades do advogado com uma pergunta rude e direta:

– Quem vai pagar por seus serviços?

Antes que Clô pudesse responder, Motta mentiu, com uma suave tranqüilidade, que tinha sido contratado por tios de Pedro Ramão, que estavam revoltados com a injustiça cometida. Só aí Alberto se descontraiu, discutiu pormenores do processo e terminou felicitando a filha por estar em tão boas mãos. Quando o pai se foi, Clô pensou que Motta daria uma risada, mas ele explicou sua mentira com toda a seriedade:

– Não seria justo ferir mais uma vez o orgulho de seu pai.

A partir desse dia Motta inventou vários pretextos para visitar Clô. Quando não eram documentos que precisavam ser assinados, eram datas que deviam ser conferidas, até que toda a família passava por ele como se o advogado fosse um velho conhecido. Mas apenas Donata, que continuava com suas idas e vindas inexplicáveis, teve tempo para um aviso.

– Cuidado, porque ele está apaixonado por ti.

Clô nem chegou a rir, balançou a cabeça e mudou de assunto. Então, os acontecimentos se precipitaram como se a vida tivesse sido subitamente acelerada. No último dia de abril, Afonsinho voltou para casa e se abraçou chorando com a mãe, que, sem fazer perguntas, alisava seus cabelos e dizia:

– Meu filhinho, meu filhinho.

A avó estava descendo as escadas quando Alberto entrou. Havia um arquivo estripado em sua mão, os ombros estavam curvados e o casaco se desajustava no seu corpo. Ele arrastava os pés e parecia ter os olhos fechados. Ficou no fim do corredor, como um palhaço que tivesse entrado em cena em momento errado.

– Vamos – ordenou a avó, batendo irritada com a bengala num degrau da escada –, desembuche!

– A casa – ele disse –, a casa...

E não conseguiu dizer mais nada. Para Clô a família começou a se mover como se tivesse sido ensaiada. Afonsinho se despegou dos braços de sua mãe e foi para seu quarto soluçando. A avó deu um golpe seco e raivoso com a bengala, virou as costas e começou a subir as escadas. Donata, então, abriu os braços, recolheu Alberto e o conduziu para o quarto, enquanto repetia com uma voz de mãe embalando o filho doente:

– Oh, meu pobrezinho! Oh, meu pobrezinho.

Clô não conseguiu se mover. Viu a família se distanciar dela, cada um acorrentado à própria dor, e, pela primeira vez, teve uma aguda sensação de solidão. Ela caminhou sem destino pelos corredores e só então se deu conta de que a casa tinha envelhecido. Não parecia mais o lar de sua infância, mas um velho e desconjuntado barco que se preparava para partir para uma terra distante. Também só naquele momento é que ela percebia como a prosperidade tinha terminado há muito tempo. Os vernizes estavam opacos, os tapetes puídos e as cortinas descoloridas. Na cozinha, as empregadas assustadas pela sua entrada inesperada olharam sem afeto para ela. Clô se sentiu como se tivesse interrompido um comentário sobre ela.

– Vão dormir – ordenou rispidamente.

Nenhuma das duas respondeu. Elas largaram os pratos sem pressa e saíram da cozinha. Clô, então, sentou na grande mesa, onde ela e seu pai tomavam um café cheio de brincadeiras, no seu tempo de colégio, e se deixou ficar por um momento ouvindo as doces vozes do passado. Naquele instante não parecia possível que aquela menina sorridente que tomava café todas as manhãs fosse ela.

Então sua mãe gritou. Um grito agudo, interminável e sem palavras, que chegou até ela como se tivesse varado com sua ponta afiada todas as paredes da casa.

32. Nem Clô nem seu irmão puderam chorar a morte do pai. A agonia de Donata foi tão pungente, seus gritos tão desamparados, que ela com sua dor afogou todas as dores. Afonsinho foi para o telefone chamar Massari, enquanto Clô tentava inutilmente consolar a mãe. A última a chegar foi a avó. Ela atravessou imperturbável os gritos, abriu a porta do quarto, olhou o filho sem vida nos braços da nora, deu as costas e tornou a subir as escadas. Afonsinho ainda tentou ajudá-la, mas a velha recusou seu braço com um repelão e prosseguiu no seu caminho. Pouco a pouco os gritos de Donata se transformaram em soluços e, quando Massari chegou, ela já havia se aquietado e tinha apenas o corpo sacudido pelo descompasso da respiração. Ela e o médico trocaram um breve olhar e logo ele retirou delicadamente Alberto de seus braços e o deitou na cama. Suas mãos se moveram rápidas e eficientes sobre ele, enquanto Donata se erguia e se punha de pé ao lado da cama, como sempre fazem as mães durante as visitas médicas. Quando ele terminou o exame, tornou a olhar para ela e inclinou levemente a cabeça. Em seguida apanhou uma seringa de dentro de sua maleta, mas Donata interrompeu seu gesto.

– Obrigada – disse –, eu não preciso de nada.

Massari então se ergueu e fez um rápido aceno para Clô, para que ela o seguisse. Ele saiu do quarto, cruzou o corredor e começou a subir as escadas de dois em dois degraus.

– Ela é quem me preocupa agora – disse.

Mas quando abriram a porta, a avó, contrariando os hábitos dos últimos dias, estava novamente sentada na sua poltrona preferida. Ela ergueu os olhos para o médico e disse com uma voz neutra de quem constata um fato:

– Ele nunca teria conseguido recomeçar.

– Alberto já fez sua escolha – respondeu o médico suavemente.

Puxou uma cadeira e sentou na frente da velha. Por um momento pareceu a Clô que o médico e sua avó dispunham de uma linguagem própria, que dispensava o uso das palavras. Depois de algum tempo em silêncio, ele estendeu a mão para apanhar o pulso da avó, mas ela retirou o braço.

– Estou bem – disse secamente.

– Volto amanhã – respondeu Massari se erguendo da cadeira.

A avó bateu impaciente com a bengala no assoalho.

– Não é preciso – disse incisiva. – Vá cuidar da Donata.

Ele concordou e saiu do quarto. Clô não conseguia desviar os olhos de sua avó. As sombras que nos últimos dias afundavam suas rugas tinham se ido. Ela parecia ter rececibo um punhado de boas-novas e não a notícia da morte de um filho.

– Você não gostava dele – acusou Clô.

A velha se voltou para ela, seus olhos se abrandaram e ela disse:

— Vá chorar pelo seu pai, menina.

Desviou os olhos de Clô, alisou as pregas do seu vestido e acrescentou:

— Um dia eu conto a você o que sentia por ele.

Foi a última vez naquela semana que a família ficou só. No dia seguinte teve início a romaria dos parentes e amigos, que ocuparam não apenas a casa mas também a vida de todos que viviam nela. Motta foi o primeiro a chegar e, diligentemente, assumiu os encargos do funeral. O enterro foi solene e pomposo e parecia a Clô que todos achavam a morte do seu pai conveniente e extremamente adequada. Todas as mãos cerimoniosas que lhe eram estendidas continham a mesma frase:

— Homem honrado e cumpridor de seus deveres!

Até na encomendação as virtudes de bom pagador de seu pai foram enaltecidas. Quando Clô resumiu os discursos para sua avó, ela teve outro de seus risos secos e irônicos.

— Morreu — disse — no cumprimento do dever.

Durante vários dias a família viveu como se tivesse decorado as frases que dizia. Só uma semana depois que Clô, entrando à noite na cozinha, teve repentinamente a consciência da morte do pai e então, como sua mãe, gritou desatinada como um animal ferido. Apenas a mãe acudiu, se abraçou com ela e ficou acalentando a filha, como se Clô fosse novamente uma menina. Uma hora depois, quando ela subiu para dormir e passou pelo quarto da avó, para lhe dar boa noite, a velha lhe disse:

— Nunca consegui gritar.

Havia uma clara intenção de desculpa na frase, mas Clô não respondeu, porque continuava ressentida com sua avó pela indiferença com que ela havia recebido a morte de seu pai. Dez dias depois do enterro, três advogados constrangidos apareceram para avisar a família que os credores estavam dispostos a permitir o uso da casa por mais um mês. Clô e Afonsinho se entreolharam assustados com aquela inesperada volta à realidade, mas Donata se ergueu de sua cadeira e com uma voz desconhecida e rancorosa disse:

— Muito obrigada, mas nos mudamos amanhã.

Até a avó, que parecia imune às surpresas, se voltou espantada para a nora. Os advogados se desdobraram em desculpas e insistiram na sua proposta, mas Donata cortou as amabilidades.

– Esses senhores – disse – mataram meu marido. Não quero favor de assassinos.

– Ah – exclamou a avó com olhos brilhantes –, ah!

Bateu duas vezes com a bengala no assoalho e os advogados se retiraram apressadamente, como se temessem que a velha avançasse sobre eles. Mas, quando a porta se fechou, todos exigiram explicações.

– Bem – disse a mãe –, quando Alberto me pediu todas as minhas jóias, eu achei que esses abutres não mereciam metade delas.

Teve um risinho moleque e acrescentou:

– Comprei uma casinha na Tristeza.

Pela primeira vez, desde a morte do pai, a família inteira riu. Clô se sentiu orgulhosa de sua mãe e a avó metralhou o assoalho com sua bengala, enquanto dizia:

– Ora, vejam, logo a Donata, logo a Donata!

No dia seguinte, no entanto, a sensação não era de triunfo, mas de derrota. Afonsinho fez várias viagens com o DKW levando as malas e, em cada uma delas, a casa parecia mais vazia e desamparada. Antes que as últimas caixas fossem transportadas, a avó desceu do quarto com o seu melhor vestido e disse:

– Não quero ser a última a sair dessa droga.

– Muito bem – disse Donata –, então iremos já para a nova casa.

Apesar de maio estar explodindo em toda a manhã ensolarada, foi uma viagem triste e silenciosa. Ao lado da avó, Clô se sentia como se fosse criança outra vez, e a lembrança dos passeios com seu pai tolheu sua voz durante todo o percurso. Quando chegaram, a família permaneceu intimidada ao lado do carro. A nova casa parecia ter sido feita com cubos de brinquedo.

– Dois deitados e dois em pé – pensou Clô.

Donata então se adiantou um passo e, como se apresentasse a casa, disse:

– Ela é aconchegante.

Apontou para uma janela solitária no primeiro andar e disse para a avó:

– É o seu quarto.

A avó ergueu a cabeça, empurrou o pequeno portão com a ponta da bengala e entrou. A diferença de tamanho entre as duas casas era tão brutal, que ninguém encontrou o que dizer, enquanto percorriam os aposentos. No pequeno quarto que Donata tinha reservado para a avó, a família inteira parou constrangida na porta, à espera da opinião da velha. Ela foi até a janela, olhou para fora e disse:

– Bom, pelo menos eu posso ver o rio.

Donata quis rir, mas só conseguiu ser a primeira a chorar.

33. Até a guerra, houve paz. Os ricos ocupavam o Centro e os espigões só mantinham a Rua da Praia e trechos da Otávio Rocha e da avenida Borges. Depois da guerra, num movimento rápido, os edifícios ocuparam o Centro e desalojaram os ricos da Duque, da Salgado Filho e do início da Independência. Os ricos, então, recuaram para Petrópolis e Moinhos de Vento.

Houve uma trégua de cinco anos, mas logo, em 50, os espigões tornaram a avançar num irresistível movimento de pinças. Uma ala ocupou toda a Independência e se derramou pela Cristóvão Colombo até quase a Bordini. A outra desceu para o Bom Fim e ocupou todo o Baixo Petrópolis. Os ricos, então, começaram a abandonar o Moinhos de Vento e o Alto Petrópolis e se instalaram na Dom Pedro e na Carlos Gomes.

Novamente houve uma pequena trégua, até que, nos anos 60, os edifícios subiram para a Dom Pedro, invadiram o Alto Petrópolis e cercaram a Carlos Gomes. Os ricos, então, recuaram para Três Figueiras.

Durante essa longa guerra, toda a Zona Sul, do Cristal a Guarujá, era um território esquecido. Alguns ricos tinham começado a se instalar na Vila Assunção, mas a sua fortuna parecia ser demasiado recente para atrair os demais. Os alemães estavam quietamente entrincheirados na Vila Conceição, e a Tristeza era uma pequena aldeia distante dos conflitos.

Porto Alegre tinha dado as costas para o verde e para o rio e todas as coisas importantes aconteciam do outro lado da cidade. A mudança para a Zona Sul retirou, portanto, a família de Clô do meio dos grandes acontecimentos e deu, a cada um de seus membros, uma indisfarçável sensação de desterro. Apenas Donata parecia ter-se revigorado com a mudança. Ela assumiu a chefia da casa e se movia o dia inteiro, com uma energia assombrosa.

– As italianas são assim – explicava a avó.

E, realmente, arrancada de seus vestidos elegantes e posta em roupas modestas e caseiras, Donata tinha ares de camponesa. Ela mesma começou a desenterrar seus antepassados, que tão cuidadosamente havia escondido quando o marido era vivo.

– Minha avó – ela agora lembrava com orgulho – trabalhava na enxada de sol a sol, ao lado do meu avô.

Mas Afonsinho estava completamente extraviado. Durante a primeira semana, ele ainda se interessou pelo rio. Apanhava pintados na Vila Conceição e espiava curioso os veleiros que navegavam preguiçosamente pela Pedra Redonda. Depois a curiosidade se foi e ele passava dias inteiros ouvindo discos de bossa nova. Na hora do jantar, no entanto, descia as escadas enfurecido e prometia:

– Ainda vou ajustar as contas com os canalhas que enganaram o meu pai.

No dia seguinte, porém, esquecia a raiva e voltava aos discos. A avó parecia enjaulada no seu pequeno quarto, que não conseguia abrigar um terço dos móveis que existiam no antigo. A velha consumia os dias relendo seus romances e olhando o rio. Só à noite parecia acordar, quando apontava a bengala para as luzes de Guaíba que piscavam raras e solitárias na outra margem, e dizia:

– É bonito.

Mas Clô não conseguia arrancar mais nada dela. Nas vezes que se aninhou a seus pés e chorou de saudades de seu pai, as mãos da avó não desceram ao seu encontro e nem ela quis compartilhar de sua dor. Clô, então, se encolheu e aceitou o desterro. Pouco depois, Motta reapareceu com boas notícias de sua apelação.

– Se formos mal – prometeu –, você pelo menos terá o direito de ver seus filhos uma vez por semana.

Desde a morte de Alberto que a dedicação de Motta havia conquistado a confiança da família. Ele retornou ainda mais íntimo. Animava os projetos de Afonsinho, dava conselhos legais a Donata e desencavava dos sebos os velhos romances preferidos da avó. Seu modo tranqüilo de ser e falar parecia combinar com a quietude da nova casa.

— Ela é aconchegante – disse ele.

E foi mais estimado por isso, porque tinha repetido a primeira definição de Donata. Clô não conseguia descobrir o que era, mas havia qualquer coisa nele que lembrava seu pai. O irmão ria da comparação, mas Donata concordava.

— Tem, tem, tem – insistia.

Mas era uma semelhança intangível. Foi, no entanto, o suficiente para que Clô se aproximasse dele. Motta tinha uma paciência infinita para ouvir e um modo sereno de consolar. Enxugava as lágrimas de Clô cuidadosamente; depois juntava suas mãos e beijava de leve a ponta de seus dedos. Donata foi a primeira a perceber que o limite da amizade estava sendo lenta mas decididamente transposto.

— Ele me faz bem – explicou Clô.

As duas, desde a mudança, dormiam no mesmo quarto, e Donata se espantava com o sono tranquilo da filha. Não tinha sido uma mulher ardente, mas se recordava muito bem das noites inquietas da juventude. O corpo felino de Clô, no entanto, parecia não ter sexo. Ela se movia, cobria e descobria as coxas, revelava ou ocultava os seios, com uma inocência de criança.

— Bom – comentou a mãe com Afonsinho –, talvez ela precise mesmo de um homem mais velho.

Afonsinho abanou a cabeça descrente.

— Não posso imaginar, viu? Ela ao lado dele? Não posso imaginar.

— Meu Deus – gemeu Donata –, eu jamais poderia ter imaginado esta vida e olha aí...

Motta, portanto, começou a se tornar inevitável. Ele ocupou essa posição sem pressa, como se o lugar há muito lhe pertencesse. Tornou suas visitas mais assíduas, suas saídas com Clô mais demoradas e suas opiniões nos assuntos familiares menos cuidadosas. Na primeira lua cheia de junho ele apontou o Sétimo Céu, que parecia flutuar sobre a Tristeza, e disse:

— Vamos lá para cima.

Subiu vagarosamente o morro e, quando chegou ao topo, desligou o motor e abriu sua janela.

— Lua cheia – disse – precisa de frio.

Nenhum dos dois falou. A lua cheia se derramava sobre o delta e faiscava até a metade do rio.

— Bom — disse ele finalmente —, eu acho que é inevitável, não é mesmo?

Clô não respondeu, apanhou as mãos dele e se aninhou no seu ombro. No afeto morno e tranqüilo que ela tinha por Motta, não havia nada daquela chamejante impetuosidade que a havia jogado nos braços de Pedro Ramão. Ela se sabia desejada, adivinhava a impaciência que havia nas mãos macias dele, mas isso lhe dava apenas uma vontade muito serena de retribuir. Ela não se sentia com disposição de tomar e nem com pressa de ter. Como o rio, ela se deixava levar.

— Tenho 45 anos — disse ele com uma voz muito solene.

— Reservista e vacinado — brincou ela.

Mas ele não riu. Afastou Clô gentilmente do seu ombro, retirou suas mãos das dele e disse com a mesma solenidade com que havia confessado sua idade:

— Estou apaixonado por você, Clô.

— Eu sei — respondeu ela.

— Bem mais apaixonado do que você pode imaginar — insistiu ele.

Ela sorriu e tentou lhe dar um beijo, mas Motta a impediu.

— Olhe — disse —, há uma coisa que você precisa saber.

Clô sacudiu a cabeça, sorriu e se preparava para dizer que não precisava saber de nada, quando Motta lhe disse:

— Eu sou casado.

Ela por um segundo olhou incrédula para ele, logo se sentiu sufocada, abriu a porta do carro e saiu. Lá embaixo um cão imaterial se pôs a uivar tristemente.

34.

Clô não estava ferida. A revelação de Motta, como um pequeno seixo jogado num lago, rompia sua tranqüilidade, mas não atingia sua dor. O que a asfixiava era aquela sucessão de fatos fora do seu controle, que a caçavam implacavelmente nos últimos anos.

— Droga — ela gritou com raiva para o vento —, droga!

Depois caminhou até o topo do morro e ficou olhando a cidade que parecia navegar dentro do rio. Quando se sentiu gelar, voltou vagarosamente para o carro. Motta estava a sua espera, abriu a porta para que ela entrasse e lhe disse com uma humildade inusitada:

— Eu levo você em casa.

Mas no momento em que sentou ao lado de Clô, perdeu a disposição de partir. Ligou e desligou o carro, moveu as mãos inquieto, até que se voltou para ela.

– Olhe – disse com uma ponta de desespero na voz –, eu não posso me separar dela por causa dos negócios.

– Você não precisa me contar nada – avisou Clô friamente.

– Mas eu quero – pediu ele. – Mesmo que seja a última vez que você me ouça.

Pela primeira vez, Motta não parecia o homem tranqüilo de sempre. Clô se voltou para ele, teve pena de seus olhos aflitos e respondeu:

– Está bem, conte.

– Eu gostaria de ter uma história melhor – se desculpou Motta.

E começou a contar o seu casamento como se estivesse falando de um cliente. Era uma história morna, onde todos pareciam bem agasalhados, comendo e dormindo em horas certas e jamais discutindo em voz alta para não perturbar os vizinhos.

– Temos dois filhos – disse Motta.

Fez uma pausa e acrescentou com uma pontinha de indisfarçável orgulho:

– Homens!

Mas eles não eram um empecilho, porque Motta acreditava que uma separação era bem melhor do que um mau casamento.

– Mesmo porque – acrescentou – a gente nem se vê.

A partir daí, no entanto, sua história deixava de ser igual a tantas outras. Por problemas de impostos, ele havia passado uma série de negócios para o nome de sua mulher.

– Há um ano – explicou – que estou tentando corrigir essa estupidez, mas não é fácil.

Existiam exigências legais, prazos mínimos e montanhas de papel adiando a sua liberdade.

– Só posso pedir desquite no ano que vem – disse.

Então suavizou a voz, apanhou as mãos de Clô e propôs com uma candura juvenil:

– Podíamos namorar.

Clô se voltou surpresa para ele, pensando que Motta estava brincando, mas ele continuava sério e solene.

– Não posso viver sem você – se desculpou.

Como sempre acontecia quando Clô era apanhada de surpresa, as idéias se desencontravam em sua cabeça. Todas as portas pareciam se abrir e se fechar ao mesmo tempo e ela não conseguia escolher uma saída.

– Sou muito burra – disse –, não sei resolver nada assim de repente. Preciso de tempo.

– Você me ama? – perguntou ele.

Clô balançou a cabeça.

– Não sei – respondeu –, não sei. Não sei mais nada.

Motta então ligou o carro e a levou de volta para casa. Desta vez, no entanto, não quis entrar. No portão, segurou as mãos de Clô e, muito quietamente, pediu que ela não contasse nada à família.

– Eles já sofreram demais – disse –, e não vão entender.

– Vou dizer – respondeu Clô – que você é separado.

Então se sentiu subitamente desamparada. Ergueu os olhos para a janela iluminada do quarto de sua avó e desejou que ele se despedisse.

– Volte no fim de semana – pediu.

Deu as costas antes que ele lhe desse boa noite e entrou em casa. Mas, quando fechou a porta atrás de si, percebeu que jamais voltaria a se sentir segura, como na velha casa do Moinhos de Vento. A sala pequena a recebia friamente, como se ela fosse uma visita. Ela subiu as escadas e abriu a porta do quarto da avó. A velha ergueu os olhos para ela e os laços que uniam as duas se refizeram imediatamente.

– Feche a porta – ordenou a avó.

Clô obedeceu e se sentou exausta na cama, enquanto a velha se curvava para examiná-la melhor.

– Vi vocês dois no portão – disse.

Clô olhou para a janela mas não respondeu nada.

– Um homem – continuou a avó – só fica com aquela gentileza imbecil quando se declara.

Teve mais um de seus risos secos e irônicos, mas logo em seguida ficou séria.

– E uma mulher – acrescentou – só não entra em casa saltitante quando existe qualquer coisa desagradável no meio.

Encarou Clô firmemente e perguntou com a segurança de quem já sabe a resposta:

– Ele é casado, não é?

– É – respondeu Clô –, é casado.

– Droga – explodiu a avó com a mesma raiva que Clô havia tido momentos antes no morro –, droga!

Também ela, como a neta, não conseguia ficar imóvel nos maus momentos. Se ergueu da cadeira, foi até a janela, bateu furiosa com a bengala no assoalho e só depois de alguns minutos foi que conseguiu voltar ao seu lugar.

– É você quem decide – disse.

– É – respondeu Clô –, sou eu.

A velha se mexeu impaciente na poltrona.

– Mas há uma coisa boa nisso tudo. Você não ama o Motta.

Bateu decidida com a bengala no chão.

– Assim, pelo menos, ele não pode ferir você muito fundo.

Puxou Clô para seu lado, com um gesto, e deixou que ela se aninhasse, como sempre, aos seus pés.

– É uma droga de vida – disse –, é uma droga de vida!

Naquela noite, Clô estendeu um acolchoado no assoalho e dormiu ao lado da cama de sua avó. No dia seguinte, Donata a recebeu impaciente e agressiva.

– Olhe – disse –, a situação desta família não permite mais que existam segredinhos entre nós. Ou sobrevivemos juntos ou afundamos juntos.

Clô teve um ímpeto para responder que afundariam juntos, mas se conteve.

– O que houve entre você e o Motta ontem à noite?

Clô encarou a mãe e descobriu que, dali em diante, ela não precisaria mais de mentiras.

– O Motta me pediu para viver com ele – ela disse.

– Tu queres dizer casar – corrigiu a mãe.

– Não – respondeu Clô duramente –, eu quero dizer viver.

Olhou a mãe, não mais como filha, mas como mulher, e contou a verdade.

– Ele é casado.

Donata se encolheu por um segundo, como se tivesse sido golpeada, mas em seguida apertou os lábios e ergueu a cabeça.

– O que interessa – disse com a voz ainda tentando recuperar a segurança – é o que tu sentes por ele.

– É – disse Clô –, é o que interessa.
– Tu amas o Motta?
– Não – respondeu Clô –, não amo.

Sua voz fraquejou e ela precisou de uma pequena pausa para completar.

– E por isso, mamãe, vou viver com ele.

Donata então abraçou a filha e, por um momento, depois de muito tempo elas foram realmente mãe e filha, na aceitação mútua da incerteza.

35. Não houve festa no que a própria Clô chamou, ironicamente, de seu noivado. Motta entrou muito constrangido na pequena sala, gaguejou seu amor por ela e depois se perdeu em promessas infantis até que foi interrompido por Donata.

– Por favor – pediu ela –, não prometa nada.

Três dias antes, Afonsinho havia saltado da cadeira ao ouvir a palavra casado.

– Como – berrou –, como? Você quer dizer que a minha irmã vai ser amante do Motta?

Donata então recuou da franqueza que pretendia ter com o filho e mentiu que Motta estava separado há muito tempo. Mas nem assim diminuiu a oposição de Afonsinho.

– Isso não é casamento – disse –, é ajuntamento.

Saiu pela casa a anunciar em altos brados que deviam convidar todas as vadias da Voluntários para a amigação. Clô havia saído para comprar verduras e, quando voltou, Afonsinho tinha um novo argumento contra a sua união com o advogado.

– Você nunca mais vai ver os filhos.

Donata correu em socorro da filha, disse que ninguém podia acusar Clô de mau comportamento, mas ele não se afastou de sua posição.

– Avisem o Pedro Ramão, que ele é capaz de pagar a lua-de-mel.

– Eu preciso de alguém – disse Clô.

Afonsinho ainda tentou resistir, lembrou que existiam milhares de outros homens, mas terminou capitulando com uma ressalva amarga:

– Se papai estivesse vivo, nada disso teria acontecido.

Donata não disse nada, mas seus olhos baixos demonstravam que ela concordava com ele. A avó se manteve ausente de toda a discussão e em nenhum momento defendeu Clô. Quando Donata cobrou a sua neutralidade, a velha respondeu:

– Ela vai precisar de defesa fora e não dentro de casa.

No fim da semana, Motta voltou conforme o combinado. Clô estava a sua espera no portão, tomou sua mão e lhe disse apenas:

– Vou tentar.

Ela se aproximou mais dele, pensando que Motta a tomaria nos braços, mas inesperadamente ele se tornou embaraçado. Espiou apreensivo para a casa, como se pudesse ser apanhado em flagrante fazendo algo de errado, e, finalmente, apanhou Clô pelo braço e disse:

– Venha, eu quero lhe mostrar a nossa nova casa.

Da Tristeza ao Centro, Motta falou incessantemente como um menino que tivesse acabado de ganhar um presente. Contou de seus planos, da escolha do apartamento, de suas vidas em comum, tendo sempre o cuidado de colocar entre os assuntos uma promessa:

– No fim do ano me separo dela.

Mas o apartamento não parecia pronto para o cumprimento da promessa. Ficava nos altos da Duque e, apesar de ter apenas um dormitório, possuía um living amplo, como todos os apartamentos construídos na época, que terminava com uma imensa porta envidraçada, aberta para o rio.

– E a melhor vista de Porto Alegre – disse Motta abrindo orgulhoso as cortinas.

Logo em seguida começou a se mover sem parar pelo apartamento, chamando a atenção de Clô para os menores detalhes da decoração, como se ela não fosse capaz de descobri-los sem a sua ajuda.

– Não é lindo – dizia –, não é lindo?

Mas Clô não conseguiu acompanhar seu entusiasmo. O apartamento parecia um jogo de armar recém-montado. Do sofá ao menor utensílio da cozinha, tudo parecia estar exatamente no único lugar possível.

– O que há? – perguntou Motta quando percebeu os olhos frios de Clô.

– Eu preferia um quarto vazio – respondeu ela.

Motta não entendeu. Ainda conseguiu manter o seu sorriso, mas o entusiasmo se evaporou.

– Você quer dizer que acha o apartamento muito grande? – perguntou.

– Não – corrigiu Clô –, eu só disse que preferia que ele estivesse vazio.

Ainda assim Motta não percebeu do que ela estava falando. Deu alguns passos nervosos pelo living, tirou e repôs os cinzeiros do lugar e, por fim, sem conter a irritação, comentou:

– Foi decorado pessoalmente pelo Kino e você sabe que ele é o melhor da cidade.

Qualquer coisa se crispou dentro de Clô, ela chegou a pensar numa resposta rude, mas se conteve e forçou um sorriso.

– É – disse –, eu nem chego aos pés dele. Mas quem vai morar aqui sou eu, não é mesmo?

Imediatamente a irritação desapareceu dos olhos de Motta e ele voltou a ser o mesmo senhor tranquilo de sempre.

– Se você quiser – disse ele com sua voz macia –, eu mando esvaziar o apartamento agora mesmo.

Clô foi então ao seu encontro, vencida pela rendição dele, e lhe deu um breve e afetuoso beijo na face. Motta enlaçou sua cintura e disse:

– Poderíamos começar a nossa lua-de-mel agora mesmo.

Mas Clô balançou a cabeça, se despreendeu dele e foi até a porta envidraçada olhar o rio.

– Será depois de amanhã – disse.

Mas se voltou ainda a tempo para apanhar uma nuvem rápida que havia cruzado o olhar de Motta e, por um instante, transformado seu sorriso num esgar cruel. Mas foi uma visão tão breve e Motta voltou tão rapidamente à gentileza de sempre, que Clô duvidou dos próprios olhos.

– Eu não tenho pressa – disse ele. – Nós temos a vida toda.

Deu uma risada e, como se retomasse a apresentação do apartamento, foi até a cozinha, abriu a porta da área de serviço e voltou de lá com uma mulher alta e magra:

– Esta é Lotte – anunciou. – A nossa empregada.

Lotte se curvou ligeiramente, como se tivesse medo de estalar, murmurou um "muito prazer", pediu licença e voltou para a cozinha antes que Clô pudesse se refazer da surpresa.

– Ela é de inteira confiança – justificou Morta.

E riu feliz com o espanto de Clô.

– Eu penso em tudo – disse.

Durante dois dias a frase ficou presa dentro de Clô, como um distante grito de aviso, que não se consegue localizar. Na última noite que passou em casa, ela sonhou que estava no apartamento e precisava sair, mas as portas não se abriam. Acordou sobressaltada, mas quando a mãe lhe perguntou o que tinha havido, ela respondeu que era um pesadelo e se recusou a uma confissão.

– Ter medo – pensou – deve ser natural.

Mas não conseguiu voltar a dormir. Quando o dia amanheceu, ela saiu da cama e encontrou o irmão já pronto para sair.

– Não quero me encontrar com ele – explicou Afonsinho.

Donata desceu muda e pensativa e a avó se manteve fechada no quarto toda a manhã. Quando Motta chegou, ela desceu, sentou numa cadeira e ficou olhando friamente para ele. Só depois que Donata interrompeu as promessas inconseqüentes do advogado foi que a avó falou:

– Venha me visitar nos fins de semana – disse.

Foi o sinal para as despedidas. Donata chorou baixinho, a avó lhe deu uns tapinhas afetuosos na face e Clô saiu apressadamente. Donata e a velha ficaram na porta da entrada, solitárias e desamparadas, como uma velha fotografia. Lá fora Clô se voltou e descobriu que aquela casa, como seu novo apartamento, jamais seriam um lar. Eram apenas abrigos temporários dentro de uma longa viagem. Então o medo se foi, ela ergueu a cabeça e entrou no carro.

36.

Bastou uma semana para Clô perceber que sua nova vida seria bem diferente da antiga. Especialmente porque, ao contrário de Pedro Ramão, Motta tinha paciência. Não essa falta de pressa maliciosa dos homens maduros, mas uma paciência fofa e experiente, que abrigava Clô como um cobertor em dia de frio. Mesmo quando sua primeira noite com ele terminou em desapontamento, ela não se sentiu roubada nem esquecida, mas apenas recém-vinda.

– A culpa é minha – disse ela.

– Não – corrigiu ele –, é comum nas primeiras vezes.

Recolheu Clô carinhosamente em seus braços e não insistiu. No dia seguinte, ela acordou com o quarto cheio de rosas vermelhas.

– Meu Deus – riu –, estou me sentindo uma noiva.

– Só quero que você seja feliz – respondeu ele.

A felicidade de Clô, como tudo que Motta fazia, parecia ter sido cuidadosamente planejada. Em cada refeição Lotte adivinhava suas preferências, os presentes que Motta trazia eram sempre os mais desejados e até o desejo dele fluía tranqüilamente, contornando com vagar os receios dela. Clô não apenas se sentia amada, mas também agradecida. Uma semana depois, no entanto, seu pequeno paraíso se esfumou e ela redescobriu subitamente que ele era um homem casado. No café-da-manhã, em vez da sua presença habitual, havia uma dúzia de rosas e um cartão lacônico:

– Volto para jantar.

Clô, apanhada de surpresa, se sentiu enganada. Deu uma volta desorientada pela mesa, com o cartão entre os dedos, até que invadiu a cozinha e perguntou rispidamente:

– Aonde ele foi?

Tanto ela quando Lotte sabiam muito bem a resposta, mas a empregada foi fiel ao patrão.

– Não sei – respondeu.

Clô ainda tentou recuperar a vida da última semana, mas havia um vazio irremediável nas suas horas. Ela releu jornais, abriu e fechou revistas, fez e desfez seu penteado, mas nem assim o tempo monótono e pastoso parecia passar dentro do seu apartamento. Ao meio-dia, ela ainda tentou estender uma ponta desesperada para Lotte.

– Senta aí – pediu sorridente – e almoça comigo.

Mas a alemã nem ao menos desmanchou a sua máscara de eficiência mecânica. Curvou ligeiramente a cabeça e respondeu com um ranço de censura:

– Sinto muito, mas não almoço fora da cozinha.

Serviu a refeição e sumiu rápida para o seu reduto. Clô, ao contrário do que pensava, foi assaltada por um apetite inesperado. Repetiu os pratos e, quando descobriu que não havia sobremesa, exigiu que Lotte abrisse uma compota de pêssegos. Só quando percebeu a sombra de um sorriso nos lábios finos da empregada foi que se deu conta da armadilha em que estava caindo.

– Mudei de idéia – disse com raiva –, leve isso daqui.

Foi para o quarto e tentou dormir a sesta. Mas, ao contrário do campo, havia agora uma cidade ronronando abaixo dela, e tudo que Clô conseguiu foi dar voltas e voltas na cama. Retornou então para a sala, abriu as cortinas e ficou olhando o rio, à espera de um milagre qualquer que despertasse seu interesse e empurrasse os ponteiros do relógio. Junho estava no fim, mas naquele ano, em vez do inverno, só havia um outono morno e preguiçoso. O rio imóvel parecia uma chapa de aço e o céu se descobria num calor sem nuvens.

– Meu Deus – pensou ela –, vou terminar enlouquecendo.

Espiou cautelosamente a cozinha, mas Lotte havia sumido, deixando atrás de si um rastro germânico de limpeza.

– Vou sair – pensou Clô.

Como era o início da tarde, ela alongou o seu banho, trocou várias vezes de vestido, hesitou nos sapatos e se demorou até na escolha do perfume. Mesmo assim, quando se viu pronta diante do espelho, apenas uma hora havia passado. Ela foi para a sala e Lotte, que aparecia e desaparecia com a mesma rapidez, estava ao lado da porta, como se tivesse adivinhado suas intenções.

– Se Motta vier – disse Clô procurando dar autoridade a sua voz –, diga que fui dar uma volta.

– Sim, senhora – respondeu a empregada solidamente neutra.

– Volto para jantar – completou Clô.

Ergueu a cabeça e saiu. Mas foi entrar no elevador e a sua segurança se desvaneceu. Duas vizinhas trocaram um olhar rápido e cheio de entendimento e um rapaz a encarou com um atrevimento juvenil e esperançoso.

– Meu Deus – pensou Clô antes que pudesse impedir seu pensamento –, todo mundo sabe que eu sou amante de um homem casado.

Ela ainda tentou sair naturalmente do elevador, mas foi empurrada pela própria insegurança e cruzou o saguão, nervosa e apressada, como se tivesse sido chamada para um compromisso urgente. Somente na Rua da Praia, misturada com a multidão, foi que Clô recuperou parte de sua tranqüilidade.

– Calma – se recomendou –, ninguém conhece você.

Mesmo assim parecia haver uma chispa de malícia nos olhos de todos os homens e uma sombra de censura no olhar de todas as mulheres que passavam por ela.

– Não nasci para ser amante – pensou amargurada.

Na esquina da avenida Borges teve o impulso de chamar um táxi e voltar para a casa de sua mãe. Chegou a perder um sinal verde, mas descobriu, em seguida, que tinha ainda menos coragem de enfrentar uma nova derrota conjugal. Cruzou a avenida e se forçou a ler os títulos dos livros nas vitrines da Livraria do Globo.

– No fim do ano – pensou mais calma –, ele se separa da mulher e casamos no Uruguai.

Mas era um consolo bem pequeno para a sua angústia. Ela se desgarrou de si mesma por um quarteirão e caminhou como uma sonâmbula, esbarrando nas pessoas que vinham em sentido contrário, enquanto balbuciava desculpas ininteligíveis. Foi então que se viu refletida numa vitrine. Precisou parar e retroceder para se reconhecer, porque a primeira imagem, embora lhe fosse familiar, também lhe parecia desconhecida. Ela voltou e espiou disfarçadamente a vitrine. Estava encolhida, com o vestido desajustado e os olhos sombrios e acuados, no fundo das órbitas.

– Oh, meu Deus – pensou –, eu pareço uma velha.

Fugiu oprimida da própria imagem e caminhou desconsolada por mais alguns metros, até se ver novamente refletida em outra vitrine. Desta vez ela não fugiu. Foi ao encontro de sua imagem e ficou se olhando por algum tempo. Repentinamente se reencontrou, aprumou os ombros, ergueu a cabeça e olhou desafiadoramente a sua volta.

– Sou amante de um homem casado – pensou –, e daí?

Sorriu para a sua nova imagem, cruzou a rua e começou a refazer o seu caminho, desta vez sem pressa e sem maus pensamentos, assentando firmemente os pés no chão e deixando que seus músculos se movessem natural e compassadamente, até que as cabeças começaram a se voltar cobiçosas para ela.

– Droga – pensou triunfante –, ainda não me pegaram.

Quando entrou no saguão do seu edifício, já tinha a imagem que todos os vizinhos guardariam dela. Uma mulher alta, jovem e bonita, que caminhava ondulando pelos corredores, com um olhar faiscante de quem acabava de enfrentar o mundo. Até Motta, que estava a sua espera, se surpreendeu com ela e baixou a cabeça obediente, quando Clô disse com uma voz irritada:

– Que droga, eu não posso ficar o dia inteiro dormindo e esperando por você.

Como sempre, ele foi paciente e compreensivo, enquanto Clô traduzia todas as suas angústias em exigências e, assim, sem saber, se transformava finalmente numa amante.

37. No dia seguinte, sem que Clô percebesse, Motta começou a preencher os vazios de sua ausência. Ele manipulou suas horas com a habilidade tranqüila de um velho prestidigitador, escondendo os truques e fazendo os acontecimentos provocados parecerem sempre ocasionais. Assim, quando Clô encontrou entre as revistas da semana um exemplar da *Life*, foi ela e não ele quem falou em aprender inglês.

– Por favor – disse Motta com naturalidade –, o Cultural fica a dois passos daqui. É só descer a Borges.

E ela nem se preocupou em verificar a data da matrícula, que tinha sido feita no dia anterior.

– Achei – disse ele – que você gostaria de fazer o curso intensivo.

Também pareceu a Clô puro acaso que Nívea morasse no mesmo edifício, dois andares acima do seu, e lhe confessasse, enquanto esperava o elevador, que saía muito pouco por falta de companhia.

– Sou desquitada – disse como quem revela um defeito físico.

Novamente foi Clô quem tomou alegremente a iniciativa de se oferecer como solução, acrescentando com uma certa cumplicidade.

– Eu também sou desquitada.

Motta achou a coincidência extremamente feliz, porque Nívea era muito simpática e toda mulher necessita de uma amiga.

– Só não deixe – acrescentou muito suavemente – que ela se apegue muito a você.

Com isso Clô não poderia sequer sonhar que Nívea era usada por Motta e seus amigos, exatamente para amenizar a solidão de amantes jovens e inexperientes. Clô só teve uma breve suspeita de que as cartas estavam marcadas quando Luís Gustavo, como um gato magro, se aproximou da mesa onde ela e Motta jantavam e disse:

– Então esta é a moça?

Por um segundo um alarme tiniu dentro dela, a insistência dele pelo restaurante que ela não gostava foi explicada, mas antes que Clô chegasse a abrir a boca Motta já estava sorrindo e dizendo:

– É um velho truque dele.

O outro imediatamente confirmou a brincadeira, beijou espalhafatosamente sua mão, sentou a seu lado e se derreteu em elogios exagerados.

– Tu és linda, maravilhosa. Devias estar jantando em Paris, Roma, Veneza.

Por fim, depois de acenar para alguém no fundo do salão, se voltou para ela e disse:

– De hoje em diante tu serás minha protegida.

Dois dias depois ela era citada na coluna dele e Nívea batia em seu apartamento, de jornal na mão, fingindo uma desbragada surpresa:

– Você não disse que era gente bem, meu amor.

No dia seguinte, era Luís Gustavo em pessoa que a convidava para jantar. Ela ainda tentou recusar, pretextando que não havia consultado Motta, mas ele a convenceu com um argumento escandaloso:

– Ai, menina, esquece o Motta, pelo amor de Deus. Ele sabe muito bem que o meu fraco não é mulher.

Motta não apenas se divertiu com a história, mas também confessou a ela que Luís Gustavo era a companhia ideal:

– Ele é divertido – disse –, esperto e inofensivo.

Mas não acrescentou que também era seu sócio. Assim o cronista social também se tornou um simples acaso na vida de Clô e ela esqueceu completamente a suspeita do primeiro encontro. Mesmo porque não havia mais tempo para nada no seu dia. Na roda-viva que Motta havia lhe preparado, era ela quem não parecia agora ter tempo disponível para ele.

– Escuta – ele brincava –, de vez em quando convém lembrar que eu existo e que estou apaixonado por você.

Quando ela corria arrependida ao seu encontro, ele ficava sério, punha uns tons graves e paternais na voz e acrescentava:

– Depois do que você sofreu, menina, merece tudo do melhor que a vida possa lhe dar.

Não falava mais em se separar da esposa no fim do ano, mas nem Clô exigia que ele se lembrasse da promessa. Porque, cercada de tantas atenções e atendida em tantos caprichos, ela passou a achar que não merecia o companheiro.

– Nunca pensei – confidenciava para Nívea – que pudesse existir alguém tão bom, tão paciente.

Mas nem a sua nova amiga Clô teve a coragem de confessar que seu corpo se negava a acompanhar a sua gratidão. Motta durante algum tempo ainda repetiu que a dificuldade era comum nos primeiros encontros, mas, três semanas depois, não conseguia mais disfarçar a sua impaciência.

– O que há? – perguntava.
– Não sei – se desesperava Clô –, não sei.
– Você não me ama – se queixava ele.
– Claro – ela respondia –, claro.

Mas não conseguiu explicar o que estava acontecendo com ela. Até que se julgou ingrata e decidiu fingir. Sua imitação foi tímida e insegura e, no momento seguinte, ela pensou assustada que ele havia percebido imediatamente o engano. Mas para sua surpresa Motta acreditou prontamente na mentira, rolou brincalhão para o tapete, se pôs de joelhos, ergueu as mãos e começou a choramingar:

– Finalmente, finalmente, finalmente!

O logro foi tão triunfalmente aceito, que Clô ficou profundamente envergonhada e cobriu o rosto com o lençol, de medo que ele notasse o rubor de suas faces. Mas Motta estava tão empolgado com o que pensava ser sua grande façanha, que voltou para seu lado e sussurrou baixinho:

– Acho que você foi muito discreta, meu bem.

Teve um risinho moleque e acrescentou com a autoridade de um grande conhecedor:

– Mas isso também é comum nas primeiras vezes.

No entanto, e inexplicavelmente para Clô, a partir daí se tornou menos ardente. Passou uma semana inteira sem entrar no quarto de dormir, como se já tivesse se desobrigado para sempre de qualquer tarefa. Quando Clô preocupada o procurou, Motta se desculpou com uma dor de cabeça.

– Tenho essas fases – acrescentou.

Mas não diminuiu seus favores nem suas atenções. Muito pelo contrário, se tornou ainda mais gentil e solícito e, na última quinta-feira de agosto, insistiu para que Clô visitasse a família.

– Amanhã – disse – mando o carro apanhar você.

A sexta amanheceu ensopada por uma chuva fininha e tristonha e só além do rio havia uma estreita e distante promessa de sol. Desde cedo havia um cantar de sirenes, indo e vindo do Palácio, e Clô se aborreceu pelos congestionamentos inevitáveis que teria que enfrentar. Mas ao meio-dia o carro ainda não tinha vindo, não havia ninguém no apartamento de Nívea e o telefone de Motta parecia soar num imenso deserto. À uma hora, quando ela já se preparava para tomar um táxi, Luís Gustavo apareceu, como se tivesse acabado de sair de uma caricatura, com uma pequena maleta na mão.

– Ai, menina – gemeu –, hoje está acontecendo tudo.

E antes que Clô conseguisse perguntar qualquer coisa, jogou a maleta numa poltrona e ordenou:

– Guarda isso num quarto, não sai, não telefona e espera pelo Motta.

E só de saída, já com a mão no trinco da porta, foi que se lembrou de informar.

– Aquela imundície do Jânio Quadros renunciou.

Mas Clô estava tão preocupada com a maleta que havia se aberto e derramava dezenas de pacotinhos cheios de um pó branco, que nem perguntou o que tinha havido nem percebeu que subitamente a cidade inteira havia emudecido.

38.

Foi só ao cair da noite que a cidade se transtornou. Cansada de esperar inutilmente por Motta, Clô adormeceu e acordou ao anoitecer com os gritos e as vozes agitadas que subiam até ela como um fragor de ondas quebrando sobre a cidade. Ela também se inquietou, pensou em contrariar as ordens e sair, mas Lotte a tranqüilizou:

– É o Brizola fazendo os comícios dele – disse.

A política era um país estranho e distante que jamais havia atraído Clô. Ela só pensou na renúncia de Jânio porque se lembrou das esperanças de seu pai. Teve, então, uma saudade repentina e pungente dele, que pouco a pouco acordou todas as suas dores. Ela vagou pelo apartamento, solitária e desorientada, sem saber como acalmar todas aquelas angústias que caíam sobre ela como uma rede de espinhos. Pela primeira vez se serviu de uma dose de uísque e bebeu rápida e desajeitadamente como quem procura ajuda numa cidade desconhecida. Quis erguer um brinde, mas foi traída pela própria língua.

– A minha saudade – disse.

Riu engasgada do lapso e tomou o segundo gole com mais vagar. A bebida, mesmo assim, desceu áspera e amarga por sua garganta e ela afastou o copo com uma careta.

– Como é que alguém pode beber essa droga? – pensou.

Mas logo um cálido consolo subiu de seu estômago e aqueceu docemente seu corpo tenso. Ela tornou a apanhar o copo, agora com mais simpatia, e bebeu um terceiro gole, como Motta havia lhe ensinado.

– Deixe que o uísque se umedeça – dizia ele.

Ela enrolou sem pressa a bebida por sua boca, esperou que a saliva atenuasse o ardor do uísque e depois deixou que a mistura escorresse perfumada por sua garganta.

– *Well* – disse em voz alta, usando o pouco inglês que sabia –, agora sou uma velha e danada escocesa.

Mas não era. O uísque bebido tão apressadamente não se acomodou no seu sangue e, uma hora depois, quando Lotte entrou na sala para anunciar o jantar, Clô se arrancou com dificuldade da poltrona e avisou:

– Cancela, porque estou bêbada.

Saiu aos tropeções para o quarto, se olhou muito espantada no espelho e riu de sua imagem cambaleante. Ainda estava rindo quando jogou fora os sapatos e se deixou cair pesadamente na cama.

– Droga – foi a última coisa que disse –, antes de afundar num sono sem sonhos, eu não devia ter ficado tão sozinha.

Clô acordou tarde no sábado, estava um pouco zonza e tinha um gosto amargo na boca. Ficou um momento à escuta, mas a cidade, abaixo dela, zumbia macia como sempre.

– De manhã – pensou –, ninguém faz comício.

Tomou um banho e foi para a cozinha à caça da empregada, mas em lugar de Lotte só havia um bilhete, informando que era o seu fim de semana de folga e que ela tinha ido visitar os pais. Clô estava preparando seu café quando Luís Gustavo chegou, elétrico e espalhafatoso como sempre. Deu-lhe um beijo rápido e convencional e quis saber da maleta.

– Está no quarto – respondeu Clô.

– Pelo amor de Deus – disse ele juntando as mãos –, não me perde aquela maleta.

– O Motta não apareceu – se queixou Clô.

– Milhões de problemas – disse o outro, jogando os braços para cima –, milhões de problemas. Ele te ama, te adora e vem hoje aqui.

Em seguida, sem pausas, como se continuasse falando de amigos e conhecidos, ele mudou de assunto.

– Mas não vai ter nem uma droga de revolução, estás me entendendo? O Cotillon estava cheio, repleto. Hoje de manhã na Exposição de Animais não havia lugar para uma pulga. Imaginem, revolução! Não entendem nada, estás me ouvindo? O que as pessoas querem é ganhar dinheiro, se divertir.

Então, como havia entrado, saiu, ainda cheio de gestos e frases tranqüilizadoras. Clô ainda tentou perguntar por Motta, mas Luís Gustavo estava muito empolgado com suas respostas para ouvir qualquer pergunta. No meio da tarde Clô resolveu visitar a família. Deixou os presentes no apartamento e desceu em busca de um táxi. A Praça da Matriz estava vazia, três babás empurravam preguiçosamente seus carrinhos de bebê e os sentinelas do Palácio Piratini modorravam no sol desbotado do sábado. Havia, no entanto, qualquer coisa indefinida na cidade. As ruas estavam mais vazias do que de costume e por todos os bares do caminho as portas estavam desertas.

– Tá todo mundo no Jockey – informou o motorista.

Realmente, do Cristal para o Sul era um sábado como todos os outros. Os carros repletos de crianças rodavam vagarosamente para Ipanema e ninguém parecia preocupado com a vida nacional. Mas, quando ela desceu do táxi, na frente da casa de sua mãe, precisou de um instante para se recompor. Sua ausência havia tornado a casa ainda menor e ela parecia solitária e desamparada no meio das árvores. Clô abriu o portão e caminhando cautelosamente rodeou a casa e entrou pelos fundos. Sua mãe estava lendo os jornais na mesa da cozinha. Ergueu uns olhos amistosos mas sem surpresa para ela.

– Ora, vejam só quem está aqui! – disse.

Clô não falou, se abraçou longamente com ela, depois se afastou um pouco e examinou Donata.

– Você está muito bem – disse.

– E você continua linda – respondeu a mãe.

Mas estava procurando qualquer coisa no rosto da filha que não conseguia encontrar.

– Tudo bem? – perguntou.

– Graças a Deus – respondeu Clô.

No entanto não estava se sentindo à vontade. Era como se tivesse se afastado não apenas dois meses, mas cinco ou dez anos.

– E a avó? – perguntou.

– Lá em cima – respondeu Donata, com ar resignado de quem sabe que vai perder a visita.

Clô lhe deu um rápido beijo de consolação e subiu correndo as escadas. A porta estava aberta e a avó sorriu e lhe abriu os braços. Clô se ajoelhou na frente dela e abraçou comovida a avó. Ficaram um longo tempo assim abraçadas e balançando como se uma estivesse ninando a outra. Foi a avó, por fim, quem rompeu os laços. Afastou Clô de si, fingindo uma zanga que não tinha, e disse:

– Bem, menina, agora me conte o que andou fazendo por aí.

Mas Clô nem chegou a começar, porque explodiram vozes agitadas na cozinha, Clô ouviu a voz irritada da mãe, depois os gritos de Afonsinho, até que ela e a avó resolveram descer.

– Ele anda impossível – avisou a avó –, impossível.

Quando as duas chegaram à cozinha, a discussão teve uma pausa contrafeita. Donata tamborilava irritada os dedos no tampo da mesa e Afonsinho, mesmo saudando a irmã, não conseguia parar de caminhar de um lado para outro.

– Muito bem – disse a avó com energia –, o que está havendo por aqui?

Donata apontou o filho e disse com uma indisfarçável ironia na voz:

– Ficou revolucionário.

Até a avó, sempre tão pronta a aceitar os fatos da vida, se voltou surpresa para Afonsinho.

– É – confirmou ele desafiadoramente –, fiquei mesmo.

Ficou ofendido com o assombro das três mulheres e deu um murro na mesa.

– Mas que droga – disse –, vocês são umas alienadas. O país está pegando fogo e vocês estão aí, com a sua vidinha de sempre. Vamos lutar, estão me entendendo? Vamos organizar milícias populares e vamos virar este país de cabeça para baixo.

E ergueu triunfante a cabeça, como se ouvisse tambores mágicos chamando por ele no lado de fora da casa. Clô não sabia, mas a Legalidade estava entrando na sua vida.

39. Durante duas horas a cozinha foi um triste campo de batalha. Donata, furiosa, tentava varrer todas aquelas idéias que haviam se instalado em sua casa e que agora queriam roubar seu filho, mas não conseguia encontrar um ponto tangível e vulnerável naquela teia.

– Você nunca foi brizolista – ela argumentava.

– Ele só é um símbolo – respondia Afonsinho.

Nas pausas, a avó juntava as suas experiências, suspirava, balançava a cabeça e dizia:

– Vai terminar dando em nada, menino.

Mas Afonsinho estava descobrindo o mundo, cada achado era uma novidade e ele se recusava a crer que pudesse ter havido precedentes para fosse lá o que fosse.

– Desta vez não – rugia ele –, desta vez não.

O sábado no entanto conspirava contra ele. Clô, embora simpatizasse com as idéias do irmão, foi obrigada a depor contra ele, quando a mãe lembrou que ela morava a dois passos do Palácio.

– Está tudo calmo – informou Clô.

– Só por fora – teimou Afonsinho –, por dentro...

– A Exposição de Animais estava lotada, o Cotillon estava lotado, o Jockey Club estava...

– Burguesia – berrou Afonsinho –, burguesia alienada.

E, então, ajuntou dramaticamente:

– Estão dançando em cima de um vulcão.

A frase surpreendeu a família inteira, Clô ficou assustada, Donata enrugou a testa, e só a avó teve um de seus risos secos e irônicos e disse:

– Nesta droga de país, nem vulcão tem.

Afonsinho se ofendeu. Ergueu a cabeça decidido, olhou as três mulheres e disse adeus, com a trágica entonação dos heróis que não retornam.

– Idiota – respondeu Donata, mas seus olhos úmidos traíram sua vontade de se abraçar com o filho.

– Homens – disse a avó irritada, batendo com a bengala nos ladrilhos da cozinha –, homens! Quando não morrem, se matam.

Mas não havia possibilidade de morte naquele sábado que se gastava tranqüilo e preguiçoso. Clô ainda tentou convencer a mãe de que só existiam boatos, mas Afonsinho era tudo o que restava a Donata de seus amores e de suas esperanças. Também a avó se tornou sombria e lacônica, e com isso Clô voltou para seu apartamento ainda mais desconsolada do que havia saído. Preocupada com o irmão, ela ainda tentou obter informações do chofer de táxi, mas ele espiou desconfiado o espelhinho retrovisor e fugiu de suas perguntas.

– Trabalho na Tristeza, moça, não sei de nada.

Não parecia mesmo haver nada o que saber quando ela chegou ao seu apartamento. Clô ligou o rádio, girou o dial de um extremo a outro, mas as vozes continuavam neutras e insensíveis como sempre. Ela lamentou não ter televisão, mas imaginou que tudo o que conseguiria ver naquela noite de sábado, no único canal que havia, seria um vaqueiro sacando o revólver e matando meia dúzia de índios.

– Droga – pensou –, talvez fosse bom que o Afonsinho ganhasse.

Gostava do irmão assim furioso e desafiador, como se tivesse acabado de sair de um grande cartaz de cinema. Mas não conseguia imaginar Afonsinho discursando num comício ou usando as barbas desalinhadas de Fidel Castro.

– Não adianta, não somos revolucionários – pensou com uma pontinha de desapontamento.

Por uma hora inteira tentou se ocupar com alguma coisa, mas nada conseguia reter o seu interesse. Às nove da noite, subiu dois andares em busca de Nívea, mas o apartamento dela continuava mudo, como no dia anterior. Clô voltou para casa e se jogou desanimada na poltrona.

– Meu Deus – pensou –, eu dou voltas e voltas e termino sempre sozinha.

Decidiu então se inventar cozinheira. Trocou o vestido por um caftã e foi para a cozinha, em companhia de uma dose dupla de uísque.

– Vamos dar um jantar a dona Clô – disse para um espelho que apanhou a caminho.

Mas o resultado foi uma festa solitária e sem alegria. A massa saiu insossa e pastosa, o molho ficou ralo e adocicado e a carne dura e descolorida. Ela jogou o seu jantar na lata de lixo e abriu derrotada uma lata de sardinhas.

– Odeio o fim de semana – disse em voz alta –, odeio o fim de semana.

Deitou no sofá e ficou bebendo pequenos goles de uísque. Lentamente as vozes do edifício chegaram até ela. Havia um rumor abafado de vozes familiares, mas de dentro dele subiam repentinamente risos, gritos e gargalhadas. Parecia a Clô que em cada apartamento havia uma família feliz em volta da mesa e, de repente, uma imensa inveja de todos eles a invadiu e ela teve ímpetos de correr para as escadas e gritar:

– Calem a boca! Calem a boca!

Mas logo uma criança riu e seu riso pareceu flutuar na frente de sua janela como uma bolha de sabão. Clô então se encolheu dentro de si mesma e se culpou pela sua solidão.

– Eles é que estão certos – pensou –, eu é que não presto.

No entanto, não se sentia melhor dentro da culpa. Ela se levantou inquieta, tornou a encher o copo de uísque e foi para a cozinha em busca de mais gelo. Depois caminhou sem rumo pelo apartamento, enquanto os cubos de gelo faziam o copo soar como um pequeno sino.

– Amanhã, largo o Motta – pensou – e vou embora.

Sentou novamente na poltrona e deixou que a idéia da separação girasse vagarosamente dentro dela. Imaginou a cara patética que o Motta faria, chegou a sorrir do seu desajeitamento inevitável, mas decidiu que não se deixaria comover.

– Serei franca com ele – decidiu.

Trataria Motta com a mesma delicadeza com que ele a tratava. Faria com que ele sentasse na sua frente e diria suave mas firmemente:

– Gosto de você, mas preciso de alguém que não me deixe sozinha.

A idéia e o uísque aqueceram brandamente seu corpo e Clô adormeceu encolhida na poltrona. Quando acordou, o dia já tinha nascido e o sol dourava a crista dos morros distantes. Ela bocejou e tornou a fechar os olhos, ainda sem saber se levantava ou voltava a dormir. Foi então que ouviu os gritos. Ela abriu os olhos e se pôs imediatamente alerta. Os gritos rolavam sobre a cidade como uma trovoada distante. Clô se ergueu assustada e foi para a sacada, mas o rio estava calmo e a tempestade alcançava o centro da cidade, pelo lado oposto. Clô esqueceu os espelhos, o caftã amarrotado e desceu as escadas sem esperar pelo elevador. O edifício estava cheio de cochichos e de chaves estalando nas fechaduras. Quando ela chegou ao saguão os trovões estavam explodindo na entrada do edifício. Caminhões abarrotados de gente venciam com dificuldade as subidas e então se jogavam desabaladamente pela Duque, rumo ao Palácio, num estrondejar de motores, buzinas e gritos.

– Parece 30 – berrou um velhinho desconhecido, esfregando alegremente as mãos.

Mas Clô nunca tinha visto nada igual. As roupas pareciam rasgadas, os risos tinham poucos dentes e havia um cheiro acre de suor rodopiando atrás dos caminhões.

– Meu Deus – ela pensou –, é a revolução.

Recuou assustada para voltar ao seu apartamento quando ouviu gritarem o seu nome. Ela parou desconcertada, tentando localizar os gritos, quando avistou o irmão, que, se esquivando dos caminhões, havia cruzado a rua e corria alegre ao seu encontro. Clô ficou em pânico, se voltou e correu desesperada para as escadas.

40. Clô subiu precipitadamente as escadas e chegou ofegante ao seu apartamento. Por um momento lhe pareceu que atrás de seu irmão viriam também todos aqueles homens desdentados e suarentos que lotavam os caminhões. Foi com uma ponta de surpresa que ela abriu a porta e encontrou apenas Afonsinho diante dela, tranqüilo e sorridente.

– Ei – reclamou –, que bicho mordeu você?

– Fiquei com medo daquela gente toda – ela confessou.

Ele lhe deu um beijo rápido, passou por ela e deu meia dúzia de passos curiosos pelo apartamento.

– Muito bem – disse duramente –, então este é o seu chatô?

– Não – corrigiu ela agastada –, este é o meu apartamento.

Ele caminhou até ela, parou na sua frente, olhou a irmã com muita pena e balançou a cabeça.

– Puxa vida, menina, não importa os nomes que você escolha, as coisas são o que são. Esta droga é um chatô, porque dentro dele vive a amante de um homem casado.

Ela tentou revalidar a mentira da separação, mas Afonsinho não permitiu.

– Já sei de tudo.

Clô fez um movimento para lhe dar as costas, mas ele a segurou pelos braços e a impediu de se afastar.

– Você pode chamar esta droga de palácio – disse – que não muda coisa nenhuma. Você é a amante do Motta e acabou.

– O que você quer? – ela perguntou derrotada.

– Venha comigo – disse ele. – Largue esta droga de vida e venha comigo.

Clô olhou espantada para o irmão sem entender aonde ele queria chegar.

– Para o Palácio – disse ele, como se adivinhasse os pensamentos da irmã.

Clô teria aceitado Paris, Londres, a Patagônia ou os Mares do Sul. Mas a idéia de fazer do Palácio Piratini um refúgio a fez rir.

– Oh, Afonsinho – se queixou –, que é isso?

Então ele se animou. Seus olhos se incendiaram, seus gestos se tornaram prontos e elétricos e toda a juventude da terra pareceu falar, milagrosa e iluminada, por sua boca.

– Há um mundo novo lá fora – disse. – Você pode fazer as coisas mudarem. Ninguém mais irá enganar ninguém, como fizeram com papai. Ninguém mais irá roubar seus filhos ou expulsar você de casa. Ninguém mais irá oprimir ninguém, Clô, ninguém mais.

Ele falava com tanta fé, que cada um de seus sonhos parecia estar à espera deles do outro lado da porta.

– Vamos – disse –, vamos!

Chutou furiosamente uma cadeira e jogou duas almofadas contra a parede, numa raiva divertida.

– Saia dessa droga – gritou. – Lá na praça você vai ser gente.

– Você está doido – disse Clô rindo –, completamente doido.

Se jogou sobre o irmão, o enlaçou carinhosamente e disse:

– Mas eu vou com você, meu irmão.

Trocou rapidamente o caftã por um vestido mais simples, enfiou os pés em mocassins, apanhou um suéter e se apresentou na sala com uma continência:

– Pronto, general!

Estavam tão excitados que nem tiveram paciência de esperar pelo elevador. Desceram as escadas de mãos dadas, rindo, como se os acontecimentos os tivessem jogado de volta para uma infância impossível. Na rua, os dois se deixaram arrastar pela multidão agitada e febril que convergia para a Praça da Matriz. A manhã ainda estava pelo meio e, depois da última calçada, a torrente diminuía a velocidade, inundava vagarosamente a praça até se dividir em centenas de pequenos grupos.

– Parece uma festa – disse Clô.

Afonsinho riu e a puxou, feliz, contra ele.

– Viu como é? – perguntou. – A nossa geração não era nem podre nem alienada. Ela só precisava de uma causa.

Clô olhou cheia de dúvidas para o Palácio, mas se lembrou que o irmão havia dito que Brizola era apenas um símbolo e preferiu não discordar dele. Afonsinho abriu caminho até um pequeno grupo que havia ocupado um dos bancos da praça, agradeceu as palmas brincalhonas que saudaram sua chegada e apresentou a irmã, com um orgulho indisfarçável.

– Ela está conosco – acrescentou.

Todos ergueram as mãos abertas, num amistoso sinal de reconhecimento, menos Santiago, que parecia ser o líder do grupo. Ele levantou acima da cabeça um desafiador punho fechado e disse:

– Bem-vindo à causa do proletariado, camarada!

Clô olhou assustada para o irmão, mas Afonsinho estava rindo divertido.

– Muito bem, meu chapa, você já impressionou minha irmã.

Mas foi um instante rápido de brincadeira, porque logo recomeçaram as discussões, extremamente sérias e acaloradas, que Clô, por mais que se esforçasse, não conseguia acompanhar.

– Meu Deus – confessou para o irmão na primeira pausa –, eu não sei realmente de nada.

– Este é o melhor lugar para aprender – respondeu ele, oferecendo a praça com um largo e dramático gesto.

Pouco a pouco a praça parecia encolher, os espaços diminuíam e, ao meio-dia, já era impossível se mover livremente. O grupo crescia continuamente, alimentado por moças e rapazes de olhos brilhantes, que traziam sempre um punhado de novidades. À uma hora, os alto-falantes que estavam mudos jogaram sobre a praça um vagalhão atordoante de marchas militares.

– Que droga – rosnou Santiago –, eles não deviam usar marchas americanas.

Uma das moças riu e disse que estava imaginando o Clifton Webb marchando à frente da banda da Brigada Militar.

– Que Clifton Webb – se exasperou seu companheiro –, o autor dessas marchas é John Phillip de Souza.

– Estão vendo – berrou Santiago –, estão vendo? São essas drogas que sabotam o espírito revolucionário.

Mas uma nova discussão não chegou a se instalar, porque um rapaz loiro se espremeu até eles e perguntou muito sério para Afonsinho:

– Tu viste o filme da biografia do Brizola?
– Que filme? – perguntou espantado Afonsinho.
– Ora – disse o outro –, o que passou no Guarany.
– Como se chamava?
– *De crápula a herói* – respondeu o loiro.

Até Santiago riu às gargalhadas enquanto a piada ia e vinha pela praça, seguida sempre por um estalar de risadas.

– Meu Deus – pensou Clô –, eu não compreendo as revoluções.

Duas horas depois, não apenas ela, mas toda a praça se movia inquieta e faminta. O trovejar dos alto-falantes sufocou as conversas, começaram a surgir pequenas clareiras no meio da multidão e uma moreninha bocejou e disse:

– Troco um fuzil por um almoço.
– Meu apartamento – começou a dizer Clô – fica...

Mas não chegou a concluir a frase, porque Afonsinho cortou seu convite com um seco:

– Não serve.

Um segundo depois se arrependeu, passou a mão pela cabeça da irmã, mas Clô já se sentia despedida da revolução. Mesmo assim acompanhou o grupo que saiu da praça e começou a descer a Borges vagarosamente, rumo ao Mercado, onde diziam que os restaurantes estavam abertos. Então, dentro de um carro que passou rápido, Clô viu Motta em companhia de outra mulher. E a visão, embora veloz e imprecisa, foi tão cortante e cruel como uma chicotada na face.

41. A partir do momento que viu Motta com outra mulher, Clô se perdeu dentro de suas próprias confusões. O grupo contornou o Mercado inutilmente, em busca de uma milagrosa porta aberta, depois subiu a Otávio Rocha, sempre discutindo furiosamente os acontecimentos, mas ela se manteve distante e desgarrada.

– Mas por que isso me dói – se perguntava –, por que isso me dói?

Lembrava do seu propósito de abandonar Motta no dia seguinte e desentendia o seu ressentimento.

– Eu não sinto nada por ele – se repetia.

Mas a mágoa que se mantinha acesa dentro dela desmentia seus pensamentos.

– Deve ser a droga da mulher dele – pensou.

Mas isso só a fez se sentir pior. Quando o grupo finalmente encontrou um pequeno restaurante aberto na Cristóvão Colombo, as pessoas haviam mudado a sua volta, mas Clô não tinha percebido. Afonsinho agora estava com uma morena vistosa e ela se sentia deslocada.

– Vou para casa – disse.

Mas uma nova discussão apagou suas palavras e, quando ela se ergueu, Afonsinho a empurrou para a cadeira do canto.

– Calma – disse –, vamos almoçar.

Santiago então sentou na sua frente e lhe pôs um copo na mão.

– Beba – ordenou sorridente –, é caipirinha.

– Uísque – pediu Clô.

Ele pôs a mão em concha sobre a orelha, ela repetiu o pedido e então ele riu e sacudiu o indicador na sua frente.

– Uísque vai acabar, madame. Dentro de uma semana não tem mais nada importado nesta droga.

Tornou a empurrar o copo de caipirinha para ela.

– Vá se acostumando – disse –, porque vai ser a bebida nacional.

Ela então riu e bebeu a caipirinha em longos e desajeitados goles, enquanto Santiago batia palmas e dizia:

– Muito bem, muito bem, a madame já está nacionalizada.

Quando serviram o almoço, Clô já estava tonta e sonolenta. Seu domingo se tornou uma sucessão confusa de sons e imagens, onde ela só se recordava de pedir, separando com esforço as palavras:

– Quero ir para casa.

– Já vamos – respondia sempre Afonsinho –, já vamos.

Mas o grupo só se ergueu da mesa e se desfez quando anoiteceu. A maioria foi para casa, enquanto Santiago e Afonsinho arrastavam ela e a morena de volta para a Praça da Matriz. Ela ainda tentou mudar sua rota e voltar ao seu apartamento, mas foi impedida pelo irmão.

– O melhor – disse – vem agora.

– Vamos para dentro do Palácio – disse Santiago, com um tom corajoso de quem se prepara para invadir a trincheira do inimigo.

Clô se sentia ausente de si mesma, caminhava como se andasse com pés estranhos e só conseguia reter as cores que borravam diante de seus olhos. Mas mesmo assim se deixou levar por entre a multidão, que agora se movia desorientada de um lado para outro. Cruzaram um grande portão de ferro, abriram caminho entre exaustos brigadianos e entraram num grande salão, onde um major berrava irritado:

– Saiam de perto das janelas, saiam de perto das janelas!

Mas ninguém parecia ouvir. As pessoas, muito pálidas e desatinadas, iam e vinham, se entrechocavam e chamavam por nomes desconhecidos e absurdos, como se estivessem perdidas num imenso labirinto.

– Eles não vêm – disse Santiago.

– Claro que vêm – disse Afonsinho.

Clô quis perguntar de quem estavam falando, mas subitamente sentiu-se mal, fraquejou e, se não tivesse sido amparada pelo irmão, teria caído.

– Não estou bem – disse ela, como se o aviso fosse necessário.

Afonsinho olhou desesperado a sua volta. Santiago havia desaparecido do seu lado e, como os outros, ele também começou a gritar por amigos impossíveis, enquanto repetia para a irmã:

– Fique calma, fique calma.

Mas Clô se sentia cair, esmagada pelos excessos do dia. Então uma mulher de meia-idade, alta e robusta, dividiu o grupo que estava na sua frente, enlaçou-a firmemente pela cintura e disse para seu irmão:

– Não se preocupe, que nós tomamos conta de sua mulher.

Afonsinho ainda quis corrigir o erro, mas antes que conseguisse ser ouvido a mulher se afastou com Clô, abrindo caminho na multidão com violentos e decididos safanões.

Chegaram assim ao meio da escada, quando sons surdos, como desordenados golpes de tambor, desceram do andar mais alto, inundaram os corredores e rebentaram sobre o grande saguão de entrada.

– Os tanques! Os tanques!

A mulher ainda quis retirar Clô da escada, mas a torrente humana que despencava pelos degraus a arrebatou e a conduziu de volta ao salão de onde tinha vindo. Aí, Clô despertou e tentou resistir, mas uma nova enxurrada a carregou por cima de destroços de móveis e cadeiras até o pátio interno. Ali a massa se diluiu, as pessoas recuperaram seu rosto e, depois de alguns passos vacilantes pelo jardim, olharam espantadas para trás, como se esperassem ver o Palácio em chamas. Como todos os outros, por um momento Clô vagou desorientada pelo jardim e se viu também exigindo companhias impossíveis.

– Afonsinho – ela gritou –, Afonsinho!

Mas o Palácio inteiro estava ensurdecido pelo trovejar de motores e de ordens. No meio da maioria que parecia apenas balançar o corpo sem sair do lugar, corriam soldados apressados, com grandes e brancos olhos sobre as peles esticadas. Então, de repente ela tomou uma resolução. Abriu caminho entre os grupos que estavam na sua frente e tentou voltar para a porta de onde tinha saído. Estava a dois passos dela, quando uma voz atrás de si lhe perguntou:

– Aonde a senhora pensa que vai?

Clô se voltou furiosa.

– Eu quero morrer aí dentro – disse. E reencontrou assombrada os dentes muito brancos de Rafael, abertos no seu mais simpático sorriso.

– A senhora está enganada, moça – ele disse. – Nós estamos aqui para viver e não para morrer aí dentro.

Mas ainda não tinha terminado de falar e já olhava descrente e fascinado para ela.

– Minha mãe – disse – é você!

Mas mesmo assim não se convenceu, apanhou Clô pelo braço e a levou até uma janela inundada de luz.

– Puxa vida – exclamou –, você é linda.

Clô tentou falar, mas tudo o que conseguiu foi mover os ombros, como se agradecesse o elogio dele. Rafael também por um momento não encontrava o que dizer e tentava comparar Clô com a mulher toda ferida e deformada que havia trazido de Correnteza.

– Não fossem os olhos – ele disse –, eu não teria reconhecido você.

Mas em seguida se deu conta do momento e do lugar em que os dois estavam.

– Mas o que você está fazendo aqui? – perguntou.

– Vim morrer pela – disse ela –, pela...

Mas não continuou. De repente, era como se Rafael fosse um velho amigo e ela confessou:

– Vim morrer por mim.

– Meu Deus – disse ele –, você continua perdendo a guerra!

E Clô, perdida no meio de todos os gritos de sua vida, baixou a cabeça e concordou.

42. Rafael continuava com o dom de fazer milagres. Ele apanhou Clô pela mão e abriu caminho com ela, pela multidão, até a ala residencial do Palácio. Clô, assustada, tentou resistir.

– Mas ele mora aí – disse.

– Ora – brincou Rafael –, você vai ver como sobra lugar.

Abriu a porta, como se fosse sua casa, e cruzou os dois pequenos salões de entrada, sem que ninguém viesse impedir o seu caminho. Como o Palácio Piratini, a ala residencial também estava repleta, mas os homens eram raros e não parecia haver o tumulto da ala oficial. As mulheres formavam pequenos grupos e falavam em voz baixa. Só traíam seu nervosismo no manuseio incessante dos colares e das pulseiras.

– Para baixo – disse Rafael.

Desceram então uma ampla escada circular, passaram por mais dois salões e tomaram um pequeno corredor, onde havia um soldado de guarda. Rafael se adiantou, trocou duas frases com ele, e o soldado bateu uma continência respeitosa e se foi.

– Bem – disse Rafael –, chegamos.

Abriu a porta e fez Clô passar para uma pequena sala mobiliada apenas com um sofá, duas cadeiras comuns e uma escrivaninha.

– Sente-se – ordenou ele indicando o sofá. – Enquanto você me conta a sua vida, nós tomaremos um café.

Mas Clô continuava constrangida e olhava para a porta como se ela fosse se abrir subitamente e dar passagem para um batalhão de soldados. Rafael adivinhou seus pensamentos e riu divertido.

– Pode ficar tranqüila – disse. – Encontrei esta salinha no sábado e a ocupei em nome da Legalidade.

– Mas o que você faz? – perguntou Clô assombrada.

– Ora – disse Rafael –, coisas, coisas.

Naquele momento a porta se abriu e um camareiro solícito, que chamava Rafael de doutor e Clô de madame, trouxe uma bandeja imensa com café. Rafael apertou os pequenos pãezinhos e, quando eles estalaram, deu um tapinha feliz no ombro do outro.

– Acho – disse – que vou tirar você daqui.

O camareiro dobrou-se em dois e saiu espalhando agradecimentos para todos os cantos.

– A primeira coisa que você precisa tomar – disse Rafael, servindo o café – é a cozinha. Numa revolução, minha querida, quem tem a cozinha já venceu a primeira batalha.

O perfume do café encheu a pequena sala e Clô descobriu envergonhada que estava com fome. Aceitou o café e o sanduíche que Rafael lhe oferecia e comeu sofregamente, enquanto ele bebericava tranqüilamente o seu café.

– E se nos atacarem? – perguntou ela um pouco aflita com a calma dele.

– Não vão nos atacar – disse ele.

– Mas os tanques vêm vindo – insistiu Clô.

– São gente nossa – respondeu ele.

Clô parou com a taça a meio caminho da boca e olhou incrédula para ele.

– Ah, menina – reclamou Rafael do seu espanto –, todo mundo encena, dramatiza, exagera.

– Pensei que revolução fosse diferente – disse ela.

Rafael jogou a cabeça para trás e riu, como um adulto ri do disparate de uma criança.

— Isso não é revolução — explicou —, é uma encenação.

Mas Clô se lembrou de Santiago e de seu irmão e sacudiu a cabeça.

— Não para todas as pessoas — disse.

— Não — respondeu ele sério —, só para as que acreditam nela.

Então Rafael teve pena da ingenuidade dela, acariciou afetuosamente seus cabelos e pediu:

— Agora me conte a sua guerra.

— Continuo perdendo — disse Clô.

Ela tentou falar em tom de brincadeira, mas a sua voz saiu rouca e sofrida.

— Perdemos tudo — continuou —, meu pai morreu...

— E você? — perguntou Rafael.

Clô pensou em mentir, em dizer que estava vivendo com sua mãe, mas sentiu novamente aquela estranha compulsão de contar a verdade a Rafael.

— Estou vivendo com um homem casado — disse.

Mas Rafael não se escandalizou. Seu sorriso continuou amistoso e compreensivo e ele perguntou:

— E você é feliz?

Clô encolheu os ombros. Nem nos bons momentos de sua vida com Motta ela poderia responder com segurança a essa pergunta.

— E seus filhos? — perguntou Rafael, quebrando seus pensamentos.

— Ele me tirou tudo — disse Clô. Então se sentiu cansada. Olhou agradecida para Rafael e se ergueu, como se fosse sair, mas ele não permitiu.

— Você está cansada — disse. — Deite e durma.

— Aqui? — ela perguntou espantada.

— Bom — disse ele —, assim você pode contar a seus netos que uma noite dormiu no Palácio Piratini.

Se inclinou sobre ela e lhe deu um pequeno beijo na testa. Por um momento Clô pensou que ele iria mais longe, mas Rafael, que estava sério, voltou a sorrir, apanhou a bandeja e lhe deu boa noite.

— Volto para buscar você — avisou.

Logo depois que ele fechou a porta, Clô se arrependeu de ter aceitado o seu oferecimento. Mas a madrugada começava a esfriar, o café havia lhe deixado uma mornidão sonolenta e ela se deitou no sofá.

– Vou descansar um pouco – pensou.

Clô foi acordada pela explosão dos vivas. As paredes estremeciam e os vidros da pequena janela da sala tiniam dentro dos caixilhos. Ela ficou desorientada por um segundo, logo abriu cautelosamente a porta. O pequeno corredor estava vazio.

Clô saiu então na ponta dos pés sem encontrar ninguém no seu caminho e subiu a escada circular que conduzia ao pavimento superior. Num dos salões havia uma mulher gorda e patética, que andava de quatro por entre as cadeiras e que disse, quando avistou Clô:

– Perdi um brinco quando o Machado Lopes chegou.

Clô lhe deu um sorriso neutro, abriu a porta e saiu para fora. O sol do meio-dia se despejava sem sombras sobre o pátio interno do Palácio. Clô, ofuscada, procurou a proteção das paredes e começou a caminhar para o grande portão lateral. À medida que seus olhos se acostumavam à luz, ela podia ver que as pessoas, que agora se movimentavam com mais rapidez, pareciam alegres e descontraídas. Quando ela cruzou a pequena rua que separava o Palácio da Catedral, os vivas foram substituídos pelas marchas militares, que já não soavam tão solenes como antes. Clô baixou a cabeça e caminhou apressada para o seu edifício. À medida que ela avançava pela Duque, o ambiente de festa se encolhia, até que dois quarteirões adiante a rua estava deserta. No seu edifício, o porteiro vigiava apreensivo a porta, que só se abriu o suficiente para lhe dar passagem.

– Ninguém mais sabe o que vai acontecer – disse ele.

O edifício todo parecia vazio. Clô saiu do elevador e a batida abafada da porta pareceu se ampliar pelos corredores. Não havia um riso, uma voz mais alta ou um bater de panelas.

– Meu Deus – pensou Clô –, foram todos embora.

Também Lotte não estava. A cadeira que Afonsinho havia derrubado e as duas almofadas que ele tinha jogado contra a parede continuavam nos mesmos lugares. Clô tomou um banho, trocou de roupa e foi para a cozinha, mas nem mesmo assim conseguiu se sentir em casa. Ela ligou o rádio, ficou por um momento ouvindo as vozes exultantes dos locutores e, quando elas foram substituídas por uma marcha colorida e exuberante, ergueu a cabeça e saiu, como se algum milagre pudesse mudar tudo aquilo na sua doida e desesperada guerra.

43. Durante cinco dias, Clô girou num atordoante carrossel de heroísmos e bravatas. Na segunda-feira, como todos os milhares de homens e mulheres subitamente jogados na rua por um feriado inesperado, ela circulou fascinada pelo Palácio e pela Praça da Matriz.

– Estive aqui – ela se dizia, cheia de espanto por ter participado da História.

À noite, durante o comício, ainda pensou no riso de Rafael e, por um momento, as luzes e os oradores lhe deram a impressão de que estava sendo montado um gigantesco espetáculo. Mas, na madrugada, quando um rude peão lhe ofereceu a hospitalidade da barraca de um Centro de Tradições, ela se sentiu novamente parte dos acontecimentos. Dormiu com a cabeça sobre um pelego, cercada de prendas coloridas que não conseguiam parar de rir. No dia seguinte, se viu posta atrás de uma mesa num dos Comitês de Alistamento do Mata-borrão. Foi ali que Afonsinho a encontrou dois dias depois, enquanto lá fora um temporal curvava as árvores da avenida. Ele parou diante dela muito solene e depois, com a voz cheia de surpresa, lhe disse:

– Você parece uma revolucionária.

– Não – respondeu Clô rindo –, eu só preciso de um banho.

Um mês antes, ele teria rido e se oferecido para levá-la em casa. Quatro dias de sonho, no entanto, haviam criado um novo Afonsinho, seco e enérgico, que parecia malposto até dentro do próprio nome.

– Há coisas mais importantes para fazer do que tomar banho – ele disse.

Clô olhou triste para o irmão e parou de sorrir. Em apenas três dias, os alegres revolucionários do fim de semana tinham sido substituídos por homens que pareciam estar imitando os heróis durões do cinema. Eles andavam pelos comitês, com faixas misteriosas nas mangas, fiscalizando o rigor revolucionário.

– Isso não é brincadeira – diziam.

Ou então, quando surpreendiam um grupo rindo, fuzilavam os presentes com um olhar indignado e comentavam:

— Só quero ver se vocês vão continuar rindo quando começarem as balas.

Batons, penteados e perfumes provocavam um disparo seco:

— Pequeno-burguês.

Um dia antes houve um tumulto no Comitê de Propaganda. Um desenhista jogou seu chefe pelas escadas, enquanto berrava:

— Vá fazer a sua revolução, seu droga. Esta é nossa!

Agora, era seu irmão que tinha uma braçadeira e a voz grave dos vigilantes.

— Bem — perguntou ele, percebendo que os olhos da irmã haviam mudado —, o que houve?

— Você sim — respondeu ela — parece um revolucionário.

— E eu sou — resmungou Afonsinho satisfeito.

E saiu como se usasse farda e tivesse várias estrelas nos ombros. Na quinta-feira Rafael reapareceu. Também ele tinha uma braçadeira, mas ela não havia apagado seu sorriso nem diminuído a sua disposição. Ele sentou a seu lado e disse:

— Você me abandonou.

— Não — respondeu Clô —, foi você quem me abandonou.

Ele olhou com pouco caso para o vaivém preguiçoso dos visitantes e perguntou:

— Está gostando de brincar de revolucionária?

— Você está enganado — disse ela —, estamos fazendo uma revolução.

Rafael riu mais amargo que divertido e balançou a cabeça.

— Menina — disse —, a festa acabou.

Levantou da cadeira, acenou distraído para um conhecido e acrescentou:

— Amanhã você vai saber de tudo.

Aí ergueu a cabeça, como se a idéia tivesse lhe ocorrido no momento, e propôs:

— Quer ir na chegada do Jango?

— Estou imunda — confessou Clô.

— Ora — disse ele —, você pode ir para casa e tomar um banho sem pôr em perigo a revolução.

Sorriu, lhe bateu uma continência caricata e saiu. Para Clô, foi como se tivessem aberto uma janela naquele imenso e abafado salão.

– Que droga – ela pensou –, eu também devo estar representando.

Mas não se atreveu a deixar seu posto. Passou a noite, como sempre, amontoada com duas outras voluntárias, em cima de panfletos revolucionários. No dia seguinte, a cidade amanheceu inquieta. Havia um entra-e-sai constante nos comitês de alistamento e Clô passou a manhã respondendo que não sabia a que horas Jango chegaria a Porto Alegre. Ao meio-dia, Rafael voltou com uma pequena marmita e a conduziu para uma sala dos fundos.

– Hora do almoço – disse.

Destapou a marmita e lhe estendeu um miraculoso garfo envolto em celofane.

– *Strogonoff,* madame. Um oásis nesta semana de carreteiro.

Mas não fez companhia a Clô. Esperou que ela provasse o almoço e depois se despediu:

– Apanho você no seu apartamento às sete – avisou.

Clô só foi lembrar que não havia dado o seu endereço a ele quando estava embaixo do chuveiro. Ela se xingou irritada, imaginando que esperaria a noite inteira por ele, mas, às sete em ponto, Rafael estava sorridente diante de sua porta.

– Estão à nossa espera – disse, oferecendo o braço a ela.

Não fez perguntas nem demonstrou a menor curiosidade pelo apartamento. Quando saíram, a Praça da Matriz estava repleta e a multidão transbordava para as ruas vizinhas. Rafael, como sempre, parecia ter um caminho particular até o Palácio. Guiou Clô tranquilamente por ele até o salão nobre do Piratini, onde os convidados especiais aguardavam Jango, duros e constrangidos como manequins numa vitrina. Clô deu dois passos e estacou. A três metros dela, Motta era apresentado a um grupo, se curvava untuoso e servil e indicava, com um gesto, uma senhora gordinha e nervosa que estava a seu lado.

– Minha esposa.

De repente uma das mãos se atrasou e quebrou a rotina, e Motta olhou rapidamente a sua volta e descobriu Clô. Rafael tinha se adiantado e ela estava sozinha e desamparada no meio do grande tapete vermelho que cortava o salão, olhando enojada para ele. Motta teve um segundo de hesitação, chegou a voltar o corpo como se fosse caminhar para ela, mas logo a gordinha se dependurou no seu braço e reclamou com uma voz aflita:

– Estão nos chamando, meu bem.

Motta então voltou solícito e gentil para o seu lado, e retomou o ritual das apresentações. Clô se confundiu, quis voltar, mas se chocou com um grupo que entrava e estendeu uma mão desesperada para Rafael, que estava atônito a sua espera.

– Me tire daqui – ela pediu.

E em seguida, quando ele segurou sua mão, acrescentou em voz baixa e agoniada:

– Pelo amor de Deus.

O olhar dela era tão pungente que Rafael não fez perguntas. Olhou para a porta de entrada, escolheu sua rota e abriu rápido caminho para fora do salão. No andar inferior fez uma pequena pausa para que Clô retomasse o fôlego e logo saiu com ela, pelo lado oposto em que Jango estava entrando no Palácio. Quando Clô chegou ao seu apartamento, a multidão começava a gritar o nome do presidente. Ela foi até a porta envidraçada tentando controlar seus sentimentos, mas logo em seguida voltou e se jogou soluçando nos braços de Rafael.

44.

O seu primeiro encontro com Clô havia deixado uma funda impressão em Rafael. Por mais que ele tentasse, não conseguia esquecer a imagem dela, deitada na maca, coberta de curativos e transformada numa massa disforme. Desde então, diante do sofrimento dela, ele agia sempre como se a dor fosse provocada por um ferimento físico. Enquanto ela chorava, ele a reconfortou, falou baixinho e a tocou com extrema delicadeza, como se Clô repentinamente pudesse se romper em pedaços. Finalmente, quando ela conseguiu se controlar, Rafael a conduziu carinhosamente para o sofá, onde, cheio de cuidados, a fez sentar.

– Assim – disse – você vai se sentir melhor.

Foi até a cozinha e voltou de lá com um copo de água com açúcar, que entregou a Clô com uma recomendação:

– É uma receita infalível de minha mãe.

Clô bebeu alguns goles, fez uma careta e devolveu o copo a ele.

– Não gosto de açúcar – se desculpou.

— Bem — disse Rafael inesperadamente —, se é assim, como é que você e o Motta podem se dar bem?

Ela, surpresa, ergueu os olhos para ele, mas o sorriso de Rafael continuava simpático e impenetrável como sempre.

— Ele é doido por doces — acrescentou.

— Como você sabia que era ele? — perguntou Clô.

Rafael sorriu, fez uns arabescos no ar com as mãos, inclinou a cabeça de um lado para outro e, por fim, deixou escapar uma frase.

— Eu sempre sei das coisas.

Parou de sorrir e se apressou em acrescentar:

— Mas eu não sabia que ele estava no Palácio com a mulher.

Havia um traço de ironia na voz de Rafael sempre que ele se referia a Motta. Clô olhou curiosa para ele, mas Rafael não se deu por achado.

— Melhorou?

Clô não permitiu que ele mudasse de assunto.

— O que você sabe do Motta, Rafael?

Novamente as mãos dele subiram, inventaram círculos no ar e terminaram impotentes, com as palmas voltadas para cima.

— Coisas — disse —, coisas.

— Que coisas?

— Não — disse Rafael —, não.

Deu as costas para ela, caminhou até a sacada, fingiu um interesse que não tinha pelas luzes que brilhavam do outro lado do rio e depois voltou sério para ela.

— Olhe — disse —, você gosta dele. Ele é o que você acha que ele seja.

— Eu não gosto dele — disse Clô com raiva.

Rafael sentou então na mesinha de centro, diante dela, tomou as mãos de Clô entre as suas e disse:

— Venha para Brasília comigo.

Por um momento, a própria Clô acreditou que concordaria com a proposta. Ela ergueu os olhos para ele, sentiu o calor de suas mãos, mas não sentiu mais nada.

— Nós não nos amamos — disse.

Retirou suas mãos das dele e olhou para fora, como se estivesse espiando o mundo de dentro de uma cela.

— Não posso viver com alguém que não amo — disse. — Ainda não posso.

Rafael concordou silenciosamente, lhe fez um breve carinho na face e se levantou. Repentinamente os gritos da multidão, que vinham da praça, pareciam mais furiosos.

— Tenho que voltar para o meu futuro — disse ele, apontando para o Palácio.

Deu um beijo rápido na face de Clô e acenou um adeus brincalhão. Mas, antes de fechar a porta atrás de si, se voltou para ela.

— Não quero mais ver você daquele jeito — disse.
— Espero que não — respondeu ela.
— Não confie nele — disse Rafael. — Nunca!

E fechou a porta. Clô foi para a sacada e ficou olhando o rio por muito tempo. Pouco a pouco, na praça, os gritos foram diminuindo até que a noite se esgueirou para fora da História e se tornou quieta e banal, como todas as outras. Clô mais uma vez se desentendia, tinha um grande vazio dentro dela, onde seus pensamentos pareciam ter asas de chumbo e não conseguiam voar. Quando ela sentiu frio, fechou a porta e foi exausta para a cama.

— Esta foi — disse — a noite da decepção.

E nem sequer sonhava que milhares estavam voltando cabisbaixos para casa, com a mesma e amarga frase nos lábios. No dia seguinte ela foi até o Mata-borrão, mas, além dos serventes que varriam preguiçosamente o salão, não havia mais ninguém. Clô sentou em sua mesa e não conseguiu afastar a impressão de que estavam desmanchando um cenário de teatro. Uma hora depois, outra voluntária chegou, sentou a seu lado e disse com uma voz soturna e cheia de presságios:

— Tomara que um dia não nos ponham na cadeia por tudo isso!

Clô lhe deu um beijo de consolação e foi para casa. Mas Motta só apareceu no domingo. Ela ainda estava na cama quando ouviu a chave girar na fechadura e a porta se abrir. Saltou rapidamente da cama e foi ao encontro dele.

— Bom dia — disse Motta, quando ela entrou na sala.

Ele trazia um buquê de rosas vermelhas na mão e tentava sorrir, como se nada tivesse acontecido. Clô caminhou furiosa até ele, arrancou as rosas de sua mão, foi até a sacada e jogou o buquê fora. Depois se voltou para Motta, que continuava sorridente no mesmo lugar, e disse:

– Agora saia daqui!

Apontou a porta e ficou esperando. Motta baixou a cabeça, fez uma longa e propositada pausa e depois disse, com uma voz muito tranqüila.

– Você sabia que eu era casado.

Então Clô explodiu. As palavras saltaram de sua boca como brasas vivas. Ela esqueceu todos os seus propósitos de elegância e reclamou do abandono, das promessas não cumpridas e da longa e inexplicável ausência dele, em todos aqueles dias.

– Onde você estava? – perguntou irônica. – Protegendo a gordinha do seu coração?

Motta não se movia. Às vezes uma de suas mãos tentava acompanhar as palavras furiosas de Clô, mas se perdia no meio da frase e tombava, como morta, ao lado de seu corpo. Ele escutava tudo de cabeça baixa e ombros encolhidos, como um desses meninos gordinhos e desajeitados que se expõe ao massacre dos companheiros no recreio do colégio. Quando Clô finalmente ficou sem fôlego, ele disse com uma voz aflita:

– Eu não sabia que você estava lá.

Clô não disse nada, sentou furiosa numa poltrona e ficou ostensivamente olhando o rio.

– Era uma cerimônia oficial – explicou ele. – Eu estava representando...

– Chega – cortou ela com uma voz rascante –, não quero ouvir mais nada.

– Está bem – disse ele humilde –, está bem.

Mas não se moveu, continuou onde estava, olhando pateticamente para ela, até que Clô decidiu que era ela quem devia sair e levantou da poltrona.

– Olhe – disse ele –, eu amo você e não quero que a gente se separe assim.

Tirou um envelope comprido do bolso interno do casaco e o estendeu para ela.

– Eu consegui uma ordem do juiz para que você veja seus filhos – disse.

Clô olhou incrédula para ele. Todas as muralhas que sua raiva havia erguido caíram por terra, ela teve um riso curto e afogado, seus olhos se encheram de lágrimas e ela avançou ávida e apanhou o envelope.

– Meus filhos – disse –, meus filhos!

E começou a abrir o envelope soluçando, sem notar que pelos olhos espertos de Motta passava um brilho matreiro de caçador que finalmente consegue apanhar a caça na sua armadilha.

45.

Durante três dias Clô viveu feliz e luminosa como uma árvore de Natal à espera de presentes. O Brasil inteiro se afligia, sem saber como Jango chegaria à presidência, e ela só sabia se esperançar nas lojas, escolhendo brinquedos milagrosos. Quando seu irmão reapareceu, rancoroso e carrancudo, exigindo que ela cumprisse as promessas de abandonar Motta, Clô confessou:

– Enquanto eu não abraçar meus filhos, não posso fazer mais nada.

– Há milhões de crianças lá fora – rugiu ele, como se o calendário marcasse uma data anterior.

– Eu só tenho dois – respondeu Clô patética.

Foi Lotte, que tinha voltado da casa dos pais, quem lembrou a ela a idade das crianças. Clô por um momento ficou perplexa, mas logo riu despreocupada:

– O que eu quero é dar – disse. – Não importa o que aconteça depois. Por mim, eles podem quebrar tudo.

Na noite anterior ao encontro não conseguiu dormir. Abriu os pacotes, examinou mil vezes cada brinquedo, refez continuamente os laços e as fitas e, quando Motta chegou pela manhã, ela ainda estava penteando o cabelo teimoso de uma boneca.

– Meu Deus – disse ele –, eles vão ter brinquedos para os próximos dez anos...

Ela riu contente e o beijou agradecida.

– Você nem imagina a alegria que está me dando – disse.

Motta se manteve num silêncio cheio de modéstia e a abraçou ternamente. A partir do momento em que Clô apanhou a ordem do juiz, todas as suas faltas tinham sido perdoadas. Clô foi generosa com ele, fingiu um novo e demorado ardor e encheu as horas com promessas de paciência e dedicação. Não mencionou, no entanto, nem seu reencontro com Rafael, nem seus dias no Palácio Piratini e no comitê de alistamento.

Motta facilitou seu esquecimento, propondo um engano que ela aceitou prontamente.

— Você não deveria ter ido ao Palácio com seu irmão — disse ele — sem me consultar.

Clô se desculpou e a Legalidade foi encerrada entre os dois. Só a maleta, com seus saquinhos de plástico, cheios de um pó branco, continuou esquecida no fundo do guarda-roupa e não foi lembrada por nenhum dos dois.

— Acho — disse ele — que devemos esquecer essa semana de loucuras.

O esquecimento de Clô foi tão grande que só quando cruzaram a ponte sobre o Jacuí foi que ela se deu conta de que era 7 de setembro.

— Eu e o Jango — disse rindo — jamais vamos nos esquecer deste dia.

Correnteza não parecia dar a mesma importância à data. Na entrada da cidade havia ainda as marcas das trincheiras apressadas e a incerteza nacional dava ao feriado uma solidão de Dia de Finados. O carro de Motta contornou lentamente a praça e, durante um minuto, a dor das lembranças sufocou a alegria de Clô.

— Meu Deus — ela gemeu —, parece que foi ontem.

A visita aos filhos seria na casa da mãe de Pedro Ramão, mas, por exigências dele, estava cercada de cautelas e formalidades. Ele estaria prudentemente na estância, mas Clô não poderia visitar os filhos em companhia de nenhum homem.

— Mas eu sou apenas seu advogado — mentiu Motta.

Kalif, no entanto, foi incisivo.

— Nenhum homem!

Ficou acertado, então, que o carro estacionaria a dez metros da casa e que Clô desceria dele sozinha e desacompanhada e caminharia até o portão, onde seria recebida pelo advogado de Pedro Ramão. Um dia antes, depois de uma longa batalha telefônica, Kalif concordou que seu cliente emprestaria dois peões para carregar os presentes.

— Mas — avisou Kalif — a mãe das crianças está proibida de dirigir a palavra a qualquer um deles.

Clô ouviu incrédula as instruções repetidas por Motta, riu, pensando que fosse uma brincadeira, mas ele permaneceu absolutamente sério e preocupado com elas.

– Se o juiz decidiu que vai ser assim – disse –, é assim que tem que ser feito.

– Mas é ridículo – protestou Clô.

– Filha – respondeu pacientemente Motta –, os desquites são sempre ridículos.

Por isso, ele estacionou o carro religiosamente no ponto combinado, que Pedro Ramão havia mandado assinalar com uma faixa branca na calçada. Em seguida, buzinou compenetrado três vezes e imediatamente a cabeça de Kalif apontou no portão.

– Bem – disse Motta aliviado –, até aqui tudo bem.

Kalif olhou vagarosamente para os dois lados e depois acenou para o carro.

– Boa sorte – disse Motta.

O coração de Clô disparou, ela precisou respirar fundo várias vezes para se recompor e, finalmente, ter forças para abrir a porta e descer do carro. Então, com as pernas ainda fracas, ergueu a cabeça e se forçou a caminhar altiva e desafiadoramente para a casa. Quando chegou ao portão, Kalif lhe deu um seco bom-dia e indicou os dois peões que estavam atrás dele.

– Eles vão buscar os presentes – disse.

– Por favor – sussurrou Clô com uma voz sumida que não conseguiu controlar.

Em seguida, como se estivesse tratando com uma pessoa estranha, Kalif indicou cerimoniosamente o caminho e conduziu Clô até a porta de entrada. Ali, limpou a garganta e lhe disse, com um indisfarçável tom de advertência:

– Quero lembrar que, de acordo com a decisão do juiz, a senhora tem apenas uma hora para ver seus filhos.

Ergueu o braço e olhou ostensivamente para o relógio e acrescentou:

– A partir de agora.

Em seguida, bateu três vezes na porta. Por um momento Clô teve medo. Teve uma fugidia impressão de que Pedro Ramão, rompendo o acordo judicial, abriria a porta e se lançaria sobre ela. Chegou a recuar um passo, mas, quando a porta se abriu, quem apareceu foi Lídia, a empregada de dona Marinez. Kalif lhe pediu que entrasse com um gesto de exagerada cortesia e disse:

– Eu lhe aviso quando faltarem cinco minutos.

– Obrigada – respondeu Clô.

Entrou e foi como se tivesse acabado de sair. A sala continuava a mesma, pesada e escura, com os retratos funebremente retocados dos antepassados de Pedro Ramão olhando para o vazio. A empregada, sem olhar uma só vez para ela, se curvou rapidamente e saiu, enquanto Kalif fechava a porta. Dona Marinez veio então dos fundos da casa, ainda mais encolhida e transparente do que há três anos, e parou na entrada da sala.

– As crianças estão prontas – disse com uma voz apagada e sem erguer a cabeça.

– Por favor – disse Kalif afetadamente –, pode trazê-las.

– Sim, senhor – balbuciou a outra.

Deu meia-volta e saiu, leve e imaterial, como se seus pés não tocassem o chão. Por um instante, o tempo pareceu parar. Clô olhou desesperada para Kalif em busca de uma palavra qualquer que confirmasse a sua presença, mas o advogado parecia fazer parte da mobília. Então uma porta rangeu, triste e dolorida, nas traseiras da casa e a voz agoniada de Marinez chiou as últimas e rápidas recomendações. Pouco depois ela apareceu, trazendo duas crianças assustadas pela mão, que se apertavam trôpegas de encontro a suas pernas. Clô olhou aqueles dois pequenos estranhos que avançavam constrangidos para ela, conteve um enorme, selvagem e desesperado grito de dor que se formava dentro dela e se ajoelhou de braços abertos, enquanto sentia se despedaçar em lágrimas e soluços.

46. Por um momento pareceu que o milagre aconteceria, que as crianças se despegariam das mãos de Marinez e se jogariam nos braços abertos da mãe. Mas, no momento em que Clô começou a chorar, os pequenos se encolheram, Manoel rompeu num pranto agudo e incontrolável e Joana se arrancou da mão da avó e correu para os fundos da casa. Clô, agoniada, chamou pela filha, mas só conseguiu amendrontar ainda mais o menino, que se pôs a gritar e a puxar desesperadamente a avó para fora dali. Então Kalif, que assistia atarantado à cena, também perdeu a cabeça e berrou:

– Pelo amor de Deus, levem essa criança daqui.

Apanhou energicamente Marinez pelo braço e a conduziu para fora da sala, com o pequeno Manoel a reboque, chamando em prantos pela babá. Clô ficou sozinha e esquecida na sala, onde, ainda ajoelhada no chão, ficou subitamente seca de todas as suas lágrimas. Ela sacudiu a cabeça, como se quisesse afastar as imagens de tudo a que tinha assistido, se ergueu vagarosamente, abriu a porta e saiu, como se caminhasse dentro de um nevoeiro. Quando Motta a viu sair do portão, bem antes do tempo marcado, foi preocupado ao seu encontro.

– Então – perguntou –, o que houve?

Clô ergueu a cabeça, olhou sem expressão para ele e respondeu:

– Estraguei tudo.

Ele então a apanhou carinhosamente pela mão e a conduziu para o carro, como se Clô fosse uma criança indefesa. Estava fechando a porta do carro, quando Kalif apareceu no portão e disse dramaticamente:

– Doutor, a justiça de Deus está acima da justiça dos homens.

– Não seja imbecil – respondeu Motta furioso, entrando no carro.

Durante toda a viagem de volta, Clô não disse palavra. Motta por várias vezes perguntou o que tinha acontecido, mas ela se limitava a balançar a cabeça e não respondia nada. Quando chegaram ao apartamento, ela foi para a sacada, sentou no chão e ficou olhando o rio até o anoitecer, enquanto Motta só atinava dizer:

– Você precisa reagir, filha, você precisa reagir.

Às nove horas ela se ergueu, recusou o jantar e foi para o quarto, onde ficou deitada, voltada para a parede e de olhos abertos, até a meia-noite, quando Motta se desesperou.

– Vou chamar um médico – disse.

Então, por um instante, ela pareceu despertar, olhou para ele e disse:

– Não é preciso, eu estou bem.

Motta então não insistiu, sentou aos pés da cama e ficou velando em silêncio, até que Clô finalmente adormeceu. Durante dois dias ela se moveu como uma sonâmbula pelo apartamento. Mal tocava na comida e passava horas inteiras sentada na sacada e olhando para além do rio, como se houvesse um país miraculoso além das colinas azuis que recortavam o horizonte. Motta respeitou a sua dor, mas no terceiro dia sugeriu que ela visitasse a família:

– Talvez – disse – uma conversa com sua avó fizesse bem a você.

– É – concordou Clô sem entusiasmo –, talvez.

Mas adiou a visita por dois dias, até que ele insistiu e ela se deixou levar passivamente para a casa de sua mãe. Quando ela chegou, no entanto, apenas sua avó estava em casa. Ela abriu a porta, olhou duramente para Clô e disse para Motta:

– Ela vai ficar uns dias aqui comigo.

– Sim, senhora – respondeu Motta intimidado e bateu em retirada.

A velha fechou a porta com a ponta da bengala e resmungou:

– Não posso dizer que goste dos homens que você arranja, menina.

Depois deu as costas e foi para a cozinha. Clô ficou por um momento na pequena sala e depois foi atrás da avó.

– Donata foi à igreja – disse a velha. – Desde que Afonsinho resolveu se tornar revolucionário que ela cravou as unhas em Deus e não o solta mais.

Teve um de seus risos secos e irônicos e acrescentou:

– Italianas, terminam sempre na igreja.

Aí tapou a panela onde fervia a sopa, se voltou e encarou a neta.

– Você não me parece bem – disse.

– Eu morri – respondeu Clô.

E se deixou cair desamparada numa cadeira. Mas não houve o menor traço de simpatia no rosto da avó. Muito pelo contrário, os olhos se apertaram e sua face, por um segundo, se endureceu.

– O que você esperava? – perguntou.

Clô encolheu os ombros e não respondeu nada.

– O que você esperava? – tornou a perguntar a avó. – Que dois bichinhos que recém saíram das fraldas se lembrassem de você?

– Quem foi que lhe contou o que aconteceu?

A velha bateu irritada com a bengala nos ladrilhos da cozinha.

– Ninguém me contou coisa alguma – disse. – Quando Motta avisou sua mãe que você iria visitar os filhos, eu já sabia como isso iria terminar.

Clô abanou a cabeça desconsolada.
– Pensei que mãe fosse...
– Inesquecível?
A avó riu amargamente.
– Esse foi um dos melhores truques que os homens inventaram – disse.
Deu meia dúzia de passos irritados pela cozinha.
– Mãe inesquecível, mãe exemplar, mãe incomparável, amor materno.
Espetou a bengala na direção de Clô.
– Ponha um macho a chocar os filhotes, noite e dia ao lado deles, e você vai ver o que é amor materno.
Teve outro de seus risos, se voltou e foi para o fogão. Destapou a panela, aspirou com prazer o aroma da sopa e disse, sem se voltar:
– Depois, menina, você não foi uma mãe exemplar para aquele pobre bichinho, não é verdade?
Tampou ruidosamente a panela, como se quisesse abafar qualquer resposta, se virou e caminhou até a neta.
– Eu lhe disse que seria uma longa guerra, não disse?
Clô concordou tristemente.
– Bem – disse a velha –, você só perdeu mais uma batalha.
Olhou por um momento para fora e continuou, agora como se falasse consigo mesma.
– Nossa família não anda propriamente numa maré de sorte, não é mesmo?
Passou ternamente a mão pelos cabelos de Clô.
– Há uma coisa que você deve saber sobre filhos – disse.
Ergueu o queixo da neta, até que seus olhos encontrassem os dela.
– Há pessoas que pomos no mundo – disse. – Levam o nosso nome, às vezes têm até a nossa cara, mas não têm o nosso coração.
Fez uma pausa e seus duros olhos se adoçaram, enquanto sua mão corria suavemente pelo rosto da neta.
– E há filhos – disse – que às vezes nem levam o nosso nome e tampouco têm a nossa cara, mas que são inteiros o nosso coração.
Se curvou ligeiramente, beijou com carinho a neta e completou:

— Esses, minha animalzinha, podem se perder, podem se extraviar, que voltam sempre. São os nossos filhos.

Sorriu e apertou a cabeça da neta de encontro ao seu corpo. Quinze anos depois, num dia de Natal, Clô se lembraria das palavras de sua avó.

47. Clô viveu com sua família durante uma semana. À exceção da avó, que parecia um rochedo no meio da corrente do tempo, os demais haviam se tornado pessoas estranhas para ela. Afonsinho agora vivia com os bolsos cheios de pequenos livros e panfletos, e falava como se tivesse acabado de descobrir a solução para os problemas do mundo.

— Felicidade – dizia – é um sonho pequeno-burguês.

Ouviu a história da visita de Clô a seus filhos, frio e imperturbável como se estivesse examinando um acontecimento distante.

— Teus filhos – disse – pertencem ao sistema.

Olhou gravemente para a irmã, que ouvia a declaração espantada, e acrescentou, como se fosse um grande consolo:

— Mas não se preocupe, quando fizermos a reforma agrária e dividirmos a Estância Santa Emiliana, eles serão bons camponeses.

Donata se afligia com as palavras do filho. Ouvia Afonsinho cheia de medo e depois corria para explicar o que estava acontecendo:

— É o materialismo dos tempos modernos – dizia.

Então, invariavelmente, quando a discussão chegava a esse ponto, a avó se irritava, batia com a bengala no assoalho e dizia:

— Me respeitem!

Afonsinho voltava imediatamente a ser o neto bem-comportado, erguia as mãos e dizia:

— Está bem, vó, está bem.

Donata permanecia em silêncio mas sacudia inconformada a cabeça. À noite, quando Clô se enrodilhava aos pés da avó, a velha desabafava:

— São dois chatos, menina, dois chatos.

Seguidamente Donata e Afonsinho se trancavam na cozinha e passavam horas inteiras tentando diálogos impossíveis.

— Tu precisas de Deus – dizia Donata para o filho

– Deus é uma invenção burguesa – respondia ele.

Ou então, os papéis se invertiam.

– Só a revolução vai nos salvar – dizia ele.

– Feita por Deus no coração de todos nós – respondia ela.

A avó batia impaciente com a bengala no chão e então as vozes sumiam. Mas um minuto depois recomeçavam a sussurrar, até que novamente se transformavam em berros.

– Não estamos morrendo – dizia amargurada a avó –, estamos nos esboroando.

Aí erguia os olhos para cima, como se estivesse fazendo um pedido, e acrescentava:

– Se ao menos um dos dois casasse!

Clô ria porque o súbito misticismo de sua mãe já estava lhe dando um ar inconfundível de freira. Ela caminhava de cabeça baixa com passinhos apressados de noviça. Era impossível imaginar Donata em companhia masculina. Quando Clô, brincando, perguntou se a mãe não estava pensando em casar novamente, ela respondeu furiosa mas cheia de orgulho:

– Sou mulher de um homem só!

Logo em seguida percebeu que estava indiretamente censurando a filha, ficou perturbada, mas nem por isso pediu desculpas. Quanto a Afonsinho, aparecia em casa com moças angulosas e agressivas, que na primeira oportunidade se punham a falar pelos cotovelos, metralhando os presentes com todos os chavões revolucionários da época. A avó procurava sempre fugir desses encontros, mas quando eles se tornavam inevitáveis, desligava a sua atenção, ouvia tudo com um sorriso distante e, de repente, dizia com uma alegre ingenuidade:

– Esta minha surdez está cada vez pior.

Era o sinal para que Afonsinho mudasse apressadamente de assunto. Clô se admirava da paciência da velha, mas a avó explicava:

– O Afonsinho está na fase caridosa. Se você tocar num fio de cabelo de uma dessas medonhas que aparecem por aqui, ele, para provar sua crença revolucionária, casa com ela.

Aí tomava um ar matreiro, piscava um olho moleque para Clô e ajuntava:

– Em compensação, cada vez que eu elogio uma dessas tortas, ela some daqui.

Mas eram batalhas sem causa. A família parecia estar de malas prontas para embarcar no dia seguinte para destinos diversos. Nos últimos dias de sua visita, Clô dava longos passeios pela Tristeza e pela Vila Conceição e na volta, quando a casa de sua mãe surgia por entre as árvores, olhava preocupada para a janela do quarto de cima.

– Quem vai cuidar da avó? – se perguntava.

Clô se descobria dolorosamente impotente para resolver os problemas de sua família. Era como se estivesse assistindo a um desastre, de um lugar muito distante, de onde fosse impossível interferir. Na última noite em que sentou aos pés de sua avó, ela deixou escapar essa preocupação com o futuro:

– Se Afonsinho se for – perguntou –, o que será de vocês?

– Nós nos arranjamos – respondeu a avó.

– E se acontecer alguma coisa com a mãe?

Num segundo os dedos fortes da velha se cravaram no seu ombro e a obrigaram a se voltar até encarar a avó.

– Não seja idiota – lhe disse ela. – Vá cuidar da sua vida.

Deu um pequeno repelão para afastar a neta, mas Clô tornou a voltar para junto dela.

– Posso abrir um negócio – insistiu.

– Vamos mudar de assunto – propôs a avó.

– Posso ficar rica outra vez – teimou a neta.

– Acorde – rosnou a avó.

Mas Clô havia disparado a sua imaginação e não conseguia conter os seus sonhos. Se pôs de pé entusiasmada.

– Posso comprar uma casa – disse. – O dobro dessa.

– Para quê? – quis saber a avó.

– Para você vir morar comigo – respondeu Clô se abraçando com ela.

Mas a avó afastou seus braços e se ergueu da cadeira como se tivesse sido ofendida.

– O que foi? – perguntou Clô, surpresa com a reação.

A velha não respondeu, deu as costas e caminhou até a janela.

– Você não gostaria de morar comigo? – perguntou Clô.

– Não – respondeu duramente a avó.

Clô estava incrédula e magoada. Foi até a janela e tocou carinhosamente nos ombros curvados da avó, como se fosse abraçar a velha.

– Pensei – se queixou – que você gostasse de mim.

Então a velha se voltou e abraçou a neta. Ficaram as duas assim enlaçadas por longo tempo até que a avó afastou suavemente a neta e, segurando seu rosto entre as suas mãos, disse:

– Minha animalzinha, não ponha esses sonhos na sua cabecinha. Você é apenas uma sobrevivente. Não tem forças para salvar mais ninguém.

– Eu queria tanto ajudar você – disse Clô.

– Se salve – disse a avó – e você estará me ajudando.

Depois mudou de assunto, começou a contar a história de uma das espinhosas namoradas de Afonsinho, mas nem assim conseguiu desviar a atenção de Clô. No dia seguinte, quando Motta veio buscá-la, ela, antes de entrar no carro, se voltou subitamente e ficou olhando a casa.

– Sua avó não está na janela – avisou ele, entendendo mal seu gesto.

Mas Clô não se moveu. Ele então saiu do carro preocupado.

– Algum problema? – perguntou.

Então Clô pareceu acordar, olhou para ele e respondeu com uma voz seca e dura.

– Não, nenhum problema.

Mas, no fim da rua, se voltou e olhou para a casa que parecia afundar lentamente nas árvores da calçada e decidiu:

– Vou ficar rica.

Ergueu a cabeça e olhou desafiadoramente para a cidade que se aproximava.

48.

Durante três meses Clô tentou voltar à rotina de sua vida com Motta. Refez compromissos, reatou amizades e retornou às aulas de inglês, com uma dedicação de principiante. Mas os acontecimentos políticos e sua desastrosa visita aos seus filhos haviam rompido irremediavelmente as cadeias que a mantinham presa aos velhos hábitos.

– Nunca sei – ela confessou para Nívea – se quero me esquecer ou se quero me lembrar de tudo o que passou.

Para ela, hoje era como se fosse sempre o dia seguinte. Ela se sentia extraviada no tempo e, na maioria das vezes, tinha a impressão de estar apenas assistindo aos outros viverem suas vidas.

— Se chamarem por mim — disse a sua avó —, sou capaz de não atender.

Quando Luís Gustavo voltou para buscar a sua maleta e anunciou, dramaticamente, que os pacotinhos estavam cheios de cocaína, Clô continuou olhando tão impassivelmente para ele que o outro perguntou se ela sabia o que era.

— Claro — respondeu Clô.

— Cocaína — insistiu Luís Gustavo —, cocaína.

— Por mim — respondeu Clô —, podia ser até sal de fruta.

Ele olhou curioso para ela, depois apanhou um pacotinho, sacudiu divertido diante de seus olhos e disse:

— Sabe, eu acho que você precisa de uma dose.

— Não — respondeu secamente Clô —, eu não preciso dormir, preciso acordar.

Motta, quando soube, deu uma risada, mas Clô falava sério. Mesmo com ele os dias corriam iguais e nem um só milagre acontecia. Ela continuava fingindo e ele continuava acreditando, embora já não se julgasse o melhor amante do mundo.

— Talvez o nosso amor — dizia recostado no travesseiro — seja algo mais profundo.

Mas não falava mais em se separar da esposa, nem nos negócios que tinham em comum. Agora, pelo contrário, freqüentemente se despedia falando nela com muita naturalidade.

— Amanhã — dizia —, tenho que ir a um jantar com a Rosângela.

Ou então, ao descobrir um novo objeto na decoração do apartamento, comentava:

— Rosângela queria comprar um igual.

De início Clô reagiu furiosa a essas menções. Jogava o que tinha nas mãos contra a parede e saía do apartamento, batendo escandalosamente com os saltos. Depois, passou a pedir, com a voz exageradamente controlada:

— Por favor, não me fale nesta senhora.

Mas dois meses depois não reagia mais. Às vezes até ela mesma se surpreendia, perguntando com uma voz neutra e sem o menor traço de rancor:

— Você vai sair com a Rosângela?

Sua vida com Motta, no entanto, não estava se acomodando na mornidão das ligações formais, mas começava a estalar como uma cadeira desengonçada. Ela passou a fingir dores de cabeça, deitava na cama e tomava ostensivamente duas aspirinas. Depois, dizia com uma voz sem esperança:

– Me encho dessas porcarias e a cabeça continua doendo.

Sua mesada, que Motta lhe dava semanalmente com o ar bonachão de pai compreensivo, começou a se tornar insuficiente.

– Não sei aonde o dinheiro vai – dizia como se fosse uma esposa preocupada de classe média.

– Os tempos não andam bons – se queixava Motta. – A inflação está aumentando.

Mas terminava sempre por estender resignadamente os cheques. Quando Clô declarou que pretendia trabalhar, ele achou que se tratava de um novo pedido de aumento e imediatamente engordou a mesada semanal.

– Mas eu quero um emprego – disse Clô.

– Você não precisa de emprego – respondeu ele. – Vai ser minha sócia.

Clô riu, mas ele lhe deu uns tapinhas solenes no joelho e reiterou:

– Não estou brincando, você vai ver.

Durante alguns dias suas visitas se transformaram em pequenas conferências sobre a situação econômica do país. Ele falava entusiasmado da retomada do desenvolvimento, elogiava o talento político de Brochado da Rocha e fazia alarde de suas esperanças no parlamentarismo capenga e apressado que tinha sido imposto.

– Tudo indica – dizia com a gravidade de um político veterano – que estamos entrando numa nova era de prosperidade.

Tanto bateu na mesma tecla, que Clô terminou interessada pelo problema. Se forçava a ler os jornais e, nos jantares, acompanhava atenta as discussões masculinas. Então, como tinha vindo, a maré dos negócios se foi. Um dia, quando Clô comentou a inflação, Motta deu uma risada e disse:

– Pelo amor de Deus, minha querida, esquece a inflação.

Clô ainda insistiu, pensou que sua resposta tinha sido uma espécie de teste para seus conhecimentos, mostrou com orgulho o pouco que sabia, mas ele cortou suas boas intenções com um gesto definitivo.

– Eu não venho até aqui para tratar de negócios – disse.

Um segundo depois se arrependeu, brincou com ela, se fingiu de espantado com a sua aplicação e tentou atenuar sua rispidez anterior com uma desculpa:

— Ando de cabeça cheia, meu bem.

Até então Clô não se preocupava com os negócios de Motta. Sabia que ele era advogado, mas já tinha percebido que a maioria dos seus interesses andava longe dos tribunais. No entanto, jamais havia tentado saber mais do que ele lhe permitia. Mas a partir do momento em que Motta encerrou o assunto, ela passou a se preocupar com ele. Tentou primeiro apanhá-lo com pequenas e inocentes armadilhas.

— O que você faz? — perguntava com uma voz ingênua.

— Advogado, meu bem — respondia Motta, com essa voz que os pais usam no café-da-manhã, para acalmar a curiosidade dos filhos.

Mas quando Clô espiava seus olhos, eles estavam nervosos e alertas. Ela então se voltou para Nívea, e a reação da amiga foi bem pior. Ela gaguejou, falou também em advocacia e acrescentou apressadamente:

— E outras coisas por aí.

Não quis, no entanto, ir além. Luís Gustavo foi o mais rude dos três. Quando Clô se fingiu de mulher curiosa e perguntou o que Motta fazia afinal, ele cuspiu toda a gentileza passada e disse taxativamente:

— Não é da sua conta.

Foi o próprio irmão de Clô, num passeio que deram juntos pelas preguiçosas ruas da Tristeza, que lhe contou a verdade. Ela estava lhe dizendo que tentava descobrir o que Motta fazia, quando Afonsinho parou e se voltou para ela muito surpreendido:

— Meu Deus — disse ele —, você não sabe?

— Não — confessou Clô —, não sei.

Ele fez uma pequena pausa, olhou diretamente nos olhos dela e disse sem a menor piedade.

— Ele é um agiota.

Clô olhou incrédula para o irmão, porque ela não via como pôr garras avarentas nas mãos fofas e feminis do seu amante. Afonsinho pensou que ela não tinha entendido bem e repetiu:

— É, é um agiota.

Clô abriu e fechou a boca sem dizer nada até que finalmente se dobrou numa gargalhada. Afonsinho ficou espantado com a reação da irmã.

– Ei – perguntou –, qual é a graça?

Clô se conteve, agitou a mão no ar como a dizer que ele não entenderia e disse, mais para si do que para ele:

– Nunca imaginei que nós dois estávamos fingindo.

E ficou séria e deprimida, porque percebeu naquele momento que era impossível manter a trapaça e que não sabia o que fazer para escapar dela.

49. Horas depois de saber que Motta era um agiota, Clô olhava para ele mais curiosa do que espantada. Ela não conseguia imaginar o homem que estava na sua frente cobrando juros implacáveis com sua voz suave e seus modos tranqüilos. Motta parecia mais um devedor envergonhado por não ter pagado em dia as prestações do que o cobrador desumano que Afonsinho havia lhe dito que era.

– Meu Deus – pensou –, somos todos uns farsantes.

Pensou imediatamente se ele reagiria com a mesma calma que ela possuía se soubesse de suas mentiras. Sua curiosidade era tão visível, que Motta parou de comer o seu pudim, ergueu os olhos para ela e perguntou o que havia.

– Nada – respondeu Clô, desviando os olhos, como se tivesse medo de que ele lesse seus pensamentos.

Ele ainda tentou voltar a sua sobremesa, mas a resposta tinha sido tão evasiva que ele largou a colher e armou o seu sorriso de confessor compreensivo.

– Vamos lá – disse –, o que foi que lhe contaram de mim?

Clô riu, tentou repetir a negativa, mas ele repetiu a pergunta. Ela então tentou escapar com uma brincadeira.

– Me contaram – disse – do que houve entre você e a Nívea.

Antes que concluísse a brincadeira já se enchia de espanto porque, após uma pequena pausa, Motta transformou o seu verde inocente num maduro extremamente culpado.

– Ora – disse –, isso foi há muito tempo.

De repente, toda a segurança que, apesar de tudo, Motta ainda lhe dava, fugiu de dentro dela. Clô ficou olhando espantada para ele por um momento, depois tentou rir, mas não conseguiu porque o mundo inteiro parecia trancado na sua garganta. Ela então levantou da mesa subitamente sufocada e foi até a janela. Só depois de respirar fundo por duas vezes que conseguiu recuperar a voz.

– É incrível – repetiu –, é incrível!

Motta, no entanto, tinha voltado imperturbável para o seu pudim. Ele era um obsessivo devorador de doces. Quando jantavam fora, se sentia envergonhado pela sua fraqueza, recusava a sobremesa, mas mal se via em casa e se jogava sobre compotas e pudins com uma gula doentia. No entanto, quando estava tranqüilo, comia vagarosa e requintadamente, como naquele momento, saboreando cada um dos bocados que punha na boca.

– Mas que pombas – Clô conseguiu dizer finalmente –, por que você não me contou?

– Você não teria entendido – respondeu ele, encolhendo os ombros.

Desta vez, entretanto, sua tranqüilidade não conseguiu aquietar Clô. Ela se pôs a andar furiosa pelo apartamento, recordando em voz alta todas as suas mentiras passadas.

– Você disse que nem sabia quem ela era. Ainda tive que repetir o nome da Nívea duas vezes.

Repentinamente, ela começou a rir da própria ingenuidade.

– Mas que droga – disse sem raiva –, eu apresentei a Nívea a você.

Naquele momento, ela descobriu que não tinha apenas sido enganada por ele, porque a farsa exigia pelo menos dois atores. Seu riso terminou abruptamente, seus olhos faiscaram e ela explodiu:

– Aquela cadela!

Motta tinha terminado a primeira fatia de pudim e cortava compenetrado a segunda, como se ela devesse ter uma medida exata.

– O que houve entre nós – disse ele, sem olhar para ela e fazendo a fatia deslizar pata o seu prato – não foi nada sério.

Clô não conseguiu conter o palavrão que apanhou Motta desprevenido.

– Minha nossa – comentou ele, sem alterar a voz –, você parece realmente zangada.

Clô varreu o pudim da mesa. O prato foi jogado longe, se despedaçou estrondosamente ao bater no chão e o doce, ainda inteiro, deslizou pelo assoalho e se desfez de encontro à parede. Motta ficou pregado na cadeira. Seu rosto se transformou numa máscara leitosa e ele teve que se apoiar fortemente na mesa para esconder o tremor de suas mãos. Ficou um instante assim, até que recuperou o domínio e encarou Clô.

– Nunca mais faça isso – sibilou com uma voz inesperadamente nova e áspera, que ela jamais tinha ouvido antes.

– E se eu fizer? – desafiou Clô.

Ele baixou a cabeça, forçou os lábios numa espécie de sorriso e tornou a encarar Clô. Seus olhos de anjinho de gravura se apertaram até ficarem transformados numa fresta perversa e ele disse:

– Eu te rebento a cara.

Clô não sentiu medo dele como tinha sentido de Pedro Ramão. Ela pôs as mãos na cintura, ergueu a cabeça e desafiou:

– Tente!

Motta sorriu com superioridade, retirou o guardanapo de seu colo, o dobrou cuidadosamente e o colocou em cima da mesa. Em seguida afastou a cadeira, se ergueu e, apontando o prato de sobremesa, lhe disse com uma voz sibilante e cheia de ameaças:

– Tente você, minha querida!

Ele estava concluindo a frase quando a mão de Clô, como uma lâmina, cruzou o tampo da mesa e lançou longe o pequeno prato de sobremesa, salpicando o casaco de Motta com pequenas e brilhantes gotas de calda. Apanhado de surpresa, ele não conseguiu deter o recuo instintivo. Mas seu gesto de defesa, como ele próprio, saiu pesado e deselegante. Quando ele tentou se recompor, já estava irremediavelmente desequilibrado, bamboleando como um urso desajeitado.

– Balofo – cuspiu Clô com raiva –, balofo de droga!

Motta então se descompôs totalmente. Seu branco ficou transparente, as mãos tremeram descontroladas, de repente muito pequenas e frágeis de encontro ao corpo gordo, e somente os olhos, pequenos e pérfidos como olhinhos de cobra, ficaram acesos, enquanto todo ele se descobria.

– Meu Deus – pensou Clô, fria como se estivesse assistindo à cena à distância –, ele é um covarde.

Motta deu uma meia-volta atabalhoada, se chocou com a cadeira, perdeu o rumo, bateu de encontro à parede e saiu aos trambolhões. Clô ainda estava presa ao chão de espanto, pelo desfecho da discussão, quando a porta tornou a se abrir e Motta gritou com uma voz trêmula:

– Saia do meu apartamento, sua vagabunda.

Terminou de falar e bateu apressadamente a porta, como se Clô tivesse saltado sobre ele.

– Poltrão – ela gritou.

Mas a sua raiva já tinha se ido. Ela chutou um caco que estava no caminho e deu alguns passos incertos pelo apartamento, até parar diante de uma fotografia sorridente de Motta.

– Que beleza – ela disse como se estivesse falando com ele –, além de covarde, agiota.

Então atirou o porta-retratos contra a parede. Quando se voltou, Lotte estava imóvel na porta da cozinha.

– O que está esperando? – perguntou Clô de maus modos.
– Uma ordem por escrito? Limpe tudo isso.

Lotte mastigou um sim-senhora e sumiu na cozinha.

– Com toda certeza – pensou Clô –, essa imbecil também foi empregada da Nívea.

Então se sentiu subitamente suja e decidiu tomar um banho. Quando entrou no quarto, viu sua imagem refletida no espelho do guarda-roupa e caminhou vagarosamente até ela. Ficou se examinando por um momento e então sacudiu a cabeça e disse em voz alta, como se estivesse falando com outra pessoa:

– Meu Deus, Clô, os homens que você arranja!...

E começou a rir em companhia da imagem no espelho, até que seu riso perdeu a alegria e ela se olhou, como se do seu reflexo pudesse vir uma solução.

50. No dia seguinte, quando Clô acordou, Nívea já estava a sua espera. Lotte lhe trouxe a notícia como café-da-manhã, tendo o cuidado de se manter ao lado da porta. O primeiro impulso de Clô foi de rir, mas, para seu próprio espanto, ela se ouviu dizer com uma voz dura para a empregada:

– Ela que me espere.

Nívea parecia realmente uma colegial à espera da professora. Quando Clô entrou na sala, ela se ergueu prontamente e, antes mesmo de dar o bom dia, disse:

– Eu preciso falar com você.

Já não era a alegre e irresponsável desquitada de sempre, mas uma mulher opaca e encolhida que, contra a sua vontade, cumpria uma missão que tinham lhe dado.

– Meu Deus – pensou Clô –, é assim que a gente termina.

Mas, inexplicavelmente, não sentiu pena da outra. Tratou Nívea asperamente, forçou ainda mais a sua humilhação e, por fim, disse:

– Muito bem, vamos ver o que a primeira vagabunda do Motta tem a dizer.

Nívea não recusou a palavra, se curvou ainda mais e disse que a culpa era dela.

– Fui eu – choramingou – quem pediu que ele não contasse nada a você.

Clô teve uma imensa raiva dela. Queria que Nívea se recusasse à mentira, que a enfrentasse de mulher para mulher e que se negasse àquele jogo torpe que Motta havia preparado para ela.

– Ele te ama – dizia a outra com voz lacrimosa.
– Quanto ele te paga? – perguntou Clô inesperadamente.
– O apartamento – confessou docilmente Nívea.
– Que mais?
– Mais algumas coisinhas.

Fez uma pausa, desviou os olhos do olhar impiedoso de Clô e explicou, como quem pede desculpas:

– Nós somos sócios.

Clô então se lembrou de Motta, sorridente diante dela, dizendo que brevemente seriam sócios.

– Sócios em quê? – perguntou.

Mas terminava aí a missão de Nívea. Ela encolheu os ombros, falou em coisas por aí e ficou olhando Clô, como se fosse obrigação dela aceitar as desculpas e dar o caso por encerrado. Ficaram as duas assim, em silêncio, por algum tempo, até que Nívea suspirou e disse:

– Que droga, menina, cada uma se defende como pode.

Deu as costas e saiu. Foi substituída no dia seguinte por Luís Gustavo, que já cruzou a porta berrando escandalizado:

– Ficaste louca, criatura? Não há outra explicação. Ficaste completamente louca.

Aí parou diante dela, insolente e atrevido, como se soubesse de todos os seus segredos.

– Teu pai era ótimo, maravilhoso, sensacional – disse. – Mas morreu falido, queridinha. E tu agora és um lixo.

Clô ergueu uns olhos ameaçadores para ele e Luís Gustavo, imediatamente, mudou de tom. Sentou a seu lado no sofá e começou a falar com a voz pegajosa de um conselheiro sentimental:

– A cena de ciúmes foi ótima, queridinha. Até eu já quebrei pratos, imagine. O Motta ficou em pânico. Mas agora, *c'est fini, it's over,* acabou. Pede um carro novo para ele e *addio.*

Não esperou pela resposta dela e, como Nívea, deu a entender que havia cumprido com a sua tarefa e saiu, atirando beijinhos para o ar e dizendo:

– *Love, love, love!*

Naquela noite Motta voltou. Clô abriu a porta já sabendo o que encontrar e lá estava ele, sorridente e fofo como sempre, como se nada tivesse acontecido.

– Me perdoe – disse com a sua melhor voz.

Estendeu as mãos, como se Clô estivesse pronta para se jogar em seus braços. Mas ela não se moveu, olhou para ele sem emoção e disse:

– Entra, Motta.

Mas mesmo que não tivesse dito nada, era evidente que ele se sentia como um vencedor. Para Motta, ela havia tido ciúmes dele, e toda a fúria de Clô só provava a sua imensa paixão. Motta entrou no apartamento como quem confirma um ato de posse. Até Lotte surgiu sorridente da cozinha e se postou ao lado da mesa, como se fosse a presidente da comissão de recepção.

– Bem-vindo, senhor – disse.

Motta, magnânimo e superior, lhe deu um tapinha afetuoso no ombro.

– Minha boa e fiel Lotte – disse.

E de repente Clô se sentiu uma mercadoria. Era a primeira vez que essa sensação a invadia e ela lutou contra ela. Mas todos os gestos de Motta eram de um comprador bem-sucedido, e Clô sentia que tanto Nívea quanto Luís Gustavo haviam participado da transação como diligentes intermediários.

– Ele acha – ela pensou – que chegou ao meu preço.

Teve um impulso de dar as costas a tudo e sair andando, mas uma estranha curiosidade a impediu.

– Meu Deus – ela pensou –, até onde será que ele vai?

Mas Motta, macio e afável, parecia não querer ir a lugar algum, porque ali mesmo estava o paraíso. Sentou no sofá, pediu que Clô sentasse a seu lado, confessou seus pecados, deu a entender que ela merecia uma casa e não um simples apartamento e, finalmente com o rosto iluminado, anunciou:

– Vou passar o Natal com você.

– Não – respondeu Clô sem pensar.

Ele se surpreendeu tanto que ela teve que inventar uma mentira apressada.

– É uma tradição de nossa família – explicou. – Passamos o Natal juntos.

E sabendo do medo que ele tinha de sua avó, acrescentou com uma candura postiça:

– A menos que você queira ir comigo.

Nem por isso teve um bom Natal. Donata foi à missa do galo com uma vizinha, Afonsinho tinha viajado para o Rio e a avó, diante da pequena árvore iluminada que a mãe havia montado na sala, confessou:

– Essas festas sempre me deprimem.

Mas minutos depois alongou o olhar para a neta, que estava mergulhada na luz das pequenas velas, e perguntou:

– Você anda adivinhando passarinho verde, menina?

Clô acordou, olhou para a avó, sacudiu a cabeça e respondeu:

– Não, verde não.

Segurou a mão da avó e as duas ficaram longo tempo em silêncio, olhando o pinheirinho iluminado, como se fossem meninas deslumbradas. Mesmo assim, quando a avó tornou a falar, era como se estivesse prosseguindo com o diálogo que havia sido interrompido.

– Há qualquer coisa – disse.

– É – concordou Clô.

– Como antes de uma trovoada – explicou a avó.

Clô concordou silenciosamente. A avó suspirou e passou a mão pelos cabelos dela.

– Sinto isso desde pequena – disse.

Deu umas palmadinhas afetuosas na cabeça da neta.

– Bem como você – acrescentou.

Aí se aquietou, tornou a se recostar na cadeira, mas pouco depois teve uma dúvida.

– Você também sente, não é verdade? – perguntou com voz aflita.

– Também – confirmou Clô –, também sinto.

– Oh, meu Deus – disse a velha.

E apertou Clô de encontro a si. E ficaram as duas em silêncio, olhando para as pequenas velas da árvore de Natal, tentando adivinhar os acontecimentos que o presente inexoravelmente gerava.

51. A volta de Motta manteve afastados Nívea e Luís Gustavo. Clô ficou novamente sem companhia, mas não reclamou dessa pequena solidão porque realmente precisava dela. Nos últimos dias de 61, 62 parecia, enganosamente, um ano cheio de promessas. As unhas nacionais haviam se recolhido e o país inteiro se mostrava sorridente e despreocupado. O Natal de Clô havia sido triste e solitário e ela pensou em reviver os *réveillons* agitados de sua infância, quando a casa de seu pai ficava repleta de alegres e ruidosos amigos e parentes. Mas, quando ela fez a sugestão para a família, Donata balançou a cabeça.

– O que passou, passou – disse.

Clô ainda insistiu, lembrou os bons amigos que restavam, mas só conseguiu arrancar uma gargalhada sarcástica de Afonsinho:

– Fique sabendo – disse seu irmão – que nenhum desses bons amigos quis me ajudar a conseguir um emprego depois que papai morreu. E quanto aos queridos parentes...

Cortou o ar com a mão.

– ... sumiram depois que souberam que papai só nos havia deixado um segurozinho.

Clô olhou para a mãe em busca de uma negativa, mas Donata suspirou e disse:

– Infelizmente é verdade.

– Olhe – disse Afonsinho –, acho melhor você pegar o seu agiota e se esbaldar por aí.

Então teve um riso cruel e deu uma palmada na testa como se tivesse lhe ocorrido uma grande idéia naquele exato momento:

– Oh, me desculpe. Eu esqueci que os homens casados passam o 31 com suas amadas esposas.

– Por favor – gemeu Donata –, não fale assim.

Mas a ferida já estava aberta. Clô tentou desfazer a humilhação que sentia com uma mentira:

– Fique sabendo – disse – que eu e o Motta vamos ao réveillon do Cotillon.

A mãe, para proteger a filha, imediatamente demonstrou um interesse que não tinha. Disse que as festas do Cotillon eram famosas, que Clô iria se divertir muito e que, se Alberto estivesse vivo, ela mesma faria questão de ir.

– Está bem – disse Afonsinho arrependido –, bom proveito.

Mas ninguém acreditou realmente na sua mentira. Quando ela se despediu, a avó lhe disse:

– Deixe de lado esse orgulho idiota e venha para cá.

Mas Clô se manteve teimosamente fiel a sua invenção. Sorriu e ameaçou puxar as orelhas da avó.

– Já lhe disse, minha cara senhora, que vamos ao Cotillon.

A avó lhe deu um rápido olhar cheio de curiosidade e lhe desejou feliz Ano-Novo numa voz opaca e sem esperança. Naquele mesmo dia, Nívea bateu timidamente na sua porta.

– Gosto de você – disse, justificando o seu retorno.

Clô inclinou silenciosamente a cabeça, mas manteve os olhos neutros e desconfiados.

– Onde você vai passar o fim de ano? – perguntou a outra.

– Ainda não sei – respondeu Clô.

Só então convidou Nívea para entrar. Ela agradeceu, sentou muito tensa numa poltrona, tentou sorrir e brincar como antes, mas percebeu que a confiança de Clô havia se rompido e desistiu. Fez uma pequena pausa, tomou coragem e disse:

– Não existe nada pior que o 31. No Natal, a gente sempre encontra companhia. Ou vai em casa. Mas no 31...

Aí, apesar do olhar de simpatia de Clô, ela desatou o nó do seu constrangimento e começou finalmente a falar como uma velha amiga:

– Olhe – disse –, eu já passei por isso antes. Com Motta, com vários outros. Trinta e um é da família. Nenhum deles aparece. Se você não inventa um programa, termina enlouquecendo dentro de um apartamento.

Fez uma nova pausa e, adivinhando que Clô estava pensando em Motta, acrescentou:

– Ele não vem. Se disse a você que vinha, mentiu. Ele não vem.

– Vou passar o 31 com minha família – mentiu Clô com uma tranqüilidade proposital.

– Está bem – disse Nívea –, não está mais aqui quem falou.

Mas sua voz mais aguda do que o normal provava que Clô não a tinha convencido. Na porta, depois de desejar feliz Ano-Novo, ela insistiu:

– Olhe – disse –, se você mudar de idéia, eu e uns amigos vamos comemorar na Hípica. Gostaríamos que você fosse com a gente.

– Sinto muito – teimou Clô, mas já tenho um compromisso com a minha mãe.

– Certo – disse Nívea –, certo.

E se despediu com os olhos cheios de pena, que Clô fez questão de interpretar mal.

– Hipócrita – resmungou fechando a porta –, droga de mulherzinha hipócrita.

Mas quando os primeiros risos subiram da noite e ecoaram no seu apartamento solitário, Clô imediatamente se lembrou dela. Lotte tinha saído para visitar os pais, o porteiro tinha vindo pateticamente desejar feliz Ano-Novo e no momento que ela saiu do quarto a alegria da cidade desabou sobre ela. Seu apartamento pareceu encolher, o quarto se tornou um nicho e a mesa posta unicamente para ela ficou absurda no meio da sala, como um capricho de solteirona. Clô apagou todas as luzes e foi para a sacada olhar a cidade, mas um minuto depois já estava de volta.

– Talvez – pensou – apareça alguém.

Tornou a acender as luzes e passeou inquieta pelo apartamento. Por várias vezes pensou em sair e ir para a casa de sua mãe, mas sempre o orgulho a deteve antes de chegar à porta. Às onze horas bebeu meio copo de uísque, para tomar coragem, e subiu humilde para o apartamento de Nívea, mas ninguém atendeu ao desespero de seus toques de campainha. Ela então desceu as escadas, arrasada e sofrida, degrau por degrau, enquanto o edifício todo, acima e abaixo dela, crepitava de risos e gritos de alegria.

– Oh, meu Deus – ela pediu –, me ajude.

De volta ao apartamento, se pôs a beber sofregamente, desejando se anestesiar o mais depressa possível. Mas o milagre do Ano-Novo persistia em arder dentro dela, mantinha seus olhos abertos e incendiava sua imaginação com fatos impossíveis.

– Luís Gustavo vem me buscar – se enganava ela.

Quando conseguia afastar uma ilusão, uma outra tomava imediatamente o seu lugar.

– Rafael vai vir para me desejar feliz Ano-Novo.

Sempre voltava, no entanto, à ilusão preferida.

– O Motta não vai me deixar sozinha.

Mas então sobre o seu desejo se sobrepunha a imagem dele, gordo e feliz, ao lado da esposa e dos filhos.

– Droga – ela dizia –, droga!

E tentava afastar com as mãos aquela imagem que mordia suas entranhas com dentes impiedosos. Por fim, se ergueu e gritou para a cidade:

– Malditas sejam as famílias!

Mas naquele momento o Ano-Novo explodiu diante dela, queimou suas palavras e encheu a noite de estrelas barulhentas. Ela ficou um momento fascinada pelas luzes e pelos sons, como se não soubesse o que estava acontecendo, então se lembrou do champanhe.

– Um brinde – engrolou –, um brinde.

Foi cambaleante até a pequena mesa, retirou o champanhe do pequeno balde, lutou desajeitadamente com a rolha e, quando ela estourou e bateu no teto, riu e ergueu a garrafa como se fosse um cálice:

– Feliz Ano-Novo, sua droga de Clô Dias – berrou.

Mas não chegou a beber, porque a solidão a espremeu como um limão, a garrafa caiu de sua mão e ela se ensopou de lágrimas amargas.

52. A cidade começava a dormir quando Clô acordou. Ela ainda tentou voltar ao sono mas, repentinamente, todas as recordações da noite anterior se transformaram, dentro dela, numa raiva surda e feroz. Conseguiu imaginar friamente Motta se despedindo dos últimos convidados, fechando a porta de sua casa e se voltando amoroso e sorridente para a esposa.

– Feliz Ano-Novo, gordinha! – disse Clô em voz alta.

Então se levantou e foi para a sala. Sua festa solitária não havia deixado rastros. O apartamento todo estava imaculadamente limpo e ela precisou fazer um esforço para se lembrar que, antes de dormir, havia sido tomada por uma fúria doméstica. Clô fez o café, apanhou a xícara e foi para a sacada. Porto Alegre adormecia cansada e silenciosa no sol da manhã. Foi de repente que a decisão lhe veio:

– Aquele droga não vai me encontrar em casa – pensou.

Teve então uma pressa frenética em sair do seu apartamento. Não tinha a menor idéia para onde ir e afastou prontamente a possibilidade de se refugiar na casa de sua mãe.

– Vai ser o primeiro lugar onde o droga irá me procurar.

Trocou a camisola por um vestido esporte, jogou dentro da bolsa todo o dinheiro que conseguiu encontrar e saiu do apartamento, como se Motta estivesse prestes a entrar. Mesmo fora do edifício não perdeu a pressa, subiu a Duque rapidamente, desceu as escadarias do viaduto e só foi diminuir o passo na pequena pracinha do Cine Capitólio. Ali relaxou e caminhou desafogada por entre as árvores. O ponto de táxis estava vazio e apenas dois cães preguiçosos dividiam a praça com ela. Clô se deixou levar pelo acaso, cruzou a praça e tomou a João Alfredo. Estava caminhando há cinco minutos, quando de dentro de uma das pequenas casas de porta e janela, que se apertavam na rua, saiu uma mulher de meia-idade, incrivelmente magra, em companhia de um inacreditável cãozinho de um palmo.

– Muito bem, querridinho – disse ela –, vá dar uma voltinha pelo seu poste.

E pôs as mãos na cintura, enquanto o cãozinho, como se tivesse entendido suas palavras, trotava alegremente até o poste vizinho.

– Meu Deus – pensou Clô –, é a húngara.

Agora ela não mais parecia uma bruxa, como da primeira vez, quando, fugindo da amante de seu marido, Clô se refugiara na pequena relojoaria que os húngaros possuíam em Correnteza. Parecia bem menor e bem mais frágil, e Clô chegou a sorrir do receio supersticioso que ela lhe havia inspirado. Atravessou a rua e foi ao encontro da mulher.

– Feliz Ano-Novo – disse.

Kriska pôs a mão sobre os olhos para se proteger do sol e respondeu maquinalmente.

– Feliz Ano-Novo para você também, querrida.

Mas, em seguida, seu rosto se iluminou, uma chispa cruzou seus olhos escuros e ela disse, batendo com as mãos uma na outra:

– A menina de Gêmeos!

– Como vai, dona Kriska? – perguntou Clô, sorridente.

O sorriso instantaneamente se apagou. Ela se aproximou de Clô, baixou a voz e disse num tom extremamente trágico:

– Lajos fugiu com outra mulher.

Mas logo se voltou sorridente para o cãozinho que retornava de seu poste.

– Muito bem, o Oberst já cumpriu a sua missão, ahn? Belo, belo, querrido. Agora vamos voltar para casa.

Abriu a porta e o cãozinho embarafustou obedientemente para dentro de casa, Kriska baixou novamente a voz e segredou para Clô, apontando o animalzinho.

– Não se iluda, querrida. O Oberst é um alemão.

– Que raça é? – perguntou Clô.

– Pinscher – respondeu Kriska. – Mas pinscher não existe, querrida. Foi um alemão maluco que começou a cruzar entre si os dobermans mais pequenos. Eles foram encolhendo, encolhendo, até que ficaram assim. Só os alemães fariam uma coisa dessas. Eles não podem ver a natureza quieta. Infelizmente o Oberts é também um alemão. Completamente neurótico. Imagine que ele ainda pensa que é um grande cão.

Riu feliz, como se estivesse falando de uma pessoa, mas logo tornou a ficar séria.

– Você toma um chá? – perguntou.

– A esta hora?

– Minha querrida – respondeu a outra –, a gente toma chá quando quer e não quando os relógios querrem.

Empurrou suavemente Clô para dentro de sua casa, enquanto avisava o cãozinho que a visita não devia ser molestada. O cãozinho realmente parecia perfilado e solene como um sentinela, guardando a pequena sala, que tinha as paredes cobertas de relógios de todos os tipos.

– Foi o que consegui salvar da relojoaria – avisou Kriska.

Desapareceu pelo corredor estreito que conduzia aos fundos e voltou pouco depois trazendo uma bandeja com duas taças já servidas de chá e um açucareiro.

– No verão – avisou – tomo morno. Mas se você quiser, querrida, posso aquecer mais a água.

– Não, obrigada – respondeu Clô.

Tomaram o chá em silêncio, vigiadas pelo olhar atento do pinscher.

– Bem – disse Kriska, pousando a taça na pequena mesinha que havia entre as duas únicas e gastas poltronas da sala –, eu fiz o seu horóscopo.

Clô riu incrédula e divertida, mas a húngara se manteve séria.

– Nele eu lhe disse que coisas terríveis aconteceriam e elas aconteceram – lembrou.

– É verdade – concordou Clô.

– Todos podem fazer horóscopos – continuou ela. – É uma simples questão de matemática. Mas além de somar e diminuir, é preciso sentir. E eu sinto.

Teve um risinho sacudido e bateu com as mãos sobre os joelhos.

– Quando eu disse para o Lajos que ele ia se apaixonar pela Eva, ele riu. Mas era inevitável, minha querrida. Além de os astros favorecerem a loucura naquele período, eu sabia.

Então apontou um dedo longo e ossudo para Clô e disse:

– Você precisa me dar a hora do seu nascimento. Já tenho o dia, 7 de junho, mas não basta. Preciso também da hora.

Clô não conseguiu esconder a sua surpresa e Kriska riu feliz, pelo efeito que havia causado.

– Eu tenho uma memória de...

Procurou aflita a palavra.

– Elefante – ajudou Clô.

– Ah, sim – disse ela –, elefante. Você é de Gêmeos, segundo decanato.

Ficou um momento em silêncio, olhando absorta a taça vazia de chá, que estava na sua frente. Depois ergueu os olhos e insistiu:

– Você precisa me dar a hora do seu nascimento, querrida.

– Vou perguntar a minha mãe – prometeu Clô.

– Sua mãe é de Peixes – disse a húngara.

De repente sacudiu a cabeça como se quisesse afastar um mau pensamento, torceu nervosa as mãos e disse:

– Não gosto de dar más notícias a você, minha querrida. Mas parece que é minha sina, não é verdade?

– O que foi? – perguntou Clô assustada.

– Tome muito cuidado com homens gordos e de fala macia – disse ela.

Novamente Clô sentiu medo da húngara. Levantou da cadeira, mentiu que tinha um compromisso urgente e nem esperou que ela lhe abrisse a porta. Ela mesma fez isso e se precipitou para a rua, enquanto o cãozinho, alarmado por tanta movimentação, se punha a latir aguda e desesperadamente. Só na esquina Clô se voltou. Kriska estava imóvel na porta de sua casa e olhava para ela como da primeira vez em Correnteza.

53. Durante toda a manhã, Clô perambulou sem destino pelas ruas estreitas da Cidade Baixa. Na medida em que ela espiava curiosa as velhas casas, descobria que, como Pedro Ramão, Motta também havia se adonado da sua vida. Ela girava passivamente em torno dele, obedecia os seus hábitos e aceitava as amizades que ele lhe conseguia. Não havia nada fora dela, nem mesmo no mais trivial cinzeiro do seu apartamento, algo que fosse escolhido por ela.

– Não penso, não decido e não escolho – ela concluiu. – Apenas sirvo.

Estava à mão, como um objeto de uso, e seu dever era exatamente não sair do lugar que haviam lhe dado, para que ela pudesse ser encontrada sem esforço. Pouco a pouco, seu gesto de sair de casa, para que Motta não a encontrasse, ficou sem sentido.

– Se ele não me encontrar hoje – pensou amargurada –, vai me encontrar outro dia qualquer.

Aí se lembrou do aviso de Kriska, que tomasse cuidado com homens gordos e de fala macia, e teve vontade de rir.

– Ela devia ter-me avisado da primeira vez – pensou.

Ficou tão deprimida que não se sentiu com forças para refazer a pé o caminho de volta. Apanhou um táxi na João Pessoa e retornou para seu apartamento. Mal beliscou os restos do jantar e, em seguida, a longa caminhada e a noite maldormida pesaram sobre ela e Clô deitou e dormiu. Quando acordou havia uma lâmina de luz por baixo da porta.

– Droga – pensou –, enfiei noite adentro.

Se levantou aborrecida, acendeu a luz do quarto e estava procurando os chinelos, quando Motta entrou:

– Não quis acordar você – disse.

Clô não respondeu, enfiou os pés nos chinelos, afastou Motta do caminho e foi para a sala.

– Feliz Ano-Novo – ele disse.

Ela parou e se voltou para ele. Desde a última briga que Motta não conseguia esconder o receio que tinha que ela lhe atirasse alguma coisa. Passou a dizer as coisas desagradáveis à distância e com o corpo enviesado, como se estivesse pronto para saltar para um lado.

– Ouça – disse Clô com a voz ainda enrouquecida pelo sono –, ontem à noite eu descobri uma coisa.

– Conte – pediu ele.

– Não nasci para amante – disse ela.

Ele baixou a cabeça e não respondeu nada.

– Não quero ser a outra de ninguém – continuou ela. – Nem mesmo do homem que amo.

Foi para a cozinha beber água e ele a seguiu humilde e cauteloso.

– Eu e a Rosângela – disse com uma voz compungida – só não nos separamos por causa dos negócios. Ainda ontem...

Mas não chegou a concluir, porque Clô berrou furiosa, cortando a sua frase:

– Mentira!

Ele se encolheu imediatamente, esperando que fosse o início de uma nova discussão, mas Clô se limitou a repetir em voz mais baixa:

– Mentira!

Tomou o copo de água, voltou para a sala e sentou em silêncio diante da sacada. Ele pacientemente esperou que ela se aquietasse e depois disse, muito suavemente:

– Não sei viver sem você.

– Prove – retrucou Clô.

– Vou me separar dela dentro de seis meses – disse Motta.

– Não acredito.

— Você tem razão de não acreditar — disse ele. — Mas já tomei a decisão.

Clô se voltou para ele e pela primeira vez percebeu que Motta era realmente muito mais esperto do que ela. Ele poderia renovar a qualquer momento as velhas promessas e inventar novas esperanças, sem que nada disso implicasse um compromisso.

— Não quero discutir — ela disse. — Mas não acredito em você.

Subitamente ele se tornou muito agitado. Saiu da calma que estava e começou a dar voltas em torno da poltrona onde ela estava sentada.

— Olhe — disse cheio de gestos —, vou mostrar a você como estou sendo sincero. Eu e a Rosângela fomos convidados para um jantar com amigos no sábado.

Parou diante dela, radiante como um mágico antes do truque final.

— Você vai comigo — disse.

— Já fui a outros jantares — lembrou.

— Não, não — respondeu ele —, não como este.

Baixou a voz e acrescentou dramaticamente como se fosse um grande segredo:

— É no apartamento de um diretor de banco.

Mas quando Clô entrou no living percebeu que havia caído em mais uma das armadilhas de Motta. Apesar de todos os vestidos e das jóias, havia em todas as mulheres presentes um esforço inútil e barulhento para mostrar o que não eram. Os homens se moviam à vontade por entre os grupos com as mãos e os olhos cheios de intimidades.

— Eu não fico — ela disse.

Antes que Motta conseguisse falar, no entanto, um homem alto e loiro, que parecia ter sido recortado de um anúncio de produtos sofisticados, se adiantou e a tomou pelo braço.

— Sou Felipe Clerbon — disse.

— Muito prazer — respondeu Clô secamente, tentando retirar seu braço das mãos dele.

— Espere — pediu ele —, espere.

Soltou seu braço e se colocou sorridente diante dela.

— Eu inventei esta festa só para conhecer você — disse.

— Muito bem — disse Clô —, então já nos conhecemos.

Mas já não conseguia manter a frieza do primeiro diálogo, porque se sentia lisonjeada pela atenção dele. Felipe se movia dentro da própria beleza, como se ela fosse um traje feito sob medida. Ele ora sorria apenas com os olhos azuis, ora juntava ao olhar uma dentadura impecável e duas incríveis covinhas, que lhe davam um toque fascinante de ingenuidade. Por mais que Clô tentasse resistir, foi envolvida por ele, que a protegeu dos demais convidados, se desfez em desculpas e a levou para conhecer o apartamento, com a bênção de Motta, que, cheio de sorriso, disse:

– Cuidado, porque estou lhe confiando meu bem mais precioso.

A decoração tinha sido concluída há apenas uma semana e Felipe tinha um entusiasmo juvenil pelo seu apartamento. Começou pela cozinha e foi, peça por peça, descrevendo detalhe por detalhe, até que chegou ao seu quarto. Parou na porta, deixou de sorrir e disse:

– Só quero que você conheça meu quarto quando vier morar comigo.

Clô, apanhada de surpresa, quis rir, mas ele estava sério e decidido.

– Que droga você quer com aquele gordo? – perguntou.

– Ele me ama – conseguiu responder Clô.

Felipe riu. Não mais com o seu riso inocente cheio de covinhas, mas com um riso rouco e desapiedado.

– Você – disse por fim – não entende mesmo nada de gente, não é, menina?

Apontou para o fim do corredor como se Motta estivesse na porta e disse:

– O Motta é um cafajeste, meu anjo. Vende a própria mãe, se pagarem bem.

– Nunca me vendeu – respondeu Clô irritada.

Ele se tornou novamente o bom rapaz sorridente do início da noite.

– Muito bem – disse –, muito bem. Se ele me vender você, você vem comigo?

Clô se sentiu humilhada, empurrou Felipe para fora do seu caminho e saiu correndo pelo corredor. Quando chegou ao living, só conseguiu pedir que Motta a levasse para casa. Estava saindo, quando Felipe apareceu e lhe atirou um beijo mudo e moleque.

54. Motta não se indignou com as propostas de Felipe. Muito pelo contrário, riu divertido, achou que ele estava no seu papel e disse que ela devia se sentir lisonjeada, porque ele era o solteiro mais cobiçado da cidade.

– O que você queria – perguntou Clô agastada –, que eu me jogasse nos braços dele?

– Minha querida – respondeu surpreendentemente Motta –, seria muito natural. Afinal vocês dois são jovens e ele é um homem bonito.

Clô olhou incrédula para ele, mas Motta não se perturbou.

– Na minha idade – disse –, a gente compreende os impulsos da juventude.

Mas sua voz parecia artificial como se ele tivesse decorado palavra por palavra das frases que dizia. No entanto, contrariando seus hábitos, Clô não discutiu, nem sequer lembrou a ele que sua festa respeitável tinha sido uma mentira.

– Estou com dor de cabeça – disse, se escondendo atrás da desculpa.

Nos dias seguintes, Motta pareceu acabrunhado. Afundava na poltrona e ficava horas seguidas com os olhos afundados na paisagem. Finalmente, quase uma semana depois da festa de Felipe, ele confessou que os negócios não iam bem.

– Se eu não conseguir um empréstimo – disse com um sorriso triste e derrotado –, talvez não consiga pagar nem este apartamento.

Clô sorriu, brincou com ele, disse que iria trabalhar para sustentar os dois, mas não deu muita importância à frase. No entanto, durante uma semana, com pequenas variações, ela passou a fazer parte de sua vida. Um dia eram os jantares que Motta não conseguiria pagar se não conseguisse um empréstimo, outro dia eram os vestidos, no terceiro os móveis, até que Clô se convenceu que ele, realmente, estava enfrentando uma crise muito séria.

– É tão difícil assim conseguir um empréstimo? – perguntou.

– Quase impossível – respondeu ele, com uma voz esmagada de quem está perdendo as últimas esperanças.

Dois dias depois, no entanto, reapareceu alegre e rejuvenescido. Brincou com Lotte na entrada do apartamento e disse a Clô que jantariam fora para comemorar.

– Acho – disse – que vou ser salvo.

Aí se tornou paternal, puxou Clô para seus braços, ajeitou carinhosamente seus cabelos, beijou levemente a ponta de seu nariz e disse:

– Viu? A gente não pode fazer julgamentos apressados a respeito das pessoas.

– Mas eu fiz? – quis saber Clô.

– Felipe – disse ele. – Quer ver como você o julgou mal?

Fez uma pequena pausa dramática e anunciou:

– É ele quem vai me salvar, minha querida.

Alguma coisa negra e espessa pareceu se despegar de dentro dela e, por um brevíssimo instante, Clô foi tomada por uma violenta suspeita de que, de algum modo, estava incluída na transação. Mas, imediatamente, ela olhou para os cândidos olhos de Motta e se sentiu envergonhada.

– Aquele safado – pensou – me envenenou.

Mesmo assim, Clô não se mostrou arrependida e se manteve em silêncio, enquanto Motta exaltava as qualidades de Felipe e profetizava, entusiasmado, que ele seria um dos maiores banqueiros do país.

– Desde que – acrescentou brincalhão – ele perca a mania de dar em cima das mulheres dos amigos.

Pouco depois, no jantar, Luís Gustavo reapareceu. Também parecia muito feliz, contou que havia sido convidado para trabalhar no Rio e que tinha um convite pessoal da primeira-dama para ir a Brasília. De repente, se voltou para Clô e disse:

– O Felipe ficou impressionado contigo, minha querida. Não sei o que foi que tu fizeste ou deixaste de fazer, mas a verdade é que ele te acha maravilhosa, sensacional, divina e espetacular.

– Ele me deu uma cantada – disse Clô, irritada com o sorriso complacente de Motta.

– Ah – disse Luís Gustavo, abrindo as mãos como um leque –, isso nem convém falar, porque o Felipe nem pode ver mulher. Já criou os maiores casos do mundo. Empregou a mulher do Crossworth e pintava o caramujo com ela no próprio escritório.

Deu uma risada moleque e aguda e, após um breve olhar para Motta, acrescentou:

– Mas do modo que ele falou em ti, não era nada disso, minha querida.

E sumiu rápido e inesperado como havia surgido, enquanto Motta mais uma vez afirmava que ela havia cometido uma injustiça com Felipe, que, apesar de tudo, era um bom amigo e um cavalheiro.

– Está bem – disse Clô –, estou convencida, estou convencida. Agora, por favor, não falemos mais nele.

– Prometo solenemente – disse Motta, erguendo a mão direita como se estivesse prestando um juramento.

E cumpriu a promessa até sábado pela manhã, quando inesperadamente apareceu no apartamento de Clô com uma surpresa:

– Vamos passar o fim de semana em Gramado!

– Nós? – perguntou Clô descrente, porque os fins de semana incluíam os sábados e os sábados invariavelmente pertenciam à esposa de Motta.

– Só nós dois – confirmou ele.

Com sua aparência fofa e sorridente, Motta parecia um garotinho em férias. Dirigiu cantando boa parte do percurso, disse várias vezes que adorava a Serra, e só quando começaram a rodar entre as hortênsias foi que Clô perguntou se ele havia conseguido o empréstimo.

– Não – respondeu ele –, infelizmente não.

Suspirou e balançou a cabeça.

– O Felipe – acrescentou – está me exigindo coisas.

Mas, imediatamente, mudou de assunto e disse que os dois não deviam se privar de mais nada. Quando chegaram à casa que ele havia alugado, um pouco afastada da cidade e escondida entre pinheiros, ele disse:

– Se conseguirmos o empréstimo, ótimo. Mas se não conseguirmos, pelo menos aproveitamos o nosso dinheiro até o último centavo.

E não tocou mais no assunto. Abriu a casa, que para espanto de Clô parecia ter sido recém-decorada. Não havia uma pitada de pó nos móveis, os banheiros estavam reluzentemente limpos e a cama do quarto de casal parecia preparada para uma noite de núpcias.

– Os alemães – explicou ele – são perfeccionistas.

Passou afetuosamente a mão pelos ombros dela e informou:

– O jantar virá do hotel.

– Meu Deus – disse Clô –, vamos falir em grande estilo.

Antes que concluísse a frase, o telefone começou a chamar. Motta atendeu, discutiu por dois minutos com o outro lado e, então, se voltou patético para Clô e disse:

– Preciso voltar imediatamente para Porto Alegre. Um cliente meu tentou matar a mulher.

Mas não achou justo que ela retornasse com ele. O caso era extremamente desagradável, ele teria que passar muitas horas na polícia e ela passaria o sábado trancada no seu apartamento.

– Fique aqui – disse – e aproveite. Amanhã de manhã estarei de volta.

Na porta, apanhou as mãos de Clô, beijou apaixonadamente sua boca e disse:

– Você não imagina o que pode fazer por mim, ficando nesta casa.

Quando seu carro cruzou o portão, Clô se arrependeu de todas as suspeitas que havia tido nos últimos dias. Fechou a porta e foi para o telefone cancelar o jantar que ele havia encomendado. Mas não chegou a discar porque Felipe entrou na sala, com uma taça em cada mão.

55.

Clô não quis crer. Felipe, sorridente e triunfante, caminhou para ela dentro de um sonho impossível e, por um doido segundo, ela teve a impressão de que bastaria sacudir a cabeça para que ele se desvanecesse no ar e a casa voltasse a ficar vazia. Em seguida tantas perguntas se atropelaram dentro dela que Clô não conseguiu escolher uma para fazer a ele. Ficou calada e imóvel, enquanto Felipe se aproximava até ficar a um passo dela, lhe estendia uma taça e perguntava:

– Champanhe?

Clô lhe deu as costas e tentou sair, mas Felipe, mais rápido, bloqueou seu caminho, equilibrando miraculosamente as taças de champanhe.

– Não obrigo ninguém a nada – ele disse com um sorriso tranqüilizador.

– Então, por favor – pediu Clô com dificuldade – me deixe sair.

Ele balançou a cabeça.

– Não antes de me ouvir – disse.

Ao contrário de Motta, que por trás de suas frases deixava sempre várias portas abertas, Felipe era taxativo. Suas frases, apesar de parecerem propostas, eram na verdade ordens definitivas e ele agia sempre sem esperar pelas respostas. Ele não se afastou do caminho, tornou a oferecer o champanhe para Clô e, quando ela recusou, depositou as duas taças numa pequena mesa da sala. Depois, sorriu para ela e disse em voz baixa, como se contasse um segredo:

– Eu me apaixonei por você.

Clô não teve a menor reação. Na verdade ela não conseguia pensar em Felipe, porque continuava com todas as mentiras de Motta soando nos seus ouvidos. Ele entendeu o silêncio dela como um encorajamento e continuou:

– Já nos encontramos várias vezes. Nunca fomos apresentados, mas há semanas que venho seguindo você.

Fez uma pequena pausa e acrescentou:

– Sei de tudo sobre você.

Por um momento Clô conseguiu escapar de seus pensamentos e sorriu amargamente.

– Não há muita coisa para saber sobre mim – disse. – Exceto...

Ergueu a cabeça e encarou Felipe duramente.

– ... que fui vendida – concluiu.

Ele não se desculpou como ela pensou que faria. Seu sorriso desapareceu, suas covinhas ficaram reduzidas a um traço, os olhos azuis se acinzentaram e ele disse com uma voz metálica:

– Eu consigo tudo o que quero.

Não era a primeira vez que Clô ouvia um homem dizer isso para uma mulher. Pedro Ramão também tinha esses ataques de onipotência. Mas ela olhou Felipe, cheia de curiosidade, para saber se ele tinha algo diferente dos demais. Ele era o homem mais bonito que ela conhecia e, no entanto, como todos os outros, naquele momento, parecia um menino birrento contando vantagem para a filha do vizinho.

– Bem – ela disse –, acho que já ouvi você.

Sorriu sem animosidade para ele e caminhou para a porta.

– Espere – disse Felipe.

Se adiantou e abriu a porta para ela.

– Levo você até a rodoviária – disse.

– Não, obrigada – respondeu ela.

– Olhe – insistiu ele –, são quase cinco quilômetros até lá.

– Eu preciso caminhar – disse ela.

Ele concordou silenciosamente e abriu a porta. Quando ela passou, segurou seu braço.

– Me perdoe – disse –, fui um desajeitado. Eu realmente estou apaixonado por você.

– Adeus – ela disse.

E saiu. Não tinha ainda chegado ao portão, quando ele gritou atrás dela.

– Vou esperar por você até amanhã de manhã.

Clô não se voltou, atravessou o portão, desceu o pequeno caminho de lajes e chegou à rua que descia suavemente a colina, até chegar à faixa de asfalto. A noite estava caindo e já havia um estalar de grilos no meio dos pinheiros. Clô se deixou ir, como se a mágoa fosse um caminho que pudesse ser vencido por seus passos. Dentro dela, as idéias ainda estavam em tumulto e seu impulso, logo que se viu longe de casa, foi de se esconder no meio das árvores e gritar até que sua dor se tornasse mais ordenada. Ela não conseguia pensar frases nem palavras, via apenas torrencialmente as imagens passadas de sua vida com Motta. Quando chegou ao asfalto, seu imenso rancor conseguiu finalmente arrancar uma palavra de sua garganta:

– Canalha – ela disse entredentes.

E depois repetiu a palavra várias vezes até que se sentiu mais desafogada. Caminhando ao lado da faixa, ela diminuiu o passo e deixou que seus pensamentos, finalmente, se ordenassem sem pressa. Pouco a pouco as palavras soltas de Nívea e os olhares fugidios de Luís Gustavo começaram a fazer sentido, como as pedras de um quebra-cabeça. Agora ela se via não como a mulher enganada, mas como uma ingênua manipulada por Motta e preparada friamente para uma venda vantajosa.

– Fui uma idiota – ela pensou –, uma idiota.

E não conseguiu conter as lágrimas de raiva que brotaram de seus olhos. Já não importava tanto aquele dia, mas sim todos os meses passados de enganos e falsidades. Ela, agora que sabia da verdade, não entendia como tinha podido aceitar tão facilmente a mentira. Teve vontade de se bater e, por várias vezes, gritou furiosa:

– Estúpida! Estúpida!

Até que os pequenos bicos de luz, muito pálidos e solitários em cima dos postes, se acenderam e ela parou. De uma pequena lagoa subia o choro espichado das rãs e a noite parecia crepitar a sua volta.

— Terminou — ela disse em voz alta como se precisasse ouvir a própria voz.

Tentou retomar a caminhada, mas o rancor latejava dentro dela como uma ferida recém-aberta. Involuntariamente o ritmo de seus passos diminuiu, até que, debaixo do primeiro poste que encontrou, ela parou. Ficou um instante de cabeça baixa, olhando sua própria sombra, e se sentiu como se estivesse vagarosamente retornando à realidade. Um homem vinha subindo penosamente na sua direção e, quando passou por ela, saudou com um vozeirão carregado:

— Boa noite.
— Boa noite — respondeu ela.

Seguiu o homem com os olhos, até que avistou a casa de Felipe, que brilhava no meio dos pinheiros, como se fosse um cartão de natal.

— Esqueci a minha mala — ela pensou.

Olhou então para a cidade, que se desdobrava pelas colinas, salpicada de janelas iluminadas.

— A avó — pensou — gostaria daqui.

Sentiu frio e esfregou os braços com as mãos para se aquecer. Aos poucos, ela se retomava e aquietava a tempestade que havia dentro de si. As rugas que a raiva havia lhe posto no rosto se desmancharam, os lábios crispados se abriram e ela, com pequenos golpes de mão, ajeitou os cabelos. Então deu meia dúzia de passos em volta do poste, se apoiou nele com uma das mãos, como fazia em criança, e tornou a olhar para a casa de Felipe. Em seguida, teve um riso rouco e selvagem, ergueu a cabeça e começou a caminhar, enquanto dizia:

— Muito bem, Clô, agora é a sua vez.

Quando Felipe veio abrir a porta, ela disse a frase que havia ensaiado durante todo o caminho de volta.

— Agora, eu aceito aquela taça de champanhe.

Ele riu, alto e vitorioso, se dobrou numa vênia exagerada e ofereceu a casa com um gesto largo. Clô entrou e só lamentou que não pudesse reservar uma cadeira no quarto, para que Motta pudesse assistir pessoalmente à realização do seu primeiro e último negócio com ela.

56. Às três da manhã, um galo tresnoitado teimava em anunciar o sol. Clô estremeceu de frio e se afastou da janela. Era a segunda vez que ela perdia no ajuste de contas e se espantava ao descobrir que a casa luxuosa de Gramado e os fundos do cinema de Correnteza podiam ter a mesma insatisfação. Felipe não era nem o desajeitado Alencar, nem o maneiroso Motta, mas também era um predador.

– Estou tão apaixonado por você – se desculpou –, que me sinto como um menino de quinze anos.

Clô olhou para ele, que dormia esparramado pela cama, e teve vontade de rir. Feios ou bonitos, meninos de quinze anos ainda não sabem repartir o prazer. Mas ela também sabia que não tinha o direito de culpar inteiramente Felipe, porque, apesar de todos os seus esforços para se livrar dele, Motta continuava dentro dela.

– Maldito Judas – disse baixinho.

E repentinamente se sentiu furiosa por poder ser tão facilmente trocada, vendida ou rejeitada.

– Somos animais – dizia sua avó –, só nos dão liberdade para sermos obedientes. Um dedo que você levanta fora de hora e pronto! Eles já lhe põem uma marca diferente, para que todos saibam que você é uma mulher que levanta o dedo fora de hora.

Clô então se sentiu faminta. Apanhou um cobertor dentro do guarda-roupa, se enrolou nele e saiu cuidadosamente do quarto para não acordar Felipe. Na cozinha, enquanto preparava um sanduíche, ela concluiu que jamais se sairia bem em qualquer jogo com parceiros masculinos. Fosse qual fosse o ganhador, ela sempre seria a perdedora. Clô tinha acabado de preparar o seu sanduíche, quando Felipe entrou na cozinha:

– Você levanta um bocado cedo – disse, se aproximando dela.

Passou carinhosamente a mão pela sua cabeça e lhe deu um pequeno beijo na testa.

– Você ia me deixar sozinho, não é verdade?

Clô ergueu os olhos para ele e concordou silenciosamente

– Por quê? – quis saber Felipe.

– Bem – respondeu ela sem sorrir –, você já conseguiu o que queria.

– Não, não, pelo amor de Deus! – protestou Felipe, erguendo as mãos. – Eu não queria passar apenas uma noite com você.

Olhou muito sério para ela.

– Eu quero você para sempre.

Clô largou o sanduíche em cima do balcão da cozinha e encarou Felipe, lutando para se livrar de sua beleza e de sua persuasão.

– Olhe – disse –, na semana passada eu descobri que não nasci para ser amante de ninguém.

– Amante?

Ele riu divertido.

– Eu sou solteiro – disse. – Quero me casar com você.

– Eu sou desquitada – disse Clô.

– Então – disse ele, argumentando como se estivesse tratando de negócios –, quero viver com você. Podemos nos juntar, nos amigar, casar no México, no Uruguai, o raio que o parta. Nada disso interessa, meu bem. O que interessa é que me apaixonei por você e quero você a meu lado.

Clô esteve a um milímetro da entrega. Primeiro ficou lisonjeada, depois atraída. Mas antes que se sentisse amada e confiante, ele deu um tapa na mesa e disse, como se anunciasse uma coisa evidente.

– Droga, Clô, vamos ser francos. Você é linda, eu sou lindo, nascemos um para o outro. Vamos fazer uma dupla sensacional.

Se ele tivesse dito casal, ela teria se jogado nos braços dele. Mas quando Felipe falou em dupla, uma imagem ridícula cruzou pelos olhos dela: os dois em trajes de tênis posando para um anúncio. Ela riu e ele interpretou mal seu riso, como se fosse modéstia.

– É – insistiu –, a gente precisa reconhecer as próprias qualidades.

Clô então descobriu que não era apenas a paixão do momento de Felipe, mas também um bom investimento na sua carreira profissional.

– Então – disse ele –, você não acha que faremos uma grande dupla?

– É – concordou ela –, acho que sim.

E ofereceu seus lábios. Mas na verdade a vontade que teve, naquele instante, foi de estender sua mão e dizer masculinamente decidida:

– Negócio fechado.

De qualquer modo, pensou, o beijo para ele devia ter o mesmo significado. Durante dois dias ele foi alegre e esfuziante, como se estivesse comemorando não um casamento, mas uma transação vantajosa. Somente na segunda-feira Clô regressou a Porto Alegre. Felipe, depois de uma série de telefonemas, lhe garantiu que Motta estaria ausente de sua mudança e que lhe dava inteira liberdade para levar o que quisesse do apartamento. Clô riu desconfiada, mas Felipe confirmou o ajuste.

– Tenho o Motta preso pelo rabo – disse.

No entanto, no momento em que abriu a porta e viu o olhar assustado de Lotte, Clô descobriu que seu palpite estava certo e que Motta não havia cumprido com a palavra dada.

– Onde está ele? – perguntou.

– Na cozinha – soprou a empregada.

Clô foi decidida ao encontro dele. Quando entrou na cozinha, Motta tinha acabado de se levantar da mesa. Na sua frente havia um prato de sobremesa com meia fatia de pudim.

– O que veio fazer aqui, seu porco? Buscar o recibo? – ela perguntou.

Motta não respondeu. Baixou os olhos e se refugiou no seu arzinho de gordinho desprotegido.

– Saia daqui – disse Clô.

Ele então ergueu uns olhos humildes para ela.

– Eu precisava de dinheiro – disse.

Clô então caminhou até a mesa. Ela estava tão enfurecida que suas mãos tremiam incontrolavelmente e as palavras não conseguiam ar suficiente para saírem de sua garganta. Ela precisou de um bom tempo para se controlar, enquanto ele continuava imóvel e encolhido na sua frente, como um menino prestes a ser batido.

– Olhe – disse –, se eu fosse homem saberia o que fazer com você. Quebraria sua cara, jogaria você para fora daqui a pontapés. Mas eu sou mulher. E eu não sei o que uma mulher deve fazer com um porco como você.

Deu as costas e saiu para o quarto, tomada por um imenso nojo dele. Começou a arrumar furiosamente as malas, arrependida de não ter seguido o conselho de Felipe, que lhe havia dito para abandonar tudo. Estava ainda abrindo as gavetas, quando Motta entrou muito pálido com um revólver na mão.

– Eu te amo – disse.

Esperou que Clô reagisse, mas ela não se moveu.

– Eu não sei o que deu em mim – ele continuou. – Acho que pensei que ele não fosse tão longe.

– Mas ele foi – disse ela duramente.

Fez uma pausa e acrescentou sem piedade:

– Aliás, nós fomos.

Ele então ergueu o revólver, apontou para ela e, com uma voz agoniada, disse:

– Vou te matar.

Clô olhou fascinada para aquele pequeno túnel negro que poderia subitamente responder todas as suas perguntas e resolver todos os seus problemas e não conseguiu deter uma risada cruel e desafiante.

– Você não é homem para atirar, seu porco – disse cheia de raiva.

E Motta apertou o gatilho.

57. Por uma fração de segundo, pareceu a Clô que a vida terminava assim, congelada no momento do desenlace. Ela estava tão cheia de ódio, que fez o desafio, viu Motta apertar o gatilho, ouviu o estalo fanhoso do metal e nem assim teve um gesto de defesa. Ela olhou então para o revólver, viu que o cano continuava negro e silencioso e ergueu os olhos para Motta. Ele imediatamente tornou a apertar o gatilho, enquanto berrava, com o rosto transformado numa careta:

– Toma! Toma!

Desta vez as mãos de Clô foram para a frente do seu corpo, num frágil escudo de defesa. Mas novamente não aconteceu nada. Até que os gritos de Motta se travestiram num riso convulso, que acompanhava as batidas inúteis do gatilho.

– Está vazio – ele mais riu do que disse.

Clô olhou incrédula para ele, que se contorcia de riso na sua frente.

– Vazio – repetiu como um eco mecânico –, vazio.

Motta então parou de rir, ajeitou o casaco, jogou o revólver em cima da cama e disse, com sua suave voz paternal:

– Olhe, vamos deixar de cenas. Se você passou a noite com ele, não é melhor do que eu.

Então a fúria de Clô explodiu. Ela se jogou sobre ele, cravou as unhas no seu rosto, despedaçou seu casaco e sua camisa, desferiu cegamente socos e pontapés, enquanto Motta guinchava assustado e recuava aos trambolhões para a sala. Ali, ela se deteve arquejante, teve uma súbita inspiração, voltou correndo para o quarto, apanhou o revólver e começou a procurar as balas que Motta escondia nas gavetas do roupeiro. Quando finalmente deu com elas, ouviu bater a porta do apartamento e se deu conta de que Motta havia escapado.

– Maldito canalha – rosnou.

Se voltou então contra o apartamento. Quebrou os móveis, estilhaçou os vidros e os espelhos e jogou contra a parede da cozinha todas as louças que encontrou nos armários. Quando finalmente parou, ofegante, havia um burburinho do lado de fora da porta e o porteiro chamava preocupado pelo seu nome.

– Estou bem, estou bem – ela berrou várias vezes até que as vozes se aquietaram.

Ela ainda assim esperou dez minutos e depois saiu do apartamento, indiferente à curiosidade dos vizinhos que espreitavam pelas portas entreabertas. Quando chegou ao apartamento de Felipe, disse apenas:

– Você tinha razão, deixei tudo lá.

– Ótimo – respondeu ele –, amanhã vamos ao Rio.

Estendeu a mão e puxou Clô para dentro da roda-viva que era a sua existência. Em menos de um mês, ela já aprendia que a mercadoria mais cara que o dinheiro podia comprar não eram bens, como pensava Pedro Ramão, nem pessoas, como acreditava Motta, mas Poder.

– Quero – dizia Felipe, como um cumprimento para todos que corriam ao seu encontro, fossem lá o que fossem.

E o verbo era uma varinha de condão, capaz dos mais inacreditáveis passes de mágica. Numa semana, Clô se viu transfigurada numa dama sofisticada que parecia ter desembarcado do último figurino. Velhas, magras e angulosas se materializavam diante dela para lhe dar pacientes lições de como escolher os talheres certos, de como servir os vinhos apropriados e de como receber os mais imprevistos presidentes.

– Embora – comentou Felipe quando soube das lições – essa droga que está lá em cima não mereça coisa nenhuma.

Ele era atencioso e gentil, mas tinha hora marcada para sua paixão. Sumia repentinamente em viagens distantes e retornava uma semana depois, com a agenda amorosa aberta:

– Amanhã à noite – dizia com uma voz extremamente profissional –, das dez às onze e meia, eu sou inteiramente seu.

Mas, se por acaso a agenda estivesse ocupada, nem todos os perfumes franceses e as camisolas italianas conseguiam pôr Clô na frente dos compromissos.

– Tenho uma reunião amanhã de manhã – ele dizia secamente.

E dizia isso de um modo tão taxativo, que jamais Clô teve a coragem de insistir ou propor uma mudança. Mesmo porque ela se sentia dentro de um sonho e seguidamente tinha medo de acordar. Agora visitava a família dentro de um Mercedes com chofer, que fazia o seu irmão rilhar os dentes.

– Mas que droga – ele esbravejava –, depois de um agiota, um banqueiro. Depois da revolução, nem mesmo eu vou poder salvar você do muro.

A mãe, pelo contrário, se assombrava. Olhava Clô como se ela fosse uma peça rara de museu, examinava minuciosamente cada detalhe do seu vestuário, sempre espantada com a origem das peças, como se França, Itália e Inglaterra já não estivessem a apenas um dia de viagem.

– Vejam – dizia –, o lenço dela é italiano.

Levava o lenço para a avó, com a etiqueta destacada, como se a etiqueta fosse uma prova do sucesso de sua filha.

– Se Santa Rita de Cássia ajudar – dizia –, tu hás de casar com este belo rapaz.

Mais uma vez, só com a avó que Clô se entendia. Não precisou explicar coisa alguma para justificar sua união com Felipe. Bastou contar o que Motta havia lhe feito e estender para ela uma fotografia do banqueiro. A velha teve um riso moleque e disse com uma voz surpreendentemente rejuvenescida:

– Que droga, com um homem desses até uma noite vale por uma lua-de-mel!

No entanto não foi além, nem se pôs a construir sonhos como Donata. Ouvia em silêncio todas as histórias espantosas da nova vida de Clô e depois puxava a neta para seus pés e ficava acariciando seus cabelos. Mas sempre que Clô tentava exagerar nos seus presentes, ela censurava a neta.

– Me traga livros – dizia. – Só gaste em coisas para você.

Era uma previdência inusitada que só foi preocupar Clô quando ela reencontrou inesperadamente a madame Kriska. O Mercedes havia encalhado num imenso congestionamento na Salgado Filho, e Clô, recostada no banco traseiro, olhava aborrecida a multidão. Subitamente uma mulher magra avançou, por entre os carros, trazendo um gordinho a reboque.

– Você – disse apontando um dedo ossudo para Clô e sem maiores cumprimentos –, você está me devendo a hora do seu nascimento.

Antes que Clô conseguisse se refazer da surpresa, o homenzinho gordo abriu um sorriso.

– Como vai? – perguntou cortesmente.

– Lajos voltou – disse Kriska com um suspiro.

Só então Clô conseguiu falar.

– Onde a senhora mora? – perguntou.

Mas naquele momento as buzinas explodiram de impaciência e a húngara não ouviu a pergunta.

– Escute, querrida – disse, desdobrando os erres como sempre –, há um homem de Escorpião no seu caminho.

– Oh, mamãe – choramingou Lajos.

– Pegue o que puder – disse a húngara veemente –, pegue o que puder, querrida.

Então, antes que uma simples palavra pudesse ser trocada, o congestionamento se desfez e a corrente de trânsito rolou para a frente. Quando Clô se voltou e olhou pela janela traseira do carro, Kriska continuava parada no mesmo lugar, enquanto Lajos se afligia em gestos desesperados de cautela para os carros que passavam a seu lado.

Naquela noite, num jantar de banqueiros, entediada como Felipe com os oradores, Clô perguntou a ele:

– De que signo você é?

Felipe olhou espantado para ela.

– De Escorpião, é claro – respondeu.

Clô levantou as mãos à cabeça.

– Meu Deus – disse cheia de espanto –, aquela velha é mesmo uma bruxa.

E antes que Felipe se refizesse da surpresa, pediu:

– Quero um carro.

E começou a rir da rapidez com que ele concordou em atender o seu pedido.

58. Foi em 62 que Felipe deixou de ser um executivo promissor para se tornar um banqueiro agressivo e influente, capaz de inverter os pratos de várias balanças. Foi ele quem impediu que alguns empresários inexperientes apoiassem Michaelsen, vendendo a candidatura Meneghetti com um argumento decisivo:

– Já que perdemos o Brasil, temos que manter o Rio Grande.

O que não impediu que ele abastecesse discreta, mas continuamente, a candidatura Ferrari, para manter o outro lado dividido. Quando, contrariando a opinião dos entendidos, Meneghetti venceu as eleições, Felipe imediatamente se transformou num pequeno sol. Em volta dele gravitavam não apenas banqueiros e empresários, mas também artistas, manequins e ferozes mães casadoiras que buscavam um investimento seguro para suas embonecadas filhas. De início, Clô se divertia com essa corte extra-oficial e turbulenta, que seguia invariavelmente os passos de Felipe.

– Pede que se ajoelhem – ela pedia.

Mas na verdade nem era necessário o exagero, porque as casamenteiras já vinham dobradas em duas e com as cabeças bem perto do chão. Todas elas se aproximavam com a mesma frase, que parecia ter sido ensaiada em coro.

– Oh – diziam –, tu precisas conhecer a minha filha!

As gordinhas tinham ficado fora de moda e, por isso, sempre depois da apresentação surgia uma menina magra e alta, que falava inaudivelmente e só parecia viva quando mexia freneticamente os braços e as pernas nas pistas de dança.

– Obrigado – soprava Felipe para Clô –, mas detesto galetos.

Então chegaram os Karlmiller e Clô deixou de sorrir. Tinham vindo ninguém sabia de onde, mas caíram na pequena e apertada noite de Porto Alegre como se sempre tivessem vivido aqui. Andavam pela Baiuca e pelo Butikin, bebendo, imperturbáveis, uísques escoceses e falando com desenvoltura na Europa. Ele era um cinqüentão grisalho e sarcástico, que tinha sempre uma frase cáustica nos lábios e cortejava as mulheres com um rebuscado estilo europeu. Ela, Ana, se dizia austríaca, mas tinha os traços inconfundíveis das judias bonitas. Tinha acabado de passar dos quarenta e ouvia tudo com grandes e atenciosos olhos verdes. Ana se movia como se o rumo de cada gesto tivesse sido escolhido uma hora atrás, e fazia isso com um vagar que obrigava a atenção dos demais. Em dois meses, o casal perdeu os primeiros nomes e se tornou os Karlmiller, que, como todos os aceitos, tinham o direito de dizer:

– Ponha na minha conta.

Só a partir daí, quando nem era mais necessário falar, mas bastava apenas apontar a conta para que ela fosse imediatamente recolhida, foi que os Karlmiller revelaram que tinham uma filha. No aniversário de Ana, comemorado de portas fechadas no Butikin, ela levou a filha para a mesa de Felipe e disse, como se Clô não estivesse presente:

– Esta é a minha filha Débora.

Desta vez Felipe não soprou nem uma brincadeira nos ouvidos de Clô. Se curvou ligeiramente e deu dois beijos familiares em Débora, que sorriu dentro do seu dourado e disse:

– Me chame de Doll, está bem?

– Alô, Doll – cantarolou Felipe acendendo as suas duas covinhas.

Clô sorriu, cumpriu o ritual dos beijinhos faciais, mas ficou em guarda. Doll parecia realmente uma boneca, toda loira, com uma cabeleira que esvoaçava ao redor de sua cabeça e a pele jovem e macia, coberta, sem uma só falha, por esse bronzeado persistente que é difícil encontrar fora dos anúncios de bronzeadores. No início da grande era das magras, ela havia ficado na transição: tinha busto arredondado, cadeiras torneadas e um magnífico par de pernas longas e generosas.

– Ela é burrinha – contra-atacou Clô no único ponto fraco que a outra parecia ter.

– Não seja boba – respondeu Felipe com uma risada. – Com um corpo desses ninguém precisa de cérebro.

– Aliás – comentou Clô azeda –, a mãe tem de sobra pela família inteira.

Foi realmente o início de uma caçada sutil, que Ana organizou com a eficiência de uma profissional. Ela não aparecia com a filha nas reuniões numerosas ou nos lugares turbulentos. Doll era cuidadosamente colocada dentro dos cenários favoráveis onde, mais do que a sua beleza, resplandecia a sua juventude.

– Que droga – protestava Clô –, qualquer dia encontro essa menina debaixo das nossas cobertas.

Felipe ria feliz, porque gostava de ser cortejado e seguidamente alimentava as mães famintas, jogando aqui e ali pedaços de sua atenção. Mas Ana, sempre vigilante, jamais permitia que ele estabelecesse seu jogo. Quando Doll estava para se tornar uma convidada habitual, a mãe aparecia uma noite de braço vazio:

– Doll foi ao Rio – explicava.

Mantinha a filha ausente por uma ou duas semanas, então repentinamente a trazia de volta, sempre com um novo penteado, uma nova pintura ou um novo vestido, para tornar ainda mais marcante o seu retorno. Clô, quando se deu conta, estava abusando de sarcasmos que jamais havia usado.

– Meu Deus – dizia –, você cuida de sua filha como se ganhasse comissão.

Ou então:

– Você e seu marido são casados ou são apenas sócios na filha?

Mas Ana parecia inatingível. Assimilava sorridente todas as agressões e era especialista em transformar derrotas aparentes em estrondosas vitórias.

– Meu Deus – dizia rindo –, eu morro de inveja de pessoas espirituosas.

E em seguida beijava escandalosamente a agressora.

– Não posso com ela – confessou Clô para sua avó.

De repente, no entanto, as breves viagens de Doll se transformaram num longo afastamento. O pai e a mãe continuavam girando semanalmente em torno de Felipe, mas nenhum dos dois fazia a menor referência à filha.

– Meu Deus – pensou Clô –, me livrei dela.

Quis, entretanto, confirmar o seu desafogo e, numa noite, depois de saltar sobre várias banalidades, perguntou a Karlmiller:

– E Doll, por onde anda que não aparece mais aqui?

O pai hesitou apenas um segundo antes de responder, mas a pausa, apesar de rápida, foi suficiente para que ele e Ana trocassem um olhar de alerta, que desmentiu a naturalidade de sua desculpa.

– É o vestibular, você sabe? Ela agora resolveu tirar Psicologia.

Ana, no entanto, foi esperta, sentiu que a frase havia soado falsa, mas não correu em socorro do marido. Ela e Clô ficaram se espreitando por trás dos sorrisos sociais, até que Felipe chegou e desfez a tensão.

– Eles estão me fazendo uma boa – disse Clô para a avó.

Decidiu então facilitar o irremediável. Inventou uma viagem ao Rio, voltou um dia antes, apanhou seu carro e foi a Gramado. Atrasou propositadamente a viagem, chegou no meio da noite, estacionou o carro a duzentos metros da casa e fez o resto do percurso a pé. Evitou a porta principal e entrou pela garagem, onde o Mercedes estava estacionado. Com os pés de seda cruzou o corredor e chegou até a sala, onde uma garrafa vazia de champanhe boiava num balde de água gelada.

– Que droga – ela pensou –, ele não muda.

Olhou a sua volta, mas não encontrou o mínimo objeto que pudesse identificar a companhia de Felipe. Então, ela subiu as escadas vagarosamente e chegou ao quarto. Teve um segundo de dúvida, mas logo se decidiu. Respirou fundo e abriu a porta num repelão.

59.
Não era Doll que estava com Felipe, era sua mãe. A surpresa de Clô foi tanta, que ela se transformou instantaneamente numa confusão de sentimentos. Viu a cara aborrecida de Felipe, o sorriso irônico de Ana e fechou a porta apressadamente, como se com isso pudesse apagar a cena toda. Ficou ainda um segundo sem saber o que fazer e logo desceu apressadamente as escadas e saiu de casa. Já fora do portão e correndo para seu carro, ainda ouviu a voz de Felipe chamando por ela, mas não se deteve. Ela não sabia se ria ou se chorava e, na indecisão, pensou apenas em se afastar o máximo possível. Somente quando apareceram as primeiras luzes de Porto Alegre foi que ela diminuiu a velocidade do carro e tentou entender o que tinha acontecido.

– Aquela velha cadela – pensou furiosa.

Mas na verdade sabia que Ana não estava no seu caminho. Mais do que a própria infidelidade, era o olhar de Felipe que a aborrecia. Não se envergonhava, não se desculpava, nem se constrangia. Estava apenas aborrecido por ter sido interrompido naquele momento. Até uma camareira estranha e descuidada teria recebido um olhar semelhante.

– Sou uma idiota – ela se disse em voz alta.

No entanto, quando começou a rodar pela cidade, descobriu espantada que, ao contrário das vezes anteriores em que tinha sido enganada, ela não sentia o menor impulso em ajustar as contas ou pagar na mesma moeda.

– Estou ficando cínica – pensou.

Dentro do seu apartamento, no entanto, ela mudou de idéia. Achou que não poderia fazer de conta que nada tinha acontecido e muito menos receber Felipe de volta com piadinhas a respeito da idade de Ana. Havia um travo novo e indefinido dentro dela que a inquietava. Perambulou sem rumo pelo apartamento e de repente se avistou, elegante e sofisticada, num imenso espelho.

– Meu Deus – ela pensou –, eu faço parte da decoração.

Ainda não tinha decidido o que fazer, quando o telefone tocou. Clô deixou que ele soasse várias vezes, até que finalmente atendeu.

– Clô – disse a voz tranqüila de Felipe –, não faça nenhuma asneira. Tome um uísque e me espere.

Então ela se enfureceu com a frieza dele e explodiu.

– Não precisa vir, pode ficar aí com sua velha.

Desligou e imediatamente se arrependeu.

– Droga – pensou –, por que eu sempre digo o que não quero?

Pensou em ligar novamente para Felipe e pedir desculpas pela sua vulgaridade, mas se recordou do sorriso irônico de Ana e desistiu da idéia.

– Nem duvido – pensou – que tenha sido ela quem mandou que ele me telefonasse.

Ela imaginou os dois, em volta de uma mesa, discutindo tranqüilamente a sua visita inesperada. Ana, madura e experiente, recomendando que Felipe tivesse paciência com ela. E Felipe, por sua vez, seguro e sereno, respondendo que já sabia o que fazer. E assim, à medida que a sua imaginação disparava, confundindo verdades e mentiras, Clô se sentia traída e menosprezada.

– Ele pensa que me comprou – disse para sua imagem refletida no espelho.

Teve então o antigo impulso de quebrar tudo, mas a sua frase infeliz no telefone a conteve. Caminhou rápida e impacientemente pelo apartamento, tentando imaginar o que Ana faria no seu lugar. Mas tentar adivinhar as reações da outra era como perder o pé em águas fundas.

– Aquela peste – pensou – nem sangue tem.

– Olhe, queridinha – lhe disse um cabeleireiro –, o que ela tem é classe. A velha e insubstituível classe.

Clô ficou por longo tempo diante do espelho, até que tomou uma decisão.

– Muito bem – pensou –, não sei o que é classe, mas sei muito bem o que é dignidade.

Foi para o quarto, trocou seu modelo importado por um vestido despretensioso, se despojou das jóias e do relógio e saiu do apartamento, como havia entrado a primeira vez. O hábito fez com que ela usasse o carro que Felipe havia lhe dado, mas, no meio do caminho para a casa de sua mãe, ela voltou e o deixou na garagem.

– Ele precisa de revisão – mentiu para o garagista.

Apanhou um táxi e foi para a casa de sua mãe. Quando chegou, o dia estava amanhecendo e Donata saía para a missa. Ela examinou curiosa a filha e disse:

– Bom, meu pai dizia que só duas coisas tiram as dorminhocas da cama: viagens ou más notícias.

Clô sorriu e beijou a mãe.

– Não é nada sério – aquietou.

– Mesmo que fosse – se queixou Donata –, você não me contaria.

– Mas não é – insistiu Clô.

Donata se afastou dois passos dela, deixou seu olhar correr pelo vestido e pelos sapatos e suspirou.

– Você está vestida como uma penitente.

Clô desta vez riu realmente divertida, mas a mãe continuou séria.

– Quer ir à missa comigo?

– Não – respondeu Clô –, hoje não estou para igrejas.

– Você nunca esteve – respondeu a mãe.

Beijou a filha e saiu em busca da vizinha que lhe fazia companhia nas visitas à igreja. Clô por um momento ficou olhando a mãe se afastar e logo entrou em casa. Sua avó estava na cozinha coando o café. Ergueu os olhos para Clô e, como se fosse um cumprimento, disse:

— Há uma xícara limpa no armário.

Clô deu um beijo rápido na avó e se deixou cair numa cadeira.

— Não tenho fome – disse.

A avó teve um de seus risos secos e irônicos.

— Sabe – disse –, o que me manteve elegante a vida inteira é que os problemas sempre me tiram o apetite.

— Como eu – disse Clô.

— É – confirmou a avó –, você saiu a mim. Já a pobre da sua mãe sofre com o estômago. Notou como ela está mais gorda?

Clô se sobressaltou.

— Ela está tendo problemas?

— Com o seu irmão – informou a avó.

Apanhou mais uma xícara e um pires e os colocou na frente de Clô.

— Um café ajuda – disse.

— Me aconteceu uma droga – disse Clô.

— Primeiro o café – cortou incisiva a avó.

As duas tomaram café em silêncio e só depois de limpar a mesa foi que a avó apontou a bengala para a porta e disse:

— Lá fora está melhor.

Sem esperar pela neta, saiu para o pátio e se pôs a falar de passarinhos, como se não tivesse outro interesse na vida. Somente meia hora depois foi que sentou num dos bancos do jardim e puxou a neta para seu lado.

— Muito bem – disse –, eu não sei o que foi que aconteceu, mas me parece melhor que das outras vezes.

— Apanhei Felipe com uma velha – disse Clô.

— Velha? – perguntou a avó curiosa.

— Uma quarentona – respondeu Clô.

Para sua surpresa a avó, em vez de ficar escandalizada, se dobrou num riso alto e divertido.

— Mas ela é feia – protestou Clô.

— Ora, ora – respondeu a avó –, isso realmente não importa. O que importa, o que deve ter fascinado aquele seu pavãozinho maravilhoso foi exatamente a idade dela.

Olhou para a cara assombrada de Clô e lhe deu uns tapinhas consoladores no joelho.

– Minha animalzinha – disse –, eles sempre são fiéis ao primeiro amor.

– Mas que primeiro amor? – quis saber Clô assustada.

– O mais duradouro de todos eles – disse a velha. – A mamãe, a querida e inesquecível mamãe.

E recomeçou a rir, enquanto batia divertida com a bengala no chão.

60. Clô dormiu logo depois do meio-dia e acordou, ao anoitecer, com Donata e Afonsinho em altos brados na cozinha. Há três meses que cada encontro diário entre mãe e filho se transformava numa batalha.

– Nós vamos fazer uma revolução nesta droga de país – berrava Afonsinho.

– Nós não permitiremos que o Brasil seja entregue ao demônio – gritava em resposta sua mãe.

Quanto mais discutiam, mais se distanciavam, enquanto a avó assistia muda e impassível à disputa. Mas, às vezes, Donata se exasperava com o filho e pedia a ajuda da sogra.

– Seu neto – dizia dramaticamente – vai terminar numa prisão.

A velha olhava Afonsinho com uma descrença irônica e respondia:

– Vamos, Donata, não seja tão italiana.

No entanto, quando Afonsinho tentava expor à velha seus mirabolantes planos revolucionários, ela interrompia a primeira de suas frases com uma batida irritada da bengala no assoalho.

– Que droga – dizia –, não fale, faça!

– Burguesas – berrava Afonsinho –, burguesas!

E saía irritado, enquanto Donata se punha a lamentar os tempos modernos, numa ladainha que terminava invariavelmente com uma profecia:

– Antes de 1970, o Brasil será uma nova Cuba.

Clô olhava aturdida a sua volta e não conseguia entender o que estava acontecendo. Quando Felipe terminava suas preocupadas reuniões com os empresários, ela jogava sobre ele cestos de perguntas, que eram esvaziados sempre com a mesma resposta:

– Mulher nasceu para o amor e não para a política.

Entretanto, há semanas que discutir política havia se tornado a grande moda do Butikin. Clô olhava espantada aqueles jovens que usavam camisas francesas e gravatas italianas de repente esmurrarem as pequenas mesas e gritarem:

– Eu sou revolucionário.

Felipe ria divertido, simulava o julgamento dos amigos, fazia as vezes de advogado de defesa e promotor e conseguia gargalhadas paroxísticas quando berrava:

– *Al paredón!*

Afonsinho ficava furioso quando Clô contava em casa as brincadeiras das noites ricas. Uma vez chegou a apanhar a irmã pelos ombros e a sacudi-la violentamente.

– Que droga – gritou –, você precisa ter consciência. Consciência, está me entendendo? O que você pensa que eles estão fazendo, infeliz?

– Acho que estão se divertindo – respondeu Clô com toda a convicção.

– Meu Deus – respondeu Afonsinho desesperado –, estou cercado de alienadas.

Era a sua frase favorita, que estava sendo repetida mais uma vez, enquanto Clô se levantava da cama e punha os chinelos. Quando ela chegou à escada, Afonsinho saía furioso da cozinha.

– Você é testemunha – gritou para a irmã –, um dia minha própria mãe irá me denunciar.

– Tu – esganiçou a mãe da cozinha –, tu é que vais levar a tua mãe ao paredão.

Ele saiu furioso, batendo violentamente com a porta, e voltou dois segundos depois com um aviso mal-humorado.

– O teu burguesão está aí.

Clô tentou recuar para a escada, mas Felipe já estava cruzando sorridente a porta de entrada. Ele parou um instante, surpreso pela visão de Clô apenas de saia e com os chinelos de sua mãe, e logo foi ao encontro dela.

– Nunca vi você tão linda – disse.

– Talvez – respondeu Clô ácida e implacável – você prefira ver minha avó. Acho que ela é mais o seu tipo.

Mas Felipe não era Motta. Riu, deu de ombros e disse com a maior naturalidade:

– Eu disse a você que não gostava de galetos.

Então repentinamente os dois riram e não necessitaram mais de explicações. Donata veio desafogada da cozinha, fingiu uma surpresa que não tinha e, antes que Clô pudesse mover um dedo para impedir, convidou Felipe para o jantar.

– Madame – respondeu ele acendendo as covinhas –, será um imenso prazer.

Apanhou as mãos de Donata e lhe deu dois sonoros beijos nas faces.

– Ora, ora – disse ela se ruborizando como uma garotinha –, vejam só que maroto.

Até a avó, sempre tão reservada, se deixou vencer pelo fascínio de Felipe. Quando chegou a sua vez de ser beijada, riu e bateu com a bengala no assoalho.

– Olhe aqui, menino – disse –, você por dentro não vale um tostão furado...

Fez uma pausa, propositadamente solene, e então ajuntou com uma gargalhada:

– ... mas por fora, devo admitir que você é um dos mais belos animais que já conheci.

– Não vou agradecer – disse Felipe imperturbavelmente cínico –, porque sei que o elogio é merecido.

E então Clô se sentiu como se estivesse sentada diante de um pinheirinho de Natal e, repentinamente, todas as luzes tivessem se acendido. Ela viu, cheia de espanto, Donata ir para a cozinha preparar uma macarronada, sua avó bater as gemas para uma sobremesa rara e Felipe, com um avental em volta do corpo, girar em torno das duas, como um ajudante de cozinheiro.

– Meu Deus – ela pensou abrindo o vinho –, não é preciso dinheiro!

As surpresas se derramaram pela noite toda. Felipe, que era sempre exigente e requintado, comeu o macarrão de Donata em grandes e glutonas garfadas. Sua avó, com os olhos brilhantes, ergueu também seu cálice em todos os brindes e sua mãe quebrou a casmurrice das últimas semanas, rindo e recordando histórias divertidas de sua família. Na sobremesa Clô não se conteve, bateu palmas para impor silêncio e perguntou:

– Mas afinal, o que está acontecendo?

Sua mãe olhou espantada para ela, depois se voltou para Felipe e disse:

— Acho que, no fundo, ele é um rapaz caseiro.
— Sou, sou, sou — confirmou Felipe rindo.

E ela também teria continuado a rir como os outros, se não tivesse encontrado, de repente, o olhar de sua avó.

— Meu Deus — ela pensou, subitamente arrancada da mesa e de todos os risos que a cercavam —, ela está olhando para mim com pena.

Como se tivesse adivinhado seus pensamentos, a avó desviou rapidamente os olhos dela e os manteve assim propositadamente afastados. A partir daí Clô se confundiu, não conseguiu sequer fazer o café, deixou que um copo lhe escapulisse das mãos e teve que aceitar, com um ar de idiota, uma repreenda de sua mãe.

— Fique quieta até passar o efeito do vinho, menina.

Ela se encolheu confusa na sua cadeira, fingiu ouvir as histórias, riu quando os outros riam, mas, na verdade, estava aflita e distante de tudo. Finalmente, no momento das despedidas, enquanto Felipe trocava receitas italianas com sua mãe, Clô se abraçou com sua avó, apertou o corpo da velha de encontro ao seu e perguntou:

— O que foi?
— Nada, nada — tentou se livrar a avó.

Mas Clô não permitiu que ela fugisse.

— Por favor — pediu —, me conte.

A avó se afastou de seus braços, olhou novamente cheia de pena para ela e logo a apertou de encontro a si.

— Minha pobre animalzinha — disse —, você está apaixonada.

Clô quis rir feliz, se soltar dos braços da avó e sair dançando pela rua afora. Mas, em vez disso, se sentiu afundar num medo inesperado e atordoante, como se estivesse pisando por primeira vez numa terra estranha.

61. Clô entrou no amor como uma menina que se aventura à noite numa casa vazia. Nas primeiras semanas, medrosa e insegura, ela se sobressaltava com os menores gestos de Felipe. Bastava uma resposta menos gentil ou um olhar menos carinhoso para que ela pensasse:

— Meu Deus, ele não me ama mais.

Comparava então o dia de hoje com o dia de ontem, as palavras novas com as antigas, as atitudes presentes com as passadas, até que as certezas e as incertezas, somadas e divididas, lhe dessem o resultado desejado.

– Graças a Deus, ele ainda me ama.

À medida que os quartos escuros se iluminavam e perdiam as sombras, ela avançava com mais coragem para os seguintes. Até que, uma noite, o amor explodiu dentro dela, como se todas as rosas do mundo florissem ao mesmo tempo. O milagre foi tão deslumbrante, que até Felipe se comoveu e ficou por longo tempo com ela nos braços, sem proferir uma só palavra, com medo de quebrar o encanto. Só no dia seguinte foi que ele perguntou:

– O que houve?

Por um instante Clô pensou em lhe contar a verdade, mas a confissão da descoberta implicava também revelar seus longos meses de fingimentos e, por isso, ela respondeu apenas:

– Eu te amo.

– Bem – ele riu feliz –, então ontem à noite você abusou.

Desde então, o seu amor parecia uma varinha de condão capaz de iluminar todos os quartos escuros da vida. Havia um turbilhão em volta dela, as manchetes viviam cheias de ameaças, os muros estavam cobertos de palavras ferozes e o olhar da multidão tinha se tornado duro e agressivo. Mas Clô não via nem ouvia nada, totalmente entregue ao seu milagre particular.

– Vai explodir tudo – dizia Afonsinho, com um olhar trágico de herói ferido.

Mas ela abanava a cabeça e ria. Chegou até a enfurecer o irmão, quando disse que os muros pareciam mais bonitos assim.

– Assim como? – quis saber ele.

– Pintados de várias cores – respondeu ela, com uma candura de menina.

– Mas as palavras – berrou ele –, você não liga para as palavras?

– Não – respondeu ela –, só olho para as cores.

Até Donata não se conformava com a sua transformação. Falava em passeatas de protesto, ameaças de comunismo, destruição de lares, e depois se voltava para a filha e dizia, com uma voz cheia de censura:

– Não me parece direito ser tão feliz numa hora dessas.

– Eu amo – respondia Clô rindo –, é só isso, eu amo.

Mas sua mãe balançava a cabeça reprovadoramente, já esquecida do amor. Apenas sua avó se maravilhava com o desabrochar da neta. Ficava horas inteiras ouvindo, atenta e fascinada, as bobas histórias de amor de Clô. Depois de cada ponto final, corria as mãos pelo rosto, pelos ombros e pelos braços de Clô e dizia:

– Você parece feita de seda.

Mesmo a volta repentina de outros amores não perturbou a felicidade de Clô. Quando ela confessou, com uma ponta de receio, que sentia falta dos filhos, Felipe estalou os dedos no ar e disse:

– Vou mostrar a você que um banqueiro pode mais que um juiz.

Uma semana depois levou Clô a Atlântida, apontou para um guarda-sol alaranjado no meio da praia e disse:

– Eles estão lá a sua espera.

A incredulidade foi tanta, que Clô nem conseguiu falar.

– Só acho – disse – que você não devia dizer que é a mãe deles.

Ela nem perguntou como ele tinha conseguido o encontro. Se abraçou com ele e repetiu sua frase mágica:

– Eu te amo.

Depois caminhou vagarosamente para o guarda-sol. A três metros dos filhos, no entanto, teve que sentar na areia, porque seus joelhos tremiam e seu coração parecia querer romper seu peito e sair para fora. Clô se deixou ficar assim por dez minutos, até que Joana sorriu para ela. Então, procurando ocultar a sua emoção, ela perguntou com naturalidade:

– Como vai?

– Bem, obrigada – respondeu a pequena.

Clô mordeu os lábios, caminhou até o guarda-sol, ajoelhou-se na frente de Joana e perguntou:

– Você se lembra de mim?

Por um instante ela pensou que seria reconhecida. Joana franziu o cenho, examinou a mãe com olhos curiosos e chegou a erguer a mão como se fosse tocar em seu rosto. Mas logo em seguida balançou a cabeça e disse que não.

– Quem é você? – perguntou.

— Sou uma amiga — respondeu Clô.

Se voltou então para o filho, que fazia, compenetrado, bolinhos de areia.

— Alô — disse —, como vai?

Ele ergueu e abaixou rapidamente os olhos mas não disse nada.

— Ele não fala com ninguém — explicou Joana.

Então Clô sentiu que iria mais uma vez perder o controle, se ergueu, forçou um sorriso e acenou um adeus sem palavras. Quando voltou ao carro, Felipe estava a sua espera e a consolou carinhosamente.

— Amanhã será bem melhor — disse.

No entanto não houve outro dia. Na manhã seguinte, quando Clô chegou ao guarda-sol alaranjado, só havia uma senhora grisalha embaixo dele.

— O pai — informou — veio buscar os pequenos esta manhã.

Felipe ficou irritado, porque haviam lhe prometido que os pequenos ficariam duas semanas na praia, mas Clô o dissuadiu de reclamar.

— Não sei brincar de estranha com meus filhos — confessou.

Mas não sofreu nem se culpou como da primeira vez. Seu amor era uma rosa de esperança tão grande, que a permitia crer em todas as possibilidades.

— Agora eu sei — ela disse para a avó — que eles voltarão para mim.

Uma semana depois, já podia recordar o encontro com seus filhos com ternura. O mundo agora não lhe parecia mais um campo de batalhas, mas uma terra de milagres. Sua felicidade era tanta, que às vezes parecia querer romper a sua pele e extravasar para fora. Clô então se punha a caminhar pelo apartamento, descobrindo assombrada que, agora, cada pequeno objeto parecia ter uma radiante novidade. Seguidamente Felipe acordava no meio da noite e dava com ela imóvel nos pés da cama, olhando para ele.

— O que você está fazendo? — perguntava ele.

— Vendo você dormir — respondia ela.

Ele sorria feliz mas havia também um espanto no fundo de seus olhos azuis.

— Olhe — ele disse uma noite —, às vezes eu tenho medo do modo como você me ama.

– Eu queria – explicou ela – pôr todo você dentro de mim.

Um dia ela interrompeu sorridente uma das tantas discussões de sua mãe com Afonsinho, com uma frase tola que lhe pareceu subitamente nova:

– A felicidade existe.

Os dois olharam surpresos para ela. Donata ergueu as mãos para cima sem dizer nada, mas Afonsinho explodiu:

– Você é uma doida.

– Eu sou feliz – insistiu ela.

– Porque você nem sabe em que país está vivendo – respondeu ele.

Clô riu alto, com essa alegria irresponsável que só o amor pode dar, sem sequer adivinhar que era uma sexta-feira 13 e que, a quase dois mil quilômetros dali, milhares de pessoas que não a conheciam estavam influindo irremediavelmente no seu destino.

62. Os sábados eram dias de riso no restaurante do City, onde empresários bem-sucedidos almoçavam as palestras das sextas-feiras. Em março de 64, no entanto, nas mesas ficaram subitamente sérias e cheias de cochichos. No último sábado do mês, quando inesperadamente Clô foi convidada para almoçar, ninguém ria na mesa de Felipe. Ele e seus amigos fizeram os pedidos e intercalaram as conversas sem importância com longas e pensativas pausas. No final, ele foi o único a rir, quando ergueu seu cálice de vinho sem entusiasmo e disse:

– Ao nosso futuro, se é que temos algum.

Há duas semanas que ele não era mais o homem alegre dos dias passados. Recebia visitas inesperadas no meio da noite, era despertado no meio do sono por telefonemas distantes e partia, repentinamente, em viagens urgentes e inadiáveis, que nunca tinham destino certo.

– O que está havendo? – perguntava Clô.

– Estou jogando – dizia ele –, estou jogando enquanto ainda me restam as últimas fichas.

Mas se Clô insistia e queria maiores detalhes, ele lhe dava um beijo ou lhe fazia um carinho e repetia que política não era assunto de mulher. Naquele sábado, quando voltaram do restaurante, ele, contrariando seus hábitos de não beber antes da noite, se serviu de um uísque e afundou numa cadeira. Olhou para Clô através da bebida e anunciou:

– Desta vez você vai comigo.

– Para onde? – quis saber Clô.

– Primeiro, Santana do Livramento – disse ele, imitando o sotaque fronteiriço.

Tomou um gole de uísque e completou, já sem o menor tom de brincadeira:

– Depois Uruguai, Argentina, Estados Unidos ou o diabo.

Uma idéia doida passou pela cabeça de Clô, ela olhou assustada para ele, mas Felipe, como se tivesse adivinhado seus pensamentos, disse:

– Não, meu amor, eu não dei um desfalque.

– O que você fez? – perguntou Clô.

Ele olhou para ela, como se fosse contar tudo, mas logo abanou a cabeça afastando a tentação.

– Quanto menos você souber – disse –, melhor.

No dia seguinte, quando Clô foi visitar sua mãe, também ela parecia estar guardando um segredo. Recebeu Clô com um ar preocupado e, por várias vezes, durante as conversas, perguntou:

– Ahn, o que foi que você disse?

Clô então foi se refugiar com a avó, que estava sentada diante da janela, olhando o rio.

– Parece que todo mundo hoje está de mau humor – disse Clô.

– Afonsinho foi para o Rio – disse a avó.

– Ele conseguiu emprego?

A avó se voltou para ela.

– Foi fazer a sua bendita revolução.

Então golpeou furiosa o assoalho com a bengala.

– Mas que droga, todo mundo ficou doido. Agora anunciam revolução como se fosse um sabonete.

Deu três passos furiosos pelo pequeno quarto e se jogou na sua cadeira.

– E a outra lá embaixo – disse apontando com a bengala para o andar inferior – leva a sério tudo o que aquele idiota diz. Falou até em mandar prender seu irmão para evitar uma desgraça.

Golpeou irritada o assoalho com a bengala.

– Eu sempre disse que a estupidez é contagiosa.

– Você acha que o Afonsinho é comunista? – perguntou Clô.

– Nem ele sabe o que é – bufou a avó irritada.

Um minuto depois, Donata subia para o quarto da avó e se punha a falar em política, apesar dos olhares gelados da avó. Finalmente, notando que não conseguia interessar ninguém, ela fez a grande declaração do dia:

– Vamos fazer outra marcha do Rosário – disse –, para salvar o Brasil do demônio.

– Chegaram tarde – resmungou a avó –, chegaram tarde.

Clô aproveitou o silêncio agastado da mãe para se despedir e voltar para casa. Durante todo o percurso, da Tristeza até a Independência, ela examinava as pessoas que caminhavam com o vagar domingueiro pelas calçadas e a vida de todos lhe parecia calma e normal.

– Tudo isso está acontecendo na nossa família – pensou convictamente – porque papai morreu.

Na terça-feira Felipe veio almoçar em casa, mas mal tocou na comida, pretextando que estava com dor de cabeça. Levantou da mesa impaciente e foi para o living, onde ficou trocando de poltronas de minuto em minuto, como se fosse grande demais para elas. De repente o telefone tocou e, antes que a empregada atendesse, ele a deteve com um gesto. Atendeu com uma voz formal e aborrecida, mas logo em seguida se pôs aos berros.

– Não pode ser – gritava –, não pode ser!

Finalmente se deixou convencer, desligou o telefone, passou a mão desesperado pelos cabelos e disse, como se falasse consigo mesmo:

– Seja o que Deus quiser.

Em seguida, no entanto, tornou a perder a paciência e deu um murro na mesinha do telefone.

– Droga de país – rosnou –, droga de país! Não se pode planejar nada nesta droga.

Se voltou para Clô, que assistia muito espantada à sua fúria, e disse:

– Estava tudo certo para o dia 2. Um maluco lá de Minas atropelou tudo.

– O que estava certo? – perguntou Clô.

– A derrubada do Jango – respondeu ele.

Por um segundo, Clô pensou que não tivesse entendido. Depois, repetiu mentalmente a frase dele e explodiu muito surpresa:

– Mas não se derruba presidente.

Ele então deu uma gargalhada imensa, se abraçou com ela e rodopiou sempre rindo pelo living.

– Essa minha mulherzinha – dizia –, essa minha mulherzinha!

Mas nem bem terminou a sua alegre dança e logo voltou a ser o executivo eficiente de sempre. Correu para o quarto, apanhou o casaco e, de saída, avisou Clô:

– Vou ao Palácio.

Tudo havia acontecido tão depressa que Clô só foi se dar conta horas depois. Ela pensou que dentro em breve ouviria os vivas e os gritos, como em 61, mas a cidade estava estranhamente quieta. Nem o trovejar distante do trânsito nas ruas centrais se ouvia. Quando anoiteceu, as lojas apagaram suas luzes e a Independência parecia uma rua assombrada com suas calçadas desertas. Ela então ligou a televisão e ficou à espera de notícias. Mas até a meia-noite os brancos que matavam os índios não foram perturbados por nenhuma informação. Quando ela buscou o auxílio do rádio, também ele fingia a rotina de sempre.

– Meu Deus – ela pensou amedrontada –, não é como da outra vez.

Foi para o quarto e se sentou encolhida na cama. De tempos em tempos, um carro aflito se perdia pela avenida, mas nada mais quebrava o silêncio agoniado da noite. No meio da madrugada, subitamente, o telefone tocou agudo e impertinente e ela correu para atender. Antes que conseguisse dizer alô, a voz dura do seu irmão lhe disse:

– Pegue o absolutamente necessário e vá para a casa da mamãe.

– Por quê? – perguntou ela agoniada.

– Amanhã – continuou ele sem ouvir sua pergunta –, vamos ocupar esta droga de cidade. Desta vez vamos ajustar as contas com todos. Inclusive com o seu banqueirozinho canalha.

– Ouça – pediu ela –, ouça!

Mas ele já tinha desligado e o sinal rouco e desafinado do telefone piava em seu ouvido como uma coruja agourenta.

63. Os soldados começaram a marchar ao nascer do sol. Vinham mudos e impenetráveis, rasgando a manhã com o bater compassado de suas botas. Cercaram os bancos e os edifícios públicos, viraram as costas para as paredes e voltaram as faces e as armas impassíveis para a rua. Os poucos civis que haviam saído de casa trocavam de calçada, baixavam a cabeça e espiavam desconfiados as fileiras de fuzis. Ninguém ainda sabia de quem eram os soldados. Clô rodou com cautela pelo centro, evitou pacientemente as ruas bloqueadas e chegou ao Palácio pouco depois das sete. A Praça da Matriz e as ruas vizinhas estavam desertas, e apenas dois brigadianos guardavam frouxamente o portão lateral.

– Meu marido está aí dentro – disse ela para o sentinela.

Ele nem sequer falou, consentiu com um aceno da cabeça e continuou com os olhos atentos na rua. Clô atravessou o pátio superior e entrou pelos fundos do Palácio. Todas as portas estavam abertas e, dentro das salas imensas, pequenos grupos cochichavam pelos cantos.

– Por favor – ela pedia –, procuro meu marido, Felipe Clerbon.

Ninguém sabia dele. As respostas eram sempre lacônicas e, no segundo seguinte, o grupo voltava para seus segredos. Em algumas cadeiras dormiam homens desconhecidos que destoavam gritantemente do ambiente. Ela subiu então ao andar superior, mas não encontrou ninguém dentro das salas e dos salões. Quando voltou para o andar inferior, encontrou um preto uniformizado que subia as escadas.

– Estou procurando Felipe Clerbon – ela disse.
– Na ala residencial – ele disse – há gente tomando café.

Ela ainda tentou fazer uma segunda pergunta, mas, como os outros, o preto só tinha tempo e atenção para uma resposta. Clô então tornou a atravessar o pátio e foi para a ala residencial, caminhando cuidadosamente, como se não quisesse perturbar ninguém. As salas e os quartos estavam desertos. Ela retornou à entrada e desceu a escada que conduzia à parte inferior. Num canto do salão um grupo tomava café. Quando ela entrou todos ergueram a cabeça surpreendidos.

– São criados – pensou ela.

Então caminhou decidida para eles e perguntou com uma voz autoritária:

— Procuro meu marido, Felipe Clerbon.

Os cinco que estavam à volta da mesa se ergueram prontamente, como se tivessem sido repreendidos.

— Saíram todos – disse um homem de cabeça branca. – O governador, os secretários, saíram todos.

— Para onde? – quis saber Clô.

O homem de cabeça branca olhou para os outros quatro sem saber o que dizer. Um deles encolheu os ombros e o mais velho então disse:

— Passo Fundo, madame, é lá que vai ficar o governo agora.

— Obrigada – respondeu ela.

Deu as costas e tornou a subir as escadas. Até onde pôde ver, os cinco continuavam perfilados ao pé da mesa. Quando voltou ao seu carro, uma voz conhecida trovejava dentro dos táxis da praça. Ela ligou o motor e andou até o carro mais próximo.

— O que houve? – perguntou.

— Pé na tábua, dona – riu ele. – O Brizola tomou conta da cidade.

Desta vez ela teve que fazer uma volta maior para chegar ao seu edifício. Por onde passava, homens apressados estavam fechando suas lojas. Na primeira sinaleira, um carro ficou ao lado do seu e um ruivo, com a cara sarapintada de sardas, lhe gritou:

— Vai correr sangue!

Clô entrou em pânico no seu apartamento. Sem muita convicção, ainda gritou o nome de Felipe pelos quartos, mas nem sequer a empregada respondeu. Ela apanhou o telefone e começou a ligar desesperadamente para todos os amigos de Felipe. Na maioria dos telefones o sinal soava inutilmente. Em dois deles, a voz aborrecida da empregada informou que os patrões tinham ido viajar.

— Para onde? – quis saber Clô, na esperança de que um deles tivesse levado Felipe.

— Não sei – responderam as duas.

Ela repetiu então a rotina da noite anterior. Ligou a televisão, mas o vídeo continuava crepitante e vazio. Ligou em seguida o rádio e, por alguns minutos, pareceu-lhe que estava de volta a 61. Mas aos poucos começou a descobrir que as vozes estavam agudas e inseguras, e que 64 não tinha a certeza do passado. Naquele instante, a porta se abriu e a empregada entrou com um pão francês debaixo do braço.

– Peguei o último – disse. – Vão fechar tudo.

– Eu sei – respondeu Clô sem interesse.

– Todo mundo está indo para a Prefeitura – informou a criada, como se estivesse anunciando uma grande festa.

Mesmo assim, só no meio da tarde foi que Clô se deu conta de que Afonsinho poderia ajudá-la a descobrir o paradeiro de Felipe. Desceu, apanhou o carro e rodou tranqüila pelas ruas desertas até o centro da cidade. Na frente da Prefeitura ela parou por um momento. Era como se tentassem encenar 61 num palco bem menor, com apenas um décimo dos atores. A fila de soldados que guardava o Banco do Brasil continuava imóvel debaixo do sol. Pequenos grupos discutiam sem entusiasmo na praça, enquanto operários da Prefeitura montavam um palanque nas escadarias.

– Testando – berrava um alto-falante solitário –, um, dois, três, quatro.

Ela entrou curiosa na Prefeitura. Pequenas mesas estavam sendo dispostas na entrada para as juntas de alistamento e já havia uma fila de voluntários. Eles tentavam rir e fazer brincadeiras, mas não tinham nem a alegria nem a espontaneidade necessárias.

– Afonso Dias – ela começou a perguntar para todos que encontrava.

Mas os dedos apontavam em direções diferentes. Clô então entrou numa sala e avistou seu irmão, discutindo energicamente com um pequeno grupo. Quando ele se dispersou, Afonsinho avistou a irmã e caminhou ao seu encontro.

– Veio se alistar? – perguntou forçando um sorriso.

– Onde está Felipe? – perguntou ela.

Ele ficou olhando por um momento, cheio de pena, para a irmã.

– Pensei que tivesse levado você – disse.

– Por favor – pediu ela –, eu estou falando sério.

– Eu também – respondeu ele.

– Para onde ele foi?

– Santana – disse ele –, mas a esta hora já deve estar no Uruguai.

– Não é verdade – protestou ela em voz baixa.

– Saíram hoje cedo – disse ele – num táxi aéreo.

Clô olhou desesperada para ele, em busca de um traço qualquer de mentira que aquietasse seu coração. Mas Afonsinho tinha os olhos sérios e tristonhos.

– Você está enganado – ela conseguiu dizer.

Ele pôs carinhosamente a mão no seu ombro e a conduziu até o saguão de entrada.

– Vá para casa da mamãe – disse.

Olhou cautelosamente para os lados, baixou a voz e acrescentou:

– Amanhã Porto Alegre vai ter um banho de sangue.

– Não – respondeu ela roucamente –, meu lugar é na minha casa, esperando por ele.

Deu as costas e saiu quase correndo da Prefeitura. No meio da praça se voltou. Afonsinho continuava imóvel na porta de entrada, olhando tristemente para ela.

– É mentira – ela disse em voz baixa –, Felipe não faria isso comigo.

Mas dentro dela havia uma negra e inexplicável certeza de que ele tinha feito. Ela entrou no carro e se sentiu como a cidade, vazia e abandonada.

64.

Afundada numa poltrona, Clô tentava não pensar. Na cozinha, a empregada ouvia a transmissão do comício que estava sendo realizado no Largo da Prefeitura. O som que chegava até ela, confuso e indefinido, de tempos em tempos, parecia ser monstruosamente ampliado e jogado sobre a cidade. Sua vontade era de estar ao lado de sua avó, mas um rancor teimoso a mantinha no apartamento. Ela imaginava que, fosse qual fosse a explicação que Felipe pudesse lhe dar por tê-la abandonado, só mereceria uma resposta:

– Eu fiquei aqui.

Mesmo assim, inventava desculpas para ele. Punha Felipe diante de canos de fuzil e dilemas invencíveis.

– Viaja ou morre!

Ou então criava situações heróicas, onde ele era sempre encarregado de missões vitais, que o impediam até de lhe dar um simples telefonema de adeus. No entanto, nesse esforço de criar mentiras agradáveis, Clô se sentia novamente desfeita em pedaços.

– O que eu fiz de errado desta vez? – ela se perguntava.

Conferia sua vida com Felipe com a meticulosidade de um auditor. Reexaminava seus gestos, suas atenções e suas entregas, como se um erro qualquer pudesse justificar a atitude dele no momento de perigo. Pela primeira vez ela saiu do seu presente e do seu passado e olhou a vida, além de si mesma.

– É a vida que não presta – pensou.

Era uma frase boba, mas serviu para que ela se livrasse da pena que começava a sentir de si mesma. Levantou da poltrona e foi para a cozinha, onde a empregada olhava em pânico para o radinho que estava em cima da mesa, como se ele fosse o responsável por todos os acontecimentos.

– Vai haver revolução – ela disse.

Desligou o aparelho e ergueu os olhos aflitos para a patroa. Clô teve um impulso de passar amigavelmente a mão pelos ombros dela, mas o hábito foi mais forte que a solidariedade. Com uma voz seca e impessoal que cortava qualquer intimidade ela disse:

– Sirva o jantar.

A empregada pareceu acordar. Tirou o radinho de cima da mesa e começou a se mover diligentemente pela cozinha, como se a rotina fosse capaz de a salvar de qualquer imprevisto desagradável.

– Meu Deus – pensou Clô com remorsos –, Afonsinho tem razão, eu sou uma insensível.

Imediatamente voltaram as suas culpas. Ela saiu afogada da cozinha e foi para a sacada, se sentindo ainda mais solitária do que antes. Quando o jantar foi servido, ela tentou corrigir a sua insensibilidade, mas a empregada tinha se fechado dentro de seus deveres e só respondeu suas perguntas com monossílabos.

– Devia ser possível recomeçar – pensou Clô.

Mas nem ela mesma sabia como construir uma nova vida longe do sofrimento e dos desenganos. Pouco tempo depois a cidade silenciou. Clô foi curiosa para a sacada. A noite parecia estar de tocaia atrás das estrelas. Dois caminhões subiram esganiçados a Independência. Os homens que se apertavam nas carrocerias vinham graves e silenciosos, olhando firmemente para a frente.

– Não é como da outra vez – ela tornou a pensar.

Lembrava os caminhões alegres de 61 e os homens que riam e davam vivas em cima deles. Os de 64 pareciam estar viajando para uma batalha desesperada, sem sonhos de vitória. Aos poucos ela também se deixou contagiar pela incerteza geral e só conseguiu dormir depois que tomou o segundo comprimido. Acordou com o sol alto, mas havia o mesmo e estranho silêncio do dia anterior sobre a avenida. O abandono, porém, já não lhe doía tanto.

– Se eu agüentar até a manhã seguinte – costumava brincar sua avó –, já não morro mais.

A empregada, no entanto, parecia ainda mais amedrontada. Serviu o café e ficou ao lado da mesa, como se necessitasse de permissão para falar.

– O que houve? – perguntou Clô.

– Fui buscar pão – disse ela – e encontrei o dr. Severo no supermercado.

– E daí?

– Ele disse que o Exército vinha aí e ia fuzilar...

Fez uma pausa, como se tomasse coragem para concluir e completou:

– ... toda essa cachorrada.

Clô chegou a rir, mas logo a imagem de seu irmão lhe passou diante dos olhos e secou seu riso.

– Besteira – ela disse –, besteira.

– A senhora acha? – perguntou a empregada.

– Claro – disse Clô –, claro.

Mas um medo fino e persistente se intrometeu dentro dela. Clô ainda não havia conseguido se livrar dele quando a campainha zumbiu repentinamente.

– Deixe que eu atendo – disse Clô para a empregada.

Certa de que era Felipe, ela esperou intencionalmente pelo terceiro toque antes de abrir a porta. Seu irmão, com a barba crescida e os olhos tingidos pela vigília, estava diante dela.

– Preciso falar com você – disse.

– É sobre Felipe? – perguntou Clô assustada.

– Não – respondeu ele –, é sobre mim.

– Entre – pediu Clô.

Ele obedeceu constrangido, olhou rápida e desinteressadamente para o apartamento e, como se avisasse que tinha pouco tempo, disse:

— Estão esperando por mim lá embaixo.

— Quer um café? — perguntou Clô.

Ele chegou a mover a cabeça para recusar, mas mudou de idéia e respondeu que aceitava.

— Sente — disse ela, indicando as poltronas.

Foi para a cozinha buscar o café, com um pressentimento pesado de que estava vendo o irmão pela última vez. Quando voltou, ele continuava na mesma posição, olhando absorto para o tapete. Apanhou a xícara, agradeceu, bebeu apenas um gole e ergueu os olhos angustiados para ela.

— Só você pode me ajudar — disse.

Clô concordou silenciosamente.

— Terminou tudo — disse ele. — Ainda vamos fazer mais um comício mas não há mais esperança...

— O que você vai fazer? — perguntou ela.

— Não sei — respondeu o irmão.

— Você podia ficar aqui — disse Clô.

— Não, não — ele recusou —, tenho que voltar para lá.

Terminou de tomar o café, depositou cuidadosamente a xícara na mesa de centro, suspirou e disse:

— Se alguma coisa me acontecer, quero que você ajude a Ritinha.

Clô olhou espantada para o irmão.

— Ritinha — perguntou —, Ritinha?

Afonsinho baixou a cabeça encabulado, limpou a garganta, mas foi com a voz ainda presa que respondeu.

— Ela está esperando um filho meu.

Enquanto Clô tentava se desfazer do assombro, ele vasculhou os bolsos até achar um pedaço de papel que estendeu à irmã.

— É o endereço — avisou.

— Não vai acontecer nada — aquietou Clô.

— Nunca se sabe — disse ele.

Ficaram um momento se olhando através de todos os anos passados, até que Clô disse suavemente:

— Pode deixar, Afonsinho.

— Obrigado — disse ele.

Sua pressa voltou, ele se pôs de pé, repetiu que estavam esperando por ele, abraçou a irmã e disse.

— Felipe ganhou, vocês vão ficar bem.

Quando foi para o elevador, caminhava arrastando os pés, como seu pai depois da falência. Clô fechou a porta e começou a chorar por todos os seus afetos perdidos, esquecida de que estava no lado dos vencedores.

65. Ao nascer do sol, a cidade sacudiu o silêncio de cima de si e, de repente, ressoou como um imenso e surdo tambor. As ruas e avenidas estremeceram debaixo dos caminhões apressados e vencedores que despejavam pelas esquinas homens decididos e implacáveis. Clô sentou assustada na cama, sem saber o que estava acontecendo. Um segundo depois, a empregada entrava assustada no quarto, fazia o sinal-da-cruz e informava:

– Tá cheio de soldado por tudo que é canto.

Clô correu para a sala e só aí percebeu a inutilidade de sua pressa. Ela não era sequer um pequeno dente na engrenagem que se movia estrepitosamente ao redor. Tudo o que podia fazer era se afligir em silêncio pelos seus afetos.

– Que horas são? – perguntou.

– Sete – respondeu a empregada.

Como se tivesse hora marcada, a trovoada cessou. Na avenida começaram a se ouvir os motores pacíficos ronronando, novamente tranqüilos e metódicos, na vida de todos os dias.

– Passou – disse Clô.

Riu aliviada, disse que estava com fome e empurrou gentilmente a empregada para a cozinha.

– Prepara um bom café – pediu.

Desta vez não se recusou a participar da preocupação da outra. Foi até a porta da cozinha e brincou.

– Isso é briga de comadres, minha filha. Muita boca e pouco tiro.

Uma hora depois, a campainha da porta soou em toques rápidos e impertinentes. A empregada foi abrir, o dr. Severo passou por ela e entrou de braços abertos.

– Vencemos – cantarolou alegremente –, vencemos!

Antes que Clô pudesse dizer qualquer coisa, foi para a sacada e apontou dramaticamente para a cidade.

– Libertamos nossa mui leal e valorosa Porto Alegre – disse.

Teve uma curta risada de satisfação e esfregou as mãos.

– Os corruptos fugiram – disse. – Primeiro, o banana. Depois o cunhado dele.

– E os outros? – perguntou Clô, sem conseguir disfarçar a sua preocupação.

O dr. Severo, no entanto, estava tão feliz com a vitória, que continuou no mesmo tom eufórico de antes.

– A cachorrada saiu correndo atrás.

Olhou a sua volta, como se pudesse haver alguém escondido atrás das poltronas, e perguntou:

– O Felipe, onde está?

– Saiu cedo – mentiu Clô.

Ele se aproximou dela e, com uma voz solene e professoral, disse:

– Fique sabendo, minha senhora, que seu marido foi uma peça vital da nossa vitória.

Então lhe desejou um bom dia e saiu, tão esfuziante como havia entrado. Antes que a porta se fechasse atrás dele, ainda gritou para Clô:

– Agora está tudo bem, ouviu?

A frase ainda estava soando nos ouvidos de Clô quando uma inesperada rajada de metralhadora rasgou a manhã. A empregada veio assustada da cozinha, mas não conseguiu falar porque logo outros tiros estalaram desordenadamente, ampliados e multiplicados pelos desfiladeiros de concreto, que levavam ao centro da cidade.

– Deus nos guarde – conseguiu finalmente dizer a empregada.

Clô correu para a sacada, mas o trânsito continuava a fluir normalmente. Só aqui e ali algumas cabeças se voltavam assustadas na direção dos tiros. Pouco depois, três carros da polícia desceram a avenida agudos e alarmados.

– Meu Deus – pensou Clô –, eles estão resistindo na Prefeitura.

Imaginou Afonsinho ferido e se esvaindo em sangue e, antes que se desse conta do que estava fazendo, se viu descendo as escadas. Quando chegou à garagem, no entanto, o porteiro balançou desconsolado a cabeça.

– Trancaram a porta, dona. Ninguém pode sair.
– Mas eu preciso – insistiu ela.

– O dr. Severo tomou conta do edifício – respondeu ele. – As chaves estão com ele.

Clô foi para a rua, mas subitamente a avenida tinha se esvaziado. Os raros carros que passavam pelo centro logo em seguida retornavam pela outra pista, com mais pressa do que tinham ido. Agora, junto com o ruído rascante das armas automáticas, havia também o tossir abafado das bombas de gás. Clô ainda deu meia dúzia de passos pela calçada, antes de voltar para o saguão do edifício, onde o dr. Severo, transpirando uma repentina autoridade, dava informações aos moradores aturdidos.

– Não é nada – dizia. – Telefonei às autoridades e me informaram que está tudo bem. Eles só estão dispersando uma corja de vadios que havia na frente da Prefeitura.

Retirou o sorriso da face, olhou desafiadoramente o pequeno grupo e acrescentou:

– Tenho ordens de não permitir a saída de veículos da garagem, até que a situação se normalize no centro da cidade.

Ninguém discutiu nem perguntou quem havia lhe dado as ordens. Todos concordaram gravemente com ele e voltaram obedientes para os seus apartamentos. Apenas Clô continuou onde estava, olhando incrédula para o dr. Severo, até que ele mesmo se sentiu curioso.

– O que há, minha senhora? – perguntou.

– Meu irmão está lá – disse Clô, apontando para o centro.

– Então – respondeu ele desentendendo totalmente a informação –, pode ficar tranquila, porque ele está do lado certo.

Clô abriu a boca para negar, mas descobriu nos olhinhos pequenos e nervosos do dr. Severo que um novo jogo havia sido estabelecido. Concordou silenciosamente e, com os outros, voltou também para o seu apartamento. Uma hora depois, os tiros cessaram. Houve uma breve pausa e logo em seguida os carros recomeçaram a descer a avenida.

– Terminou tudo – ela disse para a empregada.

– Meu homem estava lá – informou a outra, como quem anuncia uma morte.

De repente Clô teve um cansaço imenso de tudo. Sentou numa poltrona e ficou olhando o vazio, imóvel e sem pensamentos, apenas com uma dor indefinida doendo dentro dela. Ficou assim até o meio-dia, quando o telefone tocou e a empregada lhe disse que era sua mãe.

– Meu Deus – pensou Clô aborrecida –, o que será que ela quer numa hora dessas?

Nem houve tempo para perguntar, porque bastou sua mãe reconhecer a sua voz no primeiro alô para anunciar, com uma voz tensa e contida:

– Prenderam o Afonsinho.

A primeira sensação de Clô foi de alívio, porque os mortos não são feitos prisioneiros. Mas, logo em seguida, ela duvidou da informação.

– Quem foi que disse? – perguntou.
– Telefonaram aqui para a vizinha – respondeu a mãe.
– Quem foi que telefonou? – insistiu Clô.
– Um amigo – respondeu a mãe. – Não quis dizer o nome.

Houve uma pausa e então a voz, agora descontrolada, de Donata perguntou:

– O que é que eu faço, minha filha?

Antes que Clô pudesse responder, a ligação caiu. Ela tentou telefonar para os vizinhos de sua mãe, mas todos os telefones estavam ocupados. Deixou então o seu telefone repousar e ficou à espera de uma nova ligação de Donata, enquanto se perguntava:

– Meu Deus, o que é que a gente faz?

A vida havia se tornado uma parede lisa diante dela. Clô estava se erguendo da cadeira quando a porta se abriu e Felipe, alegre, livre e elegante, entrou e disse, acendendo suas covinhas e seus olhos azuis:

– Adivinhe quem chegou?

Deu dois passos e abriu os braços, confiante e vitorioso. Então, ainda com a imagem do irmão dentro de seus olhos, Clô lhe deu as costas e caminhou para o quarto.

66. Clô entrou no quarto batendo furiosamente com a porta. Era a primeira vez que ela tinha um gesto violento com Felipe e não sabia como ele ia reagir. Sentou na cama e examinou sua imagem no espelho. Parecia descomposta e sombria, apenas os olhos queimavam brilhantes e raivosos. A porta então se abriu lentamente e Felipe entrou, com grandes e pausados passos, e se pôs de braços cruzados diante dela.

– É uma droga de recepção para um homem que escapou por um fio – disse.

Clô teve um riso seco e irônico, como os de sua avó, mas não disse nada.

– Bem – disse Felipe, puxando uma cadeira e se sentando na frente dela –, quer me explicar o que está acontecendo?

– Muito obrigada por ter me esquecido na hora do perigo – disse Clô ironicamente.

Ele olhou espantado para ela.

– Mas que esquecido – perguntou –, que esquecido? Mandei o Beto avisar você que...

Parou, olhou para ela como se quisesse ler seus pensamentos e levantou da cadeira.

– Ah, meu Deus – exclamou –, mas não é possível, não é possível. Não se pode confiar em mais ninguém hoje em dia.

Clô não disse nada, acompanhou de lábios cerrados o passeio indignado de Felipe pelo quarto que terminou por uma volta à cadeira.

– Olhe – disse –, quando o velho resolveu fugir para Passo Fundo, eu percebi que as nossas vidas corriam perigo.

– Nossas? – perguntou Clô sarcástica.

– Mas evidente – ele respondeu.

– E aí – disse ela imitando o seu modo de falar –, como nossas vidas estavam em perigo, você fugiu sozinho.

Felipe não se perturbou. Baixou os olhos, fez uma pausa, voltou a encarar Clô e, retomando seu tom calmo e ponderado, disse:

– Eu não sabia se chegaria vivo ao aeroporto.

Logo em seguida, ajuntou com uma voz ressentida de quem foi injustiçado:

– Achei que eu não tinha o direito de arriscar a sua vida.

Clô tentou se conter mas não conseguiu. Desatou numa risada que começou alta e alegre e foi baixando até se tornar ríspida e amarga.

– Meu amor – disse sem ironia –, meu primeiro e único amor, você é um miserável egoísta e mentiroso.

Ele tentou falar, mas ela o impediu com um gesto, anunciando que ia continuar.

– Você, quando se sentiu perdido, só pensou em salvar essa sua linda cabecinha. Você me abandonou, meu amor. Fugiu para o Uruguai e me abandonou.

Ele tornou a se erguer da cadeira. Fechou dramaticamente o casaco e disse com uma voz solene e magoada:

– Nunca fui tão injustiçado em minha vida.

E saiu do quarto pomposamente ofendido. Clô acompanhou sua saída, balançou incrédula a cabeça e tornou a rir.

– Não respeitam mais nada – disse em voz suficientemente alta para que ele a ouvisse da sala.

Teve vontade de deixar tudo e sair caminhando sem rumo, até que não tivesse mais força nas pernas. O que mais lhe doía é que, apesar de tudo, no momento em que ele sentou na sua frente, ela o desejou intensamente. Clô tornou a olhar sua imagem no espelho, ajeitou mecanicamente os cabelos e concluiu com tristeza:

– Deve haver alguma coisa errada comigo.

Mas em seguida se lembrou do irmão e não se achou mais com direito de se ocupar de seus próprios problemas. Trocou o vestido por um modelo mais discreto e decidiu visitar sua mãe, antes de começar a busca de Afonsinho. Por um momento, quando calçava os sapatos, pensou em pedir a ajuda de Felipe, mas o orgulho a fez mudar de idéia.

– Esse droga – pensou – é capaz de mentir de novo.

Saiu do quarto, passou sem se voltar por Felipe, que disparava ordens no telefone, e caminhou para a porta, como se estivesse sozinha em casa.

– Aonde você vai? – perguntou ele.

– Para o Uruguai – respondeu ela implacável.

– Lembranças a sua mãe – disse ele.

Clô bateu a porta, irritada por ser tão evidente para ele. Apanhou o carro na garagem e escolheu propositadamente o caminho mais longo para a Tristeza. Rodou vagarosamente pelo centro, viu as lojas novamente abertas, as ruas mais uma vez repletas e animadas, e teve a doida impressão de que os últimos três dias não tinham passado de um rápido e fugaz pesadelo. À medida que ela se aproximava da Zona Sul, a irrealidade dos últimos acontecimentos se tornava ainda maior. Não havia, como imaginava, ninguém fugindo desesperadamente pelas ruas, nem entrincheirado atrás de portas e janelas.

– Vai ver – pensou – que o Afonsinho anda tranqüilamente por aí.

Mas na casa de sua mãe não havia como negar a realidade. A avó estava sentada silenciosamente num canto, enquanto Donata, com o rosto pateticamente inchado de tanto chorar, torcia e retorcia um lenço que tinha nas mãos.

– Ninguém sabe de nada – disse.

– E os amigos dele? – perguntou Clô.

– Sumiram, desapareceram – respondeu a mãe.

Clô então se voltou para a avó em busca de auxílio, mas a velha balançou a cabeça.

– Nos primeiros dias – disse com uma voz cansada –, é sempre assim.

Repentinamente ocorreu a Clô que a notícia que Afonsinho havia lhe dado poderia animar as duas.

– Ele vai ter um filho – ela disse alegremente.

– Quê? – perguntou a mãe cheia de incredulidade.

– A mulher dele – corrigiu Clô – vai ter um filho.

A avó teve um de seus risos secos e irônicos, mas a face de Donata subitamente se tornou uma brasa viva, que avançou por cima da mesa.

– Que mulher? – ela perguntou com uma voz surda e feroz.

Clô momentaneamente se desconcertou, olhou primeiro a avó e depois a mãe e informou:

– Ele tem uma mulher.

– Mentira – cuspiu a mãe –, mentira!

Levantou da cadeira e rodou furiosamente pela cozinha, numa fúria inesperada e surpreendente, afastando com pontapés e golpes tudo o que havia no seu caminho e repetindo sempre:

– Mentira! Mentira! Mentira!

Clô se voltou espantada para a avó, mas a velha não tirava os olhos fascinados de Donata. Ela então também se ergueu da cadeira e cortou o caminho desorientado da mãe.

– Mas que droga – explodiu –, foi ele mesmo quem me disse.

A cólera de Donata imediatamente se voltou contra a filha.

– Quando – perguntou avançando em direção a Clô –, quando?

– Ele esteve ontem no meu apartamento – disse Clô.

– Você está mentindo – gritou a mãe com raiva.

— Mas que droga — perguntou Clô elevando também a sua voz —, o que está havendo com você?

A mãe deu um pontapé numa cadeira e disparou uma série de palavrões, que embasbacaram tanto Clô quanto a avó. Em seguida, sacudiu um dedo ameaçador na frente dos olhos da filha e berrou:

— Ele nunca teve outra mulher.

A frase inteira se rompeu em pedaços diante de Clô e apenas uma palavra assombrosa ficou ecoando nos seus ouvidos, até que ela não se conteve e perguntou:

— Outra?

A mãe, que tinha ido para o fogão, se voltou bruscamente para ela, repetiu sem som a palavra, olhou acuada para a sogra, depois para a filha e fugiu da cozinha, como se tivesse sido apanhada em flagrante cometendo um ato proibido. Clô não conseguiu se mover, abriu e fechou a boca sem conseguir achar uma palavra, enquanto a avó ria convulsivamente.

67. Durante uma semana Clô e sua mãe estiveram à procura de Afonsinho. A cidade inteira havia se encolhido, sem saber ao certo como encarar os novos acontecimentos. Todas as frases agora eram cheias de desconfiança, os olhares haviam se tornado evasivos e os grupos se desfaziam prudentemente sempre que um estranho se aproximava. Mas havia uma chave milagrosa capaz de abrir todas as portas:

— Eu tenho um amigo general...

Ela era sempre dita com reticências significativas, como se fosse uma carta, lançada na mesa de um novo e arriscado jogo. Em busca de Afonsinho, Clô e Donata tiveram que seguir a dura e intrincada rotina dos órgãos de segurança. Era preciso pedir favores, suportar as suspeitas, aceitar as desculpas descabidas, ir e voltar várias vezes, sem jamais exigir ou reclamar, fosse o que fosse. Mesmo assim, em todas as portas onde batiam, a resposta era sempre a mesma.

— Não há ninguém aqui com esse nome.

No entanto, nem uma informação era segura ou definitiva. Mortos repentinamente ressuscitavam, feridos inopinadamente retornavam sadios, e desaparecidos subitamente reapareciam. Finalmente, quando a busca ameaçava se tornar crônica, a avó ordenou:

– Vá falar com Felipe.

Clô concordou sem discutir. Desde sua volta que ele dormia ostensivamente em outro quarto e fazia as refeições fora de casa. Entrava e saía do apartamento com um ar ofendido, como se tivesse sido ele o abandonado na hora do perigo. Três dias depois da discussão, no entanto, tanto Clô quanto Felipe sabiam que bastaria um pretexto qualquer para que houvesse a reconciliação. Por outro lado, a própria busca do irmão havia diluído o rancor de Clô. Por isso, quando sua avó decidiu que era preciso pedir o auxílio de Felipe, ela usou o pedido como uma ponte sobre o desentendimento dos dois. Ele tomava silenciosamente o café-da-manhã, a única refeição que continuava a fazer em casa, quando ela sentou na sua frente e, sem preâmbulos, disse:

– Preciso de sua ajuda.

Ele cruzou alegremente a ponte que ela havia estendido, deu um tapinha carinhoso em sua mão e disse:

– Não se preocupe, vamos achar seu irmão.

Piscou o olho e acrescentou:

– Nem que ele tenha fugido para o Uruguai.

Os dois riram aliviados e o incidente foi esquecido. Quando ele terminou o café, foi para o telefone, cancelou todos os compromissos do dia e começou a usar suas ligações oficiais. Para ele, as portas e os arquivos se abriam mais depressa, mas nem assim ele conseguiu escapar mais rapidamente do que ela dos labirintos do poder.

– O diabo – se desculpou – é que sempre existem os que são mais realistas do que o rei.

O dr. Severo parecia ser um exemplo evidente. Colou um regulamento de sua autoria nos elevadores, disciplinando até o passeio dos cães, e, em seguida, expediu uma circular aos moradores comunicando que assumiria a direção do condomínio, "substituindo a atual, que se revelou fraca e inoperante".

– Em nome de quem? – perguntou Felipe irritado.

– Em nome da revolução – respondeu o outro, estufando o peito, como se tivesse acabado de receber uma medalha.

Felipe disparou meia dúzia de palavrões, ameaçou com três órgãos de segurança e esvaziou, instantaneamente, o poderzinho do outro, que gaguejou algumas desculpas apressadas e sumiu pelas escadas, sem esperar o elevador. Mesmo assim, passou a resmungar ameaças pelos corredores, dizendo que as coisas não ficariam assim e que muita gente seria cuidadosamente investigada.

– Especialmente – concluía olhando para cima – aqueles que lidam com dinheiro.

Homens como ele pareciam surgir do chão e brotar inesperadamente em todas as repartições, sempre mastigando ameaças e prometendo terríveis e implacáveis devassas. Felipe teve que enfrentar vários deles, até poder dizer para Clô, depois de uma semana, que seu irmão não estava preso.

– Mas – confessou – figura na lista dos procurados.

Por isso, exatamente, nem Clô nem a mãe se sentiram tranqüilas. O país estava cheio de boatos a respeito de fuzilamentos misteriosos, valas cheias de cadáveres e até de navios que zarpavam no meio da noite para serem afundados em alto-mar.

– Absurdo – dizia Felipe –, absurdo.

Mas não conseguia convencer Donata, que tão logo ele dava as costas soluçava:

– Vai ver que o meu pobre menino está morto.

Há semanas que ela não era mais a devota fanática que queria salvar o Brasil do demônio e que via em cada jovem um perigoso subversivo. Tinha deixado de ir à igreja e contava e recontava para as vizinhas sua imensa e permanente devoção ao filho.

– Dediquei toda a minha vida a ele – dizia com uma voz cheia de sofrimento.

Clô se enfurecia, acusava a mãe de hipocrisia, mas a avó se divertia, batia alegremente com a bengala no assoalho e dizia:

– Essas italianas são milagrosas, vivem refazendo o passado.

Tinha se tornado tão tolerante com a nora que freqüentemente, depois de contar suas fantasias para as visitas, Donata se voltava para ela e a tomava publicamente como testemunha.

– Não é verdade, avozinha?

– Hum – resmungava a velha sem dizer coisa alguma que a comprometesse –, hum.

Mas era Clô tocar no nome de Rita e falar no filho de Afonsinho que estava por nascer e a mãe se tornava imediatamente uma leoa feroz.

– Mentira – berrava –, tudo mentira.

Por duas vezes, Clô procurou Rita. No endereço que seu irmão havia lhe dado havia uma nova inquilina desinteressada por tudo.

– Largaram tudo – disse –, foram embora.

– Para onde? – quis saber Clô.

– Sei lá – respondeu a outra –, sei lá.

Na vizinha do lado, Clô teve mais sorte, disse que era cunhada da pequena e que tinha um recado do marido.

– Ela se mudou – informou a mulher.

Foi para os fundos da casa, falou com os filhos e voltou com o novo endereço. Mas avisou:

– Parece que vão para o Rio.

– Vão? – perguntou Clô com a esperança de que Rita estivesse com seu irmão.

– Ela e a irmã – desiludiu a outra.

Mas no novo endereço ninguém sabia dela. Era um edifício imenso e o porteiro se recordava vagamente de duas moças que moravam num pequeno apartamento do subsolo.

– Só sei que uma semana depois foram embora.

Clô ficou desconsolada e se sentiu culpada por não ter procurado Rita mais cedo.

– Bem – disse a mãe com evidente satisfação –, acho que isso encerra o assunto.

Foi no princípio de maio, cinco semanas depois do desaparecimento do irmão, que a empregada bateu muito cedo no seu quarto e avisou que uma menina estava a sua procura.

– Tem cara – avisou – de quem está procurando emprego.

Clô, sem muito interesse, saiu do banho e foi para a sala, onde uma jovenzinha magra, com um vestido pelo menos dois números maiores do que o dela, estava a sua espera, sentada muito comportadamente numa cadeira, como uma colegial. Quando Clô entrou, ela se pôs prontamente de pé e então seu pequeno ventre se projetou para a frente, ridículo e absurdo, como se fosse postiço.

– Meu Deus – disse Clô –, você é a Rita.

E num impulso irresistível, abraçou aquela menininha patética e desamparada que também a enlaçou e começou a chorar com ela, como se há muito tempo estivessem repartindo suas dores.

68. Clô conduziu carinhosamente a pequena para o living e a fez sentar numa poltrona. Depois ficou um momento olhando sorridente para ela.

– É incrível – disse –, incrível.

Rita sorriu intimidada e ajeitou o vestido para disfarçar o seu embaraço.

– Você está com quantos meses? – perguntou Clô.

– Seis – respondeu a outra, passando a mão no próprio ventre.

– Aquele malandro! – riu Clô.

– Acho que a culpa foi minha – corrigiu muito séria a pequena.

– Que idade você tem?

– Dezesseis – respondeu ela como se estivesse falando de trinta anos.

Clô levou a mão à boca, espantada. Não conseguiu imaginar o irmão, alto e forte, em companhia daquela menina, pequena e frágil.

– Afonso – disse Rita, como se adivinhasse seus pensamentos – tem doze anos mais do que eu.

– É – concordou Clô –, tem mesmo.

Tornou a sorrir, tentando disfarçar a sua indiscrição.

– Você é do grupo dele? – perguntou.

– Não – respondeu Rita muito séria –, eu não ligo muito para política.

– Mas então, como foi que vocês se conheceram?

– Meu irmão é do grupo dele – respondeu ela.

Clô não conseguiu mais deter a sua curiosidade. Sentou ao lado de Rita e fez com que ela lhe contasse sua história. Era banal e corriqueira, desde que não se levasse em conta a diferença de idade. Afonsinho, que Rita chamava solenemente de Afonso, buscava freqüentemente seu irmão para as reuniões do seu grupo de onze.

– Um dia meu irmão não estava e fiquei falando com ele.

Encolheu os ombros, sorriu e acrescentou:

– E aí, aconteceu.

Mas para Clô, Afonso era totalmente diverso de Afonsinho. Rita afirmava, para espanto de Clô, que ele era muito sério e organizado e não gostava de brincadeiras.

– Mas é muito carinhoso – informou gravemente.

Cumulava a menina de pequenas atenções e, desde o instante que soube que ela tinha engravidado, lhe enviava semanalmente um ramalhete de violetas.

– É a nossa flor – revelou.

Clô não conseguiu deixar de rir, porque Afonsinho era incapaz de discernir uma rosa de uma margarida.

– Mas vocês não pensaram em casar? – perguntou.

Rita se fez muito séria, alisou o vestido várias vezes, limpou a garganta e respondeu, com uma voz de menina que decorou bem a lição:

– Casamento é uma invenção burguesa.

Não parecia ser no entanto a opinião dos pais da pequena, porque há três meses que ela pulava de amiga para amiga, sem encontrar um lar definitivo.

– Eu e o Afonso – disse – íamos alugar um apartamento, mas aí aconteceu aquilo tudo.

Agora, o dinheiro que Afonsinho havia lhe dado tinha acabado, as amigas lutavam com dificuldades e ela não sabia mais o que fazer.

– O Afonso – concluiu – me disse que a senhora me ajudaria.

– Claro, claro – respondeu Clô.

Mas estava cheia de espanto. Quando ouvia o irmão falar, sempre imaginava que as mulheres daqueles intrépidos revolucionários eram feitas de ferro e capazes de enfrentar com decisão as maiores dificuldades. Rita era o oposto das companheiras imaginadas, parecia uma dessas menininhas desamparadas que esperam os ônibus nas paradas de subúrbio.

– Você fica comigo – decidiu Clô.

A pequena, no entanto, balançou energicamente a cabeça e recusou o oferecimento.

– Estou morando com uma amiga – disse.

E se manteve firme em sua decisão, apesar de todos os argumentos de Clô.

– Eu sei o que estou fazendo – repetiu várias vezes com um arzinho misterioso.

Clô achou que se tratava de algum arranjo político e não insistiu mais. Deu a Rita o dobro do que ela havia pedido e a levou até o edifício em que morava, no Menino Deus.

– Venho ver você todos os dias – prometeu.

– Não – respondeu Rita –, minha amiga trabalha em casa e não gosta de visitas.

Sorriu para amenizar a desilusão de Clô e acrescentou:

– Mas se quiser me ver, venha sábado à tarde.

– Está bem – concordou Clô –, sábado à tarde.

E ficou vendo a pequena sumir, pelo longo corredor de entrada do edifício, balançando o corpo com seu passinho miúdo de criança.

– Que droga – pensou Clô –, Afonsinho não tinha o direito de ter feito isso a ela.

Donata, no entanto, desde o momento em que Clô começou a contar a história de Rita, se pôs mais uma vez contra a pequena.

– Metade disso – resmungou – deve ser mentira.

Ficou surda aos problemas da menina e, quando Clô contou que Rita e Afonsinho não pretendiam casar, ergueu as mãos para o céu e disse impiedosamente:

– Graças a Deus!

Clô ficou irritada, acusou a mãe de desumanidade, mas Donata se manteve irredutível.

– É uma aventureira – afirmou.

– Meu Deus – protestou Clô –, ela tem apenas dezesseis anos.

– Hoje em dia – respondeu a mãe –, elas começam cedo.

Teria continuado a acusar a menina, se a avó não tivesse batido secamente com a bengala no assoalho.

– Homens – disse com desprezo –, homens. São todos iguais.

Apontou a bengala para Clô.

– E seu irmão é um irresponsável – acrescentou.

– Ora, avó – desculpou ela –, essas coisas acontecem.

A velha bateu irritada com a bengala no assoalho.

– Que droga, menina, me respeite. Eu não estava falando da gravidez.

Fez uma pausa e olhou acusadoramente para Donata, como se ela fosse a responsável pelos atos do filho.

– Aquele idiota não podia ter abandonado essa pobre coitada.

Donata mordeu os lábios mas não disse nada. A avó se pôs de pé e encarou a nora e a neta.

– Reformadores – bufou –, detesto todos eles. Nunca ouvi falar de um só que não estivesse disposto a sacrificar a mulher e os filhos para salvar o mundo.

Deu um novo golpe com a bengala e saiu da sala. Clô se voltou para a mãe, mas Donata baixou os olhos e foi para a cozinha, onde, como sempre fazia quando estava confusa, começou a mexer ruidosamente com as panelas. Dez minutos depois tornou a voltar para a sala, ficou um momento em silêncio, olhando para a janela e enxugando as mãos no avental, e em seguida disse:

– Não quero nem ver essa menina, nem grávida nem pintada de ouro.

Clô suspirou, pensando que a mãe estava iniciando uma nova discussão, mas Donata de repente suavizou o rosto e a voz e acrescentou:

– Mas filho do meu filho é meu neto e tem o meu sangue.

Aí tornou a endurecer o rosto, olhou diretamente para Clô e concluiu:

– Se essa pestinha precisar de ajuda, posso preparar um quarto para ela.

Deu as costas rapidamente e voltou para a cozinha, com o ar resignado de quem havia acabado de cumprir com um dever desagradável, enquanto Clô balançava tristemente a cabeça, pensando nos incríveis e difíceis caminhos do afeto.

69. Nos meses seguintes, a vida de Clô voltou à rotina. Uma carta de Afonsinho, que tinha se refugiado no Uruguai, havia aquietado a família. Todos os sábados ela visitava Rita, transformada definitivamente em Ritinha, e Felipe iniciava uma visível era de prosperidade, recebendo os juros dos serviços prestados no passado. Havia um rumor constante de denúncias e julgamentos, mas o país inteiro parecia mais preocupado em sobreviver do que em contestar.

– Meu Deus – ela disse para sua avó –, as coisas andam tão bem que me dão medo.

Ela realmente olhava apreensiva ao seu redor, mas tudo parecia estar no lugar certo. Uma semana antes do parto, no entanto, os pais de Rita vieram a sua procura e levaram a filha de volta para casa.

– Agora – disse a pequena –, a senhora pode me visitar a qualquer hora.

Mas já na primeira visita, tanto o pai quanto a mãe deixaram bem claro que não pretendiam estabelecer a menor amizade com a família de Afonsinho. Donata, como sempre, fez alguns comentários azedos a respeito da pequena, mas Clô não se deixou magoar por isso.

– Pelo menos Ritinha tem agora quem cuide dela.

Uma semana depois, nasceu uma menina que Ritinha tentou chamar de Clotilde, mas os pais não permitiram. Foi registrada como Vitória.

– Papai disse – explicou Rita – que, quando ela fizer cinco anos, o Jango estará de volta ao Brasil e vai ser padrinho dela.

A pequena não parecia merecer um nome tão estrondoso. Era magrinha e mirrada como a mãe.

Donata, depois de muita relutância, concordou em conhecer a neta. Entrou constrangida no quarto, se manteve ao lado do berço, forçou alguns sorrisos e meia dúzia de elogios e saiu na primeira oportunidade.

– É filha só dela – se desculpou. – Não tem nada de Afonsinho ou de nossa família.

Clô tentou manter com a sobrinha o mesmo hábito de visitas semanais que tinha com Rita, mas a pouca simpatia dos pais começou a conspirar contra suas boas intenções. Cada vez era mais freqüente Clô chegar e não encontrar a cunhada e a sobrinha em casa.

– Tiveram que sair – avisava secamente a mãe de Rita.

– Mas tínhamos combinado a visita – lembrava Clô.

A outra encolhia os ombros e repetia, bloqueando ostensivamente a entrada:

– Tiveram que sair.

Por fim, Clô se contentava com a explicação de sempre, porque a própria Rita se mostrava cada vez mais distante e desinteressada. Tinha reatado suas antigas amizades de adolescência e passava cada vez menos tempo com a pequena Vitória.

– Ela entregou a filha para a mãe – contou Clô – e está vivendo sua vida.

Donata não dizia nada, mas seus olhos faiscavam triunfalmente. Quando finalmente chegou o verão, Rita foi para Tramandaí com os pais e levou a filha. Clô recebeu a notícia de uma vizinha e voltou resignada para casa.

– Seja o que Deus quiser – disse para a avó.

Mas no dia seguinte foi tomada por uma inesperada sensação de perda, que caiu sobre ela como um manto pesado e sufocante. Ela se viu andar desorientada pelo apartamento, se desligar subitamente das festas e acordar no meio da noite, aflita e angustiada, como se tivesse acabado de sair de um pesadelo. Procurou se manter ocupada, inventou compras e visitas, mas mesmo assim se apanhava sorrindo para filhos alheios e acompanhando fascinada o brinquedo das crianças que cruzavam seu caminho.

– Acho que estou com saudade de meus filhos – disse para Felipe.

Mas desta vez sua influência de banqueiro não conseguiu realizar milagres. Pedro Ramão era também um dos vitoriosos, havia se tornado homem influente em Correnteza e reagiu violentamente às pressões que recebeu.

– Vai ser uma longa e dolorosa guerra – avisou Felipe.

Não houve sequer a possibilidade de encontrar as crianças na praia, porque Pedro Ramão enviou Joana e Manoel para a estância de um tio, em Bagé. Clô teve a idéia doida de seqüestrar os filhos, mas todos os seus planos mirabolantes de invadir a estância só conseguiram fazer Felipe rir.

– Acorde – ele dizia. – Essas coisas só acontecem em sonhos.

Clô então se voltou para dentro de si, como um caracol. Passava os dias na cama, lendo apenas duas ou três páginas dos livros que Felipe comprava aos quilos e bebendo compulsivamente grandes doses de uísque, até afundar em sonos de chumbo.

– Droga – dizia Felipe impaciente –, reaja, reaja!

Tentou administrar a vida de Clô, como fazia com seu banco. Proibiu a bebida, encheu seu dia de visitas regulamentares e programou festas e boates meticulosamente. Em menos de uma semana as insônias de Clô atropelaram os compromissos e tumultuaram todo o planejamento.

– Muito bem – disse ele, furioso com o fracasso –, pode voltar a se trancar em casa.

Mas manteve a proibição do uísque. Clô, então, passou a se ensopar de televisão. Ficava horas inteiras imóvel na frente do aparelho e, quando as estações saíam do ar, se punha a caminhar pelo apartamento, até que Felipe, cansado, sugeria:

– Pelo amor de Deus, vá tomar um uísque.

Um mês depois, ele mesmo levou Clô ao médico. Ela foi examinada, radiografada e testada durante uma semana e o resultado fez rir os dois.

– Ela está perfeita – disse o médico.

Mas tanto Felipe insitiu, que ele terminou receitando comprimidos para dormir.

– Use com cuidado – recomendou.

Clô em poucos dias passou a tomar comprimidos com o mesmo desregramento com que tomava uísque. Felipe voltava do banco e se enfurecia porque invariavelmente Clô o recebia com uma voz arrastada e um sorriso culpado.

– Estou a meio pau – engrolava.

Uma hora depois estava estendida na cama. Durante toda essa crise, Clô voluntariamente se afastou de sua mãe e de sua avó. Nas raras vezes em que visitou as duas, foi levada por Felipe, que não tinha rebuços de contar a verdade.

– Não sei o que fazer com ela.

Mas a avó se fazia de desentendida e desviava os olhos da neta, enquanto Donata, aflita, só sabia segurar as mãos de Clô e perguntar:

– Mas o que há, minha filha, o que há?

Clô encolhia os ombros, punha arabescos nas mãos, balançava a cabeça e dava sempre a mesma resposta:

– Não sei, não sei.

Só no fim do verão, quando Felipe repetiu as queixas de sempre, que a avó decidiu intervir. Ela ergueu a bengala, apontou para seu quarto, e ordenou:

– Vamos conversar.

Mesmo assim, Clô necessitou de uma hora de gestos e suspiros para conseguir encontrar as palavras desejadas e começar a contar o tumulto em que estava transformada desde a partida da sobrinha. A avó não opinou enquanto ela se desenrolava. Pôs pacientemente em ordem todas as aflições da neta e, finalmente, quando Clô se calou, ergueu seu queixo até que seus olhares se encontraram e disse seca e incisiva:

– Se você quer um filho, faça!

Clô ficou aturdida no primeiro momento, baixou os olhos e tentou falar. Logo em seguida, tornou a erguer os olhos para a avó e então riu, sem entender por que a solução mais fácil, mais simples e mais natural ainda não lhe havia ocorrido.

70. No momento em que Clô saiu do quarto de sua avó e começou a descer as escadas, Felipe, que conversava com sua mãe, ergueu os olhos inquiridores para ela. Estava sério e preocupado, suas covinhas haviam se reduzido a dois traços e seus olhos azuis tinham se tornado frios e cinzentos. Clô parou no meio dos degraus e os dois ficaram se olhando em silêncio, enquanto Donata saía sorrateiramente para a cozinha. Finalmente ele sorriu, inclinou a cabeça numa pequena vênia e disse:

– Muito prazer, eu sou Felipe Clerbon.

Clô também sorriu e aceitou a brincadeira.

– O prazer é todo meu – respondeu.

Desceu o resto da escada, ondulando propositadamente os quadris, foi até ele, colocou afetadamente a mão no seu ombro e disse:

– Precisamos nos conhecer melhor, meu bem.

Felipe, no entanto, não riu. De alguma maneira pressentiu que por trás da brincadeira estava ocorrendo algo extremamente sério. Ele olhou instintivamente para o quarto da avó, no topo da escada, e perguntou:

– O que foi que as duas Clotildes andaram tramando lá em cima?

Clô riu, sentou-se em seu colo, enlaçou carinhosamente sua cabeça e lhe deu um rápido beijo nos lábios.

– Quero lhe avisar – disse com uma falsa seriedade – que o senhor vai ser seduzido.

Anos depois Felipe usaria a frase contra ela, mas, na verdade, Clô não estava pensando propriamente em sedução. Joana e Manoel, como a maioria das crianças, tinham sido filhos do acaso. Com eles, Clô teve a alegria da descoberta da gravidez, mas não teve o prazer da consciência da concepção.

– Um dia – ela freqüentemente prometia rindo para a avó – eu ainda vou fazer um filho com hora marcada.

Quando ela decidiu ter um filho, resolveu também realizar todos os seus sonhos de maternidade. Não queria apenas seduzir

Felipe por um dia ou por uma noite, mas fazê-lo compartilhar de seu momento milagroso. Nem por um instante, até a revelação final, ele suspeitou da intenção de Clô. Quando ela sentou no seu colo e o beijou, Felipe pensou que a falta que ela sentia dos filhos havia sido amenizada e que ela voltava não apenas para ele, mas também para a vida comum de todos os dias. Mesmo assim, qualquer coisa nos olhos de Clô punha Felipe de sobreaviso e, em vez de continuar com a brincadeira, ele a beijou maquinalmente e perguntou:

– Está tudo bem?

– Maravilhoso – respondeu Clô.

Desceu do seu colo, sorriu e voltou a ser a mulher feliz dos meses anteriores. Por meia hora, Felipe ainda acompanhou com olhos cheios de suspeita a súbita mudança de Clô, mas por fim se deixou contagiar pela alegria dela.

– Sabe – propôs –, se sairmos agora, chegaremos a Gramado exatamente cinco minutos antes de nossa próxima lua-de-mel.

Clô riu e se jogou em seus braços.

– Mas antes – disse – vamos passar em casa.

Piscou um olho e acrescentou:

– Preciso apanhar o meu equipamento de sedução.

Antes de sair, ela correu para o quarto da avó, espiou moleque pela porta e disse:

– Clotilde, você vai ser bisavó outra vez.

E desceu as escadas com o riso da avó em seus ouvidos. Durante toda a viagem até Gramado, Clô e Felipe riram e brincaram como duas crianças. Maio descia pelas encostas vestido com todos os verdes brilhantes de outono e ela se sentia como se estivesse abrindo a porta de um novo mundo encantado.

– Meu Deus – dizia –, estou com olhos de primeira vez.

Apontava rindo pequenas vacas perdidas, casinhas brancas que se escondiam e véus ondulantes de água que se abriam repentinamente entre as rochas, como se tudo fosse absolutamente novo e original. De tempos em tempos se dependurava nele, encostava a cabeça no seu ombro e, como se fosse uma garotinha apaixonada, repetia:

– Eu te amo, eu te amo.

Ele acendia as covinhas lisonjeado e afagava carinhoso seus cabelos, já esquecido das primeiras suspeitas. Quando chegaram em casa, anoitecia. Desceram do carro e ele se adiantou, abriu a porta e retomou a brincadeira proposta na casa de Donata:

– Por favor, madame – disse –, quero que conheça a minha humilde casa.

Clô fingiu relutar, disse que era casada e que não podia aceitar o convite sem antes saber de suas verdadeiras intenções.

– São as piores possíveis – ele respondeu.

Eles riram como se a frase fosse espantosamente original e entraram abraçados. Da sala, Felipe a conduziu para o pequeno bar, onde, com gestos intencionalmente pernósticos, preparou dois martínis.

– Agora – disse quando terminaram a bebida –, vá se preparar. Eu a apanho no quarto dentro de uma hora para jantar.

Ela tentou protestar, mas ele colocou o indicador em seus lábios e a fez calar.

– Muito bem – disse –, agora seja uma boa menina.

Um pouco antes do prazo, ela saiu do seu quarto e o encontrou vestido a rigor e a sua espera, aos pés da escada. Felipe lhe estendeu cerimoniosamente o braço e a conduziu em silêncio para a sala de jantar. Um candelabro iluminava a mesa posta e dois garçons atentos aguardavam perfilados a hora de servir.

– A senhora é minha convidada – disse ele.

Bateu palmas e imediatamente os garçons se inclinaram e começaram a se mover em volta da mesa.

– Meu Deus – perguntou Clô –, como você consegue isso?

– Ora – disse ele –, é muito simples. Basta pagar os olhos da cara.

Mas além do dinheiro havia, no pequeno jantar, a atenção meticulosa de Felipe na escolha dos pratos e dos vinhos, como se ele também tivesse a intenção de fazer daquela noite uma data especial na vida dos dois. Quando finalmente o jantar terminou e os garçons serviram o conhaque, Clô se aproximou de Felipe e disse:

– Assim não vale, era eu quem devia seduzir você.

– Só estou querendo lhe dar uma pequena ajuda – ele respondeu.

Então passou a mão pela cintura dela, a beijou suavemente na boca e a conduziu para a escada. Na porta do quarto, Clô se libertou dele e o empurrou gentilmente para fora.

– Espere aqui – disse. – Eu também vou mostrar que sei servir o que você gosta.

Ele ergueu sorridente o cálice num brinde silencioso e Clô entrou no quarto e fechou a porta. Era a primeira vez que ela criava um cerimonial para a entrega. Se fez atraente e sensual e, um segundo antes de abrir a porta, se deteve diante do grande espelho que havia no quarto e deixou que suas mãos escorressem languidamente pelo seu corpo.

– Vou ser – disse – a mãe mais linda do mundo.

O desejo então, como uma cálida fonte, inundou o seu ventre e escorreu mornamente pelo seu corpo. Quando ela abriu a porta, mágica e iluminada, Felipe a tomou nos braços com uma ternura nova e espantada.

– Nunca houve outra como você – disse.

Foram assim abraçados até a cama, onde ela descalçou os chinelos e o puxou mais fortemente de encontro a seu corpo. Depois, com uma alegria selvagem, ela segurou sua cabeça e disse:

– Vamos fazer um filho.

Felipe adivinhou a última palavra. Já no meio da frase, suas mãos perderam a suavidade e se tornaram repentinamente rudes e crispadas. Ele desfez o abraço que os unia e a afastou bruscamente, enquanto cravava uns olhos chocados em Clô, que, à espera do seu consentimento, continuava sorridente diante dele.

71. Felipe, depois de um instante, desviou os olhos dela, extraviou as mãos em gestos inacabados, contornou Clô, deu dois passos para longe da cama e, finalmente, conseguiu retirar de dentro de si uma voz áspera e impiedosa:

– Você está maluca!

Logo em seguida, se afastou ainda mais, foi para a janela do quarto, varreu o ar com a mão, como se quisesse apagar o que havia dito, e, sem olhar para Clô, confessou:

– Eu não quero um filho.

Aí se voltou, deu com Clô, que continuava imóvel e petrificada ao lado da cama, passou a mão pelos cabelos e insistiu com um pouco mais de brandura:

– Não posso.

Mas nem assim ela foi em seu auxílio. Permaneceu onde estava, com os lábios apertados e os olhos úmidos.

– Você tem que compreender – disse ele. – Eu não tenho condições, não tenho.

– Eu preciso – disse Clô, com um fio estrangulado de voz.

Não era a resposta que Felipe queria ouvir. Ele ficou irritado, chutou com raiva uma almofada que estava no chão, esmurrou a porta do banheiro e cuspiu meia dúzia de palavrões.

– Droga – disse como se falasse com alguém invisível –, eu não me casei justamente para não ter esse tipo de conversa piegas.

Aí entortou a boca e imitou com crueldade os pedidos femininos.

– Quero um filho teu, me dá um filho, me engravida.

Passou furioso pelo quarto, como se estivesse à espera de um novo pretexto para se jogar sobre ela. Clô, no entanto, se mantinha silenciosa, enquanto o seu desejo se apagava irremediavelmente e as lágrimas escorriam quietas pelo seu rosto. Felipe então começou a andar em volta dela, falando com uma voz aguda de promotor defendendo uma causa má.

– Não estava tudo perfeito? – perguntou. – Não tivemos um dia maravilhoso? Não mandei preparar um jantar perfeito? Mas que droga, mulher, precisava estragar tudo com essa besteira de filho?

Clô, entretanto, já estava distante dele, despencada dentro de sua desilusão, desejando se consumir como uma chama. Enquanto ela afundava nos próprios abismos, Felipe desentendia seu silêncio e se punha a argumentar friamente, como se estivesse discutindo o vencimento de uma duplicata e não o nascimento de um filho. Só muito tempo depois foi que Clô retornou à realidade, quando ele se pôs na frente dela e, com uma voz mais calma, sugeriu:

– Escute, vamos esquecer tudo isso, está bem? A gente desce, toma tranqüilamente um champanhe e depois vamos continuar tudo, a minha maneira, do ponto que interrompemos, ahn?

Clô olhou cansada para dentro dele, como se já não houvesse mais o que ver naqueles olhos azuis, e respondeu com uma voz apagada mas definitiva.

– Não, Felipe.

Ele a encarou curioso, mas logo em seguida tornou a se afastar dela. Deu alguns passos sem sentido pelo quarto, deteve um murro que já estava a caminho da porta do guarda-roupa e, finalmente, conseguiu se controlar.

– Muito bem – disse com uma voz friamente calma –, você é quem sabe.

Saiu do quarto e pouco depois Clô ouvia o carro se afastar da casa.

– Adeus – ela disse em voz alta.

Sentou desalentada na cama e tentou ordenar os pensamentos que disparavam doidamente em sua cabeça. Ficou muito tempo assim, sentada e silenciosa, procurando descobrir o que faria naquela noite, se fosse realmente a esposa de Felipe.

– Meu Deus – descobriu por fim –, não faria a menor diferença.

Abanou desconsolada a cabeça, se ergueu da cama e, a caminho da porta, se viu novamente no mesmo espelho, onde horas antes havia se mirado tão orgulhosamente.

– Aí está – disse com amargura –, nossa velha amiga Clô Dias.

Fez uma pequena pausa, correu os olhos pela sua imagem e zombou.

– Estado civil, mulher.

Deu um giro que abriu a camisola em torno dela e falou solenemente para o espelho:

– Uma fêmea bem-comportada só tem filhos quando o seu macho quer.

Mas não conseguiu se manter sarcástica. Seus olhos estavam raiados de vermelho, duas sombras puxavam seus lábios para baixo e todo o seu esplendor do início da noite havia se desvanecido.

– Parece – pensou – que ele me apagou como uma vela.

Desceu então para o living, apanhou uma garrafa de uísque e um copo e se jogou sobre uma poltrona.

– Bebendo depressa – disse em voz alta – a senhora vai conseguir não pensar mais no assunto.

Depois da primeira dose, no entanto, Clô fez uma careta e pensou que não seria tão fácil se embebedar como ela imaginava. Ergueu-se e foi para a cozinha em busca de gelo para suavizar o álcool do uísque. Os restos do jantar, as garrafas vazias, os pratos empilhados e os copos alinhados ao lado da pia pareciam estar a sua espera.

– Saúde, companheiros – disse ela, erguendo o seu copo.

Lembrou imediatamente dos sorrisos de Felipe, do toque caloroso de suas mãos e da alegria azul de seus olhos de menino bonito.

– Meu Deus – pensou –, eu não entendo os homens.

O pensamento saiu incontrolável de dentro dela e ecoou nos seus lábios.

– Eu não entendo os homens – ela repetiu em voz alta. – Eles são diferentes de nós.

Jogou os cubos de gelo sem cuidado dentro de um pequeno balde laqueado e voltou com ele para o living. O frio da noite começava a se infiltrar dentro da casa e ela estremeceu desconfortada.

– Vou gelar por dentro e por fora – pensou.

Subiu para o quarto e vestiu um robe, mas, não contente com isso, acendeu pacientemente a lareira, cruzando as toras de acácia e empilhando os gravetos embaixo delas com exagerada meticulosidade. Quando o fogo acendeu, ela sentou no tapete, com a garrafa de uísque a seu lado, e ficou olhando fascinada para as chamas que dançavam sobre as achas. Imaginou que assim estaria livre de todos os maus pensamentos que continuavam girando agoniados dentro dela. Mas, pouco depois, sem que ela mesma percebesse, se viu imaginando como teria sido a noite se Felipe tivesse concordado com o seu desejo. Sua aflição se tornou tão sufocante que ela se ergueu do tapete e se pôs a caminhar pela casa.

– Assim – pensou –, vou terminar ficando louca.

Teve umas idéias disparatadas. Pensou em lavar a cozinha, em encerar o assoalho, em polir os metais. Chegou a pôr a água a ferver, mas logo um desânimo imenso a invadiu e ela retornou para a lareira e sentou de pernas cruzadas no tapete.

– Não adianta nada – pensou –, terminou tudo entre nós.

No entanto, descobriu aturdida que ainda amava Felipe e que, por isso mesmo, a sua recusa lhe doía tanto. Os pensamentos se encadearam dentro dela e Clô desceu por eles, como se fossem degraus de uma escada.

– Meu Deus – pensou quando chegou ao último degrau –, por que os homens que eu amo me tratam assim?

A partir daí ela bebeu desesperadamente em grandes e incontrolados goles. Quando o dia amanheceu se pôs a caminhar pela casa, gritando o nome dos filhos, até que o caseiro, assustado, acorreu para ver o que tinha acontecido.

– Estão me machucando – ela disse.

E subiu choramingando para o seu quarto, como uma menininha desprotegida enquanto ele olhava a garrafa vazia e sacudia desaprovadoramente a cabeça.

72. Clô permaneceu sozinha em Gramado durante duas semanas. No dia posterior a sua partida, Felipe pôs um carro a sua disposição, mas, afora esse pequeno gesto de gentileza, não tentou a menor aproximação nesse período. Foi ela que, depois de arrefecida a mágoa, voltou humildemente para o apartamento. Desta vez ele não trocou de quarto nem se afastou ostensivamente de casa. Esperou três dias e se reaproximou dela com uma promessa:

– Quando chegar a hora, nós teremos um filho.

Clô concordou silenciosamente, mas não se deixou enganar pela promessa.

– Ele não quer ter filhos comigo – disse para a avó, quando terminou de contar o que tinha acontecido em Gramado.

A avó suspirou, passou carinhosamente a mão pela sua cabeça, mas não disse nada.

– Bem – disse Clô tentando sorrir –, creio que errei de novo.

– Os homens mudam – lembrou a avó.

Mas tanto ela quanto Clô sabiam que o encanto havia se desfeito. Clô ainda amava Felipe, gostava de estar em seus braços e de receber suas carícias. Mas a partir de sua volta, isso não lhe dava a alegria de antes, mas uma culpa triste e distante, como se ela houvesse traído alguém.

– Eu não devia continuar com ele – disse para a avó.

– E por que continua? – perguntou duramente a velha.

Clô encolheu os ombros e não soube responder. Mas no meio do inverno, quando lhe disseram que Felipe estava tendo um caso, ela finalmente se situou diante dele.

– Eu amo o Felipe – disse para a avó –, mas...

Fez uma pausa rápida e completou com uma voz segura e decidida:

– ... mas não gosto dele.

A avó bateu irritada com a bengala no assoalho.

– Mas que droga – disse –, vocês agora ficam inventando desculpas para se recusar a alguém.

Mesmo assim Clô não se decidia. Donata, que pressentia os problemas da filha, foi ao seu encontro e reforçou a sua indecisão com comentários resignados.

– Ninguém é completamente feliz – dizia.

Ou então tomava ares de extrema sabedoria e afirmava com uma voz solene de capelão de mosteiro:

– No casamento alguém tem que ceder.

A avó, quando tropeçava com uma dessas frases, batia irritada com a bengala no assoalho e acusava:

– Donata, você nunca agiu assim.

Mas a mãe havia reformulado todo o seu passado. Seu casamento agora tinha sido exemplar, seu marido tinha sido um amante exemplar e ela jamais havia tido um minuto de infelicidade.

– Mulher que exige demais sempre termina sozinha.

– Antes só que mal acompanhada – rosnava a avó furiosa.

Quando o caso de Felipe com uma modelo terminou, em fins de 66, Clô pensou seriamente em se separar dele. Chegou a consultar a mãe e planejar uma reforma no quarto de Afonsinho, que continuava intocado desde sua fuga para o Uruguai. Mas, repentinamente, a segurança de Felipe começou a ser abalada por uma série de atritos com os outros diretores do banco.

– Aqueles miseráveis – gritava – vão nos vender aos americanos.

Pouco a pouco se tornou um homem tenso e sisudo. Suas covinhas se afinaram até parecerem duas cicatrizes, e rugas imprevistas sombrearam seus olhos azuis. Tinha noites de insônia e freqüentemente abusava da bebida.

– Vão acabar comigo – resmungava –, vão acabar comigo.

Punha a cabeça no seu colo e ficava perdido em longos silêncios pensativos, enquanto ela acariciava seus cabelos.

– Não posso abandonar Felipe agora – dizia Clô –, ele precisa de mim.

Na verdade ela não desejava mais a separação. As aflições de Felipe haviam trazido de volta o seu amor, que tinha agora bem mais ternura do que desejo. Ele, por sua vez, tinha usado suas aflições para justificar sua recusa anterior.

– Está vendo – dizia –, está vendo? Homens como eu não têm condições para assumir a paternidade. Já imaginou o que o pobrezinho do nosso filho estaria sofrendo numa hora dessas?

Clô ouvia e concordava, apesar da opinião ácida de sua avó, que, quando soube dos argumentos de Felipe, deu um de seus risos secos e irônicos e disse:

– Quer dizer que somente homens e mulheres sem problemas podem ter filhos? E onde vivem esses pais maravilhosos?

Mas Clô estava amando novamente e inventava mentiras para desculpar Felipe. No fim do verão, ele recuperou subitamente as covinhas. Voltou para casa feliz, deu um beijo ruidoso nela e disse:

– Aqueles idiotas vão ver com quem estão lidando.

Ele estava empenhado numa guerra feroz e pessoal com os demais diretores. Entrava e saía de casa com papéis secretos, que guardava cuidadosamente no cofre. Duas ou três vezes por semana recebia pequenos grupos de militares, com quem discutia entusiasmado os planos de uma nova organização financeira. A cada dia que passava, parecia mais disposto e otimista.

– Vou mostrar a todos eles – dizia –, vou mostrar a todos eles.

E dava grandes risadas satisfeitas, enquanto batia palmas estaladas. Clô acompanhou alegre e feliz todo o renascimento de Felipe, sem perceber que estava havendo uma sutil mudança no homem que amava. Nas últimas semanas, Felipe raramente a encarava. Aquecida pelo próprio amor, Clô imaginava que Felipe tivesse um sentimento igual. Quando a avó chamou sua atenção para os olhos dele, ela prontamente encontrou a explicação que mais lhe convinha:

– Acho que deve ser remorso do que houve.

Nem percebeu tampouco o olhar agudo e curioso de sua avó, que não entendia a cegueira da neta. Pouco depois, as saídas noturnas de Felipe se tornaram mais freqüentes. Clô reclamou porque se afligia por ele.

– Pelo amor de Deus – ele protestou –, é o negócio da minha vida.

Passou a se tornar ainda mais ausente, somando às noites longos fins de semana. Nem assim Clô se sentiu esquecida e defendia veementemente as ausências de Felipe.

– Ele vai ser – afirmava categoricamente – um dos homens mais importantes deste país.

Sua confiança só foi abalada uma semana depois, quando esbarrou com a húngara Kriska, que saía atabalhoadamente de uma galeria da Rua da Praia. Antes que Clô tivesse tempo de abrir a boca, a outra espetou um dedo ossudo na sua direção e disse:

– Você me deve a hora do seu nascimento, querrida.

Clô sorriu, tentou explicar a sua falta, mas a húngara avistou alguém do outro lado da rua, se despediu rapidamente e, a caminho da calçada, parou, se voltou para ela e gritou:

– Cuidado com Escorpião em maio, querrida.

Só em casa foi que Clô subitamente se lembrou que Felipe era de Escorpião e por um momento se deixou invadir pelo medo.

– Droga – pensou –, aquela húngara sempre me impressiona.

Uma hora depois, ela já tinha esquecido o incidente. Mas no fim de semana seguinte, quando Felipe novamente precisou viajar, o aviso de Kriska voltou a soar em seus ouvidos e Clô se recordou de todos os seus encontros anteriores com ela. Na segunda-feira, quando Felipe retornou e sentou diante dela, pela primeira vez ela percebeu a fuga constante de seus olhos. Ficou olhando fixamente para ele, tentando adivinhar seus pensamentos, enquanto Felipe se tornava cada vez mais inquieto, até que finalmente jogou o guardanapo sobre a mesa e perguntou:

– Como foi que você descobriu?

E só então ergueu os olhos desafiadores e encarou Clô, que, surpresa e aturdida, olhava para ele sem saber o que responder e desejando não ter ouvido nada.

73. Só depois que Felipe repetiu a pergunta pela segunda vez foi que Clô saiu do estupor em que se encontrava, para balançar a cabeça:

– Eu não descobri nada – disse.

Ele teve um segundo de surpresa e logo riu sem alegria da própria estupidez.

– Ah, meu Deus – desabafou –, meu Deus, meu Deus.

Logo terminou de rir, se fez extremamente sério e começou a falar com a voz baixa e pausada que usava para os negócios.

– Eu devia ter contado antes a você – disse. – Faltou ocasião.

Fez uma pequena pausa, alinhou os talheres na sua frente e ergueu o olhar para ela:

– Vou me casar – disse.

Clô julgou estar ouvindo mal e inclinou a cabeça. Felipe repetiu a frase com o mesmo e desapaixonado tom de voz anterior. Clô parecia estar ouvindo as suas palavras de dentro de um longo e escuro túnel, cheio de ecos e reverberações. Ela não movia um dedo, como se tivesse receio de que o menor movimento pudesse espantar para longe as frases de Felipe.

– Você precisa entender meu casamento como um negócio – disse persuasivo.

Olhou para ela e continuou com uma voz de quem se desculpa:

– A verdade é que eu não tenho capital. Não posso entrar de mãos vazias na nova organização.

Para espanto de Clô, ele começou a usar um pacote de bolachinhas para mostrar seus problemas financeiros, certo de que, somando ou diminuindo os algarismos, ela poderia não só aceitar mas também aplaudir a sua sábia decisão. De tempos em tempos, ele punha parênteses dentro de sua explanação e repetia o refrão:

– É um negócio, está vendo?

Clô não concordava nem discordava, estava chocada demais para sentir qualquer emoção e fascinada pela frieza com que ele dispunha dos próprios afetos. Finalmente ela interrompeu a argumentação, deteve a mão de Felipe que se preparava para colocar mais uma bolachinha no quebra-cabeça que havia armado na sua frente e perguntou:

– Quem é ela?

Felipe devolveu a bolachinha para o pacote e respondeu sem erguer os olhos.

– Lilian.

Clô se recordava dela, uma figura esguia e silenciosa que se refugiava sempre nos cantos mais distantes das festas e reuniões.

Só uma vez ela havia notado realmente a sua presença, quando Lilian desceu uns olhos mornos e interessados sobre Felipe.

– Quem é a senhora faminta? – ela perguntou.

Ele lançou um rápido e desinteressado olhar para a outra, disse seu nome e voltou a discutir negócios com o vizinho de cadeira. A lembrança luziu rápida dentro dela como um neon e, de repente, Clô entendeu os desatinos de Pedro Ramão e os ridículos de Motta. Uma série de impulsos infantis se atropelaram dentro dela. Clô pensou em se jogar sobre Felipe, furar seus olhos mentirosos e rasgar com as unhas seu rosto enganoso de menino bonito.

– Calma – ela se recomendava em pensamentos –, calma.

Mordia os lábios e cravava as unhas nas palmas das mãos para se impedir de chorar e demonstrar a ele o seu desespero. Por duas vezes ela tentou falar, mas a voz continuava amordaçada na sua garganta. Enquanto isso, Felipe enumerava friamente os negócios do futuro sogro e o inevitável impacto que teria no mundo financeiro o seu casamento com uma herdeira tão conceituada. Minutos depois, Clô conseguiu finalmente controlar suas emoções, se forçou a sorrir e disse com uma voz frágil mas sem rancor:

– Parabéns e boa sorte!

Levantou da cadeira procurando dominar o tremor que tinha nas pernas e tentou ir para o quarto, mas Felipe saltou rápido do seu lugar e se pôs na sua frente.

– Ei – disse rindo –, você não me entendeu.

– Meu Deus – disse Clô com o resto de voz que lhe sobrava –, nunca em minha vida entendi alguém tão bem.

Tentou novamente se afastar dele, mas Felipe mais uma vez cortou o seu caminho.

– Não, não – disse balançando a cabeça –, você realmente não me entendeu.

Segurou Clô pelos ombros e com uma voz doce e cálida explicou:

– Nós vamos continuar juntos.

Acendeu as covinhas e piscou um olho matreiro e cúmplice para ela.

– Todo mundo sabe que não posso viver sem você – disse.

Clô levou quase um minuto para entender a proposta de Felipe, que se afastou dela e abriu os braços como se quisesse abarcar o apartamento inteiro.

– Se você quiser – continuou exultante –, pode continuar aqui. Passo o apartamento para o seu nome. Que tal, ahn?

Aproximou-se, sorridente, como se tivesse acabado de fazer uma proposta irrecusável.

– Se você preferir – prosseguiu –, podemos comprar uma casa. Em qualquer lugar da cidade. Até lá perto da casa de sua mãe.

Tornou a apanhar Clô pelos ombros e baixou a voz para um ronronar insinuante:

– Eu amo você, você me ama – disse. – Tudo vai continuar como antes.

Então a dor de Clô subitamente se virou pelo avesso e ela desatou numa imensa e incontrolável gargalhada, que a empurrou dobrada em duas pelo apartamento. Felipe, no primeiro instante, desentendeu seu riso, tentou rir com ela, mas, logo em seguida, ficou sério e ofendido e deu alguns passos em seu encalço, enquanto dizia:

– Vamos, Clô, pare com isso, pare com isso!

Ela já não ria apenas dele, mas também dela própria e de toda a sua vida, como se assim, liberto e aceito, o riso pudesse impedir seu pranto. Felipe sentiu que a situação havia escapado do seu controle, ainda pediu por duas vezes que ela parasse, mas por fim foi irritado para o living, onde ficou olhando a cidade e esperando impaciente que Clô silenciasse. Aos poucos Clô deixou de rir, recuperou o fôlego e foi para seu quarto, balançando a cabeça e repetindo:

– É incrível, simplesmente incrível!

Sentou na cama, examinou sem interesse sua imagem no espelho, recompôs os cabelos e disse, como se falasse com uma estranha:

– Tudo vai continuar como antes, sra. Clô. Exceto por uma coisinha...

Fechou os dedos sobre a palma da mão e aproximou o indicador do polegar até que só restasse um centímetro entre os dois.

– ... o amor da sua vida vai estar casado com outra mulher.

Naquele momento Felipe entrou no quarto. Ficou um instante à espera de um novo comentário que não houve e, logo em seguida, se pôs do outro lado da cama.

– Não é um casamento – repetiu falando também para a imagem de Clô no espelho –, é um negócio.

Ela concordou com uma gravidade fingida.

– Me falta capital para entrar nessa concorrência, meu caro sr. Felipe disse para a imagem dele.

Ficaram os dois assim por muito tempo, cada um com os olhos presos na imagem do outro, como parceiros desconfiados de um jogo que havia chegado ao seu lance final. Felipe quebrou a imobilidade. Baixou a cabeça, como se refletisse, e logo ergueu, jogando a sua última e decisiva carta.

– Dou um filho a você – disse.

Os olhos de Clô se incendiaram e ela ergueu instintivamente a cabeça, enquanto ele acendia as suas covinhas e seus olhos azuis, certo de que finalmente havia ganhado a parada.

74. O sorriso de Felipe empurrou Clô de volta para o ano anterior na casa de Gramado. Por um instante mágico, ela se reviu, orgulhosa de ser mulher, diante do espelho, prometendo a si mesma ser a mãe mais linda do mundo. Felipe continuava sorrindo, quando ela recordou a sua recusa impiedosa de lhe dar um filho.

– Não! – ela disse sem pensar, mas como se a palavra fosse um gesto instintivo de defesa.

As covinhas de Felipe se apagaram, seus lábios se torceram para um canto e seu rosto se transformou numa careta de menino desapontado.

– Você escolheu, moça, é o fim! – disse com uma voz rascante.

Foi até a porta, mas antes de ultrapassar o umbral, se deteve e se voltou para a imagem de Clô que continuava imóvel no espelho.

– Pegue o que quiser – disse. – O carro, os móveis, as roupas, o que quiser.

Ergueu o queixo orgulhoso como se tivesse resgatado a sua culpa e saiu. Clô permaneceu onde estava, num fatalismo sem pensamentos, enquanto ele abria e fechava gavetas ruidosas pela casa. Instantes depois ele retornou e, com uma voz dura e patronal, disse:

– Deixei um cheque na mesa da sala.

Durante uma hora, Clô ficou no mesmo lugar, olhando para além de sua imagem e se sentindo distante e ausente, como se tudo tivesse acontecido com outra mulher. Ela se forçou a sentir e a chorar, mas a vontade se chocava com um muro informe e inconsciente, que parecia absorver e amortecer todas as suas dores.

– Estou cansada – foi tudo o que conseguiu pensar.

Levantou da cama e abriu o guarda-roupa. Correu a mão pelas saias e pelos vestidos dependurados e fechou a porta, aborrecida. Pela primeira vez, traída e humilhada, não tinha o menor impulso de destruir coisa alguma. Uma sensação crescente de estar em casa estranha tomou conta dela e a fez vagar pelo apartamento, cheia de curiosidade.

– Meu Deus – pensou –, nada mudou.

Mas, mesmo assim, os móveis pareciam hostis, como se tivessem sido comprados contra o seu gosto.

– O apartamento nunca foi meu – pensou amargamente.

Voltou para o quarto e ficou longo tempo se olhando no espelho e recordando cada segundo de suas últimas horas com Felipe. Depois teve um riso fatigado, pela facilidade com que tinha sido enganada, e tornou a abrir a porta do guarda-roupa.

– Acho – disse em voz alta – que como vagabunda de luxo você merece pelo menos alguns vestidos.

Apanhou duas malas e as encheu com o estritamente essencial para se vestir nas próximas semanas. Em seguida, tornou a percorrer o apartamento e arrancou todas as suas fotografias dos porta-retratos. Fez isso com raiva e sem mágoa, como um fugitivo que quisesse apagar seus rastros. Depois desceu com as malas e pediu que o porteiro do edifício chamasse um táxi.

– Meu carro quebrou – mentiu.

Só diante do portão da casa de sua mãe foi que se lembrou do cheque que Felipe havia deixado para ela.

– Que pena – pensou –, eu deveria ter escrito um bilhete, dizendo que era o meu presente de núpcias.

Recusou o auxílio do motorista, ergueu as malas e entrou na casa. Donata abriu a porta, olhou a filha e teve um gemido.

– Meu Deus, aconteceu.

– Vou ficar com o quarto de Afonsinho – disse Clô sem responder.

Não esperou pela concordância da mãe, passou por ela e subiu as escadas, enquanto a avó saía curiosa do seu quarto.

– Ele vai casar – informou Clô.

A avó suspirou e a seguiu silenciosamente até o quarto. Clô jogou as malas ao lado do guarda-roupa do irmão e sentou cansada na cama.

– Já tinha acabado há muito tempo – consolou a avó.

– É – concordou Clô –, já tinha.

Balançou a cabeça e tentou sorrir, mas não foi bem-sucedida.

– Mas dói da mesma maneira – disse com uma voz sumida.

A avó não respondeu, se aproximou e puxou a cabeça da neta de encontro ao seu corpo. Clô enlaçou a outra pela cintura e chorou baixinho por alguns instantes. Logo em seguida se recompôs, enxugou as lágrimas, apanhou as mãos da avó e a fez sentar ao seu lado.

– Não quero gastar todas as lágrimas que tenho – disse tentando sorrir –, porque ainda vai me doer por muito tempo.

– Uma ova – respondeu a avó indignada –, uma ova!

– Não são eles – disse –, sou eu. Eu é que não sei escolher homem.

Mas não continuou porque Donata apareceu na porta e impôs sua presença, vencendo o silêncio da filha e da sogra.

– Todos os casais têm brigas – disse, como se fosse necessária uma voz sensata na discussão.

– Não foi uma briga – corrigiu Clô.

Olhou para Donata e teve uma inesperada vontade de ferir a mãe.

– Felipe acha que eu só mereço o lugar de vagabunda.

Mas a mãe queria convencer e não entender. Tomou um ar de mulher experiente e disse:

– Ah, minha filha, homem quando se zanga diz o que lhe vem na cabeça.

– Ele vai casar com a filha de um milionário – informou Clô calmamente.

– Não acredito – teimou Donata.

Clô se voltou para a avó e desta vez conseguiu rir da situação.

– Como ele me ama muito – disse ironicamente –, me ofereceu um filho e o lugar de amante.

– Impossível – disse Donata.

Clô se voltou para ela mas não chegou a falar, porque naquele momento a cigarra da porta zumbiu apressada e a mãe desceu para atender. Quinze segundos depois voltava alegremente abanando um cheque de Felipe, como se fosse um bilhete premiado de loteria.

– Olha o que o Felipe mandou – cantarolou na porta do quarto, como se o cheque confirmasse sua opinião.

Clô arrancou furiosa o cheque de suas mãos e já ia rasgá-lo, em pedacinhos, quando a avó a impediu com um golpe seco de bengala no assoalho.

– Pare – gritou irritada.

– Não quero essa droga – disse Clô.

A avó tirou o cheque de suas mãos e o estendeu intacto para Donata.

– Diga ao mensageiro que se trata de um engano.

Donata olhou indecisa para Clô, mas a avó gritou impaciente.

– Vamos, Donata!

A nora bufou contrafeita mas não disse nada. Sacudiu o cheque no ar, deu meia-volta, desceu as escadas e foi cumprir a ordem que tinha recebido. A avó, então, se voltou para Clô.

– Esses desaforinhos – disse com raiva – só faz quem quer o seu homem de volta.

Deu dois passos em direção à porta e se voltou para a neta.

– Não é o seu caso, é?

E só então Clô realmente pensou na proposta que Felipe tinha lhe feito e nas conseqüências de sua resposta. Ela ergueu a cabeça, encarou a avó e respondeu com voz firme e decidida:

– Não, não é o meu caso.

E naquele momento se descobriu capaz de pagar o preço de sua dignidade, fosse ele qual fosse, e não se sentiu apenas mulher, mas ser humano.

75. Felipe não insistiu com o cheque mas, três dias depois, enviou um advogado, polido e formal, que, após comentar gravemente as fatalidades da vida, disse que certos detalhes da separação incomodavam o seu cliente.

– Como, por exemplo? – perguntou a avó, que fez questão de estar ao lado de Clô.

– Bem – disse ele, se voltando para Clô –, meu cliente quer saber exatamente o que a senhora deseja.

– Eu desejo apenas que ele me deixe em paz – respondeu Clô tranqüilamente.

Ele piscou surpreso várias vezes, olhou para a avô esperando um comentário e, diante do silêncio da velha, pigarreou embaraçado. Mas logo ajeitou a gravata e o colarinho e se recompôs.

– Muito bem, muito bem – disse sorridente –, sendo assim creio que a senhora não se importa em assinar alguns papéis, não é verdade?

Ele ainda estava sorrindo quando a avó, furiosa, deu um golpe seco com a sua bengala na pasta que o advogado tinha em cima dos joelhos.

– Saia! – sibilou.

O advogado se atarantou, a pasta quase escapou de suas mãos e ele se precipitou para a porta, enquanto gaguejava:

– Mas que é isso, minha senhora, que é isso?

Quando finalmente se jogou porta afora, Clô e a avó estalaram em gargalhadas.

– Meu Deus – disse Clô –, eu pensei que ele ia me pedir para assinar um pedido de demissão.

O riso da avó se extinguiu, ela ficou subitamente séria e se sentou derreada numa cadeira.

– É uma pena – disse – que você não tenha realmente uma indenização para receber.

Clô se voltou para ela sem entender. A velha ergueu as mãos imponentes do seu regaço.

– Estamos mal – disse –, muito mal.

– Mas e a pensão de papai? – perguntou Clô.

A avó carregou uns olhos culpados para a neta e suspirou.

– Nós também temos segredinhos por aqui – confessou pesarosa.

– Segredinhos, vó?

– Sua mãe está sustentando o seu irmão no Uruguai – disse a velha.

– Mas ele não estava trabalhando?

A avó balançou a cabeça.

– O que houve com ele? – quis saber Clô.

A avó moveu a bengala irritada, por um momento pareceu não encontrar as palavras, mas logo desabafou como quem confessa um defeito de um parente.

– É guerrilheiro, droga!

Clô olhou espantada para a avó, que se mexeu inquieta na cadeira.

– É, é – disse impaciente –, é uma loucura. Mas que droga, eu não posso condenar a Donata. Filho é filho. Ele pede dinheiro e ela manda. Cada vez mais. Rapou as nossas economias.

Bateu raivosamente com a bengala no assoalho.

– Deve estar comprando fuzis de ouro, o infeliz! – comentou acidamente.

Clô ficou olhando pensativa para a avó.

– Vou trabalhar – disse depois de um momento.

A avó suspirou e olhou tristemente para ela.

– É – disse –, creio que não há outro jeito.

Então Donata apareceu na porta, como se estivesse esperando sua deixa para entrar em cena.

– Já contei tudo a ela – disse a avó.

– Sinto muito – disse Donata para a filha.

– Bobagem – respondeu Clô –, vai me fazer bem. E depois...

Riu e apontou um dedo brincalhão para sua avó.

– ... talvez eu fique rica.

Uma semana depois ela já não estava tão certa do seu sucesso. A maioria dos amigos de Felipe não levou a sério os seus pedidos de emprego, os mais chegados achavam que a reconciliação era uma questão de dias e os que se convenciam de que realmente estava tudo acabado se punham a ronronar propostas amorosas.

– Você está tendo uma aula prática – disse a avó – do que eles chamam de igualdade de sexos.

Clô se voltou então para as amigas, mas sem Felipe a seu lado os sorrisos não eram tão simpáticos, nem os ouvidos tão atenciosos. A dona de uma butique riu descaradamente quando Clô lhe fez o pedido de emprego.

– Você não precisa de um emprego, minha querida, precisa de um novo amante.

Clô abriu a boca para responder, mas percebeu que a outra falava sério e se calou.

– Mesmo assim – disse para a avó –, os piores são os que me fazem promessas para a semana que vem, o mês que vem, o ano que vem!

Quando os amigos e conhecidos começaram a alegar compromissos inesperados para não recebê-la, Clô se pôs a escrever desesperadas cartas de resposta aos anúncios para descobrir, em menos uma semana, que além de boa aparência era preciso bater à máquina, ter pelo menos um ano de experiência e concordar em receber irrisórios salários iniciais.

– Meu Deus – confessou agoniada para Donata –, eu não sei fazer nada.

Nem Donata nem a avó sabiam o que responder. Recomendavam calma e suspiravam acabrunhadas. Fazia exatamente um mês que Clô tinha começado a sua aflita busca de emprego quando Aloisio Santamaria chegou. Clô estava recolhendo a correspondência quando a limusine parou na frente do portão e o motorista desceu apressado e abriu a porta traseira do carro. Por um momento parecia que ninguém sairia por ela, mas logo o velho apareceu.

– Bom dia – disse.

Ele usava um chapéu gelo, não do modo tradicional, mas jogado sobre a cabeça, como se fosse um boné de marinheiro. Era magro, quase alto e ligeiramente curvado. A cabeça saía dos ombros, apoiada num pescoço fino e comprido, curiosa e cruel, como se fosse de uma ave de rapina. A velhice havia encovado os olhos espertos e ressaltado os ossos da face e o nariz fino e adunco. A boca, mesmo silenciosa, se movia sem parar, dando a impressão de que os pensamentos corriam incessantemente pelos seus lábios. Ele não era propriamente branco, mas azulado, com essa transparência das carnes noturnas e distantes do sol.

Ele espiou a casa com seus olhos inquietos e logo desceu do carro, com uma agilidade surpreendente para sua idade. O motorista correu na frente e abriu o portão, mas Santamaria passou por ele, com essa capacidade de ignorar que só os longamente acostumados a serem servidos possuem. Ele passou o portão e, ainda examinando a casa, disse sem se voltar para Clô:

– Sou Santamaria.

Ela só o havia encontrado uma vez, numa pequena festa de banqueiros, quando Felipe apontou o velho e lhe disse:

– É o maior filho de uma cadela que existe por aqui.

Clô inclinou a cabeça dando a entender que o tinha reconhecido, mas não disse nada. Ele caminhou até ela, retirou as três cartas que Clô tinha na mão e as jogou displicentemente para trás.

– Acabe com essa estupidez de pedir emprego – disse. – Tu não és mulher para isso.

– Eu preciso – disse Clô repentinamente intimidada pela autoridade dele.

– É, eu sei – comentou Santamaria.

Deu alguns passos em direção à casa, como se ela fosse o motivo de sua visita, depois se voltou e disse:

– Tenho uma proposta para te fazer, criança.

E sorriu amigavelmente, desfazendo milagrosamente a imagem anterior e se transformando num velhote alegre e simpático, capaz de distribuir balas às crianças.

76. Depois de um mês de buscas desesperadas, proposta, para Clô, era uma palavra exclusivamente relacionada com emprego. Por outro lado, ter sido procurada por um homem tão importante punha seguramente a oferta além de todos os sonhos. Por isso, quando Santamaria sorriu, Clô devolveu o sorriso, feliz e agradecida.

– Então – perguntou ele –, aceita?

– Depende – respondeu Clô rindo –, depende.

– Tu não apostas no escuro? – quis saber o velho com um ar brincalhão.

– Não, não – negou Clô.

Subitamente percebeu que ele a havia conduzido com extrema facilidade para um jogo infantil, onde ela fazia o papel de criança curiosa. Clô imediatamente parou de rir, mas ele avançou um dedo folgazão e lhe deu um pequeno golpe na ponta do nariz.

– Tá, tá, tá – disse –, menininha desconfiada.

Logo se pôs sério e olhou em volta como se estivesse procurando alguma coisa.

– Onde podemos conversar? – perguntou.

Clô abriu a mão indicando a casa, mas ele balançou a cabeça.

– Não – disse –, na casa não.

Examinou o pátio, mas não pareceu satisfeito e apontou a limusine.

– Vamos para o carro – ordenou.

Não esperou pela resposta dela e caminhou para fora do portão, enquanto o motorista corria para lhe abrir a porta traseira do carro. Santamaria, no entanto, não entrou, se deteve a um passo do carro e, com uma galanteria fora de moda, se curvou ligeiramente e disse:

– Primeiro as damas.

Clô se sentiu mais uma vez dirigida, mas achou que todo aquele cerimonial fazia parte do oferecimento de um emprego importante e inusitado. Por isso seguiu Santamaria docilmente e entrou no carro, depois de uma pequena vênia e de um agradecimento. O velho sentou a seu lado, tirou o chapéu, alisou os cabelos ralos e brancos e, com uma série de pequenos gestos, enxotou o motorista para longe.

– Não confio em nenhum deles – disse.

Então cruzou as mãos sobre o ventre e olhou friamente para Clô, que se moveu inquieta com o exame.

– Tenho pouco tempo – ele disse. – Vamos direto ao assunto.

Ela concordou com um breve aceno de cabeça e ele disparou repentinamente e sem o menor constrangimento:

– Sou impotente!

Clô abriu os olhos surpresa, mas não fez o menor comentário.

– Fora da cama – continuou ele – sou uma potência.

Riu baixinho e satisfeito com a própria piada e inclinou a cabeça na direção de Clô.

– Todos pensam que tenho 68 – confidenciou. – Não é verdade. Tenho 72. Não fosse a maldita próstata, tudo estaria bem.

Clô olhava fascinada para ele sem saber o que dizer. Santamaria falava em pequenos golpes, sem despegar, por um momento que fosse, os olhos dela.

– Neste país de galos – disse –, essas coisas não fazem bem aos negócios. Há oito anos eu tinha um belo acordo com uma moça. Por motivos que não interessam, foi rompido.

Fez uma pequena pausa, estalou os lábios e se voltou para ela como se estivesse falando de um carro novo.

– Preciso urgentemente de uma amante jovem e bonita.

Clô julgou ter ouvido mal, chegou a mover a cabeça para ouvir melhor, mas o velho não repetiu a frase e continuou olhando fixamente para ela.

– Olhe – disse Clô se movendo para sair do carro –, eu pensei que fosse...

Mas não chegou a concluir a frase, porque a mão dele tocou imperiosa o seu joelho.

– Fique quieta – ordenou Santamaria com uma voz cheia de autoridade.

Em seguida, no entanto, tornou a sorrir e empurrou a voz para um suave tom paternal.

– Me deixe concluir, criança.

Clô concordou com uma pequena inclinação de cabeça, mas não voltou a encostar no banco.

– Tu jamais serás importunada – disse ele. – Terás carro, um belo apartamento, lindos vestidos, viagens e uma bela mesada.

Teve um riso curto como se estivesse zombando de si mesmo e apertou os olhos maliciosamente, antes de prosseguir.

– Claro, minha linda criança, que terás também as tuas obrigações. Sairás comigo, sempre que te perguntarem dirás que eu sou um macho assombroso e, duas ou três vezes por semana, terás que aturar a minha companhia por algumas horas.

Mais uma vez fez uma pequena pausa e espiou Clô sorridente:

– Que te parece, ahn?

Clô novamente não conseguiu responder e balançou incrédula a cabeça, como se quisesse acordar de um sonho ruim.

– Mas fica tranqüila, criança – aquietou ele. – Tu és um belo animal e não pretendo estragar teus apetites. Podes fazer o que quiseres.

E acrescentou, depois de erguer um indicador de aviso:

– Desde que os outros não saibam.

– Não – respondeu Clô sem pensar.

Tentou abrir a porta do carro, mas novamente Santamaria a deteve, segurando o seu braço com uma mão azulada e surpreendentemente forte.

– Não terminei – disse.

– Não quero ouvir mais nada – respondeu Clô.

Pensou em perguntar quem ele pensava que ela fosse, mas a frase lhe pareceu ridícula e infantil. Ela retirou a mão dele do seu braço, seus olhos faiscaram e sua respiração se acelerou de raiva, mas Santamaria se manteve imperturbável.

– Encare a minha proposta – disse – como uma simples oferta de emprego.

Clô teve um irônico golpe de riso. Instantaneamente a face dele perdeu a suavidade, os olhos apertaram e o nariz se afilou como um bico de gavião.

– Com que tu pensas que vais ajudar tua mãe? – perguntou duramente. – Com dois ou três salários mínimos? Será que isso basta para as loucuras do Afonsinho?

– Que loucuras do Afonsinho? – perguntou Clô assustada.

Santamaria bufou aborrecido e moveu a mão como se limpasse o carro das palavras dela.

– Ora, vamos, minha criança, sou um homem de negócios. Nunca comprei nada de olhos fechados.

Fez uma pausa rápida e acrescentou com a visível intenção de surpreender Clô:

– Pergunte a Clotilde.

– O senhor conhece minha avó?

– Não – respondeu ele–, é ela quem me conhece.

Clô novamente sentiu que ele estava tentando induzi-la pelos seus caminhos e se manteve em silêncio.

– Vinte salários mínimos – disse ele como quem faz a última oferta num leilão.

Clô então abriu a porta do carro e saiu, sem que ele, desta vez, fizesse um só movimento para impedi-la. Mas quando ela passou o portão, ele baixou o vidro da janela e gritou:

– Apanhe as cartas que eu joguei fora.

Clô instintivamente olhou para os três envelopes que estavam sobre a grama.

– Se houver uma só oferta de três salários mínimos, eu não insisto mais.

Riu e fechou a janela. Só depois que o carro se afastou foi que Clô apanhou os envelopes e os abriu. Só havia uma oferta de emprego. Oferecia dois salários mínimos. Clô amassou a carta com raiva e teve a impressão de ouvir novamente o cacarejar triunfante de Santamaria.

77. Donata teve que ouvir Clô duas vezes para entender a proposta de Santamaria. Mesmo assim não conseguiu juntar três palavras para traduzir seu espanto.

– Meu Deus – repetia –, meu Deus!

Mas a avó não precisou ouvir nem a metade da descrição do encontro com o velho para compreender suas intenções.

– O Santamaria – disse – já nasceu canalha.

Fez uma pausa e surpreendeu mãe e filha, erguendo vaidosamente a cabeça e dizendo, com súbitos olhos iluminados:

– Ele não conseguiu pegar a avó e não vai conseguir pegar a neta.

No entanto, quando Clô, curiosa, perguntou o que tinha havido entre os dois, ela balançou energicamente a cabeça e se recusou a contar.

– É assunto meu – disse, enviesando os olhos para Donata que tinha armado um sorriso malicioso.

Nem por isso os problemas de Clô terminaram. A oferta de dois salários foi a única que apareceu. Dali por diante suas cartas continuaram sem resposta, suas longas esperas esbarravam sempre em impassíveis máquinas de escrever e suas entrevistas terminavam sempre ao chegar o item experiência. Duas semanas depois da visita de Santamaria, ela começou a fraquejar.

– Vou terminar vendendo produtos de beleza de porta em porta – disse amargamente.

No dia seguinte, estava saindo de mais uma tentativa fracassada quando esbarrou em Motta, que estava a sua espera. Ela quis passar por ele e seguir em frente, mas Motta a deteve.

– Por favor – pediu com sua voz mais gentil –, ando a sua procura.

– Que você quer? – ela perguntou de maus modos.

– Sei que você está em dificuldades – ele disse.

– É problema meu – respondeu Clô secamente.

– Recomendei você ao Zeb – disse ele, como se não tivesse ouvido a recusa.

– Obrigada por nada – disse ela ironicamente.

Arrancou o braço das mãos dele e atravessou a rua, furiosa. Dois dias depois, no entanto, um mensageiro lhe trouxe uma carta de Zeb, lhe propondo uma entrevista.

– Quem é? – perguntou a avó.

— Uma ferinha igual ao Felipe — respondeu Clô.

Desde 66 Porto Alegre estava sendo invadida por bancos, financeiras e montepios, que não se contentavam mais com a Sete e a Siqueira e subiam gulosamente para a Rua da Praia, engolindo lojas, bares e cafés, na pressa de multiplicar os lucros. Nem todos eram dirigidos por banqueiros ou economistas, porque uma geração de médicos e advogados havia decidido trocar seus opacos consultórios pelos luzidios gabinetes das organizações financeiras.

Havia uma nervosa antecipação de negócios milagrosos e Zeb, com o seu montepio, era um dos novos e surpreendentes magos. Ele ainda não tinha adquirido, como Santamaria, a feição de ave de rapina da maioria dos seus colegas. Apesar da calvície que tentava disfarçar, do nariz adunco e dos olhos pequenos e interesseiros, mantinha ainda um resto da amabilidade da antiga profissão. Foi gentil e educado com Clô, elogiou discretamente a sua beleza, comentou com simpatia a dificuldade das mulheres em fazer carreira e, então, pôs grosseiramente a mão no joelho dela e disse, com uma voz pretensamente malandra:

— Você vai se dar bem comigo.

Clô, furiosa, se pôs de pé, mas ele não se intimidou com sua atitude e riu, cínico e divertido.

— Ah, por favor — disse —, você não vai dar uma de mulher honesta pra cima de mim, vai?

— Porco — ela cuspiu com raiva.

Caminhou furiosa para a porta, enquanto ele gritava zombeteiro:

— Acaba com isso, menina. Se não for comigo, vai ser com outro qualquer.

Clô abriu a porta e saiu pelo corredor, enquanto as cabeças se erguiam sorridentes e irônicas, acompanhando a sua passagem. Quando ela chegou à rua, teve a impressão de que todos riam de sua humilhação. Apertou os lábios e caminhou cabisbaixa e apressada, abrindo caminho sem cuidado na multidão, até que seu coração se refez e recuperou o compasso habitual.

— Meu Deus — ela pensou, olhando desesperada a sua volta —, eu vou fazer o quê? O quê?

Voltou para casa tão abatida que, quando fechou a porta e se voltou, sua avó instintivamente lhe abriu os braços.

– O que houve? – perguntou.

Clô tentou falar, mas a voz estava trancada em sua garganta e ela, afogada, se limitou a balançar tristemente a cabeça.

– Vamos, sossegue – pediu a avó.

Conduziu Clô docemente para a cozinha e a fez sentar a seu lado na mesa, enquanto Donata acudia nervosa e preocupada.

– Amigo do Motta – dizia adivinhando o que tinha acontecido –, só podia ser cafajeste.

Clô concordou silenciosamente.

– São fases – disse a avó. – Estamos em maré vazante.

– Desde que Alberto morreu – disse Donata com uma voz cava.

Clô então começou a chorar baixinho e nem a avó nem a mãe souberam o que dizer a ela. Ficaram mudas e constrangidas a seu lado, trocando olhares sofridos e impotentes, até que ela se aquietou.

– Amanhã vai ser melhor – animou Donata.

– Não – disse Clô balançando decididamente a cabeça –, não vai ser.

A avó ergueu surpresa a cabeça, mas Clô não amenizou a dureza de sua voz.

– Amanhã vai ser pior – disse categórica. – E depois de amanhã vai ser pior. E a cada dia que passa vai ser sempre pior.

– Não, não – choramingou assustada Donata.

– Vai, vai – berrou Clô enfurecida.

Ergueu-se inopinadamente da cadeira e deu dois passos, como se fosse sair da cozinha, mas logo mudou de idéia e se voltou, rude e decidida.

– Vou aceitar a proposta do velho – anunciou.

A avó pareceu acordar, seus olhos faiscaram e ela bateu irritada com a bengala nos ladrilhos da cozinha.

– Não – rosnou –, não vai!

Pela primeira vez, Clô não se intimidou. Deu mais um passo e enfrentou a velha.

– Vou – disse com ferocidade –, vou.

– Você vai se vender – gritou a avó, erguendo a bengala como se fosse bater na neta.

– E que me importa? – respondeu Clô no mesmo tom.

– Antes morta – baliu Donata.

Clô se voltou enfurecida para a mãe.

— Então me mate – berrou.

Por um segundo Donata conseguiu encarar a filha, mas logo sua disposição de luta derreteu.

— Meu Deus – ela gemeu –, meu Deus!

— Já chega – disse a avó para Clô.

Mas desta vez não conseguiu se fazer obedecer. Clô, cheia de raiva, bateu repetidas vezes com os dois punhos no tampo da mesa.

— Droga – berrou –, droga, droga!

Donata correu assustada para o lado da avó, enquanto as lágrimas corriam pelo rosto de Clô.

— Mas que droga – ela gritou –, a culpa é de vocês. Vocês não me ensinaram a fazer mais nada.

Estendeu duas mãos patéticas por cima da mesa.

— Vocês só me prepararam para ser mulher de alguém. É só o que eu sei fazer, é só o que eu sei fazer!

Donata baixou os olhos e começou a chorar. A avó ainda tentou levantar a cabeça, mas logo rompeu em soluços e abriu os braços desesperados para tentar recuperar a neta.

78. No dia seguinte, Clô se levantou cedo e se preparou para sair. Havia dormido mal na noite anterior, seguidamente acordada pelos soluços da mãe e pelo bater insone da bengala da avó. Ela se viu triste e cansada no espelho, mas mesmo assim não teve ânimo para se maquilar ou ao menos disfarçar os vestígios da noite maldormida.

— Não vou perder o namorado – zombou de si mesma.

Desceu para a cozinha e preparou vagarosamente o café, na esperança de que ou sua mãe ou sua avó lhe fizesse companhia. Mas nenhuma delas apareceu. No entanto ela sabia, por pequenos ruídos indistintos que vinham dos quartos, que as duas já estavam acordadas.

— Muito bem – pensou –, se é assim que elas querem...

Tomou seu café, apanhou a bolsa, se deteve por um breve instante na frente do espelho e saiu. Quando se voltou para fechar o portão, avistou o vulto de sua avó, por trás das cortinas e imóvel ao lado da janela. Ergueu a mão para um aceno, mas na metade do gesto a velha já tinha desaparecido. A discussão do dia anterior havia terminado em lágrimas e ressentimentos porque, quando sua avó lhe estendeu as mãos, Clô se recusou ao afeto e saiu intempestivamente da cozinha. Cada uma das três então se refugiou no seu quarto e, durante toda a noite, as portas permaneceram teimosamente fechadas.

– Melhor assim – pensou Clô, enquanto descia a rua em busca de um táxi.

O imenso banco de Santamaria, nas primeiras horas da manhã, com seus mármores e metais, parecia um gigantesco mausoléu. À medida que ela perguntava por ele, uma série de dedos lhe apontava o caminho. Seguiu por escadas, corredores e elevadores, até que finalmente se viu no topo do edifício, onde uma mesa solitária vigiava o imenso salão. Antes que Clô chegasse até ela, uma diligente e agressiva secretária saiu de uma porta lateral e veio rapidamente ao seu encontro, como se ela tivesse se enganado de andar.

– O sr. Santamaria? – perguntou Clô.

O nome do velho não suavizou seus modos e ela ergueu uma sobrancelha desconfiada quando perguntou o nome de Clô.

– Tem entrevista marcada? – perguntou.

– Ele me chamou – mentiu Clô com uma segurança que a deixou espantada.

A outra lhe indicou uma poltrona e saiu muito dura em busca da confirmação. Por um momento Clô se arrependeu de sua pressa e chegou a pensar em sair e esperar que Santamaria viesse ao seu encontro. Mas antes que tomasse uma decisão, a secretária voltou gentil e subserviente e a conduziu para uma sala ao lado.

– O dr. Santamaria não demora – disse.

E se desdobrou em oferecimentos de cafés, chás e refrigerantes, como se fosse absolutamente vital para a sua carreira que Clô aceitasse qualquer coisa. Finalmente, quando se convenceu de que Clô não desejava nada, saiu com um desapontamento visível. Como se somente estivesse esperando pela saída da secretária, Santamaria entrou com as mãos estendidas e seu enganoso sorriso de avô bonachão.

– Que prazer, minha criança! – disse tomando as duas mãos de Clô.

– Obrigada – respondeu ela pouco à vontade.

– Tá, tá, tá – censurou ele –, nada de constrangimentos comigo, criança.

Sem soltar as mãos de Clô, a conduziu para uma imensa poltrona no outro extremo da sala, que estava inundado de luz. Só depois que ela sentou foi que ele soltou suas mãos, se afastou três passos e a examinou com a satisfação de quem acaba de comprar uma pechincha. Mas suas feições de ave de rapina duraram apenas um instante, porque logo em seguida ele voltou a ser o velhinho simpático de antes.

– O Zeb é um imbecil – disse.

Ela ergueu os olhos surpresa e ele se desculpou, adivinhando a pergunta que Clô não chegou a fazer.

– Eu sei de tudo o que acontece nesta cidade – disse.

Piscou um olho matreiro, mas logo se tornou professoral.

– Como todos da geração dele – disse –, Zeb pensa que desonestidade basta.

Teve um de seus pequenos e rápidos cacarejos e balançou a cabeça como se estivesse desconsolado com a atitude do outro.

– Ele traiu sua vocação. Deveria estar vendendo roupas usadas. Imagine que ele canta as próprias funcionárias.

Riu um pouco mais alto e acrescentou maldosamente:

– E os funcionários, e os funcionários.

Clô riu contrafeita e Santamaria voltou a ser um homem extremamente sério e sentou no braço da poltrona, que ficava em frente a ela. Examinou curioso o rosto de Clô mas subitamente seu olhar se suavizou, ele inclinou a cabeça e perguntou, cheio de simpatia:

– Como foi a discussão com a tua avó?

Novamente Clô se surpreendeu e ele riu feliz do efeito que tinha causado.

– Conheço a Clotilde – disse –, conheço a Clotilde.

Riu baixinho para dentro do seu próprio passado, mas em seguida, como a avó tinha feito a seu respeito, mudou abruptamente de assunto, como se fechasse uma janela indiscreta de sua vida.

– Bem, criança – disse –, agora vamos tratar da minha paixão e do nosso grande amor.

– Paixão? – perguntou Clô cheia de medo.

– Tá, tá, tá – aquietou ele –, estou falando apenas das aparências, minha criança, apenas das aparências. Temos que encenar o nosso grande caso de amor, não sabias?

Clô concordou com um aceno desconfiado de cabeça. Santamaria se ergueu da poltrona, deu alguns passos de cenho franzido e indicador esticado, como se fosse enfiar o dedo em alguma idéia que estivesse flutuando pela sala.

– Tu vieste até aqui – disse apontando o dedo para ela – para me pedir um empréstimo.

Cacarejou divertido, antecipando a molecagem da frase seguinte:

– Foi tua avó quem te mandou.

Clô quis protestar, mas ele não estava lhe dando a menor atenção, entusiasmado com o planejamento de sua encenação particular.

– Tu saíste e eu me apaixonei. As pessoas gostam das paixões repentinas. Vou te fazer a corte, criança. Rosas, rosas, quilos de rosas.

Seus pequenos olhos fulguraram, como se antecipassem o sucesso de sua pequena farsa.

– Depois, presentes, jóias, ahn? Coisas de velho. As pessoas acham natural. Jovens dão flores, velhos dão jóias.

Parou pensativo por um instante e se voltou para Clô.

– Um mês te parece bem, criança?

Mas não deu tempo para que ela respondesse.

– É, é, um mês é suficiente. Quatro semanas. Depois jantares, visitas, passeios e cais nos meus braços. Então, te parece bem, criança?

– Parece – concordou Clô.

Ele deu mais alguns passos para longe dela e logo se voltou com os olhos cheios de suspeita.

– Tua avó pode te fazer mudar de idéia? – perguntou.

– Não – respondeu Clô com firmeza –, não pode.

– Bravo – disse ele –, bravo.

Caminhou até uma pequena mesa e apertou um botão. Quase que instantaneamente, a secretária apareceu.

– Cem mil – ele ordenou.

Era uma soma tão grande para a época, que a secretária titubeou.

– Novos? – perguntou.

– Claro, imbecil – sibilou ele.

Clô se ergueu sacudindo a cabeça, mas ele a fez calar com um gesto.

– Tu vales – disse –, tu vales.

E Clô pensou amargurada que nunca tinha valido tanto para nenhum de seus amores.

79. Santamaria foi um ator dedicado e divertido da própria encenação. Ele enviava dúzias de rosas vermelhas, com longos e elaborados bilhetes, que provocavam ataques de riso em Clô. "No fundo das cinzas de minha existência", escrevia, "acendeste uma brasa tardia, que embora pequena e sem esperança, aquece as gélidas e intermináveis noites deste pobre e desenganado coração."

Donata lia preocupada os cartões e se recusava a crer que se tratasse apenas de uma farsa. Passava horas repetindo as frases intermináveis de Santamaria até que, repentinamente, dizia com uma seriedade experiente:

– Esse homem te ama.

A avó, no entanto, depois de uma semana de silêncios hostis, havia se reaproximado de Clô, mas se recusava a discutir Santamaria. Sempre que Clô e Donata citavam inadvertidamente o nome do banqueiro, ela se levantava ostensivamente da mesa e voltava para seu quarto, batendo forte com a bengala no assoalho.

– Acho – segredava Donata – que houve qualquer coisa entre eles.

Uma vez por semana, a limusine de Santamaria deslizava dentro da noite e estacionava nas proximidades da casa. Depois de alguns minutos, o motorista descia cheio de cuidados, como se estivesse numa missão altamente secreta, e, depois de olhares cautelosos para a vizinhança, batia na porta. Clô, depois da segunda visita, tentou rir dessas preocupações todas, mas o velho respondeu sério:

– Nos tempos em que vivemos, criança, nunca se sabe, nunca se sabe.

Depois, baixava cuidadosamente as cortinas e, sempre falando em voz baixa, como se o carro estivesse cercado de microfones, perguntava se a encenação estava indo bem e se Clô tinha algum problema. A última pergunta era invariavelmente a mesma:

– Tua avó não discutiu contigo?

Só depois de receber a negativa de Clô é que contava a sua parte da representação. Todos os seus cartões eram lidos em voz alta para os colegas de direção.

– Eles estão me chamando de imbecil – disse satisfeito.
– É um bom sinal, é um bom sinal.

Quatro semanas depois, religiosamente dentro do prazo que havia estabelecido, ele fez o primeiro convite para jantar. Ao contrário do que Clô pensava, não escolheu um dos grandes restaurantes da moda, mas um lugar pequeno e discreto.

– É o que as pessoas imaginam que eu faria se estivesse apaixonado – explicou.

Santamaria era extremamente gentil e possuía uma habilidade incomum para pôr Clô à vontade e tornar os seus encontros naturais e descontraídos.

– Tu sabes – ele dizia –, é muito difícil para um homem de cinqüenta viver bem com uma mulher de vinte. Sabes por quê? Porque é muito difícil ser pai.

Cacarejava baixinho, aplaudindo a própria dedução, e continuava:

– Mas é muito fácil para um homem de sessenta ou setenta viver com uma mulher de vinte. Sabes por quê? Porque é muito fácil ser avô.

No entanto, em público, ele não a tratava como se ela fosse sua neta. Clô sempre se surpreendia com a segurança com que ele a conduzia por entre os olhares invejosos. Santamaria pairava acima da cobiça dos mais jovens, confiante e tranqüilo nos seus privilégios de proprietário.

– Bem, bem, bem – ele explicava –, a idade ensina algumas coisas.

Três semanas depois do primeiro jantar, ele a levou ao restaurante mais sofisticado da cidade. Desfilou triunfalmente com ela até a mesa que tinham reservado, enquanto distribuía pequenos acenos de cabeça aos conhecidos.

– Hoje – disse quando o *maître* se afastou – é o dia do nosso noivado. Amanhã vais receber um carro de presente.

Cumprimentou um conhecido que acabava de entrar e acrescentou muito sério:

– Um Volkswagen, minha criança. Achei que as pessoas imaginam que eu não daria um carro maior.

E então apanhou o cardápio e, como se estivesse lendo as instruções, avisou:

– Tu te mudas depois de amanhã.

Mas sempre fiel à encenação que havia planejado, não permitiu que Clô visitasse o apartamento antes do prazo.

– As pessoas – comentou – imaginam que eu não faria isso.

Dois dias depois, estritamente na hora combinada, a limusine parou espalhafatosamente diante da casa e Santamaria desceu alegre e sorridente, como convinha a um velho que tivesse acabado de conquistar uma mulher tão jovem. Foi uma despedida amarga, porque a avó se enclausurou em seu quarto e intimidou Donata, que quando ouviu o motor do carro se refugiou na cozinha. Santamaria, como se adivinhasse o que estava acontecendo, ficou a meio caminho, entre o portão e a entrada, enquanto o motorista recolhia as malas de Clô. Ela tentou desculpar a ausência da mãe e da avó, mas o velho a interrompeu.

– Tá, tá, tá – disse –, não se preocupe, minha criança. A oposição da família dá mais autenticidade a nossa encenação.

E conduziu Clô galantemente para o pequeno apartamento da avenida Borges. Ele se mostrou encantado em congestionar o trânsito, mandando o motorista estacionar em lugar proibido, e, deliciado com a irritação das buzinas, desceu do carro com uma lentidão exagerada. Enlaçou Clô pela cintura e se deteve por um instante na calçada, permitindo que todos o examinassem com uma mistura de ódio e inveja, enquanto sorria divertido.

– Só o dinheiro – disse ele – compra esses momentos inesquecíveis.

O edifício era antigo, mas exatamente essa velhice é que dava a ele e ao pequeno apartamento um encanto todo especial. Santamaria abriu a porta e o ofereceu a Clô com um gesto largo e generoso.

– Pensei em deixar que tu o decorasses – disse –, mas as pessoas imaginam que eu jamais permitiria isso.

Passou pela pequena sala de jantar e pelo living e conduziu Clô até o quarto. Lá, abriu ruidosamente as portas do guarda-roupa que cobria inteiramente uma das paredes e disse:

– Em compensação, minha criança, podes encher o guarda-roupa com tudo o que quiseres.

Logo em seguida, com sua curiosidade infantil, saiu pelo apartamento, examinando cada detalhe da decoração, enquanto dava pequenos resmungos de aprovação.

– Bom, bom, bom – disse por fim –, melhor do que eu esperava.

Então abotoou o casaco e retomou sua voz autoritária.

– Amanhã – informou – minha secretária virá tratar dos detalhes e lhe trazer as candidatas a empregada. Escolha a que mais lhe agradar, minha criança.

Trotou até a porta, mas a um passo dela se voltou.

– Mas não pague muito bem, estás me ouvindo? Generosidade demais estraga as empregadas.

Abriu a porta, acenou para Clô e saiu. Só aí foi que ela se sentiu tranqüila para examinar o pequeno apartamento. Ele tinha sido mobiliado com móveis de estilo e estava decorado com um extremo bom gosto.

– É como – riu – as pessoas imaginam que seria o apartamento da amante de Santamaria.

Foi para a sacada e olhou a avenida que se tumultuava abaixo dela. A grande limusine do velho navegava imponente no meio dos automóveis. Ela se voltou para dentro e inexplicavelmente se sentiu em casa. Estava ainda assombrada com a sensação quando a campainha tocou. Teve um segundo de sobressalto, porque a duração especial dos toques, um longo e um curto, lhe pareceu familiar. Mas logo riu de si mesma e foi abrir a porta.

– Eu te amo – disse Felipe.

E parado e absurdo, diante da porta, acendeu as suas covinhas e seus olhos azuis, reconstruindo luminosamente, por um instante, o passado perdido.

80. Clô quis se negar, mas o coração disparou dentro dela e atropelou suas mágoas e seus ressentimentos. Quando Felipe a tomou nos braços, ela se deu inteira e ardente, como da primeira vez. Foram os dois assim, num turbilhão de gestos e carícias, até o quarto, onde ela se desprendeu dele ofegante e tentou pela última vez se negar.

– Eu te amo – tornou a dizer Felipe.

E então ela se entregou com o desespero febril da renovação, sem perguntas nem recriminações. Só depois que se aquietou ao lado dele foi que conseguiu finalmente recompor seus pensamentos.

— Como você sabia que eu estava aqui? — perguntou.

— Santamaria me disse — respondeu ele.

Clô sentou surpresa na cama. Por um instante lhe pareceu ouvir o riso baixo e cacarejado do velho, ressoando pelo apartamento.

— Você não vai continuar com essa estupidez, não é? — perguntou ele.

Clô ajeitou o travesseiro, se recostou na guarda da cama mas não disse nada.

— Há uma diferença entre você se apaixonar por alguém e se entregar para um velho decrépito — ele disse com uma incontida irritação.

— Ele não é um velho decrépito — discordou Clô intencionalmente.

Felipe afastou o lençol com raiva e saiu da cama. Deu alguns passos pelo quarto e girou de braços abertos.

— Olhe só esta droga — disse ironicamente. — Um apartamentinho de professora solteirona.

— Eu gosto dele — respondeu Clô impassível.

— Além de tudo — continuou Felipe como se não tivesse sido interrompido —, aquele velho é um sovina. Com o dinheiro que ele tem, eu daria a você um palácio.

Enquanto falava, fez a volta na cama, se aproximou do guarda-roupa, fez correr as portas e deu com o interior vazio. Teve uma risada zombeteira e se voltou para ela.

— O que há? Ele não lhe dá dinheiro para comprar vestidos?

Clô teve um meio sorriso, pensou em todas as respostas que poderia dar e decidiu não dar nenhuma. Encolheu os ombros e continuou em silêncio.

— Quando você estava comigo — prosseguiu ele —, tinha um guarda-roupa cheio de vestidos.

Sua voz se suavizou e ele se ajoelhou na cama, defronte a Clô.

— Eles ainda estão lá — disse — a sua espera, como você os deixou.

Clô ergueu a cabeça e mergulhou seus olhos nos dele. Ela ainda o amava, mas a separação havia rompido o encanto e os luminosos olhos azuis dele tinham agora uma fria sombra no fundo. Ela baixou a cabeça, brincou por um instante com a renda do lençol e, logo em seguida, tornou a erguer os olhos para ele.

– O que você veio me dizer, Felipe? – perguntou.
– Eu te amo – repetiu ele mais uma vez.

Clô sorriu tristemente e balançou desconsolada a cabeça.
– Não – disse –, não é isso.
– Quero que você volte – disse ele.

Mas sua voz já não estava tão segura e ele teve que se esforçar para continuar encarando Clô.
– Não – insistiu ela –, também não é isso.

Felipe então se ergueu da cama, teve alguns gestos incompletos e foi para a janela. Clô esperou um momento e então se levantou para ir ao banheiro. Quando passava por ele, feliz, sem se voltar, Felipe disse com uma voz embaraçada de menino apanhado em falta:
– Vou me casar na próxima semana.
– Ah – disse Clô –, então era isso.

Balançou a cabeça e acariciou de leve a cabeça dele.
– Meu querido Felipe – disse –, sempre o mesmo e desleal companheiro.

Ele se despegou furioso da janela.
– É um negócio, droga.
– Como o meu com Santamaria – disse Clô.

Teve um riso seco e irônico como sua avó e acrescentou:
– Viu, meu amor? Somos dois negociantes.

Deu as costas e foi para o banheiro. Entrou, fechou a porta, foi para baixo do chuveiro e se deixou chorar baixinho, enquanto a água escorria pelo seu corpo. Quando saiu, Felipe já tinha partido. Mas, em cima do criado-mudo, ele havia deixado três notas de quinhentos.

– A última gentileza do amor da minha vida – riu Clô.

Repentinamente, no entanto, se sentiu liberta. O amor já não doía mais dentro dela, nem o passado pesava tanto sobre seus ombros. Ela riu alegre, enrolou uma toalha em volta do corpo, foi para a sacada e jogou as três notas no ar. Elas se abriram como asas, desceram alguns metros e logo, apanhadas por uma corrente de ar, se elevaram acima dela, revoltearam por um momento no alto e em seguida cruzaram a avenida e voaram por cima dos edifícios, até que Clô as perdeu de vista.

– Boa sorte – ela disse.

Voltou para dentro e começou alegremente a desfazer as malas e guardar suas roupas. Quando terminou estava anoitecendo e um crepúsculo ensangüentado subia o rio e manchava as janelas do apartamento.

– Bem – ela disse em voz alta –, agora vamos preparar o jantar.

Mas não chegou a entrar na cozinha, porque a porta se abriu e Santamaria entrou seguido pelo motorista, que equilibrava uma pilha de pacotes nos braços.

– Achei – disse o velho – que tu gostarias de uma pequena comemoração.

Tirou debaixo do braço do motorista uma garrafa de champanhe e a ergueu sorridente.

– Não sei se gostas da viúva – disse. – Mas, para mim, ela tem um gosto dos bons tempos.

Pôs a garrafa sobre a mesa, disparou meia dúzia de ordens para o motorista e se alojou confortavelmente numa poltrona.

– Agora, minha criança – disse –, me mostre como uma boa menina serve o jantar.

Despachou o motorista com um estalar de dedos e ficou assistindo, curioso, Clô preparar a mesa. Quando ela o convidou para sentar, com uma mesura, ele aplaudiu:

– Bravo – disse –, bravo, bravo!

Levantou da poltrona, se aproximou da mesa e afastou galantemente a cadeira para que ela sentasse. Logo em seguida foi para seu lugar e começou a girar a garrafa de champanhe dentro do balde de gelo.

– Nós velhos – disse sem erguer os olhos do que estava fazendo – temos manias. Eu, por exemplo, detesto me aborrecer durante as refeições.

Ergueu os olhos para ela e sorriu amistosamente como um avô compreensivo.

– Por isso – continuou –, tudo o que tiveres para me dizer, deve ser dito sempre antes das refeições.

Clô concordou apreensiva com um leve aceno de cabeça, tentando adivinhar o rumo dos pensamentos dele.

– E o mesmo – prosseguiu o velho – eu farei contigo.

Desfez abruptamente o sorriso e se tornou novamente uma velha e astuta ave de rapina.

— Tenho medo do amor — disse. — Como não gostaria de ver Felipe participando dos meus lucros, dei a ele o seu endereço.

— Ele me disse — respondeu Clô.

— E então — perguntou Santamaria —, o que tivemos aqui? Uma lua-de-mel ou uma despedida?

— Uma despedida — respondeu Clô com firmeza.

Ele ficou um instante olhando para ela, logo recuperou o seu sorriso de vovozinho simpático e encheu duas taças de champanhe.

— Vamos fazer um brinde — disse.

Deu uma taça a Clô e ergueu a sua.

— Aos idiotas que não sabem reter o que a vida lhes dá.

E Clô bebeu agradecida por Santamaria tê-la libertado de Felipe.

81. Pouco a pouco, Clô começou a refazer sua vida e a transformar o pequeno apartamento no seu novo lar. Santamaria lhe concedeu todas as facilidades mas, em nenhum momento, interferiu nas suas escolhas ou quis impor a sua vontade. Era um assistente amável e curioso da adaptação de Clô e para todas as consultas que ela lhe fazia tinha sempre a mesma e invariável resposta:

— Se tu gostas, minha criança, está bem para mim.

Uma semana depois de sua última visita, Felipe casou bombasticamente e apareceu nos jornais com todas as suas covinhas festivamente acesas. A dor de Clô durou apenas uma noite e, na semana seguinte, ela já conseguia se recordar dele como uma dessas fotografias desbotadas que lembram os dias felizes mas esquecidos do passado. Santamaria pressentiu a mudança e lhe devolveu as suas chaves do apartamento.

— Prefiro bater — disse.

Mas não gostava de bater duas vezes. Mandou instalar um telefone no apartamento e outro em casa de Donata, porque detestava esperas e desencontros e sempre comunicava suas visitas com meia hora de antecedência.

— O tempo que me resta é muito pouco para ser desperdiçado — dizia.

No entanto, quando passava pela porta, com o seu sorriso de avô tolerante, parecia ter sempre todo o tempo do mundo.

Visitava Clô três vezes por semana, sempre em horários diferentes, porque havia surgido um boato de que seria seqüestrado por um grupo subversivo.

— Não posso permitir que isso aconteça – dizia rindo –, porque não há um só cachorro naquele banco que pague um centavo para salvar a minha vida.

Mas nem por isso consentia em ser vigiado ou usar um guarda-costas do lado do motorista. Seu único sistema de segurança era uma tenacidade constante em evitar qualquer rotina.

— Se alguém me seguir – contava –, vai se estuporar em menos de uma semana.

Cacarejava baixinho e satisfeito com o próprio ardil e acrescentava:

— Ninguém faz nada que dê muito trabalho neste país.

Uma vez por semana saía com Clô para jantar nos restaurantes mais sofisticados da cidade, quando então parecia fazer a única refeição consistente da semana.

— Todos os meus apetites embotaram – se queixava com uma ponta de zombaria.

Donata, no entanto, não parecia muito convencida desse embotamento. Não fazia perguntas nem comentários, mas espichava olhares compridos e desconfiados para a filha.

— É só um emprego – insistia Clô.

A mãe suspirava, balançava preocupada a cabeça, mas não dizia nada. Inclusive aceitou prontamente o auxílio mensal que Clô lhe ofereceu, com uma solene justificativa:

— É para o Afonsinho.

A avó durante algum tempo se recusou a tomar conhecimento da existência de Santamaria e evitava atender o telefone, protestando que não ouvia bem. Mas um mês depois, quando os dias desocupados tornaram as visitas de Clô mais freqüentes, ela comentou:

— Você poderia aproveitar melhor o seu tempo.

Ajeitou o vestido e depois de um rápido olhar para a neta acrescentou intencionalmente:

— Os bons empregos não duram para sempre.

Clô concordou silenciosamente, mas a sua avó não pareceu satisfeita. Bateu de leve com a bengala no assoalho para chamar a sua atenção e insistiu:

– Os velhos podem morrer de uma hora para outra.
– Vou conseguir um emprego – prometeu Clô.
– Peça que ele te consiga um – rosnou a avó contrafeita.
– Não – respondeu Clô –, eu mesma consigo.

Mas quando ela falou em trabalhar, Santamaria arrancou imediatamente o sorriso de avô compreensivo que tinha nos lábios e deu vários tapas irritados na mesa.

– Não, não, não – disse rabujento. – Tu já tens um emprego.

– Mas posso ter outro – insistiu sorridente Clô, tentando desmanchar a zanga do velho.

– Não e não – respondeu Santamaria categoricamente.

Lançou um olhar esperto para Clô e amenizou sua negativa com uma desculpa:

– E depois, as pessoas imaginam que eu jamais permitiria que minha amante trabalhasse.

Clô então se queixou de seus intermináveis dias vazios e propôs que ele lhe permitisse ao menos trabalhar em casa. Mas Santamaria continuou sacudindo a cabeça:

– Tolice – resmungou –, tolice.

– Mas eu preciso me ocupar com alguma coisa – protestou Clô.

Ele ergueu a mão para que ela se detivesse.

– Tá, tá, tá – disse –, isso são outros quinhentos. Ocupação é uma bela coisa.

Pensou um instante, como se estivesse examinando as ocupações adequadas para a amante de um banqueiro, e logo seus pequenos olhos brilharam e ele sorriu.

– Vai fazer arte – disse.

Clô riu, certa de que Santamaria estava brincando com ela.

– É – insistiu ele persuasivo –, pintura, música, escultura.

– Mas eu nunca...

Clô não conseguiu dizer mais do que três palavras porque o velho cortou sua frase com um gesto de impaciência.

– Tolice – disse –, todo mundo possui aptidões artísticas. Em certos casos, até os próprios artistas.

Clô balançou a cabeça duvidando abertamente do próprio talento. Ele suspirou visivelmente desapontado por sua sugestão não ter sido aceita, mas imediatamente seu rosto se iluminou e ele cacarejou feliz por ter encontrado finalmente a ocupação ideal.

— Análise, minha criança, vai fazer análise — disse.

— Análise — repetiu Clô sem entender.

— E, é — insistiu ele. — É extremamente divertido. Eu mesmo já fiz. Foi extraordinário.

Teve um ligeiro pigarro e corrigiu levemente o seu entusiasmo inicial.

— Evidentemente que não me tornou potente. Mas durante certo tempo foi realmente muito divertido. Imagino que, para uma mulher jovem como tu, deve ser bem mais emocionante.

— Pensei que análise fosse uma coisa séria — disse Clô na defensiva.

— Ah, tolice, minha criança — respondeu ele. — Não existe nada realmente sério neste mundo.

Agitou a mão como quem apaga um quadro-negro e concluiu conformado.

— Mas se não queres, não queres.

Clô naquele momento não levou realmente a sério as propostas de Santamaria. As análises estavam em moda e estar sendo analisado garantia às pessoas uma entrada cheia de sopros de admiração no Butikin. Mas Clô ainda acreditava que podia resolver todos os problemas de sua vida com um pouco de sorte e se sentia mais impressionada pelas profecias de Kriska do que pelas teorias de Freud. A palavra arte, no entanto, acordou dentro dela as recordações das lições de desenho do Sevigné, onde os professores diziam que ela tinha jeito. Ela brincou com o assunto por dois dias, chegou a rabiscar alguns bonecos desajeitados e então resolveu tentar.

— Pelo menos — pensou — faço alguma coisa.

Saiu de casa, desceu a Borges e foi até a Livraria do Globo comprar pincéis e um estojo de aquarela. Quando a balconista veio lhe atender, ela não teve coragem de confessar sua tentativa e mentiu:

— É para uma sobrinha.

Estava diante do balcão, indecisa entre dois modelos, quando foi assaltada por uma aguda e incômoda sensação de estar sendo observada e se voltou repentinamente. A três passos dela, do fundo de uma espessa barba negra, um novo e atormentado Afonsinho ergueu os olhos amedrontados para ela, num apelo mudo e desesperado para que não o reconhecesse.

82. Num segundo, a alegria do reconhecimento do irmão se transformou em pânico e Clô, agoniada, não soube mais o que fazer. Ela olhou assustada para um lado e para outro, como se de trás de cada estante fosse saltar um agente de segurança, e teria se lançado porta afora se a balconista, preocupada, não tivesse lhe perguntado o que havia.

— Pensei que tinham chamado por mim — mentiu Clô.

Imediatamente se sentiu também conspiradora. Forçou um sorriso, voltou para junto do balcão e retomou o exame dos estojos de aquarelas, até se sentir suficientemente calma para prosseguir normalmente na compra e voltar para casa. Mesmo assim, quando se viu novamente na rua, teve que se conter para não apressar o passo. Cada homem façanhudo que a encarava lhe parecia um policial e ela se sentia seguida por mil câmeras secretas que registravam seus passos. Por mais que tentasse rir da própria desconfiança, só se tranqüilizou após ter feito uma longa e desnecessária volta para despistar seus prováveis perseguidores. Dentro do apartamento se sentiu mais segura, sorriu para a própria imagem no espelho e imaginou uma série de mentiras, se agentes batessem na sua porta. No entanto, se sentia excitada como se continuasse participando de um jogo alto e emocionante. Estava desembrulhando os pincéis, quando a campainha da porta zumbiu.

— Deixa que eu atendo — ela gritou para a empregada.

Abriu a porta com o coração aos saltos e Afonsinho, depois de levar o indicador aos lábios, pedindo silêncio, perguntou com uma voz falsa e mal impostada:

— É aqui que mora a sra. Clô Dias?

Clô se sentiu estúpida e teve uma repentina vontade de rir, lembrando suas brincadeiras infantis com seu irmão mais velho, mas se conteve e aceitou a farsa proposta por ele.

— Sou eu mesma — disse ainda mais falsa do que ele. — Entre, por favor.

Afonsinho passou por ela com olhos acesos e vigilantes. Depositou na mesa um pacote que trazia nas mãos e, sempre pedindo silêncio, sufocou o telefone com uma almofada, espiou dentro dos abajures, abriu a porta da sacada e olhou cheio de suspeita para fora.

— Parece tudo bem — disse. — Mas não fale em voz alta.

Clô, que tinha assistido embasbacada a toda essa inspeção, concordou rapidamente com o pedido. Ele então foi para a porta da cozinha e ficou um instante à escuta.

– Você tem empregada?

– Tenho – respondeu Clô.

– Livre-se dela – ordenou ele.

– Ela é de confiança – disse Clô.

– Não há mais ninguém de confiança – respondeu ele rispidamente.

– Não se ouve nada da cozinha – disse ela.

Ele ficou olhando para ela, irritado por não ter sido obedecido.

– Você fica bem de barba – disse Clô.

Afonsinho encolheu os ombros sem sorrir e examinou o apartamento com olhos de visitante.

– Com quem você está vivendo agora? – perguntou com uma ponta de desprezo na voz.

– Com ninguém – respondeu Clô.

Ele voltou uns olhos cheios de descrença para a irmã.

– Por que mamãe não me deu seu novo endereço? – perguntou.

– Me mudei na semana passada – mentiu Clô.

– O que você faz? – quis saber Afonsinho.

– Sou secretária – tornou a mentir a irmã.

– Secretária de quem? – ele perguntou.

– De um banco – respondeu Clô.

Tinha havido uma funda mudança no irmão. Afonsinho falava como se tivesse uma metralhadora apontada para ela. O calor havia desaparecido de seus olhos e de sua voz, e ele parecia um animal permanentemente alerta. Clô pensou em perguntar o que ele estava fazendo em Porto Alegre, mas antes que formulasse a pergunta se convenceu de que ele não a responderia.

– Mamãe sabe que você está na cidade? – perguntou.

– Ninguém sabe – respondeu ele secamente. – Você me apanhou por acaso. Só espero que não pague caro por isso.

Olhou duas vezes para o relógio e se moveu ainda mais inquieto do que antes.

– Tenho que ir – disse. – Você não me viu, nem sabe da minha vida, está entendendo?

Clô concordou silenciosamente, enquanto ele continuava falando, como se estivesse dando instruções de combate para um grupo de soldados.

– Não fale nada para a velha.

– Está bem – concordou Clô.

– E nem para a avó – recomendou.

– Fique tranqüilo – disse ela.

Ele deu dois passos para a porta, mas em seguida voltou, como se tivesse esquecido a recomendação mais importante.

– Nunca cite o meu nome no telefone – disse.

Apontou para o aparelho, como se ele fosse uma bomba prestes a explodir.

– Estão todos grampeados – avisou.

– Grampeados? – perguntou Clô.

– É o termo que eles usam – explicou ele. – Gravando tudo o que a gente fala.

Logo em seguida tornou a olhar o relógio.

– Adeus – disse apressado.

Não beijou nem se aproximou dela. Caminhou para a porta e a abriu cautelosamente. Espiou o vestíbulo vazio e só então chamou o elevador. Clô foi até a porta e ficou olhando o irmão, que, impaciente, dava pequenos golpes no botão do elevador.

– Você já viu sua filha? – perguntou.

Ele abriu a porta do elevador, que tinha acabado de chegar, ergueu solenemente a cabeça e disse, como se estivesse falando para uma multidão.

– Eu agora tenho 20 milhões de filhos.

E entrou no elevador heróico e triunfal, como se estivesse partindo para uma batalha decisiva. Clô suspirou e fechou a porta.

– É um meninão – pensou.

Mas pouco depois começou a pensar nas histórias de assaltos e seqüestros que Santamaria lhe contava e tornou a se preocupar com o irmão.

– Meu Deus – se aquietou por fim –, Afonsinho jamais assaltaria qualquer coisa

Sacudiu os maus pensamentos com um movimento de cabeça e foi apanhar o estojo de aquarelas. Foi então que viu o pacote que Afonsinho havia esquecido em cima da mesa de jantar. Estava embrulhado num espesso papel pardo e amarrado por duas voltas de cordões.

– É uma bomba – pensou alarmada.

Ficou por alguns segundos sem saber o que fazer, mas logo caminhou para a mesa e apanhou o pacote. Ela o examinou cuidadosamente e, vencida por uma curiosidade irresistível, decidiu abri-lo.

– Se explodir – pensou –, adeus Clozinha da mamãe.

Cortou os cordões e retirou vagarosamente o papel pardo. Um rótulo tosco garantia que se tratava de argila. Ela pensou imediatamente na enxurrada de filmes de espionagem que tinha visto e pensou:

– É explosivo plástico.

Essa conclusão a tranqüilizou ainda mais, porque ela recordou que, nos filmes, todos os plásticos necessitavam de um estopim. Ficou olhando fascinada o pacote e, sem conseguir vencer a curiosidade infantil que havia se apossado dela, abriu o segundo envólucro. Dentro havia uma massa que cheirou cautelosamente.

– Parece terra – pensou.

E então instintivamente começou a modelar a argila, com a ponta dos dedos, como se estivesse adivinhando o futuro e sabendo que aquele pequeno engano a levaria, nas próximas semanas, a um engano bem maior.

83.
Certa de que a argila era um explosivo plástico, Clô não conseguia se livrar dela. Cada vez que lhe ocorria um lugar aparentemente seguro, sua imaginação ficava cheia de acidentes trágicos. Rodou aflita pelo apartamento sem saber onde esconder o seu pacote, até que encontrasse um destino final para ele.

– Meu Deus – pensou –, essa droga só serve mesmo para explodir.

Ficou furiosa com a irresponsabilidade de Afonsinho e esbravejou contra suas idéias políticas. Ainda não havia encontrado uma saída para o problema, quando Santamaria lhe telefonou, avisando que estava saindo para o seu apartamento. Durante meia hora ela abriu e fechou gavetas, sem que achasse nenhum lugar seguro, até que decidiu que o material ficaria melhor oculto se fosse abertamente exposto.

— Faz de conta — pensou — que é argila mesmo.

Deixou o pacote displicentemente aberto, em cima de uma pequena mesa, e confiou que Santamaria estivesse num de seus dias distraídos. No entanto, mal o velho entrou e já deu com os olhos no estojo de aquarelas e no pacote.

— Ah — exclamou ele satisfeito —, vejo que resolveste seguir o meu conselho.

— Claro — gaguejou Clô —, claro.

Ele atravessou a sala, apanhou os pincéis, examinou um por um e abriu o estojo.

— Belo, belo, belo — disse.

Então se voltou para a argila e durante alguns segundos olhou incrédulo para ela. Largou os pincéis e se aproximou rindo do pacote.

— Argila — disse como se recebesse uma velha conhecida —, argila.

Clô não encontrou o que dizer e viu fascinada o velho arregaçar as mangas e afundar voluptuosamente os dedos naquela massa escura, como se fosse um menino.

— Imagine — disse ele rindo — que um dia eu pensei em ser escultor.

Cacarejou feliz enquanto seus dedos desabituados tentavam dar forma à argila.

— Eu, escultor — repetiu como se tratasse de uma grande piada. — É verdade, minha criança, que meu nome não ficaria de todo mal nos livros de arte, Santamaria. Parece que merece uma boa companhia, não é verdade? Picasso, Miguel Ângelo e Santamaria.

Mas mal terminou de falar e já retirou aborrecido os dedos do pacote e se voltou para Clô.

— Está muito seca — disse. — Traga água.

Ele precisou pedir pela segunda vez para que Clô saísse do estupor em que se encontrava e fosse para a cozinha. Quando voltou com uma jarra na mão, Santamaria havia tirado o casaco e dobrava as mangas da camisa.

— Minha criança — disse com os olhos brilhantes —, é espantoso o que estás fazendo comigo. Quando pus os dedos nessa argila me senti com dezoito anos.

— É plástico — desabafou repentinamente Clô.

– Tá, tá, tá – disse ele –, que plástico, minha criança? É argila. Um pouco impura talvez, mas argila. Se compraste como plástico, te passaram a perna.

Chamou Clô com um pequeno gesto e se debruçou sobre o pacote.

– Vamos, ordenou – despeje a água.

– Plástico e água não se misturam – insistiu Clô.

– Anda, anda – disse ele –, não sejas teimosa.

Pôs os dedos na argila e começou a amassá-la suavemente enquanto Clô derramava pequenos filetes de água em cima para amolecer a mistura.

– Estás vendo, minha criança? – perguntou ele. – É argila.

Clô teve vontade de rir mas se conteve, porque aí teria que explicar a razão de seu riso e a visita de Afonsinho. Santamaria dividiu a massa em dois pedaços iguais, empurrou um deles para o lado oposto e convidou Clô para participar de sua brincadeira.

– Vamos – animou –, põe os dedos nela.

– Não sei fazer nada – respondeu Clô.

– Toca – ordenou ele –, toca, amassa, espreme, sente, suja os dedos.

Clô então tomou coragem, afundou os dedos na argila e seguiu as indicações do velho. Em pouco tempo estava rindo com Santamaria, que modelava pequenos e toscos bonequinhos. Ficaram assim, absurdamente divertidos como duas crianças, até que, duas horas depois, ele se recostou exausto na cadeira.

– Acabou minha carreira de escultor – disse.

Se curvou para a frente e examinou curioso a pequena figura de mulher que Clô havia feito.

– Tens jeito – disse.

Clô riu e tentou caçoar do próprio talento, mas ele insistiu:

– Tens jeito, tens jeito.

Tornou a examinar o trabalho de Clô e desandou a fazer planos para o seu futuro. Ela ainda quis lembrar seu interesse pelas aquarelas, mas ele afastou a possibilidade com um gesto impaciente.

– É coisa de amadores – disse –, coisa de amadores.

Apanhou os pequenos bonecos que havia feito e os amassou.

– O homem – disse – é um animal que pega.

Soltou a argila e ergueu para Clô as duas mãos espalmadas.

— As mãos são sagradas – disse. – Com elas derrotamos os outros animais e conquistamos o mundo.

Agitou os dedos magros e transparentes como se eles tivessem sido os autores da conquista e repentinamente decidiu:

— Tu precisas de um professor.

Levantou da cadeira e começou a caminhar, em curtos e agitados passos, de um lado para outro da pequena sala, enquanto pensava em voz alta.

— Não é fácil escolher um professor. Ele deve ser bom. Mas não pode ser muito bom.

Resmungou meia dúzia de nomes conhecidos, até que parou diante de Clô e lhe apontou um dedo triunfante.

— Plácido – disse –, Plácido é o professor que te serve.

— Não conheço – avisou Clô.

— Ora, ora – disse o velho –, esse é um problema fácil de resolver.

Lavou rapidamente as mãos, disparou uma série de ordens pelo telefone, vestiu o casaco e arrastou Clô para o salão de honra do seu banco.

— Vamos – disse indicando as esculturas espalhadas pelo salão –, examine à vontade.

— São todas dele? – perguntou Clô espantada.

— Não, não – respondeu Santamaria –, apenas as assinadas com um pé.

Clô fez a volta no salão e, à medida que examinava as peças, se tornava mais descrente do próprio talento. Quando voltou para junto do velho, confessou francamente:

— Não entendo de arte.

— Tá, tá, tá – bufou ele –, ninguém entende.

Ela olhou preocupada para três esculturas de Plácido que enfeitavam um canto do salão.

— Qual é o estilo dele?

— O que mais lhe convém – respondeu Santamaria com um cacarejo divertido.

Piscou um olho moleque para Clô.

— Por isso, minha criança, acho que ele não deve saber que eu sou o seu protetor. Diria imediatamente que és um gênio e cobraria o dobro pelas lições.

Clô sorriu e concordou com ele. Santamaria então deixou de sorrir e ergueu um dedo paternal diante dela:

— Toma cuidado – disse. – Artistas são bichinhos egoístas e inescrupulosos.

— Não vou me esquecer disso – respondeu Clô sorridente.

Mas, na verdade, uma semana depois já não se lembrava mais do aviso de Santamaria, porque Plácido havia entrado em sua vida.

84.
Plácido parecia um Cristo espanhol. Era alto, magro e caminhava encurvado, como se estivesse permanentemente carregando uma cruz. O rosto era comprido e faminto, a boca cortada e enxuta, e os olhos empapuçados lhe davam um enganoso ar de sono. A pele esticada sobre os ossos era trigueira e tinha menos rugas do que seria de se esperar de um homem de cinqüenta anos. Ele recebeu Clô com um ar distante e desinteressado, não lhe fez a menor pergunta e nem sequer comentou seu repentino interesse pela escultura.

— É um trabalho braçal – disse com uma voz cansada, como se esperasse que ela desistisse das aulas.

— Eu gosto de trabalhar com as mãos – respondeu Clô.

— Vamos ver – disse ele absolutamente neutro.

Como se tivesse recebido um sinal, Adelaide, a mulher de Plácido, entrou imediatamente no estúdio. Era o oposto dele, grande e exuberante, com um sorriso constante nos lábios e um olhar inquieto e vigilante, de quem está constantemente em guarda. Era pintora, mas na verdade se ocupava mais em promover o sucesso do marido do que com a própria arte. Ela avançou sorridente para Clô, beijou Clô nas duas faces, como se fossem íntimas há muito tempo, e fingiu um interesse que não tinha pela sua vocação. Enquanto falava distribuindo queótimos para um lado e para outro, empurrava Clô gentil mas firmemente para fora do estúdio do escultor.

— Vamos tomar um chá – disse alegremente.

Ela mesma acendeu uma pequena lamparina a álcool e pôs a água a ferver, enquanto contava a Clô que Plácido era um artista extremamente ocupado, que tinha compromissos inadiáveis nos próximos meses e que só havia concordado em dar aulas porque considerava seu dever transmitir seus conhecimentos e suas experiências para as novas gerações.

— Na verdade – disse – essa é a sublime missão do artista.

Enquanto falava examinava os sapatos, as pulseiras, o colar e o vestido de Clô, com os olhos argutos de uma cliente de leilões. Finalmente, com a xícara de chá, trouxe também o preço das aulas, que era tão elevado que fez Clô involuntariamente arregalar os olhos de espanto.

– Mas para você, minha querida – disse apressadamente Adelaide –, podemos dar um desconto de trinta por cento.

Tomou um ar extremamente confidencial, baixou a voz e acrescentou:

– Acreditamos no seu talento.

As duas ficaram se olhando por um instante, como se estivessem barganhando o preço de verduras na feira, até que Clô sorriu:

– Está bem – disse.

Durante duas semanas Clô pensou que, mesmo com o desconto, estava pagando excessivamente caro por coisa alguma, porque Plácido não tomava conhecimento de sua presença. Ela, duas vezes por semana, era posta num pequeno estúdio em companhia de quatro outras alunas, e era Adelaide quem entrava sorridente, dez minutos depois do horário marcado, para dizer:

– Hoje Plácido quer que vocês trabalhem com argila, meninas.

Distribuía seus rápidos beijinhos profissionais e se retirava desejando boa sorte, como se cada uma delas fosse esculpir a maior obra do século. As cinco sujavam as mãos durante uma hora e depois olhavam solitárias e desanimadas para os resultados. Nem por isso Adelaide deixava de reaparecer no fim da aula, para repartir democraticamente entre elas seus gritinhos de admiração.

– Que ótimo – dizia –, que ótimo!

Na terceira semana, no entanto, Plácido entrou no pequeno estúdio, sentou num canto e ficou assistindo aos esforços desajeitados das cinco, enquanto chupava um cigarro atrás do outro. Quando a aula terminou, ele examinou os trabalhos sem o menor interesse e, indiferente à angústia das cinco, disse:

– Desmanchem tudo.

Depois do que, saiu do estúdio sem sequer se despedir. Durante três aulas consecutivas, a cena se repetiu sem a menor alteração. Na quarta, antes de sair, ele se aproximou de Clô, sorriu amistosamente e disse baixinho:

– Venha me ver no meu estúdio.

Logo em seguida repetiu em voz alta sua ordem final e costumeira e saiu como das vezes anteriores. As colegas curiosas quiseram saber o que ele havia dito a Clô e ela, para sua própria surpresa, se ouviu mentir.

– Ele disse que estava bem.

Propositadamente se demorou mais do que devia na limpeza dos utensílios e só depois que a última colega saiu foi que ela bateu no estúdio de Plácido, certa de que finalmente ouviria um comentário dele a respeito de seu talento.

– Entre – lhe disse ele.

Estava de costas para a porta, sentado num tamborete e olhando ensimesmado para uma peça inacabada. Clô se aproximou timidamente e ficou ao seu lado. Plácido não se voltou nem fez um só movimento na sua direção. Permaneceu sentado, fumando em silêncio e olhando para a escultura. Depois de algum tempo, jogou fora o cigarro, passou a mão pelos cabelos ralos e grisalhos e disse com uma voz cheia de ressentimento:

– Há duas semanas que não consigo trabalhar.

Clô se sentiu constrangida, como se subitamente tivesse penetrado na intimidade de um estranho. Então, depois de uma longa pausa, Plácido se voltou para ela, armou uma cara sofrida e acusou:

– A culpa é sua, menina.

– Minha? – perguntou incrédula Clô, pensando que se tratava de uma brincadeira.

– Sim, sim – confirmou ele falando do fundo de sua experiência –, a culpa é sua.

Mas logo se ergueu bruscamente do tamborete, empurrou a escultura que estava na sua frente e caminhou para o fundo do estúdio, agitando os braços, desproporcionalmente longos, acima da cabeça.

– Não, não – se corrigiu como se estivesse travando uma luta terrível consigo mesmo –, a culpa não é sua. A culpa é minha.

Deu pequenos murros na parede, sublinhando cada uma de suas repetições.

– Minha, minha, minha – disse.

Fez uma pequena pausa, como se estivesse recuperando a calma perdida, e se voltou para Clô, que, apanhada de surpresa, não sabia o que fazer.

– Eu é que sou assim – disse Plácido pateticamente. – Essa que é a maldição do artista.

Balançou desconsoladamente a cabeça, aceitando resignado seu irremediável destino. Logo em seguida, olhou para ela com longos olhos tristonhos e perguntou:

– Conhece Maiakovski?
– Não – respondeu Clô.
– É um poeta russo – explicou ele. – Certamente estava pensando em mim quando disse: "Eu sou todo coração".

Suspirou e deixou um sorriso triste escorrer por seus lábios finos como se fosse uma lágrima.

– Você compreende, menina? Eu sou todo coração.
– Eu sinto muito – disse Clô –, mas não estou entendendo.

Plácido então começou a explicar, com uma espécie de amargura orgulhosa, a sua imensa fraqueza.

– Eu não penso – disse –, não raciocino. Sou um artista. Só sei sentir.

Abraçou duas esculturas de pedra que estavam num canto do estúdio.

– Essas são as minhas dores de pedra.

Clô teve um impulso de saudar a frase com uma salva de palmas, mas se conteve para não interromper o que julgava ser uma lição de arte de Plácido.

– Mas – continuou ele –, quando eu crio, meu coração se abre indefeso para a vida. E então, as tragédias acontecem.

Parou diante dela, segurou ternamente os ombros de Clô e disse:

– Eu me apaixonei por você, menina.

E, apanhada na armadilha, Clô se sentiu extremamente lisonjeada e envaidecida.

85. Plácido estendeu dramaticamente os braços, para apanhar as mãos de Clô entre as suas, mas ela não atendeu ao seu apelo.

– Sinto muito – disse constrangida.
– Meu Deus – disse ele recolhendo as mãos –, perdi você para sempre.
– Não – respondeu Clô –, não é isso.

Ele imediatamente retomou o seu ar de Cristo, pôs sobre ela uns olhos pedintes e perguntou:

– Quer dizer que ainda existe esperança para mim?

Clô se sentiu apanhada, procurou aflita uma resposta adequada para a insistência dele, mas, afogada numa mistura de surpresa e vaidade, nada lhe ocorreu.

– Nunca pensei nisso – ela conseguiu dizer finalmente.

Mas subitamente se recordou de Motta e de seus enganosos modos suaves e endureceu sua voz.

– O senhor é um homem casado – disse.

– Eu e Adelaide – respondeu ele com muita doçura – não somos casados.

Logo em seguida, no entanto, retomou o seu ar de sofredor resignado e se afastou de Clô, indo para perto da escultura inacabada.

– Mas isso não importa, não é verdade? Você não quer meu amor. Tem razão. Eu não fiz nada para merecer você. Peço que me perdoe.

Sorriu tristemente e acrescentou com uma voz embargada:

– Só não me peça para deixar de amar você. Esse amor há de morrer comigo.

Deu as costas e saiu pela porta dos fundos do estúdio, como um menino magoado que fosse esconder suas lágrimas no fundo do quintal.

– Meu Deus – pensou Clô –, ele jamais irá me perdoar.

Na aula seguinte, no entanto, Plácido parecia mais gentil do que nunca. Pela primeira vez falou sobre arte e deu conselhos a cada uma de suas alunas. Mas de tempos em tempos intercalava em suas frases longos e sofridos olhares para Clô. Quando a aula terminou, ele atrasou intencionalmente a saída de Clô e se pôs sorridente no seu caminho.

– Fico imensamente feliz que você tenha vindo – disse. – Pensei que você não voltaria mais. Não se preocupe, não acontecerá de novo.

Mais uma vez Clô não soube o que dizer, mas ele a poupou do embaraço, voltando rapidamente para o estúdio. Durante toda a semana ele esteve à volta dela, sempre amável e dedicado, sem no entanto tocar no assunto. Na primeira aula da outra semana, Adelaide tomou o lugar de Plácido, que tinha saído para uma pequena viagem, e convidou Clô para um chá. Ela pensou em recusar o convite, porque agora não se sentia mais à vontade em sua companhia, mas Adelaide a convenceu com um argumento irresistível:

– Quero conversar sobre os seus trabalhos.

Na verdade, antes da primeira xícara, Adelaide já estava servindo a sua vida. Contou suas desventuras de artista, suas derrotas e suas vitórias e, repentinamente, baixou a voz para um tom extremamente confidencial e disse:

– Eu e o Plácido não somos casados.

Fez uma pausa como se esperasse um comentário, mas Clô se manteve silenciosa. Adelaide então sorriu indulgente e continuou com uma pontinha indisfarçável de superioridade na voz.

– Nós, artistas, odiamos as convenções. Vivemos juntos, temos filhos, mas somos inteiramente livres, me entende?

– Meu Deus – pensou Clô –, ela está me jogando Plácido nos braços.

Mas imediatamente achou a idéia absurda. Adelaide, redonda e maternal, não parecia destilar uma gota que fosse de malícia. Continuou contando sua vida e suas viagens e depois do chá conduziu Clô para o estúdio e lhe mostrou uma escultura recém-iniciada.

– Plácido começou uma obra nova – disse cheia de solenidade.

Correu as mãos carinhosamente pelo imenso bloco de madeira, como se pudesse adivinhar cada linha da escultura acabada.

– Ele sofre – disse. – Olhe como esta curva está nascendo cheia de dor.

– Como a arte é difícil – pensou Clô, sem conseguir ver na madeira mais do que uma fenda.

– Eu considero um privilégio ser amada por um grande artista – disse Adelaide. – Mesmo que ele só me concedesse uma hora do seu amor, eu me sentiria orgulhosa disso. Eu teria amado um deus!

Por uma fração de segundos brilhou nos seus olhos uma chispa velhaca, mas imediatamente ela voltou ao seu ar de matrona compreensiva. No momento, Clô estava tão embaraçada que não deu importância às palavras da outra. Mas naquela noite e nas noites seguintes, se surpreendeu pensando nas frases finais de Adelaide. Plácido era um artista de sucesso e ela se sentia envaidecida com a sua atenção. Mas não se sentia com coragem de ir mais longe, porque se sentia imensamente inferior diante dele.

– Sou muito estúpida para ser uma artista – confessou para as colegas.

Clô era habilidosa. As primeiras cópias que fez reproduziam honestamente as originais. Mas sempre que punha um pedaço de argila diante de si, não conseguia ver aquela forma misteriosa, que Plácido afirmava que existia.

– Há uma obra de arte aí dentro – ele dizia. – Liberte-a.

Para Clô havia apenas o barro e o esforço de seus dedos. Ela por várias vezes apelou para Santamaria, mas ele se recusava a discutir arte.

– Não sei – dizia –, ninguém sabe de nada. Vá lá e divirta-se. Se foi bom fazer, está bom. Se não foi, não presta.

Mas havia uma magia nos cinzéis, nas facas, nas argilas e nas pedras que fascinava Clô. Mesmo se julgando sem condições, ela ainda tinha a esperança de que um milagre fosse capaz de fazê-la entrar naquele mundo misterioso e deslumbrante, que parecia dar um poder sobrenatural às pessoas. Plácido não apenas despertou a sua curiosidade, como se ofereceu para ser o autor do prodígio. Nas semanas posteriores ao encontro de Clô e Adelaide, ele foi paciente e envolvente. Pouco a pouco, dedicando uma atenção especial a ela, conseguiu criar entre os dois uma sutil cumplicidade artística.

– Você é surpreendente – ele dizia seguidamente. – Consegue linhas puras do nada.

Apanhava Clô pela mão e a levava para o seu estúdio, onde, depois de uma pequena busca, lhe mostrava um detalhe semelhante numa obra sua.

– Veja – dizia emocionado –, nós sentimos a beleza do mesmo modo.

Inconscientemente Clô começou a forçar a semelhança. Os seus pequenos bonecos de argila não eram cópias, mas versões evidentes das obras de Plácido. Em pouco tempo, ele a fazia sentar a seu lado e assistir ao seu trabalho.

– Só saber que você está aqui – dizia agradecido – me faz feliz.

Repentinamente sua atividade pareceu se multiplicar. Ele trabalhava em várias obras ao mesmo tempo, fazia experiências com cerâmica e criava com uma rapidez espantosa uma série de pequenas figuras femininas, que transbordaram do estúdio para a casa toda.

– São Clôs – dizia –, as minhas Clôs.

Quando Clô percebeu, já estava vivendo num mundo mágico, distante de todos os problemas corriqueiros e protegida de todas as pequenas dores que afligem o dia-a-dia das pessoas comuns. O sortilégio final, que faltava para a sua entrega, foi dado por Adelaide, que repentinamente teve que viajar ao Rio, para onde foi com uma última e sorridente recomendação:

– Tome conta do Plácido, minha querida.

Ele não a tomou, simplesmente a colheu. E Clô se deixou colher não por amor, mas porque queria também participar, por uma hora que fosse, da vida de um deus.

86. Duas semanas durou a ausência de Adelaide, e durante esse período Clô viveu a sua primeira e excitante aventura. Não era amor, mas era o milagroso e o proibido, e os dois ingredientes eram novos em sua vida. Plácido, por sua vez, num gesto de estudada generosidade, desfez todos os seus compromissos e permitiu que ela participasse inteiramente da sua vida. Ele não tinha os gostos expansivos de Felipe nem as gentilezas paternais de Motta, mas possuía uma invulgar habilidade para transformar coisas corriqueiras em acontecimentos românticos. Levava Clô para o seu estúdio, abria uma garrafa de vinho espanhol e compartilhava com ela de um generoso naco de queijo, como se fosse a mais requintada refeição.

– Nós, artistas – dizia –, vivemos com pouco.

Ria tolerante das preocupações de Clô com o desleixo do quarto e a confusão da cozinha e cometia pequenos esquecimentos, que provavam constantemente que aquele não era o seu mundo.

– Nosso amor – dizia – tinha que ser vivido numa ilha deserta.

Nas raras vezes em que se referiu a Adelaide, assumiu choramingando a culpa da situação.

– Não sei mudar uma lâmpada – disse. – Preciso de uma governanta que tome conta de minha vida.

Mas eram escassos esses momentos prosaicos, em que Plácido permitia que o cotidiano interferisse no seu amor. Na maior parte do tempo, ele mantinha sua aventura com Clô, como uma lua mágica que flutuasse no espaço. Mais depressa do que imaginava Clô se deixou contagiar pela fantasia, e uma semana depois, na única e rápida visita que fez a avó, provocou um comentário azedo da velha:

– Você parece embriagada.

– É o milagre da participação – respondeu Clô, repetindo uma das frases favoritas de Plácido.

A avó teve um de seus risos secos e irônicos.

– Palavras novas – disse – não tornam as velharias originais.

Donata, como sempre, se limitou a suspirar. Santamaria teve alguns olhares curiosos, desculpou duas ausências de Clô, não forçou as mentiras sendo muito exigente e só teve um comentário passageiro:

– A arte é fascinante, não é mesmo?

Três dias antes do regresso de Adelaide houve uma mudança acentuada em Plácido. No jantar, em vez do vinho espanhol que ele gostava tanto, serviu um nacional. Ele bebeu um gole visivelmente contrafeito e comentou amargamente:

– A realidade sempre termina me vencendo.

Apanhou um pedaço de queijo e o ergueu ante os olhos como se fosse um Cristo perdido numa santa ceia profana.

– Você precisa se manter vivo para poder sonhar – disse com uma voz cheia de pompa.

No dia seguinte, pareceu ainda mais abatido e se trancou no estúdio, onde ficou socado num canto, fumando cigarro após cigarro. À noite estava nervoso e irritado e, repentinamente, jogou longe um prato de azeitonas. Clô se assustou e quis saber o que havia.

– Até os sonhos custam dinheiro – ganiu ele.

Não foi o amante ardente das outras noites e uma hora depois pediu que Clô fosse compreensiva e voltasse para o seu apartamento.

– Hoje – disse dramaticamente – eu sou apenas um bom companheiro para a desgraça.

Clô ainda insistiu, tentou restabelecer os diálogos passados sobre a magia da arte, mas ele a recusou polidamente.

– Um dia – disse – você compreenderá a minha necessidade de solidão, minha menina.

Ficou assim, distante e arredio, até o regresso de Adelaide, que voltou do Rio com um indisfarçável ar de luto. Por um momento, quando as duas se encontraram pela primeira vez, Clô pensou que ela havia descoberto a sua aventura com Plácido. Mas foi a própria Adelaide quem dissipou suas suspeitas.

– Fomos enganados por um *marchand* – disse com uma voz pesada de pesar.

Durante três dias, a casa parecia ter naufragado, e tanto Plácido como Adelaide davam a impressão de estar tentando salvar os sobreviventes. Ele ia e vinha de encontros aflitos, os filhos se escondiam temerosos nos quartos e Adelaide passava horas inteiras ao telefone, contando a pessoas amigas como estava preocupada com o abatimento de Plácido. Clô, constrangida, se movimentava cautelosamente em volta deles, sem saber o que fazer. Finalmente, no quarto dia, Adelaide se aproximou de Clô e disse que precisava falar com ela.

– Por favor – insistiu –, é extremamente importante.

Clô mais uma vez perdeu a tranquilidade e se deixou conduzir passivamente para o estúdio de Plácido, certa de que seria acusada de deslealdade.

– Aqui – disse Adelaide teatralmente –, depois de fechar a porta, só teremos a companhia da arte.

Se afastou de Clô e caminhou tristemente por entre as esculturas inacabadas que estavam espalhadas pelo salão.

– Tanta beleza – disse –, tanta beleza!

Foi até a prateleira onde as pequenas Clôs de argila tinham sido enfileiradas e apanhou carinhosamente uma delas. Então se voltou bruscamente para Clô e disse:

– Eu sei o que houve entre Plácido e você.

Clô teve um movimento instintivo de recuo, mas Adelaide a tranquilizou, abrindo um inesperado sorriso cheio de afeto e simpatia.

– Nós, artistas – disse –, respeitamos o amor. Você amou Plácido como eu o amei, e por isso, minha querida, eu também a respeito e estimo.

Clô ficou chocada com a tolerância da outra e desviou os olhos inquieta.

– Seu amor – continuou Adelaide – fez renascer nele o milagre da criação.

Ergueu a pequena escultura como se fosse um cálice, disse que era linda e em seguida a depositou novamente na prateleira.

– Plácido precisa de nossa ajuda – disse com uma voz grave, como se estivesse falando de um filho.

Fez uma pequena pausa e imediatamente se tornou veemente, como se estivesse defendendo a causa do seu homem contra o mundo.

– Um grande artista como ele – disse – não pode ser tratado dessa maneira. Se vivêssemos num país civilizado, ele seria pago para viver em paz e criar novas formas de beleza para o mundo.

Sua voz, em seguida, despencou do alto da indignação para o fundo mais negro da mágoa.

– Mas nós vivemos num país subdesenvolvido e, em vez disso, cobram suas contas, apontam seus títulos no cartório e jamais pagam o combinado por seus trabalhos.

Clô se confundiu, concordou várias vezes com a outra, mas nem assim se livrou dos olhos acusadores de Adelaide, que a perseguiam implacavelmente, como se ela fosse cúmplice de todos que impediam que Plácido atingisse despreocupadamente a glória.

– Mas o que eu posso fazer? – perguntou desesperada.

Imediatamente Adelaide se aproximou dela, tomou seu braço e a conduziu para o fundo do estúdio, como se houvesse alguém do outro lado da porta que pudesse ouvir a sua voz baixa e aliciante.

– O banco de Santamaria – disse indiferente à surpresa de Clô – vai abrir cinco novas filiais. Ele gosta das esculturas de Plácido. E pelo que consta, gosta ainda mais de você. Minha querida, vamos falar honestamente e com isenção de ânimo, qualquer obra de Plácido engrandece um banco. Se Santamaria fizesse uma boa encomenda...

E continuou a falar até que Clô, constrangida, não se debateu mais em sua teia e concordou em falar imediatamente com o velho, sem perceber o brilho de triunfo que riscava os olhos astutos de Adelaide.

87. Em casa, Clô já não achou tão fácil cumprir com o prometido. Andou em círculos, durante uma semana, esperando que Santamaria facilitasse seu caminho, mas ele parecia estar sempre um passo à frente, fechando todas as portas que ela tentava abrir. Se ela falava nas filiais que o banco pretendia instalar, o velho cortava imediatamente suas frases.

– Tá, tá, tá – dizia –, deixa os problemas do banco comigo, minha criança.

Se, no entanto, se punha a falar na arte de Plácido, Santamaria mudava de assunto invariavelmente.

– Arte se faz – dizia –, não se discute.

Enquanto isso, Plácido continuava ausente, como se estivesse vendendo suas esculturas de porta em porta, e Adelaide, a cada aula, se tornava mais aflita.

– Falou com ele? – era sempre a sua primeira pergunta.

Uma hora depois, estava de volta para se despedir e lembrar sorridente:

– Não se esqueça de falar com ele.

Finalmente, uma semana depois, Clô se armou de coragem e inopinadamente, no meio do jantar, fez o pedido ao velho.

– O senhor precisa ajudar o Plácido – disse.

Santamaria não ergueu os olhos do prato e continuou retirando pacientemente as espinhas do seu peixe.

– Como? – perguntou com uma voz neutra e sem emoção.

Clô então desatou apressadamente todos os nós que Adelaide havia amarrado dentro dela. O velho em nem um só momento olhou para ela ou interrompeu o seu desajeitado pedido. Quando Clô se calou, ele mastigou vagarosamente um bocado de peixe, bebeu um lento gole de vinho branco, depositou com cuidado o cálice na sua frente e olhou para ela, com pequenos olhos gelados.

– Tu dormiste com ele? – perguntou.

Clô concordou em silêncio e sem hesitar, mas inexplicavelmente envergonhada, como se devesse ao velho a fidelidade que ele dispensava. Santamaria ficou ainda por alguns instantes olhando para ela, até que voltou para o seu peixe.

– Amanhã falaremos no assunto – disse com a voz que usava para pôr um ponto final em todas as discussões.

Clô, aliviada, deu a notícia no dia seguinte para Adelaide, que saltitou a sua volta como uma menina, batendo palmas e dando gritinhos agudos de satisfação.

– Que ótimo! Que ótimo! Que ótimo!

Nem bem ela saiu e Plácido reapareceu luminoso e agradecido, como um menino que tivesse finalmente recebido a sua bicicleta de Natal.

– Minha menina – disse –, acabo de saber o que você fez por mim.

Clô, contrafeita, gaguejou que ainda não havia feito nada, que Santamaria só tinha prometido discutir o assunto, mas ele tomou suas mãos e a interrompeu:

– Eu sei que você vai conseguir, eu sei – disse como se estivesse animando Clô para resolver um problema dela e não dele.

Naquela noite, contrariando os seus hábitos, Santamaria novamente a levou para jantar fora. Ele estava mais gentil do que de costume, fez várias perguntas sobre sua avó e conduziu Clô para a mesa mais afastada do restaurante.

– Aqui – disse – podemos ficar mais tranqüilos.

Como se tivesse acabado de receber a sua deixa para entrar, uma mulher loira e vistosa saiu da mesa do lado e escorregou para a cadeira vazia, que estava no meio dos dois.

– Santamaria, seu malvado – ela disse com voz que parecia enrolada em veludo –, que surpresa encontrar você aqui.

– Eu sabia que tu virias – respondeu ele com um olhar agradecido.

– Como negar um pedido seu – perguntou ela rindo –, como negar?

O velho então se voltou para Clô, que assistia, pouco à vontade, ao diálogo dos dois, como se ele fosse o início mal ensaiado de uma peça que terminasse mal.

– É Cilinha – disse com um sorriso –, hoje excepcionalmente sem a companhia do seu elegante marido.

– Já nos conhecemos do Butikin – disse Clô sem sorrir.

– Ela foi uma das melhores alunas do Plácido – disse o velho.

Clô foi apanhada de surpresa e se voltou para a outra, como se esperasse dela a continuação da frase. Mas Cilinha apenas balançou a cabeça desconsolada e não falou. Clô se recordava dela e do marido, sempre sorridentes e elegantes, como se estivessem saindo para uma recepção de gala.

– Ele era bom professor? – perguntou Santamaria.

– Maravilhoso – disse a loira. – Mas tinha um estilo meio complicado.

– Conta, conta, conta – pediu o velho.

– Durante um mês – continuou ela – nem me olhava quando passava. Depois, entrava no estúdio, sentava num canto e ficava fumando e assistindo ao meu trabalho.

Ela falava diretamente para Santamaria, sem tomar conhecimento da presença de Clô.

– Mais ou menos uma semana depois – prosseguiu Cilinha –, ele me levou para o seu estúdio. Estava com um problema terrível. O pobrezinho não conseguia trabalhar.

– Ora, ora – exclamou o velho fingindo espanto –, e por quê?

– Porque estava apaixonado por mim – respondeu a outra rindo.

Juntou as mãos e olhou para cima, caricaturando um momento de emoção verdadeira.

– Oh – disse –, foi tão lindo, tão lindo! Ele me fez a corte mais gentil do mundo. E aí, sabe o que aconteceu?

– Não, não – disse o velho com falsa seriedade.

– Adelaide, aquela coisona compreensiva, foi passar duas semanas fora e...

– Tu caíste nos braços dele – completou Santamaria, como se estivesse ouvindo a história pela primeira vez.

– Meu Deus – disse a loira rindo –, não sei como foi que você adivinhou.

Clô subitamente se sentiu enjoada, como se estivesse espiando pelo buraco da fechadura as intimidades de dois estranhos, e fez um movimento para se erguer da mesa, mas a mão do velho cruzou rapidamente a toalha e prendeu seu pulso.

– Espera – ele disse amável mas firmemente –, agora é que vem a parte melhor da história.

Se voltou para Cilinha, que estava de olhos baixos, e pediu que ela continuasse.

– Bem – disse ela –, tivemos dez dias maravilhosos. Imagine, um grande artista apaixonado por mim! Eu estava nas nuvens. Aí meu artista ficou muito tristinho. Que coisa, não é?

– Os artistas são muito sensíveis – ironizou Santamaria.

– Deve ter sido isso – continuou Cilinha. – Então, que ótimo, a maravilhosa Adelaide voltou.

Seu rosto subitamente se contraiu e sua voz perdeu toda a alegria irônica de antes.

– Aquela cadelona – disse com raiva – conseguiu me enganar.

Logo em seguida começou a imitar a voz e os trejeitos da companheira de Plácido.

– Eu respeito o amor, precisamos ajudar o pobre do Plácido, imagine, vão protestar um título dele. Agora, se você for boazinha e pedir ao seu marido que compre...

Clô, humilhada, não suportou mais a continuação da história, arrancou seu pulso da mão de Santamaria e se pôs de pé.

– Quero ir embora – disse com uma voz rouca.

Só então Cilinha se voltou para ela e repentinamente todos os anos que tinha emergiram da maquilagem.

– Sinto muito – disse.

– Não estou interessada nos seus amores – disse Clô com uma voz surda e cheia de raiva.

– Foi Santamaria quem me pediu que contasse – disse a outra imperturbável. – Você teve mais sorte do que eu, tive que convencer o meu marido a comprar dez esculturas do gênio.

Levantou da mesa e saiu, enquanto Santamaria murmurava um agradecimento.

– Minha criança – disse ele com simpatia mas sem doçura –, tu decididamente não sabes escolher teus homens.

E, pela primeira vez, Clô teve a consciência de que jamais conseguiria responder sozinha a todas as perguntas que a atormentavam e se pôs a chorar lágrimas mudas e desesperadas.

88. Clô se perdeu durante um mês inteiro. Alternava dias de morna apatia, nos quais se deixava ficar na cama assistindo passivamente à televisão, com dias de febril agitação, quando se punha a caminhar sem rumo pelas ruas, como se estivesse atrasada para um encontro importante. Não tinha amado Plácido mas havia confiado nele e no mundo encantado da arte, e se sentia traída pelos dois. Por mais que tentasse, não conseguia deixar de imaginar o escultor contando às gargalhadas para Adelaide as noites que havia tido com ela.

— Ser humano é ser imbecil — consolava a avó.

Mas nem assim aquietava a neta, que passava horas inteiras imóvel, diante do espelho, sempre com a mesma pergunta latejando dentro dela, como se fosse uma ferida recém-aberta.

— Por que eu sou assim?

Donata, que a surpreendeu uma tarde olhando absorta para a própria imagem, teve um momento de susto.

— Não presta ficar assim — disse. — A gente não deve se fazer muitas perguntas.

Santamaria, a princípio, assistiu friamente à sua agonia. Espaçou suas visitas e evitava cuidadosamente qualquer tipo de confidência. Mas pouco a pouco se deixou comover pelos silêncios de Clô.

— Minha criança — dizia com uma voz cálida de bom avô —, mulheres mais experientes do que tu já foram enganadas.

— Mas eu me deixo enganar sempre — respondia Clô atormentada.

O velho então se tornou solícito. Envolveu Clô com pequenas gentilezas, descobriu restaurantes inusitados e lhe deu de presente um carro esporte importado.

— Pronto — disse com uma animação esperançosa —, sai a correr pela vida.

Mas o entusiasmo de Clô foi tão pequeno, que ele voltou para o apartamento e se deixou cair derrotado numa poltrona.

— Pelo amor de Deus — disse —, arranja um amante.

— Não posso — respondeu Clô.

Seu corpo tinha um ventre de gelo. Mesmo quando ela se forçava a recordar todos os seus momentos passados de amor com Felipe, ele se recusava a derreter.

— Não faça isso — repetia aflito Santamaria —, não se negue a vida.

Quatro semanas depois do rompimento com Plácido, ele apareceu inesperadamente pela manhã — e anunciou secamente que iriam viajar.

— Para onde? — quis saber Clô.

— Não é da tua conta — respondeu ele de maus modos.

Durante a primeira hora de viagem, Santamaria permaneceu assim, contrariado e resmungão, como se estivesse fazendo algo absolutamente contra a sua vontade. Mas de repente tirou o chapéu, abriu a janela da limusine e lavou feliz o rosto no vento.

– Ora, ora – disse rindo –, de vez em quando preciso tirar o mofo.

Mandou que o motorista saísse da rodovia e parasse embaixo de um grupo de eucaliptos.

– Vamos fazer um piquenique – disse.

Mas só quando serviu a primeira taça de champanhe para Clô foi que lhe deu a notícia.

– Tu ganhaste o direito de ver os filhos uma vez por mês – disse.

Clô olhou assombrada para ele e só depois que o velho confirmou a frase com um cacarejo divertido foi que ela riu feliz e, pela primeira vez, se abraçou com ele.

– Vamos, vamos, vamos – disse ele se fazendo de zangado –, pára com isso, criança.

Se desprendeu dela e, mantendo o fingimento, acrescentou:

– Só fiz isso porque estava cansado daquela tua cara de enterro.

Mas logo sua voz perdeu o tom brincalhão e ele olhou triste e preocupado para ela.

– Mas, minha criança, não espere demais desse primeiro encontro. Tu és jovem, podes dar tempo ao tempo.

Clô concordou silenciosamente e tornou a abraçar o velho, que lhe deu alguns tapinhas no rosto e a enxotou carinhosamente de volta para o carro.

– Não podemos chegar atrasados – disse.

Dez anos depois, Correnteza não parecia tão hostil. As torres da igreja estavam mais escuras e meia dúzia de edifícios tinha subido em volta da praça, mas um silo gigantesco era o que se impunha agora na paisagem. A limusine contornou a praça mas ninguém voltou a cabeça para olhar nem se deteve com um pouco mais de curiosidade. Mesmo assim, as velhas cicatrizes começaram a sangrar e instintivamente Clô segurou a mão do velho em busca de apoio.

– Está tudo bem – soprou ele –, está tudo bem.

Subiram lentamente para o bairro rico da cidade e se detiveram diante de uma casa imensa que parecia navegar no meio de um jardim.

– Vá – disse Santamaria –, eles estão a sua espera.

Clô desceu do carro e começou a caminhar para a entrada. Estava confusa e agitada, porque todas as imagens e vozes do passado ressuscitaram atabalhoadamente dentro dela e seu desejo era cair de joelhos e chorar, até que pudesse se habituar melhor à realidade. Quando ela chegou à casa, a porta se abriu e uma criada cerimoniosa lhe deu bom dia e lhe disse que as crianças estavam a sua espera. Conduziu Clô até a sala, mas se deteve a um passo da porta.

– O pequeno está assustado – avisou.

Clô se recordou do seu primeiro e doloroso encontro com os filhos, depois da separação, e esperou um instante para se recompor, antes de entrar. Respirou fundo, tentando pôr em ordem seu doido coração, forçou um sorriso e entrou na sala. O tempo havia contrariado suas previsões. Joana não era, como ela pensava, a sua imagem, mas uma versão morena e atenuada do pai. Manoel, ao contrário, tinha sua boca, seus olhos e seu modo de ser. Estava amedrontado e encolhido ao lado da irmã. Mas recordando suas próprias fotografias de menina, Clô podia facilmente imaginar o filho rindo e gritando a sua volta. Ela se aproximou vagarosamente dos dois.

– Vocês se lembram de mim? – perguntou.

O pequeno se retraiu ainda mais e Joana balançou a cabeça.

– Eu sou a mãe de vocês – disse Clô contida.

– Eu sei – disse a menina sem emoção.

Clô se debruçou carinhosamente sobre a filha e lhe deu um beijo no rosto. Joana não se recusou mas não correspondeu. Clô então tentou beijar o filho, mas Manoel escondeu o rosto nas mãos e recuou.

– Está bem – disse Clô sem rancor –, eu não beijo você.

Sentou diante dos dois e ficou se ensopando com a imagem dos filhos. Ainda tentou fazer algumas perguntas, mas Joana se limitava a responder com acenos de cabeça e Manoel teimava em se aferrolhar num silêncio nervoso. Dez minutos depois, Joana se pôs de pé e avisou:

– Meu pai disse que a gente podia ir quando quisesse.

– Está bem – respondeu Clô resignada –, podem ir. Eu volto no mês que vem.

Beijou a filha e passou a mão pela cabeça do pequeno, que desta vez não se retraiu e espiou curioso a mãe, por trás das enormes pestanas. Joana apanhou Manoel pela mão e saiu com ele. Mas, na porta, parou e se voltou.

– Eu me lembro da senhora – disse.

E logo prosseguiu no seu caminho, levando o irmão a reboque. Clô esperou um momento e também saiu. Quando entrou no carro, Santamaria lhe deu uns tapinhas de consolação na mão.

– A segunda vez – disse – vai ser bem melhor.

– Meu Deus – disse Clô –, eu preciso saber por que fiz tudo isso.

E, no dia seguinte, recusou o psiquiatra indicado por Santamaria e escolheu, ela mesma, o seu primeiro analista.

89. O dr. Mauro Talles era divino, um deus grisalho e impassível, que assistia ao girar do mundo com um aristocrático enfado. Seu nome, no entanto, tinha ressonâncias de bruxo e ser seu cliente era pertencer à ordem mais sofisticada dos neuróticos, em que só eram aceitos os que conseguiam escalar a montanha de sua indiferença, para alcançar finalmente, lá no topo, o fino, frio e medido sorriso de sua simpatia.

– Talvez seja coincidência – comentou Santamaria mordaz –, mas ele sorri apenas para os ricos.

Clô foi aceita como cliente, após uma espera razoável. Entrou intimidada no consultório de Talles, que se manteve distante e imperturbável, dentro de sua impecável elegância britânica.

– Não sei por onde começar – disse ela, tentando sorrir.

Ele estendeu a pausa como um longo tapete e finalmente, sem sorrir, deu a sua resposta.

– Comece por onde quiser – disse.

Ela, aos poucos, conseguiu desenrolar a sua meada, ainda sem segurança para pôr qualquer ordem nas suas atribulações, mas firmemente decidida a esmiuçar sua vida, até que não restasse um só canto escuro ou intocado. Não era contudo uma tarefa fácil, porque o analista só descia do seu pedestal silencioso para grunhir hum-huns indecifráveis.

– Não está sendo divertido – ela confessou duas semanas depois a Santamaria.

– Ele é dos sérios – disse o velho. – Não se pode conseguir nada divertido com os sérios.

A avó pareceu ressentida com a análise. Clô exagerava o seu entusiasmo pelas sessões, mas nem assim a velha demonstrava a menor curiosidade pela experiência da neta. Donata, por outro lado, só sabia balançar a cabeça e repetir:

– Não sei, não sei, não sei.

Vivia preocupada com Afonsinho, que tinha viajado para o Chile e enviava cartas imensas cheias de planos e esperanças. Por duas vezes agentes de segurança estiveram à procura dele, e Donata, com uma desenvoltura que surpreendeu Clô, mentiu descaradamente que o filho havia viajado para o exterior em 63. Mesmo quando lhe disseram que tinham provas da presença de Afonsinho em Porto Alegre no ano anterior, Donata não se deixou apanhar. Riu divertida como faria a mãe tranqüila de um filho inocente e disse:

– Meu Deus, que loucura, como se alguém pudesse saber mais do que eu sobre meu filho.

Só então Clô entendeu por que o irmão havia lhe pedido que não revelasse seu encontro a Donata. O conhecimento da verdade teria prejudicado sua representação. Pouco depois Clô foi visitar seus filhos pela segunda vez. Ao contrário do que Santamaria pensava, a segunda visita não foi melhor do que a primeira. Ela levou presentes para os dois, que só foram aceitos depois de uma penosa insistência.

– Manoel – contou Clô ao velho – esqueceu o seu presente em cima da cadeira.

Duas semanas depois os advogados de Pedro Ramão entraram com um recurso e cancelaram as visitas.

– Não se preocupe – disse Santamaria –, eles conhecem a lei mas eu conheço os juízes.

Enquanto esperava uma nova decisão judicial, Clô descobriu que estava ocultando fatos de sua vida para o analista. Ela passou rapidamente por sua dolorosa e decepcionante noite de núpcias como se tivesse sido trivial e bem-sucedida.

– Estou trapaceando – ela confessou a Santamaria.

O velho cacarejou satisfeito e bateu algumas palmas divertidas.

– Bem, bem, bem – disse –, você está começando a se divertir.

Mas não havia diversão alguma nas horas confusas que Clô passava no analista. Quatro meses depois ela passou a ter longos períodos de silêncio, que Talles só interrompia para avisar com sua voz profissionalmente modulada.

– O seu tempo acabou.

Clô, desesperada, sentava no divã – e ficava olhando para ele, mas tudo o que conseguia era um daqueles sorrisos indecifráveis. Na terceira visita que fez aos filhos, Joana repentinamente saiu do seu costumeiro papel de ouvinte para fazer uma pergunta inesperada:

– Por que a senhora nos abandonou? – perguntou com uma voz aguda e desamparada.

– Não abandonei vocês – respondeu Clô prontamente e sem pensar no que estava dizendo.

Mas logo foi esmagada pela evidência, baixou a cabeça e precisou de um momento para se refazer e voltar a encarar a filha sem pânico.

– Eu fugi – disse –, eu fugi.

– De quem? – perguntou a menina, enquanto o irmão erguia os olhos curiosos para a mãe.

– Do pai de vocês – desabafou Clô.

Percebeu imediatamente que tinha cometido um erro grave. Houve uma rápida troca de olhares entre os filhos e Clô adivinhou que tinha dado a eles a resposta que o pai havia previsto.

– Eu amo vocês – disse desesperada, como se pudesse atar com isso todos os afetos rompidos.

Os pequenos, no entanto, permaneceram mudos e desconfiados e, na despedida, Joana virou o rosto para diminuir o beijo da mãe.

– Por que eu fugi? – perguntou Clô ao analista dois dias depois.

Ele permaneceu em silêncio até que ela repetiu a pergunta pela terceira vez. Ele então armou o seu melhor sorriso e, com uma voz que porejava paciência em cada sílaba, disse:

– É o que estamos tentando descobrir.

– Mas eu estou aqui há cinco meses – protestou Clô – e ainda não descobri nada.

Desta vez Talles não lhe deu resposta alguma. Ela então sentou no divã.

– Eu sempre tive o sono leve – disse. – Lá na estância até o ranger da porteira me acordava. Por que eu não acordei na noite em que Pedro Ramão tirou a minha filha de casa?

— Você desejava se livrar da filha — disse ele como se estivesse anunciando o óbvio.

— Não — disse Clô sacudindo a cabeça —, não.

— Sabe — disse ele com o seu petulante arzinho divino —, era uma forma de você se submeter ao machismo dele.

— Por quê? — perguntou Clô.

— É o que estamos tentando descobrir — repetiu ele, exatamente com a mesma entonação que havia usado da primeira vez.

Clô teve a impressão de que estava participando de um desses estapafúrdios jogos de salão, em que a última resposta reconduz os participantes à primeira pergunta. Ela se pôs de pé e ficou encarando fixamente o analista. Talles sustentou o olhar com sua divindade sorridente, até que Clô tomou uma decisão.

— Não quero mais — disse.

Ele não se moveu, se manteve distante e imaterial como se fosse mais um objeto dentro da sala. Clô apanhou a bolsa e saiu. Pensou em voltar para o seu apartamento, mas quando se deu conta estava defronte à casa de sua mãe.

— Foi dentro dela que tudo começou — pensou.

Desceu, entrou, passou pela cozinha, beijou normalmente a mãe e subiu para o quarto da avó. A velha ergueu os olhos do livro que estava lendo, mas não disse nada. Clô tirou os sapatos e se enrodilhou a seus pés. Ficaram assim, por um momento, até que a avó fechou o livro e afagou carinhosamente os cabelos da neta.

— Minha animalzinha voltou — disse afetuosamente, mas sem a menor sombra de triunfo na voz.

Clô fechou os olhos e se deixou acarinhar, como se fosse novamente a menina do passado. Dentro dela, no entanto, todas as novas e antigas perguntas continuavam sem resposta. Tenho tempo, ela pensou, tenho tempo. Mas esqueceu que o tempo dos velhos estava terminando.

90.

A mudança de Santamaria foi tão lenta e tão sutil, que em nenhum momento Clô percebeu o que estava acontecendo. Desde sua desilusão com Plácido e de sua primeira visita aos filhos que Clô havia aceitado o velho como uma parte segura de sua vida.

— Só não consigo — confessou — chamar o senhor de você.

– Velho também não me agrada – riu ele. – Mas que te parece *viejo,* ahn?

– Muito bem, *viejo* – respondeu ela rindo.

A partir daí, ela já não temia repartir seus medos com ele e começou a se acostumar com suas constantes excentricidades.

– Mas eu gostaria – disse um dia – de não depender do seu dinheiro.

– Tá, tá, tá – respondeu o velho –, são orgulhozinhos de classe média. É um emprego como qualquer outro.

E inventou para ela um cargo fictício que era usado sempre que ele estava bem-humorado.

– Esta é – apresentava com uma seriedade contagiante – a chefe do meu Departamento de Relações Sociais.

Pouco a pouco, de um modo quase imperceptível, as suas visitas se tornaram não apenas mais freqüentes, mas também bem mais demoradas. Ele agora passava horas inteiras contando a Clô a sua feroz ascensão no mundo dos negócios, mas já não concluía suas histórias com o tom triunfante de costume. Sempre que terminava de narrar uma de suas vitórias se punha sombrio, e só depois de muito tempo é que forçava um sorriso.

– Afinal – dizia –, só perdi a minha vida nos negócios.

Clô não sabia o que dizer, se afligia com as tristezas do velho e se julgava ingrata por não descobrir um consolo adequado para ele.

– Tolice – dizia sua avó quando discutiam o assunto –, ele merece tudo o que possa lhe acontecer.

A única mudança que Clô percebeu foram os jantares públicos. Os primeiros foram cancelados com desculpas de saúde.

– Hoje não me sinto bem – dizia ele.

Mas depois de dois meses, Clô descobriu que não haviam jantado fora uma única vez.

– Os restaurantes andam péssimos – reclamou ele.

Desde então, uma vez por semana encomendava pequenos e requintados jantares, que eram servidos por garçons atenciosos, no próprio apartamento de Clô.

– Vejam só – dizia ele –, vejam só, no fim da vida começo a descobrir as alegrias da intimidade.

Esse foi o pretexto para uma redecoração do apartamento que, apesar de expansiva, não pareceu agradar o velho.

Ele reclamava freqüentemente do tamanho dos aposentos, alegava que no caso de um imprevisto não tinha onde dormir e por fim começou a falar abertamente em mudança.

– Nasci no campo – se desculpava –, sinto falta do verde, da tranqüilidade, do espaço.

Levou Clô para visitar vários sítios nos arredores da cidade e fazia planos para sua futura casa, como se fosse um rapaz de dezoito anos, prestes a casar. Donata ouvia todas essas novidades com satisfação, defendia os pontos de vista do velho e aconselhava a filha a construir uma casa de campo.

– Afinal – justificava –, você precisa pensar no futuro. Um homem da idade dele...

Clô ria, dizia que Santamaria viveria mais cinqüenta anos, mas a avó se tornava cada vez mais preocupada com as atitudes do velho.

– Toma cuidado – avisava –, toma cuidado. Não se pode confiar em bode velho.

Em fins de 71, Santamaria se tornou extremamente nervoso. Fossem para onde fossem, tão logo chegavam e ele saía em busca de um telefone para avisar sua secretária de sua atual localização, e jamais se afastava mais do que dez passos do aparelho mais próximo.

– Então – brincou Clô –, agora estamos levando os negócios a sério?

Ele cacarejou sem entusiasmo, disse que sempre havia tempo para criar juízo e desconversou. Duas semanas depois, no entanto, ele bateu no apartamento de Clô muito cedo e disse que precisava falar urgentemente com ela.

– Vou viajar – disse.

Habituada a suas viagens inesperadas, Clô deu um passo na direção do quarto.

– Estou pronta em cinco minutos – avisou.

– Não – disse ele com uma voz estranhamente tensa –, desta vez eu vou sozinho.

Clô pensou em brincar com ele, mas ficou intimidada pela seriedade do velho. Ele ficou longo tempo olhando para ela e finalmente anunciou:

– Vou para a Suíça.

Em seguida caminhou até a mesa e tirou atabalhoadamente do bolso pequenos maços de dinheiro, que jogou desajeitadamente sobre a mesa, enquanto Clô se aproximava, cheia de espanto.

– O que é isso? – perguntou.

– Vou fazer uma operação – respondeu Santamaria.

Jogou o último pacote na pequena pilha que havia formado no centro da mesa.

– Se me acontecer alguma coisa – continuou –, tu tens aí dinheiro bastante para te manteres por dois ou três anos.

– Que operação? – quis saber Clô, subitamente assustada pela gravidade dele.

– Nada que te interesse – cortou o velho rudemente.

Clô empurrou o dinheiro para a frente dele.

– Leve isso daqui – pediu.

– Eu sei o que faço – insistiu ele. – E não preciso de conselhos de nenhuma pirralha.

– Me conte o que é – pediu Clô.

– Não – disse ele, com a voz já insegura.

Inesperadamente tomou suas mãos e lhe deu um rápido e trêmulo beijo na face. Logo em seguida, antes que Clô se recuperasse da surpresa, lhe deu as costas e saiu, batendo a porta do apartamento como sempre fazia quando não queria ser seguido até o elevador.

– Deve ter ido fazer um transplante – disse Donata, que devorava as reportagens sobre as experiências do dr. Barnard.

– Eles não fazem transplantes na Suíça – lembrou a avó.

– Um homem rico como ele – teimou Donata – faz transplante onde quiser.

Santamaria ficou quatro semanas na Suíça. Durante todo esse tempo não enviou nem cartas nem telegramas. Clô não teve sequer conhecimento de seu regresso. Uma noite, voltando da casa de sua mãe, entrou no apartamento, acendeu a luz e deu com o velho a sua espera e sumido numa poltrona.

– Ei, *viejo* – brincou ela –, quando foi que você voltou?

Ele ergueu uns olhos baços e desanimados para ela.

– Eu nunca deveria ter voltado – disse com uma voz pesada de amargura.

Clô se ajoelhou preocupada na frente dele e tomou as suas mãos.

– O que houve? – perguntou.

Ele tentou sorrir, mas não se saiu bem. Tudo que conseguiu foi repuxar os lábios.

– A operação não deu certo – disse.

A voz pareceu sumir, mas logo em seguida ele se recuperou.

– Vou continuar velho e impotente – disse.

– Oh, meu Deus – gemeu Clô –, então era isso.

Ele suspirou desolado e não disse nada. Ela então apertou ainda mais as suas mãos.

– Não tem importância, *viejo*.

– Agora tem – disse ele –, agora tem.

Retirou suas mãos das dela e segurou ternamente o rosto de Clô.

– Imagina – disse – o ridículo que me aconteceu, minha criança. Me apaixonei por ti.

E pôs sobre ela os olhos desesperançados da velhice irremediável, enquanto Clô, sem encontrar uma palavra de consolo, chorava pelas trágicas brincadeiras da vida.

91.

De repente Santamaria foi atropelado pelo tempo. Uma semana depois ele já arrastava penosamente os pés pelos corredores e seu corpo mirrava e encolhia dentro das roupas usualmente bem ajustadas. Clô tentou desesperada fazer voltar sua antiga vitalidade, mas as raras chispas de alegria do velho se apagavam bruscamente e ele retornava a sua costumeira melancolia. Nas semanas seguintes passou a ter profundas crises de depressão, quando se punha a monologar sobre a inutilidade da vida.

– Somos uma piada de mau gosto – disse. – Formigas com consciência.

No dia seguinte, invariavelmente, se atormentava com o futuro de Clô, insistia em almoçar ou jantar em lugares movimentados e em lhe apresentar possíveis bons partidos.

– Não vá atrás do que dizem – resmungava. – O melhor seguro de vida ainda é um bom marido.

Passou a controlar os gastos de Clô, exigindo que ela depositasse pelo menos metade da mesada que ele lhe dava.

– Estou de partida – dizia –, estou de partida.

Duas ou três vezes por semana, no entanto, parecia emergir de dentro de si mesmo para momentos de ternura. Sentava na sua poltrona predileta, fazia Clô se enrodilhar no tapete a seu lado e com mil cuidados, como se um toque desajeitado pudesse parti-la em pedaços, se punha a acariciar seus cabelos.

– É um milagre – dizia –, é um milagre. Jamais pensei que pudesse sentir tudo isso novamente.

Outras vezes pedia que Clô deitasse no sofá e ficava sentado na sua frente, iluminado e embevecido, como quem olha a mulher amada pela primeira vez. Clô, no entanto, se inquietava com essas demonstrações de afeto. Sentia uma pena imensa do amor impotente do velho, mas não conseguia sequer pensar na possibilidade de se entregar a ele. Aceitava suas carícias tímidas e inocentes mas se crispava sempre que imaginava que sua mão fosse descer para um gesto mais ousado.

– Eu deveria ser mais agradecida – disse para a avó.

Mas a velha tinha uma aversão antiga por Santamaria e não se comovia com a sua angústia.

– Cada um de nós tem seu tempo – dizia. – Esse pé de urtiga perdeu a noção da vida. Pensa que pode florir no inverno.

Todas essas discussões sobre o velho inesperadamente tornaram Donata extremamente inquieta. Ela deu para fazer perguntas a respeito das economias de Clô, especulava sobre as posses de Santamaria e recortava anúncios de casas à venda, insistindo que Clô os examinasse.

– É preciso pensar no futuro – dizia. – Casa é casa. Se ele te ama, está na hora de provar.

Depois passou a aconselhar Clô que exigisse um bom emprego de Santamaria.

– Ele manda em todo mundo – dizia. – Pode muito bem te conseguir um emprego público.

Clô, a princípio, ria das insistências da mãe, fingia procurar empregos mirabolantes e brincava sobre comprar mansões na Zona Sul. Mas, por fim, a cupidez constante da mãe começou a irritá-la.

– Mas que droga – explodiu –, quem você pensa que eu sou?

Na terceira vez em que Clô fez a mesma pergunta, Donata pôs desafiadoramente as mãos nas cadeiras e encarou a filha com olhos faiscantes.

– Muito bem – zombou –, vivendo às custas de um velho decrépito, que droga que você pensa que é?

Clô, que estava sentada na mesa ao lado da avó, se ergueu de um salto, lívida de cólera, e teria agredido a mãe se a avó não tivesse golpeado por duas vezes os ladrilhos com sua bengala e gritado.

– Parem com isso.

Mas o vaso já havia se partido. Clô deu as costas para a mãe e saiu de casa, enquanto Donata permanecia plantada no meio da cozinha.

– Ela sabe muito bem o que é – disse a avó irritada. – Não precisava que você a lembrasse.

– Só estava pensando no bem dela – teimou Donata, sem abrir mão de sua posição.

Dois dias depois terminou o mês e Clô jogou em cima da mesa apenas um terço do que costumava dar mensalmente à mãe para ajudar Afonsinho.

– Peça o resto – disse com raiva – para aquele seu honesto filho que está brincando de revolucionário no Chile.

Donata imediatamente se derramou numa choradeira teatral e exagerada que não comoveu a avó, que continuou a tomar imperturbável a sua sopa. Teria sido o início de uma guerra de fim imprevisível entre mãe e filha, se no dia seguinte Santamaria não tivesse surpreendido Clô com um estranho pedido.

– Quero falar com Clotilde – disse ele.

E acrescentou apressadamente:

– Se ela quiser me receber, é claro.

Clô instintivamente olhou para o telefone, mas o velho adivinhou a sua intenção e balançou a cabeça.

– A menos que a tua avó tenha mudado muito – disse –, acho melhor falares com ela pessoalmente.

Levou Clô até a casa de sua mãe e, durante todo o percurso, abriu e fechou o casaco, como se sentisse deslocado dentro das próprias roupas. Quando chegaram, ele tirou um pequeno envelope do bolso.

– Dá isso a ela – pediu.

Depois se encolheu no banco traseiro e ficou espiando para a casa. Clô subiu ao quarto de sua avó e lhe entregou a carta de Santamaria.

– Ele quer falar com a senhora – disse.

A velha não respondeu. Abriu a carta vagarosamente e, sem curiosidade, passou os olhos pelo texto. Depois se levantou da cadeira e foi até a janela, de onde espiou longamente a limusine de Santamaria. Em seguida dobrou meticulosamente a carta e a colocou dentro da manga.

– Traga aquele idiota para cá – disse.

Para espanto de Clô, quando o velho recebeu a notícia se pôs nervoso como um colegial em dia de exame. Precisou da ajuda do motorista para abrir a porta, deixou cair o chapéu quando saiu do carro e caminhou desajeitadamente até a casa. Na porta foi recebido por uma untuosa Donata, que exagerou nas boas-vindas e não se cansava de repetir:

– É uma honra, meu caro senhor, é uma honra!

Santamaria finalmente conseguiu se desvencilhar dela e com a ajuda de Clô subiu as escadas que levavam ao quarto da avó. A velha estava a sua espera, sentada na sua poltrona, com a bengala ao lado e sem o menor toque de faceirice, exatamente como Clô a havia deixado momentos antes. Na porta do quarto Santamaria titubeou, olhou aflito para Clô, mas logo em seguida se aprumou e bateu de leve na porta.

– Com licença – pediu com uma voz insegura.

– Entre – respondeu secamente a avó.

Clô permaneceu onde estava e ele entrou. Enfrentou cabisbaixo o olhar impiedoso da avó e depois pediu para fechar a porta. Clô viu a avó olhar rapidamente para ela e depois aquiescer ao pedido com uma pequena inclinação de cabeça. Antes que o velho se voltasse, ela se adiantou.

– Deixe que eu fecho – disse.

– Por favor – pediu ele constrangido.

Clô fechou a porta e desceu para a sala, enquanto a mãe, curiosa, preparava um café na cozinha, pronta para atender a qualquer chamado da velha. Durante uma hora os dois ficaram trancados no quarto, até que Clô ouviu a porta se abrir e subiu as escadas. Quando chegou ao último degrau, Santamaria, ainda dentro do quarto, curvado e patético, dizia para a sua avó:

– É como se eu tivesse quinze anos, Clotilde. A mesma loucura, os mesmos sonhos, a mesma aflição. Só que, quando eu me olho no espelho, vejo que esconderam o meu jovem coração dentro de um macaco velho e ridículo.

Clô correu os olhos dele para sua avó, mas não havia o menor sinal de pena no rosto da velha. Pelo contrário, seus lábios se afinavam num indisfarçável sorriso de satisfação, como se ela finalmente estivesse ajustando as contas com ele.

92. Santamaria morreu dois meses depois. O dia estava nascendo quando o motorista foi buscar Clô em seu apartamento.

– O doutor teve um enfarte – disse.

Clô foi apanhada de surpresa e precisou de algum tempo para se recompor.

– Onde está ele? – perguntou.

– Em casa – respondeu o motorista.

– Não posso ir lá – disse Clô desanimada.

– Ele chamou pela senhora – disse o motorista como se estivesse repetindo uma ordem.

– Está bem – disse Clô –, eu vou.

Clô não conhecia a imensa mansão de Santamaria. Sabia, por ouvir dizer, que ficava no Moinhos de Vento e dominava orgulhosa a cidade, com seu estilo pretensioso, mas nunca tinha demonstrado o menor interesse em conhecê-la. Também não conhecia a mulher e os filhos do velho. Nos três anos em que estiveram juntos, ele jamais havia mencionado a família. Sua vida oficial parecia fazer parte de um passado distante, que ele não gostava de recordar. Só uma vez, nos últimos meses, ele fez uma rápida e amarga referência aos filhos.

– Só vão me servir de apoio – disse – quando eu estiver dentro do caixão.

Depois do encontro com Clotilde, Santamaria parecia mais tranqüilo. Suas depressões haviam se tornado raras e ele já não falava da vida com tanto rancor. A sua alegria, no entanto, tinha se ido para sempre. Ele fazia Clô falar sobre seus planos futuros, mas seus olhos já não tinham o brilho interessado dos primeiros tempos. Nas últimas duas semanas, ele se queixava freqüentemente de dores no braço esquerdo, mas punha a culpa num longínquo reumatismo, apanhado durante uma caçada vários anos antes.

– Ele ontem estava bem – disse repentinamente o motorista, arrancando Clô de seus pensamentos.

– Meu Deus – pensou ela –, eles sempre dizem isso.

Quando o carro cruzou os largos portões de ferro, Clô não pôde deixar de pensar que a mansão parecia estar em véspera de festa. Dois guardas vigiavam a entrada dos carros e meia dúzia de outros estavam espalhados pelo jardim, desorientados com a própria inutilidade. Havia uma curva de carros estacionados e duas ambulâncias estavam alvamente alertas ao lado da casa. A limusine contornou a mansão e se deteve na frente de uma porta lateral. Imediatamente um dos guardas correu para abrir a porta do carro, enquanto um homem de meia-idade descia rapidamente as escadas e ia ao encontro dela.

– Sou Carlos – disse –, o filho mais velho.

Clô inclinou ligeiramente a cabeça e ele indicou a porta de entrada com um gesto.

– Minha mãe – disse – quer falar com a senhorita.

Mas, adivinhando a surpresa de Clô, se apressou a acrescentar:

– Não se preocupe – disse –, ninguém irá lhe faltar com o respeito nesta casa.

Conduziu Clô para uma pequena sala, iluminada apenas por um abajur rebuscado. Ao lado dele, recostada numa poltrona, estava uma mulher miúda e grisalha, que parecia ainda mais velha que sua avó.

– Entre – disse ela com uma voz extremamente cansada.

Carlos ficou um passo atrás e Clô avançou até ficar na frente da velha.

– Ah – disse ela –, tu és mesmo bonita.

– Obrigada – disse Clô pouco à vontade.

– Tu foste – continuou a velha – a única criatura que meu marido amou e tratou bem na vida, só Deus sabe por quê.

Fez uma pequena pausa e perguntou:

– Tu o amas?

– Eu gosto dele – respondeu Clô.

– Bem que ele me disse que eras honesta – riu ela. – Eu infelizmente não posso me dar a esse luxo. Eu o detesto.

Tornou a fazer uma pausa para recuperar o fôlego.

– Vamos ser discretas, está bem?

Clô concordou silenciosamente.

– Ele está morrendo – prosseguiu ela. – Podes ficar com ele. Enquanto ele estiver vivo, será teu. Depois que morrer, será nosso. Compreendes?

Clô tornou a concordar com uma breve inclinação de cabeça.

– É tudo – disse a velha.

Mas, antes que Clô chegasse à porta, ela perguntou:

– É verdade que és neta da Clotilde?

– É – respondeu Clô –, é verdade.
– Que mundo! – riu a outra.
Logo, no entanto, se tornou séria e cansada.
– Diz a Clotilde que eu perdi – disse a velha.
E dispensou Clô com um gesto fatigado. Carlos então a conduziu ao andar superior, onde ficava o quarto de Santamaria. Era escuro e pesado como as gravuras antigas e cheirava a sândalo. Vários aparelhos estavam alinhados ao lado da cama e um grupo de médicos e enfermeiras se movia silenciosamente em volta do leito. Um deles se afastou dos demais e veio ao seu encontro.
– Ele está chamando pela senhora – repetiu como se fosse um eco do motorista.
– Como está ele? – perguntou Clô.
– Morrendo – disse o médico, sem a menor emoção.
Clô se aproximou lentamente do leito. Santamaria estava ligado aos aparelhos por uma série de tubos e fios, tinha uma pequena máscara transparente sobre a boca e o nariz e parecia incrivelmente frágil e pequeno, no meio dos lençóis.
– Ele me ouve? – perguntou ao médico.
Ele ergueu os ombros e não respondeu. Clô então tocou gentilmente na mão direita do velho, que estava inerme ao lado do corpo. Houve um pequeno tremor na face de Santamaria e ele abriu os olhos e a fitou.
– Eu te amo – disse Clô.
Ele abriu os dedos e tentou erguer a mão, mas não teve forças. Seus lábios se entreabriram um pouco mais e Clô se inclinou sobre ele para ouvir melhor, mas o velho não falou. Um dos aparelhos começou a zumbir e o médico a afastou da cama, enquanto os outros se agitavam sobre Santamaria. Pouco a pouco, como atores que tivessem concluído a sua parte numa representação, eles foram se imobilizando, até que o último olhou para Clô e sacudiu a cabeça. Ela, logo em seguida, voltou para junto do velho, apertou sua mão numa despedida muda e lhe deu um pequeno beijo na testa. Quando se ergueu, os médicos e as enfermeiras tinham se detido e olhavam curiosos para ela.
– Ele foi bom para mim – disse Clô.
– Claro, minha querida – disse com simpatia uma das enfermeiras.

– Obrigada – sussurrou Clô.

E saiu devagar do quarto, sem olhar uma só vez para trás, enquanto as enfermeiras desmontavam ruidosamente os aparelhos. Carlos e seus outros dois irmãos estavam a sua espera do lado de fora da porta, mas só ele foi ao seu encontro.

– O motorista vai levar a senhorita em casa – disse.
– Obrigada – respondeu Clô.

Baixou a cabeça e caminhou pelo corredor até a escada, onde foi recebida por uma criada silenciosa, que a conduziu até a porta lateral. Quando Clô saiu da casa, a manhã explodia gloriosamente em sol e retalhos de borboletas flutuavam alegremente sobre o jardim.

– Meu Deus – ela pensou –, hoje é um dia para nascer e não para morrer!

O motorista imediatamente lhe abriu a porta do carro e, quando ela entrou, soprou, desajeitado:

– Meus pêsames, madame.

Clô não respondeu, se sentindo absurda e desajustada. Só foi chorar quando sua avó, repetindo a velha esposa de Santamaria, lhe disse que ela tinha sido a única pessoa que ele havia amado e tratado bem.

93. Santamaria estava sendo enterrado, quando Morelos bateu no apartamento de Clô. Era um homem de meia-idade, alto, calvo e solene como um vigário de paróquia próspera. Cara a cara, no entanto, ficava reduzido a uma cabeça de peixe, com uma boca larga e caída de bagre e dois enormes olhos esbugalhados, que tentava esconder por trás de uma pesada armação de óculos. Falava com a empostação e os gestos afetados dos maus atores, como se estivesse lendo cada uma das frases rebuscadas que saíam de seus lábios. Ele trocou um sonoro bom-dia com Clô e imediatamente, sem esperar o seu convite, entrou no apartamento.

– Já nos conhecemos – disse de passagem.

Clô se recordava vagamente de Morelos, de dois ou três jantares oficiais do banco, onde ele parecia sempre cerimonioso e formal.

– Lindo apartamento – disse ele com o esboço de um sorriso. – Nota-se o toque inconfundível do nosso caro Santamaria, que Deus o tenha.

Sentou cuidadosamente numa poltrona, como se não quisesse desfazer um milímetro do vinco das calças.

– Ele tinha um afeto profundo e sincero pela senhorita – disse, com uma entonação de pai que lembra os deveres da filha. – Nós, seus amigos, nos sentimos herdeiros desse afeto.

– Obrigada – disse Clô se sentindo levemente inquieta.

Ele suspirou pesaroso e abriu as mãos, que estavam cruzadas, sublinhando ainda mais os seus sentimentos.

– Infelizmente – continuou – a disposição da família do nosso infausto amigo e especialmente de dona Estelinha não é a mesma.

– Não sei quem é dona Estelinha – disse Clô.

– A esposa de Santamaria, é claro – disse Morelos muito espantado. – Pensei que a senhorita tivesse se encontrado com ela ontem, antes do transpasse.

– Ela foi muito bondosa comigo – disse Clô.

Ele jogou a cabeça para trás num riso sem alegria, que pôs todos os seus enormes dentes à mostra.

– Bondosa – repetiu rindo –, bondosa! Minha cara senhorita, sem sombra de dúvida é a primeira vez que alguém chama aquela megera de bondosa.

Apertou os olhos e inclinou a cabeça para Clô, baixando a voz para um sussurro cheio de cumplicidade.

– É uma mulher crudelíssima, implacável. Não terá um minuto de descanso enquanto não lhe tirar tudo, absolutamente tudo que o nosso estimado amigo lhe deixou.

Terminou a frase com seus imensos olhos de peixe inteiramente voltados para Clô, como se não quisesse perder um só movimento que ela fizesse.

– Ela vai perder seu tempo – disse Clô suavemente –, porque Santamaria não me deixou nada.

Os olhos esbugalhados de Morelos por um momento pareceram querer saltar das lentes, e ele gaguejou duas vezes antes de conseguir dizer a primeira frase.

– Mas eu não compreendo – disse –, eu não compreendo. Nosso falecido amigo parecia tão preocupado com o seu futuro. Me encarregou pessoalmente de lhe prestar toda a assistência legal necessária...

– Meu Deus – pensou Clô –, ele está mentindo.

Mas não conseguiu descobrir a razão da mentira, enquanto Morelos tentava disfarçar a sua surpresa, se pondo de pé e dando largas passadas pelo apartamento, repetindo:

– É inacreditável, simplesmente inacreditável.

Finalmente, se recompôs e voltou a sentar diante dela, desta vez, porém, com um olhar enviesado de suspeita, que fazia seus olhos flutuarem dentro das lentes.

– Nem terras, nem casas, nem apartamentos? – perguntou.

Clô balançou a cabeça. Ele fez uma pausa, baixou a cabeça, como se estivesse refletindo sobre suas palavras, e subitamente ergueu os olhos.

– E ações? – perguntou como se estivesse lançando na mesa o seu trunfo final e decisivo.

– Nada, nada – repetiu Clô.

Morelos pareceu não ouvir, umedeceu os lábios e insistiu com uma voz pungente.

– A senhorita pode confiar em mim. Estou aqui cumprindo ordens de nosso caro Santamaria.

– Ele não me deixou nada – respondeu Clô com uma ponta de irritação na voz.

Ele a encarou, depois tornou a baixar a cabeça, cruzou as mãos e ficou assim, imóvel e silencioso, como se estivesse rezando, por longo tempo, até que ressuscitou com uma voz inesperada, dura e imparcial.

– Diante disso – falou – não posso mais me responsabilizar pelo que irá lhe acontecer.

Se pôs de pé rápida e majestosamente e caminhou para a porta, onde se deteve por um instante para dizer um gelado passe-bem.

– Meu Deus – pensou Clô –, o que será que houve?

No dia seguinte, a seca e angulosa secretária particular de Santamaria apareceu em companhia de um homem grisalho e atarracado, que foi apresentado como o dr. Moraes, advogado do banco.

– Temos – disse ela com uma pontinha de triunfo na voz – que regularizar algumas coisinhas.

– Claro – disse Clô inocentemente –, claro.

A secretária trocou um rápido olhar de entendimento com o advogado e abriu uma pasta.

331

– A senhora – disse frisando a palavra – tem em seu poder uma série de bens que pertencem ao banco.

Clô sorriu e sacudiu a cabeça.

– Deve ser algum engano – disse.

– Não – disse a secretária com evidente satisfação –, não há engano algum. Temos uma lista.

E brandiu as folhas de papel como se fossem uma arma.

– O carro – continuou – evidentemente vem em primeiro lugar.

– Foi um presente de Santamaria – protestou fracamente Clô, pressentindo que as portas de um alçapão estavam se fechando sobre ela.

– A lei – grunhiu o advogado – não permite esse tipo de presentes.

Fez um pequeno sinal para a secretária, que começou a ler, com uma voz insolente e afetada, a lista de todos os bens reclamados pelo banco. Com exceção dos sapatos e dos vestidos, tudo o mais que Santamaria havia lhe dado estava incluído. Clô se manteve cabisbaixa e silenciosa durante toda a leitura e só uma vez interrompeu a secretária, para corrigir um dos itens.

– Essa estatueta – disse – eu dei a ele no seu aniversário.

– Risque – rosnou o advogado para a secretária.

Ela obedeceu e logo em seguida continuou a leitura da lista. Quando terminou, Clô se pôs de pé, teve um curto riso de raiva e ofereceu o apartamento com um gesto amplo.

– É todo seu – disse para o advogado.

Então Moraes saiu da modorra, ergueu a cabeça e apontou os olhos pequenos e espertos para Clô.

– Devolva o que Santamaria lhe deu – disse – e nós rasgamos a lista.

– Ele não me deu nada – gritou Clô furiosa. – Nada, nada, nada.

Mas nem assim se livrou da humilhação de ver cada uma de suas malas examinadas minuciosamente, no dia seguinte, pelos agentes de segurança do banco.

– Bem – disse ela quando chegou em casa –, pelo menos desta vez eu saí com a roupa do corpo.

Mas logo em seguida, toda a afronta que ela havia sofrido explodiu num pranto amargo e rancoroso, a que Donata e sua avó assistiram constrangidas.

— Aqueles abutres — disse Clô quando recuperou a calma — pensam que eu sou igual a eles. Mas o que eu poderia devolver, meu Deus? O quê?

E ainda estava repetindo a pergunta, quando a avó ajeitou o xale e respondeu:

— Meio milhão!

E desandou a rir, um riso moleque e sacudido, enquanto Donata e Clô se entreolhavam cheias de espanto.

94. Todas as sextas-feiras, durante os últimos meses de sua vida, Santamaria tinha enviado para a avó de Clô maços de ações do seu banco, escondidos dentro de inocentes caixas de bombons.

— Ele sabia que não iria viver muito — disse a velha para Clô — e estava preocupado com o seu futuro. Não entendo muito dessas coisas, mas ele me deu instruções por escrito. São ações ao portador e não devem ser negociadas durante três meses.

Bateu com a bengala numa pequena maleta que tinha trazido do quarto e posto em cima da mesa da cozinha.

— Tem meio milhão aí — disse. — Não sei como foi que o velho as conseguiu, mas deve ter sido uma daquelas safadezas dele.

— Meu Deus — disse Clô —, então era isso!

— É — confirmou a velha —, era isso.

— Minha nossa — exclamou Donata juntando as mãos —, estamos ricas novamente.

— Tolice — disse a avó rispidamente —, essas ações só vão servir para que Clô se mantenha por algum tempo.

Clô, no entanto, estava distante dali, olhando fascinada para a maleta que continha as ações. Meu Deus, ela pensava, eu não compreendo a vida.

— O único homem que me ajudou — disse em voz alta — foi aquele com quem nem sequer troquei um beijo.

Mas além de sua mãe e de sua avó, ninguém mais acreditava nisso. Durante uma semana Clô foi deixada em paz, como convinha a uma amante tragicamente privada do seu protetor. Logo em seguida, no entanto, vários amigos de Santamaria lhe enviaram rosas, com atenciosos cartões, em que lhe ofereciam os seus préstimos.

— Desinteressadamente, é claro — rosnava contrafeita a avó.

Na segunda semana, Morelos reapareceu com a sua cara de peixe aberta num amistoso sorriso.

– Fico imensamente feliz – disse – em verificar que a senhorita venceu galhardamente o difícil transe da perda de nosso inesquecível Santamaria.

Em seguida reassumiu o seu ar compungido de padre visitando enfermos, sacudiu penalizado a cabeça e disse:

– Foi simplesmente deplorável a atitude da família do nosso finado amigo. Essa inominável mesquinharia só pode ter sido obra daquela megera.

Ajeitou os óculos e rolou os seus esbugalhados olhos dentro das lentes.

– Mas vamos esquecer todos esses amargos dissabores, não é verdade? Uns se vão, outros ficam e a vida felizmente continua.

Fez uma pequena pausa e empurrou a sua voz falsa e empostada para uma tonalidade mais íntima.

– Há amigos nossos – disse – que têm cuidados a respeito do seu futuro. E se me permite, senhorita, creio que eles têm razão. Uma mulher bela e jovem como a senhorita não pode estar sujeita aos infortúnios da vida.

Clô teve um riso breve e divertido e respondeu com uma indisfarçável ironia na voz:

– Eu fico muito agradecida, mas quero avisar que não há o menor motivo para preocupações.

Fez uma pausa proposital para que a suspeita novamente anuviasse os olhos de peixe de Morelos e em seguida acrescentou suavemente:

– Eu pretendo trabalhar.

Ele fechou os olhos e juntou espalhafatosamente as mãos na frente do peito.

– Santo Deus – exclamou como se tivesse acabado de ouvir uma blasfêmia –, uma mulher como a senhorita não nasceu decididamente para o trabalho!

Imediatamente se tomou de zelos, como se tivesse sido nomeado tutor de Clô, estendeu seus longos braços e apanhou as duas mãos dela.

– Por favor – pediu com uma voz fervorosa –, permita que eu lhe ponha em contato com pessoas responsáveis e generosas, que desejam lhe auxiliar neste momento crucial da sua existência.

E teria continuado a argumentar assim por mais uma hora, se naquele instante a avó não tivesse entrado na sala e golpeado irritada o assoalho com a sua bengala.

– Ora, ora, ora – disse sarcástica –, quem diria que o cavalheiro é um miserável proxeneta.

Morelos instantaneamente se desfez em pedaços. Agitou descontroladamente os longos braços, tossiu, ajeitou várias vezes os grossos óculos e se ergueu atabalhoadamente da cadeira, enquanto gaguejava:

– Ora, minha senhora! Francamente, minha senhora! O que é isso, minha senhora?

Finalmente sitiado pela velha de encontro à porta de saída, esganiçou com uma voz ridícula:

– Minha prezada senhora, eu sou um bacharel!

Tateou desajeitadamente até encontrar o trinco da porta e então, sem despedidas, se jogou para fora. Mas quando passou o portão, recuperou o sangue-frio profissional, recompôs a gravata e se voltou para a casa.

– Reflita bem, senhorita – disse para Clô. – Há homens bem mais generosos que o finado Santamaria.

Clô concordou sorridente, enquanto a avó furiosa brandia a bengala na porta de entrada e resmungava:

– Abutres, são um miserável bando de abutres.

No dia seguinte, Kolowski chegou, imenso e desajeitado, porejando boas intenções por todos os poros. Passou indene pelo olhar agudo da avó, trocou um bom-dia cheio de intimidade com Donata e conquistou a sua simpatia imediata, piscando um olho brincalhão e dizendo:

– Minha senhora, aposto que a senhora tem algumas gotinhas de sangue polonês nessas veias.

Logo em seguida atropelou Clô com uma rude e desabusada franqueza.

– Quero que a senhorita trabalhe comigo – disse com o seu vozeirão de baixo bufo.

Clô não disse nada, sorriu neutra, mas Kolowski não se intimidou. Passeou pela sala, bateu de leve nas paredes e saiu muito à vontade, para inspecionar a cozinha.

– Sabe – disse a avó azeda para Clô –, acho que você atrai essa gente.

Clô riu e balançou a cabeça, enquanto Kolowski voltava com o cenho profissionalmente franzido, olhava a escada e perguntava quantos quartos havia em cima.

– Três – respondeu prontamente Donata.

Ele lançou o corpanzil escada acima, com uma agilidade surpreendente, indiferente aos olhares furiosos de Clotilde, que se pôs a resmungar contra sua intimidade.

– Quem ele pensa que é? – perguntou a velha.

Um segundo depois, como se tivesse ouvido a pergunta, Kolowski despencava escada abaixo e anunciava.

– Tenho uma imobiliária.

Tornou a piscar um olho para Donata e girou o indicador no ar, indicando a casa.

– Se quiser vender, minha senhora, fale comigo.

– Não está à venda – respondeu a avó secamente.

– E fazem muito bem em não vender – disse ele sem perder a compostura. – É uma excelente casa. Material de primeira, fiquem sabendo. Hoje é raro.

Passou por elas e se jogou despreocupadamente numa poltrona, olhando para Clô.

– Minha imobiliária – disse – vai ser a maior imobiliária do mundo. E querem saber por quê? Porque eu, Kolowski, vendo tudo.

E como se tivesse acabado de contar a piada mais engraçada de todos os tempos, fanfarrou uma imensa e redonda gargalhada, que, tão repentinamente como tinha vindo, desapareceu. Ele ficou sério e se voltou para a avó, como se ela fosse um cliente refratário.

– Tenho dinheiro – disse –, tenho disposição e tenho grandes planos.

Girou e apontou um dedo vigoroso para Clô.

– E a senhorita – disse como se a decisão já tivesse sido tomada – vai ser o meu braço direito.

E foi assim, irreal e estrondosa, a primeira proposta real de emprego que Clô recebeu.

95.

A imobiliária de Kolowski era como ele, grande e espalhafatosa, cheia de vidros e metais coruscantes, que ocupavam o térreo e a sobreloja de um edifício central. Clô ainda tentou resistir ao convite, mas o corretor a convenceu com uma proposta mirabolante.

– Vinte salários mínimos – trovejou.

Fez uma pequena pausa para sentir o efeito da soma nas três mulheres e ajuntou:

– Para começar.

A avó suspirou contrafeita, porque não tinha simpatizado com ele, mas a cobiça acendeu os olhos de Donata.

– Para fazer o quê? – quis saber Clô.

– Você vai ver – disse ele –, você vai ver.

Enquanto Clô hesitava e procurava consultar a avó com olhares aflitos, Kolowski acertou o dia e a hora de sua primeira visita à imobiliária.

– Se você gostar – disse –, nos acertamos. Se não gostar, teremos um grande prazer em ter recebido a sua visita.

– Está bem – concordou Clô resignada.

Dois dias depois o corretor a mandou buscar com o escândalo de costume. Um imenso carro, que lembrava a Clô a limusine de Santamaria, parou diante de sua casa, e um motorista, visivelmente constrangido dentro de um uniforme carregado de botões dourados, abriu a porta para que ela entrasse.

– Meu Deus – rosnou a avó para Donata –, o raio do homem é vulgar como um anel de falso rubi.

Quando o carro se deteve diante da imobiliária, Kolowski, vestindo uma inacreditável descombinação de casaco, camisa, calças, gravata, lenço e sapatos conflitantes, cruzou as portas, se adiantou pomposamente e abriu a porta traseira.

– Madame – ribombou com o seu vozeirão catedralesco –, é uma honra para a Imobiliária Kolowski receber a sua visita.

Metade da rua parou curiosa para ver o que estava acontecendo. Clô, intimidada, teve vontade de voltar correndo para o carro, mas o corretor mais uma vez decidiu por ela, tomando o seu braço e a conduzindo triunfalmente para a entrada.

– Agora – disse cheio de orgulho – vou lhe mostrar a nossa organização.

E guiou Clô através das pequenas gaiolas de vidro, onde seus corretores, invariavelmente assistidos por uma secretária exageradamente pintada, lhe estendiam a mão e os sorrisos, enquanto lhe davam os votos de boas-vindas. Kolowski pontilhava essas apresentações com ofensas brincalhonas.

– Este é um safado – dizia para um.

Logo em seguida chamava outro de vigarista e assim ia distribuindo os adjetivos pelos cubículos envidraçados, até que finalmente chegaram a uma escada enorme, forrada de vermelho.

– Lá em cima – disse – ficam os nossos escritórios.

No topo da escada, havia uma nova sala de vidro, desta vez, no entanto, com um formato cilíndrico, que lhe dava a aparência de um aquário.

– Esta – disse ele abrindo teatralmente a porta – vai ser a sua sala exclusiva.

Sorriu e apontou para uma porta azul que ficava ao lado.

– Você vai ficar pertinho de mim – disse, como se a localização fosse uma promoção ambicionada.

O escritório dele parecia um cenário rebuscado de novela de televisão. Era todo decorado em azul e branco e possuía, atrás da mesa, um imenso painel cheio de botões.

– Daqui – informou ele com uma alegria de menino mostrando o seu brinquedo predileto – eu posso controlar tudo. O ar, a umidade, a luz, a música e até a temperatura da água dos bebedouros.

Deu uma risada de satisfação, se adiantou e sentou na sua cadeira, como se ela fosse um trono merecido. Clô sorriu constrangida e encolheu os ombros.

– Ainda não sei o que vou fazer – disse.

– Sente – disse ele apontando uma cadeira.

Ela obedeceu e ele colocou os cotovelos sobre a mesa e ficou batendo as pontas dos dedos, umas contra as outras, por um momento, como se estivesse ordenando os seus pensamentos. Pouco depois ergueu a cabeça e começou a falar com uma voz supostamente séria.

– A aparência – disse cheio de ressonâncias – é tudo. Na minha profissão é mais do que tudo. É o triunfo ou o fracasso.

Fez uma pausa e olhou professoralmente para Clô, como se ela fosse uma aluna recém-chegada ao seu curso.

– Preciso vender grande – disse. – E para vender grande, eu preciso de classe.

Clô teve um ímpeto de rir, mas se conteve, porque ele estava grave e compenetrado, acreditando em cada palavra que dizia.

– Classe – insistiu ele – é o grande segredo.

Imediatamente diminuiu o volume do seu vozeirão para um décimo do normal e perguntou:

– Você viu as coitadinhas que trabalham aqui dentro?

Clô concordou com um pequeno aceno de cabeça. Ele passou a mão desesperado pela imensa cabeleira cheia de cachos, que lhe caía até o meio da testa.

– Picaretas – gemeu – são picaretas. Me esforço, compro vestidos para elas, dou um chá de vitrina, mas não adianta.

Se ergueu impaciente da cadeira, fez a volta na mesa e sentou no tampo, se aproximando ainda mais de Clô.

– De cada dois clientes que entram aqui, um dá uma cantada nelas. Já mandei fazer tudo de vidro para evitar asneira, mas não adianta. Eles ficam lá dentro com aquele papo morfético, enquanto as estúpidas ficam todas nhém-nhém-nhém.

Levantou da mesa e ergueu duas mãos clamorosas para cima.

– Perco um tempo terrível – trovejou com sua voz novamente no volume normal.

Tomou um ar zeloso e ofendido.

– Isto aqui – disse solene – é uma imobiliária e não um bordel.

Uma vez mais, no entanto, pareceu se desesperar. Passou novamente a mão pelos cabelos, abriu a gravata e olhou para Clô com um olhar cheio de mágoa e incompreensão.

– O problema – choramingou – é a falta de elemento humano. Não há mulher classuda.

À medida que Kolowski falava, Clô olhava incrédula e fascinada para ele. O mundo onde ela havia nascido e se criado era educado e silencioso. As pessoas falavam baixo, evitavam pronunciar palavras desagradáveis e preferiam as cores discretas. O mundo de Kolowski, apesar de cercado de vidros, parecia ser feito de barulhentas latas vazias, que estivessem rolando continuamente por uma ladeira.

– Você – disse ele apontando um dedo decidido para Clô e a retirando abruptamente dos seus pensamentos –, você tem classe.

– Não sei – disse Clô confusa.

– Tem, tem, tem – insistiu ele. – Você tem beleza e classe.

Se afastou alguns passos dela e a espiou de longe com os olhos semicerrados.

– Qualquer imbecil pode ver isso – disse.

– Mas o que eu vou fazer? – perguntou Clô.

Ele retornou de sua pequena caminhada e se postou diante dela, com um sorriso confiante de entendido.

– Você – disse – vai dar o exemplo. Vai ficar naquela sala, desfilar por aí e matar aquelas chinelonas de inveja. Aí, toda a concorrência vai ferver. O Kolowski está com um mulherão classudo, vão dizer. E aí, boneca, eu vou ter finalmente o que me falta.

Fez uma pausa e completou degustando a palavra:

– Classe!

E foi então que Clô descobriu que aquele mundo, de que ela fugia há tanto tempo, finalmente a havia apanhado.

96.

Quando Clô saiu dos escritórios de Kolowski, não pretendia aceitar a sua oferta de emprego. Toda aquela mistura espalhafatosa de vidros e metais, onde o vozeirão do corretor retinia, lhe dava uma desconfortável sensação de vulgaridade. Ela pretextou um compromisso anterior para recusar seu convite para jantar e prometeu, sorridente, que lhe daria a resposta dentro de três dias, mas, na verdade, só desejava se livrar o mais rapidamente possível da presença sufocante de Kolowski. Ele, no entanto, não percebia suas hesitações e irradiava, como sempre, um otimismo barulhento.

– Tenho certeza – disse na despedida – que nós dois vamos nos dar muito bem.

Ribombou uma gargalhada satisfeita e depois piscou um olho cúmplice para ela.

– Quem sabe até – acrescentou – dentro de pouco tempo você se torne sócia da maior e mais classuda imobiliária do mundo!

– Quem sabe – concordou Clô sem entusiasmo.

E se refugiou apressadamente dentro do carro, enquanto o corretor permanecia de pé na beira da calçada, acenando escandalosamente para ela.

– Meu Deus – pensou Clô, enquanto o carro se afastava –, eu não devia ter vindo.

Mas na medida em que se afastava do centro, Kolowski lhe pareceu mais divertido do que importuno. Quando seu pai estava vivo, os raros corretores de imóveis que iam à sua casa eram homens sisudos e compenetrados, que faziam da seriedade o seu melhor argumento de vendas. Kolowski era o oposto de todas as suas imagens passadas e parecia acreditar que a indiscrição era o seu trunfo mais importante.

– Os tempos mudaram – ela disse para a mãe e a avó quando terminou de contar sua visita à imobiliária.

– É – concordou Donata com um suspiro desolado –, mudaram mesmo.

– Tolice – rosnou a avó –, tolice!

Se ergueu da cadeira e deu alguns passos irritados pela cozinha, batendo energicamente com a bengala nos ladrilhos.

– Gentinha continua sendo gentinha – disse. – Não tem nada a ver com dinheiro, nascimento ou posição. É qualquer coisa aqui dentro que faz com que elas tenham um modo pequeno de sentir a vida.

Deu um golpe seco com a bengala no chão.

– Esse Korobolski, ou sei lá como se chama, é gentinha da melhor qualidade.

– Mas vou trabalhar em quê? – perguntou Clô, com uma ponta de desespero na voz.

A avó ergueu a bengala desorientada e Donata deu mais um de seus longos e preocupados suspiros. A velha vagou pela casa, fingindo ajeitar as cortinas e corrigir a posição dos móveis, e finalmente voltou para a cozinha.

– Temos as ações que Santamaria lhe deixou – disse. – Não se precipite.

– Mas só vamos poder vender as ações dentro de três meses – lembrou Clô.

– Até lá – disse a avó, olhando de viés para Donata, que baixou a cabeça – a gente se agüenta.

– É – ecoou a mãe –, a gente se agüenta.

Três dias depois, Kolowski telefonou não para saber a sua resposta, mas para acertar o início do seu trabalho, e Clô lhe disse gentilmente a verdade.

– Acho – confessou – que não vou me adaptar.

— Bobagem — respondeu o outro —, como você pode saber sem tentar?

Resumiu novamente para ela todos os seus argumentos e encerrou o telefonema dizendo que não aceitava a sua recusa e lhe dava mais uma semana de prazo.

— Tenho um sexto sentido infalível — afirmou. — E meu sexto sentido me diz que nós dois vamos trabalhar juntos.

O que parecia ser mais uma bazófia inconseqüente de Kolowski dois dias depois começou a se tornar uma amarga profecia. Morelos reapareceu inesperadamente, com seus esbugalhados olhos de peixe cheios de pesar.

— Tenho más novas — disse.

Pedro Ramão novamente se recusava a permitir que ela visitasse os filhos. Por outro lado, os advogados que Santamaria havia contratado tinham decidido se afastar do caso.

— Creio — disse Morelos com uma voz fria e impessoal — que a senhora deve constituir um novo advogado.

Lançou um olhar ofendido para a avó, que o espiava cheia de desconfiança, e acrescentou:

— Como fui injustificadamente mal interpretado da outra vez, não me parece que eu deva lhe oferecer meus préstimos.

Mas antes de se despedir fez uma pausa intencional, esperando que Clô pedisse seu auxílio. Quando finalmente percebeu que suas esperanças eram infundadas, se despediu gelidamente.

— Estão pressionando você — disse a avó.

— Meu Deus — gemeu Donata —, isso não termina nunca.

— Eu vou procurar um advogado — disse Clô resolutamente.

Até aquele momento, no entanto, a longa e desesperada luta de Clô pelos filhos tinha sido uma guerra confusa e nebulosa, travada longe dela, por advogados e juízes distantes e impessoais. Ela não assistia nem participava das batalhas, mas apenas recebia a notícia de seus desfechos. Ela desconhecia completamente os tortuosos e empapelados caminhos da justiça e, quando procurou Marina, uma advogada recomendada por uma amiga de sua mãe, era tão ingênua como da primeira vez que se entregou nas mãos desleais de Silva Souto.

— Quero — disse ela decidida — resolver o problema de uma vez por todas.

Marina sorriu tristemente e seus olhos escuros pareceram mais cansados do que habitualmente.

– Só vai acabar – disse francamente – quando seus filhos forem maiores.

– Já agüentei dez anos – disse Clô –, posso agüentar outros dez.

Mas, dois dias depois, se desesperançava diante das primeiras despesas que seriam necessárias.

– Meu Deus – disse para a avó –, agora eu entendo por que somos tão facilmente derrotadas.

Lembrou das brincadeiras sarcásticas de Santamaria, que lhe dizia que, para vencer as questões judiciais, não era preciso ter razão, bastava apenas ter dinheiro.

– Temos as ações – dizia a avó.

Mas não conseguia ter muita convicção na voz. Donata, com medo de que os insucessos do passado se repetissem, resmungava constantemente suas aflições.

– Não há dinheiro que chegue – dizia. – Quando se começa, não pára mais.

Durante uma semana Clô se atarantou no meio de suas dúvidas. Passava os dias trancada no quarto, olhando ensimesmada para o rio, que corria lento e preguiçoso nos vidros da janela. Sonhou, numa noite, que estava de volta na estância, correndo pelos quartos em busca dos filhos. Quando finalmente ouviu suas vozes dentro de um quarto e abriu feliz a porta, deu com seu pai, tristemente sentado numa cadeira e olhando agoniado para ela.

– Você agora não tem ninguém – disse ele.

E começou a abanar desconsolado a cabeça, enquanto ela, perdida entre o passado e o presente, tinha idéias absurdas de continuar vivendo com Pedro Ramão. Ainda dormindo e dentro do pesadelo, Clô se pôs a gemer tão alto que sua avó levantou da cama e foi até seu quarto para despertá-la.

– Tive um pesadelo – explicou desnecessariamente para a avó.

E se abraçou na velha, como se ela pudesse impedi-la de ser arrastada irremediavelmente pelos fatos. Ficou assim por muito tempo, enquanto a avó lhe alisava mansamente os cabelos, sem lhe fazer perguntas nem lhe dar respostas.

– Bem – disse finalmente –, acho que pela primeira vez vou lutar sozinha.

Havia um grande temor dentro dela e Clô se sentia como se estivesse entrando num túnel escuro e desconhecido. Mas, ao mesmo tempo, havia também dentro dela uma pequena mas feroz alegria, por se sentir com coragem para a luta. E foi com essa disposição que, na manhã seguinte, telefonou para Kolowski e aceitou a sua oferta de emprego.

97. Kolowski organizou uma estrondosa recepção para Clô, que teve todas as suas melhores e piores qualidades resumidas – em sessenta estrepitosos minutos. Ela foi literalmente soterrada debaixo de rosas, beijos e gentilezas, enquanto fotógrafos e cinegrafistas saltavam de um lado para outro, registrando os sorrisos para os jornais e as televisões. Quando finalmente conseguiu chegar exausta ao seu aquário, o corretor a esperava, triunfante, com uma garrafa de champanhe francês.

– À saúde da minha futura sócia – disse.

Clô forçou um sorriso e ergueu sua taça resignada. A decisão de trabalhar com Kolowski havia empurrado sua avó para um silêncio pesado e desaprovador, que nem as brincadeiras desajeitadas de Donata conseguiram romper.

– Com esse sanguezinho italiano que eu lhe dei – disse ela – você vai terminar dona da imobiliária.

Não havia, no entanto, a menor ilusão dentro de Clô. Ela se sabia inexperiente e despreparada e só tinha aceitado o emprego que Kolowski havia lhe oferecido pelo alto salário que ele lhe prometia.

– Onde mais – perguntou para a avó – vão me pagar vinte salários por mês pela minha incapacidade?

A velha lhe deu as costas irritada e não respondeu. Antes de Clô anunciar a sua decisão, ela havia repetido, incessantemente, que considerava o emprego um simples ardil de Kolowski para atrair a neta. O corretor, no entanto, não parecia justificar a suspeita de Clotilde. Na primeira semana de trabalho de Clô, ele a poupou de qualquer tarefa, indicou os escritórios com um gesto e disse:

– Fique rondando por aí para se habituar com a nova casa.

A tarefa foi bem mais difícil do que Clô imaginava, porque nenhum dos funcionários dava mostras de acreditar no seu interesse pela organização. Ela foi tratada com um irônico respeito e, bem mais cedo do que pretendia, se refugiou novamente no seu aquário. Mas a partir da segunda semana, Kolowski passou a lhe dedicar uma atenção especial e a levava diariamente para almoçar nos restaurantes mais freqüentados da cidade.

– Agora – dizia pondo os cotovelos sobre a mesa –, comece a me ensinar a ter classe.

Exigia que Clô escolhesse os pratos mais sofisticados e se punha a imitar religiosamente cada um de seus gestos. Ela se sentia pouco à vontade com essas aulas públicas de etiqueta, que freqüentemente serviam de motivo para riso dos freqüentadores mais atilados.

– Estão nos olhando – avisava em voz baixa.

– Bobagem – respondia ele com o seu vozeirão –, não me importo com a opinião desses pelados.

Pouco a pouco, no entanto, Kolowski se tornou mais humano e menos bombástico. Tinha súbitos ataques de inferioridade, que o deixavam momentaneamente ensopado de autopiedade.

– A coisa mais triste do mundo – dizia gravemente – é um polonês.

De repente, saía de sua melancolia para surpreender Clô com revelações inesperadas.

– Os maiores racistas do mundo – afirmava sério – são os alemães. Eles nos odeiam.

Mas tão rapidamente como tinha vindo, a depressão se ia e, no segundo seguinte, era substituída por um orgulho estrondoso do próprio sucesso.

– Não existe nenhum alemão que tenha subido tão depressa como eu – dizia exultante.

No entanto, à medida que prováveis clientes começaram a participar dos almoços, Kolowski se transformou. Na presença de estranhos se tornava um grandalhão modesto e infantilmente desajeitado.

– Sou muito burro – dizia ao menor pretexto.

Cometia erros propositais de pronúncia, fingia desconhecimentos absurdos do funcionamento de pequenas coisas e lambuzava os clientes com elogios constrangedores e exagerados.

– O senhor – dizia com uma veemência impressionante – é o homem mais inteligente que eu conheci.

Clô achava o corretor assustadoramente primário e se espantava com o fulminante sucesso de seus pequenos truques. Nem meia hora depois de Kolowski começar com suas manhas, os clientes já se punham a arrotar superioridade e engoliam prazerosamente todas as iscas que ele lhes oferecia.

– Ninguém resiste à tentação de embrulhar um otário – ele dizia com um cinismo convicto.

Clô se confundia com ele porque, até então, todos os homens de sucesso que ela havia conhecido eram astuciosamente frios e premeditados. Ela não entendia a fenomenal rapidez com que Kolowski realizava seus negócios, nem o modo acintoso como ele gastava seu dinheiro.

– Se eu gasto cem – explicava ele pacientemente –, eles pensam que eu acabei de ganhar quinhentos.

Achava extremamente divertido ser superestimado e alimentava os enganos dos amigos com sutis insinuações.

– Tenho uns negocinhos secretos por aí – dizia.

Mas exultava mesmo quando um guardador de carros, antecipando uma gorjeta generosa, o chamava de doutor.

– Viu, viu? – perguntava feliz. – Me chamou de doutor e eu nem completei o curso primário.

Apesar disso, embasbacava Clô com o uso sempre correto e adequado de todos os termos ligados, direta ou indiretamente, ao dinheiro. Se um de seus corretores informava que um provável cliente era milionário, Kolowski prontamente o corrigia:

– Miliardário, meu filho, miliardário. A inflação acabou com os milionários.

Mas não tinha o menor constrangimento de sua devoção aos valores materiais.

– Só um tipo de homem – dizia muito sério – tem o direito de não ligar para o dinheiro. O artista.

Fazia uma pequena pausa e acrescentava com um profundo ar de pesar, como se estivesse falando de uma terrível doença incurável:

– Mas são todos uns loucos!

Foram necessárias oito semanas para que Clô percebesse que também estava sendo vítima dos truques de Kolowski. Confessando continuamente a sua falta de classe, ele a havia empurrado para uma falsa e vulnerável posição de superioridade. Enquanto isso, escondido atrás de uma pretensa ingenuidade, ele a tornava docilmente manobrável.

— Pelo amor de Deus — dizia —, um cara grosso como eu não pode ir almoçar com um cliente desses.

Passava as mãos desesperadas pela espessa cabeleira e então se voltava para Clô, com um arzinho de menino desamparado.

— Por favor, vá almoçar com ele — pedia.

De início, Clô ria desses pedidos e concordava candidamente em acompanhar os clientes difíceis e suportar os seus inevitáveis galanteios durante uma hora ou duas. Mas, de repente, percebeu que almoçar com clientes inoportunos estava se tornando a sua mais constante obrigação.

— Não me parece correto — disse para Kolowski.

Ele se fez de surpreso, deu como desculpa sua notória falta de tato e prometeu que os almoços não se repetiriam. Mas dois dias depois, novamente se deu por impedido de almoçar com um cliente importante e pediu que Clô fosse em seu lugar.

— Não — ela respondeu sem alarde mas com uma decidida firmeza.

Ele pestanejou confuso, perguntou com fingido espanto o que estava acontecendo, e só depois da terceira negativa de Clô foi que se deu por achado.

— Me esqueci de minha promessa — disse.

— Sinto muito — disse Clô.

— Não se preocupe — aquietou ele —, está tudo bem.

Houve um segundo, no entanto, de lampejo dentro de seus escuros olhos espertos e Clô percebeu que estava enfrentando novamente o mesmo, velho e cruel jogo do macho, que ela havia jogado e perdido tantas vezes.

98. Na manhã seguinte, Kolowski já não era o mesmo. Sua entrada foi estrepitosa, como sempre, mas ele passou ostensivamente pelo aquário de Clô, sem lhe dar a menor atenção. Uma hora depois, ele a chamou secamente ao seu gabinete e lhe deu uma série de pequenas e aborrecidas tarefas, que usualmente eram executadas por suas secretárias.

— Quando terminar — disse ele rudemente —, me avise.

Baixou a cabeça e voltou aos seus papéis. A falta de experiência de Clô, no entanto, fez com que ela não percebesse a punição que estava recebendo. Ela cumpriu rapidamente e sem queixas o seu serviço, paradoxalmente se sentindo útil pela primeira vez desde o seu ingresso na imobiliária. Mas quando voltou satisfeita à sala de Kolowski, ele a recebeu de maus modos, como se suas ordens não tivessem sido obedecidas.

– Alguma coisa errada? – perguntou Clô, sinceramente preocupada com o seu desempenho.

– Não – disse ele rispidamente –, não tem nada errado. Eu é que sou errado, por tratar com consideração quem não merece.

Quebrou de propósito a ponta do lápis que estava usando e o jogou longe, com raiva.

– Pode ir – rosnou surdamente.

Clô, atônita e confusa, não atinou o que responder, engroliu um com-licença apressado e saiu rápido. Naquela tarde ela foi esquecida intencionalmente dentro de sua gaiola de vidro, enquanto Kolowski passava desnecessariamente de um lado para outro, gritando com as secretárias e disparando ordens mal-humoradas para os corretores.

– Meu Deus – perguntou Clô para a relações-públicas –, o que houve?

– Você deve saber melhor do que ninguém, meu anjo! – casquinou a outra com uma careta irônica.

Mesmo assim, Clô só foi perceber que era o motivo da irritação de Kolowski no terceiro dia desse tratamento especial, quando a maioria dos funcionários da organização inventou desculpas para passar, sorridente, diante de seu aquário. Um pouco antes do fim do expediente, ela cruzou o corredor e foi bater na porta de Kolowski. Como vinha fazendo há dias, ele a recebeu carrancudo.

– O que a senhora deseja? – perguntou, como se ela fosse uma intromissão indevida no seu gabinete.

– Desejo saber o que foi que fiz de errado – disse Clô calmamente.

Por um instante ele pareceu querer manter a sua posição recente, mas, logo em seguida, passou a mão pela vasta cabeleira e suspirou ruidosamente.

– Você precisa me entender – disse –, você precisa me entender.

Fez uma pausa e acrescentou, com a voz sofrida de quem faz uma confissão penosa.

– Eu não posso ser desmoralizado – disse.

Clô ficou tão surpresa que nem conseguiu responder, apenas balançou a cabeça de um lado para outro. Mas Kolowski não aceitou a sua negativa.

– Desmoralizou – insistiu –, desmoralizou. Pedi que você fosse almoçar com um cliente e, na frente de todos os funcionários, a senhora se negou.

– Mas não havia ninguém na sala além de nós dois – lembrou Clô espantada.

– Todo mundo ficou sabendo – respondeu ele, contornando o argumento dela.

Armou uma cara chorosa e baixou o seu vozeirão para um volume amigável.

– Eu não posso ser desmoralizado – disse. – Olhe as aparências! O que é que eu digo sempre sobre as aparências? Tem que escolher a hora, me chamar em particular.

– Não tive a intenção – balbuciou Clô contrafeita.

Ele imediatamente abriu a cara larga e se tornou benigno e complacente.

– Fosse outra pessoa – disse –, e eu teria posto na rua na hora e sem conversa. É que eu respeito você, entende? Respeito e admiro você. E quero investir em você, entende?

Clô não entendia. Percebia vagamente que havia qualquer coisa por trás das palavras dele, mas não conseguia saber o que era. Por isso, fingia concordar, enquanto ele exaltava a própria generosidade e finalmente trovejava o seu perdão definitivo.

– Pronto – disse –, agora não se fala mais no assunto.

Mas, no entanto, nos dias subseqüentes, a recusa de Clô era o tema que invariavelmente iniciava as conversas de Kolowski com ela.

– O que passou, passou – ele dizia inicialmente.

Logo se punha a revolver o incidente para provar, diariamente, o quanto era importante para a imobiliária que suas ordens não fossem recusadas. Apesar disso, durante duas semanas, ele poupou Clô dos almoços e das jantas com os clientes, como se tivesse receio de ser novamente desobedecido. Então seu comportamento sofreu uma nova mudança. As depressões acabaram e ele consumia o tempo dos almoços e jantares apregoando entusiasmado a própria capacidade.

– Dentro de cinco anos – dizia –, vou ter mais dinheiro do que todos os judeus alemães juntos.

Dava uma risada de triunfo, mas tão logo ela acabava, se tornava sério e compenetrado.

— Quem estiver a meu lado — dizia com a voz pesada de intenções — irá enriquecer comigo.

Clô ria, fingia acreditar, mas em casa confessava para sua mãe:

— Não sei o que é pior, se almoçar com ele ou com os clientes.

A avó não dizia nada, ou levantava acintosamente da mesa ou cravava os olhos raivosos no prato. Uma semana depois, os fatos provaram que a sua opinião sobre o corretor estava certa. Numa sexta-feira, Kolowski pediu a Clô que o ajudasse a examinar uma campanha de publicidade.

— Vão me trazer os anúncios logo depois do expediente — disse.

Como essas reuniões eram normais e ele parecia respeitar a sua opinião, Clô concordou prontamente. A partir das seis da tarde, Kolowski começou a ficar extremamente agitado. Desceu para os escritórios e bateu sala por sala, apressando a saída do seu pessoal e recomendando com o seu vozeirão:

— Vamos para casa, minha gente. Amanhã é outro dia. Não se matem.

Ele mesmo empurrou os mais renitentes para fora, acalmando as desconfianças com piadinhas patronais.

— Não adianta passar da hora — brincava —, porque eu não pago serviço extra.

Finalmente, quando o último funcionário saiu, ele foi tomado por uma alegria infantil, saiu pelos corredores num insólito passo de tango, percorrendo todas as salas para verificar se ninguém havia ficado para trás. Clô acompanhou curiosa esse balé desajeitado, que terminou quando ele enfiou a carantonha pela porta aberta do seu aquário e disse meio cantando:

— Princesa, por favor, me espera lá embaixo na sala de reuniões.

Piscou um olho para ela e saiu rosnando o tango *A media luz*. Clô, aborrecida mas obediente, deixou a sua sala e desceu para o andar térreo. Tinha acabado de descer as escadas, quando subitamente as luzes se apagaram e a cortina de aço, que fechava as portas da frente do escritório, se fechou com um estrondo.

– Meu Deus – ela pensou –, ele está mexendo naqueles botões outra vez.

Logo em seguida, os primeiros compassos de um tango retiniram pelas paredes de vidro, servindo de fundo para a voz de Kolowski, que ronronou por todas as salas e corredores.

– Amor mio – disse ele, com o tom mais baixo de sua imensa voz –, eu vou te pegar.

Uma porta chiou no andar superior e no único facho de luz que existia e iluminava o topo da escada apareceu Kolowski, enorme, nu e peludo como um urso.

99. A primeira reação de Clô foi de puro medo... O único e fulminante pensamento que lhe ocorreu, ao ver Kolowski ridiculamente nu no topo da escada, foi que ele tinha enlouquecido. Ela fugiu apavorada em direção aos fundos do escritório, enquanto o facho de luz multiplicava a sua imagem pelas paredes de vidro e o corretor berrava, no meio de estrondosas gargalhadas:

– Eu te vi! Eu te vi!

Clô se voltou e se viu, cheia de pânico, refletida por uma dezena de espelhos espalhados pelas paredes. Ela ergueu assustada os olhos e viu Kolowski descendo as escadas, rindo e avisando aos berros:

– Eu vou te pegar, minha deusa.

Um segundo depois de ele ter descido o último degrau, a luz subitamente se apagou. Houve um instante de silêncio e logo a voz dele ribombou dentro da treva:

– É o pisca-pisca do amor, minha paixão.

Só então Clô se deu conta do que ele pretendia. O medo desvairado dos primeiros momentos foi substituído por uma raiva surda.

– Kolowski – ela gritou com uma voz cheia de fúria –, pare com isso!

Ele deu uma risada que estalou como um chicote pelo corredor envidraçado.

– Quando você começar a se esconder, minha gatona – disse –, vai ficar ainda melhor.

Começou então a imitar infantilmente todas as gargalhadas fantasmagóricas dos filmes de terror, ao mesmo tempo que batia ensurdecedoramente nas portas.

– Meu Deus – pensou Clô –, ele está mesmo doido!

De repente as gargalhadas estancaram e de algum ponto indefinido na sua frente Kolowski bateu palmas para chamar sua atenção.

– Olha o pisca-pisca do amor – anunciou. – Nove, oito, sete, seis, cinco, quatro, três...

Antes que concluísse a contagem regressiva, como se atendesse ao comando de sua voz, um outro facho de luz acendeu, desta vez na portaria do escritório, recortando o vulto grotesco de Kolowski, parado no meio do corredor.

– Mas como – berrou ele, fingindo um grande espanto –, ainda vestidinha?

Revolveu a imensa cabeleira, abriu os braços enormes e avançou para ela, como se fosse um símio gigantesco.

– O gorilão vai atacar a mocinha – gritou.

E continuou a avançar sem pressa, com passos desengonçados, dando roncos e grunhidos bestiais. Clô olhou apavorada a sua volta e distinguiu, a sua esquerda, o brilho metálico da porta da pequena cozinha da imobiliária. No entanto, antes que conseguisse dar um passo, a luz novamente se apagou.

– Agora no escuro – disse Kolowski –, o gorilão do amor vai contar o que vai fazer quando apanhar você, coisinha maluca do papaizão.

E se pôs a rosnar e a gemer obscenidades. Enquanto isso Clô recuou cautelosamente para a parede dos fundos e tateou por ela até encontrar a entrada da cozinha. Com o coração aos tombos abriu silenciosamente a porta e passou para dentro do pequeno cubículo. No momento em que tornou a fechar a porta, ouviu Kolowski avisar novamente:

– Atenção para o pisca-pisca do amor!

Logo uma tênue fresta de luz apareceu por baixo da porta, Clô correu os dedos aflitos por ela, mas não havia nem trinco na fechadura... Do lado de fora, o corretor começou a rir divertido.

– Onde é que a minha deusinha está? – perguntava com uma voz brincalhona.

Foi naquele momento que a fúria que havia dentro de Clô mudou de sentido. Ela não queria mais fugir de Kolowski, mas partir ao encontro dele, para vingar aquela estúpida humilhação.

– Vou incendiar esta droga! – ela decidiu.

Em seguida a lâmina de luz que havia embaixo da porta da cozinha se apagou.

– Olha o escurinho outra vez – berrou Kolowski do lado de fora, divertido com a caçada que havia inventado.

E recomeçou com suas infantis gargalhadas de pavor. Clô tateou a sombra na sua frente e encontrou o pequeno balcão, que corria de uma extremidade a outra da cozinha. Ela o acompanhou até que seus dedos encontraram o pequeno fogão de duas bocas em que era preparado o cafezinho da imobiliária. Apalpou à volta dos queimadores mas não encontrou a caixa de fósforos. Por um instante suas mãos se apressaram afoitas em cima do tampo, mas ela se conteve.

– Meu Deus – pensou –, se eu faço um ruído ele me descobre.

Começou a refazer com mais vagar o percurso e então sua coxa direita tocou num puxador. Ela abriu cuidadosamente a gaveta e mergulhou a mão no seu interior. Seus dedos imediatamente encontraram o cabo da faca de cortar pão, e se fecharam decididos sobre ele.

– Faça-se a luz! – gritou Kolowski no meio do corredor.

Quase em seguida, uma régua de luz correu mais uma vez por baixo da porta.

– Vamos, minha jóia – pediu o corretor –, fale com o taradão do amor.

Clô empunhou a faca, abriu a porta da cozinha e deu três resolutos passos em direção a um novo facho de luz que escorria pelo corredor.

– Ahn – ronronou satisfeito Kolowski –, você está aí.

Mas a frase morreu afogada na sua garganta, porque subitamente a lâmina da faca faiscou em todos os vidros a sua volta e ele recuou instintivamente.

– Vou te capar, seu porco! – cuspiu Clô com ódio.

Ele estendeu desesperadamente as duas mãos para a frente do seu ventre, como se fosse possível se proteger da ameaça dela.

– Não seja louca – gemeu numa voz agoniada.

Deu meia-volta e se jogou aos trambolhões escada acima, espremendo o vozeirão num único e contínuo berro de sirene. Quando chegou ao topo, a luz novamente se apagou.

– Acende essa droga – berrou Clô – ou quebro tudo!

Ele não respondeu e ela, agora mais segura e decidida, entrou tateando na primeira das gaiolas que encontrou, apanhou uma cadeira e a lançou furiosamente contra os vidros da parede. O barulho rasgou a escuridão, retiniu pelos vidros e chegou até Kolowski, que berrou:

– Fica calma, mulher, eu não consigo achar a droga do botão.

Alguns segundos depois, as luzes se acenderam e a cortina de aço, que fechava a entrada dos escritórios, se ergueu. A iluminação da rua e as pessoas que passavam apressadas pela calçada devolveram a imobiliária à realidade. Mesmo assim Clô não saiu. Ela caminhou até o fim do corredor e ficou à espera de Kolowski, segurando firmemente a faca de pão. Pouco depois, já de calças, mas ainda de torso nu, ele apareceu cautelosamente no topo da escada.

– Sinto muito – engrolou, sem tirar os olhos da lâmina.

– Se você fechar aquela porta – disse Clô – eu te corto em pedaços.

– Não, não – disse ele apressadamente.

Clô deu as costas e caminhou vagarosamente para a saída. Estava abrindo a porta, quando a voz de Kolowski trovejou atrás dela.

– Mas que droga, para que você pensava que eu estava te pagando vinte salários por mês, sua vadia?

Ela teve um ímpeto de voltar, subir as escadas e cumprir com a ameaça que tinha feito. Mas logo percebeu que também seria tolice. Suspirou e abriu a porta. Estava saindo quando Kolowski, num derradeiro desabafo, ribombou atrás dela:

– Está despedida, sua vagabunda!

Ela fechou a porta e concordou silenciosamente com ele. Só foi se dar conta de que continuava com a faca de pão, firmemente presa entre os dedos, quando chegou à esquina. Ela atravessou a rua e jogou a faca num cesto de lixo, rindo dos olhos espantados de três mulheres que passavam em sentido contrário.

100. No momento em que Clô entrou em casa, o incidente se transformou em riso e ela riu, dobrada em dois, até ficar exausta, apesar de todo o espanto da mãe e da avó, que se impacientavam de curiosidade a sua volta. Mas nem assim ela se desafogou inteiramente, porque, ao contar a grotesca tentativa de sedução de Kolowski para as duas, novamente ela se desatou em riso, enquanto Donata só sabia repetir escandalizada:

– Mas é um maníaco sexual, é um maníaco sexual!

A avó ainda se conteve nos primeiros momentos, mas quando Clô contou a fuga apavorada de Kolowski a velha também acompanhou as duas e se sacudiu de riso.

– Que lástima – comentou – que você não tivesse trazido um pedacinho dele como lembrança.

No dia seguinte, o gerente da imobiliária, muito solícito, lhe trouxe seus documentos e dois meses de salário, como indenização.

– Esperamos – disse – que a senhora não comente com mais ninguém o lamentável equívoco de ontem.

Durante um mês, bastava alguém falar em lamentável equívoco para que as três mulheres se pusessem a rir. Mas, depois disso, terminaram os motivos para riso. Recomeçaram os problemas de Clô para conseguir emprego. Desta vez, seus sonhos eram bem mais modestos e ela mesma riscava os anúncios mais tentadores e enviava suas cartas para as propostas menos exigentes. Mesmo assim a sua falta de experiência continuava sendo um tropeço e, de repente, como candidata a uma vaga de recepcionista de um hotel, ela fez uma descoberta imprevista.

– Fiquei velha – anunciou divertida.

– Que tolice é essa? – perguntou espantada a avó.

– Quando eu disse que tinha 33 anos – contou Clô –, o gerente do hotel me respondeu que sentia muitíssimo, mas eu estava muito velha.

Riram as três. Mas naquela noite, diante do espelho, examinando seu rosto, Clô percebeu que não se pode passar impunemente pelo sofrimento. Seu corpo continuava jovem e não havia uma só ruga, por pequena que fosse, no seu rosto. Mas aqui e ali, especialmente nos olhos e nos cantos da boca, a vida havia pintado pequenas sombras que suave mas perceptivelmente estavam apagando o brilho fresco da juventude. Ela tentou rir de suas preocupações, teve um instante de vaidade diante do espelho, examinando com satisfação a sua nudez, mas nem assim conseguiu evitar a sua primeira e indefinida dor de envelhecer. Só então percebeu que as pontes tinham ruído atrás de seus passos e que naquele longo caminho não havia nem retorno nem alternativa, mas apenas a busca interminável da esperança.

— Meu Deus — ela pensou desalentada —, e eu tenho tanto que caminhar.

Na semana seguinte, Allende foi deposto e assassinado no Chile e o nome de Afonsinho apareceu nas primeiras listas de prisioneiros políticos. Donata se desesperou pelos consulados, sem conseguir, no entanto, a menor informação sobre o filho. Quando finalmente apelou para o Ministério das Relações Exteriores, trouxe de volta para sua casa os agentes de segurança, que queriam saber o que Afonsinho estava fazendo tão longe de casa.

— Ele só estava lá como turista — mentia Donata com uma impassibilidade que espantava toda a família.

Mas os tempos tinham mudado e desta vez o terreno era mais escorregadio. As autoridades ouviam a explicação e tranqüilizavam Donata com uma frase sibilina:

— Então — diziam — não se preocupe.

Donata respondia aos sorrisos, agradecia a boa vontade inexistente, mas se atormentava no meio da dúvida. Escrevia longas e confusas cartas para os militares chilenos, jurando que, se porventura o filho estivesse envolvido em atividades subversivas, a culpa cabia exclusivamente às más companhias.

— Eles também são pais — ela dizia ingenuamente — e vão compreender as preocupações de uma mãe.

O Chile, no entanto, teimava em permanecer mudo, enquanto os noticiários falavam em milhares de mortos e prisioneiros. A angústia de Donata durou até o início de dezembro, quando um dos velhos amigos de Afonsinho, Santiago, regressou de Paris.

— Afonsinho conseguiu escapar — informou ele — e foi para Cuba.

Donata se derramou num pranto incontrolável, que confundiu a família inteira, até que a visita se foi e, ainda soluçando, ela explicou:

— Vão lavar o cérebro do Afonsinho. Meu pobre filho vai ser comunista.

Andou assim, gemendo pelos cantos, como uma fêmea a quem arrancaram os filhotes, até que a avó, no meio de um almoço, perdeu definitivamente a paciência.

– Que droga – explodiu a velha –, você devia conhecer melhor do que ninguém o homem que pôs no mundo.

Deu um seco e decidido golpe de bengala nos ladrilhos da cozinha.

– Ninguém pode lavar uma coisa que o Afonsinho nunca teve!

Donata, agastada, parou imediatamente de chorar, acusou a velha de não estimar seu único neto e, depois de algumas garfadas enérgicas de massa, decidiu:

– Bem, é melhor comunista do que morto.

Houve, então, uma pequena pausa nas aflições familiares. Clô foi trabalhar numa pequena butique na 24 de Outubro, de propriedade de Cilinha, a mesma loira que havia lhe revelado o jogo de Plácido e Adelaide.

– Se Santamaria confiava em você – disse a outra com simpatia –, eu confio também.

Mas os negócios não eram igualmente simpáticos, porque as amigas de Cilinha pareciam ter sumido e o gosto da butique era demasiado extravagante para as poucas mulheres que examinavam os vestidos.

– Receio – dizia Clô – que meu segundo emprego não vá durar muito.

O ano, no entanto, estava se aproximando do fim, e ela transferiu todas as suas inquietações para 74. Na semana de Natal, as vendas melhoraram e Clô teve que espremer seu tempo para fazer a compra de seus presentes de festas. Estava voltando para casa quando deu com um Dodge, coberto de barro, estacionado diante da casa de sua mãe. Ela já tinha iniciado a manobra para colocar seu pequeno carro na garagem, quando os pára-lamas enlameados do automóvel acordaram dentro dela as imagens passadas das estradas do interior. Ela freou, desceu do carro e não precisou dar mais do que dois passos para identificar a chapa de Correnteza. Um pressentimento agourento desceu sobre ela e Clô correu para casa. Quando entrou, Kalif, o manhoso advogado de Pedro Ramão, que falava com sua mãe, se pôs imediatamente de pé.

– Que foi? – perguntou Clô assustada.

– Joana está lá em cima com a avó – respondeu Donata com os olhos úmidos.

Por um momento, apanhada de surpresa, Clô julgou ter ouvido mal. Logo em seguida, no entanto, a notícia se iluminou dentro dela. Teve um soluço incontrolável, cambaleou entontecida pelas lágrimas e teve que se apoiar na mãe para não cair.

– Calma – dizia Donata chorando com a filha –, calma!

Clô então se refez, enxugou as lágrimas e subiu as escadas. Joana estava de costas para a porta, de pé na frente da avó, que balançava tristemente a cabeça, como se tivesse acabado de ouvir uma notícia desagradável.

– Minha filha – disse Clô num sopro.

Joana se voltou e, sem sorrir, esquecida de qualquer cumprimento, anunciou abruptamente para a mãe:

– Vou me casar.

Incrédula, Clô olhou aflita para a avó, que, penalizada, desviou os olhos. Ela então, chocada por ver a sua vida se repetir implacavelmente na filha, se amparou na porta e recomeçou a chorar.

101. Joana desentendeu o pranto de sua mãe e se abraçou feliz com ela. Ficaram as duas assim abraçadas por um momento, até que Clô se refez, transformou os soluços em sorrisos e começou a acarinhar suavemente a filha, enquanto buscava um caminho para chegar a ela.

– Meu Deus – disse –, como você cresceu depressa.

– Tenho quinze anos – respondeu Joana com uma pontinha de orgulho infantil.

Clô a beijou e logo em seguida a conduziu pela mão e a fez sentar a seu lado, na cama da avó, que ouvia as duas em silêncio.

– Conte – pediu –, como ele é?

– Bonito – respondeu Joana.

– O que ele faz? – tornou a perguntar Clô.

– É agrônomo – disse a menina com uma voz cheia de importância.

– Agrônomo? – repetiu Clô, espantada. – Mas então ele tem muito mais idade que você!

– Vinte e sete – disse Joana.

Clô se voltou agoniada para a avó e a velha balançou tristemente a cabeça.

– O nome dele é Juvenal – disse Joana.

Sorriu e acrescentou, como se estivesse revelando mais uma qualidade do noivo:

– Papai gosta dele.

– Aposto que gosta – rosnou a avó.

Mas Joana não percebeu a ironia e se pôs a contar alegremente como tinha conhecido Juvenal. Era uma trivial historinha de amor de cidade do interior, com passeios à volta da praça, bailes bem-comportados e visitas cerimoniosas às quartas e domingos. A única novidade era a pouca idade da noiva, que mesmo assim não era suficiente para espantar ninguém em Correnteza. Joana, no entanto, reinventava a vida com o entusiasmo de seu amor juvenil. Clô se forçou a ter paciência, acompanhou os risos da filha e escondeu suas preocupações até que Joana finalmente concluiu a história.

– Vamos noivar no Natal – anunciou – e casar na Páscoa.

– Você não acha que é muito cedo? – perguntou Clô cautelosamente.

– Fui eu que escolhi – respondeu Joana sem entender o alcance da pergunta.

– Não – corrigiu Clô –, eu falo de casar na sua idade. Afinal, você ainda não viveu, há tanta coisa para ver, viagens...

Mas não conseguiu continuar porque os olhos de Joana se apertaram como os do pai quando ficava zangado e ela cortou secamente a argumentação da mãe.

– Eu sou muito diferente da senhora – disse.

Clô, apanhada de surpresa, não encontrou o que dizer e olhou angustiada para a filha. Mas a avó deu um irritado golpe com a bengala no assoalho.

– Não – disse rispidamente –, não é.

Se ergueu da cadeira e se pôs decidida diante da menina.

– Você está sendo exatamente igual a sua mãe – disse –, exatamente igual.

– Eu não quis ofender – murmurou Joana.

Clô passou o braço pelos ombros da filha e beijou suavemente a sua face.

– Está tudo bem – disse. – O problema é que você nos apanhou de surpresa. Depois, você precisa entender...

Baixou a cabeça por um momento para não perder o controle.

– ... eu casei praticamente com a sua idade, minha filha, e deu no que deu.

– A senhora não gostava da vida de casada – disse Joana duramente –, eu gosto.

– Meu Deus – disse Clô ferida –, não diga isso.

A avó bufou irritada e voltou para a sua cadeira, batendo raivosamente com a bengala no assoalho. Joana então se pôs de pé muito séria e apressada.

– Tenho que ir – disse. – Só vim até aqui para lhe dar a notícia.

– Quando voltar outra vez – pediu Clô – traga o Juvenal.

Joana ficou embaraçada, gaguejou um sim-senhora e teria saído naquele momento se a avó não tivesse ordenado sem complacência:

– Vamos menina, ela é a sua mãe. Conte a ela.

– Contar o quê? – quis saber Clô assustada.

– Vamos – insistiu a avó. – Se você contou para mim, pode contar a ela.

Clô voltou os olhos para a filha, que baixou a cabeça.

– Ele não quer ver a senhora – disse com uma voz sumida.

– Ele acha – completou implacavelmente a avó – que você é um mau exemplo para sua filha.

– Meu Deus – disse Clô para a filha –, o que fizeram com você?

E ficou olhando as tábuas do assoalho, vazia e sem pensamentos, ensopada por uma mágoa imensa e fria como uma mortalha. Nem ouviu a despedida rápida da filha e a entrada, momentos depois, de sua mãe.

– O pai dela não perdoa você – disse Donata.

– Grande imbecil – rosnou a avó –, está se vingando na filha.

Clô se levantou da cama e caminhou até a janela. Ficou por um instante olhando o rio, que parecia se mover em sentido contrário, e então se voltou para a mãe e a avó.

– O que é que eu faço agora? – perguntou aflita.

– Nada – disse a avó.

– Mas eu não posso ficar assistindo a uma coisa dessas – gemeu Clô.

– É o mais difícil de aprender – disse a avó amargamente.

– O quê? – perguntou Donata.

– Ficar assistindo – respondeu a avó.

Se voltou para Clô, que balançava incrédula a cabeça.

– É só o que você pode fazer – disse. – Pedro Ramão teve doze anos para desgraçar a vida dela. Você não pode fazer milagres em apenas um dia.

Mesmo assim Clô tentou. No dia seguinte procurou a sua advogada, mas, antes mesmo que concluísse a história do casamento da filha, Marina já balançava tristemente a cabeça.

– Legalmente – disse – você não pode fazer nada. Quando você perdeu os filhos, perdeu também o direito de interferir.

– Mesmo para evitar uma desgraça? – perguntou Clô.

– São eles que fazem as leis – disse Marina.

Dois dias depois, Clô foi para Correnteza. A cidade dormia tranqüilamente a sesta quando ela chegou, mas desta vez Clô não trazia recordações. Ela ultrapassou a praça sem um olhar, desceu a avenida principal e, alguns quarteirões acima, tomou a rua onde seu ex-marido morava. Quando passou o portão, as velhas lembranças se agitaram dentro dela, mas Clô as afastou jogando os cabelos para trás e bateu na porta da casa. A pretinha mirrada que veio abrir olhou Clô sem curiosidade e só acendeu assustada os olhos quando ela disse:

– Diga a ele que é a mãe de Joana.

A pretinha sumiu para dentro da casa e voltou rápida, um minuto depois.

– O patrão não quer falar com a senhora – disse.

Clô a afastou do caminho e entrou resolutamente na casa até o quarto de Pedro Ramão, que se embaraçou com os lençóis quando ela entrou.

– Vim falar sobre nossa filha – disse.

Ele tentou tomar uma atitude enérgica, mas foi traído pela sua voz, que se esganiçou num aflautado ridículo e infantil.

– Não temos nada o que falar – disse.

– É um crime deixar Joana casar com essa idade – acusou Clô.

Ele arrancou finalmente os lençóis de cima do corpo e saltou da cama, tentando manter uma indignação solene, dentro de suas longas e anacrônicas cuecas.

– Ela vai casar cedo – disse com sua vozinha estrangulada – para não se tornar uma vagabunda como a mãe.

E então Clô finalmente percebeu que havia perdido aquela triste partida dezessete anos atrás, quando se entregou às mãos duras e rancorosas de Pedro Ramão.

102. Foi um verão sombrio para Clô. Pedro Ramão contou para sua filha que ela havia tentado impedir seu casamento e, na véspera de Natal, Joana lhe enviou uma carta longa e infantil, em que acusava a mãe de tentar desgraçar a sua vida.

— Agora sim – disse Clô desconsolada – perdi minha filha para sempre.

Tentou escrever várias vezes para a filha, mas cada uma de suas cartas inacabadas lhe parecia mais artificial do que a outra.

— Talvez – consolou Donata – ela mude de idéia até a Páscoa e não case.

Clô balançou descrente a cabeça. Seu desalento foi tão grande, que ela pediu a sua advogada que desistisse de sua ação para reaver os filhos.

— Eles não são mais meus – disse.

Não havia sequer o consolo do trabalho, porque a butique ia de mal a pior. Nos primeiros dias de janeiro, Cilinha foi com o marido para os Estados Unidos e confessou para Clô que estava cansada da experiência.

— Se por milagre der certo até março – ela disse –, eu vendo. Se não der...

As vendas de janeiro não cobriram nem mesmo as despesas de aluguel. Na primeira semana de fevereiro, a única balconista que restava pediu demissão.

— Esta droga de negócio – disse – não tem mais futuro. Todas essas malditas grã-finas desquitadas resolveram abrir uma butique.

Jogou furiosa um punhado de blusas dentro de uma gaveta e completou:

— Hoje tem mais butique do que cliente nesta droga de cidade.

Clô nem teve ânimo para rir. Havia descoberto, naquelas últimas semanas, que sua pequena experiência no ramo não servia para nada. Os jornais estavam cheios de butiques à venda e o que tinha sido o grande sucesso dos anos 60 estava se tornando o grande fracasso dos anos 70. Sem clientes, ela passava dias intermináveis assistindo, aborrecida, à impaciência dos carros subindo e descendo a 24 de Outubro.

– Meu Deus – ela se exasperava –, alguma coisa precisa acontecer.

Mas a vida se arrastou morna e igual até o início de março. A avó passou a ter insônias teimosas que a faziam vagar pela casa até o nascer do dia. Pouco a pouco seu rosto começou a sofrer os efeitos dessa vigília constante, ficou cheio de sombras e fadiga. Até seu olhar, por fim, perdeu o brilho inquieto que o acendia permanentemente. Clô se inquietava, pedia que ela consultasse seu médico, mas a velha se recusava diariamente.

– Vou ter muito tempo para dormir embaixo da terra – dizia sarcástica.

Donata, durante o verão, criou uma nova mania. Todos os fins de semana escrevia compridas cartas para Afonsinho, contando minuciosamente todos os pequenos acontecimentos de sua vida sem novidade. Depois, as envelopava cuidadosamente e as depositava por rigorosa ordem cronológica, num baú que havia transformado em posta-restante.

– Assim – explicava –, ele vai poder recuperar o tempo perdido.

No início de março, a mudança de governo provocou uma série de boatos sobre anistia e Donata se tornou extremamente inquieta. Lavava e passava continuamente as roupas do filho, insistia todas as manhãs para que Clô se mudasse do quarto de Afonsinho e corria até a porta sempre que ouvia o motor de um carro.

– Ele vai aparecer quando a gente menos esperar – dizia convictamente.

Na segunda quarta-feira de março, Clô estava abrindo o portão para sair com o carro quando um preto subitamente cruzou a rua e veio ao seu encontro.

– A senhora é dona Clotilde? – perguntou.

Clô confirmou curiosa e ele rapidamente lhe estendeu um pequeno pedaço de papel, dobrado em dois.

– Seu irmão quer falar com a senhora – disse em voz baixa.

– Afonsinho? – perguntou Clô incrédula.

– Ele mesmo – respondeu o preto –, mas não é para contar para sua mãe.

Antes que Clô conseguisse se refazer da surpresa, ele bateu uma espécie de continência apenas com o dedo indicador, cantarolou um até-logo apressado e desceu rapidamente a rua. Clô desdobrou o papel e dentro havia um endereço em Ipanema, escrito com a letra tombada de seu irmão.

– Meu Deus – ela pensou –, ele está escondido.

Imediatamente o papel pareceu queimar a sua mão e ela olhou assustada para as janelas da vizinhança. A rua, no entanto, continuava dormindo inocentemente.

– Que tolice – pensou Clô –, ninguém mais quer saber de nada.

Apesar disso, deu uma longa e cautelosa volta antes de chegar a Ipanema. No endereço, uma pequena casa de porta e janela se apertava contra a casa vizinha, para dar lugar a uma ampla passagem para carro, que conduzia a um enorme galpão, ancorado nos fundos, onde uma serra elétrica guinchava desesperadamente. Clô desceu do carro, parou indecisa por um momento e logo em seguida se pôs a caminhar para o galpão. Quando chegou à entrada, a serra elétrica se calou e o homem que estava curvado sobre ela se aprumou e sorriu.

– Meu Deus – disse Clô num sopro.

Seu jovem e atlético irmão, de porte ereto e passo elástico, era agora um homem vergado e sofrido, de cabelos quase brancos, barba sombria e olhos apagados.

– Bendita seja – disse ele –, você continua a mesma!

Abriu os braços e a recolheu amorosamente. Depois de um momento, Clô se desprendeu, olhou o irmão e passou, cheia de pena, a sua mão pelo seu rosto fatigado.

– Estou velho – ele disse adivinhando os pensamentos dela.

– Todos ficamos velhos – consolou ela.

– Você não – disse ele –, você não.

– Você esteve preso? – perguntou Clô preocupada.

Ele deixou cair os braços e os ombros e balançou tristemente a cabeça.

– Não, não – disse. – Eu venho perdendo há dez anos, mas ainda não fui preso. Perdi no Brasil, perdi no Uruguai, perdi na Argentina e perdi no Chile.

Teve um sorriso triste que o deixou ainda mais velho.

– Agora cansei – disse pateticamente.

Passou a mão pelos cabelos de Clô, como fazia quando ela era uma menina, e ajuntou com uma voz extremamente parecida com a do pai:

– Você é forte – disse –, eu não sou.

Seus olhos ficaram úmidos e Clô novamente se abraçou a ele, enquanto repetia:

– Vai dar tudo certo, vai dar tudo certo.

Ele não soluçou, mas as lágrimas correram pelo seu rosto e molharam sua barba, enquanto ele, constrangido, limpava ruidosamente a garganta, até conseguir finalmente se recompor.

– Estou ficando um velho sentimental – disse, forçando um sorriso.

Clô limpou suas lágrimas com a ponta dos dedos e lhe deu um beijo sentido na face.

– O que você vai fazer? – perguntou.

Afonsinho baixou a cabeça, mordeu várias vezes os lábios para se conter, abriu e fechou as mãos como se buscasse as palavras certas e por fim disse:

– Vou me entregar.

Então um homem loiro, vindo do fundo do galpão, avançou sem pressa até eles e disse com uma voz tranqüilamente decidida:

– Não, não vai.

Afonsinho, sem se voltar, sorriu e apresentou.

– Este é meu amigo Max.

– E você – disse Max estendendo uma mão forte e generosa – só pode ser Clô.

E sem saber por quê, Clô sorriu para ele, com a alegria inexplicável de quem reencontra um velho e estimado amigo.

103. Max tinha 42 anos e uma aparência simpaticamente desengonçada. A barba de Afonsinho era sombria mas regular e parecia ter sido cuidadosamente pintada em seu rosto. A barba tostada de Max, pelo contrário, era cheia de falhas, como se tivesse sido colada às pressas. A sua cabeleira, de um louro mais escuro do que a barba, se desalinhava em redemoinhos desencontrados e rebeldes. O nariz era germanicamente enérgico, a boca levemente zombeteira, e ele escondia os olhos cinzentos e vigilantes apertando freqüentemente as pálpebras.

— Sou um camponês — ele disse para Clô, erguendo as mãos grandes e fortes.

— Uma ova! — rosnou Afonsinho. — Ele é engenheiro.

Mas, na verdade, era mais fácil imaginar Max curvado sobre um arado do que empunhando uma régua de cálculos.

— Hoje sou um carpinteiro feliz — disse Max.

— Era professor universitário — disse Afonsinho — e foi cassado.

— Você é subversivo? — perguntou Clô ingenuamente.

Max riu divertido, enquanto Afonsinho estalava a língua reprovando a inocência política da irmã.

— Fui cassado — disse Max muito sério — pela razão mais política do mundo. Havia um catedrático sacana que queria a minha vaga para um sobrinho.

Deu uma pequena risada e sacudiu a cabeça como se fosse difícil acreditar na própria história.

— Eu era — disse — o que chamam de técnico. Isto é, uma dessas bestas maravilhosas que só pensam no trabalho.

Baixou a voz e se inclinou para ela.

— Eles salvaram a minha vida — segredou.

Mostrou novamente suas mãos para Clô.

— Sabe, desde menino eu só tinha um sonho. Construir barcos.

— Navios? — perguntou Clô.

— Não, não — corrigiu ele —, barcos. Canoas, veleiros, lindos barcos que saíssem de minhas próprias mãos. Não é incrível? Eu nasci lá no fundo do interior, nunca vi o mar, nem ao menos sei nadar.

Riu de si mesmo e passou a mão pelos cabelos revoltos.

— Quando me cassaram, eu pensei, é agora ou nunca. Vendi tudo e pus nisso aí.

Apontou o galpão com o polegar.

— Minha chata e intelectualíssima mulher disse que eu estava doido.

— E estava — concordou Afonsinho.

— Não — respondeu Max sério —, pela primeira vez na vida, eu estava justamente deixando de ser doido.

— Meu Deus — disse Clô —, como eu invejo você.

Tão naturalmente como se fossem velhos amigos, ele tomou as mãos dela.

– Por quê? – perguntou com uma cálida curiosidade.
– Porque você sabe o que quer – disse Clô.

Os olhos dele se adoçaram dentro dos dela e Max ergueu a mão e tocou levemente no seu rosto.

– Não deixe que desperdicem você – disse suavemente.

Por algum tempo ficaram os dois assim, de mãos dadas e sem palavras, até que Afonsinho, irritado, deu um pequeno tapa nas costas de Max.

– Que droga – disse contrariado –, não chamei a minha irmã até aqui para levar uma cantada.

Max riu sem embaraço, soltou sem pressa as mãos de Clô, piscou um olho cúmplice para ela e deu um murro brincalhão nas costelas de Afonsinho.

– Muito bem, guerrilheiro errante – disse –, vamos discutir o seu retorno ao lar.

E se pôs a discutir pacientemente com Afonsinho. Para Clô, no entanto, era como se ele ainda continuasse segurando as suas mãos. Vinha dele uma sensação tão tépida de tranquilidade, que ela se deixou envolver pela sua presença sem resistir. Max era paciente, permitia que Afonsinho exagerasse frequentemente nos seus argumentos e então habilmente o trazia de volta para o bom senso. Clô, fascinada pelo engenheiro, não conseguia distinguir as palavras, ouvia apenas o som de sua voz e a revoada incessante de suas grandes e expressivas mãos. De repente, no entanto, Afonsinho se voltou inesperadamente para ela e perguntou:

– O que você acha?

Clô, apanhada de surpresa, se confundiu, gaguejou um atabalhoado "não sei", mas nem assim se livrou da irritação de seu irmão.

– Mas que droga – berrou ele –, onde você está com a cabeça?

– Ei, ei, ei – interferiu prontamente Max –, deixe sua irmã em paz e brigue comigo.

Afonsinho cuspiu um palavrão e Max se voltou para Clô e explicou o motivo da discussão.

– Ele resolveu ser herói – disse.

– Não – negou Afonsinho –, eu apenas estou cansado.

Max ergueu a mão pedindo silêncio, esperou que Afonsinho obedecesse e se voltou para Clô:

– Quando você entrou aqui – perguntou –, reconheceu imediatamente o seu irmão?

Clô olhou penalizada para Afonsinho, que parecia um anacrônico e absurdo menino grisalho.

– Não – respondeu –, não reconheci.

O engenheiro pôs a mão sobre o ombro relutante de Afonsinho.

– Está vendo? – perguntou. – DOPS, SNI, os Federais, todos eles passam dez vezes por você no meio da rua e não o reconhecem.

– É verdade – concordou Clô.

Passou carinhosamente a mão pela face do irmão.

– Você mudou muito – disse com a voz cheia de pena.

Afonsinho se levantou, passou aflito a mão pela cabeça, alisou nervosamente a barba e deu meia dúzia de passos incertos pelo galpão.

– Que droga – disse –, vocês não estão me entendendo.

Desembrulhou desesperadamente as mãos.

– Eu não agüento mais a tensão – disse com a voz embargada. – Não sei mais ficar brincando de gato e rato, imaginando que de repente alguém vai entrar e me prender.

Parou a dois passos dos dois e ergueu desafiadoramente o queixo, com o seu antigo e infantil arzinho de herói.

– Vou me entregar – anunciou dramaticamente.

Para espanto de Clô, Max desta vez não protestou e cabeceou gravemente concordando.

– Boa sorte – disse com solenidade.

Logo em seguida sorriu e se voltou para Clô, como se o diálogo anterior dos dois não tivesse sido interrompido.

– As famílias são curiosas – disse. – Seu irmão não me disse que você era tão bonita.

Clô riu e balançou a cabeça, como a dizer que não esperava dele um galanteio tão banal.

– Olhe – disse Max –, eu não sei que diabo houve comigo, mas desde que você entrou que estou me sentindo completamente imbecil.

– Ele vai se entregar – disse Clô olhando para o irmão.

– Droga – disse Max –, o que um sujeito feio como eu pode querer com uma mulher linda como você?

– Eu tenho medo do que possam fazer com ele – insistiu Clô indicando Afonsinho.

– E o incrível é que estou com medo – disse ele.

Clô olhou espantada para Max.

– É – disse ele –, é a primeira vez que uma mulher me dá tanto medo.

Forçou uma risada mas não foi bem-sucedido.

– Sabe – disse –, eu estou em pânico só em pensar no que comecei a sentir por você.

– Vou me entregar – berrou Afonsinho.

– Não, não vai – disse Max sem despregar os olhos de Clô.

Por fim ele riu, um riso alegre e feliz.

– Você me faz bem – disse –, é incrível como você me faz bem. Até sentada aí na minha frente, sem mover um dedo, você me faz bem.

E Clô riu com ele, porque, para seu espanto, estava sentindo exatamente a mesma coisa.

104. Aos 33 anos, e para seu próprio espanto, Clô voltou a namorar. Essa repentina adolescência tardia não foi planejada nem desejada, mas imposta pela presença permanente e constrangedora de Afonsinho, que não permitia a menor intimidade entre Clô e Max. Foi para se livrar dele que Max propôs o primeiro passeio pela avenida Guaíba, que os primeiros frios de março haviam tornado deserta. Antes que a semana findasse, no entanto, essas longas caminhadas noturnas já faziam parte da vida de Clô, que parecia absurdamente não ter outra finalidade.

– Mas que é isto? – reclamava Donata. – Você não tem mais quinze anos!

Clô tinha pressa em levantar, em tomar café, em sair e em voltar, porque assim conseguia empurrar mais rapidamente os ponteiros do relógio. Às seis da tarde ela fechava a butique e voava, no seu pequeno carro, para Ipanema, onde Max a esperava com uma impaciência de menino, usando uma velha calça de brim, uma camisa sempre germanicamente limpa. Ainda não começava aí o namoro, porque Afonsinho, apesar de todos os cuidados que tinha, sempre estava por perto, acompanhando contrafeito o que julgava ser apenas uma brincadeira.

– Vocês não podem estar levando essa história a sério – ele repetia constantemente, tentando se convencer.

Eles trocavam sorrisos mas não respondiam nada, enquanto Fritz, o preto que auxiliava Max na oficina, distribuía as facas pela mesa e servia o invariável jantar de todos os dias. Vinho, pão de centeio, queijo e azeitonas.

– Dieta de alemão louco – resmungava Afonsinho sempre que sentava à mesa.

Só depois do jantar, quando ainda havia um resto de crepúsculo sobre o rio, é que Max e Clô saíam, ainda debaixo do olhar desconfiado de Afonsinho, comportadamente separados como um casal de aposentados. Um quarteirão adiante, no entanto, onde uma latada de alamandas bloqueava a visão da casa, é que os dois se davam as mãos, como dois adolescentes.

– Muito bem – dizia ele –, vamos namorar.

A princípio apenas ele falava, contando a sua vida com uma divertida ironia, como se as alegrias e as tristezas não fossem dele, mas de um homem outro e distante. Ele só teve um momento de perturbação, quando se pôs a falar no filho. Seu rosto se anuviou e seus olhos se perderam por cima do rio, como se as respostas de sua vida estivessem lá na outra margem.

– Foi o preço que ela cobrou pela minha liberdade – disse com uma voz ferida.

Caminhou alguns passos em silêncio ao lado dela, até conseguir dominar novamente a voz que lhe escapava.

– Fez dele um inimigo – disse.

– Meu Deus – disse Clô com as imagens de Joana e Manoel dentro de seus olhos –, eu sei o que é isso!

E a partir daí começou também a desatar os seus doloridos nós. Max era um ouvinte atento mas silencioso, que em momento algum interrompia Clô ou julgava as suas atitudes passadas. Somente quando ela se tornava muito rigorosa consigo mesma é que ele erguia a mão e brincava:

– Epa, epa, epa! Não fale mal dessa senhora porque ela é minha amiga.

Finalmente, duas semanas depois, quando março já tomava os verdes brilhantes de outono, essa compulsão de se dar a conhecer terminou e as palavras foram substituídas pelo silêncio. Pouco a pouco os beijos se tornaram mais demorados e as carícias mais longas, até que, uma noite, Max se deteve e deu uma risada.

—Não consigo nem mais pensar a seu lado — confessou entre sério e divertido.

— Nem eu – respondeu ela.

Nos primeiros passeios, às vezes Max se punha a brincar sobre a primeira noite dos dois e dizia num português propositadamente empolado:

— Dar-te-ei um dossel bordado com fios de prata, colchas de seda pura e um colchão de penas de quetzal!

No entanto, seu primeiro encontro foi num leito de maravalhas, no fundo do galpão, porque Afonsinho dormia ao lado da cama de Max e não havia outro quarto na pequena casa. Clô, para sua própria surpresa, se deu inocente e constrangida, como se Max fosse não apenas o primeiro homem de sua vida, mas também sua primeira experiência amorosa. Max estava mais calmo, no entanto parecia mais um adolescente atencioso do que um homem maduro e experiente.

— Não fomos feitos apenas para uma noite – confessou ele gravemente.

Brincou por um momento com as aparas de madeira que estavam à sua volta e então se voltou muito sério para ela.

— Acho – disse – que fomos feitos para uma vida inteira.

Fez uma pequena pausa e acrescentou:

— Ou para sermos apenas bons amigos e nada mais.

— Nunca pensei nisso – confessou Clô.

Ela tinha vivido dia a dia seu afeto por Max, sem se preocupar com o futuro.

— Enquanto durar, durou – dizia corajosamente para a avó.

Mas repentinamente percebia que era impossível manter esse fatalismo juvenil, porque a descoberta mútua os havia compromissado irremediavelmente.

— Meu Deus – ela pensou, enquanto Max a olhava pensativo –, eu preciso decidir.

Ela só havia tomado uma decisão em sua vida, quando resolveu casar com Pedro Ramão. Mas dezessete anos depois, seu gesto passado lhe parecia mais um capricho de menina do que propriamente uma decisão adulta. Depois de seu marido, todos os homens de sua vida haviam decidido por ela. Clô tinha se limitado a apressar ou adiar a sua entrega. Max era o primeiro homem que lhe dava a possibilidade de uma escolha.

Como se adivinhasse seus pensamentos, ele jogou um punhado brincalhão de maravalhas e disse:

– Acabou a brincadeira, não é mesmo?

Clô mergulhou desesperadamente nos olhos dele e depois de um momento concordou.

– É, acho que acabou mesmo.

Nenhum dos dois disse mais nada. Apenas na despedida, quando a levou até o carro, Max disse:

– Tenho alguns assuntos pendentes que preciso resolver.

Mas era uma frase tão banal que na verdade nem chegou a ser ouvida por Clô.

– Claro, claro – ela disse automaticamente.

Mas a ternura morna e lassa do primeiro encontro ainda a envolvia e nem mesmo em sua casa, quando se enrodilhou feliz aos pés da avó, ela conseguiu pensar.

– Bem, bem, bem – disse a velha com satisfação –, finalmente você conseguiu um amor sem palavras.

E correu carinhosamente os dedos pelos cabelos da neta. Somente no dia seguinte foi que os pensamentos se soltaram dentro dela e, pela primeira vez, Clô agradeceu as horas vazias da butique, que lhe permitiram pôr em ordem os seus medos e as suas esperanças. Ela sentou quietamente na frente dos espelhos e examinou friamente a sua imagem.

– Muito bem, dona Clô – disse para si mesma em voz alta –, chegou o momento de resolver a sua vida.

Havia um temor antigo dentro dela, herdado de todos os seus erros passados. Mas também havia uma alegria feroz de poder escolher, pela primeira vez, os rumos de sua vida.

– Desta vez – ela se dizia – é você e mais ninguém!

No meio da tarde, as perguntas eram tantas que não cabiam mais em sua garganta. Ela caminhou inquieta de um lado para outro, até que finalmente decidiu:

– Vou falar com Max agora mesmo!

Fechou apressadamente a butique e foi para Ipanema, com todas as suas esperanças queimando dentro de seus olhos luminosos. Se não estivesse tão embriagada pelos próprios sonhos, ela teria percebido o olhar assustado de Afonsinho, que se pôs de pé quando ela atravessou o portão.

– Ei – gritou ele do fundo do galpão –, espere aí!

Clô acenou alegremente para o irmão, teve mais pressa do que ele, entrou na casa, abriu a porta do quarto e surpreendeu Max, na cama, em companhia de outra mulher.

105. Clô não teve uma lágrima. Ela entrou no quarto da avó, com o rosto duro e sombrio, foi até a janela, olhou para as colinas azuis, que se alongavam além do rio, e disse com uma voz surda e ressentida:

– São uns porcos!

Se deixou cair aos pés da avó e não disse mais nada, enquanto a velha compreendia o seu silêncio e afagava quietamente seus cabelos. No momento em que Clô abriu a porta do quarto de Max, teve realmente vontade de gritar. Desejou ficar ali se consumindo num longo e feroz grito sem palavras, para se limpar da súbita e imensa dor que havia irrompido dentro dela. Viu, naquele segundo que a surpresa desdobrava em horas, os olhos assustados da mulher correrem para ela e, só depois, a mão desalentada de Max se agitar ferida no ar. Nem ela, nem ele e nem a mulher tiveram o que dizer. Clô fechou a porta e ficou um instante transida diante dela, enquanto ouvia a mulher perguntar dentro do quarto:

– Quem é ela?

Clô se jogou cegamente para fora e foi tropeçar, na saída, com o irmão, que estendeu uma mão pesarosa para ela.

– Eu tentei avisar – disse cheio de pena.

Ela não conseguiu falar, balançou apressadamente a cabeça e continuou aquele interminável caminho de poucos metros, até o carro, onde cada um de seus passos parecia se desfazer debaixo dela.

– Ela não significa mais nada para ele – disse Afonsinho, caminhando a seu lado.

Clô afastou o irmão gentilmente e entrou no carro. As chaves escorreram de sua mão e ela as buscou, aflita, no assoalho, enquanto o irmão tentava um consolo tardio.

– Foi o último encontro deles – insistiu.

Finalmente, quando ela encontrou as chaves e ligou o motor, ele se debruçou sobre a janela do carro e lhe deu a informação final.

– É a mulher dele – disse, como se isso justificasse o que Max tinha feito.

Clô acusou o golpe. Ergueu os olhos magoados para o irmão e teve um riso louco e feroz, como se zombasse de sua incompreensão.

– Ele ama você – insistiu Afonsinho.

Mas ela não ouvia mais, com suas dores e suas raivas misturadas com o urro ferido do motor, solicitado repentinamente além do seu limite. Clô saiu de Ipanema e rodou desatinadamente pela Zona Sul, até que os atropelos de seu coração cessaram e restou apenas, dentro dela, o lençol gélido da mágoa, cobrindo todos os seus sentimentos. Quando ela chegou em casa, nem mais a sua dor era importante, porque Afonsinho, preocupado com a irmã, havia esquecido a própria segurança e tinha irrompido bruscamente em casa, provocando um terremoto de gritos, lágrimas e explicações de Donata. Clô entrou e pôde subir tranqüilamente para o quarto de sua avó, porque Donata ocupava inteiramente seu irmão. Só uma hora depois foi que ele subiu as escadas, mas nem chegou a falar, porque ela o deteve com um gesto enérgico.

– Não quero mais falar no assunto – disse.

Afonsinho ainda tentou insistir, mas a avó o impediu golpeando irritada o assoalho com sua bengala.

– Deixe sua irmã em paz – ordenou.

À noitinha, ela ouviu o carro de Max se deter diante da casa e, logo em seguida, Afonsinho discutir em voz baixa com ele, no portão. Por um instante, rápido e fugaz, ela pensou em descer as escadas e ir ao encontro dele, mas logo a imagem de Max na cama com a mulher se sobrepôs a sua vontade e ela permaneceu em seu quarto. Na manhã seguinte, Donata sentou na sua frente e assistiu quietamente à filha tomar o café. Quando Clô afastou a xícara e ergueu os olhos, a mãe sorriu com simpatia para ela.

– Talvez – disse com uma voz cheia de cautela – você não devesse ser tão rigorosa com ele.

– Estou atrasada – disse Clô se pondo de pé.

– Afonsinho me garantiu que ele ama você – tentou a mãe mais uma vez.

– Não venho almoçar – disse Clô.

E saiu, enquanto sua mãe suspirava desolada. Max estava a sua espera, encostado no carro, do outro lado da rua. Ao dar com ele, o coração de Clô se atribulou desconcertado, mas ela se obrigou a desviar os olhos e retirou seu carro da garagem com uma lentidão acintosa, sem olhar uma só vez sequer para ele. Durante toda a operação, no entanto, ela se forçou a rever a imagem dele na cama com a esposa e foi com ela ainda dentro dos olhos que arrancou e saiu. Max não esboçou um gesto para detê-la. Permaneceu onde estava, mudo e cabisbaixo. Durante uma semana, ele foi um personagem constante na pequena rua, uma figura desamparada que esperava por ela todas as manhãs e todas as noites, como se a persistência fosse capaz de redimir a sua culpa.

— Pobrezinho — dizia Donata todas as manhãs —, lá está ele!

A avó era menos piedosa que sua mãe. Todas as noites espiava Max de sua janela e resmungava:

— Esses alemães são teimosos como mulas.

Diariamente também o carteiro trazia uma carta de Max, que Donata punha esperançosa diante do prato da filha e que Clô rasgava decidida sem ler. Por fim, até Afonsinho, que agora visitava a mãe com mais freqüência, se impacientou com a situação.

— Mas que droga — protestou —, não sei por que ele não desiste de uma vez.

Na semana seguinte, Max não apareceu pela manhã. O coração de Clô se apertou quando ela viu a rua vazia. Naquela noite, quando ela desceu do carro para abrir o portão, ficou olhando tristemente para o poste de luz, onde Max fazia o seu silencioso plantão.

— Meu Deus — ela pensou —, eu não tenho sorte no amor.

Entrou em casa com uma funda sensação de perda, que a fez recusar o jantar e se fechar no quarto para consumir sozinha a sua angústia. No dia seguinte, no entanto, quando ela voltou dos fundos da butique, Max estava imóvel a sua espera ao lado do balcão. Ela teve um segundo de hesitação e chegou a pensar em forçar um sorriso profissional e perguntar a ele o que desejava. Mas a figura séria e patética de Max impedia pequenas ironias.

— Preciso falar com você — ele disse suavemente.

Clô ergueu a cabeça, mas não disse nada. Ele se aproximou ainda mais do balcão.

— Você quer me ouvir? — perguntou com a voz sem segurança.

Clô tentou falar, mas pressentiu que seria traída pela própria voz. Por isso ficou calada e balançou vagarosamente a cabeça.

– Eu disse a você que tinha assuntos pendentes – lembrou Max com os olhos postos nela.

Clô tornou a balançar a cabeça, como se recusando a ouvir Max. Max se moveu inquieto pela pequena butique, passou uma mão desesperada pelos cabelos revoltos e por fim se postou diante dela.

– Pelo amor de Deus – disse com uma voz sofrida –, será que vamos terminar assim?

Clô ergueu os olhos e encarou Max.

– Já terminou – disse com uma voz firme e decidida.

Max pareceu encolher, deixou cair os braços e balançou doloridamente a cabeça.

– Você não me perdoa – disse.

Clô baixou a cabeça, disciplinou novamente a voz que quis sumir de sua garganta.

– Eu perdoaria tudo – disse, e sentiu que repentinamente a sua mágoa se transformava em raiva –, mas não depois de nossa primeira noite.

Max olhou surpreso para ela. Pouco a pouco, no entanto, as palavras de Clô se abriram dentro dele e Max concordou silenciosamente. Ficou assim por um momento, até que tornou a olhar para ela.

– Mesmo assim – disse tristemente – eu amo você, Clô.

Forçou um sorriso que saiu pálido e sem gosto, deu as costas e saiu. E só aí, vendo Max atravessar cabisbaixo a avenida e se afastar de sua vida, foi que Clô começou a chorar.

106.

Abril foi resplandecente de sol, mas para Clô foi um turvo mês. Max era ainda uma ferida acesa dentro dela, quando sua filha casou. Clô se fez feia, apagou suas formas dentro de um *jeans* desbotado e, escondida atrás de imensos óculos escuros, arrastou seu pequeno carro até Correnteza. A cidade estava verde e luminosa e parecia ter sido tirada de suas primeiras esperanças, quando chegou em companhia de Pedro Ramão. Clô deixou o carro numa transversal e, anônima e insignificante, ficou à espera de Joana, nos bancos mais apagados. Teve uma espera triste e comprida que modorrou todas as suas angústias.

– Meu Deus – ela pensou –, talvez aconteça um milagre.

Correu os olhos esperançosos pelos santos, mas todos eles tinham os olhos distantes dela e fitavam pateticamente o vazio. Depois de duas horas de espera, subitamente a igreja pareceu despertar. Padres e sacristãos apressados correram de um lado para outro, sussurando ordens e instruções. Logo em seguida moças sorridentes começaram a trazer as flores e uma senhora gorda e nervosa entrou disparando para todos os lados perguntas sobre a acústica.

– Nunca cantei aqui – ela dizia –, nunca cantei aqui.

Pouco depois, um padre jovem e solícito deslizou até ela e a informou, no meio de muitas desculpas, que havia um casamento.

– Posso assistir? – perguntou Clô.

Ele pareceu espantado, mas imediatamente se pôs a rir e a esfregar as mãos.

– Claro, claro – disse.

Mas deixou claro nos olhares preocupados que lançava para a entrada que esperava que ela se comportasse.

– São pessoas muito importantes – sublinhou.

Naquele momento chegaram os primeiros convidados e ele se urgiu em ir ao encontro deles. Cinco minutos depois a tagarelice estavala ao longo do corredor central, onde os anacrônicos chapéus das mulheres revoavam como papagaios enlouquecidos. De repente, a senhora gorda deu um gritinho e subiu para o coro e um rebuliço rude recebeu o noivo. Clô olhou para ele e desacreditou imediatamente em todas as possibilidades de um milagre. Juvenal era uma reprodução mais baixa e atarracada de Pedro Ramão. Tinha inclusive os mesmos maus modos decididos do sogro, que usava com evidente orgulho. Clô teve uma idéia disparatada de se pôr de pé aos gritos mas, irremediavelmente trancada dentro da própria impotência, apertou os lábios e se manteve em silêncio. O padrezinho jovem então passou por ela, sorridente, e lhe soprou a novidade de passagem:

– Aí vem a noiva!

Imediatamente houve um desencontro geral, os convidados se extraviaram procurando seus lugares, o organista deu os primeiros acordes da marcha nupcial, mas em seguida silenciou, enquanto o vigário avançava com um sorriso sem alegria.

Finalmente, depois de algumas ordens sibiladas com energia, as pessoas se acomodaram e os ensaios provaram a sua eficiência, ordenando as cabeças dentro da igreja. Joana então, apoiada no braço do pai, entrou no corredor com um sorriso petrificando seu rosto e tirando todo o frescor de seus olhos.

– Meu Deus – pensou Clô –, ela parece estar caminhando para a morte.

Tentou varrer o pensamento para longe, mas ele se apegou teimosamente a ela e transtornou todo o seu dia. Repentinamente, o sorriso estático dos convidados lhe pareceu sinistro e a igreja toda se apagou como se tivessem apagado todas as luzes. Ela ainda se esforçou para ficar, mas a voz estridente da senhora gorda voejou pela nave e a cerimônia toda lhe pareceu um ridículo funeral. Clô lançou um olhar rápido para Joana, muito pálida e assustada entre os dois homens implacáveis de sua vida, e se lançou para fora, asfixiada por toda aquela engrenagem que triturava sua filha. Nem o sol lhe devolveu, lá fora, o desejo de revê-la. Correnteza agora voltava a ter o vazio descolorido de sempre, com suas casas quietas e suas ruas desertas. Quando se viu no carro, Clô rompeu em soluços, com uma dor funda que vinha de suas entranhas. Só meia hora depois foi que teve calma suficiente para tomar o caminho de volta. Nem três horas de viagem, no entanto, conseguiram apagar o desencanto de seu rosto.

– Você não devia ter ido – disse sua avó cheia de pena.

Clô concordou silenciosamente com ela, enquanto Donata entrava curiosa e sorridente.

– Ela estava bonita? – perguntou.

– Parecia uma condenada – disse Clô.

– Meu Deus – soprou Donata e fugiu do quarto, porque tinha medo de ser contagiada pela tristeza alheia.

Na semana seguinte, Cilinha voltou dos Estados Unidos, viu a butique deserta e suspirou desconsolada.

– Fechamos no fim do mês – disse.

– Sinto muito – respondeu Clô, como se fosse culpada por não ter realizado um milagre.

Por duas vezes Max apareceu na frente da loja e olhou demoradamente para dentro, como se estivesse à espera de um gesto amigável dela para entrar. Mas nas duas vezes Clô lhe deu as costas e foi para os fundos da butique. Nos últimos dias do mês, começaram a aparecer os interessados em alugar a loja. Entravam com um olhar frio e desinteressado, abriam e fechavam as portas e invariavelmente saíam sem se despedir, como se Clô fizesse parte dos móveis. Ela se habituou rapidamente a essas visitas e, por isso, levou um segundo para reconhecer a húngara Kriska na mulher magra e velha que cruzou a porta e se pôs a examinar as prateleiras. Só quando a outra grasnou uma pergunta foi que Clô lhe deu atenção e as duas imediatamente se reconheceram.

– Ora – disse a húngara –, se não é a mocinha de Gêmeos.

Desta vez não riu, sacudiu um dedo comprido e ossudo diante de Clô e disse:

– Você me deve a hora do seu nascimento, minha querrida.

– Nunca sei seu endereço – respondeu Clô.

Mas a húngara já havia desviado sua atenção. Correu os olhos pretos e espertos pelas paredes e se voltou para Clô, com uma voz cheia de astúcia.

– Esta butique é sua, minha querrida? – perguntou.

– Não – disse Clô –, eu apenas trabalho aqui.

– Trabalha? – repetiu a velha.

E ficou olhando Clô, enquanto tentava fundir as imagens do passado e do presente.

– Minha querrida – exclamou por fim cheia de escândalo na voz –, quando eu conheci você, você era rica! Muito rica!

Mas em seguida, como se repentinamente todas as lembranças de Clô tivessem lhe ocorrido, ela deu um pequeno tapa punitivo na própria testa e ergueu os braços magros.

– Pobrezinha – disse –, você é do segundo decanato.

– Foi o que a senhora me disse – lembrou Clô sorrindo.

A velha se fez misteriosa, espiou para os lados como se temesse ser ouvida e se aproximou de Clô.

– Este período é terrível – disse –, terrível, minha querrida. É aquele maldito Urano.

Balançou a cabeça exageradamente de um lado para outro enquanto fazia uma cara aborrecida.

– Quando ele se mete no nosso signo – disse –, nada dá certo. Amor, você perdeu um amor sincero. Os negócios vão mal. Problemas, problemas.

O velho e supersticioso temor que a húngara lhe causava subitamente renasceu dentro de Clô.

– Não quero saber nada – ela disse.
– Mas você precisa saber – insistiu a húngara.
– Por favor – pediu Clô assustada.
– Cuidado com maio – rouquejou a velha –, cuidado com maio.

Aproximou a face angulosa e juntou a ela um dedo lívido e ameaçador.

– Maio – soprou – traz a morte.

Então Clô se sentiu fugir de si mesma e gritou desesperada, enquanto a velha, apanhada de surpresa, recuava atabalhoadamente para a porta e se jogava assombrada para a rua, onde ainda ficou gesticulando por um momento antes de sumir no meio da multidão curiosa.

107. Foi um dia sombrio. Durante toda a noite haviam soprado os frios ventos do sul e, quando amanheceu, uma escura promessa de tempestade rolava pelas distâncias do rio.

– Este ano – disse a avó quando sentou à mesa – o inverno virá mais cedo.

Clô não ergueu os olhos da xícara de café. Desde a inesperada e agourenta visita de Kriska que ela novamente havia se deixado levar pela vida. Cilinha tornou a viajar e foi ela quem fechou definitivamente as portas da butique. Quando entrou pela última vez na loja, as prateleiras vazias lhe deram uma sufocante sensação de perda. Ela entregou as chaves para o corretor da imobiliária e tentou se afastar, o mais depressa possível, sem olhar para trás. Mas, do outro lado da avenida, não se conteve, parou na calçada e se voltou. A pequena loja parecia um minúsculo e patético barco encalhado no meio dos edifícios.

– Adeus – sussurrou Clô.

E voltou para casa com a alma pesada de tristeza. Desta vez, no entanto, não havia ninguém disposto a lhe dar nada além das palavras convencionais de consolo. Afonsinho se aborrecia irremediavelmente com o seu brinquedo de esconde-esconde e aos poucos abandonava todas as cautelas e andava livremente pela cidade.

– Às vezes – confessava para a irmã –, me parece que só eu é que quero me esconder, porque, na verdade, ninguém está me procurando.

Sentava debaixo das árvores, no fundo do pátio, e ficava horas inteiras olhando em silêncio para o chão. Quando tornava a entrar em casa, para jantar, se punha a falar fantasiosa e compulsivamente sobre Rita, como se ela fosse a mulher mais perfeita do mundo.

— Talvez – dizia com um tom propositadamente provocante – eu ainda me case com ela.

Mas nem assim conseguia arrancar a família do desânimo dos últimos dias. As frases andavam soltas e desencontradas por cima dos pratos e ninguém parecia verdadeiramente interessado nos problemas alheios. Donata havia descoberto um pequeno nódulo no seio esquerdo e, em vez de procurar um médico, se derramou numa morbidez asfixiante.

— Não chego aos sessenta – repetia sempre.

Apalpava ostensivamente o seio e suspirava com uma falsa resignação.

— Se não for desta vez – insistia –, será na próxima.

Passava as noites vasculhando na memória a data das mortes na família para no dia seguinte, invariavelmente, escolher a pior conclusão.

— As mulheres de nossa família morrem cedo – anunciava com uma voz cava e lúgubre, como se fosse impossível fugir do inexorável destino genético.

Até a avó, que usualmente mantinha a família ancorada dentro do bom senso, começou a fraquejar.

— Já vivi mais do que o permitido – dizia.

Quando Clô terminou o café, Afonsinho entrou, jogou um bom-dia impessoal e se jogou desalentado numa cadeira.

— Vai cair um temporal de todos os diabos – disse.

— Gosto de chuva – comentou a avó.

Levantou da mesa e subiu para o quarto, enquanto Donata empurrava uma xícara de café para Afonsinho.

— Trovoadas me deixam nervosa – disse.

Antes que ela concluísse a frase, um trovão ribombou sobre o rio e fez vibrar, por um instante, as vidraças das janelas.

— Aí vem ela – disse Afonsinho.

— Vou fechar tudo – avisou Donata.

Saiu e deixou Clô e Afonsinho a sós na cozinha. Ele se serviu de café preto, despejou duas colheres de açúcar na xícara e mexeu vagarosamente a mistura.

– Vou voltar para casa – anunciou.

– Desocupo seu quarto hoje – respondeu Clô.

– Posso esperar até a semana que vem – disse ele.

– Não faz diferença – comentou Clô. – Vou dormir no sofá da sala.

Ele bebeu um gole de café, mas não abriu mão de suas prerrogativas de irmão mais velho.

– Falta um quarto nesta casa – disse com um tom indisfarçável de desculpa.

Clô teve um riso curto e amargo.

– Não falta nada – disse –, é que sobra alguém.

Ele continuou a beber o café sem fazer o menor comentário. Clô se ergueu da mesa, foi até a sala e de lá se voltou para olhar o irmão.

– Sempre fui eu que cedi – pensou.

Ela ouvia a mãe fechar ruidosamente as janelas do andar superior e balançou com tristeza a cabeça.

– Foi em casa que tudo começou – disse para si mesma com uma ponta de pena.

Subiu para o seu quarto e se sentou na cama, sem vontade de coisa alguma.

– Vai faltar luz – avisou Donata aos berros, descendo as escadas.

Clô se ergueu e fechou a porta. As nuvens agora corriam mais rápido e pareciam deslizar pela superfície do rio. O dia se tornou repentinamente escuro e os trovões rugiram sobre o casario. Houve um pequena pausa, as árvores se aquietaram e o céu emudeceu, então de repente o aguaceiro desabou, enquanto os raios estalavam desordenadamente.

– Meu Deus – pensou Clô –, vai cair o mundo.

Foi para a janela assistir à tempestade. Sobre as pequenas casas da Tristeza, ela desabava violenta e incontida, curvando as árvores, assobiando ameaçadoramente no telhado e varrendo as ruas com bruscas chibatadas de água. Por um momento, no meio dos relâmpagos e dos trovões, pareceu a Clô que alguém havia chamado pelo seu nome. Ela se afastou da janela e ficou um momento à escuta. Logo em seguida abriu a porta do quarto e gritou para baixo:

– Alguém chamou por mim?

Mas outra trovoada abafou a sua voz e ela conformada voltou para o quarto. A casa estava cheia de gemidos e estalos e uma árvore vergastava continuamente a parede dos fundos.

– Deve ter sido impressão – pensou ela.

E voltou para a janela. A lâmina de chuva cortava agora o meio do rio e avançava rapidamente para o centro da cidade. Atrás dela, o temporal se transformava em chuva e mostrava seu rastro de galhos partidos e folhas arrancadas, que se empilhavam em desalinho pela rua.

– Foi um daqueles – pensou Clô, aliviada porque o pior já havia passado.

Ela ainda se deixou ficar mais meia hora na janela e, quando a chuva arrefeceu e passou a ruflar mansamente no telhado, decidiu fazer companhia à avó. Saiu do quarto, cruzou o pequeno corredor, ouviu as vozes de Donata e Afonsinho discutindo na sala, empurrou mansamente a porta do quarto da avó e espiou para dentro.

– É de casa – disse baixinho com uma voz travessa que propunha brincadeira.

A avó não respondeu. Estava de costas para ela, sentada diante da janela, como sempre fazia nos dias de temporal.

– Com licença – pediu Clô.

Como a avó não se moveu, entrou na ponta dos pés pensando surpreender a velha. A dois passos dela, no entanto, se deteve, porque a bengala estava inusitadamente caída no chão, ao lado da cadeira.

– Meu Deus – ela disse baixinho e meio rindo –, só você para dormir no meio de uma tempestade.

Se abaixou, apanhou a bengala e a colocou com cuidado sobre os joelhos da velha. Foi então que ergueu a cabeça e viu, no meio de uma dor inumana que repentinamente rasgou o seu corpo, a boca grotescamente torcida e os olhos vidrados e abertos da avó. E de joelhos, com um grito estrangulado na garganta, Clô se deixou abater pelo desamparo que cortava, implacável, os últimos laços do seu primeiro afeto.

108. O choque de Clô foi tão brutal que, caída ao lado da cadeira e abraçada ao corpo frio da avó, ela não atinou pedir ajuda. Foram seus soluços, longos e desesperados, que projetaram Afonsinho escada cima, enquanto a mãe perguntava em pânico o que estava acontecendo. O irmão irrompeu pela porta, mas dois passos adiante perdeu o impulso e deu um grito rouco, chamando pela mãe. Donata chegou logo em seguida, ainda ofegante, e se deteve na entrada.

– Oh, meu Deus – disse baixinho levando a mão na boca, como se quisesse impedir as palavras.

Mas imediatamente recuperou o controle, passou pelo filho que chorava, foi até a cadeira e examinou a sogra.

– Foi derrame – disse.

Não tocou na filha, apanhou energicamente Afonsinho pelo braço e, sem uma palavra de consolo, o enviou para baixo.

– Chame o dr. Massari – ordenou.

Mas quando o filho descia as escadas, ela se deu conta da inutilidade da urgência.

– Diga a ele – completou – que a avó está morta.

A tempestade, no entanto, havia interrompido as ligações e Afonsinho teve que ir até a farmácia, ao lado do posto de gasolina, para chamar o médico. Quando voltou, Clô não soluçava mais, mas continuava abraçada com a avó.

– Acho melhor – disse Donata – pormos a avó na cama.

Clô pareceu despertar, olhou a mãe e o irmão e concordou com um pequeno aceno de cabeça. Afonsinho se aproximou da cadeira, retirou suavemente as mãos dela, tomou o corpo frágil da velha em seus braços e o depositou cuidadosamente na cama.

– Nunca pensei que ela fosse tão pequena – disse.

Clô sentou ao lado da cama e ficou olhando incrédula e dolorida para a avó. Não se moveu nem mesmo quando Massari chegou e fez um pequeno exame no corpo de Clotilde.

– Ela não sofreu – ele disse para Clô.

Ela não respondeu e o médico olhou preocupado para Donata, que suspirou e balançou a cabeça. Massari então fez a volta na cama e foi até Clô.

– Você está bem? – perguntou.

Ela mais uma vez inclinou a cabeça, mas não disse nada.

– Quer um calmante? – perguntou o médico.

Clô balançou negativamente a cabeça e Massari se retirou em companhia de Donata. Havia dentro de Clô uma imensa e constante dor, que tomava todo o seu corpo e não lhe permitia sequer ter um pensamento. Ela se doía por inteiro, como se não fosse mais do que uma chaga viva e ardente. Três horas depois, quando Donata veio lhe avisar que o velório seria na capela do São Miguel e Almas, Clô continuava muda, seca e imóvel.

– Temos que vestir a avó – lembrou Donata baixinho.

Clô concordou silenciosamente e ajudou a mãe a pôr na avó o longo vestido negro que ela havia usado no enterro do filho.

– Ela queria ser enterrada com ele – explicou Donata.

Mas Clô continuava ensopada de dor e não parecia ouvir o que lhe diziam. Quando vieram buscar o corpo, foi preciso que a mãe a conduzisse até seu quarto, como uma criança doente, para que ela trocasse os jeans por um vestido escuro.

– Meu Deus – gemeu Donata aflita –, você não pode ficar assim, precisa reagir.

Clô ergueu uns olhos opacos e balançou desconsolada a cabeça. Dentro da capela vazia e sozinha ao lado do catafalco, no entanto, tornou a chorar, um pranto sofrido e sem soluços, que se diluía quietamente nas lágrimas que escorriam pelo seu rosto. Durante toda a madrugada, Afonsinho esteve de vigília, entrando e saindo do solitário velório, sem conseguir arrancar da irmã mais do que pequenos gestos de assentimento ou de negativa.

– Coragem – ele dizia com uma voz transida –, coragem!

E saía para se desmentir longe dela. Ao amanhecer, ele foi substituído por Donata, que sentou ao lado da filha e lhe ofereceu uma xícara de café.

– Você não comeu nada desde ontem – lembrou.

Depois que a mãe insistiu pela terceira vez, Clô bebeu maquinalmente o café, enquanto Donata inspecionava com atenção os arranjos feitos pela funerária.

– Pus um convite para enterro no *Correio* – anunciou.

Sentou, olhou o pequeno e desamparado caixão e suspirou resignada.

– Talvez apareçam alguns conhecidos – disse.

Uma hora mais tarde, Max entrou malposto em um traje escuro e convencional. Cumprimentou Donata com uma pequena inclinação de cabeça e sentou ao lado de Clô.

– Sinto muito – disse baixinho, apertando suavemente sua mão.

Ela se voltou como se o estivesse vendo pela primeira vez e inclinou várias vezes a cabeça, numa espécie de mudo agradecimento.

– Há alguma coisa que eu possa fazer? – perguntou Max suavemente.

Clô balançou a cabeça e tornou a se voltar para o caixão. Max repetiu então a pergunta para Donata.

– Obrigada – disse ela com simpatia –, meu filho tratou de tudo.

Uma hora depois chegaram duas coroas, que Donata examinou curiosa, sem conseguir, no entanto, identificar os remetentes.

– Devem ser parentes do interior – disse desapontada.

Logo em seguida um casal de velhos, conduzido por uma jovem impaciente, entrou na capela e se aproximou do catafalco.

– É a Santinha? – perguntou a velha para Donata.

– Clotilde – respondeu Donata em voz baixa.

– Vilasboas? – insistiu a velha.

– Não – disse Donata rudemente –, Clotilde Dias.

Os dois velhos se olharam confusos e a jovem, furiosa, os empurrou para fora, sem a menor condescendência.

– Que droga – disse em voz alta –, eu falei que não era aqui.

– Meu Deus – disse Donata –, não se pode mais nem ser velada em paz.

Pouco depois Afonsinho retornou e sentou ao lado da mãe, após trocar uma pequena saudação silenciosa com Max.

– Acho – disse em voz baixa – que não vai vir ninguém.

– Vamos esperar mais uma hora – decidiu Donata com firmeza.

Mas ninguém mais apareceu até a hora do enterro. Os funcionários da funerária avisaram que o caixão seria fechado e Donata, Afonsinho e Clô beijaram a avó pela última vez.

– O padre está à espera no jazigo – avisou um dos funcionários.

O caixão foi fechado e conduzido, numa pequena carreta metálica, lamuriento e solitário, pelos caminhos estreitos e desertos do cemitério, até o jazigo familiar. Um padre jovem e desconhecido, seguido de um pequeno sacristão, se aproximou rapidamente de Donata e trocou meia dúzia de palavras com ela.

– Bem – disse por fim –, sejamos breves.

Recitou maquinalmente as palavras finais, aspergiu água-benta e fez um pequeno sinal para os funcionários do cemitério, que baixaram o caixão. Durante toda essa breve cerimônia, Clô permaneceu de cabeça baixa, sem um gesto, ao lado da mãe. Quando o caixão raspou nas paredes do abrigo, Afonsinho teve um curto soluço e foi consolado por Max, que passou as mãos pelos seus ombros.

– Ela está na glória de Deus – disse o padre.

Se despediu de Donata com uma pequena inclinação de cabeça e saiu, com suas vestes esvoaçantes e apressadas, seguido pelo pequeno sacristão que corria atrás dele. O cemitério estava vazio e silencioso e cada um dos pequenos ruídos feitos pelos coveiros, deslocando as pedras do jazigo, ecoava surdamente pelas paredes. O dia havia amanhecido triste e nublado e, quando fecharam o jazigo, começou a cair uma chuva pungente e fininha.

– Vamos para casa – disse Donata.

Clô repentinamente começou a tremer, fraquejou, parecia que ia cair, mas logo se torceu num uivo animal e desolado e se jogou nos braços da mãe.

109.

Uma semana durou a prostração de Clô. Ela voltou do enterro e se jogou, soluçando, sobre a cama da avó, onde ficou até a manhã seguinte, quando, finalmente vencida pelo cansaço, adormeceu. Ela dormiu durante seis horas, um sono pesado e sem sonhos, que Afonsinho vigiou preocupado.

– Ela é como a avó – tranqüilizou Donata –, quando se enrola, só ela mesma sabe se desenrolar.

Mas, quando acordou, Clô não parecia capaz disso. Ela se deixou ficar na cama, alternando períodos de silêncio com desesperos de pranto, até amanhecer, quando Donata a forçou a tomar um caldo quente.

– Chore – animou –, chore que faz bem.

A partir do segundo dia, no entanto, a dor de Clô parecia ter secado definitivamente. Ela se trancou numa mudez obstinada e passava horas inteiras sentada diante da janela, olhando o rio se arrastar lento e monótono. A seu lado e sempre ao alcance de sua mão, ficava a cadeira em que a avó tinha morrido. No terceiro dia, ela se mudou definitivamente e, pela primeira vez, Donata se assustou com o estado da filha.

– Ela pôs os vestidos – disse a mãe para Afonsinho – junto com os vestidos da avó.

Mas não era apenas o guarda-roupa que continuava intocado, toda a disposição original do quarto tinha sido escrupulosamente mantida e respeitada. Afonsinho, depois de uma visita, confessou para Max:

– É como se Clô não estivesse lá e a avó continuasse a viver no quarto.

Max fez então uma visita a Clô. Subiu para o quarto da avó e tentou inutilmente, durante duas horas, estabelecer um diálogo com Clô. Nas raras vezes em que ela afastou os olhos da janela e se voltou para ele, lhe deu um olhar impessoal e distante, como se não tivesse ouvido nem uma de suas palavras.

– Acho que não posso fazer nada por ela – confessou Max desapontado.

– Ninguém pode fazer nada por ela – disse Donata com um longo suspiro.

Clô permaneceu fechada e muda dentro de sua dor, por uma semana. Nas poucas vezes em que atendeu aos apelos da mãe, bebeu apenas algumas colheres de sopa e tomou meia xícara de café. Emagreceu assustadoramente e se tornou escura e apagada. No oitavo dia depois da morte, saiu finalmente do quarto e desceu até a cozinha.

– Você me parece melhor hoje – mentiu esperançada a mãe.

Clô fez um gesto vago com a mão e ficou olhando para a cadeira vazia, ao lado da sua, em que a avó costumava sentar. Donata percebeu o olhar e veio apressadamente desviar a atenção.

– O café está recém-feito – disse.

A filha ergueu os olhos fundos e desamparados para ela.

– Não agüento mais – disse com uma voz rouca e cheia de pedidos de auxílio.

Donata se atarantou, abriu e fechou a boca sem saber o que dizer, correu os dedos nervosos pela toalha, alisando dobras inexistentes.

– Vai passar – disse por fim, sem convicção.

Mas Clô não retirou os olhos pedintes e tocou levemente na mão de Donata.

– Não agüento mais – repetiu.

– Sinto muito – respondeu Donata.

E fugiu apressada para o fogão, onde mexeu ruidosamente com as panelas para disfarçar o embaraço. Uma hora depois, Clô saiu, foi até o supermercado e comprou uma garrafa de uísque. Afonsinho, quando a viu retirar a bebida do pacote, ergueu uma sobrancelha inconformada, mas Donata o impediu de falar com um pequeno gesto. Quando Clô subiu para o quarto, a mãe comentou resignada:

– Talvez assim ela melhore.

Mesmo assim, Afonsinho rondou aflito o quarto da irmã, até que, no meio da noite, não se conteve mais e entrou. Clô tinha bebido toda a garrafa e dormia estupidificada numa cadeira diante da janela. Ele a transferiu com desagrado para a cama e, no dia seguinte, protestou irritado:

– Mas que diabo – disse para a mãe –, ela assim vai sair das brasas para o fogo.

Donata concordou mas suspirou confusa e impotente.

– Nunca entendi minha filha – disse como se falasse para um estranho.

Baixou a cabeça por um momento, cheia de culpa.

– Às vezes – confessou – ela me assusta. Somos muito, muito diferentes.

No dia seguinte, Clô amanheceu sombria e amarfanhada e respondeu com um gesto desalentado às perguntas da mãe. Isso não a impediu, no entanto, de repetir esse rito desesperado nos dias posteriores. Saía em busca de bebida, voltava para casa, se trancava no quarto e bebia incontrolavelmente, até se anular na poltrona, como um saco de carne morta. Às vezes, no meio da noite, choramingava como uma criança, mas sempre que Donata acudia, esperançosa de conseguir finalmente uma ponte que a aproximasse da filha, encontrava Clô ressonando grotescamente no sono insensível dos bêbados.

– Mas que droga – protestava Afonsinho –, isso tem que acabar.

– Diga isso a ela – resmungava Donata.

Quando ele seguiu o conselho, Clô ergueu uns olhos vermelhos e desesperançados e encolheu os ombros.

— Meu Deus — disse Afonsinho desanimado —, você já está morta.

Dois dias depois, Motta reapareceu. Donata teve um segundo de hesitação quando abriu a porta, mas ele a convenceu a permitir a sua entrada, com um de seus sorrisos paternais e simpáticos.

— Eu estava viajando — explicou — e só vim a saber ontem da morte de dona Clotilde.

Ele tinha engordado, seus cabelos tinham embranquecido completamente e disfarçavam ainda mais seu verdadeiro caráter. Motta parecia agora um desses diligentes senhores de meia-idade, que estão sempre prontos a participar dos movimentos comunitários.

— Ela deve ter sofrido muito — disse como quem estende uma apetitosa isca.

— Ainda está sofrendo — respondeu Donata, engolindo o anzol que ele lhe oferecia.

Um minuto depois, Motta estava sentado ao lado de Clô.

— Como vai? — perguntou ele com sua voz macia.

Clô se voltou, olhou longamente para ele, mas não respondeu nada.

— Ela está assim há semanas — avisou Donata.

Motta pareceu não se preocupar, sorriu e começou a contar tranqüilamente sua última viagem à Europa. Donata, animada pela paciência dele, saiu do quarto e na cozinha enfrentou o olhar irritado de Afonsinho, com uma desculpa.

— Talvez assim ela melhore.

— Você disse a mesma coisa da bebida — acusou ele.

— Meu Deus — disse Donata —, se você sabe fazer algo melhor, faça.

Passou a mão cansada pelo rosto.

— Ela está perdendo o juízo — disse.

Motta ainda falou sobre viagens durante alguns minutos, depois silenciou e correu os olhos espertos pelo quarto. Deu com duas garrafas vazias de uísque e balançou desaprovadoramente a cabeça.

— Há coisa muito melhor que bebida — disse.

Clô se voltou lentamente para ele. Motta enfiou a mão no bolso interno do casaco e saiu de lá com um minúsculo envelope entre os dedos.

– É o que estou usando agora – disse.

Abriu o pacotinho e deixou que o pó branco escorresse do interior para a sua mão.

– Aspire – ensinou – e os problemas terminam.

Sorriu, retirou mais três envelopinhos do bolso e os colocou na mão de Clô.

– Pelos nossos bons tempos – disse sorridente.

Se enclinou sobre ela e lhe deu um suave e pérfido beijo na face.

110. Os minúsculos envelopes vagaram esquecidos e inócuos, durante algum tempo, por cima dos móveis do quarto. Por duas vezes Clô teve um deles entre os dedos, mas a sua apatia era tão grande que ela não se sentia com disposição para tentar experiências novas. Uma semana depois da primeira visita, no entanto, Motta retornou. Afonsinho tinha saído e novamente Donata se deixou vencer pela sua astuta simpatia.

– Como vai a nossa menina? – ele perguntou com uma paternal cumplicidade.

Donata suspirou, armou uma cara trágica e balançou a cabeça. Há vários dias que ela evitava a filha, como se o sofrimento de Clô fosse uma doença contagiosa.

– Ela precisa sair – disse Motta com uma voz pausada e experiente.

– Ah, se o senhor conseguisse esse milagre! – disse Donata juntando as mãos.

Ele sorriu modesto e solícito e subiu para o quarto de Clô. Descobriu imediatamente os envelopinhos intactos em cima do criado-mudo e sacudiu chocado a cabeça, quando Clô se voltou para ele.

– Se você tivesse usado o pó – disse – não estaria assim.

Tentou arrumar desajeitadamente os cabelos desalinhados dela e tocou suavemente o seu rosto.

– Você precisa sair deste quarto – disse com uma severidade macia. – Precisa voltar a viver.

Clô concordou sem entusiasmo mas não disse nada. Motta então se pôs a lhe dar amáveis conselhos, como se ela fosse uma menininha doente. Pouco a pouco acordou nela os velhos sentimentos, até que Clô, solitária e naufragada, tomou avidamente a mão que ele lhe oferecia.

– Vamos jantar fora – ele decidiu. – Você vai tomar um belo banho, pôr um lindo vestido e jantar comigo.

Ele mesmo, como um pai carinhoso, descobriu as toalhas nas gavetas da cômoda, alinhou os chinelos ao lado da cama e a conduziu para o banheiro.

– Vamos – disse, lhe dando um pequeno beijo na face –, vá se fazer bonita.

Enquanto Clô tomava banho, ele escolheu o vestido e os sapatos e pudicamente saiu do quarto, quando ela retornou apenas com a toalha em volta do corpo.

– Espero por você lá embaixo – disse com a fofa segurança dos anos passados.

Quando Clô desceu para a sala, o seu esforço não parecia bem-sucedido. As semanas de sofrimento haviam eclipsado a sua luminosidade e mesmo dentro do seu melhor vestido ela parecia apenas uma mulher triste. Mas Motta a recebeu como se ela continuasse viçosa e resplandecente.

– Você está linda – mentiu convicto.

– Está mesmo – fez coro Donata com o mesmo empenho.

– Estou horrível – respondeu Clô desanimada.

Mas se deixou levar para um jantar sensaborão, em que somente Motta falou e tentou sem resultado ser alegre. No caminho de volta, no entanto, quando repentinamente avistou a rua onde tinha nascido, Clô pareceu acordar.

– Levo você até lá – concordou ele condescendente.

Mas dez anos tinham mudado a aparência da rua, Motta se confundiu e teve que refazer o percurso duas vezes, antes de confessar que não conseguia encontrar a casa.

– Devia ser por aqui – disse parando o carro diante de um jacarandá.

Clô também estava confusa, desceu do carro incerta, deu alguns passos inseguros ao redor da árvore, então conseguiu finalmente se situar e correu por alguns metros, até se deter com um gemido diante de um edifício. Ficou ali, soluçando e dobrada sobre si mesma, até que Motta desceu do carro e foi ao seu encontro.

– Demoliram a casa – gemeu ela, mostrando com uma mão trêmula um edifício frio e cinzento.

– Vamos – pediu Motta a conduzindo de volta para o carro.

– Me tiraram tudo – disse ela.

Entrou no carro e se encolheu no banco, choramingando baixinho como um cãozinho abandonado. Ficou assim, torcida numa dor fininha e enroscada por muito tempo, sem atinar com o novo caminho que Motta percorria.

– Vou ajudar você – ele repetia –, vou ajudar você.

Conduziu-a de volta para o antigo apartamento da Duque, sem que Clô conseguisse sair, um segundo que fosse, daquele desespero que fazia renascer dentro dela todas as dores dos últimos dias. Meio cega pelas lágrimas, nem o apartamento ela reconheceu e se deixou levar obedientemente para uma poltrona, em que Motta a deixou com uma promessa:

– Você não vai sofrer mais.

Ele sumiu dentro do quarto e voltou um instante depois com um daqueles diminutos envelopes que havia lhe dado.

– Veja como eu faço – ordenou.

Tirou as mãos dela da frente do rosto e a obrigou a olhar sua experiente demonstração.

– Isso é cafungar – disse com a satisfação de um bom professor.

Clô não pareceu entusiasmada, balançou a cabeça, mas Motta estendeu a palma da mão para ela.

– Não faz mal – disse. – Sempre usei. Lembra daquela maleta que você guardou?

De repente Clô reviu os saquinhos brancos da pequena mala que Luís Gustavo havia pedido que ela guardasse naquele distante e tumultuado agosto de 61.

– Experimente – disse Motta –, é o único remédio contra o sofrimento.

E Clô aspirou aquele pó cheio de promessas que brilhava diante de seus olhos, na mão redonda de Motta. Mas, ao contrário do que ele havia prometido, não houve o milagre, mas uma irritação picante nas narinas, que a fez espirrar e assoar freneticamente o nariz, enquanto ele ria e repetia:

– Isso passa, isso passa!

Clô teve um segundo de pânico, as narinas pareciam brotar sangue, o ar não chegava aos pulmões, mas logo a irritação passou e a respiração pareceu correr mais tranqüilamente. Voltou-se agoniada para Motta, que tinha os olhos ávidos e curiosos cravados nela.

– Então – perguntou ele –, está se sentindo melhor?

Ela pensou em negar, balançando a cabeça, mas não fez o menor movimento. O tempo se tornou espesso e escorria à volta dela como um caldo luminoso.

– Me sinto melhor – ela se ouviu dizer.

O mundo parecia acontecer além dela, lento e brilhante, como se ela tivesse o dobro das horas de cada dia para entender os acontecimentos. Tentou se erguer da poltrona, mas seu corpo parecia ancorado a ela e, no entanto, absurdamente flutuante. Voltou-se vagarosamente para Motta e viu, aturdida e espantada, que ele estava falando. Ela via seus lábios se moverem, suas mãos traçarem gestos no ar, mas não conseguia discernir as suas palavras. Era como se estivesse vendo Motta do lado de fora de um aquário, onde ele se movia, estranho e submerso.

– A vida é sofrimento – ela se ouviu dizer.

As palavras, como bolhas, saíam de sua boca, se elevavam no ar e rebentavam diante de seus olhos, com uma originalidade enganadora. Ela se sentia extremamente sábia e capaz de decifrar todas as charadas da vida.

– Minha avó era minha vida – ela disse.

E repentinamente se maravilhou com a estranha e inusitada musicalidade de sua voz, que lhe parecia feita de pequenos e sonoros sinos de vidro.

– Posso fazer o que quiser – ela se ouviu dizer.

Teve uma inopinada e repentina vontade de rir e riu, alto e cristalinamente, assombrada pela pureza do riso, que parecia fluir de dentro dela como uma límpida e translúcida água.

– A morte – ela se ouviu dizer – é definitiva!

E a partir daí se sentiu um esguio e ágil barco cortando as chispeantes ondas do engano, com as velas enfunadas por todas as ilusões impossíveis. E se deixou levar alegremente para mais um dos tristes naufrágios de sua vida atribulada.

111. Meses mais tarde, Clô se sentia como se estivesse dentro de um atordoante carrossel, que parecia girar cada vez mais depressa. As primeiras voltas, no entanto, foram tão vagarosas que nem percebeu que ele se movia. Os jantares com Motta se tornaram mais freqüentes e, aos poucos, as cadeiras ao redor da mesa foram se tornando mais numerosas, até que a sua vida se tornou uma sucessão alucinante de festas e encontros.

– Eu não quero pensar – dizia ela –, eu não quero pensar!

Motta satisfez plenamente a sua vontade. Ele planejava as festas, selecionava habilmente os convidados e quando os risos ameaçavam se transformar em lágrimas, tirava milagrosamente os envelopinhos do bolso.

– O pó da felicidade – anunciava sorridente.

Três meses depois do seu retorno, a vida de Clô já rodopiava mais depressa e foi natural e inevitável que, numa de suas noites alucinadas, ela trocasse de companhia. No dia seguinte, se ergueu perplexa da cama e correu em busca de Motta.

– Pensei que estivesse apaixonada – confessou.

Ele ergueu um dos pequenos envelopes, preso entre seus dedos.

– Ele faz você viver um ano numa noite – explicou.

A partir daí, os homens da vida de Clô não tinham mais nome. Alguns raros tinham o afeto de um mês, mas a maioria eram as presas de fim de festa, que Motta caçava com muita habilidade. Donata ainda tentou mentir para si mesma nas primeiras semanas, enfrentava as revoltas de Afonsinho e desculpava diariamente a filha.

– Ela só está se divertindo – dizia.

Um mês depois, forçava insônias para aguardar a volta, cada vez mais tardia, de Clô. Mãe e filha se encontravam nos degraus da escada, trocavam olhares aflitos e culpados e nunca encontravam as palavras desejadas.

– Você está bem? – perguntava a mãe.

– Estou morta de sono – respondia a filha.

– Não quer nada? – insistia Donata.

– Só dormir – dizia Clô.

E assim fugia das discussões com a mãe. Mas, quando acordava, invariavelmente Afonsinho estava a sua espera, cerrado e façanhudo.

– A que horas a senhora voltou? – ele perguntava.

Depois da resposta, ele desfiava a sua ladainha, que ela ouvia em silêncio e concentrada na xícara de café. Mas os modos pacientes e persuasivos de Afonsinho bem cedo se tornaram mais ríspidos e irritados, até que ele finalmente explodiu a sua indignação.

– Você é uma vagabunda – berrou furioso.

Desde então aguardava Clô ostensivamente ao pé da escada e quando ela descia, perguntava:

– Como vai a vagabunda da família?

– Me deixa em paz – pedia Clô.

Mas não conseguia impedir a fúria do irmão, que se derramava em ofensas sempre mais pesadas. Donata assistia à explosão do filho de cabeça baixa, às vezes protestava debilmente nas palavras mais impiedosas, mas jamais corria em socorro da filha.

– Vou ter que sair de casa – disse Clô para Motta.

Ele lhe deu um pequeno beijo na face e fechou a mão dela sobre a chave do apartamento da Duque.

– É seu – disse –, quando quiser!

Clô, no entanto, não se decidia a sair de casa, presa ainda às lembranças da avó. Diariamente, depois das agressões de Afonsinho, se fechava no quarto e inventava diálogos impossíveis com a morta.

– A vida é minha – se queixava para a cadeira vazia – e faço com ela o que quiser.

Na fase mais crítica do seu atrito com o irmão, comprou um grosso caderno escolar e, nas raras noites em que ficava em casa, aspirava o pó brilhante de um daqueles pequenos envelopes e se punha a escrever longas cartas para a avó. Naquelas curtas horas de ilusão, suas frases pareciam encantadas e ela se maravilhava com a própria sabedoria.

– O sofrimento – dizia séria para Motta – nos purifica.

Um dia, no entanto, abriu o caderno e se pôs a ler friamente o que tinha escrito. As palavras eram tolas e infantis e os pensamentos, vulgares e banais. Ela queimou o caderno envergonhada.

– Talvez o problema – se queixou para Motta – seja que eu não sei escrever.

Freqüentemente Max aparecia para visitar o irmão, mas Clô fugia de sua presença, como se tivesse medo de revelar os seus pensamentos. Finalmente, na entrada do inverno de 74, Clô foi obrigada a tomar uma decisão. Ela voltou para casa ao nascer do dia, ainda tonta e zoada pelos excessos da noite e, quando entrou, deu com a mãe sumida no fundo de uma poltrona e chorando.

– O que houve? – perguntou Clô.

– Oh, meu Deus! – gemeu a mãe, mas não conseguiu dizer mais nada, engolfada pelos soluços.

Naquele momento, Afonsinho irrompeu na sala, desgrenhado e assustador, tomou Clô violentamente pelo braço e a arrastou até a cozinha.

– O que há com você? – perguntou Clô furiosa.

Mas antes que concluísse a pergunta, foi jogada contra a mesa, onde cinco envelopinhos formavam uma bizarra flor sobre a toalha.

– Que pó é esse, sua vagabunda? – perguntou o irmão num rugido rouco.

Clô se amparou na mesa, recompôs os cabelos com um gesto rápido e encarou o irmão.

– É cocaína – disse.

Como se a palavra tivesse detonado a sua fúria, Afonsinho avançou sobre ela e lhe deu uma violenta bofetada que a lançou através da cozinha, contra o fogão. Apanhada de surpresa, Clô não teve tempo de reagir, porque ele novamente se lançou sobre ela e a esbofeteou várias vezes, enquanto berrava como um possesso.

– Vagabunda, viciada, ordinária!

Clô se desequilibrou, tentou desesperadamente encontrar um ponto de apoio para se livrar dos golpes, mas ele a jogou com fúria pela porta dos fundos e ela caiu sobre as lajes do pátio.

– Nunca mais ponha os pés nesta casa – gritou.

Clô, atordoada e ferida, se levantou penosamente e tentou entrar em casa, mas ele tinha fechado a porta dos fundos. Ela então rodeou a casa, mas antes que chegasse à entrada, o irmão abriu a janela do quarto e começou a jogar para fora suas roupas e seus pertences.

– Leve tudo daqui – ele berrava –, suma, desapareça!

Imóvel e aturdida, no meio do pequeno jardim, Clô assistiu à revoada de suas saias e seus vestidos, como se estivesse submersa num pesadelo absurdo. Depois que a última peça pousou desajeitadamente sobre um arbusto, Afonsinho começou a atirar para fora os potes de creme e os vidros de perfume. Alguns ricochetearam incólumes sobre a grama, mas a maioria se estilhaçou ruidosamente sobre as lajes, abrindo as primeiras janelas curiosas da vizinhança.

– Saia – gritou Afonsinho –, saia!

Mas Clô não conseguia se mover, pateticamente imobilizada entre as roupas que cobriam o jardim. Foi preciso que Donata abrisse a porta e corresse apavorada ao seu encontro para que ela despertasse.

– Fuja – gemeu sua mãe –, fuja.

Clô quis resistir, balançou a cabeça, mas Donata a empurrou desesperada para o portão.

– Ele mata você – disse.

Subitamente, o sol venceu o topo das árvores e correu célere pela rua, iluminando indiscretamente as janelas abertas, por onde cabeças irriquietas espiavam.

– Meu Deus – disse Clô –, que vergonha!

E esquecida de seu rosto ferido e de seu vestido rasgado, abriu o portão e correu rua abaixo, para longe de casa e da família, enquanto Afonsinho saía para o jardim, feroz e atrevido como um cão de guarda enfurecido.

112. Clô correu, dobrando esquinas e cortando ruas, até perder o fôlego. Mesmo assim, arquejante e dolorida, não se deteve e se forçou a prosseguir, aos tropeções, até alcançar a faixa. Aí parou, tentou recompor o vestido rasgado e, logo em seguida, indiferente aos olhares impiedosos que a espiavam de dentro dos carros que passavam, recomeçou a caminhar para Ipanema, sem saber que inexplicável razão a fazia procurar Max naquele momento. Quando agredida, Clô não conseguia pensar, se encolhia dentro de si mesma como um animal assustado e precisava de muito tempo para perder o pânico e se pôr novamente em ordem. Caminhou rápida e automaticamente, dentro da manhã que nascia, por mais de uma hora, até que os músculos das pernas começaram a lhe doer e a consciência da dor a fez diminuir o passo e acordou sua raiva.

– Miserável – ela disse em voz baixa –, miserável.

De repente ela viu distintamente as faces transtornadas do pai, Pedro Ramão e Afonsinho, congeladas na sua memória, um décimo de segundo antes da agressão. Ela teve uma pequena vertigem, descompassou a caminhada e, por um instante, a imagem dos três homens se confundiu numa só.

– Ele me paga – ela soluçou.

Mas não sabia dizer a qual dos três estava se referindo. Um momento depois, no entanto, a frase lhe pareceu vazia e impotente e ela chorou de raiva, por ser tão só e indefesa. Entendeu, repentinamente, a amargura que havia na voz de sua avó, quando ela dizia:

– Homens, são todos iguais!

A frase deteve Clô por um instante antes de cruzar a primeira rua de Ipanema e ela teve um impulso de voltar e enfrentar o irmão. Mas logo reviu o rosto amedrontado da mãe e descobriu magoada que não tinha percebido a menor piedade nos olhos de Donata.

– Ela acha que eu mereci – pensou tristemente.

Sua memória tornou a acordar e ela reviu a mãe, apontando um dedo implacável para ela e incitando a fúria do pai com uma declaração aguda e impiedosa:

– Não posso mais com a vida desta menina!

Recordou-se que depois do castigo inevitável, quando os olhos do pai buscavam a aprovação muda mas categórica da mãe, um pensamento esfriava seu pequeno coração:

– Eles são cúmplices!

Sempre lhe parecia que, por trás da porta fechada do quarto, seu pai e sua mãe planejavam perversamente o domínio dos filhos. Assim, enquanto caminhava, agora mais lentamente, pelas ruas arborizadas de Ipanema, ela descobriu com um travo amargo na boca que não tinha sido o afeto que havia jogado uma menina de dezesseis anos nos braços rudes de Pedro Ramão, mas o frio desamor de sua família.

– A avó sabia – ela pensou.

Nos dois quarteirões que a separavam da casa de Max, endureceu o rosto e esfriou os olhos, ensopada por um rancor que saía do presente e se derramava por todo o seu passado.

– Nunca vou perdoar o que fizeram a ela – pensou com uma gélida decisão.

Clô não tinha consciência disso, mas era a primeira vez que se desdobrava, como se a menina que saiu do Moinhos de Vento para Correnteza não fosse ela mesma, mas uma outra e desamparada criança. Quando se pôs, pouco depois, diante do espanto de Max, já não era a mesma mulher que duas horas atrás havia sido expulsa de casa. Qualquer coisa, sutil mas decisiva, começava a mudar dentro dela.

– Quem lhe fez isso? – perguntou Max.

– Meu irmão – disse Clô sem tristeza.

Os olhos de Max se apertaram por um momento, mas ele não disse nada.

– Ele descobriu que eu estava usando drogas – explicou Clô.

Mas logo se irritou com a escolha cautelosa da palavra que lhe parecia um pedido de desculpas.

– Pó – corrigiu –, cocaína.

Ele teve um movimento de surpresa quando ouviu a confissão, mas não disse nada. Estendeu o braço e correu carinhosamente a mão pelo rosto dela.

– Quer chorar? – perguntou com a voz cheia de uma cálida simpatia.

Clô balançou a cabeça e forçou um sorriso no rosto inchado.

– Não – respondeu –, vim a pé. Já chorei bastante pelo caminho.

Max tomou o seu rosto entre as mãos fortes e a puxou para si. Por um instante encostou a sua testa na dela, como se seus pensamentos pudessem passar silenciosamente para Clô. Depois lhe deu um pequeno beijo na face e soltou seu rosto.

– Venha – disse –, vamos tomar um café.

Clô não se moveu.

– Ele me expulsou de casa – disse. – Jogou minhas roupas no jardim.

– Vamos tomar um café – Max insistiu. – Depois eu busco suas roupas.

Ele a conduziu carinhosamente e sem perguntas para a pequena cozinha e a fez sentar à mesa.

– Você nunca tomou o meu café – se queixou.

Pôs a água a ferver, passou a mão pelos cabelos de Clô e então desapareceu por um momento no interior da casa. Voltou pouco depois com uma toalha molhada.

– Você está um bocadinho danificada – disse.

– Não me dói – respondeu ela.

Adivinhou os pensamentos dele e acrescentou apressadamente:

– Não, eu não tinha tomado nada. É que não me dói mesmo.

Os olhos de Max subitamente foram iluminados por um brilho feroz.

– Não gosto de espancamentos – disse.
– A culpa foi minha – respondeu Clô.
– Não – disse ele categórico –, não acho que tenha sido.

Tentou passar a toalha no rosto de Clô, mas ela afastou a cabeça.

– Por favor – pediu –, estou bem assim.

Max suspirou, jogou a toalha em cima de uma cadeira e foi preparar o café com uma meticulosidade exagerada.

– Eu e o Afonsinho tínhamos discussões sobre política – disse sem olhar para ela.

Deixou o café coando e foi apanhar duas xícaras no armário.

– Nunca nos acertamos – informou. – Ele acha que o chicote deve mudar de mãos.

Fez uma pausa e colocou uma xícara na frente de Clô.

– Eu acho que é preciso abolir o chicote – completou.

Ficou olhando um momento para Clô com um ar sério e compenetrado, mas logo sorriu e disse com um tom mais alegre:

– Bom, chega de conversa e vamos tomar café.

Terminou rapidamente de pôr a mesa, enquanto a fragrância do café subia do bule e se espalhava pela cozinha.

– Ah – exclamou ele aspirando o ar –, é um perfume delicioso.

Para sua surpresa, Clô se descobriu com um apetite inusitado e comeu com a disposição de uma menina faminta, enquanto ele a olhava divertido e bebia o café em pequenos e demorados goles.

– Muito bem – disse quando ela terminou –, agora vou buscar as suas coisas.

– Não discuta com ele – pediu Clô.

– Não se preocupe – disse ele –, acho que nunca mais vou discutir coisa alguma com seu irmão.

Max se inclinou e lhe deu um pequeno beijo de despedida. Foi até a porta, parou por um momento no umbral, de costas para ela, como se uma nova idéia tivesse lhe ocorrido, e então se voltou com os olhos cheios de esperança.

– Você quer ficar comigo? – perguntou sem conseguir disfarçar a ansiedade da voz.

– Sinto muito – disse Clô.

— Eu amo você — ele disse como se estivesse repetindo uma velha verdade.

— Um dia, quem sabe — respondeu Clô.

Mas não havia promessa alguma em sua voz, porque o passado ainda lhe pesava e confundia o caminho.

— Um dia, quem sabe — repetiu ele.

E saiu rapidamente para disfarçar o seu embaraço.

113. Durante muito tempo, Clô se sentiu como um pássaro ferido. Nos bons momentos, se enchia de esperança, abria as asas e conseguia voar sozinha. Mas, antes de tomar altura, os maus momentos feriam sem piedade suas asas, ela caía no chão e tinha que arrastar penosamente cada um dos dias de sua vida.

— Um dia — ela dizia — eu consigo.

Nos bons momentos, ela tomava coragem e abria as portas conhecidas em busca de emprego. Mas havia sempre um engano, um detalhe mal explicado ou uma mudança inesperada, que encerravam abruptamente suas esperanças. Motta acompanhava curioso as tentativas de Clô, mas desacreditava abertamente do seu sucesso.

— Você não nasceu para trabalhar — repetia constantemente.

Expulsa de casa, Clô havia se mudado para o antigo apartamento de Motta, na Duque. Os negócios não iam bem e ele vivia agora de pequenas comissões que catava aqui e ali, defendendo causas perdidas ou servindo de testa-de-ferro para negócios duvidosos.

— Os tempos mudaram — dizia com uma voz desconsolada.

Sua mulher havia engordado mais do que ele, inventava doenças com mais rapidez do que os médicos conseguiam diagnosticar e atormentava o marido com ameaças diárias de escândalos e denúncias.

— Eu deveria ter deixado dela — confessava ele amargamente arrependido.

Motta estava ficando irremediavelmente balofo, sua gordura ondulava a sua volta, como uma roupa muito folgada. Apenas um de seus pacotinhos milagrosos já não lhe bastava e, depois do segundo, ele repentinamente passou a se entregar a planos mirabolantes.

– Preciso de um banco – dizia, como se estivesse falando de um carro novo.

Pouco a pouco não necessitava mais do pozinho brilhante para se julgar um vitorioso candidato a banqueiro.

– Talvez me convidem para a direção do Banco do Rio Grande – dizia com os olhos acesos de engano.

Começou a bajular escandalosamente políticos e militares. Mantinha uma agenda minuciosa das inaugurações e punha-se no caminho do governador e dos secretários. Aplaudia com entusiasmo os discursos oficiais e saía do anonimato das últimas filas, abrindo febrilmente o caminho para apertos de mão inconvenientes.

– Excelência – gorgeava com uma voz feminil –, sou o bacharel Rubens Motta.

Em pouco tempo passou a ser barrado nas cerimônias e ostensivamente esquecido pelos oficiais de gabinete. Mas nem assim desceu de sua ilusão delirante.

– É a inveja – dizia para Clô.

Fazia uma pausa e ria vitorioso e satisfeito, como se os seus planos estivessem sendo realizados.

– Ninguém atira pedras em figueira seca – dizia.

Clô assistia em silêncio ao extravio de Motta. Vagarosamente seu círculo de amizades havia mudado e ela agora participava de reuniões barulhentas de um grupo de jovens executivos. Era uma geração sem as manhas de Santamaria ou as sutilezas de Felipe, que não perdia tempo em esconder as suas presas afiadas.

– Você vai terminar sustentando a mulher dele – diziam sem piedade.

Nos últimos meses do ano, Motta foi assaltado por uma alegria esfuziante. Retirou Clô de um jantar e a conduziu cheio de segredos para um pequeno restaurante.

– Quero comemorar com você – disse – o maior triunfo da minha vida.

Tomou as mãos dela entre suas mãos trêmulas e redondas.

– O futuro governador do Rio Grande do Sul – disse – é meu íntimo amigo.

Clô olhou descrente para ele, procurando em seus olhos os sinais da droga, mas ele adivinhou seu pensamento e riu baixinho.

– Nada – disse sussurrando –, não tomei nada.

Espiou cautelosa para os lados, examinou detidamente o rosto dos demais clientes e então, extremamente sério, se voltou outra vez para ela.

– É um general – disse. – Recebi a informação de uma fonte altamente segura. Fui falar pessoalmente com ele.

Tornou a rir da própria esperteza e por um instante pareceu a Clô que ele tentava readquirir o velho domínio que possuía sobre ela.

– Evidentemente o homem negou, disse que era um soldado que cumpria ordens e aquelas coisas todas. Mas terminou confessando que há anos sonha em governar o Rio Grande.

Se recostou na cadeira e olhou para ela cheio de poder.

– Joguei a minha cartada – disse agora com a voz tresandando a segurança. – Eu disse a ele: general, eu lhe faço governador e o senhor me faz diretor do Banco do Rio Grande.

Naquela noite Clô recusou um dos pequenos envelopinhos de ilusão, pretextou um compromisso, deixou Motta na sala com seus delírios e foi quieta para o quarto duvidar de todas as suas escolhas.

– Meu Deus – ela pensou cheia de medo –, ninguém pode impedir coisa alguma.

A partir do dia seguinte e durante quatro semanas, Motta bombardeou as figuras mais destacadas de Brasília, com telegramas cada vez mais veementes. Passou a importunar dirigentes classistas exigindo assinaturas em listas de apoio, até que finalmente desandou a se dar ares de confidente governamental.

– Estou aqui – dizia – em nome de um general de cinco estrelas!

Uma noite, quando voltava com Clô de um jantar tumultuado, onde havia tentado convencer um grupo de suas importantes ligações, um homem jovem mas inteiramente grisalho estava a sua espera dentro do apartamento.

– Tenho um recado urgente para o senhor – disse o homem.

Clô fez um movimento para sair, mas ele a impediu com um gesto.

– Por favor – disse –, prefiro que fique.

Motta, surpreso, não sabia o que fazer, sorria e ficava sério, diluído entre a ilusão e a realidade. O homem então se ergueu com o vagar estudado de um felino.

– Com licença – disse para Clô.

Atravessou a sala e inesperadamente arrancou as gavetas de um aparador, até encontrar o pequeno estojo onde Motta guardava os envelopes. Enquanto Motta olhava estarrecido e petrificado, ele apanhou um punhado deles e se voltou com os olhos cheios de um ódio frio e profissional.

– Venha cá, seu nojento – ordenou.

Motta olhou em pânico para Clô, balbuciou um sim-senhor servil e avançou trôpego ao encontro do outro.

– Se tu continuares a meter o nariz onde não deves – disse o homem grisalho com uma voz cortante –, mando te fichar como traficante e estouro com essa tua vidinha de proxeneta.

Fez uma pausa e perguntou com ferocidade.

– Entendeu, seu nojento?
– Entendi – gaguejou Morta submisso.
– Só para ajudar a tua memória – disse o homem.

E lhe deu duas rápidas e secas bofetadas. Logo em seguida, sem a menor pausa, sorriu para Clô e se despediu com uma cortês inclinação de cabeça.

– Passar bem – disse com uma voz inesperadamente simpática.

Motta se jogou soluçando sobre uma poltrona, mas Clô, durante muito tempo, não conseguiu se mover. Ficou aturdida no meio da sala, com uma doida esperança que tudo aquilo poderia ser apagado e que ela poderia voltar atrás no tempo, abrir a porta do apartamento e encontrar novamente cada pequena coisa no seu lugar. Quando ela finalmente conseguiu dar um passo, caminhou até a poltrona em que Motta ainda se sacudia em soluços incontroláveis e disse:

– Meu Deus, Motta, terminaram com você.

Ele tateou desesperado pelo chão em busca de um pequeno envelope e, apesar de todas as dores e das desilusões passadas, Clô teve pena dele.

114. Depois do incidente, Motta não retornou mais ao apartamento. Clô aguardou uma semana e, logo em seguida, se tomou de coragem e telefonou para sua casa. Uma empregada distante e mal informada respondeu que o patrão havia viajado, mas não soube dizer mais nada. No fim do mês, Clô recebeu uma carta impessoal de uma imobiliária, informando que o apartamento tinha sido vendido e que ela tinha trinta dias para se mudar. No dia seguinte, Morelos reapareceu inesperadamente, com sua cara de bagre cheia de uma inocência mal fingida.

– Tenho um cliente – disse –, em sólida situação, que deseja os seus serviços.

– Estou procurando emprego – disse Clô.

– Sim, sim – esclareceu ele apressadamente –, é exatamente sobre isso que desejo lhe falar.

Fez uma pausa esperta e espiou malandramente para Clô, por trás de suas grossas lentes.

– Grãos – ribombou com uma voz afetada –, grãos! Eis o grande negócio do momento.

Baixou a voz para um volume mais confidencial e inclinou a cabeça para Clô.

– Meu cliente recebe muitos *experts* – disse com uma afetada pronúncia de inglês.

Tornou a fazer uma pausa e rolou dentro das órbitas seus imensos olhos de peixe.

– Eles precisam de distrações – continuou –, alguém que os leve para jantar, que os leve às boates...

– E que os leve para a cama – disse Clô cruamente.

– Eventualmente – respondeu Morelos impassível.

Ergueu, no entanto, o indicador como se fosse uma vírgula e acrescentou:

– Mas não necessariamente.

Clô balançou a cabeça desinteressada, mas Morelos não se perturbou com a negativa.

– O salário é bastante atraente – disse.

– Obrigada – respondeu Clô.

Mas ele continuou a falar com a sua voz empostada, como se estivesse recitando uma fala decorada que não podia ser interrompida antes do final.

– Seria bastante aconselhável – disse por fim – uma experiência de trinta dias, para o mútuo conhecimento.

Se pôs de pé com uma pompa estudada, esticou sua imensa boca num sorriso que lhe cortou o rosto em dois e deu uma longa piscada cheia de sabedoria.

— A senhora — disse — tem uma semana de prazo para me comunicar a sua decisão.

Desta vez apanhou a mão de Clô e a levou a um centímetro dos lábios, numa inesperada e evidente deferência.

— Creio — cantarolou com uma voz de baixo — que desta vez nos acertaremos.

Clô, no entanto, tinha planos bem diversos. Desde sua experiência com Cilinha que pensava em abrir uma butique bem mais modesta e bem menos extravagante. Recortava os anúncios que ofereciam lojas, namorava timidamente as ofertas e sonhava em encontrar o ponto ideal que forçasse a sua decisão.

— Eu queria ter uma coisa minha — ela disse a Max.

— Não entendo de butiques — ele confessou.

Tocou brincalhão com o dedo na ponta do seu nariz.

— Mas, pelo que sei — continuou —, elas custam dinheiro.

— Tenho ações — respondeu Clô.

Max olhou incrédulo para ela e Clô baixou os olhos embaraçada.

— Santamaria me deixou — disse.

Ele não gostou da informação, apagou o sorriso do rosto e se tornou desinteressado e distante.

— Bem — disse com uma voz neutra —, então você tem tudo o que precisa.

Naquele mesmo dia, Clô telefonou para sua mãe e avisou secamente que iria buscar as ações.

— Não — discordou Donata —, não venha. Seu irmão não quer mais que você pise nesta casa.

— É problema dele — disse Clô com raiva, desligando o telefone.

No dia seguinte, ela bateu decidida na casa da mãe. A rua parecia deserta, mas desde o momento em que desceu do carro Clô adivinhou os olhos curiosos que espiavam por trás das persianas.

— Bem — ela pensou —, se Afonsinho estiver em casa, eles vão ter mais um belo espetáculo.

Mas quem veio abrir a porta foi uma Donata humilde e culpada, que encarou a filha por um breve instante e logo baixou os olhos.

— Afonsinho saiu — ela disse, antes de qualquer cumprimento da filha.

Se afastou um passo, olhou amedrontada para fora e deixou que a filha entrasse para a pequena sala. Clô deu três passos e parou constrangida, porque subitamente a casa havia se tornado estranha e hostil.

– Sente – pediu Donata sem naturalidade.

– Não, obrigada – respondeu Clô, procurando limpar de sua voz qualquer traço de afeto.

– Sinto muito o que aconteceu – disse Donata com uma voz sem convicção.

– Passou – disse Clô duramente.

Tentou encarar a mãe, mas os olhos de Donata fugiam constantemente dos seus.

– Vim buscar minhas ações – disse Clô. – Não vieram com as minhas coisas.

Donata sentou muito tensa na ponta de uma cadeira, com as mãos juntas e torcidas sobre o regaço. Ficou olhando um momento para o chão e depois disse com uma voz muito solene:

– A família é a coisa mais sagrada do mundo.

– Não – disse Clô impaciente –, eu não vim até aqui para ouvir os seus discursos.

Mas Donata estava lhe propondo o velho jogo da discussão familiar, do qual, por mais que desejasse, Clô ainda não podia fugir.

– Você precisa compreender seu irmão – disse a mãe.

– Pelo amor de Deus – pediu Clô, tentando impedir que sua mãe continuasse.

– Quando seu marido quase matou você, ele tomou o seu partido – teimou Donata, com uma ponta de agressividade na voz.

– E quando ele fugiu – disse Clô com raiva – eu o sustentei, lembra?

– Ajudou – corrigiu Donata irritada.

– Sustentei – berrou Clô furiosa.

Mas ela sabia que, na verdade, o motivo de sua raiva é que ela, mais uma vez, havia engolido a isca que a mãe havia lhe oferecido.

– Não vamos discutir o passado – propôs Donata com um visível ar de satisfação pela intranquilidade da filha.

Descruzou as mãos e alisou com fingido interesse as dobras do vestido.

– Você está errada e sabe que está errada – insistiu. – Afonsinho só estava pensando no seu bem. Afinal, ele é mais velho do que você e é o homem da família.

– É – disse Clô com uma surda raiva –, eu sabia que você ia dizer isso.

Caminhou impaciente pela sala, tentando recuperar a calma, e logo em seguida voltou a encarar a mãe:

– Muito bem – disse com uma voz cansada –, eu sou uma vagabunda viciada...

– Eu não disse isso – protestou a mãe sem verdade.

– ... mas sou uma vagabunda viciada – continuou Clô –, e meu querido irmão é um homem honesto e maravilhoso. Contente?

Donata encolheu os ombros, fugindo de uma resposta.

– Muito bem – disse Clô –, agora eu quero as minhas ações.

Donata encarou a filha por um momento, depois baixou os olhos e disse num fio de voz.

– Usei.

– O quê? – perguntou Clô incrédula.

– Usei – repetiu Donata –, comprei um negócio para seu irmão.

E de repente Clô descobriu quem tinha lhe ensinado a ser enganada com tanta facilidade.

115.

A fúria de Clô rolou dentro dela como uma vaga imensa e explodiu incontrolada. Ela teve, primeiro, um soluço de desespero, que dobrou seu corpo como se tivesse recebido um golpe, logo ele cresceu numa espécie de rugido feroz e finalmente se dividiu em meia dúzia de palavrões raivosos. Mas mesmo assim, ela não conseguiu extravasar toda a sua revolta, varreu com um tapa todos os vasos e bibelôs que se enfileiravam no aparador e se voltou lívida para a mãe. Mas Donata evitou a agressão, se derretendo num choro convulsivo, enquanto se jogava dramaticamente de joelhos diante da filha.

– Sua droga – berrou Clô –, sua droga!

Mas não conseguiu dizer mais nada, porque a cólera se misturou com a lembrança da agressão brutal do irmão e se desviou inteira para ele. Ela apanhou a mãe pela gola do vestido e a ergueu violentamente do chão.

— Onde é a droga do negócio dele? — perguntou num berro.

Donata percebeu que não era mais o alvo do ódio da filha e se recuperou prontamente.

— A culpa é minha — disse com uma voz heróica.

Mas Clô a sacudiu violentamente e Donata gaguejou assustada o endereço da loja do filho. Mal terminou de falar, se libertou das mãos de Clô e se jogou num canto da sala, soluçando em uivos desesperados. Clô saiu de casa, como um pé-de-vento devastador, enquanto sua mãe gritava a suas costas:

— Ele vai pagar tudo, ele vai pagar tudo!

Clô, no entanto, não conseguia ouvir, engolfada numa revolta insana, que só lhe permitiu mastigar, durante todo o percurso, uma única palavra:

— Canalha! Canalha!

A pequena loja de Afonsinho, localizada na Tristeza, tentava inutilmente chamar a atenção dos clientes, espremida entre pequenas e graciosas residências. A adaptação tinha sido feita às pressas e sua fachada inconfundível de garagem, coberta com anúncios, parecia mais um painel de propaganda do que a frente de um estabelecimento comercial. No alto das portas, uma placa berrava em grandes letras Moteca, num arremedo barato de arte pop.

— Grande droga — rosnou Clô quando estacionou.

Desceu do carro e caminhou para a loja fervendo de indignação. Afonsinho, sentado num tamborete alto, atrás do balcão deserto, lia um jornal. Ergueu os olhos surpreendido quando viu a irmã entrar. No segundo seguinte tentou substituir a surpresa por um ar de paternal reprovação, mas a fúria de Clô não lhe permitiu fazer a mudança.

— Ladrão — ela cuspiu com raiva.

— O que — gaguejou ele —, o quê?

— Você é um ladrão miserável e hipócrita — gritou a irmã.

Afonsinho tentou se pôr de pé, mas o tamborete onde estava sentado se desequilibrou com o movimento brusco e ele teve que se segurar apressadamente no balcão para não cair.

— Quero minhas ações de volta — rugiu Clô.

— Você não pode falar assim comigo — engrolou ele, recuperando o equilíbrio.

Tentou manter a superioridade, mas a consciência da deslealdade enfraqueceu a sua voz e desmanchou a sua postura. Ele se encolheu irremediavelmente atrás do balcão.

— Tenha cuidado comigo — ameaçou —, tenha cuidado comigo.

— Uma droga — berrou Clô.

E empurrou contra ele um pequeno mostruário de lâmpadas que estava sobre o balcão.

— Não faça escândalo — pediu ele, enquanto tentava apanhar as pequenas lâmpadas que tinham se derramado pelo chão.

— Eu quero o meu dinheiro — disse Clô.

— Gastei tudo — disse ele com uma voz rouca.

Começou a tentar refazer o mostruário com as mãos trêmulas.

— Não era tanto assim — explicou. — Venderam o banco. As ações tinham baixado.

Ergueu os olhos mas não conseguiu encarar por muito tempo a irmã, que o olhava com um impiedoso desprezo.

— Você é uma droga de revolucionário — ela acusou. — Me espanca em nome dos seus belos princípios, mas não tem vergonha de roubar o meu dinheiro.

Curvou-se sobre o balcão e berrou:

— Era o dinheiro de uma vagabunda, está me ouvindo?

— Vou pagar — balbuciou ele.

— Proxeneta — disse ela com uma voz baixa e feroz.

Ele ergueu para ela uns acovardados olhos de cão. Clô não conseguiu se conter mais e cuspiu na cara dele. Afonsinho cambaleou como se tivesse recebido um tapa, limpou trêmulo a barba e repetiu:

— Eu vou pagar, juro que vou pagar.

Clô mastigou um palavrão curto e explosivo, mas não foi além, afogada pela súbita consciência de que na verdade estava sepultando o último membro de sua família.

— Vou pagar tudo — disse ele como um disco partido.

Ela deu as costas e saiu. Foi até a calçada, teve um soluço incontido e desesperado e se amparou por um momento no carro, enquanto a raiva se consumia dentro dela e se transformava numa mágoa imensa e dolorida. Então, voltou mais lentamente para dentro da pequena loja. Afonsinho continuava imóvel atrás do balcão, como se fosse uma peça grotesca de

411

motor. Quando ela entrou, sua mão se ergueu uma polegada, tomada por um tremor incontrolável, mas em seguida tombou inerte ao lado do corpo.

– Você – disse Clô com uma voz sofrida – era tão idealista. Eu respeitava você. Eu amava e respeitava você. Às vezes até, eu invejava você, porque não tinha a sua coragem.

Balançou tristemente a cabeça.

– Todos tinham o direito de me magoar, menos você, meu irmão. Menos você.

Silenciou e ficou olhando Afonsinho cheia de pena. Ele baixou a cabeça e repentinamente se jogou dobrado em dois sobre o balcão e começou a soluçar. Clô, no entanto, não se aproximou dele. Permaneceu imóvel olhando o irmão sem pena nem rancor, até que por fim se voltou e saiu da loja, enquanto ele continuava a chorar aos arrancos, em cima do balcão. Na rua, Clô precisou de um momento para se recompor, respirou fundo, ergueu os olhos para o céu muito azul e sem nuvens e sacudiu desconsolada a cabeça.

– Meu Deus – disse em voz alta como se falar a desafogasse –, acabaram conosco.

Entrou no carro e saiu como em transe, rodando muito tempo, sem rumo, pelas ruas desconhecidas da Zona Sul. Só muito tempo depois foi que se deu conta que instintivamente estava se dirigindo para o cemitério.

– Ela está morta – ela pensou com amargura.

Tentou mudar o seu destino, mas o próprio trânsito a manteve no rumo. Quando ela estacionou na frente do imenso portão de ferro, o sol fosco do meio-dia diminuía as sombras e escorria molemente pelos muros. As pequenas avenidas estavam desertas e seus passos ecoaram tristes e solitários pelas paredes.

– Não tenho o que fazer aqui – ela pensou.

Mas aquela espessa sensação de abandono que caía sobre ela a empurrava inexoravelmente até a sepultura de sua avó. Diante do jazigo ela se deteve e ficou olhando para a pedra negra e brilhante, que a tinha separado para sempre do seu maior afeto.

– Avó – ela disse baixinho como quem reza –, só restei eu.

Mas não houve nem o riso do passado nem as batidas secas e animadoras da velha bengala, e as lágrimas desceram quietas e desamparadas pelo seu rosto.

– E eu não sou nada – ela completou –, não sou nada.

Baixou a cabeça, mas logo em seguida fez um esforço e se aprumou novamente, olhando esperançada a sua volta. Mas a pedra enorme, com suas grandes argolas de ferro, não tinha se movido e não havia o menor consolo na mudez das cruzes que se multiplicavam diante dela. Clô limpou as lágrimas com a mão e saiu, cabisbaixa e esmagada, como se todas as suas solidões tivessem sido postas subitamente sobre os seus pobres ombros.

116. Clô saiu do cemitério e entrou no carro sem vontade de ir a parte alguma. Abaixo dela, a cidade se empurrava para o horizonte, até se erguer, ao longo do espigão central, numa crista assimétrica de cimento. Recordou o seu orgulho de menina de cidade grande, quando visitava os invejosos parentes do interior.

– Sou de Porto Alegre – dizia, como se aquela pacata cidade fosse a capital do mundo.

Agora, no entanto, ela lhe parecia distante e hostil, como se dentro de seus blocos sombrios só nascessem adultos.

– Eu deveria ter tido um filho – pensou.

O pensamento foi rápido e inconsistente, pôs por um instante a imagem de Felipe diante dela, mas logo em seguida a jogou de volta para o início do dia.

– Aquele droga me enganou o tempo todo – ela pensou.

Mas já não sentia raiva de sua mãe, apenas uma vontade de lhe dar as costas para sempre e jamais tornar a vê-la. Havia uma ameaça de tumulto dentro de Clô, uma trovoada distante avisando tempestade, que ela afastou ligando o carro e deixando propositadamente o motor girar no máximo de rotação.

– Meu Deus – pensou –, por que eu não vou embora?

Teve uma vontade angustiante de sair descobrindo caminhos, fugindo das cidades e das gentes, até que não houvesse senão silêncio e solidão a sua volta. A fantasia, no entanto, como uma pequena chama ao vento, brilhou dentro dela, tremeu e se apagou.

– Vamos para casa – ela disse em voz alta.

Voltou para o seu apartamento, sentou diante das portas envidraçadas e ficou olhando o rio. Há quinze anos, numa tarde morna como aquela, Clô havia, pela primeira vez, afastado as cortinas e olhado para o rio. Como agora, debaixo do céu sem nuvens, ele parecia imóvel como uma chapa de aço. Sua vida com Motta tinha então apenas uma semana e, apesar de todos os seus medos, parecia estar destinada a um final tranqüilo.

— Há uma coisa boa nisso tudo — havia dito a avó quando soube de sua decisão de viver com ele —, você não ama o Motta.

Fez uma pequena pausa, bateu com a bengala no assoalho e completou:

— Assim, pelo menos, ele não pode ferir você muito fundo.

A lembrança do engano arrancou um riso rouco e amargo de Clô.

— Meu Deus — ela pensou olhando à volta —, foi aqui que eu comecei a errar.

Imediatamente a memória a corrigiu e a empurrou mais para trás, até o dia em que seu pai a levou ao escritório de Silva Souto.

— Cheiro um patife a quilômetros de distância — havia avisado sua avó. — E esse Silva Souto é um patife.

Clô reviu o sorriso fino e pérfido do advogado, os corredores sussurrantes e mesquinhos do tribunal de Correnteza e o juiz de cara lavada de seminarista, que havia lhe tirado os filhos sem olhar uma só vez para seus olhos. As imagens lhe doeram tanto que ela se moveu inquieta na cadeira. Mas não conseguiu se impedir de lembrar, porque o passado já enrolava seus pensamentos na sua teia e ela se reviu, menina e distante, se pondo atrevidamente na frente de Pedro Ramão.

— Quero me casar com você — ela tinha dito.

A memória instantaneamente fugiu com ela para o casamento da filha e Clô tornou a ver Joana, criança e desprotegida, naufragada entre o pai e o noivo, enquanto ela se partia em pedaços de impotência no fundo da igreja.

— Não — ela gemeu em voz alta.

Sacudiu violentamente a cabeça.

— Não quero lembrar — gritou para as paredes.

Mas já não conseguia se impedir e teve que suportar, pela segunda vez, a noite em que Pedro Ramão a violou ferozmente, porque, assim como fazia com o seu gado, marcava também sua fêmea.

– Animal – ela rosnou com raiva.

Ergueu-se sufocada da poltrona e foi para a sacada. Teve então um momento de desespero, se voltou e olhou instintivamente para a gaveta do aparador, onde ainda restavam quatro daqueles pequenos envelopes mágicos que Motta havia lhe dado.

– Não – ela se disse com ferocidade –, hoje não!

Saiu precipitadamente da sacada e foi para o banheiro, onde lavou várias vezes o rosto com água fria, como se quisesse despertar de um pesadelo. Mas mesmo assim, as velhas imagens continuavam pulsando dentro dela.

– Não adianta – ela se disse no espelho –, não adianta.

Voltou impaciente para a sala e agoniada deixou que seus olhos fugissem para além do rio, para as verdes campinas que se deitavam mansas e tranqüilas para o poente. Antes que ela pudesse recuar, a Estância de Santa Emiliana estava novamente a sua volta e um cheiro forte de terra molhada parecia navegar sobre o rio e vir ao seu encontro. Ela se afastou bruscamente da sacada, mas já era demasiado tarde para se ocultar e foi apanhada pelas recordações, a meio caminho da poltrona. Quando se jogou desalentada sobre ela, já estava ressofrendo seu parto desesperado e solitário e revendo seu filho sair ensangüentado de dentro dela, contra todos os seus sonhos, como a última e humilhante imposição do marido.

– Matei meu filho – gemeu, curvada sobre um dos braços da poltrona.

E teve um soluço de pânico, porque a palavra matei havia escapado de dentro de seus remorsos e se intrometido perversamente no início de sua frase.

– Eu quis dizer perdi – ela chorou –, eu quis dizer perdi!

Mas não havia mais ninguém a sua volta para convencer e ela se retorceu aflita como uma serpente pisada.

– Oh, meu Deus – ela soluçou –, eu vou enlouquecer!

Então as imagens perderam toda a coerência e o passado inteiro se confundiu desordenadamente dentro dela. Todas as lembranças pareceram disparar, como se o filme de sua vida tivesse sido mal emendado e agora se rompesse em pedaços anacrônicos e desconexos. Ela reviu seu esperançado amor por Felipe, a face pálida de Santamaria assombrada pela morte, seu pai cambaleante dizendo com uma voz feita de agonia que tinha perdido tudo, Plácido esculpindo hipócrita as suas cobiças mesquinhas, os olhos assustados do filho na primeira visita e, no meio de todas essas fulminantes visões, intermitente como o latejar implacável de uma dor, os olhos congelados e a boca aberta e retorcida de sua avó diante dos relâmpagos.

– Deus – gemeu ela –, Deus, Deus!

Rolou pela poltrona como um animal ferido, caiu soluçando e se arrastou sobre o tapete, até que conseguiu se erguer e se lançou cegamente para fora, indiferente aos olhares espantados que deixava atrás de si. Meia hora depois, ainda aturdida e transtornada, foi ancorar inesperadamente nos braços de Max.

– Me ame – pediu –, por favor, me ame.

E se derramou num choro manso e sofrido, enquanto ele se refazia da surpresa e a acarinhava ternamente, enquanto só atinava repetir duas palavras banais:

– Tudo bem, tudo bem, tudo bem.

Só quando ela pediu pela segunda vez que ele a amasse, foi que Max a conduziu em silêncio para o quarto. Ele a deixou na cama e a despiu sem pressa e cheio de cuidados, como quem retira as pétalas murchas de uma rosa. Somente quando ela se sentiu inteiramente nua foi que parou de chorar e se aninhou como uma criança nos seus braços. Aos poucos sua respiração se aquietou e, protegida pela compreensão do corpo de Max, ela adormeceu. Ele não se moveu durante todo o tempo que durou o sono de Clô. Duas horas depois, quando ela reabriu os olhos, ele continuava com suas grandes mãos à volta do seu corpo.

– Sinto muito – ela disse.

E só então se deu a ele, quieta e agradecida, naquela trégua que cicatrizava as suas feridas e lhe dava ânimo para prosseguir nas suas guerras.

117. Havia uma grande e amarela lua navegando por cima das árvores, quando Clô saiu dos braços de Max e sentou na cama, com as costas apoiadas na parede.

– Você me faz bem – ela disse.

– Você me faz ainda melhor – respondeu ele piscando um olho brincalhão para ela.

Clô sorriu, mas logo se tornou séria e voltou para os seus pensamentos. Ficou muito tempo em silêncio, enquanto Max a olhava curioso, sem dizer uma palavra.

– Não tenho mais nada – disse repentinamente Clô, se voltando para ele e tentando sorrir.

– Tem a mim – respondeu ele.

Ela tocou carinhosamente em sua mão, mas prosseguiu como se não tivesse ouvido Max.

– Minhas economias se foram – disse –, não tenho emprego, não tenho casa, não tenho sequer um travesseiro onde eu possa recostar a cabeça.

Olhou para ele com uns olhos cansados e ressentidos.

– E no entanto – continuou –, tenho 35 anos. Trinta e cinco anos, Max, e não tenho nada, a não ser a roupa do corpo.

Baixou a cabeça e deixou sua mão correr suavemente pela curva do seu ventre.

– Perdi até os filhos – disse.

– Não – corrigiu Max –, você não os perdeu. Eles continuam lá.

– Não – disse ela balançando a cabeça –, eu perdi os dois. Joana e Manoel.

Tornou a balançar a cabeça, como se não acreditasse nas próprias mágoas, suspirou e depois se voltou novamente para ele.

– O que eu vou fazer da minha vida, Max? – perguntou com uma sombra de desespero na voz.

Ele girou na cama e se pôs de joelhos diante dela.

– Você pode começar – disse mansamente – largando tudo e vindo morar comigo.

Clô o encarou agudamente, como se seus olhos pudessem andar livres por dentro dele. Em seguida, baixou lentamente a cabeça, pôs em ordem seus pensamentos e tornou a encarar Max, que continuava aguardando, muito sério, a sua resposta.

– E se não der certo? – perguntou.

Max esmurrou irritado o colchão, afastou impaciente os lençóis e levantou da cama.

– Vamos jantar – disse, apanhando suas calças de cima de uma cadeira.

– Você não me respondeu – insistiu Clô.

Ele ficou um instante imóvel, de cabeça baixa e braços caídos, e logo em seguida, como se tivesse tomado uma resolução, enfiou rapidamente as calças.

– Vamos jantar – repetiu sem olhar para ela, com uma voz que começava sensivelmente a perder o calor.

Saiu bruscamente do quarto, de pés no chão, enquanto Clô olhava espantada para ele.

– Que bicho mordeu você? – ela perguntou em voz alta.

Mas da pequena cozinha veio apenas o abrir e fechar de portas. Clô então enrolou o lençol ao redor do seu corpo e foi até a cozinha. Max jogou o pão e o queijo em cima da mesa, apanhou uma garrafa de vinho e abriu ruidosamente uma das gavetas em busca do saca-rolhas.

– O que foi que eu fiz? – perguntou Clô perplexa.

Ele olhou rapidamente para ela, com uns olhos metálicos e zangados, mas não respondeu. Continuou procurando furiosamente o saca-rolhas, enquanto Clô, com um suspiro de resignação, sentava na mesa e ficava olhando a sua busca. Finalmente Max encontrou o que procurava e abriu a garrafa de vinho com maus modos.

– Quem sabe você me bate? – perguntou Clô agastada pela atitude dele.

Ele assentou de golpe a garrafa de vinho no meio da mesa.

– Todo mundo já bateu em você – ele disse acremente –, e parece que não resolveu nada, não é mesmo?

Empurrou o pão para a frente de Clô, mas ela o jogou longe com um tapa cheio de raiva e se pôs de pé.

– Vou trabalhar – disse furiosa –, vou roubar, vou me prostituir, vou fazer o diabo para conseguir bastante dinheiro, para que nenhum droga de macho possa me humilhar.

Jogou a cadeira fora do seu caminho e voltou furiosa para o quarto. Durante toda a sua explosão, Max se manteve cabisbaixo e em silêncio, segurando tão fortemente as bordas do tampo da mesa que todos os seus dedos pareciam de cera. Quando ela saiu, ele se abaixou, apanhou o pão preto e o recolocou em cima da mesa. Depois desalinhou os cabelos e a barba, apertou os olhos com os dedos indecisos e logo em seguida foi atrás dela.

– Muito bem – disse quando entrou no quarto –, vou responder a sua pergunta.

– Agora não quero – disse Clô enquanto se vestia.

Max voltou para a cozinha, mas quase que imediatamente retornou ao quarto. Apanhou Clô pelos ombros e a fez se voltar para ele.

– Escuta, sua droga – disse com uma voz ameaçadoramente baixa –, você por acaso fez essa pergunta para o Pedro Ramão?

Clô tentou se desvencilhar, mas os dedos fortes de Max não permitiram que ela se movesse.

– Você perguntou ao Motta o que aconteceria se não desse certo? – tornou a perguntar a ela.

– Me solte – gemeu Clô.

Mas Max estava furioso e a jogou violentamente na cama.

– Você perguntou ao Felipe? – berrou. – Ou ao velho Santamaria? Ou a todos esses vagabundos com quem você dormiu nos últimos meses?

Clô tentou se erguer, mas ele a empurrou de volta.

– Você nunca perguntou droga nenhuma para nenhum deles – acusou. – Você se deu de graça, sem perguntas e sem condições. Foi batida, explorada, vendida e humilhada e nunca perguntou droga nenhuma!

Girou dentro do quarto como uma fera enjaulada, tentando recompor a respiração, enquanto Clô, amendrontada, se encolhia na cama, de encontro à parede, certa de que, como todos os outros homens de sua vida, ele a espancaria sem piedade até que não tivesse mais palavras.

– Grande droga de orgulho este seu – zombou ele ainda arquejante.

Deteve-se por fim e se apoiou na parede, como se necessitasse de algo sólido para recuperar a calma. Ficou assim, imóvel por alguns segundos, até que tornou a se voltar para Clô, que olhava fascinada para ele, sem saber o que dizer e o que pensar.

– Mas para mim – disse Max com a voz mais calma –, que amo você...

Agitou as mãos desordenadamente no ar.

– ... você fez a pergunta.

Fez uma pequena pausa, sorriu amargamente e tentou imitar, sem sucesso, a voz de Clô.

– E se não der certo?

Balançou a cabeça e começou a dar voltas pelo quarto, atirando a frase para o ar, como se fosse uma peteca.

– E se não der certo? – repetia. – E se não der certo? E se não der certo?

Então se deteve de golpe, seus olhos cinzentos faiscaram novamente de raiva e ele avançou decidido para a cama, enquanto Clô se encolhia ainda mais, esperando o primeiro golpe. Mas ele se deteve ao lado da cama.

– Se não der certo – berrou –, não deu. Está me ouvindo? Se não der certo, não deu e acabou.

Deu vários murros furiosos no colchão, que fizeram balançar toda a cama.

– Mas como vamos saber sem arriscar, mulher? Como?

Clô não respondeu, ergueu uns olhos assustados para Max, que balançou tristemente a cabeça.

– Ou você não me ama – disse em voz baixa –, e está tudo bem. Ou você me ama e é uma estúpida. Você nunca deveria ter-me feito aquela droga de pergunta.

Deu as costas e saiu, enquanto Clô se perdia nas suas confusões, sem saber o que fazer.

118. Depois que Max saiu, Clô se deixou ficar na cama por longo tempo, enquanto aquietava a confusão de sentimentos que tinha por dentro. A explosão de Max a havia apanhado de surpresa, porque ele lhe parecia um homem calmo e tranqüilo que jamais se deixaria perturbar por alguma coisa. Mas, por outro lado, descobrir o limite comedido de sua raiva sossegava os seus medos e lhe fazia ter uma serena confiança nele. Mesmo assim, no entanto, sua entrega era reticente. Depois de tantos anos de sofrimento, Clô se sentia mais segura longe do afeto, onde conseguia se manter alerta e vigilante. O amor tinha para ela uma compulsão tão grande de entrega que despertava todos os seus fantasmas e lhe parecia pôr em perigo a sua própria sobrevivência.

– Se ao menos ele compreendesse – ela pensou.

Se ergueu lentamente da cama, calçou os sapatos e saiu para fora. A lua cheia havia se despegado das árvores e do casario e flutuava agora, mais branca do que antes, no meio da palidez das estrelas. Max estava sentado sobre um caixote na frente do galpão, com o dourado dos cabelos e da barba aceso pelo luar. Clô caminhou vagarosamente até ele e se deixou ficar em silêncio na sua frente.

– Você precisa entender – disse depois de um momento.

Ele fez um gesto vago mas permaneceu em silêncio, sem olhar para ela.

– Quando eu me dou para muitos – ela disse –, não pertenço a nenhum.

Max suspirou, mas não disse nada.

– Mas quando eu me dou a quem amo – continuou Clô –, não pertenço nem a mim mesma.

Fez outra pequena pausa e concluiu:

– Isso me assusta, Max.

– Assusta todo mundo – disse ele.

– Talvez eu me assuste mais do que os outros – insistiu ela.

Clô teve um impulso de acariciar os cabelos dele, mas se conteve.

– Você vai ficar? – perguntou Max.

– Não – respondeu Clô –, não vou.

Tentou adivinhar os olhos de Max, mas não conseguiu porque ele mantinha a cabeça abaixada.

– Adeus – ela disse.

– Até logo – respondeu ele.

– Não – corrigiu ela triste –, desta vez é adeus.

Max então se pôs de pé e ela viu os seus olhos brilharem por um momento, entre as sombras escuras do seu rosto.

– Clô – ele disse muito suavemente –, você sempre me fez parecer idiota e desajeitado.

Balançou a cabeça e teve um meio sorriso.

– Talvez – continuou – isso pareça coisa de um menino de quinze anos. Mas eu não tenho quinze anos, tenho 42. Você vai voltar, Clô.

– Adeus – repetiu ela.

– E eu vou estar à espera de você – disse ele, como se não tivesse escutado a despedida.

Clô ergueu a mão, tocou de leve no rosto dele e logo em seguida lhe deu as costas e saiu, pisando firme no chão, com medo de olhar para trás e se arrepender. Quando entrou no carro e ligou o motor, Max continuava imóvel no mesmo lugar, com o luar escorrendo pela sua cabeça e pelos seus ombros, como se fosse uma água azul e encantada.

– Adeus, meu amor – repetiu Clô baixinho.

A despedida foi uma dor quieta que acompanhou Clô durante muito tempo, enquanto ela punha decididamente a sua vida nos rumos que tinha escolhido. Antes que ela aceitasse a proposta de Morelos, Zoza a encontrou. Era uma gorda esfuziante, com uma cara absurdamente pontiaguda, que se afinava num nariz reto e agressivo, que saía do meio dos olhos míopes, como se quisesse se intrometer na vida de todo mundo. A boca, no entanto, era carnuda e o lábio inferior pendia para fora e lhe dava uma falsa aparência de sonsa.

– Que signo você é? – ela perguntou tão logo Clô lhe abriu a porta.

– Gêmeos – respondeu Clô surpresa.

– Ah! – exclamou a outra, e sua cara resplandeceu como uma lâmpada vermelha.

Avançou para Clô e lhe deu dois beijos estalados no rosto.

– Eu sou de Áries – disse, como se estivesse anunciando um parentesco inesperado e recém-descoberto.

Clô sorriu com neutralidade, porque não sabia o que dizer.

– Putz – disse a gorda –, não me diga que você não manja astrologia?

Clô confirmou com um pequeno aceno divertido da cabeça.

– Áries pode confiar em Gêmeos – explicou Zoza. – E Gêmeos pode confiar em Áries. Sabe como é, auxílio, ajuda, socorro e coisas que tais.

Imediatamente cortou o sorriso e armou uma cara compenetrada.

– Vim falar de negócios – anunciou.

Soltou a frase no ar e caminhou rápida e sacolejante até a sacada. Espiou a paisagem sem interesse e logo retornou ao encontro de Clô, enquanto disparava olhares curtos para todos os lados.

– Então – disse com sua voz cheia de arranhões – este é o famoso chatô do Motta?

Deu uma risada que sacudiu perigosamente o seu busto imenso, que se empilhava sobre ela como um fardo.

– Um tremendo vigarista – disse, torcendo a boca com nojo. – Está na pior, sabia?

Antes que Clô conseguisse falar, ela mesma deu a resposta.

– Viciado e com uma diabete de melecar ferro.

Baixou a voz e confidenciou com uma perversa satisfação:

– Vai ficar cego, o filho de uma cadela!

Deu uma risada rasgada que balançou todo o seu corpo.

– De vez em quando – disse apontando para o teto –, o Velhinho lá em cima acorda e mete o dedo na moleira certa.

Ergueu um dedo entendido para Clô.

– Mas não confia muito, viu? Porque não é sempre. Mas de vez em quando, para recuperar o prestígio, Ele dá uma de Deus justiceiro.

Aí mudou de tom, seu olhar se adoçou por trás das grossas lentes e ela deu uma volta completa em torno de Clô.

– Você é um pedaço – disse com genuína admiração –, um pedaço! Que idade você tem? 27? 28?

– Trinta e cinco – respondeu Clô.

Zoza rolou um sonoro palavrão pela boca, num tom cheio de respeito.

– É o que eu falo sempre – disse –, quem é bom já nasce feito.

Clô tentou agradecer, mas a gorda não lhe deu tempo, tomou sua mão e a conduziu energicamente para o sofá.

– Sou secretária do Barros – disse. – O homem tem mil transas, mil negócios...

– Sei quem é – atalhou Clô.

– ... mil cargos – continuou a gorda sem ouvir a interrupção – e mil macetes, está entendendo? Agora, fazer o mexe-mexe do lazer da patota é o meu negócio.

Aí se deteve, baixou o tom e o volume da voz rouca e se aproximou de Clô.

– Não entra na do Morelos – avisou. – É outro tremendo viga, está me ouvindo? Bacharel, figurão, tal e coisa, mas é um proxeneta da pesada. Se você entrar na dele, vai terminar balançando a bolsinha.

– Estou desempregada – disse Clô.

– Trabalha comigo – pediu Zoza. – E não fique aí se eminhocando, porque o meu negócio é legal. Tutu firme no fim do mês, apartamento de gabarito e tudo mais. Você só tem o compromisso de comes e bebes. E uma esticadinha na noite, é evidente.

Empurrou os óculos para cima com um ar profissional.

– Dormir – disse – é um problema seu! Não tem compulsória, entendeu?

E embora a voz indignada de Max começasse a soar em seus ouvidos, Clô aceitou a oferta de Zoza, sem hesitar.

119. Em menos de um mês, Zoza reorganizou inteiramente a vida de Clô, com uma diligência incessante e febril, que parecia não caber na sua roliça gordura. Um dia depois de sua primeira visita ela já estava de volta, agitando acima da cabeça, como se fosse um par de campainhas, as chaves do novo apartamento.

– É tri-tri – garantiu.

Espalhou as mãos gorduchas pelo ar.

– Mil espelhos, mil tapetes, mil cortinas, mil babados.

– Onde fica? – perguntou Clô espantada.

– No Parcão – respondeu Zoza.

Piscou um olho esperto para Clô e acrescentou com uma seriedade profissional:

– Meia-boca fina, está me entendendo? Está por cima, mas não esnoba.

Meia hora depois, já obrigava Clô a fazer as malas, enquanto ela vetava metade dos vestidos que saíam do guarda-roupa, com um cacarejo rouco e enérgico:

– É tralha, é tralha!

Virtualmente expulsou Clô do apartamento, impedindo que ela levasse qualquer objeto que pudesse recordar seu passado.

– Motta – disse com uma cara cheia de mistério – é um tremendo baixo-astral, meu amor.

Bateu a porta do apartamento com decisão e completou em voz baixa, como se estivesse revelando um grande segredo:

– Tudo isso aí dentro está contaminado, é como peste!

Clô teve apenas que abrir a porta do seu apartamento, porque tudo o mais tinha sido previsto por Zoza.

– Oferta da casa – disse a gorda com um arzinho triunfante.

Clô passou pela ampla sala, correu os dedos pelo veludo das cadeiras, abriu as cortinas e deu uma risada.

– Você fez tudo isso em 24 horas? – perguntou.

– Sacumé – disse Zoza encolhendo os ombros –, eu sempre começo pelo fim.

Estremeceu o seu imenso busto com uma risada cínica.

– Primeiro decorei o apartamento e aí procurei alguém que combinasse com ele.

Mas, ao perceber que Clô não sorria com ela, se apressou a acrescentar:

– Mas você pode mudar o que quiser.

Durante uma semana, no entanto, Clô não teve tempo para pensar em decoração, porque Zoza a arrastou por butiques e costureiros, disparando compras e encomendas, enquanto avisava espalhafatosamente:

– Esta é a minha nova estrela, gente!

Na semana seguinte, quando os novos vestidos encomendados começaram a chegar, ela mesma ajudou Clô a vestir um dos mais caros modelos e a conduziu para a frente de um espelho.

– Petrifica e agüenta aí – pediu.

Logo se pôs a dar voltas em torno de Clô, pondo e tirando os óculos, enquanto bufava uma algaravia que Clô não conseguia traduzir. Finalmente se afastou para o fundo do quarto, ficou um instante de cabeça baixa e logo arremeteu como um touro e berrou para a imagem de Clô:

– Temos que mudar o seu visual!

Clô tentou protestar, mas Zoza se manteve inflexível no seu ponto de vista.

– Meu amor – disse com um paciente tom professoral –, o seu visual está superado.

Clô, incrédula, tornou a se voltar para o espelho, mas a cara estufada de Zoza continuava cheia de reprovação.

– O que há comigo? – perguntou.

– O seu visual é de 65 – disse a gorda penalizada.

– Sessenta e cinco – repetiu Clô como um eco.

Subitamente se deu conta que a outra tinha razão. Dez anos atrás, seu amor por Felipe havia condicionado toda a sua aparência. Ela cortava os cabelos, se maquilava e se vestia não de acordo com o seu gosto, mas conforme as preferências dele. Oito anos depois de Felipe ter partido, ela continuava fiel ao modelo que ele havia lhe dado.

– Meu Deus – disse rindo –, eu deveria ter jogado tudo isso pela janela.

– É o que nós vamos fazer amanhã – respondeu energicamente a gorda.

No dia seguinte Clô torrou diante de um jogo de espelhos e debaixo de luzes fortíssimas, enquanto um bando de cabeleireiros chilreava à volta dela, regido pela voz rouca e decidida de Zoza. Depois de uma hora, ela bateu palmas e encerrou a discussão.

– Chega de frescura – disse.

O bando inteiro se aquietou como pardais assustados. Zoza então bamboleou o corpo até o meio deles e espetou um dedo grosso e incisivo, para o peito frágil de um cabeleireiro.

– Jaquinho – rouquejou com uma voz de sargento dando ordem unida –, você fala!

O cabeleireiro fez uma falsa cara de mártir, apanhou os cabelos de Clô como se fossem fios de lã e os ergueu acima da cabeça. Ficou um segundo olhando o resultado no espelho e, logo em seguida, os deixou cair, enquanto afofava as bordas com pequenos e rápidos golpes de suas mãos de menino.

– Chanel – disse oracular.

Zoza explodiu um terrível palavrão, que provocou uma revolta no salão de beleza. Ela suportou impassível os protestos e depois se voltou para Jaquinho.

– O que há com você? – perguntou.

– Chanel – ele teimou.

Zoza apontou furiosa para a imagem de Clô, que assistia à discussão sem saber o que dizer.

– Ela não vai dirigir um colégio de freiras, queridinho – disse com a voz cheia de sarcasmo.

Jaquinho suspirou contrafeito, se curvou rápido e segredou no ouvido de Clô:

– O dia em que você mandar na sua vida, meu amor, venha cá que eu lhe faço um chanel.

Então se voltou com um ar ofendido para Zoza, que continuava à espera de sua resposta e disse com uma voz esganiçada:

– Pantera, gorda nojenta.

Clô pensou que Zoza fosse se jogar sobre ele, mas, ao contrário do que pensava, a gorda se desmanchou num sorriso, abraçou Jaquinho pelas costas e lhe disse satisfeita:

– É isso aí, bichinha do meu coração.

Clô teve um momento de susto e olhou apreensiva para o cabeleireiro, mas ele a aquietou prontamente.

— Meu amor — arrulhou —, você vai ficar linda, maravilhosa!

Girou sobre os calcanhares e saiu distribuindo exigências para os seus auxiliares, enquanto Zoza se curvava sobre Clô e segredava:

— O Jaquinho é um gênio, meu amor.

Clô fechou os olhos e se entregou à experiência. Os pardais ainda pipilaram a sua volta por um instante, mas foram logo afugentados pelos gritos histéricos do cabeleireiro, que exigia silêncio.

— Meu Deus — pensou Clô —, um dia quem sabe vou ter a minha própria cara.

Durante uma hora, os pequenos e finos dedos de Jaquinho correram sobre sua cabeça. Ele trabalhava sem falar, sublinhando os resultados de seu penteado com pequenos gemidos de aprovação. A seu lado, Zoza respirava ruidosamente, sem deixar escapar o menor comentário. Por fim, os dedos foram se tornando cada vez mais ausentes, até que ele lhe deu um beijo rápido na face e disse:

— Abra os olhos, pantera!

Clô obedeceu e se viu inteiramente nova. Os lábios e a boca estavam levemente pintados e quase imperceptíveis sombras realçavam as linhas de seu rosto. Mas o talento de Jaquinho tinha florido era nos seus cabelos, transformados numa moldura revolta e chamejante, que dava uma nova e felina beleza a seu rosto.

— Putz — gemeu Zoza a seu lado —, você é linda de morrer!

E mesmo contra a sua vontade, naquele momento debaixo das luzes e diante do espelho, Clô se deixou encantar pelo seu próprio milagre.

120. Clô Noites nasceu naquela tarde, debaixo das luzes e na frente dos espelhos. A imagem, felina e sofisticada, que Zoza estava vendo pela primeira vez, nos anos seguintes seria familiar para todos os freqüentadores da pequena e pacata noite porto-alegrense. Jaquinho havia trabalhado com tanta habilidade, que tinha tornado impossível, para quem quer que fosse, imaginar que um dia Clô poderia ter tido outra aparência. A turbulência dos cabelos, que na maioria das mulheres ficava postiça e artificial, parecia ter nascido com ela e ter feito parte sempre do seu modo de ser.

– Putz – disse Zoza reverentemente para Jaquinho –, você é mesmo um gênio!

– Corta essa – respondeu ele com um gesto de enfado –, ela que é linda de doer.

– Não, não – discordou a gorda –, não é isso. Ela é linda, mas não é isso.

Olhou demoradamente a imagem de Clô, que ocupava os três espelhos a sua frente, e, subitamente, o seu rosto redondo se iluminou.

– Você – disse para Clô – tem qualquer coisa de animal.

Mas não foi além. No entanto, ter repetido uma observação que sua avó fazia freqüentemente fez dela, a partir daquele momento, a melhor amiga de Clô nos anos seguintes.

– É – concordou Clô –, eu sou meio bicho.

Zoza não apenas modelou a aparência pública de Clô, mas também influiu decisivamente na sua reconstrução interior. Ela era a comandante elétrica e agitada de um pequeno batalhão de mulheres bonitas, que ora se dividia, ora se multiplicava, para atender as noites vazias dos clientes das empresas de Barros. No momento em que Clô se ergueu da frente do espelho, Zoza a reservou espertamente para os clientes e as noites especiais.

– Você – confessou – vai ser o meu caviar!

Ela tinha uma extraordinária habilidade para promover encontros casuais. Escondia Clô numa mesa discreta e de repente entrava no restaurante, em companhia de um cliente, e fingia com perfeição um reconhecimento inesperado.

– Olhem só quem está aí! – gritava espalhafatosamente.

Arrastava o cliente para a mesa, onde se atarefava em beijinhos e recordações, até que, como quem quer se redimir de um esquecimento imperdoável, se voltava para o homem e dizia:

– Meu Deus, nem apresentei vocês!

Clô sorria e se iluminava e o cliente, fascinado, se deixava apanhar facilmente. Mas o que era para ele uma noite inesquecível ao lado de uma linda mulher, para Clô fazia parte da rotina, que começava invariavelmente diante dos espelhos de Jaquinho.

– Ai, meu amor – gemia ele penalizado –, não sei como você suporta essa velharia.

– Dinheiro – respondia Clô com uma determinação feroz –, dinheiro.

Mas os jantares requintados e as madrugadas no nevoeiro barulhento das boates não aproximavam Clô dos seus sonhos de independência financeira. Os gastos indispensáveis do dia roíam implacavelmente o lucro de suas noites.

– Putz – rouquejava Zoza, dando boa-noite na porta –, sabe quando você vai conseguir um pé-de-meia?

Fazia uma pausa e espremia a resposta num gemido lamuriento, que parecia vir do fundo de todas as suas banhas.

– Nunca!

Antes que Clô se decidisse a mudar o local do seu boa-noite, Zoza se tornou inquieta e desatenta e, dias depois, subitamente, os clientes sumiram e levaram com eles as noites fáceis e alegres.

– É a entressafra – avisou Zoza, esmagada pela inatividade dos dias tranqüilos.

Durante uma semana, ela ainda tentou promover festas e jantares entre as mulheres de sua equipe, mas o entusiasmo era tão pouco que ela em seguida desistiu. Abandonou-se então a uma solidão glutona, saindo da cama para a mesa e da mesa para a cama, enquanto se perdia em lamentações.

– Estou ficando um cachalote!

Uma semana depois, aquele apetite furioso e desmedido se foi e ela declarou, solene, para Clô:

– Devo ter errado o meu horóscopo.

No dia seguinte, sofreu uma mudança radical e se transformou numa diligente astróloga. Com Clô a reboque, percorreu velozmente todas as livrarias e sebos, catando todos os livros sobre astrologia que podia encontrar. A maioria deles, no entanto, já estava nas prateleiras de seu pequeno gabinete, onde ela se escondia para calcular a interferência dos astros na sua atribulada vida.

– Como ariana – dizia com uma gravidade que não admitia sorrisos –, minha vida oscila entre o Sol e Plutão.

Fazia uma pausa e balançava a cabeça cosmicamente aborrecida.

– Mas quando aquele corno do Saturno se mete no meu signo, eu me ralo.

Inevitavelmente, todas as suas pesquisas feitas nos períodos críticos de entressafra provavam, sem a menor sombra de dúvida, que a culpa dos seus transtornos era do planeta dos anéis.

— Fechou — ela dizia —, fechou. Era mesmo aquele filho de uma cadela!

A partir dessa conclusão, ela planejava hora por hora de sua vida, de acordo com um minucioso horóscopo, que ela mesma preparava, depois de dias e dias de cálculos e estudos exaustivos.

— Isso é como comida — explicava. — Há os que gostam de comer fora, eu adoro o meu próprio tempero.

Levava sua obediência ao horóscopo aos maiores exageros. Se a previsão prometia problemas para os arianos que saíssem de casa, ela cancelava todos os compromissos e se trancava no quarto o dia inteiro. Se, porventura, os astros recomendavam cuidado com fogo, ela se recusava a acender um fósforo e passava o dia a sanduíches.

— Com aquele corno do Saturno na casa de Áries — ela dizia — um deslize pode ser o último.

Mesmo assim, no entanto, não se mostrava satisfeita. Às vezes empurrava para longe todos os livros de astrologia e choramingava:

— Me falta a visão.

Reduzia a voz roufenha e barulhenta para um gemido lamuriento.

— Sou ariana — se queixava —, e nós arianos somos muito materialistas.

Foi depois de uma dessas lamentações que Clô lhe contou seus encontros agourentos com Kriska, que Zoza ouviu, extasiando, rolando os olhos e mastigando baixinho:

— Putz, putz, putz!

Finalmente, quando Clô contou seu último encontro com a húngara e a morte subseqüente de sua avó, a gorda se pôs de pé num salto.

— Ela é uma vidente — gritou —, ela é uma vidente!

Juntou as mãos e fechou os olhos cheia da mais pura devoção ao talento da velha.

— Ela tem a visão — disse com uma voz pastosa e doce.

Imediatamente pareceu acordar, apanhou Clô pela mão e a arrastou para fora do gabinete.

— Vamos bater uma caixa com ela — ordenou —, já e já.

Clô começou a rir, se segurou na porta para resistir melhor aos puxões da outra e balançou a cabeça.

– Não sei onde ela mora – confessou.

Zoza soltou sua mão e cambaleou como se tivesse levado um golpe no meio do seu imenso peito.

– Você não sabe onde ela mora? – berrou.

– Não – disse Clô –, não sei.

– Mas ela era a chave da sua vida, mulher!

– Sinto muito – disse Clô envergonhada.

Então, para compensar o que achava ser uma perda irreparável, Zoza se pôs a fazer, com a mesma aplicação de sempre, o horóscopo da amiga, sem sequer imaginar que, com aqueles seus pequenos signos, iria governar a vida de Clô durante vários anos.

121. Quando Zoza começou a preparar, com a eficiência de sempre, o seu horóscopo, Clô não acreditava muito nos resultados. Como quase toda a sua geração, ela era católica, havia freqüentado as missas do Sevigné e, em determinadas ocasiões, fazia involuntariamente o sinal-da-cruz. Mas a sua devoção não ia muito além disso.

– Meu Deus! – era a sua exclamação favorita.

Mas era mais um grito no vazio do que um apelo endereçado a alguém. Ela acreditava em Deus, mas a sua crença estava intrincadamente misturada com todos os seus sentimentos familiares e, em nem um só momento de sua vida, ela se sentiu amparada pela fé.

– Ele está lá – ela dizia para Zoza.

Erguia por instinto os olhos para cima, mas lhe faltava visivelmente a convicção sem alarde dos crentes.

– Você crê – havia lhe dito Max durante um de seus longos passeios pelas margens do rio – porque tem medo de se desproteger.

As crenças religiosas de Clô, no entanto, não comportavam tanta sutileza. Ela tinha, como sua avó havia descoberto muito cedo, um instinto animal de conservação que lhe impunha um contato imediato com as coisas palpáveis. Por isso, além de Deus, havia para ela a engrenagem imponderável do desconhecido.

– Você é uma camponesa – dizia Max.

E realmente, os elementos estavam sempre vivos e atuantes em sua volta. A morte conseqüente, como as de Santamaria e de sua avó, lhe causavam dor, mas não lhe provocavam nenhum espanto.

— Há uma hora de morrer — ela dizia, sem sequer adivinhar que estava repetindo o velho e enfastiado rei Salomão.

A morte inesperada, o acidente, o desastre e a calamidade estavam escondidos no ventre imprevisto do tempo e poderiam irromper subitamente, num parto trágico e irremediável.

— É da vida — ela dizia, resumindo esse fatalismo conformado dos enraizados na terra.

Mas por cima do previsível e do imprevisível havia uma força malévola e peçonhenta, chamada Destino, que para Clô aparecia sempre escrita com uma gritante e arabescada inicial maiúscula.

— Eu me sinto — ela disse um dia para Max — como se estivessem me tocaiando.

Por essa estreita mas funda fenda entraram chacoalhando, numa doida procissão, todos os astros encantados de Zoza. Os piores desesperos de Clô tinham sido sofridos debaixo do céu assustadoramente aberto de Correnteza. Não havia luz humana, nas proximidades, para empalidecer o brilho fantasmagórico das estrelas. Sair dos tetos era se perder nas abóbadas do céu, que se apoiavam nos confins do horizonte. Debaixo das constelações desconhecidas havia o vento e, por baixo dele, o silêncio dos descampados. Era inevitável se sentir desamparada nesses espaços que pareciam sempre infinitos.

— Eu tinha medo das noites — confessava Clô.

E dentro desse temor sem lanternas nem comutadores nascia uma magia ancestral, que punha arrepios na pele e visões súbitas nos olhos.

— Nunca vi nada — dizia Clô temerosamente para Zoza.

Mas, ao contrário do que podia parecer, a negativa pressupunha duendes, demônios, dragões, lobisomens, almas penadas e mulas-sem-cabeça. Clô se julgava civilizada, mas no fundo se adivinhava selvagem. Foi Zoza quem ordenou todas as suas incertezas e lhe deu um porto seguro, fácil de encontrar no meio de todos os seus desconhecimentos.

— Os astros — disse — governam nossa vida!

Essa crença sem versículos, sem capítulos nem dogmas foi extremamente fácil de aceitar.

— Gêmeos — disse Zoza, com uma transida voz de oráculo — é a dualidade.

E com isso, Clô, impedida de ser feliz pela vida, se sentia importante dentro de sua própria desgraça.

— Dois braços — explicava Zoza como em transe —, dois pulmões, dois rins, duas pernas, dois rins, dois lóbulos cerebrais, tudo isso condiciona e governa a vida de Gêmeos.

E o coração de Clô, que era uno e indivisível, se atribulava dentro do medo. Mas não foram as definições de Zoza que a confundiram, mas os seus inesperados e incontestáveis acertos. Quando ela mediu o nascimento do segundo filho no movimento dos astros e lhe disse, sem saber coisa alguma do seu passado, que tinha sido homem, Clô se espantou.

— Nunca falei nele a você — disse surpresa.

A gorda não pareceu impressionada, girou seus círculos mágicos e disse com uma voz sem comoção, que conquistou Clô definitivamente:

— E no entanto, meu amor, você queria que fosse uma mulher.

A partir daí Clô se transtornou e se deixou apanhar definitivamente. Despejou sobre Zoza uma catadupa tão grande de informações sobre sua vida que a outra só precisou ter cuidado com o leme de suas revelações para não bater nos escolhos pontiagudos da realidade.

— O signo dos seus homens não prestava — disse.

Exatamente nesse ponto, quando a curiosidade de Clô estava madura para se transformar em fé, as coincidências se atropelaram. Como Zoza acreditava piamente nos seus cálculos, foi ousada e definitiva em suas interpretações.

— Pedro Ramão — disse com uma segurança inabalável — só pode ter sido de Touro.

Clô fez as suas contas e foi convencida pela ponta dos dedos.

— Meu Deus — disse —, era mesmo.

Foi a partir daí que os horóscopos de Zoza passaram a ser incontestados. Clô se entregou voluntária e febrilmente ao que julgava ser a explicação final de todas as suas desventuras.

— Os astros — ela agora repetia Zoza com solenidade — governam as nossas vidas.

Enfrentava então os olhos descrentes, com as provas irretorquíveis do seu domínio.

– Pedro Ramão era de Touro – dizia –, e Touro é inimigo de Gêmeos.

Fazia uma pequena pausa para que a sua afirmativa fosse assimilada e logo em seguida completava.

– Não poderia ter dado certo.

Passou também a imitar Zoza, iniciando invariavelmente todos os seus primeiros encontros com uma pergunta cautelosa:

– De que signo você é?

Fugia dos taurinos e sagitarianos, tratava com extremo cuidado os escorpianos, sorria para os arianos e simpatizava instantaneamente com os leoninos.

– Isso – aprovava Zoza –, isso, não facilita!

E acompanhava com uma triunfante satisfação o deslumbramento de sua nova convertida.

– Pena – lamentava – que encontrei você tão tarde!

Sorria com uma serenidade de sacerdotisa.

– Mas ninguém pode fugir do próprio signo, Gêmeos é Gêmeos.

As amigas noturnas, de início, sorriam do fanatismo de Clô, mas, como eram também pobres restos de naufrágio, terminaram se deixando impressionar pelas provas irrefutáveis que Clô lhes apresentava constantemente.

– Clô – ela dizia rabiscando desenhos sobre a mesa – não podia ter-se acertado com Felipe, porque ele era de Escorpião.

Ou então explicava a sua infância com uma sombria resignação zodiacal.

– Os pais de Clô eram de Peixes e de Virgem. Eles não tinham condições de entender uma geminiana.

Ou ainda justificava todas as suas derrotas jurídicas e a perda de seus filhos como um desacerto de calendário.

– Julgaram o caso de Clô em dezembro, ela não podia ganhar a questão.

E foi assim, pensando desvendar todas as dores de sua vida de forma objetiva, que Clô imperceptivelmente adquiriu o hábito de se referir a si mesma como se fosse uma estranha, na terceira pessoa, compondo finalmente a imagem que os outros haviam lhe dado.

122. Aquelas duas pequenas figuras, exatamente iguais, que se encaram com uma expressão vazia, mantiveram durante vários meses todas as esperanças de Clô. Ela se despejou inteira na astrologia, como se os astros distantes pudessem responder a todas as suas perguntas presentes e passadas. Quando surgiram as primeiras respostas desencontradas e Zoza se confundiu no meio de seus cálculos complicados, foi Clô quem descobriu Escorpião.

– Clotilde – ela disse com extrema seriedade – era de Gêmeos.

Fez uma pausa e acrescentou com os olhos brilhantes de satisfação.

– Mas Clô nasceu no dia 19 de novembro e portanto é de Escorpião.

De repente, do fundo amargo de sua memória, lhe veio o velho *Almanaque Capivarol*, que tinha lhe ajudado a esquecer as noites de solidão na Estância de Santa Emiliana, enquanto seu filho crescia penosamente dentro de seu ventre.

– Escorpião – disse recordando as frases amareladas do almanaque – é o signo da metamorfose.

Sorriu ao se lembrar de seus sonhos de borboleta, que lhe pareciam agora recordações estranhas e alheias. Zoza ficou fascinada com a descoberta e imediatamente se pôs a refazer o horóscopo de Clô.

– Putz – dizia entusiasmada –, é a maior revolução na história da astrologia, meu amor.

Espalhou aos quatro ventos o que chamava de Teoria do Duplo Nascimento e começou a cavar furiosamente na própria vida, para descobrir que dia havia nascido de novo.

– Todo mundo – afirmava agora – nasce duas vezes. Uma fisicamente, no parto. A outra, psicologicamente, na descoberta.

Mas quando surgiu uma nova e inesperada entressafra, a gorda mergulhou novamente numa de suas fases depressivas e renegou a nova crença, com uma veemência de devota arrependida.

– Você é de Gêmeos – acusou chorosa –, já nasceu dupla e dividida. É por isso que tem essa mania de ser outra.

Mas Escorpião estava sendo mais animador do que Gêmeos tinha sido, e Clô se entregou a todas as suas promessas, embora no fundo lamentasse as suas negras fatalidades.

– Clô é de Escorpião – dizia falando sempre na terceira pessoa –, e por isso não tem sorte no amor.

No entanto um novo ano chegou e nem Escorpião nem Gêmeos conseguiram explicar seus dias vazios e suas noites cheias de surpresas.

– É você quem está errando nos cálculos – dizia para Zoza.

A gorda se afligiu, passou dias trancada com seus zodíacos, fazendo e refazendo seus cálculos cada vez mais complicados, e, quando saiu, estava roída por dúvidas impiedosas.

– Não adianta – gemia –, não tenho a visão. Sou uma máquina de calcular e não uma astróloga.

Ela e Clô se lançaram então à caça de astrólogos. Descobriram endereços difíceis em ruas perdidas, encontraram bruxos há muito esquecidos, bajularam feiticeiras ricas e impertinentes, mas nem assim os astros pareciam girar coerentemente.

– Putz – gemia a gorda –, e você foi jogar fora a Kriska!

No meio da busca, Clô encontrou o Horóscopo Chinês, trocou o Sol pela Lua, e descobriu, dentro de um pequeno livro, extremamente raro, que era Dragão.

– Os nascidos em Dragão – leu em voz alta para Zoza – têm boa saúde, vitalidade e atividade. São francos, sinceros e incapazes de uma mesquinharia.

– É isso aí – aplaudiu Zoza –, é isso aí! É você sem tirar nem pôr.

– São confiantes – continuou Clô – e um pouco ingênuos.

Mas logo aquela esperança antiga, de olhos oblíquos e pele amarela, se desvaneceu diante de seus olhos.

– É o signo da sorte – leu com voz ensopada de decepção.

Zoza cuspiu alguns retumbantes palavrões de solidariedade, enquanto Clô jogava de encontro à parede o pequeno livro.

– Meu Deus – gemeu –, nunca tive um dia de sorte em toda a minha vida.

Dois dias depois de os dragões terem partido, Kriska reapareceu. Seu nome nem sequer tinha sido grafado corretamente no noticiário dos jornais.

– Aqui está escrito Krinka – disse Zoza.

– É ela – respondeu Clô –, tenho certeza que é ela.

Tinha sido atropelada na noite anterior ao cruzar uma avenida. A notícia estava sumida num canto da página, tinha apenas quatro linhas e terminava com uma frase agourenta:

"Seu estado inspira cuidados".

Na verdade, muito pálida e sumida entre os lençóis, cercada de tubos e fios, a velha húngara parecia morta. Clô se recordou da agonia de Santamaria e hesitou por um momento na porta do quarto. Foi Zoza, enfeitiçada pela oportunidade mágica de conhecer a vidente, quem a empurrou para dentro.

– Não tenha medo – animou –, eu estou aqui.

Clô se aproximou com cautela da cama. O médico, sonado e exausto, que havia atendido a sua curiosidade, nem sequer respondeu as suas perguntas e se limitou a balançar resignado a cabeça.

– Talvez – sussurrou Clô baixinho para Zoza – ela já tenha morrido.

– Não – respondeu Zoza –, ela ainda respira.

Clô se curvou cuidadosamente sobre Kriska e naquele momento a velha abriu os olhos. Ficaram as duas se olhando mudas e, logo em seguida, a húngara tornou a fechar os olhos.

– Ela não me reconheceu – disse Clô baixinho para Zoza.

– Fale com ela – ordenou a gorda.

Clô se debruçou mais uma vez sobre Kriska, mas não chegou a falar, porque a húngara abriu os olhos novamente e teve uma sombra de sorriso nos lábios descoloridos.

– Gêmeos – disse num sopro.

– É – concordou Clô –, sou eu.

– Lajos – disse a velha – fugiu com meu relógio e meu aparelho de chá.

Cerrou os olhos mais uma vez e, por alguns segundos, arfou penosamente. Quando sua respiração se aquietou, ela ergueu de leve a mão direita e apontou trêmula para Clô.

– Querrida – disse em voz baixa, mas com uma raiva inesperada –, você é mesquinha, ingrata e mal-agradecida.

Clô se confundiu com a aspereza sibilante da velha, se voltou assustada para Zoza, que não sabia o que fazer.

– Acho que ela está delirando – disse.

A mão ossuda de Kriska caminhou sobre os lençóis como uma imensa e glabra aranha e apanhou dois dedos da mão de Clô.

– Você – acusou –, Gêmeos, você mesma, querrida.

– É você – disse Zoza roucamente –, é você.

— Nunca quis ajudar a pobre Kriska, ahn? – disse a velha arregalando uns olhos raivosos para Clô.

— Sinto muito – gaguejou Clô cheia de medo.

— Você era rica, querrida, tinha dinheiro e nunca ajudou sua amiga Kriska – disse a velha com rancor.

Teve uma espécie de riso, tossiu, gemeu sufocada e precisou de um momento para se recompor.

— Nunca consegui acertar nada com aquela droga de astrologia – sibilou. – São aqueles cálculos do diabo.

Um riso soluçado se espremeu dentro dela, enquanto a velha repetia:

— Nunca, nunca, nunca!

Soltou os dedos de Clô e conseguiu erguer pesadamente sua mão dos lençóis, para apontar um dedo longo e ossudo.

— Só acertei com você, querrida, só com você – disse.

Novamente parou sufocada, seu ventre pequeno e chato estremeceu embaixo dos lençóis e ela torceu a boca num arremedo de sorriso.

— E você nunca deu um centavo para a pobre Kriska, ahn, querrida? Nunca deu um centavo.

Aí recomeçou a gemer e a tossir, enquanto Clô, desatinada, se jogava às cegas para fora do quarto, deixando atrás de si os frangalhos de sua última certeza.

123. Em 77, Clô vivia à deriva, como um belo e fascinante barco de mastros partidos. Quando a correnteza a transportava, ela se deixava arrastar pelos rumos do acaso. Na calmaria, se imobilizava, dócil e resignada. Quando a solidão vagava silenciosamente a sua volta, como um denso e gélido nevoeiro, era Zoza, solidária e vigilante, quem impedia os seus naufrágios. Ela adivinhava as depressões de Clô, abandonava todos os seus encargos e se punha a seu lado, como um cão de guarda, enxugando suas lágrimas e evitando seus excessos. Nos momentos mais críticos, irrompia no apartamento brandindo um litro de uísque como se fosse um tacape e trombeteava:

— Vamos ter uma fossa hidráulica!

Foi ela quem retirou do fundo das gavetas os pequenos envelopes de pó branco e afugentou os insinuantes carteiros noturnos, com uma ameaça:

— Tocou pó nas minhas meninas, bagunço o coreto.

Zoza, apesar de tudo, continuava fiel às estrelas. Nas entressafras, abria a janela e passava horas inteiras espiando o céu com uma complicada luneta que havia importado do Japão.

– Elas estão lá – gemia apontando para cima –, elas estão lá!

Balançava desconsolada a cabeça, de um lado para outro, enquanto sua boca se retorcia de pena.

– Eu é que não tenho a visão.

Nem mesmo a última e decepcionante confissão de Kriska havia tirado a sua fé nos dons proféticos.

– Ela podia ser uma vigarista com todo mundo – dizia compenetrada –, mas com você foi genial.

Suspirava resignada diante dos caprichos da magia e concluía, como se estivesse falando de uma menina travessa:

– A visão tem desses grilos!

Por ironia, foi justamente quando se tornou descrente dos astros que Clô passou a confirmar as predestinações zodiacais de Gêmeos. Desancorada e desiludida, ela se partiu ao meio e se tornou dupla como uma perfeita geminiana. Numa noite, era uma mulher bela e fria que pairava indiferente acima da cobiça alheia e, na outra, era uma fêmea incontida e desvairada, capaz do amor mais surpreendente e desatinado. Zoza tentava entender as fases inesperadas daquela lua caprichosa, mas nem a própria Clô conseguia explicar suas mudanças.

– Ele me lembrava Felipe – justificava num dia.

– Ele se parecia com Max – se desculpava no outro.

Na maioria das vezes, no entanto, seu companheiro era um homem sem rosto, que tinha sido apanhado num impulso na mesa do lado ou no fundo de uma boate.

– Mas por quê? Por quê? – perguntava Zoza desesperada com essas caçadas doidas.

Clô encolhia os ombros sem encontrar uma resposta. De manhã, quando seus parceiros noturnos levantavam e ela fingia dormir para evitar o envolvimento, se crivava também de perguntas que não conseguia responder.

– Meu Deus – gemia nos momentos de depressão –, é como se eu me extraviasse de repente.

Ela se ouvia falar e agir como se seu corpo e sua boca se movessem desligados de sua vontade.

– O pior – confessava para Zoza – é que não sinto mais nada.

Também essa insatisfação permanente, que a transformava num fascinante enigma de gelo, ajudava a construir a sua lenda.

– Putz – dizia a gorda –, você arranca o que quiser desses coroas, meu amor.

O dinheiro e os presentes também faziam parte dos caprichos de Clô e inevitavelmente, administrada com zelo por Zoza, a sua poupança cresceu. Mas os seus velhos anseios de independência econômica estavam esquecidos e, quando as amigas recomendavam prudência, Clô atirava desafiadoramente os cabelos para trás e dizia:

– Clô vive o dia de hoje, o amanhã que se dane.

Uma tarde, quando, comandadas por Zoza, elas invadiram com seus convidados o restaurante de um clube náutico, Clô descobriu inesperadamente Max, junto aos barcos. Ele estava fulvo e iridescente debaixo do sol que morria ensangüentado do outro lado do rio. De repente e sem razão, lhe deu um orgulho irracional de fêmea, ela se afastou dos demais e caminhou devagar até ele, ondulando harmoniosamente o corpo como uma tigresa, enquanto o sol incendiava seus cabelos e cobria sua pele com mágicos reflexos dourados. Ela cruzou a pequena ilha e se pôs de pé, diante dele, toda feita de vento e luz. Max pôs a mão sobre a testa para se proteger do sol e olhou curioso para ela. Só depois de um instante foi que a reconheceu.

– É você – disse.

Mas não havia encantamento na sua voz. Clô sentiu que o olhar dele corria pelo seu corpo e subia para o seu rosto, mas nem mesmo debaixo da fogueira do crepúsculo eles conseguiam brilhar.

– Você está bonita – ele disse.

Clô jogou a cabeça para trás e riu.

– Antigamente – reclamou –, você me dizia que eu era linda.

– E você era – confirmou ele.

Tirou a mão de cima dos olhos e mudou de posição para não ser ofuscado pelo sol.

– Tenho ouvido falar de você – disse.

Clô se sentiu insultada pelo tom neutro e impessoal da voz dele, adivinhou todos os boatos que tinham chegado aos seus ouvidos e ergueu desafiadoramente a cabeça.

– Agora – disse com uma voz cortante –, eu sou vagabunda de luxo.

– Não – disse Max –, para mim você será sempre a mulher amada.

Por um instante milagroso, suas velas rasgadas se enfunaram e Clô se sentiu deslizar, branca e pura, no meio da quietude das águas. Mas, logo em seguida, recusou a rota que ele lhe propunha e foi tomada por uma raiva incontrolável.

– Você é um imbecil – gritou.

Deu as costas e saiu andando desajeitada com seus saltos exageradamente altos, que se cravavam na areia e impediam a firmeza de seus passos. Quando finalmente chegou ao restaurante e se voltou, Max continuava no mesmo lugar, imóvel, batido pelo vento e envolto numa aura de sol.

– Meu Deus – ela gemeu –, eu continuo com ele dentro de mim.

Mas logo em seguida um copo gelado e tintinante veio ao seu encontro, os risos estalaram e ela se deixou levar mais uma vez pelas correntes profundas que governavam seu pobre barco perdido. Quando saiu do clube, já era noite alta e não havia mais ninguém no ancoradouro.

– Vou me esquecer dele – Clô se prometeu baixinho.

Mas havia um mau presságio naquele dia. Quando os convidados se dividiram em pequenos grupos, Clô se sentiu tonta e nauseada.

– Vou para casa – disse para Zoza.

A gorda se encheu de preocupações, distribuiu avisos e instruções às outras e comboiou diligentemente Clô até em casa.

– Deve ter sido o peixe – sugeriu.

Clô boiava numa náusea imensa e nem conseguiu responder. Quando chegou em casa, antes mesmo que Zoza lhe pusesse as primeiras compressas geladas na testa, o mal-estar se foi tão repentinamente como tinha vindo.

– Foi a bebida – ela explicou para Zoza, que estava crispada de aflição.

A gorda não se deu por convencida, teimou que era melhor chamar um médico, mas Clô a dissuadiu com uma risada.

– Olhe – disse –, pensando bem, acho que foi o Max que me fez mal.

Mas antes que conseguisse rir de novo, o calendário disparou na frente de seus olhos, ela contou os dias e se retorceu desesperada na cama.

– Zoza – gemeu –, eu estou grávida.

E se desesperou atirada impiedosamente de um lado para outro, como uma peteca, por suas dúvidas e suas certezas.

124.
Foi um ano depois do nascimento de sua filha que Clô descobriu, cheia de espanto, que possuía o estranho e inusitado poder de secar suas entranhas. Enquanto a sua volta as mulheres se angustiavam marcando datas no calendário, tomando pílulas em hora certa ou se afligindo em rituais complicados, ela simplesmente se negava à fertilidade.

– Clô não quer mais filhos – ela dizia.

E o útero atento e obediente se fechava, seco e impenetrável como uma noz. Durante quase vinte anos, esse entendimento entre a sua vontade e o seu ventre foi tão perfeito que Clô jamais se preocupou com o risco de engravidar. Repentinamente, no entanto, ela era traída pelo seu corpo e uma nova e indesejada vida se intrometia dentro dela.

– Meu Deus – gemeu Clô –, o que houve comigo?

Se pôs angustiada na frente do espelho e, pela primeira vez, seu próprio corpo lhe pareceu estranho e inamistoso.

– Putz – choramingou Zoza –, não é uma boa!

Mas logo se apegou à esperança comum de todas as mulheres apanhadas pelas armadilhas caprichosas da carne.

– Talvez – sugeriu – seja um falso alarme.

O pequeno alento, entretanto, durou apenas três dias, até que Zoza entrou no apartamento arrastando a sua vitalidade que estava reduzida a um pálido sorriso sem graça.

– Deu positivo – rouquejou.

– Droga – cuspiu Clô –, droga, droga!

Ergueu-se furiosa da poltrona e se desesperou pelo apartamento, sem saber onde descarregar aquela imensa raiva que sentia de si mesma. Ficou assim, enjaulada dentro da própria impotência, até que se deixou cair derrotada numa cadeira.

– Estou cansada de perder – disse com uma voz sofrida que saiu da garganta com um desamparado tom infantil.

Baixou a cabeça e se pôs a chorar, enquanto Zoza corria para seu lado, puxava sua cabeça de encontro aos enormes seios e repetia, cheia de pena:

– Não, não, não, meu amor, não, não, não!

Durante uma semana Clô se deixou naufragar. Passava horas inteiras sentada diante do espelho olhando muda e dolorida para a sua imagem, como se fosse possível descobrir no próprio reflexo um modo de desatar aquele nó que se formava dentro dela. Zoza se afligia à volta dela, cheia de gestos mas seca de palavras, sem saber o que sugerir. Por fim se armou de coragem, descansou a mão gorda e carinhosa no ombro de Clô e perguntou baixinho:

– O que você acha de ter um bebê?

Clô saiu bruscamente do espelho e se voltou espantada para ela.

– Numa boa – acrescentou Zoza apressadamente.

– Mas eu nem sei quem é o pai dele – lembrou Clô.

– Grande droga – disse a gorda decidida –, pai tem por aí a dar com pau!

Reduziu o vozeirão a um arrulho muito suave e sedutor.

– Talvez seja uma menina – disse.

Clô olhou para a própria imagem no espelho e sorriu. Durante dois dias a idéia de recomeçar rolou por dentro dela, acordando possibilidades cheias de esperança.

– Posso pôr uma babá – ela disse para Zoza. – Posso tirar férias, posso dedicar um ano inteiro para ela.

– É isso aí – animava a gorda –, é isso aí.

Mas repentinamente Clô despertou do sonho. Reviu as faces angustiadas de Joana e Manoel, seus partos desamparados, suas esperanças perdidas, e balançou a cabeça desconsolada.

– Não posso – gemeu –, não posso.

Zoza não falou, baixou a cabeça constrangida. Clô ergueu a cabeça, viu seus olhos extraviados no espelho e tomou uma resolução feroz.

– Vou fazer um aborto – avisou.

Zoza suspirou ruidosamente, resignada.

– É uma barra – disse –, mas é você quem sabe.

– Você conhece quem faça? – perguntou Clô.

– Claro – respondeu a gorda desanimada –, claro.

Carregou pesadamente a sua decepção para o telefone, discou um número e travou um diálogo curto e ininteligível com alguém que parecia ser ainda mais seco do que ela. Um minuto depois estava de volta. Olhou cheia de pena para Clô e disse, como se estivesse anunciando uma sentença inapelável:

– Depois de amanhã. Às nove, em jejum.

Clô não se angustiou. Como sempre, se esvaziou de idéias e sentimentos e se deixou levar pelos fatos. Dois dias depois, Zoza, murcha e derrotada como se fosse ela a paciente, a conduziu para a pequena clínica na Zona Sul. Durante todo o percurso, só trocaram quatro frases.

– Está em jejum? – perguntou a gorda.
– Estou – respondeu Clô.
– Ele é bom – disse Zoza –, mas não é simpático.
– Não importa – disse Clô.

A clínica tinha sido instalada numa casa discreta, que com sua fachada comum e sem graça, enterrada num pequeno e descuidado jardim, não traía a sua finalidade. As duas foram recebidas por uma enfermeira seca e impassível, que limitou seus cumprimentos a um rápido olhar de reconhecimento para Zoza.

– Por aqui – disse abrindo a porta do consultório.
– Eu fico – soprou Zoza.

Clô foi levada para um pequeno quarto de paredes nuas, onde havia apenas uma cama e uma cadeira.

– Tire tudo e vista a bata – ordenou a enfermeira.

Saiu e voltou dois minutos depois, com o mesmo olhar distante e impessoal.

– O doutor está a sua espera – disse.

Levou Clô para um pequeno consultório e a deitou em cima da mesa. Como se estivesse à espera de um sinal, o médico entrou. Era alto e descarnado, olhou sem emoção para Clô e se voltou para a enfermeira sem palavras. Ela imediatamente se adiantou e ergueu com pressa a bata até a cintura.

– Abra as pernas – ele disse secamente.

Clô obedeceu e se mortificou. Por um instante pensou em afastar aquelas mãos cruas que abriam suas entranhas, descer da mesa e correr para fora. Mas logo, fiel a sua decisão, mordeu os lábios e permaneceu em silêncio.

– Um mês e meio – disse ele com uma voz incolor.

Voltou-se para a enfermeira e começou a arrancar as luvas.

– O pagamento é adiantado – disse.
– Já está pago – sibilou a enfermeira.

O médico não fez o menor comentário e saiu da sala, enquanto atirava as luvas num cesto.

– Me siga – disse a enfermeira.

E, sem esperar que Clô descesse da mesa, abriu a porta e se pôs a andar. Clô se atarantou confundida atrás dela até uma pequena sala de operações.

– Deite – disse a enfermeira.

Desta vez, no entanto, empurrou uma pequena escada para facilitar a subida. Imediatamente uma outra mulher, mais velha e mais pesada, surgiu da porta dos fundos e se debruçou sobre ela.

– Você não vai sentir nada – disse sem sorrir e com uma entonação maquinal.

Clô tentou falar, mas a voz estava presa em sua garganta. Fechou os olhos e apertou os lábios, como se fosse saltar para um abismo negro e desconhecido. Sentiu uma picada ardente no braço direito e em seguida todos os pensamentos partiram de dentro dela. Quanto voltou a si, estava novamente no pequeno quarto onde havia se despido e Zoza velava aflita, sentada na cadeira.

– Foi tudo bem – animou. – Dentro de meia hora você vai poder sair.

Fez uma carícia consoladora na mão de Clô, depois cheia de cautela perguntou baixinho:

– Dói?

– Não – respondeu Clô –, humilha.

Fechou os olhos e se deixou novamente afundar naquele resto de nevoeiro que ainda havia dentro dela.

125. Foi a partir do aborto que se iniciaram as ausências de Clô. Repentinamente, ela se distanciava de todos em grandes silêncios, indo e vindo dentro do tempo, levada pelas lembranças, que agora fluíam dentro dela como um manso e largo rio. Minutos depois desse alheamento, ela acordava subitamente e olhava espantada a sua volta, como se todas as pessoas presentes fossem estranhas e inexplicáveis.

– É estafa – diagnosticou Zoza, citando um punhado de casos semelhantes.

Mas Clô não se sentia angustiada nem deprimida nessas pequenas viagens interiores. Mais curiosa do que sofrida, ela se revia existir e percebia que, aos poucos, os fios soltos de sua vida começavam a se atar e a fazer finalmente sentido.

– É como – ela explicava para uma Zoza espantada – se Clô estivesse me contando os seus segredos.

No entanto ela sabia que ainda tateava dentro de um túnel escuro e, às vezes, duvidava que pudesse prosseguir sozinha. Mas sentia que estava havendo uma mudança profunda no seu modo de sentir e que vagarosamente se tornava cada vez mais incompatível com o seu modo de vida.

– Preciso trabalhar – ela repetia continuamente.

– Mas você já está trabalhando – respondia Zoza escandalizada.

Clô ria divertida e sacudia a cabeça. O medo de uma nova gravidez havia congelado suas loucuras e ela não era mais a companheira alegre das noites ou a amante ardente das madrugadas. De repente as boates se tornaram aborrecidas e barulhentas e, depois da primeira bebida, ela já inventava desculpas para se despedir.

– São sempre as mesmas caras – reclamava.

Zoza se afligia, mudava as caras e os programas, mas nem com toda a sua habilidade conseguia evitar o melancólico final das madrugadas de Clô.

– Estou ficando velha – ela se desculpou para Zoza.

A gorda a arrastou para os espelhos faiscantes de Jaquinho, que se debruçou avidamente sobre o seu rosto em busca das rugas e falsidades do tempo.

– Não – disse depois do exame –, você não está ficando velha.

Girou intrigado à volta de Clô, revolveu por várias vezes seu cabelo e finalmente, depois de um gritinho de surpresa, deu o seu veredicto.

– Você está mudando, meu amor.

Zoza e ele iniciaram imediatamente uma discussão terrível, porque Jaquinho dizia que Clô não era mais uma pantera e que tinha que mudar com urgência o penteado e a maquilagem.

– Cara lavada e chanel – insistia categórico.

– Não – riu Clô –, eu não me sinto chanel.

– Pois o dia que se sentir – disse Jaquinho com sua voz aguda –, venha falar comigo.

Deu as costas e saiu furioso como se tivesse sido ofendido, enquanto Zoza, tentando ir ao encalço, de repente via Clô refletida nos espelhos e parava embasbacada.

– Putz – gemeu –, o bichinha está certo!

Ela se aproximou rapidamente do espelho central, sua mão voejou em torno da imagem de Clô, como se tentasse localizar precisamente os pontos da mudança.

– Sei lá – resmungou –, sei lá! É por aí, olhos, boca, sei lá.

Clô no entanto não conseguia ver a sua própria mudança. Ela desgostava dos cabelos revoltos e se enfadava com a sua demorada preparação, mas ainda não se imaginava com outra aparência.

– Bom – disse Zoza –, o que interessa é que você não está velha, que está linda e maravilhosa como sempre e que, com 37, parece ter 25.

No dia seguinte, no entanto, Clô se sentiu bem mais velha do que era. Ela ainda estava na cama, quando a empregada deslizou muito assustada para dentro do quarto.

– Sua mãe está aí – disse.

Clô saltou apressadamente da cama e foi para a sala. Dois anos de separação tinham-na despreparado para a velhice de Donata. Sua mãe tinha emagrecido, os olhos estavam apagados, as carnes estavam flácidas e transparentes e as rugas cortavam impiedosamente seu rosto. Clô parou um instante chocada e aturdida, mas logo se recuperou, sorriu e se abraçou com Donata. Mas foi um abraço curto, porque logo em seguida Donata se desprendeu de seus braços e se afastou dois passos.

– Meu Deus – disse –, você não mudou.

Clô ergueu instintivamente a mão para recompor os cabelos, mas deteve na metade aquele gesto de faceirice infantil.

– Você também não mudou – disse sem convicção.

Mas Donata se desvencilhou da mentira com um suspiro resignado e Clô pressentiu que teria um longo e penoso diálogo com ela.

– Sente – pediu –, sente.

Donata obedeceu e sentou acabrunhada e constrangida no sofá. Olhou a sua volta sem curiosidade e comentou com um entusiasmo forçado a decoração do apartamento.

– Parece – concluiu – que desta vez você acertou.

Havia um tinir de moeda falsa na sua voz que fez Clô se manter em guarda.

– A gente vai vivendo – respondeu em tom neutro.

Donata se enfiou por um longo silêncio, enquanto arrancava fiapos imaginários de seu vestido. Clô, no entanto, recusou a isca e não perguntou o que estava havendo. Depois de algum tempo, Donata teve um de seus longos e dramáticos suspiros e disse com uma voz arrastada:

– Os negócios de Afonsinho vão muito mal.

Espiou Clô, que se manteve impassível e não fez o menor comentário.

– A situação está crítica – insistiu.

Clô ergueu as sobrancelhas, mas não falou. Donata então inclinou o corpo, para se aproximar ainda mais dela.

– Ele vai falir – disse com uma voz terrível como se estivesse anunciando uma doença incurável.

Fez uma nova pausa e baixou a cabeça, como se esperasse uma frase consoladora da filha. Clô continuou em silêncio e Donata soprou dramaticamente:

– Pode até ser preso.

Alongou um olhar trágico para a filha, mas o rosto de Clô não se suavizou.

– É – disse ela com a voz calma como se estivesse fazendo um comentário casual –, talvez a cadeia faça bem para o Afonsinho.

Donata se retorceu aflita no sofá.

– Ele é seu irmão – gemeu.

– Não – disse Clô com a mesma voz tranqüila de antes –, ele não é meu irmão.

Encarou firmemente os olhos assustados de Donata, que tentava entender a filha.

– Ele é – continuou implacavelmente Clô – um ladrão que roubou as minhas ações.

Donata se ergueu ofendida, mas quando o seu gesto indignado não surtiu efeito, ela se deixou cair novamente no sofá com um ar derrotado.

– O negócio é bom – disse debilmente –, o que falta é capital de giro.

– O que é capital de giro? – perguntou Clô.

O olhar de sua mãe se extraviou e ela se perdeu em alguns gestos desordenados.

– Não sei – confessou finalmente com um fio de voz.

Clô olhou longamente para sua mãe e balançou incrédula a cabeça. Donata se encolheu constrangida no sofá e desviou dos olhos da filha.

– Foi ele quem mandou você aqui? – perguntou Clô com a voz dura.

– Não, não – disse Donata. – Fui eu que...

Fez uma nova pausa e jogou um olhar rápido e esperto para Clô.

– ... pensei que você gostaria de ajudar seu irmão.

E, de repente, Clô se descobriu tão imune aos truques do jogo familiar que jogou a cabeça para trás e riu alegre e divertida, enquanto Donata a olhava cheia de espanto, como se a filha tivesse se transformado em outra pessoa.

126. Donata se confundiu tanto com o riso de Clô que, como um mágico mal-sucedido, repetiu desajeitadamente os velhos truques familiares.

– Irmão é irmão – disse –, família é sagrada.

Quando percebeu que nenhum deles estancava o riso da filha, se ergueu alarmada do sofá.

– Meu Deus – disse com uma voz aguda –, você tomou tanto aquelas porcarias que enlouqueceu.

Desta vez Clô foi apanhada, parou de rir e se voltou furiosa para a mãe.

– Não – disse –, eu não tomo mais aquelas porcarias.

Mas imediatamente se arrependeu de ter respondido, porque Donata se encheu de autoridade e ordenou:

– Você precisa ajudar o seu irmão.

– Não – disse Clô decidida –, nunca mais.

– Eu ordeno – berrou subitamente Donata com os olhos cheios de fúria.

Foi uma atitude tão incongruente que Clô recuperou o domínio da situação e tornou a rir.

– Você está doida – decidiu Donata.

Deu as costas e partiu, solene e indignada, enquanto Clô se deixava cair numa poltrona.

– Meu Deus – pensou –, como era fácil mandar em mim.

Ela conseguia agora ver a sua família, sem afeto e sem rancor, como uma pequena mas implacável engrenagem que havia moldado sua vida, para que ela, como uma mulher dócil e obediente, se pusesse a serviço de seus senhores.

– Acho – confidenciou com uma ponta de amargura para Zoza – que finalmente me tornei órfã.

Uma semana depois, no entanto, foi a própria família quem lhe negou a orfandade. Zoza entrou no apartamento roída de preocupações.

– Há três dias – anunciou – que um barbudo anda rondando o seu edifício.

Clô suspirou desconsolada.

– É o meu querido e falido irmão – anunciou.

Durante mais dois dias, a cara barbuda e aflita de Afonsinho a seguiu em silêncio por dias, noites e madrugadas, discretamente afastada, mas sempre pronta para atender ao primeiro aceno.

– Que saco! – resmungava Zoza irritada com aquela persistência incômoda.

Finalmente, no terceiro dia depois de sua primeira aparição, Afonsinho tomou coragem e bateu no apartamento. A empregada lhe abriu a porta e ele se pôs humilde e cabisbaixo diante de Clô.

– Preciso falar com você – disse com uma aflautada voz de pedinte.

Clô não conseguiu se impedir de lembrar a imensa e transbordante autoridade do irmão, no dia em que descobriu quatro pequenos envelopes de tóxico em suas gavetas e se jogou furioso sobre ela, com murros e bofetadas.

– Estou aqui de joelhos – balbuciou ele com uma voz cheia de comiseração.

Vários palavrões rancorosos ferveram na garganta de Clô, mas ela se conteve.

– Sente – ordenou secamente.

Ele obedeceu e sentou incomodamente na ponta do assento da poltrona, muito teso e comportado, com os joelhos juntos e apertados, como se fosse um menino no seu primeiro dia de aula.

– Vou pagar você – disse roucamente – até o último centavo, com juros e correção monetária.

Ergueu os olhos para Clô, como se a frase tivesse resolvido todos os problemas passados.

– Não acredito – disse Clô impiedosa.

– Juro – insistiu Afonsinho –, juro.

Clô teve um riso seco e irônico, mas não fez o menor comentário. Afonsinho então se acomodou melhor na poltrona e pigarreou nervoso várias vezes, tentando colocar melhor a sua voz insegura.

– O negócio é bom – disse falando aos arrancos –, tem futuro, dá dinheiro.

Aí se deteve e olhou para a irmã em busca de simpatia, mas a face de Clô continuava dura e impassível.

– É que me falta capital de giro – disse. – Essa droga de política econômica. Precisei fazer empréstimos. Os juros estão uma loucura.

Tornou a parar e a buscar um pouco de simpatia na irmã, mas ela não lhe concedeu o menor auxílio, olhando fria e impessoalmente para ele. Afonsinho se moveu inquieto, passou a mão pela barba, mastigou em seco, até que desabafou num golpe:

– Preciso de setecentos mil!

Clô não se moveu e continuou encarando o irmão, como se não tivesse ouvido o pedido. Inesperadamente a voz de Afonsinho perdeu a humildade e se tornou áspera e imperativa.

– Que droga – explodiu –, você é minha irmã!

– Uma ova que sou – gritou Clô com raiva.

– Desculpe – gaguejou ele –, desculpe.

Se pôs de pé cheio de gestos incompletos e foi até a janela.

– Náo é por mim – disse sem se voltar e com uma voz ofendida –, não é por mim.

Clô se recusou à curiosidade que ele lhe propunha e se pôs de pé, enquanto ele se voltava.

– Não temos mais nada o que falar – disse com uma voz dura.

Afonsinho se aproximou com um ar patético e estacou a dois passos dela.

– Há uma coisa que você não sabe – disse –, a firma está no nome da mamãe.

– Adeus – disse Clô.

Deu as costas para o irmão e caminhou para fora da sala.

— É ela quem vai falir — avisou Afonsinho em voz alta.

Mas Clô não se deteve, continuou caminhando, saiu da sala, tomou o corredor e entrou no seu quarto.

— Você não pode fazer isso a ela — gritou Afonsinho do meio da sala.

Clô bateu a porta do quarto e sentou cheia de raiva na frente do espelho. De repente todas as contas de seu irmão e de sua mãe lhe pareciam imperdoáveis. Então ouviu os passos furiosos de Afonsinho se aproximando do quarto e se detendo diante da porta.

— Clotilde — berrou ele zangado —, Clotilde.

O velho e desusado nome arrancou Clô da cadeira, ela cruzou o quarto, abriu a porta e enfrentou o irmão com os olhos cheios de raiva.

— Estão mortas — gritou —, as duas Clotilde estão mortas.

Afonsinho recuou para o corredor, encolhido e curvado como se estivesse sendo batido.

— Pode se vingar em mim — disse com a voz embargada —, mas não se vingue nela.

Por um momento pareceu que iria chorar, mas na entrada da sala se conteve.

— Mamãe vai perder a casa — disse dramaticamente.

— Não — disse Clô —, você vai tirar a casa dela.

Passou rapidamente por ele, atravessou a sala e abriu a porta de entrada.

— Saia — ordenou.

Ele oscilou como se tivesse sido esbofeteado, deixou a cabeça cair por um instante e logo encarou a irmã com os olhos incendiados pelo ódio.

— Sua vagabunda viciada — cuspiu —, quem você pensa que é?

Ergueu a mão, mas, antes que desse um passo em direção a Clô, Zoza explodiu através da porta, disparando uma série de guinchos terríveis.

— Fora, fora! Vagabundo, covarde, chamo a polícia! Fora, fora!

Afonsinho ainda hesitou um segundo, arquejando de raiva no meio da sala, mas logo arremeteu para frente, passou pelas duas mulheres e saiu do apartamento, enquanto incontroláveis lágrimas de indignação brotavam dos olhos de Clô.

127. Durante o resto do dia, Zoza zumbiu, como uma abelha compenetrada, ao redor de Clô, tentando distrair seus rancores, enquanto despejava suas queixas particulares contra a família.

– Adoro meu pai, adoro minha mãe e não suporto mais nenhum dos dois.

Mas nem com todo o seu esforço ela conseguia afastar as velhas preocupações familiares que, por mais que Clô as tentasse arrancar, continuavam crescendo dentro dela, com uma persistência de ervas daninhas.

– Não posso deixar que tirem a casa de mamãe – gemeu.

– Mas que tirar – rouquejou Zoza –, que tirar? Não vá atrás daquele vigarista. Isso não é assim, não vai tirar coisa alguma, corta essa.

Mas a idéia continuou girando dentro de Clô como um disco rachado e a acompanhou por toda a noite, até que ela pretextou uma dor de cabeça repentina e se despediu dos convidados.

– Pelo amor de Deus – pediu Zoza –, não faz besteira.

– Só quero dormir – prometeu Clô.

Mas quando voltava para o apartamento foi invadida por uma funda e dolorida saudade de sua primeira casa. Mudou seu rumo, retornou à rua de sua infância e ficou longo tempo olhando o edifício que havia sepultado o seu primeiro lar.

– As casas da infância – pensou – nunca deviam ser demolidas.

Se reviu correndo pelos corredores e subindo alegre as escadas para se encontrar com sua avó. Teve ali mesmo, na rua solitária e dentro do carro, uma de suas ausências e se esqueceu dentro do tempo, revendo as lembranças navegarem dentro de seus olhos distantes. Só quando subitamente a imagem pungente de seu pai confessando que havia perdido a casa se intrometeu nas suas lembranças foi que Clô sacudiu a cabeça e despertou.

– Não posso – gemeu baixinho –, não posso!

Havia um luar quieto e derramado sobre a cidade e ela contornou o Parcão e seguiu instintivamente para a Zona Sul. Quando tomou a radial e viu a lua boiando multiplicada dentro do rio, lembrou de todas as suas esperanças perdidas com Motta e Felipe.

– Meu Deus – pensou agoniada –, vou terminar velha e sem nada.

Então se pôs a perdoar todos os pecados da mãe e do irmão e se imaginou entrando em casa, tolerante e generosa, para salvar do desastre o que restava da família. No entanto, quando se deteve diante da casa e ergueu os olhos para a janela vazia do quarto que era de sua avó, seu coração se apertou num nó de agonia.

– Estamos todos perdidos – pensou.

De repente, a casa pareceu se desfazer debaixo do luar e ela viu as janelas caídas, o telhado aberto e as paredes esburacadas.

– Meu Deus – pensou –, o que houve conosco?

Depois de muitos meses, em que ela se sentia segura e ancorada dentro de si mesma, subitamente sentia que novamente se desgarrava. Fez um gesto brusco e seu pulso bateu inadvertidamente na buzina, que gritou inesperadamente na rua vazia. Uma luz se acendeu dentro da casa e Clô, em pânico como se tivesse medo de ser surpreendida, pisou no acelerador e arrancou apressadamente. Durante cinco minutos ela dirigiu como se estivesse num pesadelo, correndo pela faixa escura e deserta que levava a Ipanema. Foi no fim dela que as luzes azuladas de um posto faiscaram no seu pára-brisa e uma morna sensação de paz abrigou seu corpo.

– Vou ver a avó – ela pensou.

Era uma perspectiva tão doce e tão quieta, que ela não teve mais nem um pensamento, até chegar à pequena casa de Max. Somente quando seu carro deslizou através do portão de entrada, moendo o cascalho do chão, foi que ela se deu conta do absurdo da frase.

– Pobre avó – pensou.

Mas, logo em seguida, perdeu o sorriso que tinha e o lapso lhe pareceu agourento.

– Devo estar ficando louca – disse baixinho.

Chegou a levar a mão para a alavanca de mudanças, mas o sossego da noite a deteve e ela desligou o motor e apagou as luzes. A casa e o galpão pareciam flutuar dentro da fosforescência do luar e a brisa que vinha do rio punha um rumorejar sonolento no arvoredo.

– Ah, meu Deus – pensou ela –, eu não sei da minha vida!

Mas desta vez não havia desespero dentro dela, apenas uma vontade de se achar e se definir. Ela se recostou no banco e ficou tentando descobrir as estrelas que sumiam no luar. Estava há longo tempo assim, quando ouviu os passos de Max, que saíam da casa e se aproximavam do carro. Ela não se moveu e se manteve quieta, até que ele abriu a porta do carro e sentou a seu lado.

– Que coisa mais doida – disse –, eu sabia que era você.

Clô sorriu e se voltou para ele.

– Eu hoje preciso de um amigo – disse.

Max concordou com um pequeno aceno de cabeça e passou a mão carinhosamente pelos seus cabelos.

– Então veio ao lugar certo, moça – brincou.

Abriu a porta para sair do carro, mas Clô segurou o seu braço e o deteve.

– Não – pediu –, vamos ficar aqui.

– Como você quiser – concordou ele.

– Acho que, se eu não enxergar seus olhos, posso falar melhor – explicou ela.

– Oh, meus terríveis olhos – riu ele.

Ela lhe deu um pequeno e agradecido beijo na face, apanhou a mão de Max e a reteve, presa entre as suas, enquanto desfiava o novelo de suas dúvidas. Como sua avó, Max sabia ouvir sem interromper. Apenas quando a voz de Clô ameaçava falhar era que ele a amparava, apertando brandamente sua mão, como a lembrar que estava a seu lado. Assim ela contou a falência do irmão, a visita de Donata, seu encontro turbulento com Afonsinho e seu medo de que tirassem a casa da mãe.

– Pensei – disse por fim – que você poderia me ajudar a resolver o problema.

– Como? – perguntou ele.

– Você poderia emprestar o dinheiro ao meu irmão.

Max riu baixinho e sacudiu a cabeça divertido.

– Meu amor – disse –, eu não tenho nem a metade disso.

– Eu dou a você – disse Clô –, e você dá a ele.

Max, no entanto, não concordou prontamente como ela esperava. Ele baixou a cabeça, ficou um momento em silêncio e logo suspirou desconfortado.

– O que foi? – perguntou Clô.

Ele se moveu inquieto no banco do carro.

– Acende uma luz – pediu –, não posso falar uma coisa dessas no escuro.

Clô abriu a porta e a pálida luz do teto iluminou o rosto de Max.

– Está certo – ele disse –, eu faço o que você pediu. Vou lá e dou o dinheiro a ele.

Passou a mão nervosamente pela barba.

– E quando ele falir pela segunda vez, como é que vamos fazer? – perguntou.

Clô foi apanhada de surpresa e se voltou espantada para ele.

– Porque ele vai falir a segunda vez – disse Max. – E vai falir a terceira, a quarta e a quinta. E vai continuar falindo enquanto você lhe der dinheiro, até que ninguém mais lhe dê um centavo. Aí ele vai ter a última falência.

Deu um murro irritado no painel do carro e resfolegou várias vezes, para recuperar o controle.

– Clô – disse docemente –, o que você precisa evitar é a sua própria falência.

Ela se sentiu insultada, levou a mão para as chaves do carro, mas logo em seguida se deteve. Havia desta vez qualquer coisa na voz de Max que lhe dava a mesma e tranqüila confiança que ela tinha quando se aninhava aos pés de sua avó.

128. O dia estava nascendo, mas a lua continuava cheia e teimosa no céu, quando Clô levantou da cama e foi para fora. Nas colinas distantes havia um dourado início de sol que alvoroçava os casais de joão-de-barro da vizinhança. O outono pintava de luz os verdes da manhã e Clô invejou todos os moradores das pequenas casas quietas de Ipanema. Uma leve brisa farfalhou as árvores e ela involuntariamente se recordou das luminosas madrugadas da Estância Santa Emiliana, com o cheiro forte do café misturado com o perfume gordo da terra orvalhada.

– Meu Deus – pensou divertida –, sou uma camponesa.

Mas logo se reviu nos espelhos da noite e isso a levou de volta para o início de sua longa insônia. Havia um sentimento bom e terno em Max que a envolvia docemente e lhe dava uma morna sensação de confiança.

– Imagine – ela contou – que eu pensei: vou ver a minha avó.

– Se metade do que você diz sobre ela é verdade – ele disse –, eu considero um cumprimento.

Mas havia também em cada um dos gestos de Max uma proposta permanente de compromisso que a assustava.

– Não me livro de você numa noite – ela brincava.

– Não – respondia Max sério –, eu sou do tipo vida inteira.

Ele jogava seus olhos cinzentos para dentro dela e Clô fugia do apelo e baixava a cabeça.

– Não tenho mais condições de fracassar – ela confessou no fim da noite.

Clô nem sequer tentou explicar a ele o que sentia, porque suas idéias ainda eram confusas e desencontradas. Tudo o que ele sabia é que alguma coisa extremamente forte e instintiva lhe dizia que ela havia esgotado a sua capacidade pessoal de recuperação.

– Eu fui – ela disse para Max – até onde podia ir.

Ergueu uns olhos limpos para ele e tocou de leve a sua mão.

– Mais um passo, Max, eu me perco e ninguém me encontra mais.

Ele concordou silenciosamente com ela e lhe fez um pequeno gesto consolador de carinho.

– Não gosto do rumo da minha vida agora – confessou Clô. – Não sei explicar, mas ele não me mete medo.

Ele tornou a concordar com ela, ajeitou melhor os travesseiros e sentou na cama, a seu lado.

– Havia – contou – uma bela estrada que levava à pequena granja do meu tio. Ele, no entanto, teimava em gastar o dobro do tempo, dirigindo pela estrada velha. Ela era estreita, cheia de curvas e esburacada. Toda a família reclamava daquele percurso. "Pode não prestar", ele respondia, "mas é a que eu conheço."

Sorriu e sacudiu a cabeça.

– Ah, aquele velho danado – continuou. – Só depois de sua morte é que fomos descobrir que estava quase cego. Ele conhecia a velha estrada como a palma da mão. Tinha andado a vida inteira por ela. A pior estrada para ele era a mais segura.

Voltou-se para Clô.

– Como você, não é? – perguntou.

– É – concordou Clô –, é como eu me sinto.

Ele deslizou pelos travesseiros e se estendeu na cama com um suspiro.

– Só que – disse – nem sempre o caminho mais seguro é o mais feliz.

Fechou os olhos e dormiu, enquanto Clô se perdia no meio das perguntas que brotavam dentro dela.

— Esse diabo — pensou olhando zangada para Max — sempre me faz isso.

Era como se ele a empurrasse para o futuro e a obrigasse a inventar os dias que estavam por vir.

— Clô só vive o dia de hoje! — ela dizia cheia de atrevimento para as amigas.

Na verdade, por mais que ela se esforçasse, não conseguia se projetar no futuro. Às vezes, se punha na frente do espelho e tentava se imaginar com cinqüenta anos, mas ela tinha o presente tão aferrado ao seu rosto que sua imagem permanecia a mesma.

— Quando eu tiver cinqüenta — dizia Zoza —, vou ficar deste tamanho!

E abria os braços rindo, dobrando o seu volume. Vinte anos de uma luta diária e feroz pela sobrevivência impediam Clô de ir tão longe.

— Vai ver — ela brincava com Zoza — que eu não tenho futuro.

Durante muito tempo, ela tinha se envaidecido com essa falta de perspectiva. Ela podia enfrentar sorridente as preocupações alheias, porque o dia de amanhã lhe parecia apenas um outro hoje. O seu presente era uma viagem vertiginosa para parte alguma e isso a fazia se sentir diferente das outras mulheres.

— Sou uma camicase — ela dizia rindo porque a palavra ouvida na sua infância lhe parecia atraente e misteriosa.

Uma noite, no entanto, ela assistiu na televisão ao vôo suicida e desesperado de um piloto japonês e a palavra imediatamente perdeu todo o seu velho fascínio. Enquanto o dia nascia, empurrando a lua cada vez mais pálida para o horizonte, Clô se perguntava se não tinha escolhido a palavra exatamente por ter sabido, desde o início, o seu verdadeiro significado.

— Eu era uma camicase — ela pensou.

Mas, logo em seguida, balançou desalentada a cabeça e corrigiu o tempo do verbo.

— Eu sou uma camicase — disse em voz baixa.

Junto com a imagem chamejante do avião explodindo, se acenderam dentro dela os rostos de seu pai e de seu irmão e ela se afogou em maus pensamentos.

— Meu Deus — pensou —, éramos todos camicases.

No entanto, lhe parecia muito fácil deter aquele vôo sem sentido. Bastava entrar na casa, deitar ao lado de Max e adormecer. Os dias seguintes corrigiriam naturalmente o rumo de sua vida. Por alguns momentos, ela namorou a idéia de ter uma vida em comum com ele, acordar cedo, fazer o café, plantar um pequeno jardim e se deixar levar quietamente pelas águas tranqüilas do dia-a-dia.

– Não, não – ela pensou agoniada –, não posso me apaixonar por ele.

O amor havia se tornado para ela não mais anos coloridos de esperança e alegria, mas dias cinzentos de ira e desapontamento.

– Não – ela repetiu em voz alta –, é melhor assim. Pelo menos ficamos amigos.

Recordou a história que Max havia lhe contado, de seu velho tio, quase cego, dirigindo seguramente seu carro por curvas e buracos, e pensou:

– Pelo menos, este caminho eu conheço.

Aquietou por um momento seu coração e voltou para dentro da casa. Max continuava dormindo, alongado na cama, na mesma posição em que ela o havia deixado.

– Até logo – ela disse baixinho.

E saiu apressadamente da casa, como se tivesse receio que ele acordasse e a convencesse a ficar. Quando ligou o carro e o motor explodiu no meio da tranqüilidade da manhã, Clô olhou apreensiva para a casa, mas as portas e janelas se mantiveram mudas, até o momento em que ela se afastou. No fim da rua, no entanto, quando ela se deteve antes de tomar a faixa e avistou a pequena casa, trêmula e perdida no retrovisor, uma dor moída lhe passou por dentro, como se tivesse dito adeus para Max.

– Meu Deus – ela gemeu –, eu estou cansada de mim mesma.

Mas só quando passou pela rua em que morava sua mãe foi que percebeu, assustada, que uma nova Clô se inquietava dentro dela, dilacerando o seu passado e rasgando o seu presente, na ânsia incontida de refazer a vida. E foi grávida de esperança que, uma hora depois, Clô procurou o seu segundo e último analista.

– Acho que vou nascer – ela disse.

E ao contrário do primeiro, que se imaginava Deus, o segundo se fez homem, sorriu, passou a mão carinhosamente pelos ombros de Clô e disse:

— Então, vamos fazer esse parto.

129. Na sua segunda análise, Clô se extravasou, ansiosa e febril, como um rio na cheia, que, rompendo subitamente seus diques, se derramasse, fervilhante e incontido, até o limite extremo de suas águas. No entanto, na sua primeira visita, quando se viu a sós com o analista, o seu entusiasmo inicial desapareceu e ela se tornou muda e desconfiada. Seus olhos correram rápidos pelo consultório, tropeçando em livros, discos e toda sorte de objetos curiosos, sem encontrar, entretanto, o divã tradicional.

— Não uso — disse ele atrás de si, como se adivinhasse seus pensamentos.

Sentou na cadeira que havia atrás da mesa, diante de Clô, e sorriu.

— Me desculpe — disse —, mas eu devia ter percebido que você era uma ex-combatente.

— Como assim? — perguntou Clô na defensiva.

— Ex-combatente — explicou ele —, já fez análise antes.

— É — concordou Clô —, já tentei.

— Não se sentiu bem? — perguntou ele.

— Não — respondeu Clô rudemente —, não me senti. Ele era um dois-de-paus, que ficava sentado aí atrás da mesa e não dizia nada.

O analista riu baixinho e divertido e sacudiu a cabeça.

— Não, não — disse —, eu não sou um dois-de-paus. Acho que sou um valetezinho de copas.

Franziu o cenho e olhou intrigado para ela.

— Aquele coração vermelho é copas, não é?

— É — respondeu Clô sem sorrir.

— Bem — disse ele —, então eu sou mesmo um valetezinho de copas. Coração, não é? Então decididamente sou de copas. Não sei trabalhar com quem não gosto. Coisa feia, não é mesmo? Ainda mais para um homem da minha idade. Mas — que posso fazer? — eu sou assim.

Olhou sorridente e cheio de simpatia para Clô, que se movia inquieta com o que estava ouvindo.

— Eu gosto de você — disse calidamente. — Claro, você é uma linda mulher. Realmente linda. Uma das mais bonitas que já vi.

Mas não é a essa beleza que eu me refiro. Esses olhos, eu gosto deles. Sabe, eu gostaria muito que trabalhássemos juntos.

Ele era tão inusitado, tão diverso do onipotente primeiro analista, que Clô ficou olhando fascinada para ele. O dr. César parecia ter saído da casa do lado, para buscar um litro de leite no bar da esquina. Tinha ancorado nessa idade de avô de cabelos brancos e nem o brilho moleque de seus claros olhos azuis conseguia desfazer a sua imagem familiar. Tinha uma pequena clínica num casarão antigo e havia sido indicado por Zoza, com uma recomendação cheia de respeito.

– É o único que me parafusa – disse a gorda –, que eu desparafuso.

Ele suportou divertido o primeiro exame crítico de Clô, foi para um canto do consultório e começou a preparar um cafezinho numa complicada cafeteira de vidro. O perfume do café logo em seguida se espalhou pelo consultório e deu a Clô uma calorosa sensação de intimidade.

– Não há nada no mundo tão lindo quanto um ser humano – ele disse naturalmente, como se falasse de um assunto trivial.

Voltou-se sorridente para ela.

– Nós vamos trabalhar juntos num ser humano chamado Clô – disse.

– Meu nome é Clotilde – corrigiu Clô.

Ele esqueceu o café e se voltou extremamente sério para ela.

– Não – disse –, seu nome é Clô. Seus pais lhe deram o nome de Clotilde. Clotilde é um nome deles, não seu. O seu nome verdadeiro é Clô, porque foi escolhido por você.

E assim tranqüilamente, enquanto preparava um cafezinho, ele abriu a primeira comporta e Clô se derramou por ela mansamente com a quietude natural de uma nascente. Ao contrário do primeiro analista, César a ouvia com um interesse constante e evidente. Nas sessões iniciais, ele surpreendia Clô, quando saltava repentinamente aflito de sua cadeira.

– Espere – pedia –, espere. Eu pensei que você fosse dizer algo completamente diferente e você precisa me ajudar a descobrir por que eu me enganei.

À medida que o tempo passava, Clô se assombrava, desbravando sozinha a sua própria terra desconhecida e desatando, sem o auxílio de ninguém, seus mais velhos e duros nós.

— Excelente – ele aplaudia –, excelente! Eu sabia que podia contar com você.

Nas depressões inevitáveis dos meses seguintes, ele respeitava seus silêncios.

— Hoje – dizia –, a sessão é por conta da casa!

Ia fazer o seu perfumado café, punha um disco a rodar e se punha a falar da música.

— A música barroca – dizia – organiza a gente por dentro.

Seis meses depois, a vida de Clô girava em torno de sua análise e ela descobria, espantada, que era um ser humano fascinante e se jogava corajosamente em todos os seus cantos escuros para iluminar os seus medos. Durante essa busca, Afonsinho conseguiu vender sua loja de peças e Donata reapareceu, cheia de rancor, para lhe dar a notícia.

— Felizmente – disse –, meu filho se salvou sozinho.

Clô se manteve em silêncio, mas nem assim escapou das pequenas vinganças maternas. Donata a examinou com um arzinho irônico.

— Enfim – disse –, para alguma coisa serviu a nossa briga.

Fez uma pausa dramática e concluiu com a voz cheia de malícia.

— Pelo que me disseram, você seguiu o meu conselho e está consultando um especialista em doenças mentais!

Meu Deus, pensou Clô, ela agora só consegue se relacionar comigo através do ódio. Mas se manteve em silêncio e concordou silenciosamente com a mãe.

— É – disse Donata –, talvez ele livre você do vício.

Ergueu-se da cadeira, repentinamente cheia de vitalidade, como se tivesse acabado de cumprir a sua missão.

— Ah – disse como quem se lembra subitamente de algo –, o Afonsinho sentou a cabeça e vai se casar com a Ritinha. A filha deles está um encanto.

Esperou por um momento que Clô respondesse com uma palavra agressiva e, quando a filha se manteve em silêncio, ela suspirou desapontada.

— Bem – disse –, acho que vou indo.

Beijou gelidamente a filha e saiu, com o arzinho triunfante de quem tinha acabado de dar uma lição numa faltosa.

— Ah – exclamou César satisfeito –, se você conseguiu resistir às provocações da mamãe, estamos indo bem, realmente muito bem.

Mas Clô, na verdade, não se sentia tão bem. O seu cotidiano, agora, a incomodava como uma roupa subitamente encolhida. Ela se agitava aflita dentro dele, percebendo que cada vez cabia menos nos seus compromissos diários.

– Preciso de dinheiro – ela se dizia –, preciso de dinheiro.

A desculpa, no entanto, já não era tão convincente. Todas as manhãs ela abria as cadernetas de poupança e contava e recontava suas economias, refazendo alegremente os cálculos de sua independência.

– Já posso largar tudo – repetia diariamente para Zoza.

– Calma – recomendava a gorda –, calma.

Também o analista não concordava com aquela pressa atabalhoada, que tentava resolver todos os problemas de uma vida em poucas semanas.

– Depois – lembrava –, não se parte sem destino.

Clô porém se impacientava, catava diariamente os jornais em busca de negócios tentadores, sem saber ao certo o que desejava. Foi, no entanto, do meio de suas noites inconseqüentes que veio o conselho que mudaria o rumo de suas esperanças.

– Uma mulher linda como você – disse um dos clientes em tom brincalhão – deveria plantar flores.

E imediatamente os sonhos de Clô dispararam e ela se viu, luminosa e resplandecente, no meio de rosas, margaridas, cravos, jasmins, gardênias e crisântemos, numa confusão de cores e perfumes. Foi uma visão tão feliz que, para espanto de todos, Clô jogou a cabeça para trás e se pôs a rir alegre e esperançada.

130. De repente o coração de Clô se encheu de flores. Aquela idéia disparatada, lançada no meio da madrugada, caiu dentro dela milagrosamente e floriu como uma doida rosa de esperança. Naquela mesma manhã, quando finalmente conseguiu aquietar a sua imaginação e dormir, Clô se sonhou menina, correndo num imenso e ondulante campo de margaridas.

– Eu estava tão feliz – contou para o analista – que acordei rindo.

No dia seguinte, arrastou uma espantada Zoza para as livrarias, em busca de livros sobre jardinagem e floricultura.

– Vou ler todos eles – anunciou com uma heróica determinação. Durante um mês inteiro, mergulhou dentro dos livros com uma obstinação tão grande que espantou a própria gorda, que não acreditava que aquele interesse durasse mais do que uma semana.

– Putz – comentava –, até parece que você está lendo pornografia.

– Aquela espantosa primavera particular, como era inevitável, terminou transbordando do interior de Clô para todos que se aproximavam dela. Seus acompanhantes noturnos descobriam repentinamente que as promessas da madrugada podiam se transformar em violentas discussões florais, de que só conseguiam sair com a ajuda desesperada de Zoza.

– Pelo amor de Deus – ela gemia –, a única coisa que eles sabem sobre flores é o preço.

Armava uma cara chorosa e implorava:

– Muda de assunto, meu amor.

Zoza era a maior vítima daquela repentina paixão, porque tinha que seguir Clô pelas maratonas florais que ela fazia, não apenas pelos arredores da cidade, mas também pelas floriculturas dos municípios vizinhos.

– Odeio flores – ela resmungava numa resistência inútil que a teimosia de Clô sempre vencia.

Deixava-se arrastar por jardins e canteiros, suportando heroicamente os diálogos intermináveis de Clô com os jardineiros. Só conseguiu se poupar de maiores sacrifícios depois que vomitou escandalosamente diante de uma esterqueira.

– Da próxima vez – ameaçou reduzida a uma branca massa de sebo –, eu desmaio.

Mas fora dos limites do adubo, não havia demência para ela, promovida a contragosto a assistente de jardinagem. Finalmente, seis meses depois dessa febre avassaladora, Clô cancelou as visitas e anunciou:

– Vou comprar terras.

O analista riu, lhe deu meia dúzia de tapinhas amigáveis no ombro e, como sempre fazia quando queria interpor um parêntese nos monólogos de Clô, foi preparar um cafezinho.

– Você não percebeu – disse –, mas foi o seu primeiro entusiasmo dos últimos anos. Falo das flores, é claro.

– É – concordou Clô –, foi mesmo.

– E foi bom, não é mesmo?

– Eu me senti muito feliz – respondeu Clô.

Ele pôs duas colheres de pó dentro da cafeteira, fechou cuidadosamente a lata de café e se voltou para ela.

– Quando temos a maior ilusão – disse – é quando poderemos ter a maior desilusão.

– Não entendi – respondeu Clô.

Ele sacudiu o indicador como um pêndulo discordando da resposta de Clô.

– Não, não – disse –, você entendeu. O problema é que você não quer entender. Mas vamos trabalhar juntos.

Apanhou as grossas canecas de louça, onde servia o cafezinho, e as colocou ao lado da cafeteira.

– Você sabe – continuou –, o mundo está cheio de bons e velhos ditados. Quanto mais se sobe, maior o tombo. Dia de muito, véspera de nada. Quem ri de manhã chora ao anoitecer, e assim por diante. Sabe o que significam?

– Não – respondeu Clô honestamente.

– Quanto mais feliz se está, mais vulnerável se é – disse ele.

Fez uma nova pausa para encher as xícaras e estendeu uma delas para Clô.

– As flores – disse – puseram você lá em cima.

Ergueu sua mão acima de sua cabeça.

– Os desapontamentos – continuou – podem jogar você aqui embaixo.

Desceu rapidamente a mão para sublinhar suas palavras.

– Acho que estou entendendo – disse Clô.

– Você se portou muito bem lá em cima – disse ele. – Você se entregou ao seu entusiasmo, você se deu a sua paixão, você não teve medo de ser feliz.

Tomou um pequeno gole de café e piscou um olho amistoso para ela.

– Tomara que não aconteça nada – disse. – Mas, se acontecer, estou curioso para saber como você irá se portar aqui embaixo.

Clô concordou apreensiva e silenciosamente com ele. César ergueu a sua xícara como se fosse uma taça de champanhe.

– À nossa saúde – propôs.

– À nossa saúde – respondeu Clô.

Nas semanas seguintes, ela se lembraria muitas vezes daquele brinde. A realidade, com uma paciência impiedosa, dia a dia foi esfriando o seu entusiasmo, até que ele se tornou um dolorido bloco de gelo, oprimindo o seu peito. No entanto, um dia depois de sua sessão com o analista, ela abriu uma planta de Porto Alegre, olhou demoradamente os espaços em branco, escolheu um pequeno e sinuoso risco azul, e determinou vitoriosa:

– Vai ser aqui!

Durante três meses, ela subiu e desceu as estreitas e pitorescas estradas de Belém Velho, em busca de dois ou três milagrosos hectares de terra, que pudessem ser transformados numa floricultura.

– Meu Deus – gemia –, só me ofereceram pedras e buracos!

Começou então a se afastar cada vez mais de Porto Alegre, catando estradas perdidas na encosta da serra, até que Zoza protestou:

– Desse jeito, meu amor, você vai terminar plantando flores no Mato Grosso.

Refez o seu caminho, se perdeu nos brejos de Gravataí, subiu teimosa as colinas de Viamão e se desapontou nas terras arenosas de Belém Novo. Quando a terra servia, o preço a derrotava.

– É essa mania de sítio – resmungava Zoza com seu aguçado senso prático. – Agora qualquer chinelão quer ter um sítio e esses boca-grandes se aproveitam.

Como se não bastassem todos esses problemas, a posse do novo governo enlouqueceu repentinamente os preços. Três meses depois, Zoza, que diligentemente fazia e refazia os cálculos das despesas de instalação da floricultura, jogou desanimada o lápis sobre a mesa.

– Dançamos – anunciou tragicamente. – Nossa floricultura faliu antes de inaugurar.

Vagarosamente, Clô retornou aos seus silêncios. Por cinco vezes, Zoza teve que retirar um copo de uísque abusado de sua mão e pelo menos três vezes por semana a encontrava ainda insone ao meio-dia.

– Calma que vai melhorar – dizia.

Mas Clô parecia continuar afundando dentro da concha de sua desilusão. Faltou a várias sessões de análise e, quando retornou, se trancou num mutismo cinzento, que resistiu a todos os cafezinhos de César. Por fim, depois de um mês de depressão, foi visitar Max. Sentou ao seu lado, no galpão, onde ele polia pacientemente uma prancha, e pediu:

– Por favor, não fale comigo. Só quero sentir a sua companhia.

Ele concordou em silêncio e ela permaneceu, quieta e ensimesmada, a seu lado, por mais de duas horas, indiferente aos olhares rápidos e preocupados que Max lançava em sua direção. Repentinamente, rosnou um palavrão raivoso e retumbante, e se pôs de pé.

– Que droga – disse com fúria –, eu quero ter uma floricultura e vou ter uma floricultura.

E então, diante dos olhos espantados de Max, deu uma gargalhada nova e desafiadora.

131. Não foi o analista, mas Max quem aquietou finalmente o impaciente coração de Clô. De início, ele foi o ouvinte mais espantado dos planos de Clô, mas, à medida que ela lhe contava o seu decidido empenho, ele se deixava contagiar pelo seu entusiasmo.

– Mas que droga – desabafou –, eu devia ter pensado nisso. Afinal, sempre imaginei você no meio de flores!

No entanto, confessou humildemente que não sabia diferenciar um gerânio de uma glicínia ou um lírio de uma camélia.

– Também – acrescentou – não faço a menor idéia sobre floricultura.

Olhou sério para ela por um momento e, em seguida, se despejou numa risada.

– Mas se você gosta – disse –, nada mais importa.

Logo em seguida, no entanto, voltou à seriedade anterior e ergueu um dedo professoral diante dos olhos de Clô.

– No entanto, minha senhora – disse –, é preciso ser prática. Junte seu dinheirinho e fique de tocaia. De repente um coitado se aperta e torra a sua terrinha. Aí a senhora sai de trás do toco e zás, cai sobre ele.

Bateu estaladamente com uma mão sobre a outra.

– Tome – disse –, é pegar ou largar. E aí...

Deu uma risada curta.

– ... ele pega! E você tem a sua floricultura.

Clô sorriu sem muito entusiasmo e balançou a cabeça cheia de dúvida.

– O que há? – quis saber ele.

– Puxa vida – suspirou ela –, pode levar um bocado de tempo.

Ele passou a mão na cabeça e desalinhou furiosamente os cabelos.

– É – concordou –, pode mesmo. Mas nesse tipo de negócio, ou a gente tem dinheiro ou tem paciência.

Olhou para o teto do galpão, inventou uma tosse que não tinha e acrescentou:

– A menos que a senhora aceite um sócio. Sabe, eu estou pensando em me transferir para um lugar maior, onde...

– Você não desiste, não é? – perguntou Clô atropelando sua proposta.

Max ficou sério, ergueu a mão e fez um rápido carinho na face de Clô.

– Não – disse –, eu não desisto.

Clô olhou demoradamente para ele, retribuiu sua carícia e sorriu.

– Um dia, talvez...

– É – disse ele rindo –, nesse outro negócio a gente também precisa de paciência.

Riu e Clô riu com ele, mas na verdade, mais uma vez, os dois haviam chegado a um ponto incômodo de constrangimento.

– Eu não sei o que há comigo – ela confessou no dia seguinte para o analista. – Eu gosto dele, poderia até me apaixonar por ele.

Agitou desordenadamente as mãos no ar.

– Mas há qualquer coisa que me impede.

Voltou-se para César, que tomava um cafezinho.

– O que o senhor acha? – perguntou.

– Não sei – respondeu o analista encolhendo os ombros –, não sei. A senhora Clô é a única autoridade mundial que pode opinar sobre os sentimentos da senhora Clô.

Apesar de sua resposta, Clô lhe fez mais uma pergunta.

– Por que eu não me sentia assim com Felipe?

– Bem – disse ele sem se dar por achado –, por quê?

Clô tentou responder, mas não conseguiu.

– Acho – se esquivou – que não vale mais a pena discutir alguém que sumiu da minha vida.

No entanto, uma semana depois, Felipe estava diante dela, parado e cheio de cansaço, na porta do seu apartamento.

– Você é a única pessoa do mundo que pode me ajudar – disse com uma voz rouca e arrastada.

Clô abriu a porta e ele entrou. Felipe tinha engordado, seu ventre se derramava por cima da cinta e o casaco se ajustava mal nos seus ombros arredondados. Os olhos continuavam imensamente azuis, mas não tinham nem o brilho nem a inquietação de dez anos atrás. Ele suportou em silêncio o exame de Clô e depois sorriu tristemente.

– Fiquei um caco, não é verdade?

– Não – respondeu ela tranqüilamente –, você continua um homem bonito.

Ele riu amargo e descrente.

– Apenas mais velho – ela acrescentou.

– Estou um caco – insistiu ele. – Comida demais, problemas demais, bebida demais.

Logo ergueu os olhos e se ensopou da vitalidade dela.

– Meu Deus – disse –, você continua a mesma.

– Tenho 39 – disse Clô.

– Eu devia estar doido quando larguei você – disse Felipe.

Jogou-se desamparado numa poltrona e olhou aflito em sua volta.

– Você tem um uísque por aí? – perguntou.

– Tenho – respondeu Clô.

Foi servir a bebida, sabendo que na realidade ela era apenas uma pausa que ele necessitava para vencer o constrangimento. Quando ela voltou com o uísque, ele se movia inquieto na poltrona.

– Você é um anjo – disse.

Apanhou o copo e tomou dois longos goles. Ficou um instante de cabeça baixa e depois deu um demorado suspiro.

– Deu tudo errado – disse.

– Mas como? – se espantou Clô. – Me disseram que você está dirigindo um dos maiores bancos do país.

– Não – disse ele –, não falo de negócios. Meu casamento deu errado.

Tomou outro gole desmedido de uísque e fez uma careta.

– Fiz uma besteira – disse. – Larguei a minha mulher e fui viver com uma modelo. Você conhece ela. Melissa.

– A da televisão? – perguntou Clô espantada.

– É, é – concordou ele –, a da televisão. Aquela alta, bocuda. Não sei o que deu em mim, Clô. Perdi a cabeça.

– Já passei por isso – respondeu Clô com ironia.

Mas ele estava demasiadamente ocupado com os próprios problemas para dar importância às observações dela.

– Tivemos um filho – disse. – Sou doido por ele, Clô. Devíamos ter tido um filho.

– Você não quis – lembrou Clô.

Ele olhou incrédulo para ela.

– Eu não quis? – ecoou. – Você deve estar enganada. Eu sou doido por criança.

Terminou de falar, seus olhos se incendiaram e ele deu um murro no braço da poltrona.

– Aquela cadela – rugiu. – Dei tudo a ela. Uma cobertura em São Paulo, uma casa em Parati.

– E ela abandonou você – disse Clô.

Ele ergueu os olhos surpreso.

– Quem falou a você? – perguntou.

– Ninguém – respondeu Clô. – Quando um homem chama uma mulher de cadela, foi abandonado por ela.

Felipe tentou rir, mas o riso saiu afogado e sem graça.

– O que você fez – perguntou Clô –, bateu nela?

– Não – respondeu Felipe triunfante –, tirei o filho dela.

Aí conseguiu rir com uma satisfação selvagem.

– Ela está doida da vida atrás dele – disse.

Estancou repentinamente o riso e se voltou para Clô com um ar extremamente grave.

– Preciso esconder o menino – disse. – Ela jogou a lei em cima de mim.

Meu Deus, pensou Clô, ele não pode pedir isso a mim. Olhou assombrada para Felipe, que rodava nervoso o copo de uísque nas mãos.

– Ninguém sabe que estou aqui – disse. – Quero que você fique com o menino.

Lentamente, como se a cor estivesse escorrendo de dentro deles, os olhos azuis de Felipe perderam o fascínio e Clô, pela primeira vez, pôde ver como era realmente o primeiro homem que ela tinha amado na vida.

132. Clô não respondeu imediatamente ao pedido de Felipe. Ela se ergueu do sofá e caminhou para longe dele, até a outra extremidade da sala, tentando sossegar os sentimentos que se atropelavam dentro dela.

– Confio em você – disse Felipe.

Clô não se voltou. Afastou as cortinas e olhou para fora, como se a sua vida estivesse atravessando a rua. Todos os homens que ela tinha amado haviam lhe imposto obrigações com a tranqüila segurança de quem se sabe obedecido. Nenhum deles havia tido um instante de hesitação ou um segundo sequer de dúvida. Secos ou macios, grosseiros ou educados, todos os pedidos tinham sido ordens imperativas, que não admitiam a menor contestação.

– Seja uma boa menina – dizia o primeiro amor de sua vida, sem saber que estava condicionando todos os futuros afetos da filha.

Agora ela percebia, amargurada, que se Pedro Ramão não tivesse sido tão brutalmente tolo, ela continuaria a ser uma boa menina por muitos e muitos anos. Tomaria chá com a sogra, iria à missa aos domingos, faria tricô depois do almoço, serviria cafezinhos depois da janta e andaria escondida pelos cantos, como a descolorida e abandonada mãe de Pedro Ramão.

– Vou tomar mais um uísque – anunciou Felipe.

Fez uma pausa, esperando uma resposta de Clô, e, quando se convenceu que ela não viria, se levantou da poltrona e foi sozinho em busca do gelo e da bebida. Clô continuou perdida em Correnteza, descobrindo, aos poucos, que jamais os homens que ela tinha amado tinham lhe proposto que fosse adulta.

– Não seja criança – eles recomendavam freqüentemente com uma pontinha de zanga.

Mas, na verdade, queriam apenas lembrar que ela não deveria ser desobediente. Quando Pedro Ramão a apanhou nos braços de outro homem não lutou com ela, como faria com um igual, mas a castigou, como se sua mulher fosse uma menina travessa. Seu pai também se considerava um grande defensor do bem e da justiça quando arrancava o cinto das calças com a desapaixonada lentidão dos punidores.

– Acho que você faz bem em pensar – disse Felipe com a voz cheia de condescendência.

Clô desta vez se voltou para ele e sorriu.

– É – disse –, eu estou pensando.

Fechou as cortinas e se lembrou de Motta. Ele não tinha brandido uma cartucheira nem ameaçado retirar o cinto punidor das calças. Acreditava firmemente que as boas meninas podiam ser mantidas na linha com bombons. Meninas obedientes ganhavam bombons, meninas desobedientes não ganhavam bombons. A vida para Motta era simples assim, e tudo que um homem precisava fazer era demonstrar a sua mulher não a virtude, mas a vantagem de ser obediente.

– Ele é um bom menino – disse Felipe.

– Ah, é? – disse Clô propositadamente neutra.

Refez devagar o caminho de volta e tornou a sentar no sofá, enquanto olhava Felipe, cheia de curiosidade. O que será que ele considera um bom menino, pensou. Felipe acreditava que não era preciso bater nem punir para ser obedecido. Boas meninas mereciam a atenção do papai. Más meninas, não. Naturalmente que a atenção do papai era a coisa mais importante do mundo e quem não se convencesse dessa verdade fundamental e indiscutível não tinha sequer o direito de sentar na mesa com ele.

– O que é um bom menino? – perguntou Clô.

Ele se deteve espantado no meio de um gole de uísque como se ela tivesse dito um disparate.

– Um bom menino – repetiu.

– Sim – disse ela –, o que é?

– Ora – respondeu ele –, obediente, comportado...

Meu Deus, pensou Clô, ele realmente não faz a menor diferença. A divisão do mundo, para Felipe, era outra: os que mandavam e os que obedeciam. Santamaria também acreditava nessa organização da vida, mas a idade havia serrado suas presas mais agudas e ele havia se tornado um avô senhorial e tolerante. Além dos que mandavam e dos que obedeciam, existiam também os que divertiam. As mulheres bonitas e cordatas, evidentemente, pertenciam a essa terceira categoria. Se fossem, além de muito bonitas, muito divertidas, poderiam até ser um pouco desobedientes.

– Olhe – disse Felipe –, se você está pensando nas despesas...

– Não, não – negou Clô apressadamente.

Mas mesmo assim ele concluiu a frase, como se não tivesse sido interrompido.

– ... eu pago tudo – disse.

Ele deveria ter dito compro, pensou Clô. Porque, na realidade, quando os métodos usuais deixavam de funcionar, restava a compra. Não mais um bombom hoje e outro amanhã, mas a caixa inteira.

– Não estou pensando nisso – disse Clô.

Ele olhou demoradamente para ela, tentando adivinhar seus pensamentos, e logo se levantou incomodado.

– Você se importa se eu tomar mais um uísque? – perguntou com uma gentileza forçada.

– Você não acha que já bebeu demais? – ela perguntou.

O cuidado dela devolveu a tranqüilidade a Felipe, que riu e apontou o copo na sua direção.

– Você já bebeu mais do que isso – lembrou.

– É – disse Clô –, bebi.

De repente, a meio caminho do pequeno bar, ele se recordou do motivo e deu um murro raivoso no ar.

– Que droga – resmungou –, eu sou uma besta.

Voltou e se jogou desanimado na poltrona.

– Eu deveria ter dado um filho a você – disse.

Desta vez Clô não conseguiu se conter e riu.

– O que houve? – perguntou ele assustado com a reação dela.

Clô balançou a cabeça e não respondeu. Todos eles davam filhos. Era uma concessão excepcional, destinada a premiar os períodos de bom comportamento.

– Me perdoe – disse ele –, eu estou transtornado. Tenho passado o diabo, Melissa, minha mulher.

Pobrezinho, pensou Clô com uma ironia divertida, essas mulheres malvadas estão maltratando o papai. Pedro Ramão, Motta, Plácido e Felipe, eram todos inocentes.

– Clô – disse Felipe –, eu preciso de ajuda.

Venha cá, ela ouviu, ajude o seu pai. Plácido também gostava das boas meninas que faziam qualquer coisa para ajudar papai. Ele era até capaz de ser grato a todas elas. Ela sorriu involuntariamente e Felipe se inquietou.

– Vou tomar mais um uísque – ele anunciou, como se fosse encher o copo de veneno.

Clô encolheu os ombros e ele se ergueu, visivelmente contrariado, e foi buscar a bebida. Teríamos tido um filho lindo, pensou Clô, com uma vaidade triste e tardia.

– Como ele se chama? – perguntou

– Paulo – respondeu Felipe.

Fez o gelo tinir dentro do copo e se aproximou seguro e sorridente.

– Você vai gostar dele – disse. – Tem os meus olhos.

– A mãe dele é bonita – lembrou Clô ferina.

– É – concordou Felipe contrariado –, a cadela é linda.

– Então o menino deve ser lindo – disse ela.

Ele se moveu desconfortado à volta dela, até que sentou na sua frente e pediu, como se estivesse ouvindo ao contrário, todos os pensamentos dela.

– Seja uma boa menina, Clô, e fique com ele.

De repente os nós se desataram dentro dela e os fios soltos se transformaram numa risada zombeteira.

– Não – disse ela –, não. Graças a Deus, eu nunca fui uma boa menina.

Ele se atarantou, ficou cheio de dedos e mãos, deixou cair o copo e se levantou.

– Mas e o meu filho? – perguntou. – E o meu filho?

– Devolva o menino para a mãe – disse Clô feroz.

E então sentiu que subitamente seu barco perdido enfunava as velas e se punha a navegar, livre e intrépido, no rumo dos bons ventos, sem imaginar que diante dela se formava a maior borrasca de sua vida.

133. Tinha sido um dia extremamente feliz. Na verdade, há quatro meses que a vida de Clô era uma sucessão ininterrupta de dias felizes. Desde que ela havia se curado de Felipe, como quem se restabelece repentina e milagrosamente de uma longa enfermidade, que vivia cheia de espanto essa bonança inusitada. Nem mesmo completar quarenta anos acinzentou esse período colorido. No dia do seu aniversário, ela se surpreendeu, a caminho do banheiro, inteiramente nua dentro do espelho. Ela se deteve por um instante e logo em seguida se aproximou dele cheia de curiosidade.

– Meu Deus – pensou –, eu tenho quarenta anos!

Suas carnes continuavam jovens e rijas e as curvas de

seu corpo mantinham a mesma suavidade de vinte anos atrás. Os seios estavam firmes e, quando ela se voltou, as nádegas seguiram naturalmente seu movimento. Ela teve um momento de vaidade e escorreu as mãos orgulhosas pelo corpo, mas, logo em seguida, parou de sorrir e se examinou com uma fria seriedade.

– Não sou mais jovem – pensou corajosamente.

Havia qualquer coisa tensa e indefinida no seu corpo, que enxugava suas carnes e fazia adivinhar os músculos por baixo da pele.

– Emagreci – ela pensou no primeiro momento.

Foi rápida para o banheiro, mas a balança prontamente a desmentiu. Ela então voltou para a frente do espelho e aproximou seu rosto dele, até quase encostar a ponta do nariz na lâmina. Ficou assim por longo tempo, até que riu alto com a sua descoberta.

– Sou uma maçã madura – disse em voz alta.

– A vida vai me colher – ela disse com uma ponta de tristeza, no dia seguinte para o analista –, e dentro de pouco tempo começarei a murchar.

Mas, por algum tempo, ela pensou na frente do espelho, eu continuarei madura e intocada.

César suspirou, lhe estendeu uma xícara de café recém-feito e lhe avisou que a colheita sempre doía. Diante do espelho, ao descobrir pela primeira vez o toque sutil do tempo em sua carne, Clô realmente se sentiu doer. Mas foi uma dor difusa que seu corpo assimilou rapidamente.

– A juventude – ela disse para o analista – me doeu muito mais.

Na pequena festa de aniversário que Zoza lhe deu, Max apareceu subitamente e sem aviso. Tomou parte nos brindes, beliscou os canapés e se esforçou para acompanhar os sorrisos e as brincadeiras. Mas, na primeira oportunidade, inventou uma desculpa e se despediu.

– Você é um bicho-do-mato   brincou Clô na porta do apartamento.

– É – concordou ele –, sou mesmo.

Estendeu a mão e passou um dedo brincalhão pela ponta do nariz de Clô.

– Não gosto de repartir você – disse.

– Eu não sou sua – lembrou Clô.

– Eu sei – respondeu ele –, mas gosto de fingir que você é minha.

Apontou para a sala, onde as amigas riam.

– Aqui eu descubro que você não é – completou.

Clô fugiu da seriedade que ele propunha e lhe deu um beijo rápido e formal na face.

– Você está ficando velho – disse.

– É – concordou ele –, estou ficando mesmo. Tenho 49 anos, Clô. Acho que estou desaprendendo de esperar.

Só quando voltou para a sala foi que Clô sentiu a despedida de Max como um adeus. Mas ela havia firmemente se proposto a ser alegre naquela noite e em pouco tempo esqueceu dele. Por três vezes, nas semanas seguintes, foi até a casa de Max, mas não o encontrou.

– Viajou – informou o preto Fritz.

Da terceira vez, a reticência dele irritou Clô.

– Bem – disse ela –, se o seu patrão quiser falar comigo, ele sabe onde me encontrar.

Foi a única nuvem negra a toldar aquele céu imensamente azul dos últimos meses. Ela, no entanto, se desvaneceu prontamente uma semana depois, quando Zoza invadiu o seu apartamento aos berros:

– Achei – ela gritava –, achei!

Rodopiou seu corpanzil numa grotesca dança de urso e anunciou:

– Temos um sítio em Belém Velho!

Conduziu Clô por pequenas e sinuosas estradas de chão batido, até um pequeno vale que se espremia muito verde por entre as colinas.

– Lá embaixo – disse.

Parou o carro, apanhou Clô pelo braço e a arrastou até uma pequena elevação que dominava o vale.

– Cinco hectares – disse exultante – por dois ridículos e miseráveis milhões.

– Impossível – soprou Clô incrédula.

– É da amante do Luisão – disse Zoza. – Se apaixonou por um garotão e está torrando tudo o que o coroa lhe deu.

Clô deu uma risada, se lançou pela pequena encosta, passou por entre os fios da cerca e correu pelo pequeno vale, como se ele já estivesse coberto de flores. Nem todos os baldes de frio realismo que Zoza jogou sobre ela, lembrando as inevitáveis despesas de instalação de uma floricultura, conseguiram arrefecer seu entusiasmo.

– Hoje – gritou ela de braços abertos – é o meu dia de glória!

Voltou para a cidade enfeitada de risos e fez questão de invadir o consultório do analista, para anunciar a boa-nova.

– Daqui a um ano – disse categórica – vou pagar as minhas consultas com flores.

– Com tantas flores – gemeu ele brincalhão – você não vai precisar das consultas.

Como era entressafra, naquela noite Zoza, à frente do seu pequeno pelotão feminino, invadiu o apartamento de Clô.

– Vamos sair por aí – anunciou – e comemorar a espetacular carreira de Clô Dias, da noite para o latifúndio.

Pela primeira vez, depois de muitos anos, Clô teve uma noite inteiramente sua. Ela se entregou à esperança como se ela fosse uma taça borbulhante de champanhe, riu, bebeu e dançou, até que o sol se meteu por baixo das portas e anunciou que o dia estava nascendo.

– Adeus – ela cantarolou para as amigas –, adeus!

Estava ainda completando o seu giro de despedida, quando a porta da boate se abriu e um pequeno grupo entrou apesar dos protestos do porteiro.

– Entrem – brincou ela –, entrem, a casa é sua!

Houve um pequeno reboliço entre eles e, logo em seguida, um jovem se desvencilhou dos demais, que tentaram inutilmente impedi-lo, e veio curioso ao encontro de Clô.

– Então você é Clô? – perguntou.

– Sou – respondeu ela divertida –, sou Clô.

– É incrível – disse ele –, é incrível.

Voltou-se para o grupo que assistia imóvel à cena.

– Ela é linda – disse –, sensacional.

Houve um tinir de cristal falso na sua voz que colocou Clô instantaneamente numa mudez defensiva.

– Sou de Correnteza – disse ele com um sorriso.

Uma faísca de raiva iluminou os olhos de Clô e ele recuou um passo.

– Conheço seu marido – disse.

Aí vacilou, olhou para trás, onde o grupo permanecia num silêncio congelado, e sorriu repentinamente atrevido.

– E conheço sua filha – anunciou petulante.

Clô cerrou os punhos, ergueu desafiadoramente a cabeça, mas não disse nada.

– Parece que é de família – disse.

– Pare com isso – berrou uma voz do grupo.

Mas ele estava lançado para a frente pela própria arrogância e não conseguiu se deter.

– Sua filha – completou – também apanha do marido!

E então Clô explodiu e lhe bateu furiosamente com as costas da mão, como se diante dela estivesse não um estranho, mas o próprio marido de sua filha.

134. Com Zoza e suas amigas gritando aflitas atrás dela, Clô se lançou agoniada para a rua, como se Joana estivesse a sua espera na primeira esquina. À medida que subia a avenida, se despedaçava em soluços, até que, na Praça Júlio de Castilhos, fraquejou e se deixou cair de joelhos.

– Minha filha – gemeu –, minha filha!

Mas logo, antes que Zoza e as outras a alcançassem, se pôs novamente de pé e tornou a se jogar para a frente, porque aquela imensa angústia, que ardia dentro dela, precisava de um desabafo imediato e a impedia de parar. Assim ela continuou avançando, indiferente às buzinas que gritavam a sua volta e aos apelos agudos de Zoza, que se esfalfava tentando seguir seus passos. Somente no Parcão Clô se deteve desorientada, procurando descobrir para onde aquela dor funda e latejante a conduzia. Foi aí que Zoza finalmente a alcançou, afogada demais para falar, e se abraçou chorando com ela.

– Ele bate em minha filha – disse Clô.

– Eu ouvi – conseguiu dizer a gorda –, eu ouvi.

– O miserável bate em minha filha – repetiu Clô.

A impotência, como uma onda gigantesca, se abateu sobre ela e fez vergar seus joelhos.

– Coragem – pediu Zoza –, coragem!

Mas Clô se deixou cair derrotada e banhada pelo sol que vencia o topo dos edifícios, urrou como um animal ferido.

– Pobrezinha – só atinava dizer Zoza –, pobrezinha!

Finalmente as outras amigas chegaram e zumbiram agitadas em torno dela, como abelhas protegendo a sua rainha.

Havia em cada uma delas um pedaço ardente daquela dor de ser mãe e ser mulher que dilacerava Clô. Os homens foram os últimos a chegar, solidários, mas constrangidos, porque não conseguiam entender aquela súbita e irracional fraternidade que unia as mulheres e criava entre elas uma linguagem estranha de gestos e gemidos.

– Aquele cara era uma besta – dizia um.
– Um garotão estúpido – desculpava outro.
– Estava bêbado – diagnosticava um terceiro.

Mas todos eles se sentiam incomodamente culpados pelo que tinha acontecido e tentavam disfarçar a culpa com promessas infantis de vingança. Ficaram assim por muito tempo, até que um deles ergueu a cabeça assustado e percebeu os carros parados e as caras curiosas que se aproximavam.

– Putz – sussurrou –, estamos dando um espetáculo!

Zoza imediatamente recuperou a calma, assumiu o controle da situação e começou a despachar diligentemente as duplas para casa.

– Não se preocupem – dizia –, eu tomo conta dela.

Antes que o último casal partisse, ela ajudou Clô a se erguer, recompôs rapidamente sua aparência e a retirou decidida para fora do Parcão.

– Vamos – disse –, vamos para casa.

Clô atravessou a avenida e a seguiu obediente por mais dois quarteirões, mas logo em seguida se deteve.

– Não posso – disse.
– Meu amor – lembrou Zoza –, você não pode fazer nada por ela agora.
– Meu Deus – gemeu Clô –, eu nem sei se posso fazer alguma coisa pela minha filha.

Por um instante, pareceu que voltaria a chorar, mas se conteve e recomeçou a andar, amparada pela amiga. Vinte metros adiante, no entanto, parou novamente.

– Eu preciso falar com ele – disse.
– Com ele quem? – perguntou Zoza.
– Com César – respondeu Clô.

Zoza, aflita, bateu com o indicador por várias vezes em cima do mostrador do relógio.

– Meu amor – lembrou –, são seis e meia da manhã.
– Eu preciso – disse Clô.

Olhou tristemente para Zoza e logo se curvou sobre ela e lhe deu um beijo na face.

– Você foi maravilhosa – disse. – Mas de repente as coisas se desorganizam novamente dentro de mim.

– Está certo – concordou a gorda –, está certo.

Clô dobrou a esquina e se pôs a caminhar para a clínica, enquanto Zoza, patética e solitária, lhe acenava um adeus desamparado.

– Vai com cuidado – ainda gritou à distância –, vai com cuidado.

Uma hora depois, quando César chegou, como da primeira vez, Clô esperava por ele, sentada nos degraus da escadaria de entrada da clínica.

– Minha filha – ela disse com a voz cheia de tropeços –, minha filha está sendo espancada.

Ele não falou, apanhou suas mãos e a puxou carinhosamente de encontro ao seu corpo. Deixou que ela se aliviasse num choro baixinho e sentido e depois a conduziu para dentro.

– Primeiro – disse ele –, vamos tomar um café.

Mas antes que conseguisse dar um passo, Clô segurou o seu braço e o deteve.

– Por favor – pediu –, eu preciso falar agora.

– Muito bem – disse ele –, então o nosso café pode esperar.

Sentou atento diante dela e ouviu, pacientemente e sem comentários, Clô desenrolar o carretel de suas desventuras. Quando ela silenciou, ele ficou um momento com os olhos perdidos no chão e logo se ergueu da cadeira.

– Vamos tomar o café – disse.

Foi para a cafeteira e se desdobrou em cuidados no preparo do café.

– O que devo fazer? – perguntou Clô.

Ele não respondeu, estendeu uma xícara para ela e girou lentamente a outra entre seus dedos.

– O que você deve fazer? – perguntou.

– Não sei – respondeu Clô.

– Nem eu – retrucou César.

Ele bebeu tranqüilamente dois goles de café, como se não tivesse notado o olhar cheio de surpresa de Clô.

– Aquele miserável não pode fazer isso com ela – disse Clô com raiva.

– É – concordou ele –, mas está fazendo.

Clô se levantou impaciente da cadeira e deu meia dúzia de passos desordenados pelo consultório.

– O que uma mãe faz num caso desses? – perguntou.

– Não sei – respondeu César.

– Mas que droga – explodiu Clô –, uma mãe não pode permitir que sua filha seja espancada.

– Muito relativo – respondeu ele com uma voz neutra e desinteressada.

Clô olhou desanimada para o analista.

– É – disse –, eu sei que a vida é dela, eu sei que ela pode amar esse vagabundo, eu sei até que ela pode gostar de apanhar. Mas...

Apontou a xícara para ele.

– ... e se ela não gostar? E se ela não amar esse miserável? E se ela estiver lá sozinha, como eu estava, sem ter ninguém para ajudar?

César olhou para ela e encolheu os ombros. Clô então mastigou um palavrão furioso e atirou a xícara contra a parede.

– Mas que droga – berrou –, diga alguma coisa!

Ele depositou calmamente a sua xícara em cima da mesa e foi apanhar os cacos da outra, que estavam espalhados pelo tapete.

– Não faça isso – disse Clô arrependida de sua explosão –, deixe que eu apanho.

– Ah, que beleza – disse ele sarcástico –, então, quando se trata de cacos, você sabe o que fazer, não é?

Clô por um instante olhou atônita para ele e logo rompeu numa risada feroz.

– Droga de velho – disse –, droga de velho.

Abraçou-se longamente com ele e anunciou com uma determinação selvagem.

– Vou lá lutar pela minha filha!

E saiu sem saber que pela primeira vez em sua vida estava lutando também por ela.

135.
Retornando do analista, Clô entrou, leve e elástica, no seu apartamento, como se tivesse acabado de acordar de um sono longo e reparador.

– Vamos para Correnteza – anunciou alegremente para Zoza.

— Já? — rouquejou a gorda espantada, se derramando para fora da poltrona.

— Já! — respondeu Clô decidida.

Mas nesse momento sua imagem flutuou rápida por um espelho e Clô se deteve a meio caminho do quarto e refez os seus passos, até reencontrar seu reflexo. Toda a alegria selvagem que iluminava ferozmente seu rosto se desfez e, pouco a pouco, ela se enroscou dentro de si mesma como uma serpente que prepara o bote. Seus olhos se apertaram, seu nariz se afilou e seus lábios se reduziram a um traço fino e irônico.

— Sim, sim, sim, sim, sim — ela sibilou enquanto se movia na frente do espelho.

Recuperou a imagem inicial, afofou os cabelos com uma série de gestos rápidos e deu uma risada.

— É assim que eles me querem sempre — disse.

— Assim como? — perguntou Zoza, que acompanhava assustada essas repentinas mutações.

— Indignada, furiosa e ingênua — respondeu Clô.

Saiu do espelho e se voltou para Zoza, com a voz cheia de rancor.

— Foi assim que perdi meus filhos — disse. — Foi assim que eles acabaram comigo. Eu virava a mesa e eles viravam comigo.

Tornou a se voltar para o espelho e começou a dar conselhos para a sua nova imagem, como se ela fosse uma menina inexperiente.

— Não, não, minha cara — disse —, agora não podemos agir assim. Afinal a senhora cresceu. Já lhe morderam tanto que, finalmente, a senhora também aprendeu a morder.

Afastou-se dois passos do espelho e piscou um olho para sua imagem.

— Chegou a sua vez, dona Clô.

Voltou-se para Zoza, que abria e fechava a boca, sem encontrar o que dizer diante da mudança, e sacudiu um indicador incisivo e professoral.

— Primeiro — disse —, temos que acalmar a dona Clô.

Estalou os dedos, como se tivesse acabado de ter uma grande idéia.

— Um banho quente — disse. — Nada como um banho quente para acalmar a dona Clô.

Saiu para o banheiro, se desfazendo das roupas pelo caminho, e se pôs embaixo do chuveiro quente, enquanto Zoza se atabalhoava a seu redor.

– Putz – gemia a gorda –, você vai terminar fundindo a minha cuca. Mas afinal, qual é o grilo?

– Vou dormir – respondeu Clô.

– Mas a gente ia a Correnteza – lembrou a gorda.

– Não – corrigiu Clô –, antes de mais nada preciso dormir, descansar, esfriar a cabeça. Depois...

Saiu de baixo do chuveiro.

... preciso falar com a minha advogada.

Estendeu a mão para apanhar a toalha, mas se deteve no meio do gesto.

– Não, não, não – disse mais para si do que para Zoza. – Este é o mundo deles. Eu não posso ir para lá com uma advogada.

Espetou um dedo divertido na barriga da amiga.

– Eu tenho que ir com um advogado – disse. – Homem é o melhor.

A imagem de Santamaria renasceu dentro dela, com a sua sabedoria velha e manhosa. Se o problema for sério, ele repetia, vá procurar o Pio Aires.

– Zoza – disse Clô –, preciso consultar o Pio Aires.

– Nossa – gemeu a gorda –, nossa!

– Ainda hoje – insistiu Clô.

Apanhou a toalha, a enrolou em volta do corpo e se jogou pesadamente na cama. Antes de dormir, um instante depois, ergueu um dedo sonolento e resmungou:

– Vó Clotilde, vai começar a guerra!

Sorriu e adormeceu repentinamente, esmagada pelos acontecimentos do dia. Zoza ainda ficou um minuto olhando para ela e logo saiu balançando a cabeça, sem entender o que estava acontecendo.

– Logo o Pio Aires – resmungou –, logo o Pio Aires!

Ele era um homem escondido dentro de uma aparência. Era baixo, roliço e rosado como um bebê. A calva era tão ajustada a sua imagem, que se tornava impossível imaginar que um dia ele tivesse tido cabelos. Pio Aires se movia em gestos rápidos e elétricos, acendia e apagava fulminantemente seus sorrisos e dava a impressão de ter sido montado propositadamente com um exterior inocente, para esconder seu interior astuto, que só os olhos, às vezes, denunciavam. Ele ouviu Clô sem emoção, mas atento a cada pormenor da história, até que ela enfim silenciou.

– A senhora é linda – disse com um sorriso muito branco.

Mas logo seus lábios se apertaram e ele lembrou:

– Mas eu sou muito caro e não gosto de misturar as coisas.

Meu Deus, pensou Clô, lá se vai a minha floricultura. Mas não baixou os olhos quando ele a encarou e devolveu seu sorriso gentil.

– Eu vim aqui – disse – porque o senhor é bom.

– Fez bem – disse ele –, fez bem.

Logo em seguida acrescentou impassível, sem a menor modéstia, como se estivesse apenas constatando um fato indiscutível:

– Eu não sou bom – disse –, sou o melhor.

Apertou o lábio inferior entre o indicador e o polegar e ficou por um instante assim, examinando Clô com seus olhos pequenos e vivos.

– Códigos, decretos, sentenças, tudo isso é bobagem – disse. – Quem faz a lei, diariamente, a todo o momento, a seu bel-prazer, são os juízes.

– Eu sei – disse Clô.

Fez uma pequena pausa e jogou sobre a mesa o seu trunfo decisivo.

– Foi o que Santamaria me ensinou – disse.

Imediatamente o rosto dele se iluminou, ele riu como quem é surpreendido por uma brincadeira divertida.

– Maravilha – disse –, maravilha! Finalmente eu conheço a milagrosa pequena do velho.

Aí apagou o sorriso com a mesma rapidez que o tinha acendido e balançou a cabeça.

– Aquele velho patife – disse –, éramos amigos.

– Foi ele quem me recomendou o senhor – disse Clô.

– Chantagem emocional – disse Pio Aires – é o que a senhora está tentando fazer comigo.

– Eu quero salvar a minha filha – disse Clô.

– Então – disse ele –, vamos começar pelo começo.

Juntou a ponta dos dedos e franziu a cara toda.

– Primeiro – disse –, vá lá e fale com sua filha para saber o que ela quer.

Clô concordou silenciosamente, enquanto ele abria as mãos e sublinhava suas palavras com gestos cortantes.

– Não peça, não ameace, não desabafe, não reclame, não prometa, não faça absolutamente nada. Vá lá e seja simplesmente mãe.

– E se não me deixarem? – perguntou Clô.

– Baixe a cabeça e volte para casa – respondeu ele. – Mas não fale em advogado, não mencione a justiça, não prometa vingança.

Ergueu repentinamente o indicador, pedindo a atenção de Clô.

– Vê lá, menina, lembre-se que não se pode salvar quem não quer ser salvo.

– Eu sei – suspirou Clô.

– Se ela não quiser, paciência – disse ele.

Mas logo seus lábios se arreganharam e ele mostrou uma fileira de dentes ansiosos.

– Mas se ela quiser, volte para falar comigo.

Num segundo se tornou novamente o homem simpático e inofensivo de antes.

– A primeira consulta foi grátis – disse.

E Clô sorriu agradecida por aquela astúcia matreira que lhe faltava.

136. Correnteza parecia encolhida e amarfanhada, debaixo da chuva fina e insistente, que se acinzentava sobre ela. Aquela prosperidade orgulhosa de vinte anos atrás havia sido diluída pelas sucessivas crises econômicas e ela, agora, era uma pequena cidade, que convivia conformada com a mediocridade da sobrevivência.

– Putz – gemeu Zoza repetindo uma velha brincadeira –, pior do que Correnteza, só Correnteza com chuva.

Clô sorriu e concordou silenciosamente. Desde o primeiro momento, em que as torres da igreja se ergueram por cima das colinas, que ela havia descoberto que estava vendo, pela primeira vez, Correnteza como realmente era. A mistura de fascínio e medo, que havia tornado a cidade tão importante para ela, havia se desvanecido e, vista pelos olhos implacáveis da realidade, Correnteza já não se tornava tão original.

– É uma cidade igual às outras – disse Clô.

Zoza franziu o nariz com desdém. Apesar da oposição inicial de Clô, ela havia imposto a sua companhia com um argumento invencível.

— Ninguém me conhece naquela droga!

Mas os anos haviam tornado também Clô uma desconhecida. Quando ela desceu do carro, diante de uma loja, para perguntar à balconista o endereço de sua filha, nenhuma das cabeças que estavam ao seu redor se voltou para ela. Nem mesmo os olhos da balconista demonstraram o menor sinal de reconhecimento.

— Só sei — disse ela — que o dr. Juvenal mora lá em cima.

E indicou com um pequeno gesto o bairro rico da cidade. Clô voltou para o carro e sentou rindo ao lado de Zoza.

— Meu Deus — disse —, minha avó tinha razão. O tempo é um velho bruxo.

Apontou a rua deserta e molhada onde apenas dois meninos enfrentavam curvados a manhã chuvosa.

— Há vinte anos, qualquer moleque sabia o endereço de Pedro Ramão.

Em algumas coisas, no entanto, Correnteza não havia mudado. As farmácias continuavam a ser um bom centro de informações e foi numa delas que Clô encontrou não apenas o endereço de sua filha, mas também o reconhecimento. Quando o balconista se voltou para o interior do estabelecimento para perguntar onde morava o dr. Juvenal, uma cabeça branca e curiosa apareceu na porta.

— Quem quer saber? — perguntou.

— Esta senhora — disse o balconista indicando Clô.

O homem grisalho olhou espantado para ela, retirou apressadamente os óculos e avançou ao seu encontro de olhos apertados.

— A senhora é a mãe de Joana, não é verdade? — perguntou.

— É — respondeu Clô tranqüilamente —, eu sou a mãe dela.

Ele tornou a pôr os óculos e balançou a cabeça para cima e para baixo, como se a imagem de Clô conferisse com as suas recordações.

— Conheci a senhora quando era mocinha — disse.

Clô sorriu neutra e não disse nada. Ele se confundiu por um momento, retirou novamente os óculos e apontou para cima.

— Ela mora no fim da avenida — disse —, doze, doze. Não há como se enganar, doze, doze.

– Obrigada – disse Clô.

Saiu, mas, antes que chegasse à porta, ele correu atrás dela, a alcançou e tocou timidamente no seu braço.

– Com licença – pediu.

– Mais alguma coisa? – perguntou Clô congelando propositadamente a voz.

O farmacêutico olhou para trás preocupado e confidenciou muito sério:

– O Alencar morreu, eu era muito amigo dele.

– Sinto muito – respondeu Clô friamente –, mas eu não sei quem é o Alencar.

Teve um sorriso rápido e desconcertante e foi para o carro, enquanto o farmacêutico, confuso e assombrado, gaguejava uma série de desculpas atabalhoadas.

– O que houve? – perguntou Zoza, que acompanhava a cena de dentro do carro.

Clô teve um riso seco e irônico.

– Meu primeiro amante morreu – disse.

E continuou rindo por mais um quarteirão, até que Zoza protestou ofendida:

– Pensei que a gente ficasse triste quando eles morrem.

– Não quando já estavam mortos – respondeu Clô.

À medida que o carro subia para a zona alta de Correnteza, ela descobria que, para ela, a cidade realmente estava cheia de pessoas mortas. Mesmo os vivos estavam tão distanciados dela que tinham sido definitivamente sepultados no esquecimento.

– Meu Deus – ela pensou –, estou me tornando uma casa velha sem fantasmas.

No entanto, alguns dos velhos medos teimavam em sobreviver, e na frente da casa de sua filha ela se deteve e preferiu mandar Zoza em seu lugar.

– Se o imbecil do marido dela estiver aí – disse –, não vai permitir que eu fale com Joana.

– Deixe comigo – disse Zoza confiante.

Alçou suas gorduras para fora do carro e se dirigiu bamboleante para a casa. A chuva havia cessado, mas o dia continuava úmido e sombrio. Depois de vários toques insistentes da campainha, uma mulata gorda e sonolenta abriu a porta e iniciou uma longa e arrastada discussão com Zoza. Quase cinco minutos depois, quando Clô já pensava em sair do carro para ver o que estava acontecendo, Zoza retornou.

— É uma toupeira – desabafou furiosa –, não sabe nada de nada.

— E Joana? – perguntou Clô.

— Saiu – disse Zoza – há dois dias.

— Para onde? – quis saber Clô.

— Ela não quis me dizer – respondeu a gorda.

Clô ficou por um momento imóvel dentro do carro e repentinamente ligou decidida o motor.

— Vou falar com Pedro Ramão – anunciou.

Zoza mastigou um palavrão e afundou no banco sem dizer uma palavra, até que chegaram à casa do pai de Joana.

— Quer que eu vá? – perguntou.

Antes que concluísse a frase, Clô já estava fora do carro. Ela cruzou o portão e bateu energicamente na porta. Um segundo depois se arrependeu de sua impulsividade, mas, antes que conseguisse sair, a porta se abriu e uma velha incrivelmente pequena e enrugada se pôs diante dela, piscando continuamente os olhos, como se estivesse ofuscada.

— Não há ninguém em casa – esganiçou –, vá embora!

Seus olhos se moviam desorientados e só então Clô reconheceu a mãe de Pedro Ramão.

— Dona Marinez – disse –, sou eu.

— Vá embora – insistiu a velha.

— Sou eu, Clotilde – disse Clô.

— Não há ninguém em casa – repetiu a velha.

De repente uma voz alta e dura soou do interior da casa e se aproximou irritada da porta.

— Que droga – disse. – Essa velha caduca me enche o saco.

Um braço vigoroso apanhou Marinez pelos ombros e a puxou com força para dentro. Logo em seguida, em seu lugar surgiu uma mulher alta e forte, com uns olhos verdes e impiedosos.

— A velha está caduca – disse à guisa de cumprimento.

— Procuro o filho dela – mentiu Clô.

— Foi todo mundo para a estância – disse a mulher.

— Para a Santa Emiliana? – perguntou Clô.

— E que outra haveria de ser? – resmungou ela de maus modos.

Engrolou um com-licença e fechou a porta. Clô voltou lentamente para o carro.

– Muito bem – disse em voz alta –, então vamos para a estância.

E entrou no carro com a imagem triste da decrepitude de Marinez dentro dela, despertando pouco a pouco alguns dos piores medos do seu passado.

137. À medida que o carro se afastava da cidade e entrava no verde e quieto mar das coxilhas, Zoza se tornava mais silenciosa e amedrontada. Afundada no banco, ao lado de Clô, ela espiava intimidada aqueles vazios imensos que se perdiam no horizonte e, de tempos em tempos, repetia a mesma frase:

– É um fim de mundo!

Quando Clô deteve o carro, no pequeno tufo de árvores perdido na paisagem que era o Poço dos Sampaio, ela se encolheu ainda mais e relutou em sair.

– Há uma fonte aqui – animou Clô.

Zoza então concordou em descer do carro e deu alguns passos cautelosos no pequeno caminho, que saía da estrada e levava à fonte.

– Não estou vendo nada – reclamou.

– Não há mais nada o que ver – disse Clô.

Haviam disciplinado a fonte, substituindo a antiga cacimba de pedras por uma pequena cisterna de cimento, que um acidente havia fendido em dois pedaços. O filete de água ainda escorria teimosamente, formava uma pequena poça, se derramava em seguida pelas rachaduras do cimento e, misturado com óleo, seguia obediente as marcas fundas da esteira de um trator.

– Acabaram com a fonte – disse Clô.

E voltou para o carro com o coração oprimido, com a impressão que alguém seguia a sua frente, destruindo propositadamente todas as coisas boas do seu passado. Cinco quilômetros adiante, venceram a última coxilha e a Estância de Santa Emiliana dos Milagres apareceu, como um pequeno jogo de armar.

– Lar, doce lar – ironizou Clô.

À distância nada parecia ter mudado. O açude continuava adormecido no regaço das coxilhas, o vento agitava os eucaliptos em volta da casa e dois cavalos gordos e preguiçosos pastavam nas proximidades do galpão. Mas quando o carro se aproximou da casa, Clô descobriu as cicatrizes do tempo. O pequeno muro, que separava o pátio da estância, estava sujo e malcuidado. O portão de ferro batido tinha apenas uma das folhas e ela pendia dos gonzos, torta e enferrujada. O carro passou lentamente por ele, com os pneus chapinhando na lama fina do pátio.

– Com sol era lindo – disse Clô.

– Deus me livre – gemeu Zoza.

De repente Clô também não conseguia se imaginar naquela solidão.

– Talvez seja a chuva – disse.

A angustiante sensação de desamparo que sentia imediatamente transbordou de dentro dela para sua filha.

– Meu Deus – ela pensou –, Joana vive aqui.

Parou o carro e ficou olhando tristemente para a casa. O tempo havia sujado as telhas e as paredes. A pintura das portas e das janelas estava descascando e um dos degraus da pequena escada que conduzia ao alpendre estava quebrado. Uma coisa, no entanto, não havia mudado, uma janela batia esquecida em algum lugar da casa. Clô desceu do carro e deteve Zoza, que tentava segui-la.

– Agora é um assunto meu – disse.

Antes que chegasse à casa, uma jovem morena e magrinha avançou pelo alpendre arrastando os chinelos.

– Boa tarde – disse Clô.

Ela respondeu com um mudo aceno de cabeça.

– Pedro Ramão está? – perguntou Clô.

– Mora na outra casa – respondeu a empregada.

– Outra casa? – perguntou Clô surpresa.

– Na sede do Capão do Osso – disse a jovem.

– Ahn – respondeu Clô, mas na verdade não sabia do que a outra estava falando.

Correu vagarosamente o olhar pelo pátio e pelo galpão, enquanto a empregada se mantinha imóvel e desinteressada diante dela.

– E o Juvenal? – perguntou.

– Tá lá com o seu Pedro – respondeu ela.

Nesse momento, uma voz roufenha vinda do fundo do passado atravessou a porta.

– Quem é, menina? – perguntou.

E logo Clô, incrédula e espantada, se viu novamente diante

da preta Camila, que, ressecada pelo tempo, só denunciava a idade na carapinha branca que cobria sua cabeça. A preta velha parou aturdida, olhou também assombrada para Clô e logo soprou cheia de espanto:

— Dona Titinha!

E se jogou para dentro dos braços de Clô, enquanto misturava presente e passado num choro preto e sentido.

— Minha menina – dizia –, minha menina.

Mas repentinamente se reencontrou no tempo, se libertou dos braços de Clô e recuou para o umbral da porta.

— Eu sei o que a senhora veio fazer aqui – disse.

— Onde está a minha filha? – perguntou Clô.

— Vá embora – pediu Camila choramingando –, vá embora!

Dentro de seus olhos, no entanto, Clô descobriu um apelo desesperado para que ela ficasse.

— Quero falar com minha filha – disse.

— Não tem ninguém em casa – respondeu Camila. – Depois da soja, a sede da estância é no Capão do Osso.

Alguma coisa no entanto se moveu atrás dela e a preta Camila se voltou aflita, mas não conseguiu conter uma meninazinha acesa e esperta de dois anos, que contornou suas pernas e espiou curiosa para a visita.

— Meu Deus – pensou Clô –, é a minha neta.

Mas não falou, se ajoelhou e ficou olhando sorridente para a pequerrucha, que, intimidada, se refugiou atrás das saias de Camila.

— Como é o nome dela? – perguntou Clô.

— Mariana – disse a preta.

— Como vai, Mariana? – perguntou Clô.

A menina não respondeu e se escondeu ainda mais atrás de Camila.

— Acho que não convinha a senhora dizer quem é – disse a preta.

Baixou a cabeça envergonhada e correu a mão pelos cabelos da menina.

— Eles disseram pra ela que a avó morreu.

Clô concordou em silêncio. A revelação não lhe doía nem lhe espantava, era uma atitude tão típica de Pedro Ramão que parecia natural e inevitável.

— Onde está Joana? – perguntou mais uma vez.

Camila baixou os olhos por um momento e logo se voltou para a empregada, que assistia quietamente ao encontro das duas mulheres.

– Vá preparar um café – ordenou.

– Sim, senhora – respondeu a empregada.

Lançou um rápido olhar cheio de curiosidade para Clô e embarafustou para dentro de casa. Camila esperou que ela se afastasse e ergueu uns olhos tristes para Clô.

– Ela também tem uma má sina – disse.

– Me contaram – respondeu Clô.

– Seu Juvenal é tal e qual seu Pedro – continuou Camila. – Um diz mata e o outro enforca.

Suspirou e balançou desconsolada a cabeça.

– Vão me tirá o couro quando souberem – avisou.

– Minha filha precisa de mim – disse Clô.

Camila concordou silenciosamente, depois ergueu a cabeça decidida e, com uma voz mais firme, comentou:

– Seja o que Deus Nosso Senhor quiser.

Apanhou a pequena Mariana pela mão e saiu com ela para o alpendre.

– Joana tá lá no seu quarto – disse.

Clô precisou de um momento para recompor seu coração, que batia ansioso e descompassado. Depois, ergueu a cabeça e entrou na casa. Passou pela sala, cruzou o corredor sem pressa e se deteve na porta do quarto. Ali fez uma nova pausa e finalmente abriu decidida a porta e entrou.

– Miserável – disse –, miserável!

E não conseguia dizer mais nada, afogada numa fúria inumana e selvagem, enquanto sua filha, com o rosto ferido e inchado, se erguia surpresa da cama.

138. Por um momento, mãe e filha se olharam, mudas e surpresas dentro do próprio constrangimento. Então Clô abriu os braços e Joana se abandonou dentro deles, num pranto convulsivo que chorava ao mesmo tempo todas as suas dores. Por muito tempo as duas ficaram assim unidas, sem dizer palavra, na troca dos afetos da carne ferida. Logo em seguida, no entanto, Joana se desprendeu dos braços da mãe e, envergonhada, afundou o rosto no travesseiro.

— Foi a primeira vez que ele bateu em você? – perguntou Clô.

Joana balançou tímida a cabeça. Clô a tomou carinhosamente pelos ombros e a obrigou a se voltar para ela.

— Não tenha vergonha – disse.

Correu a mão pelo rosto machucado da filha.

— Eu sou sua mãe – lembrou.

Joana concordou silenciosamente.

— Seu pai sabe disso? – perguntou Clô.

Joana não respondeu e Clô teve que repetir a pergunta.

— Sabe – ela respondeu num sopro.

— Mas que droga – explodiu Clô esmurrando furiosamente o colchão. – Como é que ele permite? A própria filha?

Respirou fundo e conseguiu recuperar a calma, enquanto sua filha permanecia de olhos baixos.

— O que foi que ele disse?

Joana encolheu os ombros.

— Ele e seu marido se dão bem? – perguntou Clô.

— Unha e carne – respondeu Joana.

Pela primeira vez havia um leve traço de ironia em sua voz, mas ela manteve os olhos teimosamente baixos.

— Droga – rosnou Clô.

— Minha madrasta também gosta dele – disse Joana.

— Não sabia que seu pai tinha casado de novo – confessou Clô.

Descobriu imediatamente que, na verdade, não sabia quase nada sobre a vida de seus filhos. Enquanto pisou no terreno de suas recordações, Correnteza foi uma terra hostil, mas conhecida. Mas fora dele, a vida de seus filhos era um país nebuloso e desconhecido onde ela só conseguia avançar tateando.

— Você falou com...

Contornou com raiva a palavra madrasta.

— ... a mulher do seu pai?

— Ela não se mete – respondeu Joana.

— Imagino – resmungou Clô –, imagino.

— Tem medo do pai – acrescentou Joana.

Eu também tive, pensou Clô. Mas segurou o pensamento longe de seus lábios, porque achou que a revelação não poderia ajudar sua filha.

— E seu irmão? – perguntou Clô.

Joana mais uma vez encolheu os ombros, como uma menina desprotegida.

– A gente não se fala muito.

Meu Deus, pensou Clô, então você também está só. O pensamento foi tão pungente que ela se ergueu aflita da cama e fingiu examinar o quarto.

– Como a senhora é bonita – disse Joana inesperadamente.

Clô teve um riso seco e irônico e jogou os cabelos para trás, num movimento brusco de cabeça.

– Tenho quarenta anos – lembrou.

Caminhou até os pés da cama, correu os olhos pelas paredes e se voltou para a filha.

– Se eu tivesse ficado enterrada neste buraco – disse –, estaria uma velha.

Mas logo em seguida se arrependeu daquela pequena vingança.

– Bobagem – corrigiu –, não é nada disso. Se eu fosse feliz, poderia viver aqui ou em qualquer lugar com seu pai ou com qualquer outro homem que eu amasse.

Tornou a caminhar inquieta pelo quarto, percebendo angustiada que, além dela e da filha, havia também entre aquelas quatro paredes a presença do seu próprio passado.

– Vocês não mudaram nada – comentou.

– Eu queria – disse Joana –, mas Juvenal achou que era bobagem.

– Um dia – disse Clô –, me deu a louca e pintei nomes de mulher por todo esse quarto. Paredes, teto.

Deu uma risada divertida.

– E com um barrigão desse tamanho – completou.

– Me contaram – disse Joana.

– Pintei mais de cem nomes – continuou Clô –, mais de cem nomes.

Fez uma pequena pausa e se voltou pensativa para a filha.

– Mas não me lembro de ter pintado nenhuma Mariana – disse.

– Era o nome da avó do Juvenal – esclareceu Joana.

Pela primeira vez perdeu seu ar de menina e ergueu uns olhos maduros para a mãe.

– Ela é linda, não é? – perguntou.

– Maravilhosa – respondeu Clô –, maravilhosa.

– Camila diz que se parece com a senhora – disse Joana.

Clô riu feliz pelo elogio, mas sacudiu decididamente a cabeça, discordando da opinião.

– Não, senhora – disse –, não concordo. Eu acho que Mariana se parece com você.

– Eu não tenho olhos grandes – respondeu Joana.

De repente, o diálogo pareceu absurdo e irreal e Clô sentou desconsolada na cama, ao lado da filha.

– Que bom seria se tudo tivesse dado certo – disse –, que bom seria.

– É – concordou Joana com uma voz sumida.

Clô apanhou a mão da filha e a deixou ficar por um momento entre as suas.

– Você ama o Juvenal? – perguntou.

O olhar de Joana subitamente se encheu de medo e ela retirou sua mão e puxou o lençol até o pescoço.

– Ele é o meu marido – disse com uma voz inesperadamente rouca e grave.

– Eu sei que ele é seu marido – lembrou Clô docemente.
– O que eu quero saber é se você ama seu marido.

O lábio inferior de Joana tremeu sem controle, mas ela passou rapidamente a mão pelos cabelos e conseguiu se conter.

– Todos os casais brigam – disse como se estivesse repetindo uma lição bem ensinada.

– Não foi isso que eu perguntei – disse Clô.

– Ele é o pai de minha filha – disse Joana com uma voz entrecortada.

– Droga – explodiu Clô –, eu não perguntei isso.

Duas grossas lágrimas brotaram nos olhos de sua filha e desceram quietamente pelo seu rosto.

– Vá embora – ela pediu com um fio de voz.

– Não – respondeu Clô firmemente –, não vou.

– É problema meu – choramingou Joana.

– Não – respondeu Clô duramente –, é um problema nosso.

Ficou de joelhos em cima da cama e encarou a filha, que afundou nos travesseiros.

– Joana – pediu –, pelo amor de Deus, eu sou sua mãe. Não há mais ninguém aqui além de nós duas. Eu preciso saber, minha filha. Você ama o Juvenal?

Joana baixou a cabeça, seu queixo tremeu incontrolavelmente e ela se retorceu como se tivesse sido ferida no ventre.

– Não – gemeu –, não!

E ganiu baixinho procurando abrigo nos braços da mãe:

– Tenho medo dele, tenho medo dele.

Clô apertou a filha de encontro ao corpo, beijou várias vezes seu cabelo e seu rosto e disse com uma voz cheia de fúria e decisão:

– Vou tirar você daqui, meu amor, vou tirar você daqui.

Mas, repentinamente, Joana pareceu se encolher no meio de seus braços, fugiu de suas mãos, deslizou para os pés da cama e se refugiou num canto.

– Não – gritou –, eu não quero ser como você, eu não quero ser como você!

E Clô descobriu desesperada que a vida a tinha transformado não apenas na salvação, mas também na perdição de sua própria filha. E mesmo assim decidiu combater.

139.

Clô se manteve imóvel e silenciosa, ao lado da cama, até que os gritos desatinados de Joana diminuíram de intensidade e se transformaram em soluços. No primeiro momento, também ela foi tomada de pânico e teve ímpetos de sair do quarto e deixar sua filha entregue à própria dor. Mas um instinto feroz a reteve e aquietou suas emoções que ameaçavam explodir em pranto.

– Ela precisa de mim – repetiu várias vezes em pensamento –, ela precisa de mim!

No corredor, os passos aflitos da preta Camila se aproximaram várias vezes, mas se detiveram sempre antes da porta, como se ela não quisesse se intrometer. Quando também o choro de Joana se aquietou, vinda da sala, a voz da pequena Mariana parecia flutuar dentro do quarto.

– Meu Deus – pensou Clô –, o que eu faço agora?

Joana estava meio sentada em cima da cama e encolhida contra a parede, como um pequeno animal assustado.

– Preciso dar tempo para que ela se acalme – pensou Clô.

Afastou-se da cama e foi até a janela do quarto. Abriu com vagar as cortinas e olhou para fora. Tinha recomeçado a chover e os eucaliptos pendiam desajeitados como cabeleiras molhadas. A lembrança de outras chuvas pesou dolorosamente em Clô.

– Eu não tinha ninguém – ela pensou.

Suspirou desanimada e se voltou para a filha. Joana parecia ter-se transformado num imenso e assustado par de olhos, que a seguia pelo quarto todo, sem perder um só de seus mínimos movimentos.

– Ela é parecida com o pai – pensou Clô.

O pensamento lhe doeu fino e incômodo como uma decepção e, por um momento, ela imaginou que Joana, ao contrário do que ela supunha, podia pensar e sentir como Pedro Ramão. Foi como uma pequena sombra que cruzasse diante de seus olhos, e por um instante muito breve ela conseguiu ver Joana não como sua filha, mas como uma estranha. Mas logo a imagem de Joana, pequena e macia, sugando gulosamente o seu seio, cresceu dentro dela e a reconfortou.

– Ela é minha carne – pensou.

Clô tornou a se voltar para a janela e alongou seu olhar para as coxilhas, que a chuva começava a azular dentro da tarde.

– Como disse a Camila – pensou –, seja o que Deus quiser.

Apertou os maxilares, respirou fundo e se voltou. A mão de Joana, que procurava a ponta do lençol, imediatamente se encolheu para junto do corpo, como se temesse ser apanhada. Clô esperou um instante e logo caminhou devagar para a cama e encarou longamente a filha.

– Você não vai ser como eu – ela disse mansamente como se tivesse receio de assustar Joana. – E sabe por quê?

Os olhos da filha piscaram rápido, mas ela continuou em silêncio.

– Porque – continuou Clô – eu não tinha ninguém para me ajudar. Pari você e seu irmão, aqui mesmo nesta cama, só com a ajuda de uma bruxa velha e analfabeta, que me considerava um ventre igual aos que pastavam lá fora. Eu era mais um ventre do seu Pedro Ramão.

Sem que ela percebesse, as recordações tornaram sua voz baixa e feroz como um rosnado.

– Tive que enfrentar seu pai e todos os outros, sozinha. Você pode achar que eu não agi bem, você pode achar que eu errei. Mas eu só fiz o que sabia fazer. E perdi!

Fez uma pequena pausa para dominar novamente a voz que ameaçava lhe escapar.

– Me tiraram tudo – continuou. – Minha casa, meus filhos e meu orgulho. Somente minha avó, que era uma velha alcijada, ficou do meu lado. Por isso, minha filha, eu sou o que sou.

Respirou fundo e ergueu desafiadoramente a cabeça, como se estivesse diante de todos os seus inimigos.

– Mas não faça pouco de mim, menina – disse com raiva. – Porque nem meu pai, nem seu pai, nem todos os machos que encontrei nessa porcaria de mundo conseguiram acabar comigo.

Teve um riso duro de ódio e logo apontou a mão para a filha.

– Mas você vai ser muito pior do que eu – disse – se não tiver a coragem de lutar pela sua dignidade e pela dignidade da sua filha.

Deu as costas para Joana e caminhou para fora do quarto, mas, antes de chegar à porta, se deteve e se voltou.

– E se você for uma dessas vagabundas que se deixa espancar pelo macho, então vá torrar no inferno, porque eu nem quero mais saber da sua vida.

Viu os olhos espantados de Joana piscarem aturdidos, lhe deu bruscamente as costas e saiu do quarto, batendo a porta com violência. Camila estava a sua espera no fim do corredor.

– Sabe – tentou Clô –, aquela menina...

Mas as palavras ficaram trancadas na sua angústia e ela não conseguiu explicar o que tinha havido com sua filha. Ficou diante da preta velha, balançando a cabeça e repetindo os mesmos gestos indefinidos, até que Camila a interrompeu:

– Eu ouvi tudo – disse.

Inclinou a cabeça com um sorriso triste, se desculpando pela indiscrição das paredes.

– É – concordou Clô amargamente –, eu tinha esquecido que aqui se ouve tudo.

A preta então apanhou as suas mãos e as apertou contra seu peito descarnado.

– Tu fez o que tinha que fazer – disse fervorosamente.

Beijou as mãos de Clô e acrescentou num sopro:

– Deus te abençoe, Titinha.

Clô segurou o rosto fatigado da velha entre suas mãos e lhe deu um beijo longo e agradecido na testa.

– Deus abençoe você, Camila – disse –, Deus abençoe você.

Voltou-se e saiu, sem olhar sequer para sua pequena neta que brincava entre as cadeiras da sala. Do lado de fora, parou e olhou para a casa que parecia encolhida debaixo da chuva. Por um doido momento pareceu se ver caminhando pelo alpendre com a pequena Joana nos braços e seu filho latejando no ventre. Logo em seguida, passou a mão pelos cabelos molhados e retornou vagarosamente para o carro.

– Como foi? – perguntou Zoza.

Ela cruzou as mãos sobre o volante e apoiou a cabeça nos braços.

– Cheguei tarde – disse.

Voltou a se encostar no banco e olhou a casa que os filetes de água do pára-brisa partiam em pedaços.

– Cheguei tarde – repetiu.

Voltou-se para Zoza, que se roía de aflição ao seu lado, e completou:

– Pelo menos com dezoito anos de atraso.

Por mais que ela tentasse impedir, lágrimas amargas de frustração brotaram de seus olhos e ela esmurrou o volante com raiva, como se quisesse afastar aquele momento de fraqueza.

– Droga – mastigou –, droga, eu não quero chorar.

Limpou furiosa, com a mão, as lágrimas que corriam pelo seu rosto e forçou um sorriso para a cara triste da gorda, que, sentada a seu lado, não sabia o que fazer.

– Não há de ser nada – disse sem convicção –, não há de ser nada.

Zoza limpou a garganta, tossiu e se moveu inquieta, mas nem assim conseguiu conter os soluços que sacudiram o seu corpo enorme.

– Vamos embora – disse Clô.

Estendeu a mão para virar a chave e, naquele momento, Joana se projetou para fora da casa, abriu os braços embaixo da chuva e gritou:

– Mãe! Mãe!

Repentinamente a vida explodiu dentro de Clô e ela riu alto e feliz.

– Aquela é minha filha! – disse.

Abriu a porta do carro e correu, meio rindo, meio chorando, ao encontro dos braços desesperados da filha, que se abriam para ela pela primeira vez.

140. Pio Aires foi paciente com a aflição de Clô. Ele esqueceu a hora imprópria de sua visita e o jantar interrompido para ouvir atentamente a narrativa das atribulações conjugais de Joana. Depois que Clô se calou, ele permaneceu um minuto em silêncio, como se estivesse ordenando os fatos dentro de si, logo em seguida sorriu cheio de simpatia e perguntou tranqüilamente, como se estivesse falando de um assunto banal:

— Por que ele bate nela?

Clô olhou surpresa para ele, mas o advogado continuou curioso e imperturbável.

— Por que ele bate nela? — repetiu Clô como um eco. — Mas que droga, o senhor fala como...

Agitou as mãos em gestos furiosos.

— ... se ele tivesse permissão para bater em minha filha.

— Ah — exclamou ele sorridente —, foi muito bem apanhado, muito bem apanhado.

Fechou abruptamente o sorriso que tinha nos lábios.

— Porque a verdade é — continuou — que a sociedade, em determinadas circunstâncias, concede permissão para que os maridos batam em suas mulheres.

— Que determinadas circunstâncias? — perguntou Clô afogada de revolta.

Os olhos de Pio Aires tiveram um brilho irônico e divertido e sua voz assumiu uma neutralidade claramente didática.

— Paixão — disse ele —, ciúmes, despeito. A esposa espancada apresenta queixa na polícia e o marido se livra apenas com uma frase mágica: "Bati nela porque estava olhando para outro". Ou então: "Bati nela porque ela disse que não me amava". Ou simplesmente: "Bati nela porque fiquei louco".

— Mas eles não são processados? — explodiu Clô.

O advogado se curvou de riso diante da ingenuidade dela e balançou penalizado a cabeça.

— Minha cara senhora — perguntou —, quem liga para as brigas de casais? Alguns juízes também batem nas esposas. A maioria dos maridos considera normal reforçar seus argumentos com meia dúzia de bofetadas. Meu Deus, há até um ditado que diz: "Pancada de amor não dói".

Fez uma pausa, limpou a ironia de sua voz e tornou a olhar Clô com simpatia.

— Por isso — disse —, eu lhe perguntei por que o marido de sua filha batia nela.

— Compreendo — respondeu Clô.

Mas, mesmo assim, precisou de algum tempo para aquietar sua fúria.

– Desobediência – respondeu.

– Que maravilha! – disse Pio Aires sarcástico. – Então estamos diante de um educador!

Clô concordou silenciosamente com ele, mas não conseguiu rir de sua definição, porque ainda continuava com a imagem de sua filha, ferida e humilhada, dentro dos olhos.

– Um dia – explicou –, foi porque ela pregou mal um botão da camisa. No outro, serviu um café frio. Depois, porque atrasou o jantar.

Teve que fazer uma pausa para recuperar novamente o domínio de sua voz, que começava a tremer de raiva.

– Há dois dias – continuou –, Joana apanhou porque não conseguiu fazer a filha parar de chorar na hora da sesta.

Ele balançou a cabeça várias vezes como se estivesse ouvindo uma velha história conhecida.

– Há testemunhas? – perguntou.

– As empregadas e o capataz – respondeu Clô, como se estivesse jogando seu melhor trunfo sobre a mesa.

Mas, para seu espanto, Pio Aires sacudiu energicamente o indicador, varrendo sua indicação.

– Não, não – disse categoricamente –, não servem.

– Eu confio neles – insistiu Clô.

– Mas eu não – respondeu ele sem a menor contemplação.

Fez uma pequena pausa, ordenou simetricamente algumas folhas de papel que estavam na sua frente e acrescentou com uma voz fria e implacável:

– Eu não confio sequer em sua filha.

Clô ergueu furiosa a cabeça, mas ele espalmou a mão sobre o seu protesto.

– Por favor – pediu –, eu sei o que faço. Os maridos têm mais poder do que as mães sobre as esposas.

– É – concordou Clô esmagada –, acho que sim.

Pio Aires sorriu cheio de pena, olhou duas vezes para o relógio e se tornou o homem amável de antes.

– Será que nós dois poderemos passar com poucas horas de sono? – perguntou.

– Eu não vou conseguir dormir esta noite – confessou Clô.

– Ótimo – disse ele –, ótimo.

Sua voz instantaneamente se tornou dura e incisiva.

– Volte lá e retire sua filha e sua neta da estância. Às oito horas, leve Joana na delegacia de Correnteza, para apresentar queixa contra o marido.

Clô olhou surpresa para ele, com a boca aberta e cheia de perguntas.

– Oito horas – ele repetiu, sem dar tempo para que ela falasse uma palavra.

Logo em seguida se ergueu sorridente da cadeira e foi ao seu encontro, com a mão estendida para a despedida.

– Acho – disse – que nós dois devemos dormir um pouco, não é verdade?

– Claro – respondeu Clô –, claro.

E se deixou conduzir para a porta, sabendo que não conseguiria dormir naquela noite. Ela andou de um lado para outro no apartamento, como uma tigresa faminta, até que aceitou definitivamente sua insônia, tomou um banho, trocou de roupas e foi acordar Zoza.

– São duas da manhã – anunciou – e vou partir.

– Vamos – respondeu Zoza ainda sonâmbula, mas decidida.

Aninhou-se no banco, ao lado de Clô, e dormiu tranqüilamente como se estivesse entre os próprios lençóis. Para Clô, no entanto, a viagem foi um pesadelo contínuo. De Porto Alegre a Correnteza, pela rodovia escura e deserta, ela sofreu com todas as possibilidades que o dia poderia lhe reservar. Ela não conseguia visualizar o marido da filha, mas, sempre que se punha a imaginar a fuga de Joana, era a figura de Pedro Ramão, sombria e rancorosa, que se interpunha no seu caminho. Duas horas depois, quando ela passou pelas ruas solitárias e adormecidas de Correnteza, ele parecia estar atrás de cada sombra, pronto para saltar sobre ela. Seu coração só foi se aquietar quando ela entrou na estância de Santa Emiliana dos Milagres e os faróis do carro varreram o pátio deserto. Logo em seguida os cães se puseram a latir freneticamente no fundo da casa, a luz da sala se acendeu e a preta Camila saiu para o alpendre.

– Vim buscar Joana – anunciou Clô.

– Já não era sem tempo – respondeu a velha. – Seu Juvenal mandou avisar que volta hoje.

Clô entrou rapidamente na casa e foi acordar a filha, que dormia encolhida na cama.

– Depressa – pediu –, depressa!

Mas, apesar de todos os seus pedidos, Joana demorou a acordar e, mesmo depois de inteiramente desperta, minou a urgência da mãe, com seus medos e indecisões.

– Eu preciso falar com ele – teimava.

– Uma droga que precisa – explodiu Clô. – Você vai apanhar a sua filha e sair daqui imediatamente.

Ela mesma foi fazer as malas da filha, enquanto Joana acordava a pequena Mariana e Camila se desdobrava na cozinha para preparar o café-da-manhã da menina. Quando Joana terminou o lento ritual do despertar de Mariana e enxugou dos lábios da pequena a última gota de leite, o sol já apontava no lombo macio das coxilhas.

– Depressa – se impacientou Clô –, vamos com isso!

Cortou sem piedade as despedidas de Joana, apanhou sua neta e saiu da casa, mastigando um adeus apressado para a preta Camila. Clô estava descendo do alpendre quando o sol se refletiu, por um breve e fulgurante momento, no pára-brisa do jipe, que depois de contornar sem pressa o açude entrou lentamente no pátio da fazenda e estacionou na frente do seu carro.

141. O homem que desceu do jipe era alto, seco de carnes e curtido do sol. Trazia sobre a cabeça um chapéu de abas retas, inclinado para frente, que escondia na sombra metade do rosto. Ele examinou o carro de Clô sem curiosidade, cumprimentou Zoza, que o espiava assustada, com um leve aceno de cabeça e caminhou sem pressa para a entrada da casa, onde as três mulheres o aguardavam.

– É o capataz – soprou Joana.

Clô passou Mariana para os braços da filha, ergueu desafiadoramente a cabeça e encarou o recém-chegado.

– Sou a mãe de Joana – disse com voz firme e decidida.

Os olhos dele correram de Clô para Joana, sem o menor comentário.

– O senhor sabe muito bem o que está acontecendo nesta casa – continuou Clô.

Ele baixou a cabeça neutro e silencioso.

– Vim buscar minha filha – disse Clô.

O capataz concordou silenciosamente. Logo em seguida ergueu a cabeça e empurrou o chapéu para o alto da testa.

– Bueno – disse com uma voz clara e divertida –, é a segunda que a senhora me faz, dona Titinha.

Abriu os lábios num sorriso muito branco e apontou para as coxilhas com o polegar.

– A primeira foi há vinte anos – lembrou –, lá no açude.

– Pablito! – exclamou Clô surpresa.

Ele tirou respeitosamente o chapéu e fez uma pequena vênia agradecendo o reconhecimento.

– Só minha mãe continua me chamando de Pablito – disse. – Desde a morte do finado meu pai que me chamam de Pablo.

– Você era meu amigo – disse Clô.

– Era e continuo sendo – respondeu ele. – Como vai a senhora, dona Titinha?

– Bem melhor agora – disse Clô com sinceridade.

Ele olhou para ela com um longo e sofrido olhar vindo do fundo do tempo.

– Deus que a tenha – disse –, a senhora não mudou nada.

– Meu Deus – protestou Clô –, sou avó.

– Que nada! – exclamou ele.

Mas imediatamente saiu de suas recordações, enfiou de novo o chapéu e tomou o ar compenetrado de capataz de confiança.

– É uma judiaria o que estão fazendo com a menina – disse.

Tossiu para disfarçar seu constrangimento e apontou a estrada com um pequeno gesto.

– Acho melhor irem indo – disse –, porque o dr. Juvenal vem por aí.

– O que você vai dizer? – quis saber Clô.

– Mais nada – respondeu o capataz. – Quando cheguei, a senhora já tinha partido.

– Obrigada – disse Clô.

Ele inclinou várias vezes a cabeça numa retribuição muda, tocou de leve com a mão direita na aba do chapéu e foi retirar o jipe da frente do carro. Antes que Clô desse a partida, ele tornou a se aproximar dela, deitou um olhar comprido para a estância e, sem olhar para ela, disse:

– Qualquer coisa, dona Titinha, conte comigo!

Afastou-se um passo, inclinou o chapéu novamente sobre os olhos e ficou ali de pé, imóvel e impenetrável, como se tivesse sido talhado em pedra, para enfrentar as intempéries da vida.

– Meu Deus – pensou Clô olhando para ele, que se tornava cada vez menor no retrovisor –, será que finalmente chegou o tempo da colheita?

Teve um momento de esperança, mas logo se voltou para Joana, que no banco traseiro apertava a filha nos braços, e seu semblante novamente se anuviou.

– Agora – disse com firmeza para a filha – é você quem precisa ter coragem.

E apertou com força o volante, para que sua voz não traísse a preocupação que lhe afogava o coração. Joana lhe parecia tão criança e desprotegida, que ela se sentia impiedosa e cruel, a obrigando a enfrentar as misérias de uma delegacia de polícia. Enquanto fazia Joana repetir continuamente as instruções que tinha recebido de Pio Aires, Clô acalmava seu coração com um fervoroso estribilho:

– É para o bem dela! É para o bem dela!

Quando finalmente chegaram a Correnteza, o sol fazia brilhar as torres da igreja, e se derramava pelas ruas recém-despertas da cidade. Dentro do carro ninguém falava. Joana se aferrava teimosamente à filha adormecida e Zoza espiava assustada cada esquina, como se Juvenal fosse irromper de uma delas, disparando furiosamente sobre o carro.

– Eles ainda não sabem de nada – disse Clô adivinhando o pensamento da amiga.

Contornou a praça, dobrou a primeira esquina e deixou o carro deslizar até a delegacia.

– Passe a pequena para Zoza – ordenou para Joana – e venha comigo.

Abriu a porta rapidamente sem olhar para trás, roída por um medo repentino de que Joana não a seguisse. Mas antes de entrar na delegacia, quando se voltou, sua filha estava a um passo dela, lívida e assustada, mas decidida.

– Não se preocupe – acalmou –, vai ser fácil.

Mas no momento em que o inspetor de plantão ouviu o nome de Juvenal, as facilidades terminaram. Seus olhos se acenderam num súbito interesse e ele fez Joana repetir o nome do marido duas vezes. Logo em seguida, ficou um instante em silêncio e depois se voltou para ela.

– Olhe aqui – disse para Joana –, a senhora me parece muito nervosa. Talvez fosse melhor se acalmar um pouco.

Joana já estava concordando com ele, quando Clô, impaciente, se ergueu da cadeira e se aproximou da mesa.

– Nós estamos com pressa – disse – e ela está muito bem.

Os olhos do inspetor se voltaram gelados para Clô.

– Quem é a senhora? – perguntou friamente.

– Sou a mãe dela – disse Clô com firmeza.

Ele a examinou com um desdém lento e autoritário.

– A senhora não pode interferir – disse.

– Mas eu sou mãe dela – insistiu Clô.

Ele apontou uma esferográfica para Joana, que acompanhava a discussão cheia de medo.

– Ela é maior de idade – respondeu ele peremptoriamente, como se a frase pudesse encerrar o assunto.

– Não temos muito tempo – disse Clô desesperada para Joana, que tinha se encolhido na cadeira e parecia ter apenas metade do seu tamanho.

O inspetor, aborrecido, jogou a esferográfica espalhafatosamente em cima da mesa e se voltou para Clô.

– Vou ser obrigado – ameaçou – a pedir que a senhora espere lá fora.

– Ela precisa de mim – teimou Clô, tentando controlar a raiva que fervia dentro dela.

– A senhora está tentando influenciar sua filha – acusou o inspetor.

– O marido bate nela – explodiu Clô.

Ele fechou os olhos, numa teatral demonstração de paciência, e baixou a voz para um tom sábio e experiente.

– O problema é deles, minha senhora – disse.

Logo em seguida, suavizou a voz com hipocrisia e se voltou solícito e paternal para Joana, que, sumida e intimidada na cadeira, olhava para ele como se tivesse sido hipnotizada.

– O casamento – disse – é um problema entre duas pessoas. O marido e a mulher.

– Ele bateu em mim – protestou baixinho Joana.

– Meu pai batia em minha mãe – disse o inspetor – e os dois se amavam.

– Uma ova! – rosnou Clô furiosa.

Antes que ele se refizesse da surpresa, Clô deu um murro na mesa. Mas, naquele momento, seus olhos passaram pelo inspetor e deram com um despertador que tiquetaqueava ruidosamente em cima de um armário. Ele marcava sete e meia e Pio Aires havia lhe pedido para estar na delegacia às oito.

142. Quando Clô tirou os olhos do despertador, o inspetor estava de pé e apontava um dedo furioso para a porta.

– Saia daqui – ordenou.
– Não saio – respondeu Clô.

Ele afastou sua cadeira com um violento safanão e contornou a mesa. Mas, antes que sua mão alcançasse o braço de Clô, a porta se abriu e Pio Aires invadiu a sala, alegre e sorridente, distribuindo sonoros bons-dias. Enquanto o inspetor recuava intimidado, ele beijava espalhafatosamente a mão de Clô, apregoava seu imenso prazer em conhecê-la e se voltava para Joana, que seguia fascinada a cena toda.

– E a senhorita como está? – perguntou.
– Senhora – corrigiu Joana num sopro.
– Oh, meu Deus – exagerou ele –, que desastrado que sou!

Imediatamente tomou a mão de Joana e lhe deu um cavalheiresco beijo.

– Madame – disse –, mil perdões.

Só então se voltou para o inspetor, que assistia espantado a sua movimentação, e se apresentou, sem sorrisos.

– Sou Pio Aires – disse. – Marquei um encontro com o delegado Esteves.

Permitiu que o inspetor murmurasse muito-prazer e imediatamente retornou ao seu vertiginoso tom inicial.

– Mas o que temos aqui? – perguntou para Clô.

Ela lhe deu um breve olhar agradecido pela sua vinda e se adaptou instantaneamente ao jogo proposto por ele.

– Minha filha – respondeu – foi espancada pelo marido.
– Não – protestou o inspetor –, não foi bem assim.

Mas a sua frase se perdeu no ar, porque Pio Aires, se movendo com extraordinária rapidez, se aproximou de Joana com a voz alta e indignada.

– Santo Deus – exclamou –, mas que tempos vivemos!

Como se pode admitir que um vício bárbaro como esse ainda possa existir numa terra civilizada como Correnteza! Esse selvagem precisa ser punido.

Ergueu um dedo autoritário no ar e, antes que o inspetor conseguisse esboçar um gesto, puxou uma cadeira e sentou ao lado de Joana.

– A jovem senhora – perguntou para Clô – já constituiu advogado?

– Ainda não – mentiu seguramente Clô.

– Então, minha cara senhora – disse Pio Aires para Joana –, permita que eu lhe ofereça gratuitamente os meus préstimos.

O inspetor pareceu acordar, voltou rápido para trás da mesa e se abriu num amplo sorriso.

– Doutor – disse com uma voz suntuosa –, o senhor não precisa se dar ao trabalho, porque nós já resolvemos o problema

– Nós não resolvemos nada – rosnou Clô.

– A senhora – adjuntou Pio Aires incisivo – deseja apresentar uma queixa.

Por um segundo pareceu que o inspetor iria explodir. Ele olhou para Clô, olhou para Joana, mas tropeçou na cara subitamente séria de Pio Aires, que não lhe dava outra alternativa senão obedecer à lei.

– Chame o escrivão – ordenou o advogado.

O inspetor hesitou um instante, depois resmungou um sim-senhor mal-humorado e saiu da sala.

– Ele vai tentar telefonar para seu genro – disse Pio Aires baixinho.

– Ele não está na cidade – disse Clô.

– Mesmo que estivesse – riu ele – não adiantaria nada.

A porta se abriu e entrou o escrivão, com um sorriso matreiro dependurado nos lábios. Cumprimentou Clô e Joana e se voltou para o advogado.

– Não sei o que deu naquele telefone – disse com uma voz falsamente preocupada.

– Estranho – comentou Pio Aires –, estava funcionando há cinco minutos.

Puxou os punhos da camisa para fora das mangas do casaco e assumiu o comando da situação, enquanto o inspetor, na outra sala, se exasperava tentando fazer o telefone funcionar. Conduzida por Pio Aires, Joana fez um breve mas claro depoimento, que o advogado estendeu sorridente para o inspetor.

– Eu gostaria – disse – que ela fizesse um exame de lesões corporais.

O inspetor pareceu renascer, jogou alegremente o cigarro pela janela e teve um largo e satisfeito sorriso.

– O legista – disse – só chega às dez.

Estava ainda rindo quando o escrivão retirou o palito que tinha na boca e informou, com uma voz moleque e petulante:

– O dr. Loddi está lá fora.

Os olhos do inspetor se apertaram, ele olhou para o escrivão e, logo em seguida, se voltou irônico para o advogado.

– Agora eu sei por que o senhor é famoso – disse.

– Perdão – respondeu Pio Aires imperturbável –, mas não sei do que o senhor está falando.

Deu as costas para ele e conduziu Clô e Joana para uma sala no fim do corredor, onde o legista, velho e curvado, estava a sua espera.

– Por favor – pediu Pio Aires –, temos pressa.

O médico concordou silenciosamente e se voltou para Joana. Seu exame foi rápido e superficial e ele, cinco minutos depois, já escrevia penosamente seu laudo. Repentinamente, no entanto, ele ergueu a cabeça e olhou para Clô, que estava de pé ao lado da janela.

– A mulher de Pedro Ramão – disse.

Ergueu-se rapidamente da cadeira, foi até ela e vasculhou seu rosto com os olhos. Em seguida, pediu licença e, para espanto de Clô, correu os dedos pela sua cabeça, dando pequenos grunhidos de satisfação.

– O que houve? – perguntou Pio Aires intrigado.

– Costurei toda ela – disse o médico.

Tornou a olhar Clô e balançou a cabeça cheio de satisfação.

– Eu era muito bom – disse sem modéstia. – Olhe só, não ficou uma marca. E ele bateu nela de cartucheira cheia.

Virou-se para Joana, que continuava imóvel ao lado da mesa.

– Agora a filha pegou outro animal, ahn? – disse o médico.

Apontou um dedo trêmulo para Clô.

– Infelicidade – disse – é hereditária!

Encolheu os ombros e voltou para o seu laudo. Quando terminou, Pio Aires deu três tapinhas afetuosos nas costas, agradeceu pelos seus serviços e empurrou mãe e filha para fora da delegacia.

– Não vamos nos despedir? – perguntou Clô.

– Eu faço as despedidas por você – respondeu ele.

Conduziu as duas até o carro, sorriu com os agradecimentos tímidos de Joana e lhe deu um beijo afetuoso na face.

– Agora – disse –, jamais vão tirar sua filha de você.

Tentou apanhar a mão de Clô, mas ela o abraçou impulsivamente e o beijou.

– O senhor foi sensacional – disse.

– Eu sou sempre sensacional – respondeu ele tranqüilamente. – Mas foi a senhora quem pagou a festa.

Tirou o sorriso dos lábios e olhou severamente para ela.

– Não se iluda – disse –, ganhamos apenas a primeira batalha.

Puxou novamente os punhos da camisa para fora das mangas do casaco, girou a cabeça dentro do colarinho e ordenou:

– Agora suma daqui e esconda sua filha.

– Esconder? – perguntou Clô assustada. – Mas onde?

– Não sei nem quero saber – respondeu ele. – Aliás, quero que fique claro que jamais lhe dei esse conselho.

E venceu a hesitação de Clô com uma ordem ríspida e definitiva:

– Vamos, suma daqui!

Mas, no segundo seguinte, parado na calçada, já sorria novamente com aquela despreocupação jovial que fazia dele um velho e respeitado mago das turvas e incoerentes leis do mundo.

143.

No momento em que as esguias torres da igreja de Correnteza afundaram na copa das árvores que se erguiam sobre o rio, a incômoda e persistente sensação de insegurança, que acompanhava Clô desde a madrugada, ficou para trás, com todos os vertiginosos acontecimentos da manhã.

– Escapamos – brincou ela em voz alta.

– Só vou ficar tranqüila quando chegarmos em casa – resmungou Zoza.

Clô se voltou por um instante, para falar com sua filha, mas Joana, torcida sobre o banco, olhava ausente e distante para a paisagem que fugia para o horizonte.

– Vai se lembrar de Correnteza como eu – pensou Clô amargamente.

Mas a voz impaciente da neta, avisando que estava morta de fome, afugentou as más lembranças de Clô e a devolveu à realidade.

– A vovó – disse ela saboreando pela primeira vez o sabor inusitado da palavra – vai parar no primeiro restaurante que aparecer e vamos comer um pratarrão de galeto com polenta.

Zoza gemeu de antecipação e Mariana começou a perguntar o que era restaurante.

– Restaurante – brincou Zoza – é um lugar obsceno onde as pessoas engordam.

Clô riu alto e, por um momento, enquanto o carro rodava macio pelo asfalto, elas pareciam fazer parte de uma velha e tradicional família feliz, como tias e avós prontas para fazerem as vontades das sobrinhas e netas.

– Meu Deus – pensou Clô –, somos três gerações de mulheres em busca de uma nova vida.

Mas repentinamente um utilitário cruzou por elas, em sentido contrário, e Joana desfez a ilusão com uma pequena frase agourenta:

– Juvenal tem um desses.

Clô se voltou para brincar com a filha, mas esbarrou num par de olhos assustados que examinavam a rodovia e se recordou da urgência insistente de Pio Aires em que ela partisse. Espiou preocupada pelo retrovisor, mas atrás do seu carro, transformado numa pequena mancha pela distância, só havia um caminhão. Nem assim, no entanto, ela se aquietou.

– Você acha que ele vem atrás de nós? – perguntou para a filha.

– Tenho certeza – respondeu Joana prontamente.

– Oh, meu Deus – gemeu Zoza angustiada –, era só o que nos faltava!

Clô então se pôs a fazer cálculos aflitos, tentando adivinhar a que horas Juvenal havia dado pela fuga de Joana. Mas, à medida que se confundia com os horários, a antiga insegurança voltava e alterava todas as suas conclusões.

– A que horas ele costumava voltar para casa? – perguntou para a filha.

– Sete, sete e meia – respondeu Joana.

— Às sete e meia – lembrou Clô – nós estávamos na delegacia.

Por um instante a comparação dos horários parecia lhe favorecer, e Clô respirou aliviada.

— Temos pelo menos duas horas de vantagem sobre ele – disse em voz alta.

Desta vez, no entanto, foi Zoza quem derreteu o seu otimismo.

— Se ele não jogar a polícia em cima de nós – disse.

Clô se voltou surpresa para ela.

— Que história é essa? – perguntou irritada.

— Ué – se defendeu a gorda –, foi você quem disse que o inspetor era amigo dele. Eles não mandam em Correnteza?

— Os tempos mudaram – disse Clô.

— Ah, sei lá se mudaram – respondeu Zoza descrente. – Podem ter acusado a gente de seqüestro da menina, podem ter conseguido uma ordem do juiz...

Sacudiu a mão impaciente.

— Ah, sei lá, sei lá – disse. – Eu só vou ficar descansada quando entrar no meu apartamento e trancar a porta.

— Droga – rosnou Clô –, droga!

De repente a estrada lhe pareceu cheia de barreiras e patrulhas policiais. À medida que os cartazes pregados na margem da rodovia lhe sugeriam novos caminhos, ela se deixou invadir por uma fina impaciência que pouco a pouco, como que alimentada por cada marco da quilometragem, se transformou em pânico. Ela sentiu o medo se espalhar pelo carro, silenciando os lábios e fazendo as cabeças se voltarem continuamente em busca de perseguidores. De repente, Zoza começou a gemer baixinho, Joana se pôs a chorar e a pequena Mariana desandou num choro convulso e desatinado. Clô não conseguiu saber quanto tempo dirigiu o carro dentro desse pesadelo, até que subitamente se deu conta do absurdo de seus medos e retirou o carro da estrada e foi estacionar embaixo de um pequeno agrupamento de eucaliptos, que havia ao lado da rodovia.

— Calem a boca – ela berrou furiosa.

Zoza se sobressaltou no banco, Joana arregalou os olhos espantados para ela e até a pequena Mariana transformou o seu choro num beicinho magoado e silenciou. Clô abriu a porta, saiu para fora do carro e caminhou no meio do vento e dentro da sombra, até que seu coração se aquietou por completo. Então ela refez o seu caminho, mas desta vez se deteve por um momento ao lado do leito da estrada e olhou a fita prateada da rodovia, que se perdia no azulado distante das colinas.

– Adeus – ela disse em voz alta, se despedindo definitivamente de Correnteza e de todos os seus fantasmas, que tinham vivido com ela por mais de vinte anos.

Repentinamente o verde da manhã se tornou mais luminoso e um bando de quero-queros se ergueu aos gritos de trás das árvores.

– Muito bem – disse para si mesma –, vamos para casa.

Voltou para o carro, encarou os olhos curiosos de Zoza e de Joana e disse com uma voz firme e cheia de decisão:

– Vamos parar no primeiro restaurante.

Abriu a porta do carro e retomou sem pressa o seu lugar.

– Pio Aires – disse pausadamente – é um advogado competente. Ele não me deixaria cair numa armadilha idiota. Eu confio nele.

Ligou o motor do carro, voltou para a estrada e rodou tranqüilamente pelo asfalto, como se fosse uma mãe levando seus filhos a passear no domingo. Durante dez minutos ninguém falou. O deslizar suave do carro pôs a pequena Mariana a dormir, mas tanto Zoza quanto Joana enfiaram teimosamente a cara nas janelas, como se a paisagem, agora plana e monótona, tivesse alguma novidade. Então, repentinamente, Clô começou a cantar velhas marchinhas de carnaval, com uma voz alegre e despreocupada. Por alguns quilômetros, as outras duas tentaram resistir ao apelo, mas finalmente se juntaram a Clô, formando um trio desencontrado e galhofeiro, enquanto Mariana batia palmas e acompanhava a brincadeira.

– Meu Deus – pensou Clô –, talvez seja mesmo tempo de colheita.

Quando saíram do restaurante, Joana entregou Mariana a Zoza e correu atrás da mãe.

– Quero falar com você – disse.

Mas se manteve silenciosa a seu lado até que chegaram ao carro. Ali, Joana se voltou e encarou Clô.

– Eles contavam coisas sobre você – disse.

Fez uma pequena pausa e sorriu.

– Mas eu sempre imaginei você assim – acrescentou.
Clô sorriu e correu a mão pelos cabelos revoltos da filha.
– Assim como? – perguntou.
Joana deixou de sorrir e olhou séria para ela.
– Capaz de cantar no meio de uma tempestade – disse.
Por um mágico instante mãe e filha ficaram em silêncio, cada uma ensopada nos olhos da outra, até que Clô jogou a cabeça para trás e riu alto e feliz, enquanto abria os braços e recolhia sua filha. E, em algum lugar dentro dela, também se ouvia o riso de sua avó, a primeira que havia lhe ensinado a rir.

144.

Um pouco antes da ponte, com Porto Alegre do outro lado do rio, mas parecendo navegar mansamente sobre ele, Clô parou o carro. Pio Aires havia lhe dito para esconder Joana e a filha, e sua primeira e imediata escolha foi o apartamento de Zoza. Mas agora, longe de Correnteza e com a cidade luminosa na sua frente, a idéia não lhe parecia tão boa.

– Eles vão procurar você onde? – perguntou para Joana.

A filha encolheu os ombros e ela mesma respondeu a pergunta.

– Primeiro – disse – no meu apartamento. Depois na casa de minha mãe e, logo em seguida, naturalmente, no apartamento de minha melhor amiga.

– Foi o que eu achei – confessou Zoza –, mas não quis falar.

– Logo – disse Clô –, temos que conseguir outro lugar.

A solução, que surgiu dentro dela imediatamente, foi tão espontânea e tão natural, que Clô chegou a rir por não ter atinado com ela antes.

– Meu Deus – disse –, eu tenho que perder a mania de complicar as coisas.

– A clínica do dr. César? – perguntou Zoza com a cara cheia de dúvidas.

– Não – disse Clô –, Max.

Ele, no primeiro momento, no entanto, não pareceu feliz com sua escolha. Ouviu o pedido de Clô em silêncio, baixou a cabeça e ganhou tempo, afastando a serragem que havia debaixo dela, com os pés.

– Por que você me procurou? – perguntou depois de um instante.

– Porque confio em você – respondeu Clô.

Max ergueu os olhos do chão e olhou longamente para ela, como se a visse pela primeira vez.

– O que foi? – perguntou Clô.

– Não entendo as mulheres – disse ele.

Sacudiu desolado a cabeça de um lado para outro.

– Você me entrega sua filha e sua neta, mas não...

No entanto não conseguiu completar a frase, porque Clô subitamente irritada cortou o raciocínio e antecipou a sua conclusão.

– Eu sou outro problema – disse.

Ele suspirou fundo e passou a mão pelos cabelos, como sempre fazia quando se considerava derrotado.

– Está bem – disse –, está bem. Nós somos outro problema. Pode trazer as duas.

Por um momento Clô esteve para recusar seu auxílio. Levantou bruscamente do pequeno banco onde estava sentada e olhou para fora do galpão, como para tomar coragem para sua decisão. Mas ele percebeu a sua irritação, se curvou no caixote que lhe servia de banco e apanhou firmemente sua perna.

– Pare com isso – disse com a voz brincalhona – ou jogo você no chão.

Clô olhou furiosa para ele, mas Max piscou um olho travesso que desarmou sua raiva, e ela riu.

– Me perdoe – pediu. – Não durmo há dois dias e Correnteza foi uma barra.

– Sinto muito – brincou ele –, mas não posso lhe oferecer uma cama, porque em minha casa não há mais lugar.

Joana, no entanto, não pareceu gostar da escolha de sua mãe. Ela examinou a pequena casa com olhos frios e desconfiados e respondeu às gentilezas de Max com monossílabos desinteressados. Clô chegou a duvidar do acerto de sua decisão, mas Max a empurrou decidido de volta para o carro.

– Ela deve estar dez vezes pior do que você – lembrou.

– Tenha paciência com ela – pediu Clô.

– Se eu tiver dez por cento da paciência que tive com a mãe dela – respondeu –, Joana será a mulher mais feliz do mundo.

Clô fugiu da provocação dele com um sorriso e voltou para o seu apartamento. Ela só foi perceber o quanto estava cansada quando saiu do banho e se jogou na cama. Subitamente todas as angústias do dia se juntaram num imenso bloco de chumbo que desabou sobre ela. Clô dormiu pesadamente até o meio-dia seguinte e só acordou porque o telefone chamava insistentemente por ela na sala.

— A senhora — informou Pio Aires — está sendo acusada do seqüestro de sua filha e de sua neta. Irá receber uma intimação hoje à tarde.

— Meu Deus — gemeu Clô —, o que é que eu faço?

— Nada — respondeu a voz tranqüila de Pio Aires. — A senhora está seriamente enferma e precisa de repouso.

Clô tentou protestar, mas ele foi taxativo:

— São ordens do seu médico — disse. — Acabo de falar com ele. De qualquer modo, a senhora se despediu de sua filha em Correnteza e não faz a menor idéia de onde ela possa estar.

— Entendi — respondeu Clô.

— Aconteça o que acontecer — disse ele pausadamente —, não vá visitar a sua filha.

— Não se preocupe — respondeu Clô segura de si.

Mas, uma hora depois, já não lhe parecia tão fácil cumprir a ordem do advogado. De repente, rever sua filha se tornou uma necessidade física, e ela tinha uma ânsia dolorosa nas mãos de tocar Joana, como se só o contato da carne pudesse transmitir o seu afeto. Clô sorriu tranqüila para o funcionário que lhe trouxe a intimação e assinou o recibo com uma letra firme e sem vacilações. Mas mal fechou a porta e se tornou novamente trêmula e angustiada. Quando Zoza chegou no fim da tarde, Clô estava reduzida a uma paciência enjaulada. Caminhava incessantemente de um lado para outro e a cada momento espiava nervosa para fora.

— Você foi seguida? — perguntou.

— Infelizmente não — respondeu a gorda.

A resposta caiu dentro dela como um balde salvador de água fria. Clô parou no meio da sala, deixou cair os braços, ficou imóvel por um momento e depois deu uma risada.

— Fiquei viciada em perder — disse. — Perdi tanto que não sei mais ganhar.

— É — concordou a gorda —, você realmente não está com cara de quem está ganhando.

A palavra cara de repente ficou ressoando dentro de Clô como um sino familiar e distante. Ela se afastou de Zoza e caminhou lentamente para o grande espelho que havia numa das paredes de seu quarto. Ficou diante dele, por algum tempo, se sentindo desajustada diante da própria imagem.

– Qual é o grilo? – perguntou Zoza.

Clô tornou a se olhar, ergueu e abaixou os cabelos e deu uma risada divertida.

– Eu não combino comigo mesma – disse.

Repentinamente, uma decisão explodiu dentro dela, final e indiscutível. Clô despiu o cafetã que usava e começou a trocar de roupa com uma urgência frenética, enquanto Zoza se agitava aflita a sua volta, sem atinar com o que estava acontecendo.

– Fala – pedia –, diz qualquer coisa!

– Telefona para o Jaquinho – ordenou Clô.

– O Jaquinho? – repetiu Zoza como um eco.

Parou no meio do quarto, incrédula e espantada, e abriu pateticamente os braços.

– Mas que droga você quer com o bichinha numa hora dessas? – perguntou.

Clô se deteve novamente por um segundo na frente do espelho e riu para a sua imagem, com uma alegria feroz e selvagem que lhe vinha das entranhas.

– Quero que ele devolva a minha cara – disse.

– Putz – gemeu a gorda –, você fundiu a cuca.

Mas foi cumprir obedientemente a ordem que tinha recebido. Ainda estava discando o número do cabeleireiro e resmungando que ele não receberia mais ninguém, quando Clô berrou do seu quarto:

– Diga a ele que eu quero um corte chanel.

Por isso, naquela mesma noite, quando bateu na sua porta, Pedro Ramão não a reconheceu no primeiro momento.

– Quero falar com a Clotilde – ele disse com sua voz fina e insegura.

E Clô, nova e rejuvenescida pelo cabelo curto e o rosto inteiramente lavado, riu vitoriosa e satisfeita porque não temia mais o primeiro homem de sua vida.

145. Pedro Ramão se deteve por um instante na porta do apartamento, surpreso e aturdido com a inesperada juventude de Clô. O tempo, que tinha sido piedoso com ela, havia sido cruel com ele. Seus cabelos estavam totalmente grisalhos, seus traços marcados haviam se aprofundado e transformado seu rosto numa carranca mal-humorada, e uma desajeitada e saliente barriga dava um toque caricatural na sua aparência.

– Entre – animou Clô.

Ele limpou o embaraço da garganta, entrou e a envolveu com um olhar atrevido e possessivo.

– Tu estás guapa – disse.

– Obrigada – respondeu Clô sem sorrir.

Sentou numa poltrona e indicou o sofá para ele, mas Pedro Ramão não quis sentar. Permaneceu de pé, olhando para ela com uma seriedade de pai contrariado.

– Clotilde – disse –, tu estás fazendo uma loucura.

Clô balançou energicamente a cabeça negando.

– Eu estou apenas ajudando minha filha – corrigiu.

– Que ajudando! – rosnou ele.

Respirou ruidosamente e, em seguida, voltou para o tom paciente e paternal do início.

– Tu não conheces o Juvenal – argumentou.

– Nem quero – respondeu Clô.

Ele fez uma pequena pausa, como se quisesse esquecer o que ela tinha dito.

– O Juvenal – afirmou – é um homem de bem.

– Uma droga! – explicou Clô. – É um cafajeste que bate na mulher.

– A mulher é dele – rugiu Pedro Ramão.

– Ela, antes de ser mulher dele, é minha filha – gritou Clô furiosa.

Ele deu um murro irritado no encosto do sofá e caminhou com raiva até a janela.

– Se ele falar agora – pensou Clô – vai ganir com aquela vozinha fina e ridícula.

Mas os anos haviam ensinado também alguns truques para Pedro Ramão. Ele afastou as cortinas da janela, olhou para fora com um fingido interesse, ganhou tempo, tossiu e pigarreou até recuperar novamente o domínio da voz. Aí se voltou, caminhou novamente até o sofá e disse com uma voz cheia de rancor:

– A senhora devia ter pensado nisso há vinte anos, quando nos abandonou.

Meu Deus, pensou Clô, ele não veio até aqui discutir a separação de Joana, mas o nosso casamento. Subitamente ela percebeu que há vinte anos Pedro Ramão buscava um ajuste de contas. Se ela fizesse um pequeno gesto de aproximação, ele esqueceria sua filha e sua nova esposa para se jogar em seus braços. Não faria isso por amor mas para um dia, uma semana, um mês ou até mesmo um ano depois, lhe dar as costas e poder salvar o seu orgulho, dizendo aos amigos que ele havia deixado dela. Mas, como sempre, Pedro Ramão desentendeu o seu silêncio.

– Se teu pai – disse ele como se o tempo tivesse lhe dado sabedoria – tivesse te mandado de volta para mim, tudo teria sido diferente.

– Meu Deus – disse Clô rindo –, você continua o mesmo.

– Tu não terias desgraçado a tua vida – disse ele.

Então Clô se enfureceu. Se pôs de pé num salto, apanhou Pedro Ramão pelo braço e o fez girar, até ficar na frente de um espelho.

– Olhe bem para nós dois – gritou com uma alegria feroz – e diga quem desgraçou a sua vida.

Ele tentou se desvencilhar dela, mas Clô o jogou violentamente contra o espelho.

– Você tem 56 anos – disse cuspindo cada palavra – e parece um velho!

Por alguns segundos Pedro Ramão não conseguiu tirar os olhos do espelho. Ele examinou a sua imagem, com um olhar curioso e aflito, como se fosse a primeira vez que se visse refletido. Logo se apoiou na moldura e se empurrou para trás.

– Vagabunda – gritou.

Mas a raiva mais uma vez foi traída pela sua voz, que escapou da garganta fina e esganiçada e transformou sua indignação numa paródia grotesca do ódio.

– Vagabunda – ele tornou a repetir com aquela absurda voz de menino.

E se lançou aos tropeções pela sala, até atingir a porta. Dali, cego de raiva, ele sacudiu a mão e ganiu a sua última ameaça.

– E se Joana não voltar dentro de 24 horas para o Juvenal, nunca mais quero saber dela, porque é a prova que ela é tão vagabunda quanto a mãe!

Abriu a porta num repelão e saiu furioso. Clô ficou por um momento imóvel no meio da sala e logo em seguida foi fechar a porta.

– Você vai morrer assim, Pedro Ramão – ela disse em voz alta.

Mas a tempestade, que ela esperava para o dia seguinte, não desabou. Durante uma semana, para surpresa de Clô, houve uma trégua inesperada nas hostilidades. Pedro Ramão se afastou do centro dos acontecimentos, a pressa dos advogados de Juvenal arrefeceu e os dois pareciam definitivamente conformados com a separação. No entanto, Pio Aires não acreditava nessa súbita boa vontade do marido de Joana.

– Cachorro quieto – avisou – continua sabendo morder.

Mesmo assim Clô decidiu desobedecer as ordens e visitar sua filha.

Dois dias depois de sua visita ao advogado, ela se armou de coragem, saiu do apartamento no meio da noite, vagou durante uma hora pelas ruas desertas, até que, seguramente convencida de que não estava sendo seguida, entrou no carro de Zoza, que a esperava nas proximidades do seu edifício.

– Eu sei que é uma loucura – confessou –, mas não posso passar mais um dia sem ver a minha filha.

Mas toda sua pressa se desvaneceu quando ela entrou no quarto e viu Joana dormindo tranqüilamente, com a filha nos braços. Max fez um movimento para acordar as duas, mas Clô o impediu de consumar o gesto.

– Por favor – pediu –, não acorde ninguém. Deixe que eu me convença aos poucos que elas estão aqui.

Max concordou em silêncio, lhe trouxe uma cadeira e saiu do quarto na ponta dos pés. Clô sentou ao lado da cama e esperou pacientemente que o dia amanhecesse, enquanto se deixava aquecer por dentro pelos pequenos milagres da vida. Teve uma fina e sorrateira dor ao pensar que todo o seu sofrimento passado poderia ter sido diminuído se sua mãe, por uma única noite que fosse, tivesse velado pelo seu sono. Mas o presente lhe dava tanto contentamento que ela se despiu imediatamente da lembrança amarga e voltou as costas para o passado. Pouco depois do dia nascer, ainda fiel aos hábitos da estância, Joana acordou e olhou surpresa para ela.

– Não há nada de novo – aquietou Clô –, apenas a minha saudade.

Aninhou a filha entre os braços e não disse mais nada. Pouco a pouco descobriu que entre elas havia também a quieta e funda compreensão da carne, que tinha unido Clô durante tantos anos com a avó. A vida apenas havia invertido as posições daquela troca de amores e essa descoberta lhe deu um novo e cálido alento. Ela se deixou escorrer pelo afeto, sem palavras nem pensamentos, como quem mergulha numa onda larga e generosa.

– Tudo vai terminar bem – disse pouco depois.

Sentiu os braços de sua filha envolverem mais fortemente seu corpo e, como fazia sua avó com ela, começou a alisar vagarosamente os longos e negros cabelos de Joana, até que sua neta abriu os olhos, examinou curiosa a cena e logo se abriu num sorriso, gritando o nome da avó. Clô então libertou a filha, passou a mão pelo seu rosto e repetiu mais uma vez:

– Tudo vai terminar bem.

Havia tanta certeza dentro dela, que Clô teria repetido a frase com a mesma convicção, mesmo se soubesse que, naquele momento, Juvenal, sombrio e taciturno, estava a sua espera na entrada do seu edifício.

146. A única lembrança que Clô tinha de Juvenal era do casamento de sua filha. Ele era o homem baixo e atarracado que estava ao lado de Joana, emparedado dentro de um traje a rigor. A vida na estância havia tornado a sua aparência ainda mais rude, e o bigode, basto e negro, que cobria totalmente a boca, lhe acrescentava agora um ar feroz e inamistoso. Quando Clô desceu do carro de Zoza, ele foi ao seu encontro.

– Quero falar com minha mulher – ele disse com uma voz grave e retumbante.

Clô se deteve e olhou friamente para o genro. Mesmo ali, na porta do seu edifício e à luz do dia, era fácil de entender o medo que Joana tinha do marido. Ele se apoiava solidamente sobre os dois pés e parecia pronto para iniciar uma luta.

– Bom dia – disse Clô secamente.

Mas ele se fez de desentendido e continuou, pesado e agressivo, no seu caminho.

– Com licença – pediu Clô.

Por um momento, ele pareceu não ter ouvido, logo se afastou um passo e permitiu que ela entrasse no edifício. Clô tinha dado quatro passos, quando ele disse:

– Se ela quer terminar com tudo...

Clô se voltou.

– ... eu estou de acordo!

– Sob que condições? – perguntou Clô.

– Quero ouvir isso da boca de Joana – respondeu ele.

Sim, pensou Clô, sem outro homem, tudo era mais fácil e eles se tornavam cordatos. Com toda a certeza, nalguma casinha modesta de Correnteza, Juvenal tinha a sua amante humilde e obediente, que recebia seus bofetões não apenas com prazer, mas também com profunda gratidão.

– Vou falar com meu advogado – disse Clô.

– Volto amanhã a esta hora – avisou ele.

Deu as costas e saiu batendo pesadamente com as botas nas lajotas do vestíbulo. No dia seguinte, estava de volta, com a mesma impassibilidade de pedra.

– Você vai falar com ela – disse Clô.

Pio Aires inicialmente havia desaconselhado totalmente o encontro dos dois.

– A senhora não imagina – disse para Clô – como a simples presença do marido pode mudar as opiniões da esposa.

– Eu confio em minha filha – respondeu Clô.

Mas um minuto depois, ela duvidava da própria confiança. Com a idade de Joana, ela havia enfrentado sozinha Pedro Ramão. Mas Correnteza era uma terra estranha que não pesava sobre ela. Sua filha tinha sobre si a sufocante sombra paterna e ainda não havia se livrado dos velhos fantasmas de Correnteza.

– Não sei se ela está preparada para tomar uma decisão – confessou Clô aflita para César.

– Ninguém está preparado para qualquer decisão – respondeu o analista.

Estendeu uma xícara de café para a aflição de Clô e acrescentou:

– São elas que nos constroem ou nos destroem.

Clô bebeu seu café em silêncio, sem encontrar nada para dizer. Diante de Joana, todas as palavras que havia cuidadosamente escolhido fugiram de seus lábios como pássaros assustados. De repente, só lhe sobraram as velhas e gastas frases feitas, que não diziam mais nada a ninguém.

– Droga – ela desabafou irritada com a própria indecisão –, é a sua vida, não é?

Joana ergueu os olhos para ela e concordou silenciosamente.

– Você – continuou Clô –, mais cedo ou mais tarde, vai ter que se encontrar com ele.

Sua filha tornou a concordar, mas desta vez uma sombra de medo escureceu seu olhar.

– Ele não vai bater em você – prometeu Clô com energia.

Apontou para o interior do galpão, onde Max trabalhava polindo as pranchas de um barco.

– Vocês dois podem se encontrar lá dentro – disse. – Ponho o Max aqui fora, com um cacete na mão, e quero ver aquele bigodudo se atrever a bater em você.

Deu uma risada moleque, mas Joana não se juntou a ela com a mesma alegria.

– Acho que ele não vai bater em você – disse Clô com mais seriedade.

Mas de repente todos os seus cuidadosos arranjos lhe pareceram mal feitos. Ela caminhou impaciente pelo pequeno pátio de Max, como um general que não aprovasse a escolha do seu futuro campo de batalha.

– Por que devemos ter medo dele? – se perguntou irritada.

Joana não estava resolvendo uma pequena querela conjugal, mas a sua própria existência. Sozinha no meio do pátio ela parecia mais desprotegida do que nunca, mas foi justamente esse desamparo que deu coragem a Clô.

– Droga – ela disse em voz alta –, não vai ser nada disso!

Caminhou de volta para a filha.

– Você vai se encontrar com ele no meu apartamento – avisou. – O que você decidir, estará decidido. É a sua vida e eu não posso escolher por você.

Segurou carinhosamente Joana pelos ombros e a puxou de encontro a si.

– Só não quero que você se humilhe – disse. – Mesmo que ele lhe bata, não quero que você se humilhe.

Agora Juvenal, todo feito de sombras e desconfianças, estava diante de sua porta, e Clô se esforçava para conter o coração aflito que parecia querer se desfazer dentro dela.

– Joana está esperando por você na sala – avisou. – Vocês vão ficar sozinhos.

Passou por ele e caminhou para a escada. Mas, antes que conseguisse chegar ao primeiro degrau, o rancor lhe fez dar meia-volta e ela se pôs novamente na frente de Juvenal, com uns faiscantes olhos de leoa.

– Homem de Deus – rosnou com voz baixa e feroz –, se você tocar com um dedo na minha filha, te procuro até no inferno e te sangro como um porco.

Sustentou furiosa o seu olhar sombrio, até que Juvenal baixou os olhos e sacudiu a cabeça.

– Ninguém vai bater em ninguém – disse.

Clô lhe deu as costas e desceu as escadas, mas nem assim conseguiu se aquietar. Quando chegou ao carro, onde Zoza a esperava com a pequena Mariana, ela esmurrou com raiva a capota.

– Não confio nele – disse.

– Ele não vai fazer nada a ela – aquietou Zoza.

– Não é disso que eu tenho medo – respondeu Clô.

Voltou-se e olhou longamente para a entrada do edifício.

– O que eu tenho medo – continuou – é que ela saia, por aquela porta, de braço dado com ele para voltar a apanhar em Correnteza.

– Você deu liberdade a ela – lembrou a gorda.

– Não havia outro jeito – gemeu Clô.

Entrou no carro, sentou no banco e ficou olhando perdidamente para fora. O medo estava sobre ela, como um negro e agourento pássaro que ela não conseguia afastar.

– Não quero mais perder – ela disse baixinho.

Então a pequena e suave mão da neta tocou de leve em seus cabelos e Clô se voltou.

– Tu é a minha avó – disse a menina muito séria.

Clô sorriu e subitamente uma raiva imensa e antiga cresceu nas suas entranhas e devorou com fúria o medo que tinha.

– Zoza – ela rugiu –, eu vou comprar aquela droga de sítio agora mesmo.

Arrancou a neta do banco de trás para seus braços e lhe deu um par de beijos selvagens.

– Com a sua vovó agora – riu – é tudo ou nada.

Deu mais um beijo na neta, passou a pequena para os braços de Zoza, fechou a porta do carro e arrancou para Belém Velho, sem olhar uma só vez para as janelas do seu apartamento, onde sua filha também aceitava o jogo doido da vida.

147. Clô desceu do carro e subiu, como da primeira vez, para a pequena elevação que dominava o vale. O outono havia repintado os verdes, alvoroçado os arbustos e posto um brilho generoso na copa das árvores.

– É minha – ela pensou –, é minha!

Pedro Ramão, com suas 72 infinitas quadras de sesmarias, teria rido zombeteiramente dos seus humildes cinco hectares, mas, para ela, eles representavam a velha magia da terra.

– Só quem tem terra é que sabe o que é ter – dizia sua avó, ela mesma com uma indisfarçável ponta de inveja na voz.

Clô concordou silenciosamente com a lembrança de sua avó.

– Agora, eu tenho! – disse em voz alta, como se pudesse ser ouvida pelas colinas.

Voltou-se triunfante para o carro e fez um sinal para que Zoza subisse até ela. Na assinatura do contrato, teve um segundo de hesitação e o corretor, apressadamente, aquietou seus receios.

– Madame – disse –, em caso de aperto a senhora vende este sítio pelo dobro em 24 horas!

Mas a vinte metros da cerca que limitava a sua propriedade, Clô não conseguia imaginar a possibilidade.

– Como capim – rosnou furiosa –, mas não vendo.

Quando Zoza chegou a seu lado, trazendo a pequena Mariana nos braços, Clô apontou para a encosta mais distante.

– Lá atrás – ela disse firmemente – vou construir a nossa casa.

Então, repentinamente, lhe deu uma inexplicável mas convicta certeza de que sua filha havia feito a escolha certa.

– Ela vai ficar comigo – disse para Zoza.

– Quem? – perguntou a gorda, espantada.

– Joana – disse Clô –, Joana!

Deu uma risada alta e satisfeita, retirou a pequena Mariana dos braços de Zoza, atravessou a enferrujada cerca de arame e caminhou com sua neta no colo, para dentro do seu sítio.

– Você – disse para a menina – vai morar aqui.

– Com a mamãe? – perguntou a menina.

– Com a mamãe e com a vovó – respondeu Clô.

A pequena girou de um lado para outro nos braços de Clô, examinando o terreno.

– Não tem casa – protestou.

– Mas vai ter – afirmou Clô –, vai ter.

Parou e olhou ao seu redor, distribuindo e desenhando os canteiros e os caminhos com os olhos.

– Vou cobrir todos os caminhos com pedrisco – disse em voz alta.

– Por quê? – perguntou a pequena.

– Porque a vovó adora ouvir o pedrisco ranger debaixo dos sapatos – respondeu Clô.

Por um momento lhe pareceu ter todas as chaves da vida em suas mãos. Ela se ensopou de bondade e ficou limpa de todos os velhos rancores. Imaginou sua pequena casa no inverno, quente e acolhedora, com um filete de fumo saindo da chaminé da lareira e se espalhando pela encosta verdejante das colinas. Pensou em desculpar seu irmão e trazer sua mãe para morar com ela. Mas em seguida, vinda de um canto do passado, ouviu a voz rabugenta de sua mãe dizer:

– Detesto casa de madeira!

A bolha de ilusão prontamente se desfez e Clô ergueu desafiadoramente a cabeça.

– Não – disse para a pequena –, a minha família vai começar comigo.

Mas uma hora depois, quando retornou ao seu apartamento e viu a pequena Mariana se jogar confiante e sorridente nos braços da mãe, ela teve a medida exata de seus sonhos e suas possibilidades.

– Minha família – pensou – sou apenas eu!

Foi uma pungente e irremediável dor que pulsou dentro dela por um instante, como velhos ossos feridos, mas que foi logo afastada quando Joana ergueu os olhos e Clô percebeu que também sua filha começava agora a reconstruir a sua existência.

– Está tudo certo – ela disse com voz firme e segura.

Mexeu desordenadamente as mãos como se tentasse reproduzir as discussões do dia.

– Custou um pouco – disse –, mas Juvenal concordou com o divórcio.

Clô olhou instintivamente para sua neta e Joana adivinhou seus pensamentos.

– Mariana fica comigo – avisou. – Amanhã vamos discutir, com os advogados, a pensão dela.

– E você? – perguntou Zoza, aflita.

Joana jogou os cabelos para trás, com um gesto decidido, e ergueu orgulhosa a cabeça.

– Eu não quero mais nada dele – disse com uma voz dura.

Mas logo, no entanto, a sua voz escorregou para um tom mais suave e ela olhou a mãe com ansiosos olhos de criança.

– Eu disse a ele – acrescentou – que você iria me ajudar.

No primeiro momento Clô não conseguiu falar, seus olhos se ensoparam com a imagem da filha e ela teve que engolir por duas vezes a emoção para conseguir dizer:

– Você vai morar comigo.

Passou nervosamente a mão pelos cabelos e forçou um arranco mal-sucedido de riso.

– Mas não aqui – disse, com uma voz exageradamente forte, para disfarçar seus sentimentos.

Deu alguns passos pela sala e abriu os braços, como se quisesse abarcar o apartamento todo.

– Vamos trocar esta maravilha – anunciou – por uma casinha de madeira desse tamanhozinho.

Fechou o indicador e o polegar até que não houve distância entre eles, tentou rir, mas aí não se conteve mais.

– Vou chorar – avisou –, vou chorar.

Abriu os braços, recolheu sua filha e se soltou num choro doído, como se todas as alegrias e tristezas dos últimos vinte anos tivessem, subitamente, explodido dentro dela. Só quando a pequena Mariana, assustada e confundida, também começou a chorar, foi que Clô se soltou da filha, enxugou as lágrimas e conseguiu se conter.

– Estou ficando velha – se desculpou.

De repente, enquanto se recompunha e caminhava em volta das poltronas, ela sentiu a falta de Max naquela sala e naquele momento. Abraçado com ela, consolando sua neta ou simplesmente sentando num canto, a sua presença ali seria tão natural que a sua ausência agora lhe parecia completamente inexplicável.

– Vou falar com ele agora mesmo – decidiu.

A desculpa lhe ocorreu prontamente.

– Vou buscar suas coisas no Max – ela disse para Joana.

Um olhar rápido e preocupado correu de Zoza para sua filha e, logo em seguida, a gorda se adiantou apressadamente ao seu encontro.

– Deixe que eu vou – disse. – Você fica aí cuidando de sua filha e de sua neta.

– Não, não – respondeu Clô, desentendendo a preocupação das duas –, eu faço questão de ir.

Deu um beijo estrondoso em Mariana e cruzou com cuidado seus pequenos dedinhos.

– Fique torcendo pela avó – disse.

Clô, embriagada pela sua decisão, cruzou a sala rapidamente e apanhou as chaves do carro, que estavam em cima do console, com um golpe brincalhão.

– Afinal – disse –, hoje é meu dia!

Abriu a porta e saiu, enquanto Zoza, desalentada, se jogou numa poltrona.

– Meu Deus – gemeu –, só quero saber o que ela vai fazer quando souber que aquele alemão idiota vai casar com outra.

Mas, naquele momento, não havia uma só dúvida no milagroso coração de Clô e ela dirigia alegre e sorridente, como se, naquele dia, a vida não tivesse autorização para lhe negar coisa alguma.

148. Clô se apresentou meia hora depois, diante de Max, como tinha saído do seu apartamento, milagrosa e exuberante. Ela desceu triunfalmente do carro, caminhou leve e elástica para o galpão e anunciou, como se fosse um cumprimento:

– Comprei o sítio!

Mas os olhos dele não se acenderam como ela esperava. Max se ergueu do banco onde trabalhava e lhe deu um parabéns frio e desinteressado que a desconcertou.

– Comprei o sítio – ela repetiu como se ele tivesse ouvido mal.

– Eu ouvi – respondeu ele, neutro e distante.

Clô se perdeu dentro de sua própria confusão e ficou olhando para ele sem saber o que fazer.

– O que há? – conseguiu perguntar finalmente.

Max olhou para ela por um momento, logo baixou os olhos e passou a mão pelos cabelos, como sempre fazia quando estava embaraçado.

– Como foi Joana com o marido? – ele perguntou, com uma amabilidade forçada.

– Ele concordou com o divórcio – respondeu Clô lentamente.

Max baixou os olhos e Clô deu meia-volta e caminhou resolutamente para a casa, com uma suspeita se transformando em certeza dentro dela, enquanto ele permanecia imóvel e mudo no mesmo lugar. Ela entrou pela porta dos fundos, atravessou a cozinha e a sala e foi até o quarto, onde uma loura alta e esguia se enxugava vagarosamente com uma toalha felpuda. Antes que ela conseguisse abrir a boca, Clô já estava fora da casa e caminhava furiosa ao encontro de Max.

– Você é especialista em me fazer surpresas loiras – disse sarcasticamente.

Ele ergueu um par de olhos metálicos e irritados para ela.

– Não vou esperar mais sete anos por você – disse com uma raiva incontida.

Jogou longe um pequeno pedaço de madeira que tinha na mão e acrescentou:

– Vou me casar com ela.

Deu as costas e voltou furioso para o galpão. Clô, muda e assombrada, ainda ficou um instante aturdida diante da porta, cozendo inutilmente o seu desapontamento, e logo depois se voltou e foi para o carro. A janela do quarto se abriu quando ela chegou à calçada, e a cabeça curiosa da loira espiou para fora.

– Adeus e bom proveito – rosnou Clô baixinho.

Mas não chegou a sair de Ipanema. Na frente da pequena igreja, sua raiva se esvaziou, ela contornou o grande canteiro circular e refez o seu caminho.

– Droga – disse baixinho –, não vou entregar aquele idiota tão facilmente.

Mas quando parou novamente diante da casa de Max, todas as palavras que havia escolhido com cuidado pelo percurso se desvaneceram dentro dela. O único argumento que conseguia lembrar naquele momento era o toque surpreendentemente suave das grandes mãos camponesas de Max. Ela abriu a porta do carro mas não se encontrou com coragem para descer.

– Meu Deus – pensou –, hoje tudo parecia dar certo.

Logo as velhas e agourentas superstições acordaram dentro dela.

– Perdi – pensou conformada –, talvez seja esse o preço das outras vitórias.

Olhou desconsolada para a pequena casa de madeira, que parecia encolhida no meio das árvores. Recordou seu primeiro e milagroso encontro com Max, em que as palavras se desencontravam porque apenas os olhos e os gestos faziam sentido. Reviu seus longos passeios pela beira do rio, quando a lua cheia se estilhaçava em cima das águas.

– Fui uma idiota – gemeu –, fui uma idiota.

Mas em seguida se lembrou do dia em que entrou correndo na casa, com todas as promessas da sua vida dentro de suas mãos, e o encontrou, na cama, com outra loira.

– Talvez ele goste de loiras – pensou.

No entanto, aqueles pequenos milagres da carne que tinham existido entre ela e Max estavam tão indelevelmente vivos na sua pele que decidiu tentar outra vez. Ela tornou a olhar para a casa, espiou desconfiada a janela aberta do quarto e finalmente desceu decidida do carro e caminhou vagarosamente para o galpão. Quando passava pela casa, a loira apareceu na porta da cozinha, ainda enrolada na toalha, e gritou esganiçada para o galpão:

– Max, ela voltou!

Mas Clô não se deteve, sorriu, balançou penalizada a cabeça e continuou caminhando, enquanto Max se erguia lentamente, limpava as aparas de madeira que cobriam suas calças e vinha para fora. A um passo dele, Clô se deteve e baixou a cabeça.

– Sinto muito – disse ele.

Clô ergueu os olhos e o encarou. Max olhava para ela cheio de pena.

– Eu pensei – continuou – que sua filha tivesse lhe contado.

– Ela tentou – disse Clô –, eu é que não entendi.

Mas nem ela se afastou nem ele voltou para o galpão. Ficaram os dois, imóveis, um na frente do outro, até que ele rompeu o silêncio.

– Eu não queria que acontecesse assim – disse.

– Não faz mal – disse Clô –, não faz mal.

Ergueu a cabeça e mergulhou fundo os olhos nos dele, como se quisesse descobrir a resposta para todos os desencontros do amor.

– Você me disse da primeira vez – lembrou em voz baixa e suave – que eu te fazia bem, lembra?

Ele baixou embaraçado a cabeça e concordou.

– E fazia – respondeu.

Ela estendeu a mão e tocou no braço dele.

– Você também me fazia bem – disse.

Max olhou para ela com os olhos cheios de mágoa e balançou sofridamente a cabeça.

– Não – disse –, não.

– Fazia – insistiu Clô.

– Não tanto quanto você a mim – respondeu ele.

Clô concordou e baixou os olhos, cheia de culpa.

– É – respondeu –, era verdade. Eu sinto muito, realmente sinto muito.

Fez uma pequena pausa, tentando recuperar a confiança que subitamente lhe fugia, enquanto os olhos de Max, já sem rancor, pousavam serenos nela.

– Mas agora – disse Clô com a voz baixa e insegura –, eu acho que posso sentir o mesmo que você.

Mas ele não a tomou nos braços nem se aproximou. Continuou imóvel na sua frente, com uns olhos descrentes e magoados, como se não houvesse mais tempo para nada.

– Eu quero – disse Clô mais veemente agora – compartilhar a minha vida com você, Max.

Ele concordou em silêncio, passou a mão pelos cabelos revoltos, se voltou e caminhou para dentro do galpão. Por um momento Clô pensou em ir atrás dele, mas repentinamente ela compreendeu que havia feito a sua parte e que tinha que dar liberdade a Max, para que ele fizesse a sua. Ele pôs em ordem as ferramentas, limpou a serragem que havia no banco e se voltou para ela. Ficou assim por longo tempo, até que balançou a cabeça e teve um riso rouco e incrédulo.

– Meu Deus – disse –, desde o primeiro momento eu soube que iria terminar assim.

Deu um tapa num monte de aparas de madeira e saiu para fora.

– Você vai me dar licença – disse, passando a mão pelos cabelos –, porque tenho que explicar algumas coisas a uma loira.

– Eu te amo – gritou Clô.

E de repente sua vida ficou cheia de milagres e ela riu agradecida para o vento.

149.
A lua resplandecia sobre o pequeno vale, apagava as estrelas e alongava as sombras dos galpões, quando Clô deslizou para fora da cama e saiu para a madrugada.

– Vou ver as rosas – soprou para Max.

– Oh, meu Deus – gemeu Max –, você agora quer tudo na vida.

Há um ano e meio que ela cuidava teimosamente de um canteiro de Rosas da Noite, sem conseguir mais do que botões. Eles cresciam e inchavam, brancos e enormes, mas invariavelmente murchavam e feneciam antes do milagre da rosa.

– Essas rosas são difíceis – diziam os jardineiros.

Mas ela teimava, mês após mês, e agora novos e grávidos botões pendiam pesados das hastes. Uma semana atrás, naquele mesmo canteiro, ela estava examinando, pela centésima vez, as pétalas fechadas, quando o rapaz apareceu repentinamente diante dela, como se tivesse se materializado na sua frente.

– Bom dia – ele disse, seco e formal.

– Bom dia – respondeu ela.

Mas quando ergueu os olhos, seu sorriso se desfez em espantos. Ela examinou aflita os imensos olhos dele, a boca larga e generosa, o nariz e os cabelos, e se atarantou dentro de sua incredulidade.

– Meu Deus – disse afogada pela revelação –, você é meu filho!

Manoel não riu, nem foi ao seu encontro. Confirmou a descoberta com um pequeno aceno de cabeça e continuou imóvel, olhando a mãe com olhos frios e impassíveis.

– Eu quero falar com minha irmã – disse.

Mas Clô era só olhos e coração e navegava surda e deslumbrada pela imagem do filho.

– Você é lindo – disse com uma admiração incontrolável.

Um súbito calor inundou seu ventre e se espalhou pelo seu corpo.

– E se parece comigo – acrescentou orgulhosa.

– Infelizmente – respondeu ele com uma voz de gelo.

Repentinamente as entranhas lhe doeram e Clô se curvou como se tivesse sido golpeada na cintura.

– Eu recusei você – disse.

O último e mais doloroso desespero que lhe restava veio do fundo do seu passado e caiu sobre ela.

– Não sei explicar a você o que houve – ela disse. – Você vai ter que descobrir sozinho.

– Eu não tenho nada o que descobrir – respondeu ele secamente.

– Tem – respondeu Clô –, todos nós temos. Se quisermos sobreviver, é claro. Eu tive. Gastei metade de minha vida para poder estar aqui na sua frente, sem ter vergonha de você.

Olhou tristemente para Manoel, que permanecia frio e desafiador na frente dela.

– Talvez você também possa, um dia, olhar para mim sem rancor – disse.

Ele desviou os olhos dela e Clô começou a caminhar para casa, voltando a cabeça de tempos em tempos para olhar o filho. No meio do caminho, no entanto, ela parou e tornou a se voltar para ele.

– Mas você é homem – disse com a voz dura –, e eu não tenho pena de você. Por pior que a vida possa vir a ser, será sempre mais fácil para você do que foi para mim ou para a sua irmã. Você é meu filho, eu te amo, mas não tenho pena de você.

Deu as costas novamente para ele e se dirigiu para a casa, com o seu coração em tumulto. Quando chegou à entrada e se voltou, Manoel continuava imóvel entre os canteiros.

– Me esqueci – disse ela –, Joana passa as manhãs no cursinho.

Ele concordou em silêncio e se pôs a caminhar, muito duro e compenetrado, para fora.

– Manoel – gritou Clô.

Ele se voltou.

– Por favor – ela pediu –, volte.

Mas ele não respondeu, olhou longamente para ela e retomou o seu caminho, sem um gesto de despedida. Pouco depois, Max deixou a oficina e veio até ela com os olhos cheios de preocupação, mas Clô o aquietou.

– Tinha que acontecer um dia – disse.

Limpou a terra das mãos nos fundilhos dos jeans.

— Só que eu acho que não me fui muito bem — confessou. — Mas fiz o melhor que pude.

Naquela noite, quando a lua imensa e amarela venceu as colinas e assombrou fantasmagoricamente o vale, ela se recordou da visita do filho, levantou da cama e, ainda de camisola e pés nus, andou pela sua pequena casa.

— Aqui moram eu e meus afetos — pensou.

Num ano e meio, seu pequeno sonho tinha se realizado. A floricultura pagava as despesas, Max construía seus barcos ao lado dos viveiros, Joana preparava o vestibular e sua vida, pela primeira vez, fluía mansamente como um rio de águas fundas e tranqüilas.

— Meu Deus — ela constatou espantada —, eu construí a minha vida.

Até Donata, arredia e desconfiada, havia caminhado entre os canteiros, com uma chispa de incredulidade nos olhos céticos.

— Nunca imaginei — repetia —, nunca imaginei.

Apenas Afonsinho, cada vez mais turvo e confuso, continuava distante dela. Clô foi até o quarto de Joana, espiou o sono infantil da vida, sorriu silenciosamente para a neta adormecida e, de repente, se sentiu como se estivesse afundando fortes e poderosas raízes no solo.

— Pena — pensou — que a avó não esteja aqui.

Mas às vezes, nas noites de vento, parecia ouvir a bengala da avó soando nos quartos vazios, como se a velha ainda lhe fizesse companhia.

— Meu Deus — pensou —, só faltam as rosas!

Saiu quietamente para fora, pisando cuidadosamente com os pés nus nos pedriscos do caminho. Os imensos botões, ainda na sombra, continuavam fechados.

— Vamos — disse Clô baixinho —, desabrochem, está uma linda noite.

Sentou numa grande pedra que havia na frente do canteiro e fechou os olhos para sentir a noite. Era preciso que Joana amasse novamente, era preciso que Mariana crescesse, era preciso que um dia Manoel voltasse, mas, naquela noite, ela se contentava apenas com as Rosas da Noite.

— Não são rosas — disse a voz de Max atrás de si —, são repolhos disfarçados.

Jogou um xale sobre seus ombros e um par de chinelos no seu regaço.

– Já chega essas mãos de camponesa – brincou.

Sentou a seu lado e Clô se aninhou em seus braços. Ficaram assim, quietos e enlaçados, por muito tempo, enquanto o luar avançava vagarosamente sobre os canteiros e as sombras recuavam para baixo das árvores, até que Clô se despegou de seus braços.

– Talvez – ela disse gravemente – o segredo seja se conformar com quase tudo.

– Talvez – respondeu ele, sem muita convicção.

– Tenho você – ela continuou –, tenho minha filha, tenho minha neta e não vou ter Manoel.

– É possível – disse ele –, é possível.

– E como minhas rosas – disse ela, saltando da pedra e se pondo na frente dele.

Mostrou seus canteiros com um gesto largo e amplo.

– Você já viu lírios mais brancos do que os meus? – perguntou. – Ou cravos mais perfumados, violetas mais lindas ou orquídeas mais coloridas?

– Nunca – respondeu ele –, nunca.

– Então – disse ela –, jamais vou ter Rosas da Noite.

Ele riu alto e feliz e a puxou carinhosamente de encontro a si.

– Ah – disse –, que bom que houvesse uma regra! Que bom!

– Minhas rosas – disse Clô convicta – nunca vão nascer. E nem meu filho vai voltar.

E então o luar escorregou mansamente pela copa das árvores e se derramou sobre os imensos botões brancos, que se abriram lenta e voluptuosamente no milagre perfumado das Rosas da Noite. Fazia 23 anos que Clô tinha nascido, numa madrugada encantada como aquela. E tinha já dezenove anos.

Coleção L&PM POCKET (LANÇAMENTOS MAIS RECENTES)

541. O pai Goriot – Balzac
542. Brasil, um país do futuro – Stefan Zweig
543. O processo – Kafka
544. O melhor de Hagar 4 – Dik Browne
545. (6).Por que não pediram a Evans? – Agatha Christie
546. Fanny Hill – John Cleland
547. O gato por dentro – William S. Burroughs
548. Sobre a brevidade da vida – Sêneca
549. Geraldão (1) – Glauco
550. Piratas do Tietê (2) – Laerte
551. Pagando o pato – Ciça
552. Garfield de bom humor – Jim Davis
553. Conhece o Mário? – Santiago
554. Radicci 6 – Iotti
555. Os subterrâneos – Jack Kerouac
556. (1).Balzac – François Taillandier
557. (2).Modigliani – Christian Parisot
558. (3).Kafka – Gérard-Georges Lemaire
559. (4).Júlio César – Joël Schmidt
560. Receitas da família – J. A. Pinheiro Machado
561. Boas maneiras à mesa – Celia Ribeiro
562. (9).Filhos sadios, pais felizes – R. Pagnoncelli
563. (10).Fatos & mitos – Dr. Fernando Lucchese
564. Ménage à trois – Paula Taitelbaum
565. Mulheres! – David Coimbra
566. Poemas de Álvaro de Campos – Fernando Pessoa
567. Medo e outras histórias – Stefan Zweig
568. Snoopy e sua turma (1) – Schulz
569. Piadas para sempre (1) – Visconde da Casa Verde
570. O alvo móvel – Ross Macdonald
571. O melhor do Recruta Zero (2) – Mort Walker
572. Um sonho americano – Norman Mailer
573. Os broncos também amam – Angeli
574. Crônica de um amor louco – Bukowski
575. (5).Freud – René Major e Chantal Talagrand
576. (6).Picasso – Gilles Plazy
577. (7).Gandhi – Christine Jordis
578. A tumba – H. P. Lovecraft
579. O príncipe e o mendigo – Mark Twain
580. Garfield, um charme de gato – Jim Davis
581. Ilusões perdidas – Balzac
582. Esplendores e misérias das cortesãs – Balzac
583. Walter Ego – Angeli
584. Striptiras (1) – Laerte
585. Fagundes: um puxa-saco de mão cheia – Laerte
586. Depois do último trem – Josué Guimarães
587. Ricardo III – Shakespeare
588. Dona Anja – Josué Guimarães
589. 24 horas na vida de uma mulher – Stefan Zweig
590. O terceiro homem – Graham Greene
591. Mulher no escuro – Dashiell Hammett
592. No que acredito – Bertrand Russell
593. Odisséia (1): Telemaquia – Homero
594. O cavalo cego – Josué Guimarães
595. Henrique V – Shakespeare
596. Fabulário geral do delírio cotidiano – Bukowski
597. Tiros na noite 1: A mulher do bandido – Dashiell Hammett
598. Snoopy em Feliz Dia dos Namorados (2) – Schulz
599. Mas não se matam cavalos? – Horace McCoy
600. Crime e castigo – Dostoiévski
601. (7).Mistério no Caribe – Agatha Christie
602. Odisséia (2): Regresso – Homero
603. Piadas para sempre (2) – Visconde da Casa Verde
604. À sombra do vulcão – Malcolm Lowry
605. (8).Kerouac – Yves Buin
606. E agora são cinzas – Angeli
607. As mil e uma noites – Paulo Caruso
608. Um assassino entre nós – Ruth Rendell
609. Crack-up – F. Scott Fitzgerald
610. Do amor – Stendhal
611. Cartas do Yage – William Burroughs e Allen Ginsberg
612. Striptiras (2) – Laerte
613. Henry & June – Anaïs Nin
614. A piscina mortal – Ross Macdonald
615. Geraldão (2) – Glauco
616. Tempo de delicadeza – A. R. de Sant'Anna
617. Tiros na noite 2: Medo de tiro – Dashiell Hammett
618. Snoopy em Assim é a vida, Charlie Brown! (3) – Schulz
619. 1954 – Um tiro no coração – Hélio Silva
620. Sobre a inspiração poética (Íon) e ... – Platão
621. Garfield e seus amigos – Jim Davis
622. Odisséia (3): Ítaca – Homero
623. A louca matança – Chester Himes
624. Factótum – Charles Bukowski
625. Guerra e Paz: volume 1 – Tolstói
626. Guerra e Paz: volume 2 – Tolstói
627. Guerra e Paz: volume 3 – Tolstói
628. Guerra e Paz: volume 4 – Tolstói
629. (9).Shakespeare – Claude Mourthé
630. Bem está o que bem acaba – Shakespeare
631. O contrato social – Rousseau
632. Geração Beat – Jack Kerouac
633. Snoopy: É Natal! (4) – Charles Schulz
634. Testemunha da acusação e outras peças – Agatha Christie
635. Um elefante no caos – Millôr Fernandes
636. Guia de leitura (100 autores que você precisa ler) – Organização de Léa Masina
637. Pistoleiros também mandam flores – David Coimbra
638. O prazer das palavras – vol. 1 – Cláudio Moreno
639. O prazer das palavras – vol. 2 – Cláudio Moreno
640. Novíssimo testamento: Deus e o diabo, a dupla da criação – Iotti
641. Literatura Brasileira: modos de usar – Luís Augusto Fischer
642. Dicionário de Porto-Alegrês – Luís A. Fischer
643. Clô, dias e noites – Sérgio Jockymann
644. Memorial de Isla Negra – Pablo Neruda
645. Um homem extraordinário e outras histórias – Tchekhov
646. Ana sem terra – Alcy Cheuiche
647. Adultérios – Woody Allen
648. Playback – Raymond Chandler
649. Nosso homem em Havana – Graham Greene
650. Dicionário Caldas Aulete de Bolso